HEYNE BÜCHER

Das Buch

Friesland, im Jahr 1361. Im deutsch-dänischen Kampf um Schleswig und Holstein spielt plötzlich der Salzhandel eine entscheidende Rolle. Die Warnungen des jungen nordfriesischen Salzsieders Arfast, der erkennt, daß die Marsch durch den exzessiven Salzabbau in höchste Gefahr gerät, verhallen ungehört. Allein die Fischer von Rungholt, dem wichtigsten Ausfuhrhafen der reichen Marschgegend, glauben ihm. Angst geht um in der Stadt. Arfast kollidiert mit dem machthungrigen holsteinischen Propst und dem Statthalter des dänischen Königs, der nicht nur die Fäden in der Stadt zu ziehen scheint, sondern ganz offensichtlich auch hinter dem Geheimnis um den Tod von Arfasts Vater steckt. Als Arfast sich bis zum König durchschlägt, um diesen um Hilfe zu bitten, fällt er einer infamen Verschwörung zum Opfer, die ihn schließlich in Lebensgefahr stürzt.
Und nicht zuletzt ist da auch noch die Kaufmannstochter Anna, die einem skrupellosen Händler zur Ehe versprochen ist.
Schließlich kommt die große Flut, und Arfast kämpft um sein Leben, seine Liebe und die Zukunft der Nordfriesen …

Die Autorin

Kari Köster, 1946 in Lübeck geboren, Tierärztin, ist Autorin vieler wissenschaftlicher Arbeiten und Sachbücher und hat sich insbesondere als Wikingerexpertin und Romanautorin einen Namen gemacht. 1994 erschien ihr großer Erfolgsroman *Die Hakima* (01/10301). Kari Köster lebt seit 1980 in Nordfriesland, seit 1985 als freie Schriftstellerin. Außerdem liegt im Heyne-Taschenbuch vor: *Die Erbin der Gaukler* (01/10778).

KARI KÖSTER

DIE LETZTEN TAGE VON RUNGHOLT

Roman

WILHELM HEYNE VERLAG
MÜNCHEN

HEYNE ALLGEMEINE REIHE
Nr. 01/10862

Umwelthinweis:
Das Buch wurde auf
chlor- und säurefreiem Papier gedruckt.

Wilhelm Heyne Verlag GmbH & Co. KG, München
Printed in Germany 1999
Umschlagillustration: Archiv für Kunst und Geschichte, Berlin
Umschlaggestaltung: Atelier Ingrid Schütz, München, unter
Verwendung des Gemäldes »The Shipwreck« von William Turner, 1805
Satz: Pinkuin Satz und Datentechnik, Berlin
Druck und Bindung: Pressedruck, Augsburg

ISBN 3-453-15208-5

http://www.heyne.de

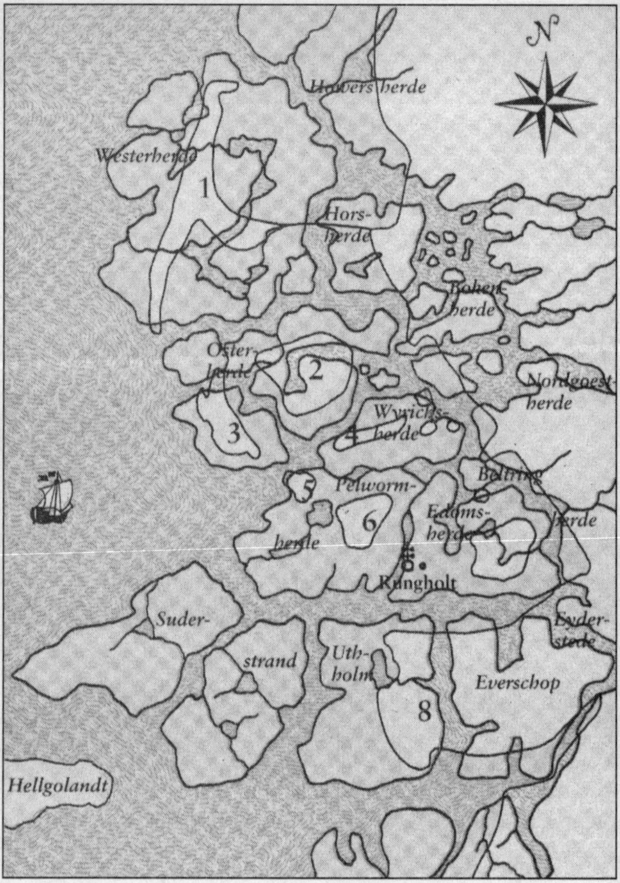

NORD
FRIESLAND
um 1240
nach J. Mejero

Heutiges Festland, Inseln und Halligen
1 Sylt
2 Föhr
3 Amrum
4 Nordmarsch-Langeneß
5 Hooge
6 Pelworm
7 Nordstrand

HERDE
Faretoft
Ockeholm
Olandt
Small deep
Nort marsch
die Schluth
Westerwoldt
Osterwoldt
BELTRING
Volgesbul
PEL WORM
Hooge
Stintebul
kl Kerck
Pel worm
gr Kerck
Rungholt
Sud fall
Nort balig
Heuer stroem

Marsch im Jahr 1361 (vor der Flut)
blieb nach 1362 übrig als Alt-Nordstrand; wurde 1634 auseinandergerissen
Bargum
Langehorn
Borlum
Bredtstede
NORT
HER
Olderup
Hadstede
Oldsdorp
Schobul
AMPT
SVDER
GOES
HV
Husum
Lundenberg
Padelock
Millstede
Suder Marsch
SVM
Vlvesbul

Namenverzeichnis

Arfast Ketelsen: Salzsieder
Eyde Andreas Reventlows Tochter: Arfasts Mutter
Haye Harksen: Arfasts Vetter
Hark Arfastsen: Hayes Vater, Arfasts Onkel
Benedikt Knoop: adeliger Kaufmann
Anna Knoop: seine Tochter
Henneke Westerflete: Kaufmann aus bäuerlichen Verhältnissen
Agge Jessen, auch Agge Salz genannt: Salzbudenbesitzer
Kresken Agge Jessens Tochter: Agges Tochter
Waldemar: Kreskens Sohn
Knut Wogensson: Burgherr der Trojburg
Knutsson: Knuts Sohn
Backe Osing: Dienstmann auf der Trojburg
Ingemar Stampe: Stabularius, Staller des Königs
Nicolaus Brun: Bischof von Schleswig
Friedrich von der Wisch: Propst von Strand und Föhr
Harre Gunneson: Hardesvogt
Babe Aghesson: Ochsenhändler
Monny Sibingh: Getreidebauer und Bonde
Ibbe, Sivert, Synneke: Salzarbeiter
Pastor Nommensius: Pastor von Rungholt
Rode Wunksen: Bauer und Bonde
Momme: Junge in Rungholt
Robert Lorenzen: Baumeister
Lars Estridsen: Frachtschiffer
Tüki: Armenhäuslerin
Waldemar IV., genannt Atterdag: dänischer König 1340–1375
Waldemar Zappy: Staller und General des Königs
Niels Ebbesen: Knappe des Königs
Gesine: Küchenmädchen im Schloß von Tondern

Worterklärungen

Ausdeichen: Land dem Meer preisgeben
Bonde: freier Bauer auf eigenem Besitz
Cotehardie: niederländisches (u. franz.) Kleidungsstück
Ditten: Brennmaterial aus getrocknetem Dung
Fall, Sielzug, Priel: Gewässer im Wattenmeer
Fenne: Hausweide
Geest: höher gelegenes Land
Glübb: Netz zum Schieben auf dem Wattenboden
Graft: Wassergraben um einen Hof
Gugel: mittelalterliche Kopfbedeckung
Harde: Verwaltungseinheit im dänischen Herrschaftsbereich, auch Rechtsbezirk
Heergewette: Kriegsausrüstung von Panzer, Schild, Schwert, Speer, Stechmesser, Armbrust, dazu bei Rittern ein Pferd
Hirdmannen: Leibwache des dänischen Königs (oft Friesen)
Inne, Stud, Ledingsteuer: ordentliche Steuern
Insten: Dienstleute bei Bauern
Jyske Lov: Jütische (dänische) Gesetzessammlung
Kajedeich: Schutzdeich um das Abbaugebiet von Salztorf
Knutt: eine Art von Strandläufern
Koog: von Deich umgebenes Gebiet
Kratt: Buschwald
Kuhl: tiefer gelegener Teil alter Schiffe, zwischen dem erhöhten Vorschiff und dem erhöhten Achterschiff
Lüttfischer: Fischer mit eigenem kleinen Boot
Manndränke: Namen für die zwei größten Flutkatastrophen in Nordfriesland, 1362 und 1634
Motte, Turmburg, Herrenmannenhof: Hof eines Adeligen
Neffninge, Sandmänner: zu den Schöffen gehörend
Pflugschatz: außerordentliche Steuer, abhängig von Landbesitz
Plicht: tiefer als das Deck gelegener Teil des modernen Schiffes, Sitz- und Arbeitsraum

Püttlöcher: Entnahmestellen von Kleierde beim Deichbau
Rummelpott: luftgefüllte Harnblase, mit der Lärm zum Vertreiben der Geister gemacht wurde (heutzutage an Silvester)
Salzbude: Hütte, in der das Salz aus der Mischung von Salzasche und Wasser herausgekocht wurde
Schar liegender Deich: gefährdeter Deich ohne Vorland
Send: Visitation des Kirchspiels durch den Propst
Sood: Brunnen, Trinkwasserzisterne
Staller: Stabularius oder Vogt (in Schleswig: einer Harde)
Stock: Holzsteg über einen Halligpriel
Sudden: Meerstrandwegerich
Warf: aus Kleiboden errichteter Hügel, auf dem im Marschengebiet Häuser und Ställe stehen
Watt: Flächen aus Schlick und Sand, die zweimal täglich überflutet werden
Ziborium: Aufbewahrungsgefäß für Hostien

»Heute bin ich über Rungholt gefahren,
Die Stadt ging unter vor sechshundert Jahren«

Detlev von Liliencron,
»Trutz, Blanke Hans«

Prolog

Schwarze Wolkengebirge wälzten sich über Amrum und Sylt, und gewaltige elektrische Spannungen entluden sich durch grelle Lichtblitze. Aber das Krachen über ihren Köpfen war inzwischen fernem Grummeln gewichen; die Böen des Gewittersturms kamen weniger häufig und wurden merklich schwächer.

Ketel Arfsten, Fischer und Besitzer eines kleinen Motorbootes, klemmte das Steuerrad mit dem Körper fest und steckte sich im Windschutz seiner Hand eine Zigarette an. »Da draußen möchte ich jetzt nicht mehr sein«, sagte er laut, damit ihn sein junger Neffe verstehen konnte.

Thies nickte und zuckte mit den Schultern. So groß war die Gefahr wohl nicht gewesen, und sie hatten es ja geschafft. Er machte sich wieder daran, die Strandkrebse aus dem Fang zu klauben und in hohem Bogen ins Wasser zu werfen. Der Ertrag war nicht schlecht gewesen. Noch am gleichen Tag würden Ketel und er mit dem Auto auf Langeneß von Warf zu Warf fahren und die gekochten Krabben verkaufen.

Arfsten packte das Steuerrad fester. Die Hallig Hooge hatte dem Boot eine Weile Schutz geboten, und sie waren auf achterlichen Wellen von Amrum hereingefahren; jetzt trafen sie auf die Wogen, die sich aus südlicher Richtung von Pellworm heranwälzten und eine unangenehme Kreuzsee aufwarfen.

Thies hielt die Körbe fest, während das Boot im Seegang rollte. Sein Gehör sagte ihm, daß Ketel dem Diesel Höchstleistungen abforderte. Endlose Minuten vergingen, bis das Schaukeln endlich schwächer wurde.

Als die Warfen Trojberg und Norderhörn auf Langeneß in Deckung kamen, zündete sich Arfsten eine neue Zigarette an, während er mit der anderen Hand den Bug immer wieder in die seitlich anlaufenden Wellen drückte. Zwanzig Minuten noch, dann würden sie an der Schleuse festmachen. Es wurde höchste Zeit, das Wasser lief schon seit zwei Stunden ab, und sie lagen näher an Land, als ihm lieb war. »Thies, was ist das da? Hab ich noch nie gesehen.«

Obwohl Arfsten schon fast jeden Stein der Steinkante, die die Hallig schützte, erkennen konnte, ging er mit der Fahrt herunter und fuhr vorsichtig einen Bogen, der sie näher an zwei aufeinander zulaufende Reihen von Holzpfosten brachte.

Thies kroch nach vorne in den Bugkorb. Während Ketel im Rückwärtsgang so viel Gas gab, daß sein Boot sich auf der Stelle hielt, gaben die Wogen Hölzer frei, die ungleich hoch und an den Oberkanten wie abgenagt waren. Einige schienen zu fehlen, andere waren jedoch durch waagerechte Planken miteinander verbunden. An beiden Enden waren die Vierkanthölzer besonders kräftig. »Das sind Spanten!« rief Thies. »Ist ja toll! Hier liegt ein Wrack!«

»Und wir liegen gleich auf. Wir müssen weg!« Langsam zog die Schraube das Boot in das tiefere Wasser zurück, und Thies kroch zurück in die Plicht. »Ich habe noch niemals gehört, daß einer von den Alten von einem untergegangenen Schiff an dieser Stelle gesprochen hätte. Vorn und hinten spitz.«

»Dann ist es wohl älter als die Erinnerung«, vermutete Arfsten und gab Vollgas. »Vielleicht hat es hier früher einmal einen Priel gegeben, von dem niemand weiß. Bei der Länge muß das Schiff mindestens anderthalb Meter Tiefgang gehabt haben. Aber wenn wir noch länger hiergeblieben wären, hätten die Archäologen des nächsten Jahrhunderts von einem regelrechten Schiffsfriedhof berichten können.«

»Wer weiß, vielleicht ist es ja schon einer.« Thies lachte.

»Wir können morgen bei Niedrigwasser wiederkommen und das Wrack untersuchen«, schlug Ketel vor. »Mit Fotoapparat und Maßband.«

»Prima! Stell dir vor, wir hätten den Hafen der alten Trojburg gefunden. Den muß es doch gegeben haben. Oder den von Rungholt ...«

Ketel lächelte in sich hinein. Hier gab es viel mehr als das. Dort, wo sie jetzt fuhren, war einst Land gewesen, so weit das Auge blickte.

I

»Du, Kerl! Komm her und gib mir eine Auskunft!« Arfast drehte sich um und betrachtete den schwarzhaarigen baumlangen Mann von oben bis unten. Er stand am Ufer des Schluth, als ob er den Priel vom Festland her entlang gekommen wäre. Schon wieder einer von diesen dreisten Fremden, dachte er. Mit einer so frischen roten Narbe quer über dem Kinn und einem Wams, dessen Lederbesatz eine dicke Panzerung ergab, konnte er nur ein Söldner sein. Die Hand hatte er am Kurzschwert wie einer, der demnächst ziehen will.

»Wo ist die Trojburg?« fragte der Mann mit sichtbarer Ungeduld, wieder in plattdeutscher Sprache.

Der Salzsieder war unbewaffnet. Er blieb gelassen, aber das hatte nichts damit zu tun, daß er selber groß und gewandt im Kampf war. Die Leute von der Trojburg kannte er. Wie alle Halbwüchsigen von Langeneß und Nordmarsch hatte er sich gelegentlich nachts dorthin geschlichen und sich mit den Männern angelegt, aber als Erwachsener, der zu Vernunft gekommen war, nicht mehr. Die Trojburger waren unfriedliche Leute, deren Gewerbe zwischen Seeräuberei im eigenen und Küstenschutz in des Königs Auftrag schwankte. Arfast stützte Hände und Kinn auf den Pfahl, den er gerade einschlagen wollte, und deutete mit den Augen auf die höchste Erhebung hinter den violett blühenden Büscheln des Halligflieders. »Dort liegt sie. Folge dem Priel bis zum Stock und jenseits des Stockes dem Trampelpfad. Die Burg ist nicht zu übersehen.«

Ohne dem Mann noch einen Blick zu gönnen, hob Arfast die schwere Handramme wieder auf und ließ sie dröhnend auf den Pfahl fallen, der sich tief in den Kleiboden senkte. Es war der letzte Pfahl, der den Verlauf des Sommerdeiches um das künftige Abbaugebiet von Salztorf markierte. So konzentriert war er bei der Arbeit, daß er beinahe das Sirren des Pfeils überhört hätte, der an ihm vorbeiflog und sich eine Manneslänge neben ihm in das Gras bohrte. Sein Instinkt ließ ihn zur Seite springen, aber er war sich klar darüber, daß er jetzt auch hätte tot sein können.

»Knut Wogensson nimmt niemanden auf, der so schlecht schießt«, rief Arfast erbost, aber der Fremde war schon von der Graskante auf den Schlick am Priel hinuntergesprungen und außer Sicht. Sein höhnisches Lachen mischte sich mit dem Gurgeln des schnell strömenden Wassers.

Arfast starrte ihm verdrossen hinterher. Immer öfter tauchten sie auf, diese Dänen und Holsteiner, und ob der König sie schickte, die Grafen oder der Bischof: Sie machten Rechte geltend, die niemand kannte, und nahmen sich, was sie wollten. Und je mehr von ihnen kamen, desto öfter gab es Streit.

In sicherer Entfernung kroch der Fremde wieder auf das Halligufer und formte die Hände zu einem Schalltrichter. »Mich wird er nehmen, ich bin sein Sohn. Nimm dich in acht, wenn wir uns wieder begegnen, Friese!«

Arfast trabte mit dem eisenschweren Schlagklotz am abgewinkelten Arm locker der Salzsiederei entgegen, einer der beiden, die er im Auftrag des Kaufmanns Benedikt Knoop bewirtschaftete. Trotz seiner jungen zwanzig Jahre leitete er beide Siedereien nach eigenem Ermessen, und sechs ältere Männer gehorchten ihm.

Um diese hier auf Langeneß mußte er sich keine Sorgen machen, sie war die ertragreichere von beiden. Der Salztorf lag in dicker Schicht auf Land, das für gewöhnlich nicht in Gefahr war, überflutet zu werden. Sie konnten im Frühjahr zeitig mit dem Abbau beginnen und spät im Herbst aufhören.

Aber für die Salzsiederei an der Nordwestseite von Nordmarsch plante er bereits eine Warf und höhere Kajedeiche zum Schutz gegen Sturmfluten, um das Gebiet ähnlich lange wie auf Langeneß bewirtschaften zu können.

Leider war Knoop unbeweglicher als eine Wellhornschnecke im Ufersand, und seine Gedanken hinterließen noch weniger Spuren. Arfast war es leid, auf seine Entscheidung zu warten.

Er wechselte im Laufen den Arm und übersprang einen der schmalen Halligpriele, an dessen Seitenwänden das silbergraue Flohkraut in Büscheln wuchs. Die Priele, die bei Flut Wasser führten, bei Ebbe aber nur Schlick enthielten, waren die einzige Abwechslung in diesem buschlosen, flachen und grünen Halligland. In der Ferne erhob sich die Geest wie ein dunkles Wolkenband.

Kurze Zeit später stand Arfast mit einem einzigen Satz auf der Krone des Sommerdeiches, der die Salztorfgrube vor Hochwasser schützte. Zwei seiner Männer waren gerade dabei, mit langen Stangen eine abgestochene Kleischolle umzubrechen, unter der der Torf lag. Vor dem Schuppen stieg fetter schwarzer Rauch auf, um sich als stinkende Schicht über alles in der Nähe Befindliche zu legen. An windstillen Tagen hatte der Mann Pech, der die Torfsoden zu Asche verbrennen mußte. So wie heute.

Als Arfast heran war, maß er den vierschrötigen Salzbrenner von oben bis unten. Er lachte und klopfte ihm auf die Schulter. Ibbe war geschwärzt wie der Teufel in der Hölle, aber arglos wie ein Säugling, und Arfast mochte ihn gern. Als Ibbe sich die verschmierten Haarsträhnen aus den Augen strich, hinterließ er vier helle Spuren von der Stirn bis in den Ansatz seiner Haare. Er grinste gutmütig zurück.

Arfast drehte sich um. Hinter ihm setzten Sivert und Synneke keuchend die Trage ab, auf der die Brocken von nassem Torf zu einem Berg aufgehäuft waren. An Siverts Seite polterten sie herunter. »Paß doch auf«, murrte Synneke verdrossen.

»Bist du auch endlich wieder da?« fragte Sivert gereizt.

»Ja.« Arfast wunderte sich. Es mußte die Hitze sein, die sie aus den letzten Jahren nicht mehr gewohnt waren. Er überging die unausgesprochenen Vorwürfe wegen seines langen Ausbleibens. Er hatte seine Arbeit sorgfältig getan. Aber es war nicht Siverts Sache, sich darum Gedanken zu machen.

Arfast holte tief Luft. Sein Blick ging über den schmalen Meeresarm, den sie den Schluth nannten, nach Strand. Im klaren Abendlicht sah er die Westerwoldter Kirche, daneben die schwarzen Umrisse des Waldes, der der Siedlung den Namen gegeben hatte. Im wichtigsten Hafenort der Insel, Rungholt, hatte Benedikt Knoop seine Handelsniederlassung. Wenn die Tage kürzer wurden, fand der Herbstmarkt statt, da legten im Sielhafen die Schiffe aus Hamburg, Bremen, Ripen und Flandern an, brachten Wein, Mühlsteine, Schuhe und Tuche, luden Getreide, Ochsen und Salz. In den Herbstwochen wurde Rungholt eine der Drehscheiben des nordischen Handels. »Ich bringe morgen eine Ladung Salz nach Rungholt«, verkündete er entschlossen. »Den neuen Kajedeich habe ich für euch abgesteckt. Ihr könnt anfangen, ihn aufzuwerfen.«

»Du hältst uns wohl für deine Gespannochsen.« Sivert ließ sich mit der Trage unter dem Arm den Abhang hinunterrutschen und machte sich zwischen den keilförmigen Kleischollen davon.

Arfast sah ihm mit zusammengepreßten Lippen nach. Sivert hatte sechs Finger an der linken Hand und galt als schwierig. Aber er hatte keine Lust, ihn zur Rede zu stellen.

Er drehte sich zum Wasser um. Seine Verdrossenheit verlor sich mit dem lauter werdenden Schnattern der Vögel, die sich mit der auflaufenden Flut näher ans Ufer treiben ließen. Und dahinter wartete Rungholt auf ihn.

Der schwarzhaarige junge Mann, Knut Wogenssons Sohn, stapfte pfeifend in die Wallanlage der Trojburg hinein. Er war noch nie hier gewesen, und die Mannen seines Vaters kannten ihn nicht, aber das war für ihn kein Grund zu falscher Bescheidenheit. Er donnerte mit dem Schwertknauf an das offenstehende Tor, bis oben an der Treppe des zweistöckigen Wohnturms ein Gesicht erschien, gerötet und mit unstetem Blick. Es dauerte eine Weile, bis die Augen den Gast gefunden hatten.

»Was willst du, Mann?« schrie er hinunter.

»Sag meinem Vater, daß ich da bin!«

»Bist du Knutsson?« Er klang jetzt schon merklich bescheidener und zog sich wortlos zurück, als der Schwarzhaarige nickte.

Kurze Zeit später polterte eine mächtige Gestalt die Treppe hinunter. Knut schloß seinen Sohn in die Arme und drückte ihm herzhaft seinen krausen Bart auf beide Wangen. Lebhaft zog er ihn hinter sich her. »Komm mit zu einem Begrüßungsschluck.«

Knutsson grinste verächtlich. Während er sich den Ritterschlag verdient hatte, war sein Vater anscheinend fett und kriegsmüde geworden. »Ihr begrüßt euch wohl schon eine Weile.«

Der Burgherr wandte sich abrupt um und musterte ihn aus blutunterlaufenen Augen. »Wenn ich es gestatte – warum nicht? Du bist hier willkommen. Aber vergiß nicht, daß dies mein Hühnerhof ist. Wenn du auf einen eigenen aus bist, such ihn dir woanders! Dort kannst du krähen, so laut du willst.«

Sein Sohn gab sich nicht die Mühe, darauf zu antworten. Diese kleine Räuberburg zu befehligen, war gewiß nicht sein Ziel. »Nun geh schon«, sagte er ungeduldig.

Knut stapfte vorweg und machte auf der halben Höhe zwischen erstem und zweitem Stock dem Jüngling Platz, mit dem Knutsson zuerst gesprochen hatte. Inzwischen hatte seine Trunkenheit einen Grad erreicht, der ihn schneller hinuntertaumeln ließ, als auf der steilen Stiege zuträglich sein konnte. »Paß auf«, knurrte Knut und hielt den Mann am Arm fest, als er über eine Trittstufe hinausrutschte.

»Mutter findet übrigens, daß du dich mal wieder sehen lassen könntest. Die Burgmauern sind kalt, und ihr Bett ist es auch«, plauderte Knutsson, indes er sich umdrehte und dem Betrunkenen mit dem Ende seines Bogens einen harten Stoß versetzte.

Der Mann kippte vornüber und rutschte nach unten. Am Fuß der Treppe blieb er mit verdrehtem Hals liegen.

Der Burgherr drehte sich jäh um und betrachtete seinen

Gefolgsmann verunsichert aus hervorquellenden Augen. »Ist er tot?«

Knutsson nickte. »Bestimmt. Schade, er war schon zu weit unten, als daß ich ihn noch hätte festhalten können.«

»Er war ein guter Mann«, sagte Knut betrübt.

»Zu betrunken, um gut zu sein.« Knutsson erfuhr nicht, ob sein Vater die Andeutung verstanden hatte, denn in diesem Moment wurden sie vom Johlen der Mannen empfangen.

Das asketische Gelehrtengesicht von Nicolaus Brun verzog sich kaum merklich, als der Kantor des Domkapitels von Schleswig durch das lange Schiff des Doms rauschte, ohne Scheu die erhabene Stille des hohen Raums mit dem scharfen Klappen seiner Ledersohlen störend. Hier drinnen war nichts vom Marktgeschrei der Fischer und dem Lärmen der Handwerksburschen in den Gassen zu hören. Nur die ungedämpften Schritte trugen den Kampf der Welt um Macht und Geld in diesen hohen Raum herein.

Seufzend wandte der Bischof sich von der Holzstatue des Erlösers ab und sah seinem Kantor entgegen. Rangmäßig dem Dompropst und dem Archidiakon folgend, kam Friedrich von der Wisch als Leiter der Domherren ein unverhältnismäßig großer Einfluß innerhalb des Domkapitels zu. Jeder tat das Seine im Dienst des Herrn, aber um den jungen Adeligen zu ertragen, benötigte der Bischof immer wieder aufs neue den Gleichmut seiner bäuerlichen dänischen Vorfahren.

Der Kantor, gleichzeitig Propst von Strand und Föhr, sah den Bischof herausfordernd an, bevor er sich auf sein Knie niederließ. Er konnte es sich leisten, denn Nicolaus Brun war blind wie ein Maulwurf im Tageslicht. Um so besser war sein Gehör. »Pontifex! Euer Gnaden! Es geht das Gerücht, Ihr plantet, Sankt Johannis von Föhr zur Kollegiatskirche zu erheben. Wäre ich nicht der erste, mit dem Ihr dergleichen besprechen müßtet?« fragte er in sanftem Ton.

»Zweifellos, Fredericus. Ihr solltet Gerüchten keinen Glauben schenken.« Der Bischof faltete seine Hände und blinzelte in den Lichtstrahl, der durch den runden Fensterbogen tanzende Flecke auf die Bodenplatten warf.

»So stimmt es also nicht, daß der König seine Macht in Friesland mit des Erzbischofs Hilfe zu stärken versucht?« Der Propst verbarg mit Mühe seinen lodernden Zorn. Seitdem der Däne im Amt war, waren schon zwei verstorbene Domherren aus dem Holsteinischen durch dänische Adelige ersetzt worden, ohne daß er es hatte verhindern können. Und jetzt drohte ihm selber der Entzug seiner wichtigsten und reichsten Kirche.

»Seine Gnaden hat ausschließlich die Herrlichkeit der Mutter Kirche im Sinn und weiß sich dabei mit seiner Heiligkeit in Rom einig. Und mit mir. Dieses Mal wird es nicht nötig sein, daß ein Strander Propst sich nach Lund um Hilfe wenden muß.«

Der Kantor war nicht weniger hellhörig als der Bischof. Es bahnte sich also doch ein neuer Konflikt zwischen Deutschen und Dänen innerhalb des Lunder Erzbistums an. »Und Seine Gnaden König Waldemar?« fragte er seidenweich. Daß der König sich selbst eingeschaltet hatte, bewies die außerordentliche Bedeutung der Angelegenheit.

Nicolaus Brun lächelte verhalten. Der Propst war klug genug, um seinen brennenden Ehrgeiz wenigstens äußerlich zu zügeln. Daß er der Umwandlung von St. Johannis in eine Kollegiatskirche Widerstand entgegensetzen würde, war vorauszusehen gewesen. Es würde seine Hausmacht beträchtlich schwächen und seine Pfründe schmälern. Aber König Waldemar IV., genannt Atterdag, benötigte dringend die Friesen im Rücken der machthungrigen holsteinischen Grafen und des schleswigschen Herzogs, um diese in Schach halten zu können. Er hatte den Erzbischof in Schonen um Unterstützung gebeten und dieser, der noch nicht lange dänischer Untertan war, jedoch seine Loyalität unter Beweis stellen wollte, den dänischen Bischof in Schleswig.

Die Kollegiatskirche auf Föhr war sein eigener Vorschlag gewesen: Sie würde die alte starke Bindung der Friesen an Kirche und König wieder aufleben lassen. »Herr

Prälat, der König ist sehr zufrieden mit dem Sieg des Generals Zappy über die Bökingharde und die Horsbyharde«, antwortete der Bischof ausweichend. »Allein die Edomsharde macht ihm noch Sorgen. Die Kaufleute dort sind sehr selbstherrlich. Waldemar hat zu erkennen gegeben, daß seine Geduld am Ende ist.«

Ein verwegener Gedanke schoß dem Kantor durch den Kopf. Eine Kollegiatskirche in Nieblum auf Föhr paßte ihm nicht – vor allem nicht als Dom des künftigen Bistums Friesland. »Vielleicht sollte man die Rungholter Kirche zur Kollegiatskirche ausbauen?« schlug er vor, wobei es ihm tadellos gelang, seine Erregung zu verbergen. »Das würde die Edomsharder enger an Dänemark binden als je zuvor, und die Nachhilfe des Generals würde sich erübrigen. Ich fürchte sogar, daß die Edomsharder die holsteinischen Grafen zu Hilfe rufen könnten, falls sie sich vom König bedroht fühlten.«

Der Bischof runzelte die Stirn und schaute zum Altar. Von dort kam keine Hilfe, aber auch kein Widerspruch. »In Anbetracht dessen, daß die Veränderung der Kirche zu Nieblum ein Gerücht ohne jeden Hintergrund war, kommt Euer Vorschlag sehr überraschend für mich. Ich werde zu unserem Herrn um Erleuchtung beten«, murmelte er. »Vielleicht sollten wir wirklich den Vorschlag auf der Synode vortragen.«

Das Gespräch war zu Ende, und der Kantor fiel auf die Knie. Flüchtig streifte er die magere Hand des Bischofs mit den Lippen und sah dann mit glühenden Augen dem durchgeistigten Mann nach. Mit zögernden Schritten trat dieser in den tiefen Schatten und tastete sich an der Cathedra entlang.

Der Propst wandte den Kopf zum Herrn Jesus Christus über dem Altar und lächelte ihn fast ungläubig an. Auf überraschende Weise war er seinem Ziel näher gekommen. Nicolaus Brun pflegte lieber Kompromisse zu schließen als Auseinandersetzungen auszutragen. Wenn er keinen offensichtlichen Nachteil in Rungholt sah, würde er zustimmen.

Und dieser Kompromiß würde zum Verlust der Propstei Strand aus dem Bistum Schleswig führen.

Selbst der Mann in Rom war der Weihe nach nichts als ein Bischof. Wer konnte schon voraussagen, wohin ihn sein eigener Weg als Bischof in Rungholt führen würde?

Friedrich von der Wisch küßte den Daumen, an dem zukünftig sein Bischofsring sitzen würde, raffte sein langes Gewand mit der anderen Hand und sprang auf. Während er den Dom mit jugendlicher Zuversicht verließ, hörte er eine Glocke dünn den Tod verkünden. In seinen Ohren klang es wie das Totengeläut für das alte Bistum Schleswig, und es war ihm recht so, denn es hatte längst ausgedient. Aus seinen Trümmern würde das neue Bistum Strand aufsteigen.

Draußen sah er seinen Amtsbruder des Wiedaugebietes im Gespräch mit einigen Domvikaren. Er ging zu ihnen hinüber. Seine kämpferische adelige Familie hatte es vorgezogen, ihn in den Dienst der Kirche zu geben; seitdem waren Worte seine Waffen: Er hatte sie nicht freiwillig gewählt, aber er konnte sich ihrer bedienen.

Die Geest im Osten wurde schon von einem rötlichen Streifen Licht erhellt, als Arfast am nächsten Morgen aus der Tür trat. Noch war die Sonne nicht aufgegangen, aber es würde ein strahlender, wolkenloser Tag werden. Über Ketelsbüll, dem größten Ort der Hallig Langeneß, lag noch die Dunkelheit der Nacht.

Arfast belud das Boot mit den letzten beiden Salztonnen. Das Wasser lief auf, und der Wind wehte frisch von Föhr herüber. Die ersten Sonnenstrahlen fielen schon auf die Mastspitze, als er das Segel auswehen ließ, den Festmacher vom Pfahl schüttelte und sich abstieß. Die Rah schlug nach Backbord aus, und er nahm Kurs auf den Schluth durch den Priel, der Langeneß von Nordmarsch trennte.

Er fluchte leise, als er über das gleißende Wasser hinweg die drei Wogensmannen sah, die das große Boot der Trojburg klar zum Auslaufen machten. Noch hatten ihn die

Männer nicht gesehen, aber im derzeit noch schmalen Strombett gab es nicht die geringste Möglichkeit unbemerkt vorbeizukommen.

Arfast steuerte angespannt den kürzesten Weg durch den gewundenen Priel. Er spürte, wie der flache Bootsboden über den Schlick holperte. Mit etwas Glück würde er an den Trojburgern vorbei sein, bevor ihr Boot ganz freischwamm.

Er war querab, als sie ihn sahen und mit höhnischen Bemerkungen kommentierten. Der Schwarzhaarige vom Vortag war dabei.

Arfast war mehrere Schiffslängen voraus, als die Männer ihr Boot endlich in ausreichende Wassertiefe geschoben hatten. Befehle wehten über das Wasser. Die Hast, mit der sich Knutsson über das Heck in das Boot warf, das Wirbeln der Ruderblätter und die abschätzenden Blicke, die dem Abstand zwischen beiden Booten galten, sagten Arfast alles. Sie waren hinter ihm her.

Im Schluth mußte er anluven; der härter setzende Flutstrom lief gegen die Windwellen an und minderte seine Fahrt. Die Wogensmänner holten auf. In ihrem Gebrüll lag bereits Schadenfreude.

Arfast stemmte die Füße auf den Schiffsboden und setzte das Vorliek durch. Die Falte im schweren Tuchsegel verschwand, und das Rauschen am Heck wurde um eine Kleinigkeit heller. Er lachte vor sich hin: anderthalb Schiffslängen gutgemacht. Unter gewöhnlichen Umständen hätte ihm diese Wettfahrt Spaß gemacht. Aber sechs Tonnen Salz an Bord waren keine gewöhnlichen Umstände, und er trug die Verantwortung für die teure Fracht.

Der Salzsieder wandte sich um. Er sah nicht, wer steuerte. Aber er sah ganz deutlich, daß der Schwarze im Bug kauerte, den Bogen in den Händen. Das Boot der Trojburger war länger, also würden sie ihn über kurz oder lang einholen. Fieberhaft überlegte er, wo er ihnen entkommen konnte. Zwei Vorteile hatte er auf seiner Seite: Sein Boot ging flacher, und er kannte das Gewässer besser, zumindest nahm er das an.

An der Backbordseite zog Südermarsch vorüber. Die Hallig war niedriger gelegen als Langeneß und lief an ihrer Westseite im Südersand aus, der bei diesem Wasserstand gut vier Fuß unter Wasser liegen mußte. Unauffällig nahm Arfast Kurs auf den Schaumstrich, der die Untiefe sichtbar machte.

In ihrem Siegestaumel folgten ihm die Wogensmannen blindlings. Plötzlich nickte der Mast des Trojburgbootes heftig nach vorne. Arfast wußte noch eher als seine Verfolger, daß sie festsaßen. Lachend winkte er ihnen zu, als sein Ever sich in einer Bö rauschend entfernte.

Die Männer hängten sich über die Bootskante und starrten ungläubig ins Wasser. Bis sie sich mit dem Staken davon überzeugt hatten, daß sie die nächste Zeit hoch und trocken sitzen würden, war Arfast der Reichweite ihrer Pfeile entkommen.

Einige Stunden später bog er nach Rungholtfall ein. Die Fahrrinne führte nach Norden, aber der Wind hatte nachgelassen, so daß er gegenan rudern konnte. Es war schwere Arbeit, und ihm lief der Schweiß von den Schläfen, als er endlich im neuen Hafen vor der großen Schleuse die Ruder einholen konnte.

»Auch wieder da, Arfast?« rief der Hafenmeister und wies ihm im Vorbeilaufen einen bequem nahe am Deich gelegenen Platz vor einer Bremer Kogge ein. Auf der anderen Hafenseite benötigte ein Schiff nach flandrischer Bauart Hilfe beim Ablegen.

Es dauerte eine Weile, bis die Leinen mehrerer längsseits liegender Schiffe unter Geschrei und unsinnigen Ratschlägen von zuschauenden Bauern klargemacht waren und sich der Holländer aus dem Knäuel der Boote gelöst hatte.

Inzwischen hatte Arfast in aller Stille angelegt, die Rah heruntergeholt, das Segel angebändselt und war auf den Riper Damm hochgestiegen. Er sog begierig den Duft von Rungholt ein, eine seltsame Mischung aus Hafenschlick und Kräutergärtchen, die er liebte. Er war wieder einmal zu Hause.

Der Deich unter seinen Füßen trennte Rungholt vom Hafen und vom Vorland. In einiger Entfernung war nach Süden hin der Deich des Halgenäser Salzkoogs zu erkennen, der von Benedikt Knoops schärfstem Konkurrenten betrieben wurde. Durch nicht öffentlich diskutierte Umstände hatte der Besitzer vor einigen Jahren erreicht, daß seine Salzbude in den Deichschutz gekommen war, und diese Tatsache bot ihm unendliche Vorteile. Agge Salz war mit dem Statthalter des Königs gut bekannt, hieß es.

Arfast machte sich auf den Weg zum Haus des Kaufmanns. Ein gutes Jahrzehnt lebte er hier, aber in dieser Zeit hatte sich Rungholt von einem unscheinbaren Dorf zu einem stattlichen Ort mit gut ausgebautem Hafen entwickelt. Früher hatte es hier keinen Deich gegeben und keine Warfen. Und obwohl er nur einige Wochen fortgewesen war, gab es schon wieder neue Buden zwischen den Häusern der Rungholter. Das Ping-Ping eines Schmiedes hallte wider; auf der anderen Seite des Sielzuges, der die Siedlung in zwei Ortstelle teilte, drehte jetzt ein Reepschläger seine Taue zwischen einem Brettergestell und einer Winde. Agges großer Salzspeicher war inzwischen fast fertiggestellt. Die vom Festland angeworbenen Maurer arbeiteten noch, aber die Reetbunde für das Dach waren schon am Boden aufgeschichtet worden.

Das Haus des Kaufmanns stand am Lüttfischerhafen, allein auf einer niedrigen Warf, nach Westen von windgeschorenen Bäumen beschützt. Vor schwankenden Masten sah Arfast schon Benedikt Knoop stehen. Der gewichtige Kaufmann in seiner violett und schwarz gestreiften Kleidung wirkte in der grünen friesischen Marsch fremd. Wie ein Schweinsohr in der Fischsuppe, hätte sein Vetter Haye gesagt. Darüber mußte Arfast selbst lachen, als er sich mit langen Schritten den Fischerstegen näherte.

Knoop sprach im Befehlston mit einem grauhaarigen Fischer, der in seinem Boot saß und Aale abzog. Möwen stürzten den Köpfen und Häuten schreiend ins Wasser nach. Eine ältere Frau mit Witwenhaube hielt dem Fischer wortlos einen Korb hin. Ein junges Mädchen begutachtete jeden Fisch, den der Fischer in den Korb warf, und an ihren Lippen sah Arfast, daß sie sie zählte.

Das Mädchen sah Benedikt Knoop eigentlich nicht ähnlich, aber Arfast wußte sofort, daß sie seine Tochter sein mußte. Ihre blonden Zöpfe lagen wie ein Kranz um ihren Kopf, und der Wind wirbelte ihr lose Locken in die Augen. Als sie ihre blauen Augen fragend auf Arfast richtete, schlug ihm das Herz bis zum Hals.

»Moin«, preßte er heraus.

Der Kaufmann drehte sich um. »Ach, Arfast«, grüßte er mit einer Mischung aus Ungeduld und Erleichterung. »Es paßt gut, daß du gekommen bist, hoffentlich mit einer tüchtigen Ladung Salz. Ein gewisser Jan de Valkenere wünscht alles aufzukaufen, was an Salz vorhanden ist, und er bietet einen guten Preis.«

Arfast zog seine Mütze vom Kopf und nickte. »Ihr habt vermutlich schon gehört, daß in diesem Jahr die Salzausbeute nirgends groß ist. Ich habe weniger als im vorigen Jahr. Wir konnten den Torf kaum trocken bekommen.«

»Auch das noch! Anna, du bleibst hier und überprüfst die Schollen!« Knoop wandte sich gereizt um und strebte seinem Haus zu, ohne sich darum zu kümmern, ob Arfast ihm folgte.

Unschlüssig blieb er stehen, bis er einen aufmunternden Stoß in die Rippen spürte. »Geht, Herr Arfast«, flüsterte das Mädchen bestimmt. »Mein Vater will ganz sicher sofort mit Euch sprechen ...«

»Woher wißt Ihr das denn?« Arfast war zu erstaunt, um besonders höflich zu sein.

Anna lächelte verschmitzt, und doch spürte er einen Anflug von Besorgnis in ihren Augen. »Ich weiß alles über das Geschäft. Ich führe die Rechnungsbücher.«

Während Arfast darauf wartete, daß der Kaufmann sich für ihn Zeit nahm, wunderte er sich immer noch über Anna Knoop. Er war ihr vorher noch nie begegnet. Ein Staller pflegte einen Schreiber zu haben, aber daß ein Kaufmann sich seiner Tochter als Schreiberin bediente, hatte er noch nie gehört. Möglicherweise konnte sie sogar rechnen, denn das war zum Führen eines Wechselbuches notwendig.

Benedikt Knoop rief Arfast herein. Er hatte seinen Rock anbehalten, obwohl die Fleischfülle um seine Mitte beinahe die Knopfreihe sprengte. Nur die Gugel hatte er wegen der Wärme abgelegt. Nachdenklich faltete er einen Brief zusammen, den er gründlich studiert hatte. Dann zog er das dicke Buch zu sich herüber, in das er Eintragungen zu machen pflegte. »Wie viele Tonnen?« fragte er knapp und ließ den Gänsekiel über dem Pergament wie ein Fallbeil schweben.

»Sechs. Zwanzig insgesamt«, fuhr Arfast fort, während der Kaufmann noch rechnete. Er hatte seine Liefermengen stets im Kopf. Dafür brauchte er keine Rechnungsbücher. Und ein kaufmännisches Stirnrunzeln konnte ihn gewiß nicht einschüchtern.

»Im Jahr davor war es doppelt soviel«, knurrte Knoop und warf die Feder hin, daß die Tinte spritzte. Seine grünen Augen waren eisig. »Mit sechs Salzsiedern und einem Aufseher! Deine Rechnung lautete anders, als wir uns vor zwei Jahren einig wurden. Hast du etwas für dich abgezweigt? Oder dich mit den Trojburgern zusammengetan?«

Sein Verdacht ließ Arfasts Herz hämmern. Knoop gehörte dem Hardesgericht an. Ein einfacher Mann verlor leicht seinen Kopf, wenn einer aus den vornehmen Familien sich betrogen glaubte. »Wie soll ich beweisen, daß etwas Fehlendes nie da war?« fragte er hitzig. »Ich bin ein ehrlicher Mann. Ihr könnt Euch überall erkundigen.«

»Das werde ich auch!« bellte Knoop. »Und wenn nur ein Quentchen an Unsicherheit zurückbleibt, bist du entlassen! Was auf Diebstahl steht, weißt du ja.«

Arfast schob die Daumen in den Gürtel und verlagerte sein Gewicht. Er stand, denn Knoop pflegte ihm nie einen Sitzplatz anzubieten, aber erstmals merkte er, daß es dem Kaufmann auch um Erniedrigung ging. Der Zorn ließ sein Gesicht dunkelrot werden. »Hättet Ihr die Nordmarscher Salzsiederei auf eine Warf versetzt, wie ich es vorschlug, hätten wir gut vier Wochen länger brennen können. Statt daß die Torfsoden unten in den Gräben vom Hochwasser durchtränkt wurden, hätten sie auf dem Warfabhang trocknen können. Wir hätten im Gegensatz zu allen anderen durcharbeiten können. Unser Problem war weniger das Wasser von oben als das Salzwasser!«

Benedikt Knoop schob den Unterkiefer vor und mahlte mit den Zähnen, während er einmal mehr wahrnahm, daß der Salzsieder ein flinkes Mundwerk hatte und sich nicht einschüchtern ließ, wie überhaupt die Friesen sich wenig bieten ließen. Das Versäumnis des Herzogs über lange Jahre mußten nun die Kaufleute ausbaden, die hierher gerufen wurden, um Reichtum zu erwirtschaften. »Eine Warf zu bauen ist teuer«, entgegnete er nach einer Weile langsam.

Arfast angelte mit dem Fuß nach einem Hocker und setzte sich. Seine Wut verflog wie immer schnell. Hier handelte es sich darum, etwas zu besprechen, über das er schon oft nachgedacht hatte. »Wir haben in den letzten Jahren öfter Sommerhochwasser«, sagte er bedächtig. »Die Ausfallzeiten beim Salzabbau häufen sich. Bald wird man nur noch hier eine Tonne und da eine Tonne verkaufen können. Wer aber auf einer Warf Salz kocht, kann seinen Ertrag steigern, besser berechnen und geschickte Verträge abschließen. Ihr könntet die gesamte Jahresproduktion eines kommenden Jahres in eine Hand verkaufen und hättet dabei niedrigste Transportkosten. Das wäre eines Mannes würdig, der sich Kaufmann nennt und nicht Krämer!«

Verblüffung malte sich auf des Kaufmanns breitem Gesicht, die jäh erneut in Wut überging. Er schlug mit der Faust auf den Tisch, daß die Krümel eines zerbrochenen Siegels tanzten. »Ich habe hier eine Anfrage aus Flandern, wieviel wir im nächsten Jahr liefern können. Ich habe dem Mann gerade geraten, gefälligst im nächsten Jahr anzufragen.«

Arfast ließ jede Vorsicht außer acht. »Das war übereilt. Ich kann es jetzt schon für Euch berechnen«, schlug er eifrig vor. »Mit der Nordmarscher Warf.«

»Wirklich?« fragte Knoop ungläubig. »Du weißt wohl

mehr über Salz, als ich dachte.« Indes der Salzsieder ohne falsche Bescheidenheit nickte und zu einer Erklärung ansetzte, klopfte es, und Anna schaute in das Zimmer herein.

»Vater, die Interessenten sind da«, flüsterte sie.

Knoop erhob sich mit beflissener Geschwindigkeit und griff zu seiner Gugel. Noch während er sie zu einem Turban um den Kopf wickelte, deutete er mit dem beringten Daumen auf den Salzsieder. »Es bleibt bei der Überprüfung! Niemand betrügt Benedikt Knoop!« Mit einem flüchtigen Wink entließ er Arfast und widmete sich dem Sitz seiner Beinkleider.

Arfast nickte mit zusammengebissenen Zähnen. Ein Mann, der so argwöhnisch war, würde nichts Großes vollbringen. Sein Plan, ihn für die Salzwarf zu begeistern, war ausgeträumt. Er verließ das Haus.

Von den Männern, die sich neben dem Brunnen leise besprachen, kannte Arfast den Hardesvogt der Edomsharde, einer aus der weitverstreuten Familie der Gunne von Pellworm, und den heimtückischen Babe. Neugierig musterte Arfast die Männer, die Anna Knoop als Interessenten bezeichnet hatte. Daß der Ochsenhändler Babe Aghesson dabei war, bedeutete, daß ihr Interesse nicht dem Salz galt. Er grüßte höflich, als des Hardesvogts Blick ihn streifte, aber dieser nahm den Salzsieder nicht zur Kenntnis.

Knoop erschien im Türbogen und winkte seine Gäste betont jovial herein. Die vier Männer setzten sich, immer noch diskutierend, nach einer Weile langsam in Bewegung. Ein zugewanderter Kaufmann wie Knoop durfte dankbar sein, wenn die Bonden der Harde seine Gastfreundschaft in Anspruch nahmen. Knoops lächelnde Miene verlor nichts an Herzlichkeit, während er geduldig wartete.

In der Stube achtete Knoop besonders darauf, daß die Bonden und Männer die ihnen entsprechend ihrem Rang zustehenden Sitzgelegenheiten erhielten, der Hardesvogt den einzigen Sessel mit Armlehnen.

Gunneson ordnete die Falten seines braunen Rocks und

lehnte sich weit zurück, die Hände um die Armlehnen des Sessels. Er wartete, bis Ruhe eintrat. Seine Tätigkeit als Amtmann im Namen des Königs verlieh ihm eine herausragende Stellung in der Harde, und ihm stand das erste Wort zu. Ein selbstgefälliges Lächeln lag auf seinem Gesicht, als er verschiedene Ereignisse der letzten Jahre zusammenfaßte: »Die übrigen Harden haben inzwischen alle ihren Denkzettel vom König bekommen. An den Rechten der Edomsharde zu rütteln, traut sich auch Waldemar Atterdag nicht.«

»Und so soll es auch bleiben«, ergänzte der Hardesbonde Monny Sibingh und grätschte raumgreifend seine Beine. »Wir müssen nur Festigkeit zeigen, Vogt.«

Harre Gunneson nickte und ließ sich von seinem schmächtigen Helfer und Schreiber einige Dokumente herüberreichen. »Die Bökingharder und die Horsbüllharder zahlen dem König nun sogar wieder die Salzsteuer. Wir sind anscheinend die einzigen, die sich an die alten Bündnisse innerhalb der Utlande halten. Die Holsteiner Grafen wußten es vor drei Jahren sehr zu schätzen, daß wir ihnen aus Treue Hilfe gegen die übrigen Strander Harden versprachen.«

»Und gegen Morsum.«

»Gegen Morsum auch.« Der Hardesvogt furchte seine Stirn. Er hatte den Verrat des Kirchspiels an der Harde nicht vergessen. Nachdenklich wedelte er eine Fliege mit dem Schreiben fort, an dem das Hamburger Siegel hing. »Und doch haben einige unserer Handelspartner Angst bekommen, daß auch wir abfallen könnten. Die Hamburger ersuchen uns um Erneuerung des Abkommens, und Graf Robert von Flandern bittet uns im ersten Teil seines Schreibens nochmals um Bestätigung, daß seine Kaufleute unseren Hafen ungehindert besuchen können – unter welcher Herrschaft auch immer, fügt er hinzu.«

Babe Aghesson, der sich selten äußerte, lachte spöttisch. Der Schreiber zuckte erschrocken zusammen und war dankbar, daß der König die aufrührerischen Worte und das respektlose Lachen nicht hören konnte. Sein Dienst unter diesen wilden Edomsharder Friesen fiel ihm von Tag zu Tag schwerer.

»Die Hamburger zu beruhigen sollte uns nicht schwerfallen«, fuhr Gunneson fort. »Bei dem Flamen sieht die Sache anders aus. Offensichtlich gilt seine Besorgnis weniger der Sicherheit seiner Kaufleute als der Sicherheit unserer Salzlieferungen. Mir ist nicht ganz klar, warum.«

Benedikt Knoop fuhr hoffnungsvolle Erregung bis in die Fingerspitzen. Unbewußt trommelte er mit ihnen auf die Tischplatte und lenkte die Aufmerksamkeit aller auf sich. Er ergriff die Gelegenheit beim Schopf. »Es gibt Informationen, Hardesvogt, die Euch interessieren werden. Flandern ist mit den Engländern verbündet und steht den Franzosen feindlich gegenüber. Die Flamen können ihr Salz also entweder aus Bündnistreue nicht in Frankreich kaufen, oder sie sind zu schlau, um sich von einer feindlichen Macht abhängig zu machen. Dürfte ich den Brief selber mal lesen?« Er mußte sich gewaltig zusammennehmen, damit er dem Vogt das Schreiben nicht entriß. Dies konnte die Chance seines Lebens sein.

Harre Gunneson stieß einen unmelodischen Pfiff aus, während Knoop anfing zu lesen. Er war Sproß einer alten friesischen Familie und hatte immer geschickt verborgen, daß er selber manchen holsteinischen Kaufmann nach Rungholt geholt hatte. Aber immer öfter sah er seine heimliche Hardespolitik belohnt. Ein Kaufmann mit Verbindungen zu den Schauenburger Grafen war über die Jahre gewinnbringender als eine Ochsenherde auf dem Rungholter Vorland. Die Schauenburger warben in den letzten Jahren geradezu um die Edomsharde. Und die Edomsharde – das war er. »Dann verstehe ich die Sorge des Grafen«, sagte er, als Knoop ihm das Schreiben zurückgab.

Monny Sibingh lehnte sich zurück und lachte unbekümmert. »Wir sollten dem kleingläubigen Grafen gehörig antworten! Selbstverständlich kann die Edomsharde liefern. Wer ist er denn schon, daß er so zu fragen wagt!«

Der Hardesvogt verzog seine Lippen zu einem schmalen Strich und schüttelte nachdenklich den Kopf. »Wir werden antworten, wie es sich einem Grafen gegenüber gehört. Aber wieviel Salz können wir ihm zusichern? Nach den Erfahrungen der letzten Jahre könnten wir leicht vertragsbrüchig werden. Was dann? Vor allem: Wer zahlt die Brüche, wenn es hart auf hart kommt?«

»Schicken wir ihm doch Ochsen als Buße«, schlug Babe vor, dessen helle Stimme zu seinem spitzen Fuchsgesicht paßte. »Oder schicken wir ihm überhaupt nur Ochsen. Das Geschäft ist verläßlicher.«

Knoop sah zum Hardesvogt hinüber und hatte das Gefühl, daß dieser den Ochsenhändler genauso unverschämt fand, wie er selber. Die Gelegenheit, Gunneson zum Eintreten für den Salzhandel zu bringen, war so günstig wie nie. Er holte tief Luft. »Salz macht fetter als Ochsen, wie man unschwer an mir sehen kann«, machte er einen schwachen Scherz. »Und Salz kann zu einem ganz großen Geschäft für die Edomsharde werden, wenn man es richtig anpackt! Vor allem mit einem potenten Abnehmer und beizeiten festgelegten Liefermengen, die der Edomsharder Fernkaufleute würdig sind. Schließlich sind wir keine Krämer! Deshalb bin ich dafür, daß wir eine Delegation nach Brügge schicken, die in aller Form und mit der gebotenen Würde die Bedingungen aushandelt.« Knoop ließ den Hardesvogt nicht aus den Augen.

»Genau meine Meinung! Wackere Männer werden den Grafen leicht von unserer Lieferfähigkeit überzeugen«, stimmte Monny zu, der in Erwartung des Knoopschen Bieres eine schnelle Übereinkunft wünschte. Er leckte sich die wulstigen Lippen.

»Wacker reicht nicht, wenn sie ihn überzeugen sollen. Da muß einer schon mehr vom Salz verstehen, als daß Ochsen Salzlecksteine brauchen«, widersprach Gunneson unzufrieden.

Der Ochsenhändler verzog keine Miene. Seitenhiebe beantwortete er, wenn sie am meisten schmerzten.

»Pah! Das Wort eines Mannes sollte genügen.«

»Beim Handel mit Ochsen und Getreide habt Ihr sicher recht, Bonde Sibingh«, stimmte Benedikt Knoop diplomatisch zu und konnte seiner Aufregung kaum mehr Herr werden. »Was das Salz betrifft, gebe ich Seiner Gnaden recht. Ich schlage deshalb vor, nach Brügge einen Salzsieder mitzunehmen. Solche Leute kennen ihre Stellung und werden den Mund nur auftun, wenn sie gefragt werden. Gleichzeitig kann der Mann sich um das Gepäck und dergleichen kümmern.« Mit angehaltenem Atem wartete er. Salz war ein lukratives Geschäft, und unter den gegenwärtigen politischen Bedingungen konnte es sich zum Geschäft seines Lebens entwickeln. Aber als geborener Ritter hatte er sich in sein Leben als Kaufmann erst hineinfinden müssen. Vom Salzhandel verstand er nur so viel, daß der Graf von der Seriosität der Offerte überzeugt werden mußte, sonst würde er sich nach einem anderen Großlieferanten umsehen. Und wer wäre seriöser als eine ganze Harde? Er benötigte die Mithilfe des Hardesvogts. Aghesson und Sibingh waren unwichtig; Bauern waren gar nicht in der Lage, die Tragweite der flandrischen Anfrage zu überblicken.

Babe hörte dem Kaufmann verstimmt zu. Die Erweiterung der Delegation gefiel ihm nicht. Monny zuckte mit den Schultern.

Harre Gunneson ließ mit hochgezogenen Augenbrauen die Daumen umeinander kreisen. »Zweifellos sprecht Ihr von Arfast Ketelsen.« Er grübelte eine Weile, wobei ihn keiner zu stören wagte. Salz konnte in der Tat die Entscheidung in der Hardespolitik bringen. Der einzige andere Hardesangehörige mit Kenntnissen über Salz war Agge aus Morsum: Seine Verbindungen zum Staller waren undurchschaubar, und als Mitwisser wäre er untragbar. Daß der Kaufmann annahm, Arfast Ketelsen würde sich zum Knecht machen lassen, belustigte ihn. Aber in der Tat gab es keine Wahl. »Er ist immerhin aus guter Familie«, sagte er anscheinend nachgiebig.

Knoop entspannte sich langsam. »Ich bin auch der Meinung, daß wir eine Geschlechtertrinkstube in Rungholt gründen sollten«, sagte er heiter. »Anderswo ist es unter Kaufleuten neuerdings üblich, sich dort zu Besprechungen zu treffen. Sie würde die wachsende Bedeutung von Rungholt unterstreichen. Und sie hält neugierige Frauensleute aus dem Geschäft.« Er brach in Gelächter aus.

In diesem Augenblick brachte die Frau, die Knoop den Haushalt führte, mehrere Krüge mit Hamburger Importbier herein. Die Bonden nahmen sie mit ausgestreckten Händen entgegen. Nach dem ersten langen Zug sagte Monny Sibingh: »Ach was, so einen Kram brauchen wir nicht. Wir sind, wer wir sind.«

Knoop leckte sich bedächtig die Lippen und schlug die Augen nieder, um seine funkelnde Freude nicht erkennen zu lassen. Es lohnte nicht, Sibingh zu widersprechen. Es würde noch lange dauern, bis die Edomsharder den Wert ihres Sielhafens ermessen konnten. Aber er hatte heute einen wichtigen Schritt getan und obendrein das Gefühl, daß Harre Gunneson ein ähnliches Ziel wie er selber verfolgte. Der Unterstützung des Salzsieders konnte er sicher sein.

Arfast Ketelsen streckte die Beine weit unter den Tisch und strich sich die hellblonden Haare aus den Augen, bevor er zu seinem Becher griff. Geduldig schlürfte er den heißen Holundersaft, den seine Mutter Eyde ihm vorgesetzt hatte, als er überraschend nach Hause gekommen war. Ob Winter oder Sommer, Fliederbeersaft war immer nützlich, fand sie, gut gegen Erkältung, Liebeskummer und schlechte Träume.

Nachdem Eyde die Glut für die Nacht sicher verwahrt hatte, sank sie dankbar neben ihren Sohn auf die Bank unterhalb der Fenster. Sie lächelte ihn an; wenn er hier war, war sie glücklich. »Und nun erzähle. Wie ist es dir ergangen? Wie geht es Hark auf Ketelswarf? Und Haye und den anderen Kindern? Und in den Salzkögen, natürlich.«

»Nicht alles auf einmal, Mutter«, bat Arfast. Durch den Dampf hindurch sah er, daß seine Mutter müde schien. Aber immer noch war sie eine schöne Frau. Anna Knoop fiel ihm ein, und er seufzte leise.

»Bisher hast du immer gern vom Salz gesprochen, und geseufzt hast du dabei nie«, sagte Eyde leise. »Ich fürchte, daß du gar nichts erzählen willst.«

Arfast blinzelte ihr zu, was so gut wie ein Eingeständnis war. Zärtlich betrachtete Eyde ihren Sohn. Er hätte längst verheiratet sein sollen. Aber die Verabredung mit dem Bonden aus Bupsee war plötzlich hinfällig geworden, als dieser entdeckte, daß Arfast nicht Ackerbauer, sondern Salzbauer werden wollte. Dies war eine verständliche Begründung des Bauern ohne leiblichen Sohn, doch wäre ihr Mann noch am Leben gewesen, hätte er wohl die Abmachung respektiert. Übergangslos sah sie plötzlich Arfast als Kleinkind im Sand am Schluth sitzen: Eine ganze Reihe Muschelschalen war vor ihm aufgereiht, er leckte an jeder einzelnen und sortierte sie dann nach einer nur ihm bekannten Ordnung. »Zur Geest hin liegen die süßen, zum Meer hin die salzigen Schalen.« Nach einer Weile hatte sie verstanden, daß er die Schalen nach ihrem abgestuften Salzgeschmack abgelegt hatte.

Endlich rang Arfast sich eine Mitteilung ab, von der er dachte, daß sie seine Mutter erfreuen konnte. »Ich bin mit Herrn Knoop ganz gut zurechtgekommen. Ich soll ihm jetzt die Salzmenge des nächsten Jahres für Nordmarsch berechnen. Er hat es mir so gut wie zugesagt.«

»Berechnen«, wiederholte sie erleichtert und dankte Gott im stillen, daß Arfast es so gut getroffen hatte. »So hat er erkannt, wie tüchtig du bist.«

Die Haustür wurde gegen die Holzwand geschmettert, und ein kleiner Junge stürmte herein. »Arfast, du sollst zum Kaufmann Knoop kommen. Schnell, es eilt!« schrie er mit seiner hellen, aufgeregten Kinderstimme.

Arfast schrak hoch. So schnell war sein Traum ausgeträumt. In Gedanken hatte er bereits begonnen, das Aufwerfen der Warf zu organisieren. »Was hat er gesagt, Momme?«

»Nichts«, brüllte der Bote und platzte fast vor Wichtigkeit.

Eyde sah ihren Sohn mit angstgeweiteten Augen an. »Hast du mir etwas zu erzählen vergessen, Arfast?«

»Nur daß Herr Knoop mich fast entlassen hätte«, antwortete Arfast und ließ seine Mutter sprachlos zurück.

Draußen bereute er seine Grobheit sofort; aber ihre Angst, wenn von Personen von Stand die Rede war, ärgerte ihn immer wieder aufs neue. Er wußte, es hing mit dem Tod seines Vaters zusammen, sie weigerte sich jedoch, darüber zu sprechen.

Die Gräser auf dem Riper Deich schimmerten im letzten Sonnenlicht, aber die Hausgärten der niedrig gelegenen Hütten wurden nicht mehr von den Strahlen erreicht. Hier unten hatte die Nachtruhe bereits begonnen, als Arfast vorüberhetzte, die Kinder waren hereingerufen worden, und die Enten kauerten mit den Köpfen unter den Flügeln an einer Wehle. Nur auf dem Kirchhof jätete jemand mit krummem Rücken ein Grab.

Aus dem Reetdach des Knoopschen Hauses sickerten friedlich Rauchfähnchen, und der Geruch von gebratenem Fisch kam Arfast im Flur zwischen Stube und Hauswirtschaft entgegen. Sein Herz beruhigte sich langsam. Von einem Knecht des Hardesvogts mit klirrenden Ketten war nichts zu sehen.

Benedikt Knoop winkte Arfast sofort herein, als er in der Tür erschien. Ungnädig wirkte er immer noch, aber seine Augen schlossen sich genießerisch, als er einen tiefen Zug aus einem Bierkrug getan hatte. »Ich bin bereit, die Untersuchung einstweilen zurückzustellen«, schnarrte er unversehens. »Unter einer Bedingung.« Während er sich den Schaum aus dem Bart wischte, wappnete Arfast sich gegen das, was kommen mußte. »Wir werden deine Hilfe bei unseren Verhandlungen mit dem Grafen von Flandern brauchen. Du wirst vor seinen Augen ausrechnen, wie viele Tonnen Salz die Edomsharde im nächsten Jahr liefern wird. Und gnade dir Gott, wenn du uns vertragsbrüchig machst.«

Arfast holte tief Luft. Das friesische Salz wurde dringend in Schonen gebraucht, und deshalb kauften die Riper ganze Schiffsladungen davon auf und verfrachteten es nach Südschweden. Für die fetten schonischen Heringe war das bittere braune Riper Salz der Friesen geradezu ein

Glücksfall. Und seitdem immer mehr Heringe in den Sund drängten, wurde Salz dort immer kostbarer. König Waldemar, dem das Wohlergehen aller seiner Untertanen am Herzen lag, auch das der Schonen, hatte ein wachsames Auge auf den Salzhandel.

»In vier Tagen legen wir mit der Morgenflut ab. Jan de Valkenere wird uns mitnehmen. Halte dich also bereit!« Für den Kaufmann war die Unterredung beendet, während Arfast immer noch an einen Irrtum glaubte.

»Ist ein fester Vertrag der Edomsharde mit Flandern über Salzlieferungen nicht gegen unseren König Waldemar gerichtet?« fragte Arfast heiser vor Aufregung.

Die braunen Augen von Knoop waren von den schweren Lidern annähernd überdeckt, aber da er es nicht für nötig hielt, seine Empfindung zu verbergen, konnte Arfast ohne Mühe in ihnen lesen. Die irisierenden gelben Punkte in den Pupillen des Kaufmanns erinnerten ihn an eine alte Möwe, die ihre Beute gegen kräftige Jungvögel verteidigt.

»Bedenke, wer du bist, Kerl!« zischte Knoop und stützte sich halb aufgerichtet auf den Tisch. »Über Salz lasse ich mit mir reden, aber nicht über Hardesangelegenheiten! Du hast weiter nichts zu tun, als zu rechnen und dem Grafen Rede und Antwort zu stehen. Wenn nicht – schnell ist einer aufs Rad geflochten ...« Seine letzten Worte blieben wie die Staubkörner im letzten Licht der untergehenden Sonne schweben.

»Schon gut, Herr Knoop«, brachte Arfast heraus und ging, bevor seine Erbitterung ihn zu unvorsichtigen Worten verleiten konnte. In den letzten Stunden liefen ihm Feinde zu wie die Enten dem Lockvogel.

II

Während Arfast den Warfabhang mit langen Schritten verließ, rief der Kaufmann seine Tochter zu sich. Sie hörte in seiner Stimme flammende Wut und lief in den Wirtschaftsraum, um einen weiteren Krug Bier abzuzapfen, Hopfenbier, verstand sich; denn Gagelbier wirkte auf ihres Vaters Gemüt nie besänftigend. Während sie die letzten Tropfen auffing, fiel ihr ein, daß ihr Vater sich nun an einem einzigen Tag schon zweimal über den Salzsieder geärgert hatte.

Knoop bereute seinen voreiligen Vorschlag bereits. Der Friese war anmaßend, und es wäre klüger gewesen, mit seinen Berechnungen statt mit dem Mann selber auf die Reise zu gehen. Er nahm den Krug entgegen, den seine Tochter ihm reichte und wischte den Salzsieder mit entschiedener Handbewegung aus seinen Gedanken. Er war zu unbedeutend, um sich überhaupt um ihn zu sorgen.

Zufrieden betrachtete er Annas schlanke Figur. Man hätte seine Tochter fast schön nennen können. Leider schlug sie mit den vielen Sommersprossen nach seiner verstorbenen Frau, der er wegen ihrer Widerspenstigkeit nicht gerade nachtrauerte. Man würde die Sommersprossen überdekken und Anna im ganzen ein wenig stutzen müssen. Er hatte sie vernachlässigt, und dabei war sie verwildert wie ein Füllen ohne Mutterstute. »Ich habe beschlossen, daß du nach Brügge mitfährst. Keine Widerrede! Ich brauche ein Protokoll, auf das ich mich verlassen kann.«

»Jawohl, Vater«, sagte sie.

»Den Edomshardern ist nicht zu trauen, vor allem, wenn die Liefermengen nicht eingehalten werden. Sie würden alle zusammenstehen, wenn es eine Schuldfrage zu klären gäbe. Gegen mich. Ich sitze hier noch nicht fest genug im Sattel.«

»Ja, Vater.«

Annas Nachgiebigkeit reizte Benedikt Knoop. Er hob die

Stimme. »Und außerdem werde ich mich dort nach einem passenden Ehemann für dich umsehen. So wie du aussiehst, muß etwas Besseres zu erreichen sein als einer unserer grobschlächtigen holsteinischen Nachbarn aus unbedeutendem Rittergeschlecht.« Sie schwieg, und er betrachtete sie argwöhnisch. »Du wirst erkennen, daß ich es gut mit dir meine. Ich erwarte, daß du mich dabei unterstützt.«

Annas Nasenflügel weiteten sich. Sie würde nicht nikken, und er würde es nicht bemerken. Bisher hatte sie ein abwechslungsreiches Leben an der Seite ihres Vaters geführt, der sie lieber bei sich haben wollte, als sie zu Hause unter der Obhut einer Magd zu lassen. Im Vergleich zu anderen adeligen Töchtern war sie in großer Freiheit aufgewachsen. So frei, daß sie keine Lust hatte, sich diese Freiheit durch einen aufgezwungenen Ehemann beschneiden zu lassen. Mit siebzehn Jahren konnte sie sich noch zwei, drei Jahre Zeit lassen.

Knoop hatte den Gedanken an eine Heirat lange Zeit weit von sich geschoben: Annas Schreib- und Rechenkenntnisse waren für einen ehemaligen Ritter ideal. Sie war zuverlässig, verschwiegen und kostete ihn nichts. In letzter Zeit erst war er darauf gekommen, daß sie ihm sogar etwas einbringen konnte.

Er tastete nach dem Brief des Flamen in seiner Tasche. Es fügte sich glücklich, daß er die Information zu den sich abzeichnenden Fronten vor einigen Tagen erhalten hatte. Der Schauenburger Graf Heinrich stand auf der Seite der Engländer. Notfalls würde man um seine Hilfe gegen König Waldemar ersuchen müssen, der es mit den Franzosen hielt. Er lächelte zufrieden. Er hatte alles bestens in die Wege geleitet.

Anna sah es an der Zeit, die Unterredung zu beenden und schlüpfte aus der Tür, während die Augen ihres Vaters vom großen Bierhumpen verdeckt wurden. Sie mußte ohnehin noch seine Sachen für eine mehrtägige Reise vorbereiten.

In der Nacht drehte der Wind auf Ost. Arfast spürte, wie er auffrischte und auf die ungeschützte Ostseite des Daches drückte, während er an den hohen Ulmen an der Westseite rüttelte und ihre Blätter rauschen ließ. Als der Sturm plötzlich nachließ und Regen einsetzte, schlief Arfast endlich ein.

Am Morgen war der Weg von der großen Kirche zum Hafen so aufgeweicht, daß Arfast sich zum Deich aufmachte, obwohl er einen Umweg bedeutete. Es nieselte immer noch, und die Regenwolken hingen tief über der weiten Wattfläche, in deren Mitte das Wasser des Rungholtfalls blinkte. Nachdenklich sah er sich um. An dieser Stelle ungefähr hatte er als Junge im Vorland seine Aalreuse in einem der Priele ausgelegt; jetzt gab es kein Vorland mehr, das Wasser hatte alles abgenagt und weggetragen.

Gleichzeitig hatte sich das Bett des Falls weiter westlich verlagert, und der alte Schiffsanleger war verschlickt. Zum Ausgleich hatte man den Sielzug inmitten von Rungholt begradigt und tiefer gegraben und an seinem südlichen Ende den neuen Fischerhafen angelegt. Aber das Siel war breiter und reißender geworden; deshalb mußte man es mit zwei Schleusen regulieren.

An der Stelle, an der er stand, lag der Deich an der Prielseite sogar schar. Eigentlich hätte der Hardesvogt dafür sorgen sollen, daß die Rungholter ihn mit Hilfe der Hardesleute wieder in Ordnung brachten, und wenn sie dies aus eigener Kraft nicht konnten, mußte der Staller eingreifen. Aber der Staller war weit weg, in vielen Angelegenheiten ließ er sich von seinem Verwandten auf der Trojburg vertreten. Und der Hardesvogt interessierte sich mehr für den Ausbau der Handelsverbindungen als für den Erhalt der Handelswege, hieß es.

Kurze Zeit später mußte Arfast einem Wagen mit Kornsäcken ausweichen, bevor der wütende Bauer ihn mit seinen wilden Peitschenhieben traf. Die Ochsen zogen angestrengt, aber der Wagen war so schwer beladen, daß die Räder die Grasnarbe durchbrachen und sich in den zähen Klei wühlten.

Vom Hafen her war Geschrei zu hören. Neugierig überholte Arfast den Getreidebauern und spähte zum Hafen hinüber, von dem er nur die Mastspitzen der Schiffe sehen konnte. Die Deichtore waren schon geschlossen, weil das Wasser auflief; er mußte sich beeilen.

Arfast stoppte oberhalb der Tore. Unten stand eine wilde Meute von Männern im Lederharnisch. Trojburger, natürlich, aber er kannte keinen von ihnen. Wachsam behielten sie die Rungholter Befrachter und Hafenarbeiter im Auge, die ihre Arbeit unterbrochen hatten. Und in ihrer Mitte wand sich Agge aus Morsum in den Händen zweier Knechte wie ein Aal. Arfast erkannte ihn an der dürren Gestalt; sein Gesicht hatte jemand schon fast zu Brei geschlagen.

»Ich habe Brief und Siegel über mein Besitzrecht!« schrie Agge, indes zwei Männer ihre Säcke stehenließen und langsam näher kamen. »Die Salzbude gehört mir!«

»Andere sind anderer Meinung«, sagte der eine von den Trojburgern. »Die Bude ist beschlagnahmt.« Seine ruhige Stimme machte Eindruck auf die Rungholter.

»Mit welchem Recht denn, mit welchem ...?« wimmerte Agge, als ihm in diesem Moment der Knecht den Arm mit einer schnellen Bewegung auf den Rücken drehte. Sein Kopf schnellte nach unten, aber er entkam dem Schmerz nicht.

»Mit dem Recht des Stallers.«

Die Schauerleute grinsten und wuchteten sich die Lasten wieder auf den Rücken. Ein Statthalter des Königs war immer im Recht.

Agge war kein tapferer Mann, aber das war kein Grund, ihn zu mißhandeln. Arfast sprang in einem Satz vom über mannshohen Deich auf den Ladeplatz und blieb vor den beiden Trojburgern stehen, die Agge im Schwitzgriff hatten. Er hütete sich, mit den Händen in die Nähe seiner Waffen zu kommen, um sie nicht zu provozieren. »Hat Seine Gnaden, Staller Ingemar, euch beauftragt, den Mann zu quälen?«

Der Ruhige warf einen gleichgültigen Blick auf Arfast und zuckte die Schultern. »Was geht dich das an?«

Arfast hatte spontan gehandelt. Nun wurde ihm klar, daß er kein Mittel hatte, um die Männer aufzuhalten. Er brauchte die Hilfe der untätigen Zuschauer. »Wir Leute aus den Utlanden mögen uns nicht von den Geestfriesen schikanieren lassen. Befehle nehmen wir nur vom König entgegen«, sagte er laut und nachdrücklich.

Das Rumpeln einer Tonne, die ein Mann fortrollte, störte die plötzliche Stille. Ein Rungholter nach dem anderen verschwand. Auf einmal befand Arfast sich mit den Trojburgern und dem Gefangenen allein am Hafen.

»Siehst du, niemand hier hält uns für Geestfriesen«, stellte der Mann zufrieden fest. »Womöglich bist du derjenige, der in Rungholt fremd ist.« Als Arfast sich ungläubig umsah, schlug er ihm mit der Faust hart in den Magen.

Arfast blieb die Luft weg, und ihm wurde schwarz vor Augen.

Als er wieder aufwachte, lag der Hafen verlassen da, bis auf einen Schiffer in einem dänischen Boot. Der Mann lümmelte in seiner Plicht, die Augen forschend auf Arfast gerichtet.

Arfast rieb sich seinen dröhnenden Schädel, bis er entdeckte, daß er in seinem eigenen Ever saß. Der Däne mußte ihn hineinverfrachtet haben. Vielleicht war es seine Art zu zeigen, auf wessen Seite er stand. Dem Wortwechsel in friesischer Sprache hatte er vermutlich nicht folgen können.

»Mange tak«, rief Arfast und winkte hinüber.

Der Däne nickte und grinste gutmütig.

Arfast fühlte sich nicht besonders gut, als er sich aufrappelte, um sein Boot zum Ablegen klarzumachen. Aber erst recht nicht wollte er unter den Augen der Rungholter zum Haus seiner Mutter zurücktaumeln. Man würde ihr alles haarklein erzählen, und sie würde vermutlich beruhigter sein, wenn sie wüßte, daß er aus eigener Kraft hatte abfahren können.

Er hatte Zeit verloren, aber noch lief das Wasser auf. Über den Dreilanden von Utholm, Everschoop und Eiderstedt war der Himmel hell, und auch über Rungholt begann es aufzuklaren. Mit vorsichtigen Bewegungen stieß er sich am Bollwerk ab und hangelte sich an den nächsten Booten entlang. Der Däne kam gemächlich auf die Füße, nahm den Bug von Arfasts Ever in Empfang und führte ihn am Want an dem seinen vorbei, bevor er ihm einen tüchtigen Schubs versetzte, so daß er in das Fahrwasser glitt.

»Vielleicht kann ich es dir eines Tages vergelten«, sagte Arfast, diesmal in Plattdeutsch, das der Sprache der Südjüten sehr ähnlich war. »Ich bin Arfast aus Langeneß. Und du?«

»Lars Estridsen aus Ribe, Frachtschiffer. Gib acht auf deinem Heimweg. Die Leute waren nicht gut auf dich zu sprechen. Das ist ihr Boot.« Er zeigte auf das kleinste der drei Trojburger Schiffe, das Arfast neben dem Schleusentor nicht aufgefallen war.

»Ich kenne es«, rief Arfast mißmutig hinüber, während er seine Riemen ins Wasser tauchte, und das Boot gegen den Flutstrom mühsam Fahrt aufnahm. »Leb wohl.«

Als Arfast in das Gewässer einbog, das die Hever mit dem Schluth verband, kam leichter Wind auf. Prüfend ging sein Blick an den Horizont: eine schwarze Wolkenwalze. Und über seinem Kopf sah er die Windwolken vor dem blauen Himmel wie gezupfte Wollflöckchen ziehen. Das bedeutete für die nächsten Stunden viel Wind. Er ließ das Segel herunter und belegte die Leeschot, die Luvschot fuhr er aus der Hand.

Erleichtert spürte er, wie sein Boot Fahrt aufnahm, geschoben durch den Flutstrom, der endlich mitlief. In rauschender Fahrt zog er vorbei an Flerdebüll, dessen alte kleine Kapelle dicht am Wasser lag, dann an der Süderwischer Kirche. Von der großen steinernen Kirche der Pellwormer sah er nur den Turm: Die Pellwormer waren von eigener Art, sie hatten sich einen Deich gebaut, obwohl sie weit drinnen im Land wohnten und den Schluth kaum sehen konnten. Aber vielleicht waren sie einfach nur eigensinnige Bauern, die sich um ihr Korn sorgten.

Zwischen Pellworm und der Hooge war das Watt schon größtenteils überflutet, so daß er abkürzen konnte. Er fiel leicht vom Wind ab, während er die Frauen beobachtete, die ihre Netze an Stöcken durch das flache Wasser schoben, um Porren zu fangen. Das Quietschen ihrer ausgelassenen Kinder hörte er bis in das Fahrwasser und mußte selber lachen. An das Gefühl, das die zappelnden Füßchen der kleinen Krabben auf der Haut verursachten, konnte er sich bis heute erinnern. Die durchscheinenden Krabben würden den Kindern natürlich durch die Hände glitschen, genau wie ihnen früher. Seine Mutter und die anderen Frauen von Ketelsbüll hatten die Porren im Watt auf der Föhrer Seite von Langeneß gefischt.

Schon längst an ihnen vorbei, sah er ihnen immer noch nach, als ein lauter werdendes Rauschen von Wasser an sein Ohr drang. Alarmiert riß er den Kopf herum und nahm aus dem Augenwinkel wahr, daß ein großes Boot auf ihn zuschoß.

Nur ein schneller Ausschlag mit der Pinne rettete ihn vor dem Zusammenstoß. Die Wogensmänner rissen ihre Riemen im letzten Augenblick hoch, als ihr Bug den Ever nicht mehr mittschiffs spalten konnte. Die Bordwände glitten knirschend aneinander vorbei. Haß sprühte Arfast entgegen, als seine Augen sich für einen kurzen Moment auf gleicher Höhe mit denen von Knutsson befanden, der am Steuer saß.

Seine eigene Dummheit! Hinter dem erhöhten Land der Hooge hatten die Männer auf Lauer gelegen. An dieser Stelle würde er sie nicht aussegeln können, und es gab hier auch keinen Unterschlupf an Land.

Während Arfast alles aus seinem Boot herausholte, wendeten die Trojburger und nahmen vor dem Wind wieder Fahrt auf. Schiffslänge um Schiffslänge rückten sie näher. Hinter sich hörte er Knutssons kreischende Stimme.

»Ich will ihn lebend!«

Kurz vor der Walthusener Kapelle stellten sie Arfast. Um sein Boot nicht sinnlos zu opfern, warf er die Luvschot los, so daß es Fahrt verlor und dümpelnd liegenblieb. Knutsson ließ sein Boot herantreiben, indes seine zwei Leute mit argwöhnischen Gesichtern und schußbereiten Bögen hinter der Bordwand hockten. Als sie längsseits lagen, kletterte einer der Knechte zu Arfast ins Boot. Widerstandslos duldete Arfast, daß er ihn fesselte und über die Bordkanten schob. Arfast blieb auf den Bodenplanken liegen, während das Boot wieder Fahrt aufnahm.

Die Männer waren primitiv und rauh, und ihr Interesse ging kaum über die Beute ihrer Plünderfahrten auf See hinaus. Arfast hörte sie über Helgoland schwatzen, aber es fiel nicht die geringste Andeutung darüber, was sie mit ihm vorhatten. Als einzige Erklärung konnte er sich vorstellen, daß Knutsson vielleicht auf Lösegeld aus war. Vielleicht dachte er, der Salzkoog gehöre ihm.

Endlich stieß der Bug knirschend gegen den Trojburger Steg, und Knutsson fluchte anhaltend, während einer seiner Leute schweigend den Vorsteven untersuchte und dann abwinkte. Als Arfast mit seinen gebundenen Händen auf den Steg hochklettern mußte, schlug ihm Knutsson mit einem Ruderblatt von der Seite über das Schienbein. Schweißgebadet vor Schmerzen langte er vor der Burg an, dankbar, daß wenigstens der Knochen nicht gespalten war.

Die Trojburg war klein im Vergleich zu anderen Motten. Aber als Arfast durch den bewachten Ringwall zum Fuß der Turmburg humpelte, kam sie ihm höher und wehrhafter vor, als Sankt Johannis von Nieblum, obwohl der obere Teil nur aus Holz war.

Im Hof schärften einige Männer ihre Schwerter; der Schmied beschlug Pferde, die man ihm aus dem Stall brachte. Gleichgültig blickten sie auf den Mann, der in das Verlies im steinernen Sockel des Turms geschoben wurde.

Friedrich von der Wisch fand häufig Anlaß, seine Schäfchen in der Propstei zu mahnen, ihre Angelegenheiten Gottes allmächtigem Ratschluß zu überantworten. Die Planung seiner eigenen Zukunft nahm er lieber selbst in seine bewährten Hände.

Drei Tage nach seinem Gespräch mit dem Bischof traf er auf dampfendem Pferd in Rungholt ein. Den Odenbüller Weg kommend, ließ er sich und sein Pferd im Rungholter Kratt etwas verschnaufen, verborgen vor den Augen der Rungholter, die nicht unbedingt sehen mußten, daß ihn mit dem Kaufmann Knoop eilige Dinge verbanden. Danach ritt er in zügigem Tempo durch den Ort und band seinen Hengst hinter der Knoopschen Warf an einem Baum fest.

Benedikt Knoop wunderte sich, einen Mann im Umhang und tief ins Gesicht gezogener Kapuze zu sehen, der den Warfabhang mit federnden Schritten nahm und im Dämmerlicht verstohlen unter seinen Türbogen huschte.

Der Prälat streifte die Kapuze ab und setzte sich die zweihörnige Mitra auf, während er ungeduldig auf die Rückkehr der Haushälterin wartete, die ihn beim Kaufmann ankündigte.

Knoop sprang alarmiert auf. Was konnte ein Geistlicher in solchem Zustand von ihm wollen? Fluchthilfe, Geld? Einen Augenblick war er versucht, abzulehnen. Erst wenige Stunden zuvor war er aus Hamburg zurückgekehrt, und der unangekündigte Besuch eines Propstes kam ihm äußerst ungelegen. Er hätte Zeit gebraucht, um sich vorzubereiten. Aber jede Ausrede wäre zu durchsichtig gewesen. Seufzend nickte er seiner Haushälterin zu.

Um Zeit zu gewinnen, befahl der Kaufmann ihr, ein opulentes Abendessen vorzubereiten. Als er seinen Gast in der Kopfbedeckung seines Amtes sah, erschrak er mächtig und verfiel auf den Ausweg, höchstpersönlich einen Pokal Rheinwein zu holen. Knoop schwieg immer noch überwältigt, als der Propst sein kurzes Schwert ablegte und erleichtert die Beine streckte, die in Reitstiefeln steckten.

Von der Wisch nahm einen tiefen Schluck, als ob es sich um einfaches Bier handele. Er war, ohne überfallen zu werden, heil angelangt: Das durfte er als Wink Gottes auffassen, seinen Plan weiterzuverfolgen. »Dank der Fügung des Allmächtigen«, fing er an, wobei sein Dank anfänglich noch dem eigenen Ritt galt, »und der Nachhilfe meinerseits, werden wir bald die Freude haben, der Rungholter Kirche ein Kollegiatskapitel zu geben.« Er ließ seine Worte auf den Kaufmann einwirken, dessen Sturm von Gefühlen abflaute und in eine milde Brise der Erleichterung umschlug. Als keine Reaktion des Kaufmanns folgte, fügte er hinzu: »Ihr wißt, was dies bedeutet?«

Knoop schüttelte vorsichtig den Kopf. »Vermutlich nicht in vollem Umfang.«

Das hatte der Propst sich erhofft. »Die Kollegiatskirche ist die Erhebung aus allen anderen Kirchen der Propstei. Sie ist der Anfang kirchlichen Glanzes. Wie weit dieser einst scheinen mag, nur nach Schleswig oder bis nach Lund, ist eine zweite Frage. Über solche Dinge zu schweigen gebietet die Klugheit.«

»Ihr seid vermutlich nicht so tollkühn geritten, um hier zu schweigen, Herr Prälat.«

Ein feines Lächeln umspielte von der Wischs Lippen. Der Kaufmann war nicht dumm, und sein Gespür für die Situation war größer als seine Fähigkeit, Kenntnisse in kluge Handlungen umzusetzen: genau, was er benötigte. Mit ein wenig Nachhilfe seinerseits würde Knoop das Richtige tun. »Nein, ganz im Gegenteil, ich muß mit Euch im Vertrauen reden. Aber über andere Dinge.«

»Versteht sich, lassen wir also die innerkirchlichen Dinge beiseite.« Knoop war nicht wenig geschmeichelt, als ihm aufging, daß Seine Gnaden alles dieses auf sich genommen hatte, nur um mit ihm zu reden. Er faltete seine Hände über dem Bauch und hob das Kinn, eine Spur leutselig und väterlich gegenüber einem Mann, der, so jung er war, schon soviel Verantwortung trug und dennoch eines Kaufmanns Rat suchte.

Der Propst las in Knoops Gesicht und lächelte ihn offen an. »Kommen wir zu den anderen. Rungholt zeichnet sich bisher durch nichts als seinen Tiefwasserhafen und einige Speicher aus. Was ist das schon, Kaufmann? Ihr und ich wissen, daß hier Menschen gebraucht werden, Männer, die hier wohnen und Handel treiben, Handwerker, die sie versorgen, Geldverleiher, die ihnen Kapital vorstrecken, und Frauen und Kinder! Was sich hier bisher tut, ist lächerlich. Seht euch Schleswig, Lübeck oder Hamburg an! Aber glaubt Ihr, die wurden zufällig zu solchen Städten? Weit entfernt! Dazu waren kluge, in die Zukunft denkende Männer notwendig, die sich beizeiten des Segens des Königs oder der Kirche versicherten: Sie sorgten für einen königlichen Amtssitz und einen Tagungsort für das Hardesgericht. Oder für eine Kollegiatskirche mit zehn oder zwölf Vikaren. Versteht Ihr, Kaufmann? Wenn der Anfang erst gemacht ist, folgt eins dem anderen, wie die Küken der Mutter. Bis zum Entwurf des Stadtwappens …«

Knoop nickte bedächtig. Er fühlte sich in der Position dessen, der ausersehen war, den Eifer des Propstes ein wenig zu dämpfen. Die Jugend wußte noch nicht, daß die meisten Pläne schneller im Sumpf des Burggrabens verschwanden als der Unrat der Notdurft. »Die Kaufmannschaft würde sich ganz gewiß als dankbar erweisen, Euer Gnaden. Und da das Rungholter Kollegiat auch den Propst erhöhen würde, wäre es auch in Eurem Interesse, nicht nur in unserem.«

»Gewiß«, stimmte Friedrich von der Wisch zu, »aber der Hochwürdigste Pontifex schlägt Sankt Johannis in Nieblum vor. Was den Propst betrifft, gibt es kaum einen Unterschied, höchstens, daß Nieblum sogar sein Amtssitz ist. Aber für die Zukunft der Rungholter Kaufleute, mit denen ich mich mehr verbunden weiß, könnte es entscheidend sein, ob Nieblum oder Rungholt eine Kollegiatskirche erhält.«

Knoops Gesicht wurde ausdruckslos. Allmählich ging ihm die Tragweite der Angelegenheit auf. Es ging ja um viel mehr, als um die Stadt Rungholt, es berührte die Interessen der Harde sehr entschieden. Möglicherweise hatte der Propst schon Wind von der eigenmächtigen Bestätigung veralteter Rechte im Flandernvertrag bekommen? Der Propst galt im Gegensatz zum Bischof als den Holsteinern zugeneigt. Vielleicht war es seine Art, die Waagschale auf die deutsche Seite zu senken. Aber Knoop selber war fest entschlossen, sich weder für noch gegen den König zu äußern, solange es andere nicht ebenfalls taten. Ihm kam auch gar nicht zu, für die Harde zu handeln, nicht einmal für die Rungholter Kaufleute. Dennoch war er äußerst neugierig. »Was verlangt Ihr von uns für die Kollegiatskirche, Euer Gnaden?«

»Ziegel.«

»Ziegel«, wiederholte Knoop fassungslos. An die Schenkung eines Altars hatte er gedacht oder an den Taufstein, oder an beides. Selbstverständlich würden Altar und Taufstein der Rungholter Kaufleute prächtiger ausfallen als die von Föhrer Ackerbauern.

»Ziegel für die ganze Kirche«, präzisierte der Propst. »Das ist das einzige, womit ich Nicolaus Brun überzeugen kann. Mein Geschenk an die Kaufleute wird der heilige Nikolaus als Namensgeber für Sankt Nikolai von Rungholt sein.«

Knoop schwitzte plötzlich in seinem dünnen Leinenwams. Ziegel waren eine harmlose Sache. Er mußte sich nicht erklären, und es ging nicht um Hochverrat. Selbst der Hardesvogt hatte damit nichts zu tun. Die Kollegiatskirche konnte Grundstein zu der Stadt sein, die die Friesen aus eigenem Antrieb nie erbauen würden. Und er der Vermittler zwischen Kirche und Kaufmannschaft. Seine Position wäre ein für allemal gefestigt. Aber das Baumaterial für eine Kirche aus Stein von einer einzigen Gilde stellen zu lassen, ging weit über das Übliche hinaus. Er befeuchtete sich die Lippen. »Ihr werdet verstehen, Herr Prälat, daß eine Angelegenheit von solcher Tragweite unter den Kaufleuten besprochen werden muß. Wir werden einen Boten mit der Antwort nach Schleswig schicken.«

»Das ist zu spät«, sagte der Propst. »Ich brauche die Antwort jetzt. Soviel ich weiß, liegt ein Schiff mit Ziegeln im Hafen.«

»Die gehören nicht mir, ich kann über sie nicht verfügen«, beteuerte der Kaufmann hastig. Es war ein Jammer, daß er sich mit seinem Konkurrenten Agge aus Morsum so schlecht verstand. Andernfalls hätte man sich einigen können.

Der Propst zuckte unbestimmt mit den Schultern. »Vielleicht ist der Besitzer bereit, sie der Kirche zu überlassen oder sie der Kaufmannsgilde zu verkaufen.«

»Einen Tag Aufschub«, bat Knoop und konnte kaum verbergen, wieviel ihm an der Sache gelegen war.

Der Propst erhob sich halb und schüttelte bedauernd

den Kopf. Ihm fiel der prunkvolle silberne Reisealtar des Kaufmanns in die Augen. »Der Hochwürdigste Bischof verschwendet keine Zeit an das Vertagen von Diskussionen. Er würde sagen, daß die Rungholter Kaufleute nicht fromm genug sind, um sich die Nähe Gottes zu verdienen. Ich hoffe von ganzem Herzen und um Euretwillen, daß er mich nicht fragt, wer im Namen der Kaufleute ablehnte.«

Knoop erbleichte, während er darum bemüht war, einen Beweis seiner persönlichen Frömmigkeit zu finden, der auch einen Bischof überzeugen würde.

»Um Euretwillen werde ich noch heute abend an anderem Ort ein Angebot machen«, fuhr der Propst fort und trank den Pokal im Stehen leer. »Dieser Wein ist übrigens besser als der Schleswiger Meßwein. Kirche und Kaufleute sollten ihre Zusammenarbeit zu gegenseitigem Nutzen vertiefen. Ich werde zweifellos an anderer Stelle auf mutige Kaufleute treffen, die nicht zögern werden, dieses Angebot zu nutzen. Aber ich verstehe Eure Zurückhaltung, Kaufmann Knoop. Beständigkeit ist ein Wert, den man gar nicht hoch genug einschätzen kann. Ihr zieht es vor, beständig zu sein, und der Segen unseres Herrn ruhe auf Euch.«

Kirche und Kaufleute, wiederholte Knoop mechanisch, während der Hocker sich vor seinen Augen in den Sessel des Hardesvogts zu verwandeln schien. Als ritterbürtiger Hardesvogt würde er wieder zu dem Ansehen kommen, das er als mäßig begabter Kaufmann nie haben würde. Er machte sich keine Illusionen darüber, daß er seine kaufmännischen Erfolge hauptsächlich der turbulenten Zeit nach der Pest verdankte. Sie war lange vorüber. Und sollte es mit dem Salzgeschäft schiefgehen, war es gut, ein weiteres Eisen im Feuer zu haben.

Als der Propst den Becher nachdrücklich auf den Tisch stellte, griff Knoop spontan nach dem modisch weiten Ärmel. »Ich gebe Euch die Zusage unter der Bedingung, daß der zukünftige Stadtrat die Vikarstellen besetzen darf«, sagte er, zitternd vor Aufregung. »Dann sollt Ihr die Ziegel haben.«

Die Anerkennung stand dem Propst im Gesicht geschrieben. »Ich sehe, ich habe Euch doch richtig eingeschätzt: als beherzt und entschlossen. Es wird nicht unsere einzige Übereinkunft bleiben, das verspreche ich Euch, Knoop. Und Euer Wort gilt viel. Ich muß allerdings auf einem Vertrag bestehen, denn der Bischof kennt Euren Ruf nicht. Über die Besetzung der Vikarstellen werde ich selber mit ihm sprechen.«

Mehr durfte Knoop an Zugeständnis nicht erwarten. Er nickte und rief Anna.

Anna sank in die Knie und küßte von der Wischs Hand, die immer noch nach Pferd roch, obwohl er, wie sie gesehen hatte, die Handschuhe hinter dem breiten Rücken der Haushälterin gewechselt hatte. Voll Neugier holte sie sauber geglättetes Pergament aus dem Kasten und setzte sich mit gespitzter Feder an den Tisch.

Während Benedikt Knoop diktierte und Anna schrieb, wurde ihre Hand immer langsamer. Endlich legte sie den Federkiel nachdrücklich nieder und sah auf. »Vater, womit sollen wir denn bezahlen? Unsere Außenstände sind zu hoch!«

»Ach«, sagte der Propst süffisant, »Ihr gebt Eurer Tochter nicht nur Einblick in Eure Geschäfte, sondern auch die Befugnis, über sie zu urteilen? Ich denke, dies überschreitet bei weitem, was unser Herr Jesus Christus zur Aufgabe der Frau machte.«

Während Anna die Zähne zusammenbiß, wurde es Knoop ganz heiß vor Verlegenheit. »Nein, Euer Gnaden! Sie kennt ihren Platz. Es liegt mir fern, einer Frau die Rechte eines Kaufmanns einzuräumen. Wie die Lübecker etwa! Aber in einem frauenlosen Haushalt bleibt es nicht aus, daß Töchter sich zuweilen wie Söhne gebärden. Hättet Ihr selber welche, Ihr wüßtet, was ich meine.« Er brach in Gelächter aus. »Nur ein Scherz, Euer Gnaden!«

Der Propst betrachtete den Kaufmann, zu verblüfft, um etwas Gescheites zu erwidern.

»Ich werde Anna noch in diesem Winter verheiraten. Ihr Mann wird ihr die Flausen schon aus dem Kopf treiben.«

»Das wäre gut. Denn *mulier taceat in ecclesia,* predigte

unser Herr«, behauptete der Propst wider besseres Wissen. Jedoch stand Jesus Christus nach seiner Erfahrung bei Bauern und Kaufleuten in höherem Ansehen als Paulus. »Die Frau schweige in der Kirche. Er hätte hinzufügen sollen: *et in officio,* und bei den Geschäften auch.«

Annas Nasenflügel blähten sich vor Empörung. Ihr Vater bemerkte es nicht, weil er den Propst nicht aus den Augen ließ, erleichtert, daß er die Zukunft der Edomsharde nicht aufs Spiel gesetzt hatte, aber noch nicht ganz sicher, ob nicht noch weitere Bedingungen folgen würden.

Der Propst gab sich milde amüsiert, ohne dem Vorfall allzuviel Bedeutung beizumessen. Aber er fragte sich, ob Verlaß auf einen Mann war, dessen Tochter eine derart abartige Erziehung erhalten hatte. Er beschloß, den Kaufmann Schritt für Schritt der Gnade der Kirche zuzuführen. Schwache reiche Männer durfte man zu ihrem eigenen Heil nicht unbegrenzt sich selber überlassen.

Anna fertigte schweigend das Schreiben aus und machte dann Wachs heiß, das sie unter die letzte Zeile träufelte. Benedikt Knoop drückte sein Siegel darauf. Der Propst nahm die Urkunde in Empfang, ohne sich seinen Triumph anmerken zu lassen.

Als Anna gegangen war, sagte Knoop: »Euer Gnaden, um ehrlich zu sein, wartete ich immer auf die Forderung für Eure eigene Person. Was verlangt Ihr für diesen Dienst an der Edomsharde?«

»Mein Lohn wird Gottes Lohn sein«, sagte der Propst bescheiden. »Gehabt Euch wohl, mein Sohn.« Er verließ das Haus, während Knoop ihm irritiert nachsah. Bei einem Geschäft, das dem Kontrahenten keinen sichtbaren Nutzen versprach, war ihm nicht wohl.

Weit oberhalb von Arfast drang durch die sich nach innen weitenden Öffnungen in der Mauer Licht. Erreichen konnte er die Mauerkanten aber nicht, nicht einmal, wenn er in die Höhe sprang. Nur der Wind fuhr heulend durch die Lichtöffnungen, und als der Knecht mit dem Essen kam, wurde ihm die Tür aus der Hand gerissen.

»Haben wir Sturm?« fragte Arfast.

Der Knecht schleuderte den Topf mit einem undefinierbaren Mus vor Arfasts Füße. »Starkwind, und es brist weiter auf«, knurrte er. In seinen hellen Augen lag Häme.

Arfast nickte und fragte nicht weiter. In den nächsten Stunden schien ihm, als ob gelegentlich sogar die Mauern erschüttert würden. Es war wirklich ein tüchtiger Sturm, obwohl so früh im Jahr, daß die Ernte nicht einmal überall eingebracht war.

Er nahm seine Wanderung wieder auf. Acht Schritte vor, acht Schritte zurück. Wenn seine Schritte zu lang ausfielen, stieß er sich die Stirn am nassen Gemäuer. Irgendwo oben drang Wasser ein und hatte den Boden aufgeweicht, und in einer Ecke, die auch er benutzte, stank es durchdringend nach Urin. Arfast ließ sich an der Wand hinuntergleiten und blieb wegen des Matsches in der Hocke sitzen. Seine Gedanken waren noch düsterer als der Raum.

Es gab keinen Grund, ihn in des Stallers Auftrag einzukerkern. Und ob es dem jungen Knutsson überhaupt zustand, ihn festzuhalten? Aber die Marsch war weit draußen, der König hatte hier nur wenig zu sagen, und die Herrschaft des Stallers und seines Verwandten war willkürlich. Und doch hatte Arfast das Gefühl, daß seine Haft einem bestimmten Zweck diente.

»Ich habe gebetet, und der Allmächtige hat mir seinen Entschluß mitgeteilt.« Nicolaus Brun kniete weiterhin auf dem harten Holzbänkchen in seinem privaten Schlafraum, in den er den Strander Propst hatte rufen lassen.

Friedrich von der Wisch stand reglos hinter ihm und versuchte, trotz der fast zugezogenen Vorhänge etwas zu sehen. Aus dem Geviert des Kreuzgangs, der nach dem Sturm in beinahe grellem Sonnenlicht lag, während höchstens hin und wieder der Schatten einer dicken Wolke ihn verdunkelte, war er zum Bischof zu einer Unterredung gerufen worden. Die Augen der Domherren, die beieinanderstanden und flüsterten, soweit sie nicht weltlich und in Schleswiger Stadthäusern zu Hause waren, waren ihm aufmerksam gefolgt; er hatte sie im Rücken gespürt. Die persönlichen Meinungen dieser Domherren mit minderen Pfründen und noch kleineren Gehirnen, und daher ohne Gewicht im Kapitel, interessierten ihn wenig – aber bei Abstimmungen war jede einzelne von demselben Wert wie die des Dompropstes und des Archidiakons. Er bemühte sich deshalb, die Herren bei Laune zu halten. Dementsprechend hatte er bereits einige Andeutungen über kommende Veränderungen gemacht, wo es ihm zweckmäßig erschien.

»Ich stimme Euch jetzt zu, Fredericus, daß Nieblum nicht der richtige Ort für ein Kollegiat wäre«, murmelte der Bischof gedankenverloren. »Wir wollen keine Zwietracht säen, indem wir den Streit zwischen Propst und Kanonikern des Kollegiats selber heraufbeschwören. Gottes weiser Ratschluß ist, daß die Kirche von Keitum auf Sylt besser sei.«

Während der Propst sein Entsetzen zu verbergen suchte, sank des Bischofs Stirn auf die mit rotem Samt bezogene Lehne, wo er lange in stummem Gebet verharrte. Der Propst wagte nicht, laut zu protestieren. Hastig überdachte er die möglichen Konsequenzen. Es lag auf der Hand, daß Nicolaus Brun mit diesem Schachzug den ihm unmittelbar unterstehenden, aber noch zwischen deutscher und dänischer Ausrichtung schwankenden Propst auf seine Seite zu ziehen versuchte. Johannes Wulf stand in der Rangfolge der Pröpste noch unter dem von Eiderstedt, der wiederum ihm selber nachgeordnet war.

Der Bischof unterbrach von der Wischs Überlegungen, indem er sich mit neugewonnener Energie erhob. »Ja«, sagte er freudig. »Keitum soll es werden. Der König wird mit Befriedigung zur Kenntnis nehmen, daß auch die Kirche die Treue der Sylter zu ihm belohnt.«

Von der Wischs Mund war so trocken, daß er sich mit den Worten quälte. Er mußte den Bischof um jeden Preis von der Wiedaupropstei abbringen. »Der König weiß, daß die Sylter auch ohne Belohnung zu ihm stehen, Euer Gnaden. Aber Sylt ist arm, und er wird gewiß nicht wollen, daß sie sich für eine neue Kollegiatskirche noch mehr verschulden. Denn Sankt Severin in Keitum ist ganz gewiß zu klein für eine so ehrenvolle Aufgabe. Prälat Wulf wird meine Worte gewiß bestätigen. Es ist keine Stunde her, da er sich über den Zustand von Sankt Sören beklagte.«

Der Bischof sah ihn betroffen an. »Steht es so schlimm?«

»Gewiß«, beteuerte von der Wisch und verbarg seine aufkeimende Hoffnung hinter einem besonders teilnahmsvollen Ton. »Der verehrte Prälat Wulf erwähnte, daß er auf ein Interdikt verzichten werde, obwohl die Keitumer der Kirche in den letzten zwei Jahren nichts bezahlt haben.«

Nicolaus Bruns Enttäuschung war nicht zu übersehen.

Von der Wisch breitete die Hände aus, machte ein Gesicht, als ob er dieses alles auch nicht glauben könnte, und ließ zur Sicherheit seinen Zweifel in der Stimme anklingen. »Sie machten Landverluste geltend. Ich kann nicht sagen, ob es stimmt. Der Prälat anscheinend auch nicht.«

»So.«

»Es gibt, glaube ich, einen Ausweg, Euer Gnaden.« Von der Wisch wartete klugerweise die ungeduldige Aufforderung des Bischofs zu sprechen ab. »Die Rungholter ließen mir mitteilen, daß sie aus Gründen zu erwartender Schiffsverluste mehrere Schiffsladungen Ziegel zuviel geordert haben. Sie stünden zur Verfügung, falls man jetzt die seit langem erbetene Kirche von Rungholt in Angriff nehmen wolle. Es sei ihnen auch vor den fremden Kaufleuten peinlich, den Herrn in einer unscheinbaren Holzkirche und einer verfallenden Kapelle zu ehren, während das Salz sich in einem Speicher befände, hinter dem gottesfürchtige Menschen eine Kathedrale vermuten müßten, sagten sie.«

Der Bischof fuhr zurück. Diese undankbaren, hochmütigen Rungholter! Sie besaßen eine Hauptkirche und zwei Kapellen, und es war nicht genug, obwohl sie nicht besonders fromm waren. Er war sich ziemlich sicher, daß es die Holsteiner Kaufleute waren, die die Unzufriedenheit schürten. Angestrengt fixierte er den Propst von Strand. Außer dessen Anwesenheit konnte er nicht viel erkennen. Seine Sehkraft wurde immer schlechter; aber um keinen

Preis durfte er dies zugeben, weil man einem blinden Bischof nicht die Kraft für das Amt zutraute. »Ein seltsamer Zufall«, bemerkte er.

»So haltet Ihr das Baumaterial nicht für einen Fingerzeig Gottes?« Von der Wisch fiel demütig auf die Knie und murmelte einen Dank, der dem heiligen Nikolaus galt, obwohl es zu seinen Ehren keinen Altar im Schleswiger Dom gab.

Nein, für einen Wink von Kaufleuten, hätte der Bischof am liebsten bissig geantwortet. Nikolaus, der Heilige der Kaufleute! Sein Kantor hing bereits am Haken, den die Rungholter ausgeworfen hatten. Und seine eigene Haut war alt und dünn und würde langes Zerren nicht aushalten. »Mit ein paar Schiffsladungen Ziegel baut man keine Kirche. Die Rungholter werden den Rest von der Kirche einfordern. Kaufleute sind schlau, lieber Fredericus.«

Aber nicht so schlau wie ich, dachte von der Wisch und entschloß sich, den Seufzer des Bischofs, der wie ein Windhauch die Flamme kräuselte, als Beginn der Kapitulation zu betrachten. »Euer Gnaden, der Bote brachte außer der Botschaft noch ein Schreiben mit. Die Rungholter verpflichten sich darin, die Kosten für einen Kirchenbau vollständig zu übernehmen. Der Text ist eindeutig abgefaßt. Aber zu meiner eigenen Sicherheit wäre es gut, wenn Ihr selbst das Schreiben einer genauen Überprüfung unterziehen würdet.«

Der Propst zog die Urkunde aus einer verborgenen Innentasche und ließ das Siegel hörbar am Pergament schaben.

»Zweifellos seid Ihr in der Lage, einen Vertragstext in allen Details zu erfassen«, versetzte der Bischof gereizt und verschränkte seine Hände wie zum Gebet. »Übergebt meinem Sekretär das Schreiben und laßt die Rungholter benachrichtigen. Sie sollen ihre Kollegiatskirche haben.«

Knoop marschierte den Weg entlang in Richtung auf den Hafen, Zorn im Herzen, weil er sich auf das Wagnis mit den Ziegeln hatte einlassen müssen. Jetzt blieb ihm kein anderer Weg, als sich mit Agge Salz von Morsum auf Biegen und Brechen zu einigen.

Er blieb einen Augenblick an Agges neuem Salzspeicher stehen. Das Haus war so gut wie fertig. Die Maurer hatten inzwischen ihre Gerüste abgebaut, und zwischen den frischen, hellen Dachsparren hallten die Stimmen der Dachdecker. Auf Knoops Seite war das Reet bereits bis oben hin genäht, über den First ragten die schwarzen Wedel der Reethalme. Sie würden abgeschnitten werden, wenn auch die andere Seite gedeckt war.

Knoop nickte zufrieden. Er hatte noch einmal Glück gehabt. Agge würde die Ziegel nicht mehr brauchen. Aus kaufmännischer Sicht war es vernünftig, den Restbestand sofort zu verkaufen, wenn sich ein Käufer fand, was gar nicht so sicher war. In Frage kamen nur die Kirche und sehr reiche Kaufleute, abgesehen vom Hardesvogt, dem Staller und dem König selbst.

Leise pfeifend setzte er seinen Weg bis zum Häuschen von Agge fort, das in zu schlechtem Zustand war, um ständig bewohnt zu werden. Auf ebener Erde gebaut, in der Nähe der großen Schleuse – Knoop konnte sich gut vorstellen, daß es im Winter naß zu Agges Füßen wurde. Vermutlich pflegte er sich zu dieser Zeit in seinem Morsumer Anwesen aufzuhalten.

Die Kate sah jetzt bereits unbewohnt aus, obwohl der Herbst noch in der Ferne lag. Vermutlich würde Agge also in seinem Salzkoog zu finden sein. Knoop überquerte den Riper Damm und stieg zum Hafen hinunter. Die holländischen Ever lagen an ihren Plätzen, die Ziegel auf Paletten gestapelt an Deck und die Rahen waren mitsamt Tuch an der wasserseitigen Bordwand festgebunden. Prächtig, prächtig, dachte Knoop, es sieht nicht nach baldigem Aufbruch aus. Er schickte einen knappen Gruß zu dem Mann hinüber, der die Frachtschiffe bewachte. Wenn alles gutging, würde bald er ihn bezahlen.

Der Halgenäser Salzkoog lag außerhalb von Rungholt im Vorland, in direkter Nachbarschaft zum Rungholtfall, und Knoop konnte den Kajedeich als dunklen Strich vor dem hellen Himmel erkennen. Erbitterung kam in ihm auf. Es gab nicht die geringste Begründung dafür, daß ausgerechnet diese Salzbude einen besseren Deichschutz bekommen hatte als andere. Angeblich sollte der Staller die Rungholter angewiesen haben, Bauholz und Reisigwalzen zu liefern, so daß der Deich die Höhe und Dauerhaftigkeit eines gewöhnlichen Kajedeiches bei weitem überschritt. Wer nach den Gründen gefragt hatte, bekam zu hören, daß die Lage weit draußen diese Vorsichtsmaßnahme gebiete und alle schütze, die weiter binnen wohnten.

Knoop war nicht mehr gewohnt, so weite Strecken zu Fuß zu gehen, er wurde allmählich kurzatmig und hörte auf zu pfeifen. Er dachte an die zynische Antwort zurück, die er selber auf sein Gesuch um Bauholz bekommen hatte. »Was geht mich das Land eines Holsteiners auf Nordmarsch an, mag er doch versaufen«, hatte der Staller geantwortet. Seither hatte Knoop Ingemar Stampe, Staller der Utlande, gemieden, um sich nicht ständig daran erinnern zu müssen, daß der Staller nur ein kleiner Mann mit großem Hut war, der seinen Aufstieg in einem ärmlichen Ritterhof begonnen hatte. Wie er selber, aber er war vom Glück weniger begünstigt gewesen.

Der Weg wurde immer weicher. Knoops Schnabelschuhe begannen im Matsch einzusinken. Aus unerfindlichen Gründen schlängelte sich der Weg zudem noch durch das Vorland und verdoppelte die wahre Entfernung. Knoop begann schon fast seinen Entschluß zu bereuen, den Mann ausgerechnet hier draußen aufzusuchen. Er blieb stehen und trocknete sich mit einem großen Tuch den Schweiß aus dem Nacken.

Ihm entgegen kam ein Reiter. Bis Knoop das Tuch wieder verwahrt und die Gugel modebewußt um seinen Hals drapiert hatte, war der Mann heran. Seine wachsamen Augen überprüften den Kaufmann von der kostbaren Kopfbedeckung bis zu den festgebundenen Spitzen seiner Schuhe. Knoop fühlte sich unbehaglich. Dieser Mann war kein Strander Großbauer, der seine Ochsen im Vorland besichtigt hatte. Unbewußt tastete er nach seiner Waffe.

»Ich würde sie stecken lassen«, sagte der Reiter in einem ungewohnten Deutsch. »Sobald ich mein Schwert in die Hand genommen habe, liegst du als Kleinfleisch im Gras.«

Knoop erbleichte und zog seine Hand zurück. Wie war es denn nur möglich, daß ein Räuber sein Unwesen ausgerechnet hier vor Rungholt trieb?

»Was suchst du hier?«

Knoop war kein Feigling, er hatte seine Waffenübungen nicht weniger sorgfältig als andere durchgeführt. »Was kümmert's Euch?« fragte er patzig. »Ich bin dabei, meinen Geschäftsfreund Agge Jessen aus Morsum aufzusuchen. Im übrigen laßt Euch gesagt sein, daß diese Wege frei für jedermann sind.«

»Dann laß du dir gesagt sein, daß dieser Weg nun in des Stallers Auftrag gesperrt ist und der Mann Agge in seinem Gewahrsam ist. Solltest du darauf bestehen, ein Geschäftsfreund zu sein, würde sich der Staller gewiß auch deiner Person annehmen und überprüfen, ob du an den Verbrechen beteiligt bist.«

Der Angstschweiß lief Knoop nun in Strömen unter der Gugel entlang. »Ich weiß von nichts«, stammelte er.

»Das trifft sich gut«, schnauzte der Reiter. »Ich habe dir in diesem Fall einen vergeblichen Weg erspart. Du kannst umkehren.«

Knoop zweifelte keinen Augenblick an dem, was der Mann sagte. Ihn erfüllte nur noch eine große Sorge. »Wißt Ihr, was mit Agge Jessens Eigentum geschehen ist, Herr Ritter? Ich frage, weil ich Besitzrechte ...«

Der Reiter wartete mit unbewegtem Gesicht auf das Ende der Frage. Knoops Stimme wurde immer leiser und unbestimmter, während er sich eilte, dem flach an seinem Rücken liegenden Schwert des Mannes zu entkommen. Aber es klebte an ihm wie die Bremse am Pferd.

»Deine Besitzrechte kannst du in den Wind schreiben. Es ist alles beschlagnahmt.«

Knoop sah verzweifelt hoch, während er schnaufend vor dem Schwert einhertrabte. Der Reiter erkannte, daß der

Geschäftsfreund Agges nun ausreichend eingeschüchtert war, steckte sein Schwert ein und gab dem Hengst die Sporen. »Denk an den Spruch: Mitgefangen, mitgehangen!« Lachend stob er davon, daß dem Pferd der Klei von den Hufen spritzte.

Ein eisiger Lufthauch fuhr über Knoops schweißgebadetes Gesicht. Er hatte Ziegel verpfändet, die dem gefährlichsten Mann der friesischen Utlande gehörten.

III

Arfast wußte nicht genau, wie lange er schon in seinem Verlies saß. Er hatte in unregelmäßigen Abständen Essen bekommen und schätzte, daß zwei und ein halber Tag seit seiner Gefangennahme vergangen waren. Anscheinend plante man ihn weder verhungern zu lassen noch zu foltern. Nur seine Schuhe und den Gürtel mit dem Messer hatten sie ihm fortgenommen. Alles zusammen war rätselhaft.

Als sein nagender Hunger ihm signalisierte, daß es schon lange über die gewöhnliche Essenszeit war, torkelte mit viel Lärm ein Mann durch die Tür, dem gut die Hälfte einer grauen matschigen Masse aus der Schüssel floß, bevor Arfast sie auffangen konnte.

»Brei mit Klei«, lallte er und grinste unverschämt, während er sich an der Wand abstützte.

Arfast behielt ihn argwöhnisch im Auge und antwortete nicht, während er den Löffel in den Mund schob. Gleich darauf spie er alles aus. »Schmeckt wie der Schluth«, sagte er. »Mit Absicht?«

»Nein, mit Salz«, antwortete der Wachmann und wollte sich vor Lachen ausschütten. »Der Koch hat wohl keine Zeit gehabt, aufzupassen. Er mußte doch den Spieß drehen, damit ihm das Schwein nicht verbrannte.«

»Daß dich die Pestilenz ankomme!« Arfast betrachtete ihn erbittert. »Er hätte weniger Arbeit gehabt, wenn er mir vom Braten abgeschnitten hätte. Solltest du diesen Fraß nicht vielleicht den Hühnern hinschütten?«

»Ganz bestimmt nicht«, antwortete der Wachmann und vermittelte Arfast das flüchtige Gefühl, daß irgend etwas an ihm nicht echt war.

Dieser Mann war kein Knecht wie die anderen, der nach Bedarf zum Füttern von Hühnern oder Gefangenen geschickt wurde. Sein Lederhemd war ordentlich genäht und sorgfältig gehärtet. Unter den wie bei einem Söldner gerade abgeschnittenen Stirnhaaren und den schmalen Augenbrauen lauerte ein wachsamer Blick, der nicht zu seiner Trunkenheit paßte. »Warum haltet ihr mich gefangen?«

»Seit wann fordern Bauernburschen Rechenschaft von den Herren des Landes?« gab der Mann höhnisch zurück und kippte dann um wie ein Vogel, der mit dem Bolzen getroffen wird. Besinnungslos lag er auf dem Boden, und seine Atemluft warf im Matsch kleine Blasen.

Arfast besann sich nicht lange. Von oben drangen die Geräusche, die zu einem Zechgelage in fortgeschrittenem Zustand gehören.

Der Durchgang war frei. Arfast blieb einen Moment im Gewölbe des Torbogens stehen, um seine Augen an das helle Licht des Morgens zu gewöhnen. Dann spannte er die Muskeln an und rannte über die grasbewachsene Innenfläche des Walls. Mit Ausnahme der Stube im Turm war die ganze Burganlage leer wie ein verlassenes Amselnest, und er schlüpfte durch das Tor, ohne daß ihm ein Speer oder ein Pfeil nachgesandt wurde.

Auf dem Vorland weideten nur einige Schafe. Arfast hetzte über das unebene Gelände, obwohl es in der Wunde pochte.

Die Priele waren breiter und voller als gewöhnlich, und in manchen Senken im Halligboden stand Wasser. Vom Stock über dem Priel zwischen Nordmarsch und Langeneß war der Handlauf abgerissen, und das Wasser rauschte über ihn hinweg. Vorsichtig tastete Arfast sich hinüber, wischte sich den Schweiß von der Stirn und fragte sich, warum er so beunruhigt war. Seine Augen brannten und tränten, und die Wellen warfen die Sonnenreflexe zurück. Abrupt blieb er stehen und starrte auf die gleißende Wasseroberfläche, wo er bisher Salz abgebaut hatte.

Der Salzkoog war vollgelaufen.

Wie in der Mitte eines Sees stand jetzt die Hütte der Salzsieder, bis an den Fuß der Mauern aus Grassoden im Wasser. Der Salzaschenberg war in sich zusammengesunken, nur seine graue Spitze tauchte gelegentlich aus den leise plätschernden Wellen auf. Seine Leute waren nicht zu sehen.

Auf der Erhebung, die einmal der Kajedeich gewesen war und deren Innenwand jetzt abbröckelte und im Wasser versank, streifte er Hose und Kittel ab und warf sich ins Wasser. Zum Laufen war es zu tief, nur gelegentlich spürte er unter den Zehen die oberen Kanten der umgeworfenen Kleisoden. Er war ein geübter Schwimmer und brauchte nicht lange, bis er unter sich den Grund spürte, auf dem die Salzbude stand.

Beklemmung packte ihn, als er durch die Sodenwände ein Stöhnen hörte. Er trat die Tür ein, die nur noch an einer eingerissenen Angel hing.

Sivert saß mit dem Rücken an der großen Salzpfanne, den Kopf in die Hände gestützt. Sechs blutige Finger gruben sich in die hellbraunen Haare. Arfast mußte an eine Vogelklaue denken und ein Zittern unterdrücken. In den Nacken rann Sivert immer noch Blut, und seine Haare waren am ganzen Hinterkopf verklebt. Neben ihm lag auf dem Boden regungslos Ibbe. Arfast befürchtete schon das Schlimmste für Synneke, aber der dritte Mann fehlte.

»Was ist euch denn passiert?« fragte Arfast erschrocken und kniete neben Ibbe nieder.

»Ich weiß es nicht«, murmelte Sivert, ohne den Kopf zu heben. »Irgend jemand hat uns alle drei niedergeschlagen, und keiner hat gesehen, wer es war. Sie müssen sich angeschlichen haben.«

»Sie?«

»Es waren mehrere. Wir waren an verschiedenen Stellen an der Arbeit. Ich bin hierher gekrochen, und Synneke hat Ibbe hergeschleppt.«

Das mußte ein hartes Stück Arbeit gewesen sein, denn Synneke war einen Kopf kleiner als die meisten Männer. Doch mehr als das interessierte Arfast etwas anderes. »War das vor dem Sturm?«

»Während. Wir konnten aber noch gut arbeiten. Ich war gerade am Ausschöpfen der Pfanne. Das Feuer hatte ich schon gelöscht.«

Ibbe schlug die Augen auf und erkannte Arfast. Seine Hände krampften sich zusammen bei der Anstrengung, sich aufzusetzen, und an seinen Schläfen liefen Schweißtropfen entlang. Aber seine Beine konnte er nicht bewegen. Arfast beobachtete ihn, während er Sivert zuhörte.

»Synneke hat wohl den härtesten Schädel von uns. Er machte sich jedenfalls auf, Hilfe zu holen.«

»Hoffentlich hat er das geschafft«, sagte Arfast beunruhigt. »Ich habe ihn noch nie schwimmen sehen.«

»Wieso schwimmen?«

»Der Koog ist voll Wasser.«

»Unmöglich!« widersprach Sivert gereizt. »Der Kajedeich war überall in Ordnung. Ich bin ihn gestern erst abgegangen. Weil du nicht gekommen bist, obwohl wir dich erwartet haben. Euer Gnaden, großer Planer des Salzabbaus.«

Aufgebracht wies Arfast auf die Wasserfläche vor dem Haus, von der ein schmaler Ausschnitt durch die Türöffnung zu sehen war.

Sivert folgte seinem Finger und kniff in der schmerzenden Helle die Augen zusammen. »Verstehe ich nicht. Das Wasser ist nicht über das Halligland gegangen. Wir hatten kein Landunter, nur viel Regen.«

»Dann weiß ich nur noch eine Möglichkeit.« Mit grimmiger Miene ging Arfast hinaus. Während er wieder durch das Wasser pflügte wie eine Robbe auf der Suche nach Fischen, hörte er Siverts beleidigte Stimme hinter sich.

»Bleib nicht wochenlang aus – diesmal.«

Als Arfast sich auf dem Kajedeich die Hose anzog, sah er schon den neuen Priel, der das Flutwasser in den Salzkoog trug. An dieser Stelle war der Deich, der kaum so hoch wie ein Zehnjähriger war, über mehrere Meter Länge eingerissen und fortgeschwemmt. Der Klei war durch und durch naß. Arfast sank bis zu den Knöcheln im Schlamm ein, als er an der Außenseite hinunterschlitterte und sich umsah. Sivert hatte recht. Hochwasser hatte es hier nicht gegeben, der Halligflieder wuchs aufrecht wie immer, und weit und breit gab es keine Tangbündel. Aber zwischen dem Westerpriel und dem Salzkoog gab es diese neue Verbindung. Und da der Boden des Salzkoogs tiefer als das Niveau der Priele lag, würde das Wasser auch bei Ebbe darin bleiben.

Der Salzkoog war unbrauchbar für alle Zeit.

Ratlos bahnte sich Arfast seinen Weg durch den neuen Priel, der sich durch das Vorland wand, wie jeder andere auch. Das Wasser reichte ihm bis zur Brust. Der Boden war hart unter seinen Füßen, ohne jeden Schlick, und das wenigstens bestätigte ihm, daß der Priel neu war und er sich nicht irrte.

Noch während Arfast darüber nachdachte, warum sich ein Wasserlauf plötzlich geradewegs seinen Weg zu einem aus Klei aufgesetzten Deich bahnte, stolperte er und schlug der Länge nach ins Wasser. Ihn packte allmählich die Wut wegen dieser Häufung von unglücklichen Zufällen.

Er tastete nach der harten Kante, die seinem Schienbein im Weg gewesen war. Sie war auffallend regelmäßig. Und dann verstand er, was geschehen war.

Hier hatte jemand dem Wasser mit dem Spaten den Zugang zum Salzkoog verschafft. Nachdem der Anfang einmal gemacht war, hatte es sich seinen Weg von selbst gebahnt. Arfast ballte die Fäuste, während er vor Nässe triefend auf dem Kajedeich den Koog umrundete. Wer war das gewesen?

Als er wieder aufsah, bemerkte er, daß Sivert an der Außenwand der Hütte saß und ungeduldig gestikulierte. Arfast winkte zurück zum Zeichen, daß er sich jetzt auf den Weg machte. Er mußte ein Boot von der Anlegestelle holen, um die Verletzten nach Ketelsbüll zu schaffen, und zwar während der Flut.

Beinahe hätte er den grauen Stoff übersehen, der in der Ecke des neuen Sees dümpelte. Er kannte ihn, es war die Joppe von Synneke. Seine Hände stachen weiß aus den Ärmeln hervor, und die braunen Haare hoben und senkten sich mit dem Wasser. Synneke, der versucht hatte, noch in der Dunkelheit Hilfe zu holen, war ertrunken.

Während er den Toten auf den Deich zerrte, meinte er

das entsetzte Gesicht von Sivert vor sich zu sehen, der sich nun an der Dachtraufe der Salzbude festhielt und herüberstarrte. Synneke und Sivert waren Brüder.

Stunden später hatte sich die Aufregung in Ketelsbüll immer noch nicht gelegt. Die Männer waren in Hark Arfastsens Haus zusammengekommen, um zu beratschlagen. Sie waren so viele, daß die Truhen vor den Alkoven nicht ausreichten und die meisten auf dem Boden kauerten. Das Durchstechen eines Deiches war ein Kapitalverbrechen, und der Täter mußte vor das Hardesgericht gebracht werden.

Ibbe hatte man in sein eigenes Haus getragen. Seltsamerweise war Arfasts Mutter Eyde bereits von Rungholt eingetroffen, versehen mit Kräutern und Verbänden und allem, was sie für die Behandlung Kranker und Verletzter benötigte. Mit ihrem Korb am Arm war sie mitten in die Beratungen geplatzt, aber niemand wunderte sich darüber.

Arfast begleitete seine Mutter zu Ibbes Haus und schilderte ihr dabei rasch, was er von Sivert erfahren hatte. »Ja«, sagte sie karg.

Ibbe lag bewegungslos auf dem Rücken, als sie eintraten. Die Beine hätte er noch nicht bewegt, flüsterte seine Frau besorgt. Eyde tastete behutsam über Ibbes Schädel, und er öffnete nicht einmal die Augen. Als sie der Hausfrau Schafgarbe gab und dazu genaue Anweisungen, wie lange sie köcheln sollte, ging Arfast wieder. Dies war Frauensache.

Auf dem schmalen Steig zwischen den Häusern hallten die hitzigen Reden der Männer in seines Oheims Haus wider. Arfast drängte sich zwischen die Männer an der Tür, die Boy lauschten, dem wichtigsten Mann der Gemeinde, der in der Mitte des Raums stand und sprach.

»Ich bin der Meinung, daß wir Halliger uns endlich an den Staller wenden müssen. Es wird immer schlimmer mit den Fremden! Sie plündern unsere Salzlager aus, fangen unsere Fische und Austern weg, und jetzt durchstechen sie auch noch unsere Deiche.«

Arfast stimmte ihm im stillen zu, während in seiner Nähe eine andere Meinung laut wurde.

»Wir bringen ihn nur gegen uns auf«, mutmaßte Mert, dessen Kleinmut bekannt war. »Was geht uns der Salzkoog des Kaufmanns Knoop aus dem Holsteinischen an? Er soll doch selber mit dem Staller sprechen!«

Hark erhob sich. »Nach dem, was Arfast und Sivert sagen, gibt es keine Vermutung, wer die Täter sein könnten. Es ist nicht einmal sicher, daß sie Fremde sind. Uns nur beim Staller zu beklagen, hätte wenig Sinn. Ich schlage deshalb vor, daß wir in aller Stille Erkundigungen einziehen. Die Leute müssen ja mit dem Boot gekommen sein, vielleicht von der Hooge oder von Pellworm oder Gröde, und vielleicht wurden sie gesehen.«

Die Männer nickten.

Der Gemeindevorsteher gab nicht nach. »Wenn ihr nichts tut, wird es immer schlimmer mit den Übergriffen werden, und schließlich werden sie es als ihr Recht ansehen, mit uns zu machen, was sie wollen. Wenigstens Ocke muß informiert werden.«

Leises Gelächter kam auf. An den Hardesvogt Ocke, der auf Oland wohnte, wandte man sich nicht, wenn man tatkräftige Hilfe benötigte. Sein einziger Vorzug war, daß er nie ablehnte, wenn jemand mit einer Bitte kam. Der Nachteil war, daß er darauf wartete, daß der Bittsteller aufgab.

»Na ja«, warf ein Bauer neben Arfast ein, »da müßte man den Staller erst einmal finden, besonders genau nimmt er es mit seinen Pflichten ja nicht.«

»Wir müssen sie suchen und selber bestrafen«, rief Haye hitzig. »Wenn sie merken, daß wir uns wehren, kommen sie wenigstens nicht wieder.« Aber der siebzehnjährige Sohn von Hark war zu jung, um unter Männern etwas zu gelten.

In das allgemeine Gemurmel hinein standen zwei Männer auf, klopften mit der flachen Hand auf den Tisch und bahnten sich ihren Weg hinaus. Andere sahen die Unterredung ebenfalls für beendet an und folgten ihnen.

Schließlich waren nur noch Hark, Boy, Haye und Arfast übrig. Arfast setzte sich zu den anderen an den Tisch, die schweigend ihren Gedanken nachhingen. »Ich habe einen Verdacht«, meinte er schließlich.

Hark sah auf. »Ja?«

»Die Wogensmänner. Daß sie mich gefangennahmen, ohne mich zu erschlagen, ergibt einen Sinn für den Fall, daß sie mich aus dem Weg haben wollten, während sie den Kajedeich durchstachen. Danach wollten sie mich wohl loswerden, und ein Betrunkener lieferte mir die Möglichkeit zu fliehen. Aber er spielte nicht so gut, wie er glaubte. Gestern wunderte ich mich nur, heute verstehe ich, wie es ablief. Aber nicht, warum.«

Boy machte ein finsteres Gesicht. Genau, was er meinte: Fremde.

Hark zog den Kopf zwischen die Schultern und schüttelte sich. »Die Verwandten des Stallers! Solche Leute schützen einander immer, selbst wenn wir ihm den geständigen Täter vor die Nase stellen. Du bist hoffentlich nicht so tollkühn, gegen solche Leute vorgehen zu wollen?«

»Aber klar!« sagte Haye für seinen Vetter. »Wir werden es ihnen schon zeigen.«

Boy schüttelte den Kopf. »Wie Arfast schon sagte: Wozu das Ganze?«

»Das weiß ich noch nicht«, murmelte Arfast. »Vielleicht will der Staller dem Kaufmann Knoop Ärger machen. Oder die Salzbude an sich bringen. Als ich aus Rungholt fortfuhr, hatte er gerade die Salzbude von Agge aus Morsum beschlagnahmen lassen.«

»Agge Jessen ist doch mit Ingemar Stampe befreundet.«

»Nicht mehr. Sie haben neuerdings Ärger miteinander.« Boy schüttelte bedächtig den Kopf.

»Wenn das wirklich stimmt, solltest du deine Nordmarscher Bude schnellstens überprüfen«, sagte Hark. »Wer weiß, was dort los ist …«

Arfast holte tief Luft. »Ich fahre morgen, sobald es hell ist.«

»Ich glaube nicht, daß du fährst«, wandte Boy ein. »Ich

war vorhin auf dem Vorland. Es frischt wieder auf, und ich möchte wetten, zum nächsten Sturm.«

Hark runzelte überrascht die Stirn. »Schon wieder? Der zweite in fünf Tagen des August?«

»Es kommt etwas auf uns zu, Hark, ich spüre es in den Knochen.« Mutter Eyde war unbemerkt hereingekommen; der heftige Luftzug durch die Tür erreichte die Männer erst nach ihren Worten. Bekümmert sank sie neben Arfast auf die Bank.

»Auf Mayenswarf trocknen sie die Garben in diesem Jahr wieder an den Mühlenflügeln«, berichtete Boy.

Hark seufzte. »Ja, es war viel zu naß. Meinen Ochsen ging es gut. Aber auch mein Korn ist noch nicht trocken.«

»Wie geht es Ibbe, Mutter?«

»Schlechter, als auf den ersten Anschein sichtbar«, antwortete Eyde. »Die Wunde am Kopf wird bald geheilt sein. Aber es scheint, als hätte der Täter durch einen Tritt in den Rücken einige Organe aus der Verankerung gerissen, wie die Wurzeln bei einem Busch. Ibbe ist unterhalb der Brust gelähmt und näßt unter sich. Ob sich das jemals geben wird, weiß ich nicht. Ich hoffe, daß nichts in ihm abstirbt.«

Die Männer sahen Eyde betroffen an. Für den Mann war ihre Beschreibung so gut wie ein Todesurteil; aber auch auf das Dorf würde es sich auswirken, wenn ein Mann für Gemeinschaftsarbeiten ausfiel. Die Stöcke über die Priele, der Hafen im Süden und der Anlegesteg im Norden gegenüber Boldixum, der Kirchensteig, die Vogelkoje, die Dittenherstellung – es gab viele Dinge, die alle Hände benötigten.

»Tja, ich werde dann auch gehen«, murmelte Boy und schlurfte mit hängenden Schultern zur Tür.

Haye und Arfast sahen sich an. Aber er ist auch ein alter Mann, dachte Arfast und wandte sich dann wieder der Planung des neuen Kajedeiches zu. Benedikt Knoop hatte bereits im Vorjahr weiteres Königsland zum Salztorfabbau gepachtet; nur fehlten jetzt zwei Männer für die Arbeit. Er würde sie auf Langeneß oder sogar Nordmarsch anwerben müssen.

Am nächsten Morgen blies ein heftiger Weststurm. Arfast wanderte mit gebeugtem Kopf und hochgestelltem Kragen über das Vorland im Süden, um das künftige Salzabbaugelände in Augenschein zu nehmen. Gottlob hatte der neue Priel keine Auswirkungen auf die Planung. Er blieb stehen und blickte hinüber zur alten Salzbude. Die teure eiserne Salzpfanne, die bereitgestellten Tonnen und die Spaten würden sie herüberholen. Die Salzbude mit den beiden Behältern zum Filtern der Salzasche mußte neu gebaut werden.

Derzeit grasten im abgesteckten Gelände noch Harks Ochsen. Sie hoben die Köpfe und glotzten ihn an, während die drei Kälber bei ihren Müttern Schutz suchten. Die Ochsen waren schon fett; aber die Kälber waren zu jung und zu mager, um sie zu verkaufen. Und weil in diesem Jahr das Heu besonders knapp war, würde Hark außer seinen vier Kühen kein weiteres Rind über den Winter bringen können. Arfast konnte die Sorgen der Langenesser verstehen.

Seine eigenen machten ihn jedoch unruhiger.

Er brannte darauf, nach Nordmarsch zu segeln. Aber er mußte warten, bis der Sturm sich verzogen hatte; lieber segelte er, als ganz Nordmarsch zu Fuß zu durchqueren.

Ungeduldig wanderte er am Westerpriel wieder zum höheren Land zurück, wo die Kleinköge der Ketelsbüller lagen und wo sein Oheim im Labekoog Roggen anbaute. Von den Trojburgern war nichts zu sehen; sie hatten keinen Grund, sich außerhalb der Burg aufzuhalten. Das Land gehörte ihnen nicht, ebensowenig das Vieh; bei solchem Wetter kam einer der Wogensmänner höchstens heraus, um ein Schaf zu stehlen.

Arfast blickte nach oben. Die dichte Wolkendecke löste sich schon auf; vermutlich würde der Wind in wenigen Stunden abflauen. Eine Schar Knutts überflog ihn; der Wind sprengte ihre gewohnte Ordnung. Der Herbst lag bereits in der Luft; in einigen Wochen würden sie die Arbeiten im Salz einstellen.

In aller Frühe machte er sich am nächsten Morgen auf den Weg. Es war beinahe windstill, und das spärlich besiedelte

Nordmarscher Vorland zog langsam an Steuerbord vorbei. Rinder und Schafe sah er nicht; sie hatte man während des Sturms wohl zum höheren Land geholt, nach Mayensbüll, das Mayenswarf hieß, seitdem die Dorfgemeinschaft eine Warf angelegt und der größte Ochsenzüchter sein Haus schon dorthin verlegt hatte.

Arfast lief in den Priel ein.

Sie würden ihn schon am Steg erwarten und seine Leine wahrnehmen wollen, denn hier draußen war es einsam. Arfast drehte sich um und traute seinen Augen kaum.

Kein Mann stand am Ufer, der Steg war fort, und von der Salzbude war auch nichts zu sehen. Arfast biß sich auf die Lippen, holte das Segel dicht und schoß gegen den Wind zum Prielrand auf, der ungewohnt steil war. Mehrmals rutschte er im Schlick ab, bis er endlich auf dem Vorland stand, das noch von Wasser bedeckt war.

Der Kajedeich seines Salzkoogs war annähernd eingeebnet. Auf der gegenüberliegenden Seite dümpelten Reetbunde vom Dach der zerstörten Salzbude. Arfast holte tief Luft. Bis zu den Oberschenkeln im Wasser umrundete er den Salzkoog. Als er wieder an seinem Ausgangspunkt angekommen war, war er sicher, daß hier kein Trojburger seine Hand im Spiel gehabt hatte.

Das Wasser war bei einem einfachen kurzen Sommersturm über den ganzen westlichen Teil von Nordmarsch hinweggeflutet.

Beim Gedanken an Synneke machte Arfast sich nur ungern auf die Suche nach den Männern. Er hoffte, daß sie sich rechtzeitig mit ihrem kleinen Ever in Sicherheit gebracht hatten. Vielleicht saßen sie gerade jetzt auf Luddes Warf weiter binnen am Fennschlot und löffelten Biersuppe.

Aber seine Sorge verstärkte sich, während er sein Boot in das Wasser zurückschob. Er segelte den Priel entlang, während Luddes Warf vom kleinen Maulwurfshügel in der Ferne zu einer stattlichen Erhebung in Ufernähe anwuchs.

Arfast bahnte sich seinen Weg zwischen den Rindern und Schafen, die Ludde auf dem Abhang versammelt hatte. Die Tiere waren unruhig. Verlorengegangene Lämmer jammerten nach ihren Müttern, und die Ochsen brüllten laut. Ludde kam gerade mit einer Gabel Heu aus der Stalltür, als Arfast oben anlangte.

»Moin, Arfast«, sagte er bekümmert und schüttelte die Gabel frei, »sie wollen einfach nicht fressen, sie fürchten sich vor dem Wasser.« Er hetzte zurück in den Stall, bevor Arfast auch nur dazu kam, den Mund aufzutun. Dabei rührten die Tiere das Heu kaum an.

So hohes Wasser mitten im Sommer ist für alle neu, dachte Arfast mitleidig, bevor ihm einfiel, daß Ludde wahrscheinlich etwas anderes gesagt hätte, wenn die Salzsieder in seiner Stube säßen. »Sag mal, hast du meine Leute gesehen?« fragte er nervös, als der Bauer erneut mit Heu herauskam.

»Nein«, sagte Ludde erstaunt und stützte sich auf die Gabel. »Sollte ich denn?«

Arfast schluckte seine steigende Aufregung hinunter. »Die Salzbude ist zerstört«, erklärte er gepreßt, »und kein Mensch ist mehr dort.«

Ludde, dessen rotbraunes Haar sich lockte wie bei seinen Rindern, riß die Augen auf. »Jesus Maria«, sagte er verhalten. »Gott sei ihren Seelen gnädig!«

Er dachte offensichtlich dasselbe wie Arfast. Wenn die Salzsieder mit ihrem Boot geflüchtet wären, hätten sie bei Ludde Schutz gesucht. Eine andere Möglichkeit gab es nicht.

Arfast drückte sich das tropfende Wasser aus den Hosenbeinen und ließ sich mit einem Gefühl der Ohnmacht gegenüber den widrigen Verhältnissen auf die Bank am Haus fallen. Ludde lehnte die Gabel an die Wand und setzte sich still neben ihn.

»Es sind schwere Zeiten«, sagte er nach einer Weile leise. »Die Pest reichte dem Herrn nicht; uns schickt er das Hochwasser zur Mahnung. Wen der Herr besonders liebt, straft er auch hart.«

Arfast nickte. Ihm war die Verantwortung für die Männer übertragen worden, und er hatte sie nicht tragen können. Von sechs Mann waren vier tot und einer für sein Leben gelähmt. Er stützte die Arme auf die Knie und bohrte die Fäuste in die Augenhöhlen.

»Mach dir keine Vorwürfe. Wir alle müssen uns dem Willen des Herrn beugen.«

»Was ist das für ein Herr, der einen solchen Willen hat?« fragte Arfast dumpf. »Wie kann er zerstören, was Menschen so mühselig geschaffen haben?«

»Menschen«, erinnerte Ludde ihn. »Nicht der Herr. Der Herr nimmt und gibt, wie es ihm gefällt.«

»Ja«, stimmte Arfast mit einem Seufzer zu und erhob sich. »Ich muß jetzt zurück. Auch Herr Knoop hat Anspruch darauf zu erfahren, was geschehen ist. Ich hoffe für dich, daß das Wasser bald abläuft.«

»Zwei, drei Tage wird es dauern. Daran haben wir uns nun schon gewöhnt.«

Arfast drehte sich abrupt um und sah den Bauern scharf an. »Meinst du damit, daß es früher anders war?«

Ludde nickte nur. Arfast ging, nachdem er einen Augenblick darauf gewartet hatte, daß der wortkarge Bauer ihm mehr erzählte.

Ludde sah ihm nach. Seine Sorgen hatten sich in den letzten Stunden unerträglich vermehrt. Seine zänkische Frau hatte gedroht, ihn zu verlassen, wenn er die Warf nicht verlege. Sie behauptete, das Wasser käme immer näher, sie fühle es in den Knochen. Aber er konnte ihr schließlich nicht recht geben. Noch war er Herr im Haus.

Weiter unten patschte Arfast zu seinem Boot. Jetzt, wo er vermuten mußte, daß seine Leute ertrunken waren, dachte er nüchtern über die möglichen Gründe nach. Während er zurücksegelte, kam er zu dem Schluß, daß das Wasser anstieg oder das Land versank.

An der Mündung des Westerpriels in den Schluth warf Arfast die Schoten los und ließ seinen Ever auf den Langenesser Schlick auflaufen. Die Zeit paßte: Es war Spätnachmittag, in Ketelsbüll erwartete man ihn noch nicht, und es war kurz vor dem Kentern der Tide. Er kannte hier einen winzigen Winkel mit Sand unterhalb des Halliglandes, eine kleine Bucht fast, zu flach, um mit dem Boot einzufahren, aber gut für einen Versuch abseits von Leuten, die ihn auslachen würden.

Der Sand war feucht und fest und lag auf steinigem Untergrund. Arfast schob ihn beiseite und klaubte sich einen Batzen Klei aus dem Grünland in Kopfhöhe. Daraus baute er sich eine flache Wanne mit einem umlaufenden Kajedeich, knapp so hoch wie eine Faust und ebenso breit. Handspannenbreit daneben kam ein zweites Modell eines Salzkoogs und in einiger Entfernung zwei weitere enger nebeneinander; ringsum bekam jedes Viereck ein Stück gewachsenes Vorland als Schutz gegen das Wasser.

Zufrieden mit sich selbst, setzte Arfast sich auf einen Stein und wartete neugierig, was geschehen würde, wenn das Wasser gegen seine Modellköge auflief.

Einzelne Erdkrümel wurden fortgeschwemmt. Bald war sein Vorland von den anleckenden Wellen abgetragen, und in den Prielen zwischen den Kögen stieg das Wasser überall gleich hoch. In seinem breiten Priel bedeckte Schaum die Welle, die kleine Steine und Sand mit sich trug. Den schmalen Priel dagegen füllte ein sanftes Rinnsal, und ein Käfer hätte sich leicht dagegen stemmen können.

Steinchen bohrten sich in den Kajedeich, der zunehmend heftig umspült wurde, und es dauerte nicht lange, bis sich hinter ihnen Wirbel von Wasser bildeten, die im Klei gruben. Arfast dachte an den Riper Damm in Rungholt. Wahrscheinlich waren die Löcher auf genau diese Art entstanden.

Seine Kajedeiche hielten dem Wasser stand, auch als die ersten Wellen über die Krone hinweggingen und die Köge sich zu füllen begannen. Er machte behutsam einen Einschnitt in die Vorderkante des Deiches. Jetzt flutete das Wasser hinein und heraus, trug die Kanten des Einschnitts gemächlich, aber unaufhörlich ab, bis er zu einem Trichter wurde, durch den das Wasser strudelte.

Arfast verschränkte die Arme, lehnte seinen Kopf an die Abbruchkante des Vorlandes und dachte darüber nach, was er im Kleinen über das Große gelernt hatte.

Als er wieder aufwachte, saß er im tiefen Schatten und fror. Die Tide war gekentert und das Wasser weit zurückgewichen.

Eyde war es gewohnt, früh aufzustehen. Sie sah ein letztes Mal nach Ibbe und überzeugte sich, daß er keine Schmerzen hatte. Der Hausfrau übergab sie Eisenkraut gegen Durchliegen und Salbeiblätter gegen Bettnässen; mehr konnte sie für den Kranken nicht tun.

Arfast wartete ungeduldig am Boot. Das Leben der Halliger wurde bestimmt von Ebbe, Flut und Windrichtung, und nun, wo die Bedingungen gut waren, drängte es ihn fortzukommen. Endlich eilte seine Mutter atemlos heran.

Wenigstens zeigten sich die Trojburger nicht, und Arfast bog ungehindert und tief in Gedanken in den Schluth ein. Daß die Nordmarscher Salzbude und die Salzarbeiter verschwunden waren, ohne daß die Trojburger etwas damit zu tun hatten, machte die Anklage gegen sie schwieriger. Und wie sollte er dieses alles Benedikt Knoop verständlich machen?

»Du machst ein unglückliches Gesicht, Arfast.«

Arfast fühlte sich wie früher, wenn er von ihr mit einem fremden Apfel in der Hand erwischt worden war. »Ja«, gab er zu, »aber davon verstehst du nichts. Es geht um die Salzköge.«

»Ich freue mich, daß du dir das Anliegen des Herrn Knoop so sehr zu eigen machst. Aber laß dich davon nicht auffressen. Es kann gefährlich sein. Die hohen Herren bedienen sich zuweilen eines Stellvertreters, wenn es um Kopf und Kragen geht.« Eyde tauchte ihre Hand in das warme Wasser und schloß die Augen.

Plötzlich entschloß Arfast sich, ihr von seiner Entdekkung zu berichten. Er fing gleich beim Ende seiner Überlegungen an. »Der Salzabbau im Torf gefährdet unser aller Leben auf den Halligen und im Vorland, wußtest du das?«

Eyde setzte sich kerzengerade auf und trocknete umständlich ihre Hand am Rock ab. »Wenn es dir ernst ist, mein Sohn, behalte dein Wissen für dich.«

»Was meinst du damit, Mutter?« fragte Arfast zutiefst erstaunt und wiederholte mit Nachdruck: »Ich wollte damit sagen, daß hier Menschen umkommen werden, wenn wir weiter in dieser Weise Salz abbauen! Wir zerstören das Land, auf dem wir leben. Wir müssen damit aufhören!«

Eyde nickte beiläufig. »Ich hatte dich verstanden. Und ich sage dir, daß du sie nicht warnen kannst. Vor allem die Salzkaufleute in Rungholt nicht, denn die würden die ersten sein, die sich geschädigt fühlen. Sie werden nichts davon hören wollen. Und die übrigen werden dir nicht glauben. Sofern sie dir wohlgesonnen sind, werden sie dich als absonderlich abtun, und das ist noch das Beste, was du erwarten kannst.«

Arfast wandte die Augen ab, um zu verbergen, daß er ihr erstmals nicht glaubte. »Und die anderen?«

»Die werden versuchen, dich totzuschlagen.«

»Unmöglich!« Arfast schüttelte den Kopf und sah seine Mutter abweisend an. »Die kennen mich doch ...«

»Ich weiß, wovon ich rede«, versetzte Eyde traurig. »Ich sehe manche Dinge so klar wie du die Gefahren, die von den Salzkögen ausgehen; manchmal sehe ich Dinge, die anderen verborgen sind; zuweilen ist es einfach nur Erfahrung. Aber wenn ich davon spreche, glauben sie es nicht, und ich wundere mich, daß sie nicht verstehen, was ich meine. Oft ist mir das Herz schwer, weil ich nicht mehr versuche, Unglück abzuwenden, obwohl ich es könnte. Die Menschen möchten lieber in Unkenntnis leben, wenn sie wählen dürfen. Und manches Mal behaupten sie, dieses Schicksal sei ihnen vom Herrn auferlegt. Ich halte es für zu einfach, den Herrn für alles Unglück des Menschen verantwortlich zu machen.«

»Warum tun sie es?«

Eyde lächelte kaum sichtbar. »Die Bequemlichkeit ist es, denke ich. Menschen sind wie Kugeln, die im Lauf des Rollens immer langsamer werden. Keine würde je auf ebener Strecke ihre Geschwindigkeit beschleunigen, und der Mensch auch nicht. Und ich stelle fest, daß man sie nicht dauernd schieben kann. Es fehlt die Kraft, und irgendwann auch der Wille.«

Arfast pustete eine Haarlocke aus seinen Augen und fierte das Segel in einer heftigen Bö. Eyde klammerte sich mit beiden Händen an die Bordwand. Arfast grinste. »Hättest du jetzt auch behauptet, daß Gott der Herr alles zu unserem Besten eingerichtet hat und daß wir ihm vertrauen sollen, und so weiter, hätte ich dir nicht geglaubt, Mutter. Aber deine Kugeln haben mich überzeugt.«

»Dich kenne ich ja auch noch etwas besser als andere Menschen.«

Arfast zog die Augenbrauen hoch und lachte schallend, während Eyde sich vorübergehend entspannte. Jetzt in der Mittagszeit legte der Wind häufig zu, es würden stärkere Böen kommen, und sie würden Kraft darauf verwenden müssen, sich festzuhalten und nicht zu fürchten. Aber noch mehr Kraft würde sie für die Zukunft brauchen. Die ganze Ungewißheit und das Elend, das sie einmal schon durchlebt hatte, würden von vorne anfangen. Mit aller Gewalt versuchte sie, sich die Furcht nicht anmerken zu lassen.

Nach einer Weile fiel Arfast noch etwas ein: »Woher weißt du eigentlich, daß deine Warnung bei mir nützt?«

Eydes Augen wurden dunkel, und sie ballte die Fäuste, ohne es zu wissen. »Meine Warnung wird auch bei dir nichts nützen, mein Sohn«, flüsterte sie. »Du bist zu stark, um an eine Niederlage zu glauben. Und du bist noch nicht alt genug, um die Unbelehrbarkeit der Menschen zu fürchten.«

IV

»Ich bin ganz sicher, Herr Knoop«, beteuerte Arfast zum drittenmal, und er war so bemerkenswert wenig ehrerbietig, daß er den Kaufmann zur Weißglut reizte.

»Und ich bin ganz sicher, daß niemand einen Unterschied zwischen einem Durchstich und einem Priel erkennen kann. Du reimst dir das in deinem Haß zusammen!« Knoop betrachtete ihn angewidert wie einen Mistkäfer, der sich in seine Pastete verirrt hatte. Es ging zuweit, ihm solche Probleme aufzuhalsen.

Arfast gelang es, die Mischung von Zorn und Verachtung zu verbergen, die er spürte, als er den Kaufmann nach Ausflüchten suchen sah. Es war eine Woche her, seit seine Mutter ihn gewarnt hatte, und Knoop war die erste Probe aufs Exempel. Allerdings war der Kaufmann kein besonders heller Kopf, wie er schon längst festgestellt hatte. Arfast wartete, bis der Mann den Krug bis zur Neige geleert hatte. »Ich könnte es Euch beweisen«, bot er an. »Draußen am Deich.«

»Beweisen?« fragte der Kaufmann verständnislos. »Was beweisen? Die Natur ist sündig, wie ein jeder weiß, und dafür hast du nun ein Beispiel. Mit gutem Grund hat der Herr uns die Natur gegeben, damit wir sie uns untertan machen.« Noch während er darüber nachsann, wie sehr sich die Welt nach der Pest geändert hatte, fiel ihm etwas ein. »Ich könnte dir das Gegenteil beweisen«, schnaubte er. »Indem ich dich daran erinnere, daß zwei Salzköge im gleichen Sturm verlorengingen. Nicht einmal du wagst, zu behaupten, daß die Wogensmänner bei beiden die Hände im Spiel hatten! Wenn man sich erkundigte, würde man vermutlich auch von Verlusten auf der Hooge erfahren.«

Arfast sah den Kaufmann unerschrocken an.

»Ich will davon jetzt nichts mehr hören«, entschied

Knoop. »Wir haben Zeit verloren. Wir sollten ohnehin das neue Abbaufeld in Angriff nehmen, also fangt an.«

»Womit denn? Fünf Männer fehlen. Und wenigstens das gesamte Werkzeug müßten die Trojburger ersetzen. Ich bin bereit, es Ingemar Stampe ins Gesicht zu sagen«, bot Arfast an, »wenn Ihr mich wenigstens durch Eure Anwesenheit unterstützt.«

»Nichts da«, sagte Knoop hastig und wedelte mit gespreizten Fingern vor Arfasts Gesicht. »Es liegt mir nicht, nach dem Staller zu rufen, wenn meine Leute Fehler machen.«

»Es sind keine Fehler gemacht worden! Und Deiche gehören in den Aufgabenbereich des Stallers.«

»Hier geht es nicht um Deiche, sondern um einen Salzkoog, der mir gehört. Daß fünf Männer umgekommen sind, beweist nur, wie nachlässig sie waren. Die nächsten wird es lehren, vorsichtiger zu sein.«

»Ihr wollt …«

»Schluß jetzt!« schrie Benedikt Knoop und donnerte mit der Faust auf den Tisch. »Staller und Harde gehen dich nichts an. Es ist genug anderes zu tun, als zu disputieren! Henneke Westerflete ist inzwischen wohlbehalten angelangt. Wir werden morgen nach Flandern ablegen. Besprich mit meiner Tochter, was vorher zu erledigen ist!«

Niemand hatte Arfast bisher darüber aufgeklärt, wer nach Flandern reisen sollte. Henneke Westerflete kannte er nicht. Aber da Knoop selber ihn an Anna verwies, würde er sich beeilen, wenigstens diesem Befehl auf das genaueste nachzukommen. Sie würde ihm vermutlich haarklein von den Reiseteilnehmern berichten können.

Während er sie im Haus suchte, fragte er sich, warum Knoop sein Recht so widerspruchslos preisgab. Es war augenfällig, daß er vor allem mit dem Staller nichts zu tun haben wollte. Arfast zuckte mit den Schultern und sah Anna durch den schmalen Lichtspalt des hinteren Ausgangs im Küchengarten wirtschaften. Seine Laune besserte sich sofort, und er trat ins Freie.

»Wer ist denn Henneke Westerflete, Anna?« fragte er,

während er mit strahlendem Gesicht auf einem schmalen Pfad zwischen den Beeten auf sie zuschritt. Seine Mutter hätte ihn wegen seines respektlosen Benehmens ausgeschimpft, aber ihm war so, als hätte er die Tochter des Kaufmanns sein ganzes Leben gekannt.

Anna lächelte ihm entgegen. »Der Sohn eines reichen Bauern im Schauenburgischen Nygenstad an der Elbe. Er ist rund wie ein aufgeblasener Schweinemagen«, antwortete sie, ohne ihre Arbeit zu unterbrechen. Sorgfältig putzte sie Erde von einer roten Wurzel ab und legte sie zu anderen dazu. »Sein Vater ist während der Pest zu Geld gekommen, und darauf bildet er sich viel ein. Leider werden wir ihn ertragen müssen, weil er in Flandern Schliff bekommen soll. So hat sein Vater im Brief mitgeteilt, aber er hat nicht gesagt, an welchem Ende man diese Kugel schleifen soll.«

Arfast vergaß den Mann. Überwältigt ging er neben ihr in die Hocke. »Ihr fahrt mit?«

Anna sah ihm in die Augen. »Ja. Vater will in Flandern einen Ehemann für mich finden, und ich soll ihn besichtigen.«

Das Strahlen auf Arfasts Gesicht verschwand. »So wie ich Euren Vater einschätze, sieht er es wohl eher umgekehrt.«

»Das mag sein, aber meistens kommt es so, wie ich möchte.« Sie zögerte. »Ich werde ihn schon überlisten.«

Sie brachen in Lachen aus.

»Ihr habt eine Art, die Dinge zu sehen, so ganz anders ...«, stellte Arfast fest, um dann eine Weile befangen zu schweigen. Er zerkrümelte Erde zwischen den Fingern. »Ich wollte Euch nicht beleidigen.«

Sie schüttelte stumm den Kopf. Dann schob sie ihm den Korb mit Rüben vor die Füße. »Seid so gut und bringt ihn ins Haus.«

Mechanisch stand er auf und trottete los. Es zeigte sich, daß Anna nicht die Absicht hatte, ihm zu folgen, und so verließ er das Haus wie ein Hungriger, dem man die überbordende Festtafel gezeigt hat.

Der Schiffer wollte mit dem Vormittagshochwasser auslaufen. Arfast erreichte die Kogge zusammen mit einem Mann, dem das Gesäß die verschiedenfarbigen Falten der Hose auseinandersprengte. Das ist er; der Umfang eines Oberschenkels reicht für zwei Friesenbeine aus, dachte Arfast überwältigt und ließ seinen Blick von den stramm sitzenden Strümpfen nach oben wandern. Die Knollennase des jungen Mannes war gerötet wie bei einem alten Wüstling. Höflich trat Arfast zur Seite, um Westerflete den Vortritt über die schmale Planke an Deck zu lassen.

Aber der Dicke wollte nicht. »Trag mein Gepäck an Bord, Kerl«, befahl er hochnäsig, nachdem er sich mit einem Blick auf Arfasts graue und braune Kleidung davon überzeugt hatte, daß dieser keiner von den Handelsherren der Delegation sein konnte.

»Da Ihr Euch zu schwach fühlt, werde ich Euch gerne behilflich sein«, antwortete Arfast freundlich. »Ich will nur zuerst meinen Sack an Bord bringen. Wartet hier.«

Anna, die gerade an der Hand eines Seemanns in die Kuhl hinuntergesprungen war, lachte, daß ihr Rücken bebte. Sie drehte sich nicht um, konnte aber nicht verhindern, daß Babe Aghesson sie feindselig betrachtete. Er fröstelte in der kühlen Luft, und von seiner Nase flog ein Tropfen, als er mißbilligend den Kopf schüttelte.

Damit es nicht noch vor der Abfahrt zu Streitigkeiten unter den Fahrgästen kam, schickte der Schiffer einen seiner Leute an Land, um dem schwergewichtigen Gast an Bord zu helfen. Er beschloß, ein Auge auf den jungen Mann zu haben, der zu aufsässig war, um nur ein Knecht zu sein.

Sie legten ab, und Arfast griff zu, wie es seine Gewohnheit war, denn wie jedermann wußte er, daß es auf Schiffen immer an Händen fehlt.

Anna sah Arfast in den nächsten Stunden nicht, sie blieb in ihrer Kammer neben der des Schiffers. Erst am dritten Tag kam sie in der Dämmerung heraus an Deck, als die Freiwache im Vorschiff beim Essen war. Arfast hielt sich auf dem erhöhten Vorschiff auf und wollte gerade hinunterklettern, als Westerflete aus der Achterkajüte schlüpfte, angetan mit einer hautengen zweifarbigen Hose. Kein Wunder, daß er doppelt soviel Gepäck wie jeder andere hat, dachte Arfast und blieb, wo er war.

Westerflete schlenderte hinter Anna her. »Jungfer Anna«, rief er wie ein Marktschreier.

Widerwillig blieb Anna stehen, entschlossen, es ein für allemal hinter sich zu bringen. Während sie sich an der Reling festhielt, um die wiegenden Bewegungen des Schiffes im leichten Wind auszugleichen, stellte Westerflete sich neben sie und rückte dann langsam dichter an sie heran. Arfast erkannte, daß die Kaufmannstochter bald zwischen dem Schott des Achterkastells und dem fetten Flegel eingeklemmt sein würde. Sie merkte es erst, als sie ihren Platz wechseln wollte und an den Belegnägeln hängenblieb.

Westerflete setzte ein selbstgefälliges Grinsen auf, stützte seine Hände beiderseits von Annas Kopf am Schott auf und starrte ihr aus unmittelbarer Nähe ins Gesicht. Wenn er jetzt die Lippen spitzt, dachte Arfast erbost, stößt er mit ihrer Nase zusammen. Haye würde sagen: »Beißt zu, Jungfer!«

»Nun, Jungfer Anna, ich bin ein Mann, der durchsetzt, was er sich vorgenommen hat. Findet Ihr nicht auch?«

»Ich finde Euch nur widerwärtig«, sagte sie verächtlich und drehte den Kopf weg.

Sein Selbstvertrauen war nicht zu erschüttern. Er ließ seine Hüften spielen, dehnte sich und blickte an sich selber entlang nach unten. Arfast vermutete, daß Anna der Anblick der schwellenden Schamkapsel unangenehm sein mußte. Selbst Westerfletes Stimme bekam einen prallen Klang. »Ich habe mir vorgenommen, für die Schauenburger unentbehrlich zu sein, wenn es um Fragen des Handels von Holstein geht. Erscheint Euch dies nicht reizvoll?«

»Mir erscheint nichts reizvoll, was mit Euch zu tun hat, Henneke Westerflete. Außerdem interessiert es mich nicht.«

»Das sollte es aber. Schließlich werdet Ihr an meiner

Seite bei den Schauenburgern ein- und ausgehen, und ich möchte, daß Ihr zu würdigen wißt, was ich Euch biete.«

Das Abflauen des Windes ermöglichte es Arfast, fast jedes Wort zu verstehen, er hörte sogar das erschrockene Einatmen Annas. Aber sie beherrschte sich. »Daß mein Wille Euch nichts gilt, ist mir klar«, sagte sie mit freundlichem Spott, »da Ihr nur den Euren kennt. Aber mein Vater hat Größeres im Sinn als einen bäuerlichen Emporkömmling zum Schwiegersohn.«

Westerflete kicherte in unangenehm hohen Tönen. »Liebe Anna«, sagte er respektlos. »Ihr seid mir angenehm, wie Ihr seid. Ein wenig zähmen werde ich Euch allerdings müssen, wenn wir verheiratet sind, damit Ihr Eure Widerspenstigkeit nicht gegen mich wendet.«

»Mein Vater wird Euch hinauswerfen lassen!« fauchte Anna und tauchte unter seinen Armen hinweg.

Westerflete ließ sie gehen. Als sie sich schon fast frei glaubte, ergriff er ihren Arm, zog sie roh zu sich heran und küßte sie hart. Als seine Lippen endlich von ihr abließen, sagte er: »Benedikt Knoop denkt gar nicht daran. Er hat mir empfohlen, um Euch zu werben. Mit diesem Kuß habt Ihr Euch mir versprochen. Vergeßt es nicht!«

Anna gab einen Entsetzensschrei von sich und rannte davon. Arfast hätte ihm am liebsten die feuchten Lippen blutig geschlagen. Aber er wußte nicht, ob Anna sein verspätetes Eingreifen recht gewesen wäre. Vielleicht wünschte sie ja, die Sache als ungeschehen zu betrachten. Westerfletes Werbung stand im Widerspruch zu dem, was sie ihm erzählt hatte.

Der Kaufmann blieb breitbeinig stehen, die Arme in die Seite gestemmt. Er brauchte jetzt nur zuzugreifen, wenn er eine adelige Braut haben wollte.

Arfast verbarg sich immer noch mit großem Unbehagen hinter einem Anker und spähte auf die beiden hinunter. Westerflete wirkte zufrieden wie ein Läufer, der sich Milch bei der Muttersau gestohlen hat. Anna hatte ihn bestimmt nicht angelogen, davon war er felsenfest überzeugt. Knoop mußte seine Pläne geändert haben. Aber warum?

Als die Luft endlich rein und er hinuntergeklettert war, legte sich eine schwere Hand auf seine Schulter.

Der Schiffer hatte Angst um den Schiffsfrieden, wie er Arfast erklärte. Also hielt sich Arfast fortan bei den holländischen Seeleuten auf, bekam zusammen mit der Mannschaft nachts seine heiße Biersuppe zum Aufwärmen und nahm allmählich auch die übrigen Mahlzeiten mit den Wachen ein.

Die Reisegesellschaft ignorierte ihn, und Anna hielt sich abseits. Der Wind war für diese Jahreszeit erstaunlich milde, und das Schiff kam nur langsam voran. Arfast beobachtete eines Abends von der Kuhl aus eine flache Insel, vor der Masten erkennbar waren und eine kleine Ansiedlung. Einige Bäume gaben ihr Schutz, und sie sah den Inseln im Nordfriesischen zum Verwechseln ähnlich. Möglicherweise gab es auch hier Ochsenzucht und Salzabbau.

»Auf ein Wort, Salzsieder«, sagte eine hohe Stimme neben Arfast, die ihn aus seiner Betrachtung holte. Babe Aghesson. Arfast wappnete sich innerlich gegen eine unangenehme Unterredung, während der Ochsenhändler an seinem pelzbesetzten blauen Rock nestelte und dann, zwischen den Wanten hängend, sein Wasser abschlug.

»In Lee wäre klüger gewesen«, sagte Arfast und trat zurück, um von dem feinen gelben Sprühnebel nicht getroffen zu werden.

»Spar dir deine Ratschläge! Mir scheint, du hast selber welche nötig. Wir können es uns nicht leisten, beim Grafen von Flandern mit einem Bauernlümmel als Ratgeber aufzutreten. Wenn es nach mir ginge, hättest du dieses Schiff nie betreten.«

Bei dieser Dreistigkeit gingen mit Arfast die Gäule durch. »Ihr besser auch nicht, Babe Ochsenhändler. Wollt Ihr dem Grafen etwa Salz verkaufen?«

»Ich spreche für die Edomsharde, ganz gleich in welcher Angelegenheit. Und du tätest besser daran, mich nicht zu reizen.«

Arfast schluckte. Er hatte sich von seinen Gefühlen leiten lassen. Er war kein gleichberechtigter Delegationsteilnehmer und hatte trotz dieser Bedingung eingewilligt mitzukommen. Es stand ihm auch nicht zu, mit einem Großbauern von Strand wie ein Gleichberechtigter zu sprechen. Mißgestimmt schwieg er, weil diese kleine Portion von Mann ihm zu diktieren wagte und dabei im Recht war.

»So.« Aghesson stand vor ihm wie einer, der alles zu seiner Zufriedenheit geregelt hat. »Die Verhandlung wird durch uns geführt. Was auch immer beredet wird und dir zu Ohren kommt, ist vertraulich. Wie Knoop sagt, bist du für die Zahlen zuständig und redest nur, wenn du aufgefordert wirst.«

»Sachverstand beschränkt sich nicht auf Zahlen«, versetzte Arfast widerspenstig. »Sachverstand ist Urteilsfähigkeit unter allen denkbaren Voraussetzungen.«

»Du wirst natürlich immer die günstigste für den Fortgang der Verhandlungen annehmen«, bestimmte der Ochsenhändler gereizt. Er wußte nun ganz genau, daß dieser Salzsieder ein Fehlgriff des Kaufmanns war. So sprach kein Salzsieder aus dem Vorland!

»Ich werde die Wahrheit sagen.«

Aghesson nickte. »Das will ich annehmen. Und wir bestimmen, was die Wahrheit ist. Unabgesprochene Wahrheiten wirst du nicht verkünden.«

Arfast biß die Zähne aufeinander, um sich nicht wieder hinreißen zu lassen. Man würde ja sehen.

»Für den Fall«, fuhr der Ochsenhändler in einem Ton fort, der genauso spitz wie seine untere Gesichtshälfte war und Arfast aufmerken ließ, »daß dir der Sinn nach Eigenmächtigkeiten steht, die der Edomsharde nicht gefallen, gibt es Mittel und Wege …«

»Ihr könnt mich nicht erschrecken!« Arfast verwünschte seinen Stolz auf seinen Sachverstand, der ihn geleitet hatte zuzusagen, bis ihm einfiel, daß Knoop ihn außerdem gewaltig unter Druck gesetzt hatte. Er hatte nie eine freie Wahl gehabt.

»Oh, nein. Du bist ein tollkühner junger Mann mit mehr Mut als Verstand, wie man hört. Ich nehme an, es verhält sich bei deiner Mutter umgekehrt. Sie würde bald merken, daß sie die Anklage wegen Zauberei deiner allzu großen Kühnheit zu verdanken hat.«

Arfast lief ein eisiger Schauder über den Rücken. Dieser Mann wußte, daß Mutter Eyde das zweite Gesicht hatte. Nicht überall sah die Kirche darüber hinweg. Und Aghesson würde sein Wissen für seine Zwecke nutzen.

Der Ochsenhändler wanderte mit verschränkten Armen davon, und Arfast haßte die Umstände, die diesem Mann so weit entgegenkamen, daß er sich auf einem Schiff nicht einmal festhalten mußte.

Die Ankunft in Brügge versöhnte Arfast wieder mit den Umständen, als er merkte, daß Anna sich absichtlich an seiner Seite hielt. Daraufhin schirmte er sie sorgfältig von Westerflete ab und erntete einen dankbaren Blick von ihr. Er kümmerte sich auch nicht im geringsten darum, daß der Holsteiner von einer Seite zur anderen turnte und schließlich sogar versuchte, sich zwischen Anna und die steinernen Hauswände zu drängen. »Erlaubt Ihr, ich glaube, drüben liegt weniger Pferdedung«, sagte er und hielt sie leicht am Arm, damit sie die Jaucherinne sicher überqueren konnte, ohne ihr Kleid zu beschmutzen. Überall lag der Dreck, und überall wirbelten Pferdebeine vor Karren mit Handelsware, und es war aussichtslos, ihnen entgehen zu wollen. Anna war begeistert.

Sie nahmen Quartier in einem Gasthaus, an dessen Tür der Doppeladler signalisierte, daß hier auch die Genossenschaft der Kaufleute der deutschen Hanse einzukehren pflegte. Arfast merkte erst am Plattdeutschen, das in der weitläufigen Schankstube an allen Tischen gesprochen wurde, wo er sich befand. König Waldemar dürfte das nicht recht sein, dachte er noch, bevor er erstaunt bemerkte, daß sowohl Knoop als auch Westerflete hier bekannt waren. Der flämische Wirt winkte von weitem.

Das gräfliche Schreiben war zwar wie stets im Schloß Male ausgefertigt worden, dennoch erwies der Graf der Edomsharder Delegation nicht die Ehre, sie dort zu empfangen. Durch einen Boten hieß man sie warten, bis der Graf in seinem Stadthaus eintreffe, um dort Bittsteller abzufertigen und andere Angelegenheiten zu erledigen.

»Wir sind für den nichts als eine Angelegenheit«, schnaufte Monny Sibingh beleidigt, nachdem der Hardesvogt die Mitteilung am Tisch verlesen hatte. »Ich denke, er braucht unser Salz. Da könnte der Graf sich auch ein wenig höflicher benehmen.«

Seine aufgeregte Stimme war bis ans andere Ende des Raumes zu hören, und auch das erboste Zischen, mit dem Harre Gunneson sich bemühte, den Bonden zum Schweigen zu bringen.

Arfast, der weit entfernt davon in einem Erker saß, lächelte grimmig. Er hatte inzwischen seine Vorbehalte gegen die Hansekaufleute überwunden und sich neugierig bei ihnen umgetan. Schließlich war er von zwei älteren Kaufleuten freimütig eingeladen worden, ihnen Gesellschaft zu leisten. Und so unterhielt er sich nun mit einem Danziger Pelzhändler und einem Bremer Bierexporteur über Gott und die Welt. Vor allem aber über die Verhältnisse hier im Lande, über die sie gut Bescheid wußten. Nebenher brachte er es fertig, mit halbem Ohr zu erfahren, daß die aufgeputzte Frau am Nachbartisch als Verlegerin von Rohseide höchstpersönlich von Köln nach Brügge gekommen war.

»Salz. Seid Ihr etwa mit diesem Rüpel hier?« fragte der Bremer abfällig, dem Arfasts Anteilnahme an der gräflichen Entscheidung nicht entgangen war.

Arfast brummelte seine Zustimmung.

Sibingh, der auf der Suche nach dem Abtritt vorüberkam, stolperte gegen den Bremer und erkannte ihn, als er sich an ihm abstützte. »Wenigstens habt ihr Leute kein Monopol mehr für den Kornstapel«, fauchte er gehässig und wankte weiter.

Der Bierexporteur erhob sich halb und sah ihm mit verkniffenem Gesicht nach. »Man hat nicht immer Glück mit seinen Reisegefährten. Solche Leute können einem das ganze Geschäft zerschlagen, wenn man nicht aufpaßt.«

Arfast versuchte sich an einem Nicken, das dem Mann signalisieren sollte, wie recht er hatte. Der Bremer schien ein redseliger Mann zu sein, und er würde vielleicht Brauchbares erfahren.

»Pah«, stieß der Bremer aus und ließ dann endlich seine Augen von der Tür, die hinter Monny zugefallen war. Er setzte sich wieder. »Der Graf ist sich nicht zu schade, um wie ein Kaufmann zu denken. Ihm imponiert nicht Überheblichkeit, sondern Leistung. In den Anfängen meiner Tätigkeit habe ich nur wenig Bier hergestellt. Aber gut, das schwöre ich bei der Jungfrau Maria!« Arfast beeilte sich, ihm zuzustimmen, damit er weitersprach. »Die Gildebrüder lachten mich aus, als ich mein Bier bei Hofe vorstellen wollte. Der Graf aber ließ abschmecken, die drei besten probierte er persönlich. Und was soll ich Euch sagen: Die anderen Verleger hatten das Nachsehen. Ja, junger Salzhändler aus Friesland, so ist dieser Graf. Wie ein guter Kaufmann. Von Titeln und Ämtern läßt er sich nicht blenden, da werden Eure aufgeblasenen Begleiter sich noch wundern.«

»Ich glaube, mein König ist so ähnlich«, pflichtete Arfast versonnen bei. »Waldemar Atterdag versucht, alle dänischen und schwedischen Ländereien wieder zu versammeln, die seine Vorgänger verloren haben, und das Land wieder groß und seine Bevölkerung stark und leistungsfähig zu machen. Alles, was er tut, dient diesem Ziel, und er pfeift auf das Hergebrachte, sagt man. Ich möchte ihn gerne einmal kennenlernen.«

»Nun«, sagte der Danziger behäbig, »dann könnt Ihr gewiß den Umgang mit solchen Herren schon mal in Brügge üben. Auf gutes Gelingen.« Er hob den Humpen und prostete Arfast zu. Mit hörbarem Schlucken rann ihm das Bier durch die Kehle. Der Bremer hatte es empfohlen, und Arfast schmeckte es ebenfalls.

Seine Gedanken wurden gestört durch das aufgeregte Bimmeln einer Glocke ganz in der Nähe. Als der Wirt zur Tür stürzte, verstand er, daß es sich nicht etwa um ein Brügger Totengeläute oder ähnliches handeln konnte.

Auch Geräusche von laufenden Füßen und Schreie drangen gedämpft in die Gaststube.

Der Wirt kam zurück. Er wischte sich die Nase mit dem Ärmel. »Die Färber«, erklärte er. »Die sind unruhig in diesen Tagen. Aber es ist verboten, eine Glocke als Signal zum Aufstand zu benutzen. Man wird sie hängen. Wenn Ihr einen Rat annehmen wollt, so hütet Euch vor diesen Leuten.«

Drei Tage trieb Arfast sich in den Straßen von Brügge herum, sah den Menschen bei der Arbeit zu und fragte, wenn er glaubte, man würde ihm Auskunft geben. Es stimmte, die Menschen waren unruhig und schnell gereizt. Anlaß waren die Färber, die sich gegen die harten Bedingungen der Tuchverleger wehrten.

Als er endlich die Salzhalle von Brügge gefunden hatte, kam er mit dem Aufseher sofort ins Gespräch. Dieser war ein bekümmerter ältlicher Mann, der Angst um seinen Arbeitsplatz hatte und froh war, sich einmal aussprechen zu können. Er erzählte Arfast, daß niemand wüßte, wann das nächste Salzschiff aus Bourgneuf eintreffen würde. Und ob überhaupt. »Krieg«, flüsterte er düster.

Arfast klopfte ihm aufmunternd auf die Schulter. »Ihr bekommt bestimmt bald wieder Salz. Der Graf wird eine Lösung finden«, sagte er und ging.

Endlich wurden die Edomsharder für den nächsten Morgen bestellt. Der Hardesvogt empfing den Boten. Während er die Nachricht las, gab er Arfast mit hochgezogenen Augenbrauen Gelegenheit, ihm von seiner Beobachtung über die Salzknappheit in der Stadt Mitteilung zu machen. Dank hatte Arfast zwar nicht erwartet, aber er hätte doch gerne gewußt, welche Schlüsse Harre Gunneson daraus zog. Aber der Vogt rollte das Schreiben zusammen und ging mit Benedikt Knoop in ein Gespräch vertieft davon.

Die Herren Knoop, Westerflete, Aghesson und Sibingh tagten danach mehrere Stunden unter Gunnesons Vorsitz. Arfast wurde nicht hinzugebeten, und es ärgerte ihn. Und da es um geheime Absprachen ging, die nicht protokolliert zu werden brauchten, hatte auch Anna dort nichts zu suchen.

Am frühen Morgen standen sie bereits vor dem steinernen Haus des Grafen. Gunneson und Aghesson beanspruchten den Vortritt auf der Treppe, dicht gefolgt von Westerflete, der den verdutzten Sibingh mit Hilfe seines Bauches aus dem Wege räumte. Anna schaute erheitert zu Arfast hinüber.

Erwartungsvoll betraten sie nebeneinander die Halle. Arfast betrachtete die prachtvoll bemalte hölzerne Decke, während Gunneson einem Diener des Grafen seine Legitimation vorlegte. Endlich wurde ihnen gestattet, die Treppe hochzusteigen.

Vor Anna Knoop legte ein bewaffneter Knecht eine Lanze quer. »Aber guter Mann«, sagte sie überrascht, »wir haben eine Audienz beim Grafen.«

Der Haushofmeister eilte herbei und beeilte sich, den Grund zu erklären. »Es hat seine Richtigkeit. Seine Gnaden, der Graf läßt Frauen bei Verhandlungen nicht zu. Sie lenken von den ernsthaften Dingen ab. Ich werde der edlen Dame eine kleine Erfrischung bieten lassen. Ich bitte, mir zu folgen.« Ohne Widerspruch zuzulassen, strebte er einer anderen Tür entgegen und merkte nicht, daß Anna beharrlich stehenblieb.

Inzwischen waren Gunneson und Aghesson oben angelangt, Knoop kam schnaufend an der Seite von Westerflete hinterher. Der Hardesvogt wartete ungehalten, weil sich seine Delegationsmitglieder in unangemessener Weise über die ganze Treppe verteilt hatten und dadurch in den Augen der zahlreichen Bediensteten des Grafen uneins und dilettantisch erscheinen mußten. »Beeilt Euch gefälligst, Arfast«, schnarrte er. »Ihr seid der letzte.«

»Einen Augenblick«, rief Arfast nach oben. »Er will Jungfer Anna nicht zulassen, weil sie eine Frau ist. Als ob hier nicht auch andere Frauen in Geschäften unterwegs wären!«

»Wir passen uns den Sitten selbstverständlich an. Soll sie also warten! Kommt jetzt!«

Knoop drehte sich um. Er machte ein verlegenes Gesicht und zuckte mit den Schultern. Seine Tochter war für das Verhandlungsergebnis weniger wichtig als eine ungetrübte Verhandlungsatmosphäre.

Anna wartete, bis der Haushofmeister zu ihr zurückgekehrt war. Seine Miene zeigte an, daß er nicht unbegrenzt geduldig war. Sie aber auch nicht. »Ich bin Sekretär dieser Delegation«, erklärte sie ihm fest. »Ohne mich wird man nicht verhandeln.«

Der Bedienstete betrachtete sie verblüfft, dann wies er auf die Herren auf dem oberen Treppenabsatz, die sich längst anschickten, den großen Saal zu betreten. Man durfte den Grafen nicht warten lassen, er hatte es den Gästen mitgeteilt. »Die Herren sind anderer Meinung. Und Frauen sind, wie ich schon sagte, nicht zugelassen.«

Ärger blitzte in Annas Augen, als sie den Rock ihres Vaters aus bester Talayer Seide durch die zweiflügelige hohe Tür entschwinden sah.

»Wer schreibt sonst?« erkundigte sich Arfast.

Der Haushofmeister richtete seinen Blick aufmerksam auf Arfast. »Schreibkundige Diener, mein Herr, Mönche oder Priester, je nachdem.«

Arfast nickte. »Es kommt also nicht darauf an, daß der Schreibende ein Mann ist, sondern daß er schreiben kann.«

Der Haushofmeister verbeugte sich zustimmend. »So ist es.«

»Jungfer Anna Knoop ist wie eine schreibkundige Nonne. Sie ist nicht als Frau hier«, fügte Arfast hinzu, »die Feder ist ihr Werkzeug, ja, sie ist selbst die Feder.«

Ein verhaltenes Lächeln trat auf das Gesicht des Haushofmeisters. »Die Feder ist ein wenig zu bunt, um glaubhaft zu sein.«

»Wäre mein Umhang angemessen grau?« fragte Arfast, innerlich zitternd vor Aufregung über seinen Sieg auf einem unvorhergesehenen Schlachtfeld, denn er beobachtete aus dem Augenwinkel heraus, wie einer der Diener bereits damit herbeieilte.

Der Haushofmeister legte ihn Anna um und flüsterte

Arfast zu: »Beeilt Euch jetzt, Herr. Seine Gnaden ist äußerst ungehalten, wenn jemand seine Zeit verschwendet.«

Arfast nahm Anna am Arm, und sie rannten ungestüm nach oben, wo sie von einem weiteren Diener mit bitterernstem Gesicht in Empfang genommen wurden. Als er sie, die Hände fest um ihre Oberarme geklammert, an ihren Platz in der dritten Reihe der Delegation geschoben hatte, blickten sie sich an und wären fast in Gelächter ausgebrochen.

Ihr verspätetes Kommen war nicht aufgefallen, weil sie nicht zu denjenigen gehörten, die namentlich vorgestellt wurden. Der Graf äußerte sich auch nicht zu Anna, die sich nach einer Weile demonstrativ die Unterlagen von Gunneson aushändigen ließ.

Mitten in den steifen einführenden Worten des Hardesvogts winkte der Graf ab. »Spart Euch das. Ich weiß, worüber wir verhandeln. Ich habe Euch eingeladen. Setzen wir uns.«

Die Edomsharder versuchten zu verbergen, daß sie sich brüskiert fühlten, während sie sich zu ihren Plätzen begaben.

Arfast betrachtete die Flamen auf der anderen Tischseite. Zur Rechten des Grafen saß ein stattlicher Mann mit Samtbarett; an seiner linken Seite hockte ein unscheinbarer Mann mit schmalen Schultern, der an einer Gänsefeder knibbelte und sie dann unauffällig beleckte. Welche Funktion die anderen Herren hatten, ließ sich nicht bestimmen. Es bestand jedoch gar kein Zweifel, daß der Graf sich selber als Verhandlungsführer betrachtete.

Nach der Abfuhr übergab der Vogt das Wort schweigend an Aghesson, der sich erhob und verbeugte, bevor er begann. »Die Edomsharde ist willens, das gute Verhältnis zu Flandern zu bekräftigen, zu erneuern und zu verstärken. Wir wären auch in der Lage, wie Euer Gnaden anfragte, mehr Salz als bisher zu liefern ...« Er zögerte, worauf der Graf ihm ins Wort fiel.

»Aber Euer guter König Waldemar ist nicht damit zufrieden. Wolltet Ihr das sagen?«

Der Graf war gut orientiert. Mit einem Satz hatte er den Haken erfaßt wie ein Dorsch die Angel. Arfast, der selbst eine Weile gebraucht hatte, um dahinterzukommen, bewunderte ihn dafür.

Babe Aghessons Hände unter dem Tisch wurden feucht vor Schweiß. »König Waldemar werden wir dennoch zufriedenstellen. Die Sache ist eine andere: Bisher hat die Edomsharde auf hundert Tonnen Salz hundert Ochsen geliefert. Bei zweitausend zu liefernden Tonnen jährlich ergäbe sich daraus eine Gesamtmenge von zweitausend Ochsen. Wir hätten somit über Zeit und Ort der Anlieferung von zweitausend Tonnen Salz, zuzüglich zweitausend fetter Ochsen zu diskutieren.«

Das also hatten die Herren unter sich ausgehandelt. Arfast schnappte nach Luft. Hätte er nur die Salzknappheit nicht erwähnt!

Der Graf aber lehnte sich in seinem hohen Stuhl zurück und brach in Lachen aus. Der Kaufmann neben ihm stimmte herzhaft ein. »Daran erkenne ich, daß Ihr Friesen seid. Wie meine eigenen Untertanen.«

Die Edomsharder Herren erlaubten sich ein säuerliches Lächeln, das von der offenen Sprache des Grafen fortgewischt wurde.

»So ein Kuhhandel kommt überhaupt nicht in Frage! Ihr hättet Euch die Mühe des Weges sparen können, wenn Ihr diesen Vorschlag schriftlich gemacht hättet.«

Gunneson und Westerflete machten betretene Gesichter. »Das Verhältnis von Salztonnage zu Ochsen ließe sich selbstverständlich abändern«, ergänzte Aghesson hastig.

»Selbstverständlich. Von zweitausend zu null«, sagte der Graf spöttisch. »Schlagt Euch die Ochsen aus dem Kopf, Ihr Herren. Kann die Edomsharde Salz liefern oder nicht?«

»Ja doch, Euer Gnaden«, beteuerte der Hardesvogt, der sich als erster faßte.

In der entstehenden Pause hörte man Annas Feder, die fieberhaft über das Pergament eilte, und mit ihrer kratzte die des gräflichen Schreibers um die Wette. Der Graf gab seinem Nachbarn ein Zeichen.

»Wir Flamen haben den Eindruck, daß König Waldemar jeden Krümel des friesischen Salzes benötigt. Die Heringsschwärme waren im vergangenen Jahr unerwartet groß und in diesem noch gewaltiger«, sagte der Brügger mit dem Barett und der goldenen Kette über der Brust. »Man nimmt an, daß sie weiterhin wachsen, wenn auch kein Mensch den Grund kennt.«

»Ich bin mit England verbündet und Waldemar mit Frankreich. Um Salz beabsichtige ich keine Kriege zu führen«, sagte der Graf endlich leidenschaftslos.

Knoop öffnete vor Schreck den Mund. Damit war das Gespräch am Ende, ein Vertrag aussichtslos, die Fahrt vergeblich. Harre Gunneson ergriff seine Armlehnen, erhob sich halb und beugte den Kopf knapp zum Abschied.

Arfast lehnte sich vor und sah eindringlich zum Grafen hinüber. »Dürfte ich etwas sagen, Euer Gnaden?«

Auf seiner eigenen Tischseite erfolgte ein energisches Räuspern, aber Arfast bemühte sich gar nicht erst darum festzustellen, wer ihn am Sprechen hindern wollte. Er merkte nur, daß Annas Hand sich um den Gänsekiel krampfte. Der Graf hatte Arfast bisher nicht beachtet. Jetzt betrachtete er ihn über seiner leicht geschwungenen Nase prüfend und nickte.

»Danke, Euer Gnaden. König Waldemar ist, soviel ich weiß, an jedem Handel interessiert. Ihm ist nur deshalb am bitteren Salz der Nordfriesen gelegen, weil es für die Heringe besser als jedes andere Salz ist«, sagte Arfast und hob ein Säckchen auf den Tisch, das zu seinen Füßen gestanden hatte. Rasch rollte er den Rand herunter; bräunliche Körner rutschten heraus. »Ich vermute aber, daß hier in Flandern weißes Salz, das nicht bitter ist, vor allem für Butter benötigt wird; ich sah mehr Milchkühe als Ochsen in der Fettmast.«

»Einen Löffel für Seine Gnaden«, befahl ein Diener, der an der Wand bereitgestanden hatte, und winkte einem Pagen gebieterisch zu.

Der junge Mann hetzte bereits herbei, und der Graf, den Blick nachdenklich auf Arfast gerichtet, fuhr mit dem Löffel in den Sack. Er kostete und verzog dann das Gesicht zweifelnd. »Ich verstehe, was Ihr meint. Weiter.«

Arfast fuhr zuversichtlich fort. »Nun mein Vorschlag: Aus Nordfriesland wird das Salz weiterhin nach Ripen für den schonischen Heringshandel geliefert. Die eingesalzenen Heringe werden wie bisher nach Lübeck verkauft, aber die Lübecker bezahlen statt mit Gold in Lüneburger Salinensalz, das mit Billigung von Waldemar nach Flandern verschifft wird.«

Der Brügger Handelsherr nickte Arfast anerkennend zu, ohne erst auf die Stellungnahme seines Landesherrn zu warten. »Das wäre eine Lösung.«

Arfast war noch nicht am Ende. »Und Flandern wäre unabhängig von Bourgneuf. Dafür und für die Vermittlung des Geschäfts sollte Flandern der Edomsharde eine Vermittlungsgebühr zuerkennen, sagen wir durch Abnahme von fünfzig Ochsen jährlich, solange das Salzgeschäft währt.«

Die Federn glitten im Gleichtakt über das Pergament.

Der Graf kreuzte die Arme und schob die Hände in die Achselhöhlen. Er lächelte spöttisch, aber Arfast hatte das Gefühl, daß damit die übrigen Delegationsmitglieder gemeint waren. »Die Gebühr wäre angemessen«, sagte er nach einer Weile. »Wegen Bourgneuf. Und das Übrige würde Euren König überzeugen, daß wir trotz der Parteinahme für verschiedene Seiten doch friedlich Handel treiben können. Teilt mir bitte Euren Namen mit, junger Mann, man muß vorhin vergessen haben, ihn mir zu nennen.«

Arfast erhob sich und stellte sich endlich förmlich vor, was die Herren der Edomsharde mit steinernen Gesichtern quittierten. Er war enttäuscht, als sich gleich danach herausstellte, daß die vorher angesetzte Zeit für die Verhandlung schon verstrichen war. Man vertagte sich und setzte den nächsten Termin für den Vormittag des folgenden Tages an. Der Graf eilte wortlos hinaus.

Der Hardesvogt war der einzige, der sich rückwärts aus dem Saal begab, ganz so, als sei der Graf noch anwesend. Und als er draußen auf der Treppe Arfast einholte, sagte er in gereiztem Ton: »Nun erzähle mir um Gottes willen endlich, wer Burgnöf ist! Ein Kaufmann? Ein Mitbewerber?«

V

In das Gasthaus des niedersächsischen Viertels der Hanse zurückgekehrt, belegten die Edomsharder Herren sogleich einen Tisch mit fünf Stühlen.

»Herr Arfast, mögt Ihr mit mir mitkommen?« fragte Anna ungewohnt schüchtern, noch tief beeindruckt davon, wie elegant er das abrupte Ende der Verhandlung abgewendet hatte.

»Das wäre Eurem Vater sicher nicht recht.«

»Er ist wahrscheinlich froh, wenn Ihr ihn nicht durch die Frage nach einem sechsten Stuhl in Verlegenheit bringt«, sagte Anna scharfsichtig, und an ihren funkelnden Augen las Arfast ab, daß sie sich für ihn gekränkt fühlte. »Da Ihr für Gepäck und Zubehör zuständig sein sollt, und ich eine Art Zubehör bin, kann Benedikt Knoop nichts dagegen einwenden, daß Ihr in Brügge sein Eigentum schützt.«

Arfasts Herz machte einen Sprung, als er sie so kämpferisch vor sich stehen sah. »Gut«, sagte er fröhlich, »und wenn sich wieder einmal Langfinger nach dem Zubehör ausstrecken, werde ich mit Eurer Erlaubnis draufhauen.«

Anna legte die Hand auf seinen Arm und sah zu ihm hoch. »Ihr habt es gesehen, nicht wahr?«

Er nickte mit zusammengepreßter Kehle. Sie sah in diesem Augenblick so verletzlich aus, daß er noch im nachhinein wünschte, er hätte den Kerl von Bord geworfen. »Ich wußte nicht, ob es Euch kränken würde, daß ich zugesehen hatte. Aber weiter hätte er nicht gehen dürfen«, murmelte er.

»Ja, ich glaube Euch«, sagte sie vertrauensvoll, ihren Gleichmut wiederfindend, und betrat die Straße, die vor Betriebsamkeit brodelte. »Ich weiß nicht, was meinem Vater in den Sinn gekommen ist, ausgerechnet Westerflete zu ermuntern. Sonst hat er sich immer über ihn lustig gemacht.«

»Hm«, brummte Arfast. Mittlerweile war er der Meinung, daß Knoop nichts ohne Grund tat. Deswegen fühlte er sich auch gekränkt, daß der Kaufmann nicht die geringste Anerkennung für die Rettung des Geschäfts ausgesprochen hatte.

Aber im Augenblick zählte dieses alles nichts. Er schöpfte tief die Luft, die so staubig und voll Qualm war und ihn doch lustiger machte, als die von Langeneß. Solange nur Anna Knoop an seiner Seite war.

Anna aber warf sich ohne zu zögern in das turbulente Geschäftsleben von Brügge, das sich nicht nur auf den Straßen, sondern auch auf den Kanälen abspielte. Hunderte von Booten waren dicht an dicht unterwegs, und ihre Schiffer bahnten sich mit gellenden Rufen den Weg zum Ufer. Dort wuschen auf Plattformen unterhalb des Straßenniveaus die Mägde Wäsche. Anna drängte sich kühn zwischen den jungen Männern durch, die die Mägde mit Steinchen bewarfen und Witze rissen, um sie auf sich aufmerksam zu machen. Nach einer Weile fand sie das Geplänkel einfallslos; zwischen Hausfrauen, Mönchen, Lehrjungen und Straßenbuben schlenderten sie weiter.

»Ich habe Vater um etwas Geld gebeten«, erzählte Anna und ließ zu, daß Arfast sie aus dem Gefahrenbereich eines der Wanderstöcke mit verborgener Klinge zog. Sie kicherte. »Es war viel mehr, als ich erwartet hatte. Ich glaube, er war froh, daß er meine Aufsicht los war.«

»Und wo werden wir das Geld nun hintragen?«

»Zum Markt der Kürschner und Lederverarbeiter«, erklärte Anna. »Und zu den Tuchhallen.«

Auf einer gepflasterten Straße und unter Arkaden bummelten sie ohne Eile weiter. In der Brabanter Halle, auf die sie zuerst trafen, kaufte Anna zehn Ellen azurblaues Tuch, gemessen nach der Brabanter Elle. Sorgfältig überprüfte sie das Siegel und fand es in Ordnung. Nicht anders als bei den Aalen, dachte Arfast versonnen, und begegnete den belustigten Augen des Verkäufers.

Der Mann war alt, und sein Verständnis umfaßte die Welt.

Dazu zählte eine junge Ehefrau, die ihr haushälterisches

Geschick demonstrierte, ebenso wie ihr verliebter junger Ehemann. Er blickte dem schönen Paar nach, als es den gepflasterten Weg überquerte und in der Maastrichter Halle verschwand.

Mit einer weiteren Elle scharlachfarbenen Tuches kam Arfast sich nach einer Weile fast wie einer der kleinen Lastesel von Brügge vor. Aber für Anna hätte er tagelang freudig Lasten geschleppt.

Mitten in ihrem Wortgeplänkel auf dem Wege zum Ledermarkt wurden sie auf den Geruch aufmerksam, der von der stinkenden Brühe in einem Kanal herrührte. Wenige Augenblicke zuvor waren sie noch von Bürgern in edelstein- und pelzbesetzten Roben umgeben. Jetzt sah Arfast nur Männer, die in Lumpen gehüllt und deren Hände von Lauge zerfressen waren. Sie arbeiteten nicht, sondern standen in kleinen Gruppen herum. Mißtrauische Blicke trafen Arfast. »Die Straße der Gerber. Hier sind wir falsch.« Ein Mann hob die Faust. Der zurückfallende Ärmel gab tiefblau gefärbte sehnige Muskeln frei. »Wir müssen hier weg«, sagte Arfast an Annas Ohr, klemmte sich die Pakete unter den Arm, nahm Anna bei der Hand und kehrte um.

Vor einer schäbigen Hütte prügelten zwei Jungen mit Knüppeln auf einen Hund ein. Hinkend versuchte er zu entkommen, aber es gelang den Jungen, ihn zu stellen. Arfast hörte über ihre eiligen Schritte hinweg das Knacken, mit dem die Rippen brachen.

Danach sahen die Nichtsnutze sich nach einem neuen Opfer um. Der eine zeigte begeistert auf Annas bestickte Haube. Sie war reich, und ihr Begleiter war fremd. Ein Niederländer wäre nie ohne Cotehardie herumgelaufen. Und ein Mann von Verstand hätte seine Ehefrau nicht hierhergebracht. Johlend setzten sie ihnen nach.

Anna und Arfast waren noch nicht am Gassenanfang angelangt, als die Jugendlichen sie eingeholt hatten. Arfast drückte Anna die Pakete in den Arm und schob sie von sich, damit er sein Kurzschwert ziehen konnte. Er sah die bedenklichen Gesichter der jungen Männer angesichts seiner Entschlossenheit und der blanken Waffe.

Nachdem sie sich eine Zeitlang gegenseitig belauert hatten, rannte der eine Jüngling davon und kehrte kurz darauf mit einer triefend nassen Lederhaut zurück. Während er sie um seinen Kopf schwang, rückte er Schritt für Schritt näher an Arfast heran, und das Leder wirbelte immer schneller. Arfast hielt sich zwischen dem anderen Straßenräuber und Anna und kürzte allmählich die Haut mit dem Schwert um ein Drittel.

Sein Gegner änderte die Taktik, schleuderte dem Nordfriesen die Haut in Kniehöhe entgegen und riß sie auf der anderen Seite hoch, damit sein Kumpan sie unterlaufen konnte.

Arfast lachte verächtlich und schnellte aus dem Stand in die Höhe, als die Haut kam, die sich inzwischen zu einer sausenden Schnur verdreht hatte. Es machte ihm Spaß, das überraschte Gesicht des Häuteschwingers zu beobachten, der nicht glauben wollte, daß er den Fremden nicht ermüden konnte. Endlich machte Arfast dem Spiel ein Ende, landete mit einem weiten Satz vor den Füßen des Kerls und stieß ihm den Schwertknauf hart in den Magen. Der Räuber fiel wie ein Sack zu Boden.

Der andere gab bereits Fersengeld. Sein schriller Schrei bewies Arfast hinreichend, daß seine Schwertspitze mehr als einen Winkel in den Hosenboden geritzt hatte. Grimmig lächelnd steckte er das Schwert in die Scheide zurück und setzte seinen Stiefel auf das Leder. »Hau ab!«

Der Kampfhahn auf dem Boden wagte sich nicht zu rühren. Er schielte zu Anna hoch, das blanke Entsetzen in den Augen.

Arfast folgte seinem Blick bis zu dem Messer, das Anna zwischen zwei Fingern in die Höhe hielt. Erst als er es ihr vorsichtig aus der Hand gewunden hatte, flitzte der junge Mann los. »Könnt Ihr wirklich mit Messern werfen?« fragte Arfast bewundernd.

»Nein. Wieso?« Anna umklammerte immer noch ihre Stoffe und löste nur mühsam ihren Blick von der Haut auf dem Boden.

Arfast lachte herzhaft. »Er hat gedacht, Ihr wolltet ihn

schlachten und rupfen. Ihr habt das Messer an der Schneide gehalten. Ihr habt ihm mehr Angst eingejagt als ich.«

Anna betrachtete das Messer verblüfft und kicherte dann. »Mir schien der Griff selber etwas zu scharf. Aber ich war so wütend; ich dachte, sie wollten meine Stoffe stehlen.«

»Ich vermute, es hätte ihnen nichts ausgemacht, auch unser Leben zu stehlen. Deshalb sollten wir schnellstens diese Gegend verlassen.« Arfast umschloß ihre geballte Faust und zog sie sanft mit sich.

Die Gerber und Färber beobachteten die Fremden mit düsteren Mienen, aber sie machten keinen Versuch, sie aufzuhalten.

Nur wenige Schritte, und Arfast und Anna befanden sich wieder in der lärmenden Geschäftsstraße, von der aus sie sich in die zweifelhafte Gasse mit dem verachteten Gewerbe verirrt hatten. Annas Schrecken löste sich auf angesichts der seidenbestickten Schuhe und der perlenbesetzten Männerstiefel, die die Schuhmacher zum Verkauf ausgestellt hatten. Sie hielt Arfast am Ärmel fest. »Ich danke Euch«, sagte sie weich, hob sich auf die Zehenspitzen und streifte seine Wange mit den Lippen.

Ihre Berührung brachte seinen ganzen Körper in Aufruhr. Mit hängenden Schultern stand er linkisch inmitten der sich drängenden Passanten und wußte nicht, was er tun sollte. Aber um nichts auf der Welt hätte er auf diesen Kuß verzichten mögen.

»Kommt«, sagte sie und übernahm die Führung.

Auf der anderen Straßenseite pustete Babe Aghesson in den Pelzbesatz eines Schuhs, der sich wie Flaum in die Höhe hob und sein Gesicht fast verdeckte. Als Anna Knoop und ihr Knecht im geziemenden Abstand voneinander weitergingen, stellte er den Stiefel zurück und schlenderte mit einem zufriedenen Lächeln in die entgegengesetzte Richtung davon.

»Ich wußte doch gleich, daß Eure Idee mit Arfast Ketelsen nicht gut war.« Gunneson sah den Kaufmann tadelnd an, als er die offizielle Besprechung der Edomsharder für beendet erklärt hatte.

Aghesson war fortgegangen. Westerflete war aus Besorgnis, es könnte ihm etwas entgehen, noch anwesend, genau wie Monny Sibingh, der darauf hoffte, daß Gunneson aus der Hardeskasse gutes flandrisches Bier spendieren würde.

»Ohne ihn wären wir schon auf dem Rückweg«, versetzte Knoop beleidigt. »Ich war der einzige, der voraussah, daß wir einen Sachkundigen brauchen.«

»Ohne diesen Sachkundigen wären wir besser dran. Wenn der König davon Wind bekommt, fegt er Euch und mich aus den friesischen Utlanden.«

»Wir werden die Gefahr schon noch abwenden und das Geschäft trotzdem machen«, sagte Knoop optimistisch.

»Hoffentlich«, knurrte Gunneson, vor allem erbost darüber, daß der so fein eingefädelte Plan mit den Flamen nur wegen Aghessons Gier danebengegangen war. Nach außen bestechend, hatte die Idee des Salzsieders sie darüber hinaus in Schwierigkeiten gebracht, die weitaus schlimmer waren als ein mißlungenes Geschäft. Nach dieser Eigenmächtigkeit der Edomsharde würde König Waldemar vielleicht sogar General Zappy losschicken. Aber mit oder ohne Zappy: Vor allem war jetzt er als Vogt in Gefahr. Er riß seine neue Mütze vom Kopf und fuhr sich durch das Haar. »Denkt Euch einen Ausweg aus, Kaufmann!«

Die Angst trieb Knoop. In der Stille, die den Tisch eine Weile einhüllte, wirbelten seine Gedanken. »Ich weiß eine Möglichkeit«, sagte er, und Gunneson rückte erleichtert näher. Sie diskutierten leise, während Sibingh in die Luft starrte und Westerfletes gewaltige Nase einem fernen Essensgeruch nachzugehen schien.

»Da kommen sie«, stellte Westerflete fest, indes sich seine Nase beruhigte. Durch das bräunliche, buckelige Fenster erkannte er die Konturen des Salzsieders und beobachtete mit Mißfallen, daß Anna ihm dichtauf folgte. »Ich würde nicht erlauben, daß sich ein Mann so nahe an meine Tochter heranmacht«, bemerkte er in tadelndem Ton. »Ich werde auch nicht mehr erlauben, daß meine zukünftige Frau ohne angemessene Begleitung in einer fremden Stadt umherspaziert. Schon gar nicht mit einem Knecht!«

Benedikt Knoop sah ihn mit offenem Mund an und schlug ihn mit einem hörbaren Klappen seiner Zähne zu, als er sich endlich gefaßt hatte. »Ihr verliert wirklich keine Zeit, Westerflete«, sagte er bewundernd. »Seid ihr euch einig?«

»Anna hat mit einem Kuß ihr Einverständnis bestätigt«, berichtete Westerflete mit einer Würde, die zu seinem Wanst, aber so gar nicht zu seinem Gesicht paßte.

»Henneke, mein lieber Sohn!« rief Knoop und strahlte vor Freude und Erleichterung. Die Steine würde er nun ohne Schwierigkeiten kaufen können, den Grundstein der Domkirche zu Rungholt stiften und dann sein nächstes Ziel in Angriff nehmen: Hardesvogt der Edomsharde zu werden. Und irgendwann, wer weiß, vielleicht sogar Staller ... Er träumte sich bereits zurück nach Holstein, als Gunnesons unmißverständlicher Ton ihn wieder in die Schankstube zurückbrachte.

»Holt ihn rein«, befahl der Hardesvogt.

Als niemand sich angesprochen fühlte, sprang Knoop elastisch auf und tänzelte zu Westerflete hin. »Ich beglückwünsche euch beide, Henneke«, sagte er warmherzig und preßte ihm voll Freude die Oberarme zusammen. Nur mit Mühe nahm er davon Abstand, seinen künftigen Verwandten auf die Samtschleife zu küssen, die dessen einseitig herabwallende Kopfbedeckung verzierte. Dann eilte er sich, dem Befehl des Vogtes nachzukommen.

Durch die Tür hörten sie ihn bellen: »Du gehst in dein Zimmer, Anna. Arfast kommt mit mir.«

Arfast nahm mit unbewegtem Gesicht gegenüber Westerflete Platz, der ihn haßerfüllt betrachtete.

»Ich hätte gute Lust, Euch morgen hierzulassen«, sagte Gunneson mit verkniffenem Mund, »damit Ihr nicht durch einen erneuten Fehler wiederum alles umstoßt, was wir sorgfältig geplant haben.«

»Ganz so sorgfältig geplant kann die Zugabe von Ochsen zum Salzgeschäft wohl nicht gewesen sein«, erwiderte Arfast und traf damit den Nagel auf den Kopf, wie der Hardesvogt im stillen wütend zugab.

»Wir hatten es Babe Aghesson freigestellt, ein kleineres Nebengeschäft zu versuchen.«

»Für ein kleineres Nebengeschäft war es ziemlich dreist.«

Auch Knoop pflichtete dem Salzsieder im Grunde seines Herzens bei, aber er wollte sich mit Gunneson nicht zerstreiten. Die Delegation war bereits in unzuträglichem Maß uneins. Außerdem stand Arfast keine Kritik an anderen zu.

Westerflete blies die Backen auf, bis sie explodierten. »Kerl, halt deine Zunge im Zaum!« schrie er. Knoop gluckerte beifällig hinter vorgehaltener Hand.

»Also«, fuhr Gunneson fort, »leider erwartet der Graf ihn. Wir müssen ihn mitnehmen.« An Arfast gewandt sagte er streng: »Aber kein Wort über König Waldemar zum Grafen! Wir sind übereingekommen, das Lüneburger Salz auf anderem Wege zu besorgen. Das Geschäft wird nicht durch Waldemars Hände laufen, sondern durch unsere. Und selbstverständlich werden wir unsere eigene Salzförderung erhöhen und die Lüneburger Lieferung mit friesischem Salz ergänzen. Den Grafen geht dies alles nichts an. Für ihn liefern wir, was er benötigt. Verstanden?«

Arfast begriff plötzlich. »Der König soll also nicht wissen, daß die Edomsharde eigenmächtig Verträge mit dem Grafen von Flandern schließt?«

Der Hardesvogt faßte ihn scharf ins Auge. Zorn und Verachtung mischten sich auf dem jungen Gesicht des Salzsieders. Er stammte aus der Wirichsharde, und deren Einwohner sahen den König als ihren unmittelbaren Herrn an und waren darauf sogar stolz. Es war unzweifelhaft ein Fehler gewesen, einen gebürtigen Wirichsharder mitzunehmen. Er holte tief Luft. »So ist es, Arfast. Wir in der Edomsharde legten immer Wert darauf, unsere eigenen Herren zu sein. Dem König stehen wir nicht feindlich gegenüber, aber wir möchten auch nicht ständig wie eine Geliebte von ihm umarmt werden. Du bist mit deiner Mutter vor Jahren in die Edomsharde gekommen, wir haben euch gerne aufgenommen. Aber nicht zu dem Zweck, daß du versuchst, uns die Wirichsharder Einstellung zum König aufzuzwingen.«

Der väterliche Ton des Hardesvogts appellierte an Arfasts Einsicht. Er mußte ihm zugestehen, daß die Edomsharder eine eigene Meinung über ihre Rechte beanspruchen durften. Widerwillig nickte er.

Der Hardesvogt lächelte breit. »Wenn Arfast Ketelsen nickt, ist dies so gut, wie eines anderen Mannes Schwur.«

Knoops Augen wanderten zwischen seinem Salzsieder und dem Hardesvogt hin und her. Bewundernswert, wie der Mann das Problem Arfast angepackt hatte. Er selber neigte leider zum Jähzorn und eignete sich für diese Taktik nicht.

Arfast schwieg nachdenklich. Er sah, daß Knoop dem Hardesvogt verständnisinnig zublinzelte. Und dann fragte er sich, ob Gunneson besser vertraut war mit seiner Familiengeschichte, als er ahnte.

Formal begann das zweite Treffen mit den flandrischen Handelsherren genau wie das erste.

An diesem Tag hielt sich der Graf zurück; die Verhandlungen führte der selbstbewußte Handelsherr. Wahrscheinlich war der Graf für das prinzipielle Zustandekommen eines Handels zuständig und der Kaufmann für die Details, dachte Arfast, dem es wie dem Brügger hätte gehen sollen. Aber niemand bat ihn um seine Meinung. Verdrossen lehnte er sich zurück und begnügte sich damit, die Gesprächsteilnehmer zu beobachten. Haye würde gesagt haben: Man kann immer vom Feind lernen. Nur: Wer war sein Feind?

Der Flame war ein nüchterner Mann. Unbeirrbar besprach er einen Punkt nach dem anderen, und Aghesson folgte ihm wohl oder übel, bis Übergabemodalitäten, Zahlungsweise und Brüche abgehandelt waren. »Und nun zur Menge«, sagte er, als alles zu seiner Zufriedenheit festgelegt war. »Darüber brauchen wir eindeutige Klarheit.«

»Soviel Ihr wollt«, bot der Ochsenhändler großzügig an, der sein Geschäft bereits unter Dach und Fach hatte. »Nennt Eure Wünsche.«

Der Graf zog skeptisch die Augenbrauen zusammen, während der Flame Aghesson scharf ins Auge faßte. »Ihr erwähntet gestern die Menge von zweitausend Tonnen im Jahr. Das ist natürlich bei weitem zu wenig. Wir benötigen achttausend Tonnen.«

»Ach, ich denke, das macht keine Schwierigkeiten.« Aghesson rückte beiseite für den Diener, der ihm Wein einschenken wollte. Obwohl er sonst vorsichtig war wie eine Wühlmaus im geöffneten Gang, entging ihm das Schweigen am Tisch.

Achttausend, dachte Arfast, wie gelähmt vor Überraschung. Das mußte der gesamte Jahresverbrauch von Flandern sein. Wollte der Graf seinen bisherigen Lieferanten unter Druck setzen? Oder hatte Frankreich ihm schon alle Lieferungen aufgekündigt?

Knoop zitterte innerlich vor freudiger Aufregung. Das würde ein Geschäft werden, das die ganze Edomsharde reich machen mußte. Das ganze Land würde nur noch für das Salzgeschäft arbeiten. Welche Aussichten! Um sein Licht nicht unter den Scheffel zu stellen, ergriff er schnell das Wort. »Einzelheiten zu den Mengen und Lieferterminen sollte am besten Herr Arfast zu Protokoll geben. Wann kann die Edomsharde achttausend Tonnen Salz liefern, Arfast?« Mit ausladender Handbewegung forderte er strahlenden Gesichts seinen Sachkundigen auf, den Knoopschen Triumph zu verkünden.

»Niemals«, sagte Arfast.

Alle Köpfe fuhren mit einem Ruck zum Salzsieder herum, und Knoop sackte die Kinnlade herunter. Der Graf wirkte im höchsten Grade verdrossen.

Kein Wunder, dachte Arfast erbost, alle haben sie seine Zeit verschwendet, genau wie meine. »Achttausend Tonnen kann die Edomsharde nicht liefern, weder an König Waldemar noch an Flandern.«

Knoop kam außerordentlich rasch über sein Erstaunen hinweg. Er hob seine Hand. »Gemach, Arfast. Jetzt vielleicht nicht, da mögt Ihr durchaus recht haben, obwohl ich Euch tadeln muß, weil Ihr manchem hier am Tisch einen solchen Schrecken eingejagt habt. Mit den neuen Salzbuden, die Ihr ja selbst bereits in der Planung betreut, wird es ohne weiteres möglich sein. Schon im nächsten Jahr werden sie alle fördern: Langeneß, Nordmarsch und zwei weitere Knoopsche Salzbuden auf Hooge Westermarsch.« Der Kaufmann lächelte zuversichtlich; er fühlte sich bereits als Retter der Edomsharde.

Ein leises Seufzen ging durch die Reihe der Edomsharder Herren, es war, als ob sie alle zusammen die angehaltene Luft abließen. Westerflete beugte sich zu Babe hinüber, flüsterte mit ihm und lachte hämisch.

Arfast hob das Kinn und wartete, bis sich das Getuschel gelegt hatte. »Der Salztorfabbau ist lebensgefährlich. Mit jedem neuen Salzkoog erhöht sich die Gefahr für die Menschen auf den Halligen und in den Vorländern. Das Wasser kommt immer näher. Ihr könnt nicht im Ernst wollen, daß sie mit ihren Feldern und Tieren untergehen!«

Geistesgegenwärtig sprang Harre Gunneson auf. »Es reicht jetzt«, knurrte er. »Eure Teilnahme an dieser Besprechung ist hiermit beendet. Für Spökenkieker ist hier kein Platz. Schert Euch hinaus und kommt mir auch in der Hamburger Straße nicht mehr unter die Augen!«

Der Graf wehrte diesem Eingriff in das Protokoll nicht. Er deutete mit dem Finger auf Arfast, der zögernd aufstand und sich bereits auf dem Weg zur Tür befand. »Einen Augenblick, Arfast Ketelsen. Erklärt mir bitte, was Ihr meint.«

Gunneson sank auf seinen Platz zurück und schickte ein stummes Stoßgebet zu den Heiligen an der Saaldecke hinauf.

Arfast hatte nichts zu verlieren. »Wenn ein Salzkoog ausgebeutet ist, wird er sich selbst überlassen. Da er am Meer liegt, wird er in aller Regel vom nächsten Hochwasser bei Sturm geflutet, und weil sein Boden nun tiefer liegt als vorher, fließt das Wasser nicht mehr ab. Die Weiden unserer Ochsen werden so allmählich zu Meeresboden umgewandelt. Aber nicht genug damit: Die Priele werden auf diese Weise immer breiter und reißender und tragen beständig weiteres Land ab, auch ohne Sturm.« Viel zu spät verbeugte er sich kurz und murmelte: »Euer Gnaden.«

Der Graf nickte zustimmend. »Wir machen die gleiche Erfahrung. Deswegen halten wir uns beim Salzabbau zurück.«

Der Hardesvogt erschrak. Das konnte einfach nicht sein! »Arfast sieht sehr schwarz«, sagte er locker. »Zu schwarz. Bei ihm liegt es in der Familie, auch seine Mutter ist dafür in gewisser Weise berüchtigt.« Er hob beide Hände und ließ sie ergeben auf die Tischplatte fallen. »Es ist allein mein Fehler. Ich hätte ernsthafte Verhandlungen nicht durch einen Feuerkopf mit unreifen Ideen belasten sollen. Nehmt es uns nicht übel, Euer Gnaden. Wir sind vielleicht etwas töricht, aber ehrlich.«

Der Graf behielt seine Gedanken über die Ehrlichkeit für sich, während seine Augen zwischen Arfast und Gunneson hin und her wanderten. Endlich kam er zu einem Entschluß. »Was die Gefahr betrifft, so ist sie allein Eure Sache. Aber ein Vertrag über Salz aus Salzbuden, die im Wasser versinken, ist mir zu ungewiß. Ihr Herren werdet verstehen, daß ich mir verläßlichere Partner suchen muß. Ich danke für Eure Bemühungen.« Er erhob sich und ließ die Edomsharder entgeistert sitzen.

Arfast, längst am Tisch in der Schankstube des Quartiers, schlug sich immer noch mit der Frage herum, ob er die Gefahr hätte verschweigen sollen. Er saß allein, die Delegation war noch nicht zurückgekehrt. Sein Schwert lag griffbereit neben ihm auf der Bank. Der Wirt hatte es mit Argwohn betrachtet, aber in diesen Tagen des Aufstands mußte er dulden, daß Fremde das Bestreben hatten, sich zu schützen.

Arfast trank bereits das dritte Bier; sein Durst war nicht weniger brennend als sein Zorn. Sie hatten von Anfang an den Grafen übervorteilen und am König vorbei verhandeln wollen. Und dabei war er mit seiner Naivität im Wege gewesen. Er sah es jetzt ganz deutlich.

Ein neuer Gast trat ein, suchte aber keinen Sitzplatz, sondern nach dem Wirt. Arfast folgte ihm gedankenverloren mit den Augen, bis er merkte, daß der Mann an ihn verwiesen wurde. Langsam ließ er seine Hand nach unten gleiten, und tastete nach dem Schwertgriff.

Der Mann hatte ein kleines, rundes Gesicht, er wirkte eher pfiffig als gefährlich. Sein Kinn deutete auf Arfasts Waffe, als er flüsterte: »Nicht nötig. Ich komme in friedlicher Absicht.«

Arfast grinste entschuldigend.

Der Unbekannte kam sofort zur Sache. »Graf Robert dankt Euch, weil Ihr ihn davor bewahrt habt, das Unglück eines anderen Landes auf seine Schultern zu laden. Er ist ein frommer Mann.«

»Und vorausschauend«, ergänzte Arfast.

»Vorausschauend auch«, stimmte der Bote des Grafen zu. »Deshalb schickt er Euch als Dank ein Pferd. Die Stute ist nicht pfeilschnell, aber gutmütig und hat einen angenehmen Schritt. Der Knecht des Wirtes versorgt sie bereits. Und auf diesen Passierschein paßt gut auf. Er gestattet Euch freies Reiten bis nach Ostende.«

Arfast war verblüfft. Was sollte er mit einem Pferd? Der Graf war sich gewiß im klaren, daß er mit dem Schiff gekommen und erst an der Schipsdaele von Brügge ausgestiegen war. Aber er bedankte sich höflich, wie es sich gehörte.

Der Mann des Grafen nahm seine Dankesworte aufmerksam entgegen und wiederholte sie zur Sicherheit. Dann beugte er sich vor und flüsterte Arfast ins Ohr. »Noch ein Rat von mir selber: Laßt Euch nicht mit Männern ein, deren Hände blau sind. Ihr würdet keine Zeit für Erklärungen haben.« Danach verschwand er so unauffällig, wie er gekommen war.

Er hatte gerade die Tür hinter sich zugezogen, als die Edomsharder lärmend in die Gaststube stolperten. Augenscheinlich hatten sie sich schon wegen des verlorenengegangenen Geschäfts getröstet, denn Knoop schwankte und wurde von Westerflete gestützt.

Als sie, ohne Arfast zu beachten, nach hinten in ihren Schlafraum verschwunden waren, huschte Anna an seinen Tisch und setzte sich zu ihm.

»Ihr müßt fort, Arfast. Sie sind hinter Euch her«, sagte sie, und in ihrer Stimme lag soviel Angst, daß ihm warm ums Herz wurde. »Henneke Westerflete vor allem. Er hat geschworen, Euch umzubringen.«

Arfast bedeckte Annas fliegende Hände mit seiner großen Hand, die ruhig blieb trotz der Drohung. »Er ist ein Großmaul. Er wird es nicht wagen.«

Anna seufzte und sah ihn verzweifelt an. »Normalerweise würde er es nicht wagen, das stimmt. Aber jetzt will er seinem künftigen Schwiegervater beweisen, daß er ein tapferer Kerl ist.« Ihre hellblauen Augen wurden dunkel vor Kummer, und Arfast verlor sich in ihnen wie ein Kormoran in der See. »Arfast, du mußt fliehen«, flüsterte Anna.

»Ich werde den Kampf aufnehmen«, sagte er störrisch.

Anna schüttelte den Kopf. »Sie stehen alle auf seiner Seite. Sie werden dich belauern, und du kannst nicht immer wachsam sein. Du kannst nicht auf demselben Schiff mit ihnen zurückfahren.«

Schiff. Pferd. Er besaß ein Pferd. Erst in diesem Augenblick verstand Arfast die Weisheit des Grafen, der vorausgeahnt haben mußte, was geschehen würde. »Das ist ein Graf«, sagte er, benommen von Annas Nähe und dem starken Bier. »Er findet sogar Zeit, sich um eines anderen Grafen Untertan zu kümmern. Er hat mir ein Pferd geschenkt und mir den Weg bis zur Küste freigemacht. Aber was ist mit dir?«

Anna streichelte liebevoll seine Hand. »Nichts, Arfast. Mir droht keine Gefahr. Mich will Westerflete ja nicht erschlagen, sondern heiraten.«

»Ich wüßte nicht, was schlimmer ist«, murmelte Arfast. »Du mußt ihn ablehnen! Er paßt nicht zu dir. Wenn man ihn ansticht, quäkt er wie ein Rummelpott und fällt in sich zusammen.«

»Ja, ich weiß.« Annas Augen standen plötzlich voll Tränen. Sie brachte es nicht über sich, ihm von dem Vertrag ihres Vaters mit dem Propst zu erzählen und daß ihr Vater nach dem Verlust des Salzgeschäftes ohne Westerflete finanziell am Ende war. Sie mußte ihrem Vater helfen. Aber auch Arfast. Es wäre für sie schrecklich gewesen, ihn in einem Konflikt zwischen Ehrlichkeit und Liebe zu wissen. Womöglich hätte er geschwiegen, wenn er gewußt hätte, daß ihr und Westerfletes Heirat die unumgängliche Folge des geplatzten Geschäftes war.

Es kam Anna überhaupt nicht sonderbar vor, nebenbei zu entdecken, daß sie Arfast liebte. Vermutlich hatte sie es bereits getan, als er linkisch an ihrer Seite in einen Aalkorb gestarrt hatte. »Du mußt heute nacht noch reiten«, sagte sie.

Zärtlich streckte er seine Fingerspitzen aus und berührte sanft ihre Lippen. Anna schloß die Augen und bemühte sich mit aller Kraft, nicht in Tränen auszubrechen. »Reite«, flüsterte sie. »Ich warte auf dich.«

VI

Der Richtstein der Edomsharde war ein Ort, den jeder mied. An diesem Tag war eine große Menschenmenge auf dem aufgeweichten, schon längst zertrampelten Acker versammelt. Die Bauern, ihre Frauen und Kinder waren nicht alle freiwillig gekommen. Aber der Staller hatte es befohlen, und so warteten sie schweigend im strömenden Regen auf den Vollzug der Bestrafung von Agge Salz.

Der Delinquent, bis zu den Knien im Matsch, strähnige Haare über Stirn und Augen und die Hände auf dem Rükken verschnürt, hatte jede Ähnlichkeit mit einem reichen Salzkaufmann verloren.

»Werde nie ein solcher Strolch«, flüsterte mancher Familienvater seinem kleinen Sohn ins Ohr und hielt ihn fest an den Schultern gepackt. »Man sieht ihm an, daß er ein gefährlicher Halsabschneider ist und daß es ein schlimmes Ende mit ihm nehmen mußte.«

Niemand hatte Agge zu seinem Gerichtsverfahren aus dem Gefängnisloch geholt, deswegen kannte er die Anklage nicht. Als er vor der Folter noch klar bei Sinnen gewesen war, hatte er ganz genau gewußt, daß sein einziger Fehler gewesen war, sich mit Ingemar Stampe eingelassen zu haben. Jetzt hatte er sogar vergessen, daß er unschuldig war.

Die Leute rührten sich neugierig, weil der schwere Sessel des Stallers von zwei Knechten herbeigeschleppt wurde. Sie setzten ihn am Richthügel ab und rückten ihn zurecht. Argwöhnisch nahmen sie neben ihm Aufstellung, als sei ein Diebstahl zu befürchten.

Der Scharfrichter hatte von den Knechten keine Notiz genommen. Er stützte sich müßig auf sein Beil und wartete. Eine Kapuze verdeckte sein Gesicht, und nicht einmal die wagemutigen kleinen Jungen wagten ihn zu ärgern. Er war ein Könner in seinem Fach: Das Ergebnis war stets ein

Delinquent, der aufrecht zu seiner Hinrichtung gehen konnte, der aber reuig seine Verfehlungen bekannte und die Strafe willig annahm. Er und der Staller: Sie verkörperten die Macht im Lande.

Die Leute reckten die Hälse und flüsterten miteinander, als es hieß, der Vertreter des Königs sei bereits auf dem Weg. Die Längsten unter ihnen bemerkten eine Bewegung unter den Ulmen am Rand von Morsum, deren Laub sich bereits lichtete.

»Der Kleine mit dem Hut ist der Staller«, sagte jemand. Trotz seines Pferdes war Ingemar Stampe vor den vierschrötigen Hardesbonden, die ihm zu Fuß folgten, kaum auszumachen. Aber die Dorfjungen, die mit angewinkelten Ellenbogen und verhaltenem Schritt mitrannten, wagten nicht, sich vor ihn zu setzen.

Die Zuschauer wurden leiser, je näher der Zug der Richter kam. Als der Staller sich endlich auf dem Sessel niedergelassen und die Bonden hinter ihm Aufstellung genommen hatten, schwiegen sie. Das einzige Geräusch kam von den Füßen der näher drängenden Menschen.

Mutter Eyde war nur ungern mit den Rungholter Nachbarn mitgegangen. Auf dem Richtplatz geriet sie in den Sog derer, die sich die Bestrafung des Mannes nicht entgehen lassen wollten, der sich mit seinem Salzkoog dreist vor ihre eigene Haustür gesetzt hatte. Zitternd vor Anstrengung und Aufregung stemmte sie sich ihm entgegen, aber die Woge schwitzender Leiber trug sie vorwärts.

Vor dem Hügel mit dem Block blieb Eyde endlich stehen. Zum erstenmal seit zehn Jahren sah sie dem Mann ins Gesicht, der ihren Ehemann Ketel auf dem Gewissen hatte. Sie haßte ihn wie am Tag der Aburteilung.

Der Staller hob die schmalen Hände, wie um seiner dünnen Stimme Geltung zu verschaffen. »Edomsharder! Im Namen des Herzogs und nach dem Jyske Lov des Königs hat das Hochgericht der Harde am gestrigen Tage den Hardesangehörigen Agge Jessen aus Morsum zum Tode durch Enthaupten verurteilt. Das Urteil wird in dieser Stunde noch vollstreckt.«

Keiner hatte Zweifel gehabt, wozu das Beil des Scharfrichters dienen sollte. Aber Agge hob den Kopf, und sein Gesicht verlor den leeren Ausdruck, der Eyde so sehr erschreckt hatte. Sie fühlte, daß der Mann sich aufgegeben hatte. Bis eben.

»Staller!« rief Agge. »Du mißbrauchst das Amt des Königs!«

Die Leute atmeten erschrocken ein. Für diese Respektlosigkeit hatte der Morsumer allein schon den Tod verdient. Der hinter Agge Salz stehende Priester schrak aus seinem stillen Gebet hoch. Er blickte unsicher zum Staller hinüber. Als keine Anweisung kam, flüsterte er Agge Salz eine Weile ins Ohr.

»Ich bereue meine Sünden vor Gott«, schrie Agge ihm ins Gesicht. »Dem Staller habe ich nichts zu gestehen, denn ich weiß nicht, was er mir vorwirft. Harre Hardesvogt soll vortreten und es mir sagen!«

Der Pastor trat mit verletzter Miene einige Schritte rückwärts. Die Hardesbonden wechselten unruhige Blicke.

Endlich erhob sich ein Mann, der sich durch seine städtische Gugel von den anderen unterschied und im Gegensatz zu den übrigen beherzt und ruhig wirkte. »Harre Gunneson ist in Hardesangelegenheiten auf Reisen, ebenso wie Monny Sibingh und Benedikt Knoop.«

»Ein Todesurteil verlangt Einstimmigkeit der bäuerlichen Schöffen!« Agge schien eine Chance zu wittern, die Bonden und die Menge auf seine Seite zu bringen, aber seine Stimme kippte in seiner Todesangst mehrmals um und ging in ein Kreischen über.

»Nicht immer können alle anwesend sein, Nachbar Agge«, antwortete der Bonde fest. »Auch ich war nicht da. Aber die anwesenden Hardesbonden, Sandleute und Neffninge haben einstimmig ihr Urteil gefällt. Das Verfahren war Rechtens.«

Eyde spürte Unbehagen, als sie die fest um die Armlehnen verkrampften Hände des Stallers sah. Und dann hob sich ein Zeigefinger ein wenig.

Die Knechte schoben sich an Agge heran, indes der Priester zwischen ihnen hindurchschlüpfte wie eine Maus, hinter der die Katze her ist. Agges Kopf sank nach hinten. Er mußte gestützt werden, damit er nicht umfiel.

Eyde schauderte es. Welches Mittel hatten die Knechte angewandt, damit Agge Salz nicht um sein Leben kämpfen konnte? Der Sprecher der Schöffen hätte sich vielleicht noch überzeugen lassen. Voll Entsetzen starrte sie auf den Mann, der den König vertrat. Sein faltiges Gesicht schien unbeteiligt. Glücklicherweise war er selten in der Harde.

Der Bonde hatte nicht erwähnt, wie viele Männer abgestimmt hatten. Konnte die Einstimmigkeit wirklich Gültigkeit haben, wenn der Vorsitzende des Hardesgerichts und wenigstens drei andere Schöffen an dem Prozeß nicht beteiligt wurden? Man konnte sich sehr wohl auch fragen: Hatte der Staller den Prozeß absichtlich durchgeführt, weil der Hardesvogt abwesend war? Niemand wußte besser als Eyde, zu welchem Mißbrauch Ingemar Stampe fähig war.

Murmelnd begann der Pastor zu beten, während die Knechte Agge Salz den Hügel hochschleiften. Die Gläubigen senkten die Köpfe und fielen in das Gebet ein. Eyde ballte die Fäuste. Sie fühlte ihren Magen wie einen Stein im Leib. Was hier geschah, war nicht Gottes Werk, sondern des Statthalters, und es war ein Frevel, dafür seinen Segen zu erbitten.

Der Staller ließ seinen kalten Blick über die Menge schweifen und begegnete Eydes Augen. Seine Miene wurde eisig. Da erst merkte Eyde, zu welcher Unvorsichtigkeit sie sich hatte hinreißen lassen; hastig beugte sie den Nakken und bewegte die trockenen Lippen.

Der Staller ließ sie nicht aus den Augen, bis er die Überzeugung gewonnen hatte, daß die Frau sich aus Aufregung derart absonderlich benommen hatte. Und doch kam es ihm so vor, als hätte er sie schon einmal gesehen.

Inzwischen hatte der Scharfrichter Agges Kopf auf einem kräftigen Holzklotz zurechtgelegt. Der dumpfe Fall des abgehackten Kopfes in die ausgestreuten Sägespäne ging im Aufseufzen der Menge unter. Eyde sah den hellroten Blutstrom aus dem Halsstumpf sprudeln, der allmählich dunkler wurde und in ein stoßweises Pulsieren überging. Eine Blutlache breitete sich unterhalb der Baumscheibe aus, aus der der Scharfrichter den Kopf an den Haaren herausfischte und in einen Sack stopfte.

Der Staller schnellte aus seinem Sitz.

Eyde schloß die Augen. Der Blutgeruch überlagerte den Duft von Erde und Regen. Sie hatte dieses alles schon einmal erlebt. Auch damals hatte der Herbstregen plötzlich eingesetzt. Sie legte ihre Hände schützend vor die Nase, aber sie schienen besudelt. Und Lachen von Blut strömten um ihre Füße. »Staller, binnen Jahresfrist wirst du vor Gottes Thron geladen, um dich zu verantworten«, flüsterte sie.

Einer der Knechte drehte sich mit offenem Mund zu ihr um. Wenn noch jemand außer ihm die Frau gehört hatte und der Staller es erfuhr, war sein Leben nichts mehr wert. »Ingemar Stampe, Euer Gnaden«, schrie er schrill vor Hast, »eine Frau verflucht Euch!«

Der Staller wußte sofort, um wen es sich handelte. Auf seinen Wink schoben sich die Knechte durch die Menge, um sie festzunehmen.

Eyde zog sich in panischer Angst zwischen die Rungholter Nachbarn zurück und sah sich um. Aber niemand konnte in dieser Menschenmenge entkommen, und es gab auch kein Versteck.

Neben Eyde stand die Tochter des Pastors von Rungholt. Sie griff nach Eydes Hand und trat einen Schritt vor. »Herr Staller, Euer Gnaden, Mutter Eyde hat das zweite Gesicht. Sie droht Euch gewiß nicht ...« Ihr Mut versiegte angesichts der bärtigen Hünen, von denen der eine mit der Kette rasselte, an der er Agge zum Richtblock geschleppt hatte.

Die Edomsharder schoben sich vorwärts, und die Knechte wurden abgedrängt. Ihre grauen Kittel verschmolzen in den Augen des Stallers zu geballtem Widerstand. Wie ein Aufstand von Webern, von denen man in letzter Zeit immer öfter hörte. Die Menge war unendlich groß, und er hatte nur wenige bewaffnete Knechte zur Verfügung. Ingemar Stampe winkte seinen Knechten, sich wieder zurückzuziehen.

Als Eyde ihr bleiches Gesicht hob, tauchte ein anderer Richtblock vor Stampes Augen auf. Damals war er nicht mehr Dienstmann Gerhards des Großen von Rendsburg gewesen. Es mußte einige Jahre nach dessen Tod gewesen sein. Diese Frau hatte mit einem kleinen Jungen an der Hand neben dem Mann gestanden, der als Aufrührer mit dem Tode bestraft worden war. Nachdenklich wandte er sich ab. Er hatte eben eine Möglichkeit verschenkt, sie unauffällig zu beseitigen. Jetzt war es zu spät. Aber er würde sie im Auge behalten.

Eydes Beine zitterten noch, nachdem sie sicher war, daß sie an diesem Tag davongekommen war.

Nach reiflicher Überlegung entschied der Staller, einen Mann seines Verwandten Knut Wogensson als Aufseher in den Halgenäser Salzkoog zu setzen. Während er in gemächlichem Trab zur Trojburg unterwegs war, fiel ihm ein, daß Backe Osing über Knuts Mutter sowohl mit Knut als auch mit ihm selber versippt war.

Osing war nicht auf den Kopf gefallen und konnte Aufgaben mit begrenztem Umfang selbständig organisieren. Stampe verzog den Mund zu einem dürren Lächeln, als Knut ihm von dem Streich erzählte, den Backe dem Ketelsbüller Bauernburschen gespielt hatte. »Sie sollen ruhig ihren Spaß haben«, sagte er, »aber verderbt mir nicht alle Salzköge. Ich brauche sie.«

»Sicher, Ingemar«, versetzte Knut ungehalten und vergaß darüber auch sein Staunen, daß der Staller Salzköge benötigte, die ihm nicht gehörten, »aber das Wetter war schlecht, und wir waren einige Tage nicht auf See. Die Männer müssen beschäftigt werden, um nicht auf ständige Schlägereien untereinander zu verfallen. Und nun, wo mein Sohn gekommen ist, sind sie noch munterer geworden.« Als er sah, daß die Lippen seines Verwandten zu einem schmalen Strich wurden, wußte er, daß es an der Zeit war einzulenken. »Gut, ich werde ihnen befehlen, die Salzbuden in Zukunft in Ruhe zu lassen«, beteuerte er hastig. »Derzeit sind auf See ohnehin so viele Leute mit gutgefüllten Geldtruhen unterwegs, daß wir uns kaum auf Nordmarsch aufhalten werden.«

»Bei der Gelegenheit, Knut ...« Der Staller zog nachdenklich die Augenbrauen zusammen, die wie die Lippen nur angedeutet schienen, und Knut fragte sich wieder einmal, woher es kam, daß so ein unscheinbarer Mann zu seiner Sippschaft gehören konnte.

Knut selber hatte eher die Gestalt eines Bären, und wenn ein Mann nicht gehorchte, schlug er mit der Wucht einer Ramme zu. Ingemar gegenüber war er jedoch zahm wie ein Kätzchen und zog bei weitem vor, ihn zum Verwandten als zum Feind zu haben. Er wußte außerdem, daß Ingemar noch mehr im Sinn hatte als das Stalleramt, und seine Gefolgschaftstreue würde sich auch für ihn selber eines Tages auszahlen. Er wartete geduldig.

Der Staller faßte einen Beschluß. Es war allmählich Zeit, seinem Verwandten reinen Wein einzuschenken. »Keine Übergriffe mehr auf Hamburger und Bremer Kaufleute!«

Knut Wogensson brüllte vor Lachen und schlug sich auf die Schenkel. Als er sich endlich gefaßt hatte, sagte er: »Seit wann bist du so tugendhaft, Verwandter? Bisher konnte ich gar nicht genug Hamburger und Bremer kapern!«

»Die Dinge haben sich geändert«, versetzte der Staller kühl. »Die Schauenburger beschweren sich immer öfter, daß ihre Handelspartner geschädigt werden.«

Knut riß die Augen auf. »Aber dafür hast du doch das Wohlwollen des Königs«, sagte er lahm. »Und wen sollte ich sonst plündern?«

»Das ist deine eigene Sache. Und in Zukunft möchte ich nicht, daß du die Grafen verärgerst.«

»Warum?« Knut faßte Ingemar genau ins Auge. Irgend etwas ging in diesem alten kleinen Kopf vor, er konnte es wittern wie der Wolf den kommenden Schnee.

Der Staller amüsierte sich über Knuts Grübeln. Sein Burghauptmann war bestürzend langsam im Kopf, und gelegentlich ließ er ihn spüren, daß Dienstleute eines Ingemar Stampe schneller zu sein hatten als er. Außer der Verwandtschaft gab es keinen Grund, an Knut festzuhalten.

Knut, der Kriegsherr und Kaperer im Auftrag des Stallers, überflog in Gedanken den Weg, den sie gemeinsam zurückgelegt hatten. Ingemar Stampe hatte vor vielen Jahren als Ritter in den Diensten des Rendsburger Grafen Gerhard gestanden, dem Vormund des dänischen Königs Waldemar III. und Reichsverweser für das Königreich. Gerhard hatte Dänemark schon so gut wie in der Hand gehabt, als sich das Blatt wendete und er seine Hoffnungen auf die Herrschaft aufgeben mußte. Aber schlau, wie er war, hatte der Graf sich unter dem neuen König, dem vierten Waldemar, umorientiert und ihm flugs Jütland angeboten. Zwar war Gerhard bald danach erschlagen worden, aber den König hatte er doch mit dieser Geste versöhnt und seinen Gefolgsleuten die Möglichkeit verschafft, in des Königs Dienst zu treten. Seitdem war Ingemar zum Staller des Königs aufgestiegen und hatte seinen ehemaligen Knappen an seinem Erfolg teilhaben lassen. Dabei waren sie im Herzen immer Anhänger der Rendsburger geblieben.

Unwillkürlich stieß Knut einen Seufzer aus. Wäre Gerhard König von Dänemark geworden, wäre Ingemar Stampe inzwischen Herzog von Holstein, Schleswig und Jütland – und er selber vielleicht Staller, zumindest Graf, und nicht Räuber auf einer Burg in der friesischen Marsch.

Plötzlich verwirrten sich seine Gedanken zu einem undurchschaubaren Knäuel von Möglichkeiten. Herzog, Schauenburger Grafen, der König … »Werden wir jetzt endlich mit offenem Visier kämpfen? Gegen König Waldemar?« fragte er, heiser vor Hoffnung.

Ingemar lächelte süffisant und stand auf. Im Weggehen sagte er: »Du weißt selber, daß solche Worte leicht als Hochverrat ausgelegt werden können.« Knut entfuhr vor Schrecken ein stinkender Furz, und der Staller wandte sich mit angewidertem Gesicht zu ihm um. »Solltest du vorhaben, jemals etwas Besseres als Wächter der Trojburg zu sein, müßtest du auch deine Manieren aufbessern. Üble Gerüche sind an den Adelshöfen kaum verzeihlicher als üble Nachrede.« Er verließ den Wohnturm.

Knut preßte die Zähne aufeinander, während Ingemar

die Außentreppe der Burg geräuschlos hinunterstieg. Schon immer hatte er sich gefürchtet, wenn dessen Luchsaugen sich auf ihn konzentrierten. Er hätte etwas darum gegeben, seine Gedanken lesen zu können. Manchmal hatte er Angst, entdecken zu müssen, daß die Mordlust von Katzen nicht vor der eigenen Familie haltmacht.

Auf Langeneß bereitete man sich fieberhaft auf den Besuch des Propstes vor, den jährlichen Send, auf dem der Propst Rechenschaft in den Kirchspielen forderte. Seine Gnaden Fredericus von der Wisch war ein strenger Kirchenherr; der Pastor hatte jeden Kerzenstummel abzurechnen und die Magd den unkeuschen Blick, der einem Verheirateten gegolten hatte. Bei der Beichte nahm man es nicht so genau; aber beim Send wurde öffentlich verhandelt, da konnte man nicht schummeln.

Der Propst war mit großem Gefolge von Sankt Johannis zur Nordmarscher Kapelle übergesetzt und von dort auf dem Nordmarscher Kirchweg nach Mayenswarf gezogen, wohin die Familienväter gerufen worden waren.

Die Nordmarscher hatten es hinter sich. Teils mit Erleichterung, teils mit Bedauern verabschiedeten die wichtigsten Bauern des Kirchspiels nach zwei Tagen den Propst, der am Westerpriel von den Langenessern abgeholt wurde. Auf Langeneß würde sich von der Wisch länger aufhalten, denn zwei Kirchen, die Langenesser und die Ivenbüller, waren zu überprüfen, und die Bevölkerung war größer.

Von der Wisch empfand jeden Send in den Utlanden als tödlich langweilig. Festlich angezogene Bauern, zerknirschte Gesichter und jubelnde Kinder: überall das gleiche. Es gab nur ein Vergnügen, das ihn einigermaßen mit den Strapazen der Rundreise versöhnen konnte, das Einsammeln der Strafgelder. An der Höhe der Einnahmen maß er seinen persönlichen Erfolg.

Das Visitieren der Kirchen war in finanzieller Hinsicht völlig unergiebig. Er brachte es immer ziemlich schnell hinter sich. An der Langenesser Kirche weit draußen im Vorland fand er nur den Zustand des Deiches zu bemängeln, der nach dem Osterhochwasser immer noch nicht repariert worden war. Aufgebracht deutete er auf zwei Steinsärge, die freigespült und noch nicht wieder eingegraben worden waren. Die Bauern senkten betreten die Augen.

Der Pastor sank mit gebeugtem Kopf auf die Erde. »Es ist wenig Geld im Lande, Euer Gnaden«, stammelte er. »Die Halliger möchten wohl, aber sie können nicht zahlen. Deshalb können wir kein Holz zum Ausbessern des Deiches kaufen. Vielleicht könnte Sankt Johannis uns mit Holz aus kircheneigenen Wäldern …« Seine Stimme erstarb, er wußte sehr wohl, daß dies nicht üblich war.

Der Propst blickte auf den Mann hinunter, der mit beflecktem und zerrissenem Mantel auf der Erde kniete. In seinen Augen war der Mann eher ein Beweis für Schlampigkeit als für Armut. Er rümpfte die Nase.

»Es stimmt, Herr Prälat. Wir hatten öfter Hochwasser als gewöhnlich und Regen zur Erntezeit.« Hark Arfastsen aus Ketelsbüll, als besonnener Mann bekannt, war kein Feigling. Aufrecht stand er neben seinem knienden Pastor. Die Langenesser hinter ihm schwiegen, aber ihre Gesichter zeigten Zustimmung, und Boy trat entschlossen an Harks Seite.

Diese Einmütigkeit in der Widerspenstigkeit ärgerte den Propst. »Es ist nur zu bekannt, daß Gemeinden häufig nicht zahlungsunfähig sind, sondern zahlungsunwillig!« schnaubte er. »Wieviel hat Ketelsbüll in diesem Jahr an die Propstei abgeliefert, Heinrich?«

Sein Sekretär beeilte sich mit der Antwort, die er auswendig wußte, fand aber noch Zeit, seine Stirn ärgerlich zu furchen. »Nichts, Hochwürdigster Herr.«

»Unseren Zehnten würden wir gerne abliefern, Euer Gnaden, wir sind fromme Leute auf Langeneß«, rief Boy. »Aber bevor es dazu kommt, schöpfen bereits andere unsere geringen Einnahmen ab!«

»So, würdet ihr …«, wiederholte Friedrich von der Wisch und ließ in voller Absicht durchblicken, daß er ihm nicht glaubte. Im übrigen war er nicht bereit, sich auf die allbekannten Klagen über weltliche Steuern und Abgaben einzulassen. Die vertraten König und Grundherren und gingen die Kirche nichts an. Ihm ging es allein um das Seelenheil der Gläubigen. Er merkte sich die Gesichter der Wortführer. Es erleichterte für jeweils längere Zeit seine Arbeit, wenn er ein Exempel statuierte.

Der Knecht führte bereits den Hengst des Propstes herbei. Gewandt schwang von der Wisch sich in den Sattel. »Wir werden zu überprüfen haben, ob ein Interdikt die angemessene Strafe ist.« Obwohl er nicht laut gesprochen hatte, hallte an diesem sonnigen und schon herbstlich kühlen Tag seine Stimme über das Grasland. Erst als er angetrabt war, hinter sich den Rektor und den Vikar von Sankt Johannis, denen sich die Subdiakone aus Schleswig und die Knechte anschlossen, wagten die Langenesser wieder miteinander zu reden, entsetzt und verstört über die angedrohte Exkommunikation der gesamten Gemeinde.

Drei Stunden später versammelten sich die Familienväter von ganz Langeneß auf der Fenne von Hark Arfastsen. Die Frauen und Kinder saßen auf dem Deich, der den benachbarten Kornkoog schützte, und ihre Männer standen in der Nähe der Geistlichen, für die man die besten Stühle aufgestellt hatte.

Friedrich von der Wisch, mit geradem Rücken, den ihm die Mitra aufnötigte, fingerte verärgert am Kreuz, das an einem um seine Schultern gelegten Band hing. Von einer frommen Stimmung konnte bei diesen Leuten nicht die Rede sein. Er erhob sich und begann mit klarer Stimme ein Gebet zu sprechen. Nach und nach ebbten die Geräusche ab, und es blieb das Wort Gottes, das vom Wind über die Hallig getragen wurde. Allmählich wurde die Andacht der Gemeinde spürbar.

Gottlob, dachte der Propst erleichtert und beendete sein Gebet. »Wir sind hier versammelt«, sagte er, »um nach altem Brauch öffentlich unsere Verfehlungen zu bekennen und Besserung zu geloben. So rufe ich euch denn auf, eure Sünden zu nennen und die Bußen in christlicher Demut anzunehmen, damit ihr gestärkt und geläutert an der Seele euer Tagewerk zum Lobe Christi wieder aufnehmen könnt.«

Beinahe sofort meldete sich Mert Lauridsen von Ketelsbüll. »Ich bekenne«, sagte er beflissen, »daß ich der alten Petrine in Bandixum für zwanzig Möweneier soviel abverlangt habe, wie sonst für zweiundzwanzig.«

Der Propst sah ihn mit mildem Lächeln an. Wucher wie in diesem Fall erforderte nur eine kleine Buße, aber es war ein Anfang und würde andere ermutigen. »Deine Sühne soll ein Pfennig an die Nieblumer Kirche sein.«

»Oh«, sagte Mert betroffen.

Verhaltenes Lachen kam von den Frauen auf dem Wall.

»Was ist?« fragte der Propst unwillig, aber nicht unfreundlich, um niemanden zu erschrecken.

»Ich dachte eher daran, der Petrine die fehlenden zwei Eier zu geben«, antwortete Mert verlegen. »Es wurde ja nicht eigentlich Unser Herr geschädigt. Der Schaden war auch viel geringer als ein Pfennig, Euer Gnaden. Für einen Pfennig könnt Ihr Euch einen ganzen Hühnerhof kaufen, Euer Gnaden!«

Die Schläfenadern des Propstes traten sichtbar hervor. Dies war das Feilschen um Kleinstbußen, das er so haßte. »Gott läßt nicht mit sich handeln«, sagte er mühsam. »Der nächste möge bekennen.«

Aber der nächste ließ auf sich warten, denn Merts Angebot hatte große Heiterkeit ausgelöst, die sich erst einmal legen mußte.

»Was belustigt euch denn so?« fragte eine leise Stimme, und Hark drehte sich abrupt um.

»Arfast! Ich hatte dich noch nicht erwartet, nach den merkwürdigen Mitteilungen, die uns erreichten«, flüsterte Hark und klopfte seinem Brudersohn erfreut auf die Schulter.

»Ich erzähle es dir später«, sagte Arfast und sah sich neugierig um. »Als ich draußen an der Salzbude niemanden fand, bin ich erst einmal hergekommen. An den Send hatte ich nicht mehr gedacht.«

Hark stieß ihn an und zog erwartungsvoll die Augenbrauen in die Höhe.

Ein schwergewichtiger Bauer aus Ivenbüll bahnte sich seinen Weg vor den Stuhl des Propstes. Noch bevor er angekommen war, polterte er los. »Meine Frau hat mich mit meinem Nachbarn betrogen. Ich klage sie des Ehebruchs an.«

Des Propstes verdrossene Miene glättete sich. Zum Ehebruch gehörten zwei Täter. »Hast du Zeugen für den Ehebruch? Wann wurde er begangen und wie?«

»Zeugen hab ich keine«, brummte der Mann. »Begangen wurde er vor etwa zehn Jahren. Auf die übliche Weise, nehme ich an. Ich kenne keine andere.«

Vorsorglich unterbrach der Propst die Beschreibung, bevor sie unchristlich ausführlich werden konnte, und die Lacher verstummten. »Woher weißt du es also?«

»Ich habe sie gefragt, warum mein Sohn aussieht wie mein Nachbar und nicht wie ich.«

»Das ist klar genug. Deine Frau wird eine Wallfahrt nach Wilsnack antreten; der Mann zahlt drei Schilling.«

»Aber dann ist ihre Buße ja größer als seine«, brüllte der Mann. »Außerdem brauche ich sie für die Arbeit!«

»Ihre Sünde ist größer als seine. Adams Eva war die erste von dieser Art, aber es setzt sich bis heute fort«, erklärte der Propst kühl. »Deine Frau kann sich die Jahreszeit aussuchen. Und sie soll nicht vergessen, mir das Pilgerzeichen vorzuweisen.«

Schäumend vor Wut trottete der Ivenbüller wieder an seinen Platz zurück. Wo er auch hinsah, wandten seine Nachbarn die Augen ab und versuchten, sich ihr Grinsen zu verkneifen.

»Weiter!« befahl der Propst.

Sivert Atken schubste zwei überraschte Ketelsbüller beiseite und trampelte mit steifem Nacken und angespannten Schultern vor den Propst.

Verwundert betrachtete Arfast Siverts gespreizte Hände.

»Ich habe einen Verstoß gegen die heiligen Zeiten anzuzeigen, Euer Gnaden«, rief Sivert und deutete mit seinem schrecklichen sechsten Finger auf Hark.

Während der Propst ihm ermunternd zunickte, schilderte Sivert seine Beobachtungen. »Am Ostersonntag trieb er seine Ochsen um.«

»Andere treiben ihre Frau um.«

Gelächter ertönte, während Sivert sich mit beleidigter Miene umsah und dann fortfuhr. »Ich sah es, als ich auf dem Weg in die heilige Messe war; er nahm nicht an der Kommunion teil und war auch später nicht in der Kirche!«

Hark lief vor Wut rot an und winkte mit dem ganzen Arm, um die Aufmerksamkeit des Propstes einzufangen. Dieser hatte seine Hand wie bei der Beichte über die Augen gelegt, um den Bericht ungestört anhören zu können.

»Sei vorsichtig«, flüsterte Arfast und hielt ihn am Arm fest.

Hark wischte alle Einwände beiseite und stürzte nach vorn. »Herr Prälat, es ging um das Leben meines Viehs. Das Wasser stieg, und sie weideten auf der Süderkuhfenne. Dazu sollte eine Kuh kalben. Vorzeitig!«

»Es ging auch um deine Seele«, warf der Propst zornig ein. Es zerrte an seinen Nerven, daß er immer wieder auf dieselbe unchristliche, ja geradezu heidnische Auffassung traf. Wenn Leute aus dem Volk sich im Zwiespalt befanden, nahmen sie lieber Zuflucht zu einem Huhn als zum Gebet. Als er aufsah, stand vor ihm der Mann, der ihm schon an der Kirche widersprochen hatte.

»Aber die Süderkuhfenne steht immer unter Wasser bei Südweststurm, Herr Prälat«, fuhr Hark wieder ruhiger fort. Er war der Meinung, daß er seine Situation hinreichend erklären konnte und unschuldig war. »Ich konnte sie nicht dort lassen! Und das junge, unschuldige Wesen hätte leicht ertrinken können!«

»Ein Kind war auch dabei?« fragte der Propst verblüfft.

Hark lief rot an. »Ich meinte das Kalb.«

Von der Wisch schüttelte entsetzt den Kopf. Die Halligleute lebten offensichtlich in einer höchst befremdlichen Nähe zu ihrem Vieh. Aber um sie auf den rechten Weg zu leiten, würde es mehr als einer knappen Bemerkung von ihm bedürfen. »Kein Sturm entsteht von einer Minute zur anderen«, sagte er darum nur.

Mehrere Männer nickten zustimmend. Es gab auch Leute, die es schafften, ihre Ochsen vor der heiligen Messe umzutreiben.

Arfast beobachtete Sivert und seinen Oheim. Siverts Beschuldigung war an den Haaren herbeigezogen. Nicht, daß sie nicht stimmte – sie traf für alle zu, deren Weiden besonders tief lagen und deren Tiere zufällig dort unten standen. Ob nachts oder während der Messe: Sie wurden gerettet, und stets halfen Nachbarn mit.

Sivert hatte seinen Unterkiefer vorgeschoben; mit argwöhnischer Miene behielt er die Hände von Hark im Blick, als ob er auf einen tätlichen Angriff gefaßt wäre.

»Das junge unschuldige Wesen hat er sich in sein eigenes Bett genommen«, schrie Sivert. »Das ist Sünde wider den Herrn!«

Haye konnte sich kaum mehr zurückhalten. »Das Kalb kam zu früh! Es wäre sonst vor Kälte gestorben. Du weißt, wie kalt es an Ostern war!« brüllte er und packte Arfasts Arm so fest, daß es ihm weh tat. »Da siehst du es«, knurrte er an Arfasts Ohr. »Die Leute haben doch recht damit, daß der elfte Finger vom Teufel stammt.«

Der Propst dachte schaudernd an das fürchterliche Verbrechen der Sodomie. Er war entschlossen, eine drastische Strafe zu verhängen. »Deine Buße ist die Zahlung von zwei Mark an die Propstei Strand.«

Hark erbleichte. Er konnte nicht verhindern, daß die Muskeln am Hals so hart wurden, daß sie ihm die Kehle zuschnürten. Und er hatte das Gefühl, daß jeder ihm seine mangelnde Demut ansah. »Ich habe keine zwei Mark«, bekannte er schließlich. »Ihr müßt warten, bis ich die Ochsen verkauft habe.«

Der Propst schüttelte schweigend den Kopf. »Gott stundet keine Schulden.«

»Die Süderkuhfenne«, bot Hark stockend an. Gegen diesen Raubzug des Propstes war keine Gegenwehr möglich, und er wollte die Angelegenheit jetzt so schnell wie möglich beenden. Je länger verhandelt wurde, desto tiefer würde sich seine Sünde in das Gedächtnis aller eingraben. »Wollt Ihr die als Ersatz? Herr Propst!«

»Die, die immer überschwemmt ist?« fragte der Propst süffisant.

»Dann die Norderkuhfenne«, sagte Hark brüsk, drehte sich um und ging.

»Vielleicht könnt Ihr sie ja wieder an meinen Vater verkaufen und mit dem Erlös unserem Pastor Geld für den Kirchhof geben«, schrie Haye mit der brüchigen Stimme des Halbwüchsigen und verschwand in der Menge.

Die Ketelsbüller hielten die Luft an. Diese Frechheit konnte Seine Gnaden nicht durchgehen lassen. Er würde über sie alle noch schärfere Strafen verhängen.

Der Propst aber beschloß, die kindliche Reaktion des Sohnes mit Schweigen zu übergehen und begnügte sich damit, mißbilligend den Kopf zu wiegen.

Arfast sah Hark mitleidig nach. Eine solche Niederlage mußte ein Mann mit sich selber durchkämpfen, ein Trost war da kaum möglich. Daß Sivert sich selbstzufrieden davonmachte, machte ihn wütend: Die Familien hatten nie miteinander Streit gehabt. Aber Sivert hatte Rache genommen. Nur wofür?

Nun wollte niemand mehr reden. Der Herr Prälat erhob sich, um den Ketelsbüllern den Segen zu erteilen. Seine anfängliche Strenge war freundlicher Milde gewichen. Die Menschen beugten erleichtert ihre Köpfe. Alles in allem war der Send glimpflich abgelaufen, nachdem von Interdikt nicht mehr die Rede war.

Friedrich von der Wisch sah den diesjährigen Send als äußerst erfolgreich an. Der Pastor hatte ihm mitgeteilt, daß das Weideland zwischen Ketelsbüll und der Langenesser Kirche zum Teil Hark Arfastsen gehörte. Seit eben gehörte es zu den Besitzungen des Strander Propstes. Er mußte sich noch überlegen, welches Entgelt der Pastor der Langenesser Kirche ihm für die Entnahme von Klei zum Flicken seines Deiches würde zahlen müssen. Nicht zu wenig, denn die Kleientnahme schädigte den Wert des Landes beträchtlich. Im Davonreiten spitzte er die Lippen wie einer, der ein Liedchen summt.

Als hätte er jemanden übers Ohr gehauen, dachte Arfast und schämte sich im gleichen Augenblick. Kirchliche Strafen dienten dem Seelenheil der Gläubigen.

Backe Osing arbeitete erst wenige Wochen in Agges ehemaliger Salzbude, als er zu dem Schluß kam, daß der Torf abgebaut war und der Koog kein Salz mehr hergab. Der Salzkoog war erschöpft.

Erst brüllte er vor Wut, denn der Staller würde ihm Unfähigkeit vorwerfen, dann aber sandte er unverzüglich einen Boten zu Ingemar Stampe, damit er nicht der Unterschlagung bezichtigt werden konnte.

Den Staller erreichte die Botschaft auf der Westermarsch von der Hooge, wo er zwei Salzbuden besichtigte. Die beiden Besitzer von Hooge freuten sich anfänglich über seine Anteilnahme und beklagten sich heftig über die zurückgegangenen Erträge. Dann aber schien es ihnen, als ob Seine Gnaden davon weniger wissen wollte als von ihrem Gewinn, woraufhin sie zurückhaltender zu werden begannen.

»Ich wette mit dir, daß der König eine neue Salzsteuer plant«, sagte der Hooger düster, während er dem davonreitenden Staller nachblickte. Der Rungholter Bote hatte es sehr dringend gemacht.

»Dann sind wir schon zwei, die das glauben, Edleff.«

Zwei Tage später sah Backe die Gestalt auf dem Kajedeich, die er erst für einen neugierigen Ochsen hielt und dann als Staller erkannte, der sich von oben informierte, statt ihn erklären zu lassen.

Beunruhigt stapfte Backe zwischen den keilförmigen Kleischollen ans Ende des Kooges und kletterte zu Ingemar Stampe hoch. Dessen beide Muskelmänner waren nicht zu sehen, nur das Pferd des Stallers graste unten auf der Ochsenweide.

»Willkommen, Staller«, murmelte Backe linkisch, »ich habe Euch Nachricht geschickt, weil wir hier mit der Ausbeute am Ende sind. Es ist nicht meine Schuld.«

»Agge hat mich betrogen«, flüsterte der Staller, ohne den Mann zu beachten.

Backe nickte erleichtert. »Land ist genug da«, sagte er zögernd.

Ingemar Stampe runzelte die Stirn. »Und?«

»Wenn wir nun die alte Deicherde dazu benutzten, einen Schutzdeich um unverbrauchtes Land aufzuwerfen ... Das geht schneller, als neuen Klei zu graben. Die alte Salzpfanne lassen wir stehen, wo sie ist. Wenn ich noch zwei Mann bekomme, macht es nichts aus, daß der Weg vom Torf zur Pfanne weiter ist.«

Eine Spur von Wohlwollen legte sich auf des Stallers Gesicht. Sogar sein Nasenrücken wirkte weniger scharf. »Knut hält einiges von dir«, räumte er ein. »Um einige Ekken sind auch wir beide verwandt. Du bekommst deine zwei Mann und fängst morgen an.«

Nochmals zwei Tage später jagte der kleine Momme von der Hafenschleuse an der Fedderingkapelle vorbei, entlang dem Fischerhafen zur kleinen Kapelle und dann in den nördlichen Teil von Rungholt, wo die meisten Menschen wohnten. Erst an der Tammensieler Schleuse kehrte er um. Und überall, wo er jemanden sah, brüllte er: »Der Staller läßt ausdeichen! Der Staller läßt ausdeichen!«

Die Rungholter flüsterten miteinander. Einer packte Momme am Kragen und stellte ihn unsanft auf die Füße. »Weißt du überhaupt, was du da sagst, Junge? Ausdeichen ist ein Verbrechen! Also halte den Mund.«

Momme sah verständnislos zu ihm hoch.

VII

Arfast war noch nach dem Gespräch mit Anna an die Küste geritten und hatte schon am nächsten Tag ein Schiff gefunden, das ihn mitsamt Pferd nach Rungholt befördert hatte.

Am Stadtrand von Brügge hatte er eine lange Reihe von Leichen gesehen, die an den Bäumen schaukelten. Man hatte sie bis auf die nackte Haut bestohlen und ihre Körper hingen dort ausgemergelt und bleich, nur die Arme von den Fingerspitzen bis zu den Ellenbogen waren blau. Aber es hieß, daß viele der meuternden Handwerker entkommen seien.

In Rungholt hatte Arfast sich davon überzeugt, daß Knoop und die übrigen Delegationsmitglieder noch nicht zurückgekehrt waren, und war wieder an die Arbeit gegangen. Auf Langeneß aber sah es trübe aus. Ibbe war immer noch gelähmt, und Sivert war nach dem Vorfall beim Send verschwunden. Niemand wußte, wo er abgeblieben war, auch Synnekes Witwe nicht, bei der er gewohnt hatte.

»Und ich wollte ihn zur Rede stellen«, schnaubte Hark. »Aber er weiß wohl selber nicht, warum er's getan hat.«

»Er hat ein schlechtes Gewissen«, stellte Arfast nüchtern fest.

So einfach lagen die Dinge nicht, wenn der Teufel mitspielte. Aber niemand widersprach Arfast, es war nicht neu, daß er manches anders sah als andere. Überhaupt wollten die Ketelsbüller nicht gern an diesen Send erinnert werden.

»Wie dem auch sei, ich brauche drei Leute, die für Kaufmann Knoop arbeiten wollen. Jeder von euch kann sich überlegen, ob er dazu Lust hat. Wenn ich aus Rungholt zurückkomme, fangen wir mit dem Kajedeich an. Einige Wochen können wir noch arbeiten.« Arfast klopfte mit dem Knöchel auf die Tischplatte und verließ das Haus wieder.

Die Männer auf der Bank unter den Fensteröffnungen sahen ihm mürrisch nach.

»Ich für meinen Teil habe keine Lust, unter dem Befehl von Arfast zu arbeiten. Der nimmt sich immer mehr raus.« Mert schob das Kinn vor und suchte Zustimmung bei den anderen.

Hark grinste, aber Bitterkeit mischte sich in seine Gedanken. »Dich würde er auch nicht nehmen. Du fürchtest dich ja sogar vor einem Schafbock. Und vor dem Propst. Warum hast du dich nicht getraut, ihm zu sagen, daß du beim Umtreiben geholfen hast?«

Mert zuckte mit den Schultern. »Die anderen haben auch nichts gesagt.«

Hark preßte die Kiefer aufeinander, bis sie schmerzten. »Das ist wahr«, murmelte er und stand auf. »Ich vergesse es nicht.«

Viele Wochen würden zum Arbeiten im Salzkoog nicht mehr bleiben. Arfast betrachtete nachdenklich die Holunderbeeren im Rungholter Wäldchen, die sich zu färben begannen. Und dann würde wieder der Winter anbrechen, der ihn so unruhig und ungeduldig wegen seiner Abhängigkeit machte. Er seufzte.

Von hinten zupfte eine Hand an seiner Joppe. »He, Arfast! Weißt du, daß Seine Gnaden, der Staller, Agges Salzkoog ausdeicht?« fragte Momme und stemmte seine dünnen Arme in die Seiten. Er war in einer Kätnerfamilie aufgewachsen, die keinen Überfluß kannte, und zeichnete sich mehr durch seine Neugier als durch Arbeitseifer aus. Seine Augen leuchteten voller Vorfreude auf Arfasts Staunen.

Arfast konnte ihn gut leiden. Aber sein Schmunzeln gefror bei dieser Nachricht. »Bist du sicher?«

»Komm, ich zeig's dir!« Momme hetzte voraus und Arfast hinterher, während er sich Gedanken machte, woher Momme überhaupt von der Gefahr wissen konnte.

Momme blieb auf dem letzten Stück des Dammes vor dem Halgenäser Salzkoog stehen, in beachtlicher Entfernung von den arbeitenden Männern, und er senkte sogar die Stimme, obwohl sie viel zu weit entfernt waren, um gehört zu werden. »Da hinten. Sieh selbst.«

Vier Mann waren damit befaßt, die südliche Längsseite des Deiches abzutragen. Sie versetzten ihn so, daß sein Anfang dort war, wo er vorher geendet hatte; der an ihn anstoßende Deichschenkel würde nun zum neuen Außendeich werden. Auf den weiten Vorlandflächen bis zum Heverstrom im Süden weideten Rinder. Im Westen aber grenzte Agges Koog an das Rungholtfall; ohne Deichschutz war das abgegrabene Land der Flut preisgegeben.

»Woher weißt du eigentlich, daß Ausdeichen gefährlich ist, Momme?«

»Wieso gefährlich?« fragte der Junge erstaunt. »Wir bekommen einen neuen Badesee. Das hätte ich vom Staller nicht erwartet.«

»Ach, so.« Arfast lachte und legte seinen Arm um die Schultern des Jungen. »Na, dann ist ja alles gut. Komm, wir gehen wieder.«

»Mit den Trojburgern ist sowieso nicht gut Kirschen essen. Sie mögen nicht, wenn ihnen einer zusieht.«

»Das glaub ich dir aufs Wort.« Und dann fiel Arfast erstmals auf, daß Ingemar Stampe hier seine Trojburger Leute arbeiten ließ. Ein beschlagnahmter Salzkoog gehörte dem König, und der hätte ordentliche Männer hergeschickt, keine Raubritter. Wenn er aber nicht beschlagnahmt war, hätten sich die Erben von Agge um ihn kümmern müssen.

Aber sein Magen krampfte sich aus einem ganz anderen Grund zusammen. Der Staller war kein Nordfriese und wahrscheinlich genauso ahnungslos wie ein Zehnjähriger, wenn es um das Ausdeichen ging. Und ob Benedikt Knoop nun dagegen war, oder nicht: Einer mußte mit Ingemar Stampe reden und ihm die Gefahr begreiflich machen.

Auf dem Rückweg schwatzte Arfast munterer mit Momme, als ihm zumute war. Ihm konnte er nichts von seinen Sorgen erzählen. Es war nicht gut, wenn die Jugend das Vertrauen in die Landesherren verlor. An der Weggabelung bei der Fedderingkapelle gab er dem Jungen einen freundlichen Klaps auf die Schulter, bedankte sich für die Neuigkeit und schickte ihn nach Hause.

Von weitem schon sah er, daß Anna Wäsche auf die Leine hängte. Er beschleunigte seine Schritte. Als er auf den Warfabhang hochstieg, drehte sie sich um.

»Arfast«, rief Anna. Ihre Augen strahlten, und ihre Erleichterung war unverkennbar. »Du bist gut angekommen!«

Daß offensichtlich alles noch so stand wie in Brügge, schnürte Arfast die Kehle vor Glück zu. Immer wieder hatte er ihren Abschied überdacht und ihre Blicke und Worte in Gedanken um und um gewälzt. Schließlich war er zu dem Schluß gekommen, daß er sich alles nur eingebildet und ihre Besorgnis in Wahrheit ihrem cholerischen Vater gegolten hatte. Jetzt fiel ihm eine schwere Last vom Herzen. Er nickte.

Anna sah sich zum Hintereingang um und hob hastig das Wäschestück auf, das sie hatte fallen lassen. »Du mußt sehr vorsichtig mit ihm umgehen. Er ist furchtbar schlechter Laune.«

Arfasts Zuversicht schmolz dahin. »Meine Laune müßte noch schlechter sein«, bemerkte er trübe. »Schließlich sollte ich erschlagen werden. Mit dem Einverständnis Eures Vaters.«

»Bitte erzähle ihm nicht, daß ich dich gewarnt habe«, bat sie, schlug weiterhin geschäftig Wäschestücke aus und hängte sie auf, als ob ihr Gespräch mit Arfast sehr nebensächlich sei.

»Warum?«

»Er ist in den letzten Tagen argwöhnisch wie nie zuvor. Er läßt mich kaum noch aus dem Haus.«

»Und Westerflete?«

»Er geht hier ein und aus«, seufzte Anna. Sie wagte nicht, Arfast zu erzählen, daß er sie bedrängte, als ob sie eine freie Tochter sei. Sie würde schon mit ihm fertig werden, aber es forderte ständige Diplomatie und List. Ihr Vater war dabei keine Hilfe. »Du gehst besser jetzt gleich zu ihm, bevor er dich hier bemerkt.«

Arfast wußte kaum, was er von allem halten sollte. Zögernd ging er um das Haus herum, um zu ihrem Schutz den Vordereingang zu benutzen.

Knoop döste mit schwerem Kopf am Fenster. Arfast erschrak, als der Kaufmann in die Höhe fuhr und um sich starrte. »Ach, du«, sagte er mürrisch und sank schnaufend wieder in sich zusammen.

»Ich muß mit Euch über die Leute reden, die ich nun einstellen muß«, erklärte Arfast. »Am liebsten wären mir sechs Männer, weil wir dann den Kajedeich in rund vier Wochen fertig haben. Er kann sich über Winter setzen, und ab Frühjahr fördern wir. Sonst erst ab Sommer.«

Knoop winkte gleichgültig ab. »Mach es, wie du willst. Wegen des Geldes wende dich an Anna.« Er schloß die Augen und lehnte den Kopf an die hölzerne Wand. Arfast wartete noch einen Augenblick. Aber Knoop fing an zu schnarchen. In seiner Kehle gurgelte es wie in der Rungholter Schleuse bei Ebbe.

Verständnislos ging Arfast wieder zu Anna hinaus. »Er ist ja völlig betrunken«, beschwerte er sich. »Aber er hat mir alles zugesagt, was ich wollte. Gilt sein Wort im jetzigen Zustand?«

»Sein Wort gilt immer. Das ist es, was ihm jetzt solchen Kummer macht«, antwortete Anna betrübt. »Er ist ein Kaufmann, auf den Verlaß ist, was ich selber natürlich am besten beurteilen kann. Aber von den Machenschaften der großen Herren sollte er seine Finger lassen«, fuhr sie in bitterem Ton fort. »Damit treibt er uns ins Unglück.«

Arfast nahm ihr den Wäschezuber aus der Hand, der jetzt leer war, und zog sie auf das Steinpflaster vor der Hauswand. »Ich merke schon die ganze Zeit, daß du Sorgen hast, Anna. Erzähle mir, was dich drückt.«

Sie sperrte sich nicht mehr. »Er hat sich dem Propst gegen über verschuldet. Der Vertrag, den er ordnungsgemäß gesiegelt hat, verpflichtet ihn dazu, in Rungholt eine große Kirche bauen zu lassen. Es war eine einmalige Gelegenheit und mußte sofort entschieden werden, und er tat es für die Harde ... Aber Harre Gunneson lehnt rundweg jedes Einstehen der Harde für den Vertrag ab. Nachdem das Salzgeschäft mit dem Grafen geplatzt ist, ist für eine Kirche kein Geld da.«

Der Salzsieder tat einen entsetzten Atemzug. »Denkst du nun, ich sei schuld?«

Anna lächelte unter Tränen. »Natürlich nicht. Nur Vaters Ehrgeiz ist schuld. Und ich bin die einzige, die ihn retten kann, indem ich Westerflete heirate.« Sie zog sich am hölzernen Fensterladen nach oben und klopfte sich die Erde vom Rock. Ihr Blick ruhte fest auf Arfast. »Und genau das werde ich auch tun.«

Sie packte den Korb am Henkel und ging ins Haus, und ihre schmale Hand krampfte sich weiß und knöchern um die braunen Weidenäste.

Als sich die Tür hinter ihr schloß, blieb Arfast noch sitzen und dachte über Anna nach. Gegen einen flandrischen Adeligen hatte sie sich wehren wollen, aber einen holsteinischen Bauern nahm sie. Er war sich sicher, daß sie mit diesem geldgefüllten Drecksack todunglücklich werden würde. Ihn packte die Wut über die Verhältnisse, die ein solches Schicksal erzwangen, und er stürmte auf dem kürzesten Wege von der Warf.

Arfast war in der richtigen Stimmung, um in düsteren Farben auszumalen, was geschehen würde, wenn das Wasser erst einmal Agges Koog flutete. Noch auf dem Heimweg erzählte er es dem Pastor der Hauptkirche und einem Nachbarn. Pastor Nommensius beschloß, die Mitteilung wie ein Beichtgeheimnis zu betrachten und in seinem Herzen zu verschließen. Ein Staller tat nichts Gefährliches. Dagegen konnte es gefährlich sein, so etwas auch nur gehört zu haben.

Mutter Eyde schlug die Hände über dem Kopf zusammen, als Arfast sie erst in der Dunkelheit des Hauseingangs fast überrannte und ihr dann das Ende von Rungholt voraussagte.

Eyde verschloß den Krug mit dem Öl sorgfältig, während sie sich eine Antwort überlegte. Dann schob sie ihren Sohn auf die Bank und zündete die Lampe an. »Ich hoffe, du hast nicht recht«, sagte sie bedrückt, »und es muß ja nicht so kommen. Vielleicht beschließt der Herr in seiner Güte, uns vor diesem Schicksal zu bewahren. Und Nikkels Tünbüdel hättest du nicht alles haarklein erzählen müssen. Das war eine große Dummheit, Arfast.«

Es gab noch mehr Dummheiten auf der Welt. Eyde erkannte ihre eigene, als Arfast hochfuhr und wutentbrannt hinausstürzte. Ihr Becher kippte um, der Fliedertee leckte als blaurote Pfütze über den Tisch und lief auf den hellen Streusand des Bodens hinunter.

Als eine einzelne schwärzliche Beere hinterherkollerte, preßte Eyde die Hände vor die Augen. Sie meinte, die Schreie eines Geköpften zu hören, die sich aus dem Schlund quälten, gerade bevor sein Kopf auf dem Boden aufschlug. Ihre Beine gaben nach, und sie sank auf die Bank. Erst als der Hall in ihren Ohren verebbte, wagte sie, um sich zu blicken.

Eyde sah auf Arfasts Beine und ihm dann ins Gesicht.

»Tut mir leid, Mutter, daß ich mich so gebärdet habe«, sagte er reuig, setzte sich und legte den Arm um sie. »Es war für mich ein enttäuschender Tag.«

Eyde tat einen tiefen Seufzer. »Schon gut, Arfast.«

»Ich werde morgen dem Staller erzählen, warum er ertrinken wird, wenn er unser Land ausbeutet. Jemand muß es ihm sagen. Er wird verstehen, was ich meine, ein Dummkopf kann er ja nicht sein. Haye würde sagen: Kopf hoch und Hut ab, Euer Gnaden, dann fällt das Denken leichter! Aber ich werde ganz ruhig und ehrerbietig sein und keinen von Hayes Sprüchen zitieren, ich verspreche es dir.« Arfast lächelte seiner Mutter ermunternd zu.

Aber ihr lief ein Schauder über den Rücken, den sie vergebens zu unterdrücken versuchte. »Dich friert ja, Mutter.« Fürsorglich brachte Arfast ihr ihren dicken gewalkten Umhang, aber Eyde wußte mit einem Mal klar, daß keine Wärme ihr die Angst vor der Begegnung Arfasts mit Ingemar Stampe nehmen würde.

Der Staller sollte sich noch in der Gegend aufhalten, was ganz ungewöhnlich für ihn war, denn bisher hatte er für das ihm vom König anvertraute Gebiet wenig Interesse gezeigt. Eydes Rungholter Nachbarn waren der Meinung, daß er in der Trindermarsch sein müsse, und so ritt Arfast am nächsten Morgen auf dem Riper Damm nach Norden.

Kurz hinter Rungholt flachte der Deich ab und wurde zum Riper Steig, der Hauptverkehrsader nach Ripen. Ein Strom von Kornwagen aus den Kirchspielen Bupsee, Königsbüll, Stintebüll und Rorbeck kam Arfast entgegen, die alle für den Hafen von Rungholt bestimmt waren. Im Weiler Fedderingmanriep bog er nach Osten ab, und kam nun endlich schneller vorwärts, weil der Weg weniger aufgeweicht war.

Die Trindermarscher Bauern und Kaufleute waren reich und hielten sich für etwas Besseres als die Strander. Arfast konnte ihre Kirche zu Ehren von Sankt Nikolaus und der elftausend Märtyrer mit den vier Altären schon von weitem aus dem Vorland erkennen. Davor wartete eine kleine Schar Berittener; sie waren abgesessen und standen in einer lockeren Gruppe auf dem Kirchhof.

Arfast band seine Stute an den niedrigen Ast einer jungen Ulme und ging dann auf die Kirchenpforte zu wie ein beliebiger Gläubiger, den es in sein Gotteshaus zieht.

Die schwatzenden Männer schienen ihn nicht zu beachten, aber noch bevor er die Tür berührte, senkte sich schon ein kurzes Schwert zwischen ihn und die buckeligen Eisenbeschläge.

»Du mußt ein wenig warten, Trindermarscher«, befahl der Bewaffnete barsch.

»Der Weg zu Gott steht jedem Gottesfürchtigen offen«, erwiderte Arfast tugendhaft.

»Gewiß, gewiß. Aber die hohen Herren sind vor dir dran. Und sie wollen bei ihrer Andacht nicht gestört werden.«

Was das wohl für eine Andacht sein mochte? Aber immerhin schien ihm nun sicher zu sein, daß der Staller hier war, und er beschloß zu warten. So nickte Arfast dem Knecht zu und ging hinüber zum Wall, wo er sich unter die Bäume setzte. Der Mann steckte gleichgültig sein Schwert weg und stampfte wieder zu den übrigen, deren dröhnendes Gelächter über die Gräber rollte, ohne Rücksichtnahme auf die Heiligkeit des Kirchhofs.

»Setzt Euch zu mir, Euer Gnaden«, sagte eine Stimme leise, und Ingemar Stampe schoß aus seiner knienden Haltung in die Höhe, die Hand am Schwert. »Aber nein«, fuhr der Propst fort, der wie ein frommer Betender bescheiden und unscheinbar auf einer hinteren Kirchenbank auf den Staller gewartet hatte, »Ihr werdet doch nicht unter Gottes Dach an Verrat denken.«

Stampe kannte den Propst noch nicht und war neugierig seiner überraschenden Einladung zum vertraulichen Gespräch gefolgt. Und nun erblickte er statt eines verweichlichten Geistlichen einen drahtigen Edelmann, der jedem Königshof Ehre gemacht hätte. In dem Augenblick, in dem er sich nochmals im Mittelgang auf ein Knie sinken ließ, um seine kurze Andacht zu vollenden, entschloß er sich, diesen Mann zum Verbündeten zu gewinnen. Als Feind war er augenscheinlich gefährlich.

Seine herrische Geste verstanden die Knechte sofort. Sie verzogen sich außer Hörweite zu einem Seitenaltar, vor dem bereits zwei Männer knieten, während ihr Herr sich neben dem Propst niederließ. »Menschen sind zu allem fähig, auch unter Gottes Dach. Der gebenedeite Sohn möge sie auf den rechten Weg führen.«

»Amen. Ja, es liegt noch viel Arbeit vor uns, um die Friesen gottesfürchtiger und fügsamer zu machen«, murmelte von der Wisch. »Aber Ihr sollt wissen, daß Mutter Kirche das Ihrige dazu tut. Sie hat mich beauftragt, ein Kollegiat für zwölf Priester in Rungholt einzurichten. Ich möchte, daß Ihr es beizeiten wißt.«

Stampe hob die Augenbrauen. »Die Politik Seiner Gnaden, des Bischofs, ist sonst so offen mir gegenüber nicht. Uns entzweien im Gegenteil gelegentlich einige Differenzen. Darf ich also raten, daß es sich um Eure eigene handelt?«

»Ihr dürft, Euer Gnaden. Auch innerhalb der Kirche gibt es unterschiedliche Meinungen und Zielsetzungen.«

Rungholt würde also in Zukunft an Bedeutung gewinnen. In Gedanken überschlug Ingemar die Besitztümer und Rechte des Königs in Rungholt; Grund und Boden ließ er dort nicht bewirtschaften, und seine Rechte hatte er in der Edomsharde bisher nicht wieder gefestigt. Die Holsteiner Grafen, denen die friesischen Utlande verpfändet worden waren, hatten diese als Druckmittel benutzt, aber die Ländereien nicht, wie unter Fürsten üblich, tatsächlich in Besitz genommen. »Und wie stellt sich der König dazu?« fragte er unschlüssig.

Der Propst blickte sinnend zur hölzernen Decke empor, auf der die Bemalung schon ausgebleicht war. »Er weiß es möglicherweise noch nicht. Der Beschluß dürfte gerade bis zum Hochwürdigsten Herrn Erzbischof in Lund gelangt sein. Es bleibt also noch Zeit.«

»Für was?« fragte der Staller scharf, und seine Männer schnellten herum.

»Um einen der Bonden zu überreden, Land abzugeben; Grund und Boden werden bald nicht mehr wohlfeil zu haben sein, man wird sich darum reißen. Markt- und Brükkenzölle sind sicherlich zu überprüfen. Ihr werdet besser als ich wissen, was zu tun ist, wenn ein Flecken sich zur Stadt mausert. Ich beanspruche nur einen kleinen Teil der Privilegien für die Kirche.«

Der Staller wunderte sich über die Kühnheit, mit der der Propst ihm vorschlug, sich am König vorbei zu bereichern. Es war geradezu atemberaubend, mit welcher Machtfülle die Kirchenfürsten sich selber allmählich ausgestattet hatten; einer ihrer glänzendsten Schachzüge war die eigene Gerichtsbarkeit, die ihnen alle Hemmungen vor Intrigen nahm. Aber im Augenblick hatte er nichts gegen die Furchtlosigkeit von Kirchenfürsten einzuwenden.

Ingemar Stampe rutschte nach vorne und beugte den Kopf zum stillen Gebet des Dankes. Friedrich von der Wisch konnte gar nicht ahnen, wie wichtig ihm die Mitteilung gerade zu diesem Zeitpunkt war. »Ich denke, diese Propstei kann sich glücklich schätzen, jetzt einen tatkräftigen jungen Propst zu haben«, sagte er und erhob sich.

»Über Privilegien werden wir uns schon einig werden. Es gibt noch etwas anderes, über das ich gerne mit Euch sprechen würde.« Er winkte den Gemeindevorsteher der Trindermarsch und Backe Osing zu sich, die mit den Knechten gewartet hatten.

Als die Pforte halb aufgeschoben wurde, verschränkte Arfast die Arme über den Knien und versteckte hinter ihnen sein Gesicht bis zur Nasenspitze.

Aus der Kirche trat Ingemar Stampe. Arfast wußte sofort, daß er es war, obwohl er ihn noch nie gesehen hatte. Und doch haßte er ihn spontan und mit einer Inbrunst, über die er sich schämte. Auffallend an dem Mann waren seine Augen, die in ständiger Bewegung waren, als ob er Ausschau nach Verfolgern hielte.

Stampe auf dem Fuß folgte der Propst Friedrich von der Wisch mit heiterer Miene; als Dritter drängte ein Mann mit bauernschlauem Gesicht hinterher, den Arfast nicht kannte. Der letzte war zu seiner Verblüffung der scheinbar betrunkene Wachmann von der Trojburg.

Während der Propst sich mit dem Unbekannten zu Fuß entfernte, saßen die anderen auf und verließen aus dem Stand im Galopp den Kirchhof. Arfast starrte gedankenvoll in die tiefen Hufspuren, die die tänzelnden Pferde der Knechte zurückgelassen hatten. Er war überzeugt, daß nur wenige Männer es wagen durften, sich in Gegenwart des Stallers so unbekümmert wie der Propst zu geben. Aber warum auch nicht? Die hohen Herren, wie der Knecht gesagt hatte …

Während er zu seinem Pferd hinüberging, fiel ihm ein, daß die Andacht der Herren mächtig nach einem Gespräch unter acht Augen ausgesehen hatte, einem, das zwischen den dicken Kirchenmauern niemand hatte belauschen sollen.

In verhaltenem Tempo folgte Arfast den Reitern. Zu seiner Verwunderung verließen die Männer, denen er folgte, die Dorfgemarkung und ritten auf dem Vorland auf den Heverstrom zu. Schließlich saßen sie ab, sahen sich um, deuteten in verschiedene Richtungen und berieten offensichtlich miteinander.

Arfast schloß auf. Bis er bemerkte, daß der Staller sich ausgerechnet im Gespräch mit dem Trojburger befand, war es zu spät umzukehren. Der Trojburger redete lebhaft, und Arfast war sich nun sicher, daß der Mann kein gewöhnlicher Knecht war und ihn im Verlies absichtlich zu täuschen versucht hatte.

Als der Trojburger dem Blick des Stallers bis hin zu Arfast folgte, geriet er ins Stottern und verstummte. Stampe ließ sich flüsternd von ihm aufklären und winkte Arfast mit barscher Geste zu sich heran.

Widerwillig saß Arfast ab. So hatte er sich seine Unterredung mit dem Staller nicht vorgestellt. Aber er hatte keine Wahl.

»Osing sagt, daß du auf Langeneß Salz abbaust. Ist das richtig?« fragte Ingemar Stampe ohne Umschweife.

Arfast nickte.

»Mach dein Maul auf, wenn du mit mir redest, Kerl«, befahl der Staller leise, und Arfast spürte die Drohung.

Ingemar Stampe war einen Kopf kleiner als Arfast. Seine hellen und mit goldenen Flecken gesprenkelten Augen waren merkwürdig verschwommen, und sein Blick blieb kaum einmal auf seinem Gesprächspartner liegen. Arfast starrte dem Staller auf die Nasenspitze und wartete darauf, daß er sagte, was er von ihm wollte.

»Ist dieses Gelände hier für eine Salzbude geeignet oder nicht?«

Arfasts angespannte Aufmerksamkeit wich Erleichterung. Er hatte erwartet, der Mann, der Osing genannt wurde, würde seine Bekanntschaft mit dem Staller zu irgendeiner Tücke nutzen, an deren Ende er sich im Kerker der Trojburg wiederfände. Der Staller begann mit den Händen auf dem Rücken im Kreis umherzuwandern. Anscheinend war er immerhin bereit, Arfast eine wohlüberlegte Antwort zu ermöglichen.

Mit Interesse sah Arfast sich um. Sie befanden sich in einem Grünlandzwickel zwischen zwei Prielen, die sich vereinten und gemeinsam in einem sehr breiten und flachen Schlickbett der Hever zustrebten. Die Ebbe ließ sie zu mehreren kümmerlichen Rinnsalen zusammenschrumpfen. Das Grünland erhob sich kaum einen Fuß über dem Schlick. »Nein«, sagte er schließlich.

»Was?« schrie Osing empört, und Arfast wußte sofort, daß er eine gegenteilige Meinung vertreten haben mußte.

Der Staller sah von einem zum anderen. Er sieht aus wie einer, der gerne Hunde auf Bären hetzt, dachte Arfast, bevor ihn die fordernde Kinnbewegung des Stallers daran erinnerte, daß er mehr reden sollte.

»Der Priel führt zu wenig Wasser, um das Salz mit dem Schiff abtransportieren zu können, selbst bei Flut. Für Wagen ist das Grünland zu naß, und außerdem sind die nächsten Häfen zu weit entfernt.«

Stampe wandte sich an Osing. »Was sagst du dazu?«

Osing zupfte sich am Ohrläppchen. »Ihr hattet mich nur nach dem Salz gefragt, Euer Gnaden«, murmelte er verlegen, »nicht nach den Transportbedingungen. Ich war vielmehr der Meinung, daß Ihr die selber beurteilen wolltet.«

Einen Moment noch ruhte der Blick des Stallers auf ihm. Als er sich abwandte, atmete Osing auf.

»Zum Salztorf selber«, fuhr Arfast fort, »ist festzustellen, daß das Gelände zu niedrig liegt. Der Abbau würde ständig durch leichte Sommerstürme gefährdet sein; das Leben der Männer auch.«

Der zusammengekniffene Mund des Stallers signalisierte dessen beginnende Verärgerung. »Wo ist der Beweis?« fragte er schließlich.

Arfast zeigte auf die Ruine auf der anderen Seite des Prielarms. »Die Kapelle von Gundermarsch-Schlot stand bis vor einigen Wochen. Ich vermute, daß sie demselben Sturm zum Opfer fiel wie die Nordmarscher Salzbude des Kaufmanns Knoop.«

»Ach, zu dem Holsteiner gehörst du also?« Ingemar Stampe nickte und musterte Arfast mit schmalen Augen. »Es heißt, er hat große Einnahmen mit seinem Salz. Und du berätst ihn also in allen Fragen des Salzes. Ich werde dich bei ihm auslösen.«

»Ja«, bestätigte Arfast mit fester Stimme und überging dabei den letzten Satz, weil ihm nicht klar war, was der Staller meinte und weil jetzt endlich der Augenblick gekommen war, in dem der Staller für seine Warnung empfänglich sein mußte. »Und doch habe ich ihn gewarnt, weil er noch mehr Salz abbauen will und dies einen Raubbau am Land bedeutet. Darum bin ich auch zu Euch gekommen. Ich kann beweisen, daß wir durch den Salzabbau Land an das Meer verlieren. Ihr dürft nicht zulassen, daß weiterhin abgebaut wird, Euer Gnaden!«

Die plötzliche Stille unter den Begleitern des Stallers fiel selbst Arfast in seinem heißblütigen Einsatz für die Friesen und ihr Land auf. Als er sich umsah, hatten sogar die Pferde aufgehört, am Gras zu rupfen. Konnten sie tatsächlich alle miteinander so viel Angst vor dem Staller haben? Ungläubig blickte er ihm ins Gesicht.

Aber dort war nichts Außergewöhnliches zu erkennen. Eher schon, daß Osing bemüht schien, sich unsichtbar zu machen. Auf seiner Stirn standen Schweißtropfen.

»Ich muß es Euch sagen, weil ich der einzige bin, der voraussieht, was hier geschehen wird«, beteuerte Arfast.

»Er spinnt sowieso«, flüsterte Osing, nicht in der Lage, das Zittern in seiner Stimme zu beherrschen. »Seine Mutter ist auch so. Es liegt in der Familie.«

Ingemar Stampe schnellte zu ihm herum. »In welcher Familie?«

»Ich bin einer von den Ketel in Ketelsbüll auf Langeneß«, antwortete Arfast. »Einer meiner Ahnen war Ketyl, der zur Leibwache des dänischen Königs gehörte. Mein Vater war Ketel Arfastsen, und ich bin Arfast Ketelsen.« Arfast war nun ganz ruhig. Er hatte keine Veranlassung, sich seiner Familie zu schämen, und er merkte, daß die Erwähnung der Hirdmannen ihren Eindruck nicht verfehlte. Der Name seines Vaters schien allerdings eine sonderbare Wirkung auf Stampe zu haben.

Der Mann des Königs ballte seine Hände, und ein Ausdruck stieg in diese blassen braunen Augen, den Arfast nicht zu deuten vermochte. Er konnte sich kaum vorstellen, daß der Staller seinen Vater haßte, ja, daß er ihn überhaupt kennen konnte – aber es hatte ganz danach ausgesehen. Nach Haß – und nach Angst. »Was das Salz betrifft ...«, wollte er fortfahren, bevor der Staller es über seiner Familie vergaß.

Aber Stampe holte aus und schlug Arfast mit dem harten Reithandschuh ins Gesicht. »Verjagt ihn«, keuchte er. »Ich will ihn nie wieder sehen!«

Gleich mehrere Knechte stürzten sich auf Arfast, und plötzlich fand er sich auf seinem Pferd wieder, das mit angelegten Ohren über das Vorland jagte.

Der Staller hatte sein Gleichgewicht schnell wieder gefunden. »Der neue Salzkoog wird hier angelegt«, sagte er scharf, ohne sich an jemand Bestimmten zu richten, und deutete senkrecht nach unten. »Und zwar genau an dieser Stelle. Osing fängt morgen an. Gebt ihm, was immer er braucht.«

Backe Osing sah unglücklich drein. Als Stampe ihm den Rücken zuwandte, bewegten sich seine Lippen wie bei einem, der heftig flucht. Oder um ein gnädiges Schicksal betet. Erst nach einer Weile raffte er sich auf, um dem Staller hinterherzutrotten, der das Gelände abschritt, das der Propst ihm überlassen hatte.

Arfast gelang es erst nach geraumer Zeit, die Stute zu beruhigen. Sie fand offensichtlich, daß der Mann auf ihrem Rücken zu verwirrt war, um ihr Vertrauen einzuflößen. Irgendwann stieg er ab und rieb ihren Hals und die Flanken trocken. Dann warf er sich erneut in den Sattel und ritt auf dem wegelosen Vorland weiter, schwamm oder watete durch die Priele und war am Nachmittag wieder in Rungholt. Ohne sich bei seiner Mutter sehen zu lassen, stellte er seine Stute ein und segelte nach Langeneß zurück. Bevor er irgend etwas unternahm, mußte er erst einmal nachdenken.

Knoops Angst wuchs mit jedem Tag vor der Stunde, in der er dem Propst bekennen mußte, daß er vertragsbrüchig geworden war. Noch nie in seiner Kaufmannszeit hatte er sich so von Herzen gewünscht, daß er die Finger von diesem Gewerbe gelassen hätte, für das er nicht schlau genug war. Er kannte andere Kaufleute, die Verträge brachen, wann es ihnen paßte, und doch für das Rittertum als Ideal eines Mannes schwärmten, und der Skrupelloseste von ihnen gehörte der Geschlechterstube Ravensburg an. Und er hatte dies alles fortgeworfen, um ein gescheiterter Kaufmann zu werden. Die bitteren Gedanken ließen sich abends nur noch mit Wein aus dem Haus treiben.

Als er mitten am Tag zufällig an Agges verlassener Hütte vorbeikam, kam ihm eine Idee, die er nach einigen Stunden als seine Rettung ansah. Zwar verschaffte sie ihm nicht die Steine, aber doch den Anspruch darauf. Zumindest in den Augen anderer und vor allem in denen des Propstes würde ihn die Besitzurkunde für die Steine rechtfertigen.

Als es dämmerte, machte Knoop sich auf den Weg zu Agges Kate, eingehüllt in einen dunklen Umhang, die Kapuze ins Gesicht gezogen. Es regnete, und außer ihm war niemand unterwegs. Die Hintertür war nicht verriegelt; ihre Lederbänder krachten, als er sie aufschob.

Sein Herz hoppelte wie ein unwilliger Gaul, als er mit fliegenden Fingern Feuer schlug und sich im abgeschirmten Schein eines Kerzenstummels umsah. Hier war niemand gewesen, seit Agge verhaftet worden war. In einem Topf auf dem Tisch befanden sich unappetitliche Reste von Brei. Der Raum war, abgesehen von der Sitzbank, fast leer. Knoop sah deshalb schnell, was er suchte.

Er wischte den Topf fort, schmolz die Kerze auf dem Tisch fest und holte sich den Holzkasten, der neben der Feuerkieke stand.

Und da war der Vertrag auch schon. Seine Finger glitten prüfend an der Kante der Urkunde entlang, die in der Mitte unregelmäßig durchgerissen war, wie es sich gehörte, und deren andere Hälfte sich beim Verkäufer in Flandern befinden mußte. Knoop versuchte sich zu vergewissern, daß es die richtige Urkunde war, aber dazu war das Licht zu schwach. Immerhin fand er flämische und plattdeutsche Worte, und an einer Stelle waren Steine erwähnt.

Als Knoop triefend naß wieder in seinem Haus angekommen war, gönnte er sich einen Pokal vom Besten. Immer wieder fiel sein Blick auf den Text, der ihm bestätigte, daß die Steine ordnungsgemäß verzollt und an den neuen Besitzer übergegangen waren.

Jetzt war er der neue Besitzer. Er würde dem Propst nachweisen können, daß er den Vertrag eingehalten hatte. Wenigstens das war ihm geglückt.

Als Friedrich von der Wisch zum Send im Kirchspiel Rungholt eingetroffen war, hatte er einen Mann mitgebracht, der kein Geistlicher war und auch kein Mönch. Den anwesenden höhergestellteren Männern hatte man ihn als Jorden Schinkel vorgestellt; daß er überhaupt vorgestellt worden war, ließ Benedikt Knoop ahnen, daß Schinkel zu den Ereignissen gehörte, vor denen er sich fürchtete.

Nachdem die Prozedur nur mäßigen Ertrag erbracht hatte, kam der Propst in Schinkels Begleitung zu Knoop. Der Kaufmann stöhnte laut, als die Stimmen auf dem Warfabhang ihm sagten, daß er sich nicht geirrt hatte.

»Vater?« fragte Anna besorgt, das Gesicht im Türspalt.

»Bring sie herein«, knurrte Knoop und deutete mit dem Daumen zur Haustür.

Der schmächtige Fremde entpuppte sich als Baumeister, den der Propst hatte aus Schleswig kommen lassen. Jorden Schinkel sah sich neugierig um. Das Reetdach war nagelneu, und die hölzernen Innenwände so frisch, daß er den Geruch von Linde ohne Mühe von dem des Tannenfasses neben dem Hintereingang unterscheiden konnte. Die Linde war einheimisch, die Tanne importiert und der Kaufmann offensichtlich begütert.

Er sah aus der Fensteröffnung hinaus. Um die zehn, zwölf Ellen war dieses Haus über den Wegen gebaut worden. Nur neue und ordentlich errichtete Häuser standen auf den kleinen Hügeln, die sie Warf nannten. Offenbar gab es auch einen Zusammenhang zwischen dem Reichtum des Besitzers und der Höhe des Hügels. Gewiß war es nicht nur Gottlosigkeit und der Wunsch, sich von anderen zu unterscheiden.

Es mußte sogar einen gewissen Zwang dafür geben. Ohne Grund bewegte niemand eine solche Menge Erde. Schinkel vermutete, daß es mit dem Wasser zu tun hatte. Als er dieses alles herausgefunden hatte, lächelte er, und das Lächeln galt ihm selbst.

Er würde die neue Kirche zu Ehren des Herrn auf die höchste Warf setzen, aber es verstand sich von selbst, daß er den Hügel nicht selber bauen würde. Er war Baumeister und kein Maulwurf.

Als Schinkel zu diesem Entschluß gelangt war, war der Herr Prälat noch bei den allgemeinen unverbindlichen Äußerungen, die Gespräche einzuleiten pflegen. »Meister Schinkel möchte gerne den zukünftigen Bauplatz besichtigen«, sagte er jetzt fast übergangslos.

Der Schweiß lief Knoop über den Rücken. Wenigstens mit dem Bauplatz hatte er nichts zu tun. »Die Ansiedlung Rungholt wandelt sich«, sagte er zögernd. »Mit der großen Schleuse und dem neuen Hafen ändern sich alte Gewohnheiten. Die Leute bauen jetzt nicht mehr zwischen Kirche und Lüttfischerhafen, sondern am Niedam-Deich.«

»Gott braucht Menschen«, stellte Schinkel kühn fest. »Also sollte die Kollegiatskirche am Niedam-Deich stehen.«

»Die Menschen brauchen Gott«, verbesserte der Propst abweisend, »sie werden auch weite Wege in Kauf nehmen, um ihm nahe zu sein. Des Menschen flatterhafter Sinn hat dann um so mehr Zeit, sich auf das jenseits zu richten.«

Knoop starrte den Propst an. Seine Gnaden zielte anscheinend auf etwas Bestimmtes ab. »Wenn die neue Kirche am Rungholter Gehölz gebaut würde«, flocht er ein, »würde sie zum Mittelpunkt für die Rungholter des alten und des neuen Teils werden und für die Niedamer dazu.«

Schinkel nickte beifällig. Er baute bevorzugt für Bischöfe in großen Städten, und am liebsten im städtischen Zentrum, wo die Menschen einander auf die Füße traten. Seine größte Sorge war, daß er sich eines Tages genötigt sehen würde, für die Zisterzienser in die Einöde zu gehen.

Von der Wisch schüttelte den Kopf. »Dort gibt es bereits die Feddering-Kapelle.«

»Eben«, sagte Knoop und machte den Vorschlag, der ihm eben eingefallen war, »man sollte sie abreißen und auf ihrem Grund die Kollegiatskirche errichten. Der König wird für die Vergrößerung gewiß seine Zustimmung erteilen.«

Jedes Wohlwollen verschwand aus dem glatten, jungen Gesicht des Propstes, und er sah den Kaufmann streng an. »Knoop! Wollt Ihr allen Ernstes dem Herrn geben, was schon Sein ist? Versucht Ihr, Ihn zu betrügen?«

Den Herrn betrügen! Knoops Ratlosigkeit steigerte sich zur Angst. Dieser Geistliche hing wie ein Blutegel an ihm und wollte immer noch mehr Zugeständnisse aus ihm heraussaugen. Aber welches? Und warum nur schien es der Propst für die Kollegiatskirche auf den nördlichen Teil von Rungholt abgesehen zu haben?

Er würde erst aufatmen, wenn ein zufriedenstellender Bauplatz im Süden gefunden war. »Es werden Schiffe anlegen, die nur wegen der Kirche kommen, Herr Prälat! Ihr Turm muß von der Hever aus sichtbar sein, glaubt mir.«

»Das wird sie«, versprach Schinkel mit visionärem Blick in die Ferne. »Wir werden die Warf höher ziehen als für jedes Wohngebäude.«

Der Propst nickte ihm beifällig zu. »Der Standort wird gar keine Rolle spielen, Knoop«, sagte er beruhigend, »alle Eure Bedenken werden ausgeräumt werden. Ich freue mich jedoch, daß Ihr Euch bereits so viele Gedanken gemacht habt.«

Der Kaufmann schwieg. Vielleicht kannte der Propst sein Grundstück an der Tammensieler Schleuse ja gar nicht. Vielleicht kam es ihm darauf an, den alten Ortsmittelpunkt beizubehalten, um die eingesessenen Rungholter nicht vor den Kopf zu stoßen.

»Meister Schinkel möchte die Steine gerne begutachten«, fuhr der Propst leutselig fort und sah von einem zum anderen, »damit er abschätzen kann, wie weit er damit kommt. Wäre das heute abend noch möglich?«

Ein Ächzen stieg aus Knoops Kehle, das er nicht zu unterdrücken vermochte. Es war die Frage, vor der er sich die ganze Zeit gefürchtet hatte. Aber Umschweife lagen ihm nicht. »Sie sind nicht mehr da.«

Von der Wisch zog seine Augenbrauen hoch, als ob er nicht verstünde. »Wir haben einen Vertrag gemacht, erinnert Ihr Euch? Ihr habt Euch verpflichtet, die Ziegel zu besorgen. Sie gehören der Kirche.«

»Ja, Hochwürdigster Herr. Sie gehören der Kirche. Aber sie sind fort. Seine Gnaden Ingemar Stampe hat sie beschlagnahmt«, sagte Knoop gequält. »Ich will Euch gerne die Besitzurkunde überlassen, damit Ihr seht, daß ich meinen Teil erfüllt habe.«

Die bislang noch wohlwollende Miene des Propstes verschwand aus seinem Gesicht. »Ingemar Stampe«, murmelte er. Wenn er das geahnt hätte, hätte er die Weide der untergegangenen Kirche von Gundermarsch-Schlot nur gegen die Steine aus der Hand gegeben. Damals hatte es keine Veranlassung gegeben, über Steine zu sprechen. Jedoch würde er vermutlich an ihre beiderseitige Gewogenheit appellieren können. »Warum habt Ihr nicht sofort Einspruch erhoben?«

Knoops zitternde Hände, die immer noch eher an Schwerter als an Listen und Tücken auf Pergament gewöhnt schienen, verrieten ihn. Von der Wisch betrachtete sie mit stiller Belustigung. Daß die Kirche kein Diebesgut annehmen konnte, verstand sich von selbst. Zu Knoops eigenem Schutz mußte er ihn zu einer unverfänglichen Begründung veranlassen. »Ich verstehe, Ihr glaubtet nicht, daß der Staller die Steine herausgibt«, sagte er und wartete nachdrücklich, bis Knoop zögernd nickte.

»So gebt mir die Urkunde, ich werde versuchen, Seine Gnaden milde zu stimmen. Euch ist klar, daß Ihr durch Euer Versäumnis aufs gröbste einen Vertrag verletzt habt? Der Schaden, der der Kirche daraus erwächst, läßt sich so ohne weiteres gar nicht absehen. Er muß erst einmal berechnet werden.«

Knoop gegenüber brauchte niemand laut zu werden, um ihn zu Tode zu erschrecken. Zahlen, Verträge und Unterschriften hatten seine letzten Jahre bestimmt, und er hatte gelernt, mit ihnen zu leben und auf ritterliche Art zu achten. Der Vertrag mit dem Propst war rechtsgültig. Von der Wisch hatte ihm seinen Ruin soeben klar vor Augen geführt, aber Knoop hatte nicht den Nerv, ihm hierin auch noch zuzustimmen. Er hatte überhaupt keine Nerven mehr.

Während der Baumeister wie ein erboster Zwerg im Raum umhersprang und dabei weder die Finger von Knoops Rechnungsbuch auf dem Tisch noch von der Öllampe an der Wand lassen konnte, saß der Propst ruhig da wie ein Priester im Beichtstuhl. Mit kräftigen Fingern zeichnete er die Konturen seiner Oberlippe nach.

Knoop war nicht imstande, über seine verzweifelte Lage nachzudenken.

»Es gäbe vielleicht eine Möglichkeit, unseren verehrten Herrn Bischof zu versöhnen«, sagte von der Wisch nach geraumer Zeit. »Über das Grundstück sprach ich mit ihm nicht, in der Hoffnung auf Unterstützung durch unseren Herzog oder durch den König.« Er hob das Kinn und trommelte gedankenvoll mit den Fingern in seine Handfläche. »Das Grundstück, ja, das wäre die Lösung. König Waldemar würde äußerst ungehalten werden, wenn ich ihm berichtete, daß das Bistum eine Kollegiatskirche zu bauen beabsichtigt, aber dann von ihm verlangte, er solle das Grundstück stellen und außerdem die Ziegel herausgeben.« Der Propst schlug seine Hände entschlossen auf die Armlehnen des Sessels und sah auf.

Der Kaufmann schloß die Augen. Er wußte, was jetzt kommen würde.

»Trennt Euch zugunsten der Heiligen Mutter Kirche und zu Gottes Ehren von Eurem Grundstück an der Schleuse. Betrachtet es als Sühne.«

Das Grundstück hatte Knoop weniger gekostet, als die Ziegel es tun würden. Es war ein gutes Grundstück, zwischen Siel und Deichstraße gelegen, und er hatte in Gedanken schon einen neuen Salzspeicher darauf gebaut. Vielleicht war es dafür sogar zu schade, denn sein Wert würde sich mit dem Kollegiat und dem ansteigenden Ansehen der Stadt rapide erhöhen.

Knoop seufzte tief. Den Blutegel und alle Probleme wäre er auf einen Schlag los. »Dem Herrn zum Wohlgefallen«, murmelte er.

»Dem Herrn zum Wohlgefallen«, wiederholte Friedrich von der Wisch und streckte seine Hände zum Segen aus. Eilig, wie immer, rauschte er aus dem Haus, den Baumeister auf den Fersen.

»Glaubt Ihr, Euer Gnaden, daß wir die Steine wiederbekommen?« war das letzte, das Knoop, noch auf dem Boden kniend, hörte. Die Antwort des Propstes ging im Rauschen der Bäume unter.

Mit zitternden Beinen ließ sich Knoop auf seinen Sessel nieder, der noch warm war von des Propstes Gegenwart. Er vergrub sein Gesicht in den Händen. Seine Niederlage war vollständig.

Anna kam herein. Sie lief zu ihm und umarmte ihn voll Mitleid. »Vater, du bist doch nicht einen weiteren Vertrag eingegangen?«

Benedikt Knoop ließ die Hände in den Schoß sinken und sah seine Tochter gerührt an. Sie war die einzige, auf deren Loyalität er sich verlassen konnte. »Die Ziegel sind verschwunden. Ich habe dem Propst dafür das Grundstück an der Schleuse überlassen müssen.«

Anna überschlug im Kopf den Wert des Grundstückes. Alles in allem war sein Verlust zu verschmerzen; viel schlimmer war es für sie gewesen, den riesigen Berg von Schulden für die Bausteine auf sie zukommen zu sehen, lauter Zahlen, die sie selber in das Rechnungsbuch eintragen würde. Und dann brandete plötzlich das Gefühl der Erleichterung über sie hinweg wie eine Flutwelle: Sie war frei von der Verpflichtung, die Ehre ihres Vaters zu retten.

»Gnadenreiche Maria«, sagte sie dankbar. »Welch ein Geschenk des Himmels!«

»Meinst du wirklich?« fragte Knoop unsicher. Erst als er in das strahlende Gesicht seiner Tochter blickte, war er sicher, daß es keinen Pferdefuß gab.

VIII

Der Morgen graute, als Knutsson mit seinen Männern bei Fedderingmanriep aus dem kleinen Trojburger Boot kletterte. Der Strom war gerade gekentert, und der Prielabhang bot ihnen ausreichend Sichtschutz, um die Häuser des Weilers in aller Ruhe zu beobachten.

Anscheinend hatte niemand das fremde Boot heransegeln sehen. Knutsson winkte, und die fünf Männer schlichen geduckt zwischen dem liegenden Rindvieh hindurch zu den Häusern hoch, der jüngste schlug den Weg zur Kapelle ein. Er hatte keine Erfahrung, aber das machte nichts. Außer zu den Messen, zu denen der Vikar vom nahen Rungholt herüberkam, war die Kapelle leer wie ein unbewohntes Mäusenest. Aber das Ziborium für die Hostien sollte ungemein kostbar sein. Knutsson hatte sich genau erkundigt.

Sein eigenes Interesse galt dem Langhaus mit dem höchsten Dach, das dem reichen Fedder gehörte. Knutsson warf sich gegen die Außentür, der Querbalken brach, und er flog mit lautem Krachen inmitten splitternden Holzes auf die Steindiele.

Der Bauer fuhr in die Höhe und starrte um sich. Noch bevor er den nächtlichen Besucher überhaupt gesehen hatte, stak ein Pfeil tief in seiner Brust. Er sank über seiner Ehefrau zusammen, die ihn mit einem Schnitt durch die Kehle nur wenige Augenblicke überlebte.

Der Knecht, der auf der Bank geschlafen hatte, fuhr auf die Beine und hieb mit einem Schemel um sich. Aber er war noch schlaftrunken und traf Knutsson nur an der Schulter.

Knutsson stach ihn nieder, zündete einen Kienspan an und ging auf die Suche nach den Wertgegenständen des Hauses.

Das Säckchen mit Bernstein hatte er mehr oder minder erwartet, aber nicht den perlenbesetzten Hut, der einem

Ritter besser anstand als einem Bauern. Die Strander Bauern erlaubten sich überhaupt Freiheiten, die Grafen und Herzöge nirgendwo sonst geduldet hätten. Knutsson drehte sich in den Hüften, um sich in einem Wasserfaß spiegeln zu können. Der blaue Samt paßte gut zu seinen nach Ritterart gerade geschnittenen Haaren.

Draußen hörte er Rufe und Lärm von klirrenden Waffen. Feuerschein leuchtete durch die Fensteröffnung, als er den Laden aufstieß. Flammen knisterten in nächster Nähe. Knutsson wickelte seinen Raub in ein Fell und rannte hinaus.

Die vier Männer warteten schon auf ihren Anführer. Kaum war er gebückt durch die Tür gekommen, stieß jemand eine brennende Fackel in das Reetdach. Als sie sicher sein konnten, daß sich das Feuer ausbreiten würde, machten sie sich zur Anlegestelle auf.

Knutsson blickte hinüber nach Rungholt. Dort rührte sich trotz des lodernden Feuerscheins über Fedderingmanriep nichts. Ohnehin lagen die großen Rungholter Boote auf der anderen Seite des Ortes im Hafen; die kleinen im Sielzug waren nicht groß genug, um einen Rungholter Ever einzuholen. Er lachte leise, unhörbar im Plätschern der Wellen am Heck. Die Beute konnte sich sehen lassen, die Strandinger waren so reich, wie man es ihm geschildert hatte. Ein Drittel bekam er als Anführer, den Rest würden die anderen unter sich aufteilen. Und dazu kam noch der Lohn, den er mit seinem Auftraggeber ausgehandelt hatte und der allein für ihn bestimmt war.

Die Rauchschwaden, die sich in den Morgenstunden über das Vorland von Rungholt legten, konnten nur bedeuten, daß sämtliche Häuser von Fedderingmanriep gebrannt hatten. Die meisten Rungholter wanderten hin.

Einige hatten indes ein anderes Ziel. Backe Osing und seine Männer kamen an diesem Tag erstmals nicht in den Aggekoog. Angeblich hatte der Staller ihnen eine andere Arbeit im Trindermarscher Vorland zugeteilt, aber genausogut konnte es sein, daß sie bald wieder zurückkehrten.

Auf jeden Fall war es eine gute Gelegenheit, sich auf dem abgenagten Ende des Deiches einmal umzusehen. Vor allem die Frauen waren stillschweigend der Meinung, daß die Gefahr in der Nachbarschaft wichtiger war als die Sensation in der Ferne, aber sie äußerten ihre Bedenken in Anwesenheit der Männer nicht.

»Dieser Arfast ist nicht so dumm«, meinte ein älterer Fischer, dessen kranke Hüfte ihm weite Wanderungen verbot. »Bei solchen Wellen kann es nicht lange dauern, bis wir hier Porren fangen.«

»Spökenkiekerei. Das hat er von seiner Mutter.«

Die Frau von Tete, dem Fischer, bat schüchtern: »Vater Nommensius, wollt Ihr den Deich nicht segnen, dann wüßten wir uns in Gottes Hand, und unsere Angst hätte ein Ende.«

»Wir sind immer in Gottes Hand«, widersprach Nommensius und sah äußerst beunruhigt aus. Die Gesichter der alten Männer und jungen Mütter hingen so lange erwartungsvoll an ihm, bis er fortfuhr: »Es gibt unter den Ritualien keinen Deichsegen. Wir werden statt dessen miteinander beten.« Die Männer und Frauen seiner kleinen Gemeinde auf dem Deich senkten die Köpfe, während der Pastor das Credo sprach und fielen endlich in das Vaterunser ein. »... und daß Er uns beschütze und von Stürmen verschone! Amen.«

Der Pastor war Friese von der Geest und hatte keine Ahnung von echten Stürmen, da er sein Amt erst angetreten hatte. Aber daß er sich um Verständnis bemühte, war ihm hoch anzurechnen. Die Frauen nickten ihm freundlich zu, indes die Kinder ausprobierten, wie weit sie den Deichabhang betreten konnten, ohne in das Wasser zu rutschen.

Als der Pastor wenig später gegangen war, brach Streit unter den Zurückgebliebenen aus. Nikkels Tünbüdel nutzte die Gelegenheit, um sich als Wortführer hervorzutun. »Arfast Ketelsen ist der Meinung, daß der Staller für Bauholz und Reisig zu sorgen hat.« Er trat gegen den Deich, daß die Kleiklumpen umherflogen.

»Der König sollte einen Befehl ausstellen, Holz aus seinen Wäldern zu liefern, dann wäre uns geholfen, nicht mit einem Staller, den man bis Hamburg suchen muß.«

»Warum nehmen wir das Bauholz nicht einfach aus dem Wäldchen? Der König kümmert sich darum doch nicht.«

»Die dürren Äste«, höhnte Nikkels. »Agge Salz hat sein Holz auch von der Geest bekommen. Erlenäste und Eichenstämme. Die braucht man. Im Kratt sind ja nur Ulmenkrüppel und Holunder.«

Momme, der zwischen den Erwachsenen stand, machte ein pfiffiges Gesicht. »Kann man denn die Hölzer nicht von hier nehmen?«

»Das ist eine gute Idee! Wir nehmen uns, was uns rechtmäßig zusteht.« Nikkels zerrte an einem Pfahl, um ein gutes Beispiel zu geben, und einige Männer griffen sofort mit zu.

Andere zogen es vor zu gehen. Niemand wußte, ob man einem aufgelassenen Deich Holz oder Klei entnehmen durfte. Schließlich blieb Nikkels mit dem Sohn seines Bruders und Momme allein übrig. Gegen Abend hatten sie eine ganze Fuhre von kräftigen Hölzern beisammen. Triumphierend gab Nikkels dem geliehenen Ochsen die Peitsche, als sie im letzten Sonnenlicht nach Rungholt heimkehrten.

»Was hast du jetzt wieder angestellt?« fragte Nikkels Frau entgeistert. »Was sollen wir denn mit all dem Schiet? Der ist doch viel zu naß zum Verbrennen. Und wolltet ihr das Holz nicht für einen Deich benutzen?«

Nikkels zuckte mit den Achseln und lud alles ab. Man würde ja sehen, wozu das Holz zu gebrauchen war.

Am Abend kamen auch die Männer aus Fedderingmanriep zurück. Entsetzt berichteten sie, daß es sich nicht um ein einfaches Feuer gehandelt hatte, vielmehr waren die Einwohner erschlagen und die Siedlung abgebrannt worden. Sie kamen überein, ein Begehren an Hardesvogt und Staller zu richten, die Dörfer und Häuser der Harde gegen Überfälle und Plünderung zu schützen. Pastor Nommensius schrieb den Brief, weil er die schönste Handschrift hatte.

»Und was ist nun mit dem Deich?«

Nommensius spitzte die Feder ein weiteres Mal, damit kein Klecks den guten Eindruck verwischen konnte. »Seid nicht kleingläubig, Rungholter! Es heißt in der Bibel: *Und Gott sprach: Es errege sich das Wasser mit webenden und lebendigen Tieren …* Nicht vor dem Wasser, sondern vor den gottlosen Räubern müßt ihr euch fürchten!«

Dies leuchtete allen verständigeren Männern ein.

Anna sang unbekümmert, während sie Gemüse putzte, und es machte ihr nichts aus, daß sie die Töne nicht traf und auch den Text nicht mehr vollständig wußte. Manche Liedzeilen lauteten darum einfach *Arfast, Arfast, Arfast …* Sie saß neben der Hintertür in der warmen Spätsommersonne, und das Haus in ihrem Rücken schützte sie vor dem kalten Nordwind. Für den Sudden von den Prielkanten war es spät im Jahr, die schmalen Blätter schon zäh, aber Anna war eine sparsame Hausfrau, die den kleinen Widrigkeiten des Alltags beherzt begegnete.

Vor allem hatte sie dieses Grünzeug, das sie selber nicht allzu gern aß, schneiden müssen, weil sie sich im Vorland umsehen wollte, ohne die besondere Aufmerksamkeit der Nachbarinnen zu wecken. Eine schlechte Hausfrau zu sein war in deren Augen verzeihlicher, als sich mit Männerangelegenheiten zu befassen.

Der Deich war Männerangelegenheit.

Arfast hatte recht: Das Land vor dem Deich schmolz dahin. Aber man sah es erst, wenn man es sehen wollte. Die meisten behaupteten, ohne darüber nachzudenken, daß die See die Erde eben an anderer Stelle ablagerte. Aber ganz so stimmte dies nicht: Auf Dauer gewann die See.

Während sie mechanisch die harten Blätter aussortierte und die unteren Teile der brauchbaren wegschnitt, träumte Anna sich fort zu Arfast, einem Mann, der von ihrem Vater nie als Ehemann für sie in Betracht gezogen werden würde, ein Salzsieder, ein Halligbauer. Und doch waren weder er noch seine Mutter wie Jedermann; Mutter Eyde wurde sogar mit Ehrfurcht von den Rungholtern behandelt, wie sie bemerkt hatte. Aber immerhin war sie bereits einem Edelmann von Flandern und einem Flegel aus Holstein entkommen, und warum sollte sich dies nicht so fortsetzen, bis ihr Vater nachgab? Sie kicherte erheitert.

Ein Geräusch im Haus machte Anna darauf aufmerksam, daß ihr Vater zurückgekehrt sein mußte. »Ich bin hier!« rief sie.

»Das hoffte ich«, sagte eine zufriedene Stimme. Es nützte nichts mehr, daß Anna sich auf die Zunge biß. Westerflete tauchte schon in der Öffnung auf und lehnte sich mit selbstgefälliger Miene an die Hintertür. »Ich wollte Euch meine Aufwartung machen ...«

Anna warf einen Blick auf den jungen Mann und brach lauthals in Lachen aus. Dieses Mal bauschte sich eine schwarze Hose über strammen roten Beinlingen. Er sah aus wie ein Storch. Die Ellenbogen stützte er auf den unteren Teil der zweiflügeligen Tür und schob seinen Unterkörper vor, der von einem breiten Fettring überlappt wurde. Ein Storch, der gemästet worden war wie eine Gans. Und wenn er nicht auf sich achtgab, würde er bald rückwärts kippen.

Antworten würde sie auf seine Anmaßung sowieso nicht, und die provozierende Pose ignorierte sie. Aber er erdreistete sich, sie mit seinem Blick abzutasten, wie ein Stadtbürger eine Gänsemagd.

Anna gab sich einen Ruck, beendete ihr Gelächter und betrachtete ihn abweisend von der idiotischen Frisur bis zu den eleganten lehmverschmierten Schnabelschuhen. Die in Kinnhöhe abgeschnittenen braunen Haare ließen ihn nicht klüger aussehen als ein Moospolster auf einem Baumstumpf. Ein Storch mit ... Nein, nun war es genug, beschloß sie.

»Wie es unter Leuten üblich ist, die einander versprochen sind.«

Anna wurde wütend und errötete, weil seine Schamkapsel unter ihren Augen so stark anschwoll, daß die Abnäher in Gefahr gerieten aufzuplatzen. »Bildet Euch nur nicht so etwas ein!« fauchte sie.

Er löste seine Ellenbogen von der Tür und gab dem unteren Flügel einen Tritt. Während Anna im Bottich nach den Suddenblättern angelte und ihn trotzdem im Auge zu behalten suchte, umkreiste er sie.

Unerwartet spürte Anna die pralle Kapsel in ihrem Rükken, und dann scheuerte sich Westerflete an ihr. Sie schoß empor und klatschte ihm die Hand auf die Wange, so fest es ging.

Westerflete riß den Mund voll Empörung auf. Als er ihn endlich wieder zubekam, ging er wie ein angreifender Stier auf sie los.

Anna wehrte sich gewandt wie ein Luchs. Bis es ihm gelungen war, sie ins Haus zu zerren, hatte er bereits zahlreiche Bißspuren auf dem Handrücken und einen tiefen Kratzer auf der Wange.

»Du schamloses Luder, du dreckige Hure«, stöhnte er, hielt ihre Oberarme wie ein Schraubstock fest und versuchte, sich zwischen ihre Pobacken zu drängen. »Mich mit Blikken heiß machen, daß mir der Saft aus den Poren schießt, und dann stehenlassen!«

Anna ahnte inzwischen, daß ihre Kräfte auf Dauer nicht ausreichen würden. Während Westerflete mit einer Hand an seinem Bund nestelte und die Hose hinunterschüttelte, erschlaffte sie in seinem Griff, zog die Füße an und stieß sie gegen eines seiner Schienbeine. Unter ihrem Gewicht und der Wucht ihrer Attacke stolperte er nach vorne und prallte mit dem Gesicht auf das Stövchen aus Messing. Es gelang ihr, sich wegzurollen und aufzuspringen.

Westerflete ächzte vor Schmerz und setzte sich auf. Er wischte sich mit dem Handrücken das Blut von der Nase, indes Anna vor ihm stand und ihn fassungslos betrachtete. Die Hose war ihm bis auf die Oberschenkel hinuntergerutscht, im Schritt bauschte sich der schwarze weiche Seidenstoff, und darauf drapiert lag sein blasses Gemächt. Unter Annas ungläubigem Starren fiel der weiße Schaft mit der dunkelroten feuchten Kappe in sich zusammen und legte sich in schmutzigweiße Falten. Ein Fingerhut von Flüssigkeit floß wie ein Teich zwischen Hügeln zusammen und sickerte grau und körnig fort.

»Und mit dieser ausgelutschten Wurstpelle wolltet Ihr mir angst machen?« Anna fand keine geeignete Möglichkeit, ihren Sarkasmus noch zu steigern. Niemand hatte sie nach dem Tod ihrer Mutter auf einen solchen Anblick vorbereitet. Jetzt hatte sie nur noch den innigen Wunsch, ihn so tief wie möglich zu verletzen. Es war immer noch weniger, als er ihr angetan hatte.

Westerfletes Haß wuchs sich zu einem eiskalten Klumpen in seiner Brust aus, während seine Männlichkeit dahinschwand, ohne daß er etwas dagegen tun konnte. Allein der stechende Schmerz in der Nase und die Verschnürung durch sein eigenes Beinkleid machten es ihm unmöglich, sie auf der Stelle umzubringen.

Obwohl sein Kopf sich drehte, gelang es ihm, sich hochzuwuchten und stehen zu bleiben. Mit zitternden Fingern begann er, die Hose über sein Gesäß zu rollen, als zwei Schnabelschuhe in seinem Blickfeld auftauchten.

Knoop, breitbeinig vor ihm, wie vor Jahren der Grundherr vor seinem Vater und mit derselben verächtlichen Miene, fachte Westerfletes Haß aufs neue an. »Seht, was Eure Tochter noch vor der Hochzeit aus ihrem Ehemann zu machen versucht«, klagte er mit vor Wut dumpfer Stimme. »Ich werde sie züchtigen müssen, bis sie weiß, was sich ziemt.«

Anna öffnete den Mund zum Protest. Benedikt Knoop schnitt ihn ab wie mit einer Schere. Er würde sich endlich ihr gegenüber durchsetzen. Die peinliche Diskussion mit dem Herrn Prälat über Anna verursachte noch immer Schmerzen in seiner Magengrube. »Ihr werdet tun, was Ihr für richtig haltet, Westerflete, aber erst, wenn Ihr vor Gott Mann und Frau seid! Verträge gelten auch gegenüber Unserem Herrn.«

Annas Herzschlag setzte für einen Moment aus.

»Da Ihr aber offensichtlich Eure Begierden nicht zügeln könnt, Westerflete, werden wir die Verlobungszeit so kurz halten, wie nur eben schicklich.« Knoop drehte sich um und verließ das Haus durch die vordere Tür, ohne Anna einen einzigen Blick zu gönnen.

Westerflete starrte Anna triumphierend an. Er war zweifellos der Sieger.

Anna sah nur die eingetrockneten Blutkrusten über der Oberlippe, die Westerflete den Anstrich eines rotznäsigen Jungen gaben, der zum erstenmal verprügelt worden ist. Nachdem er hinausstolziert war, sank Anna auf einen Hokker, fassungslos ob der unerwarteten Wende und zu entsetzt, um über einen Ausweg nachzudenken.

Arfast arbeitete wie besessen, um seinen eigenen Gedanken zu entfliehen. Der Staller hatte ihn fortgejagt wie einen räudigen Hund. Man mochte über ihn denken, was man wollte: Er blieb der Staller und war Stellvertreter des Königs. Des Königs, den er so verehrte, nicht nur, weil seine Vorfahren königstreu gewesen waren, sondern weil Waldemar Atterdag besonderen Anspruch darauf hatte.

Der Kajedeich war schon gut gediehen, obwohl er die Püttlöcher für den Klei nicht so nah wie üblich am wachsenden Deich anlegen ließ und seine Männer die Erde darum weiter befördern mußten. Er hatte Gründe dafür, aber er behielt sie für sich. Verstehen würde sie ohnehin niemand; er hatte sich mittlerweile daran gewöhnt, daß auch niemand verstehen wollte, wenn er von der Gefahr des steigenden Wassers sprach.

Mit seinen neuen Leuten war er zu ungeduldig und hatte schon mehrmals Streit mit ihnen gehabt.

»Du giltst als herrisch, Arfast.« Hark nahm kein Blatt vor den Mund, als sein Neffe ihm eines Abends von seinem Ärger erzählte.

»Aber ich bin es doch gar nicht!« Arfast mußte sich zurückhalten, um nicht mit der Faust auf den Tisch zu schlagen. In letzter Zeit hatte er öfter Mühe, sich zu beherrschen.

Hark betrachtete ihn bekümmert. »Du bist aus dem Ruder gelaufen, seitdem das mit den Salzkögen passiert ist, Arfast. Glaubst du denn, die Männer setzen da noch viel Vertrauen in dich?«

Arfast stutzte. Widerwillig gab er seinem Oheim recht, daß man es so auslegen konnte. Er stemmte die Fäuste mit

Nachdruck auf den Tisch und sah ihm ins Gesicht. »Wie starb mein Vater?« fragte er. »Und was hat Ingemar Stampe mit ihm zu tun?«

Hark seufzte tief und preßte dann seine Pranke auf Arfasts Arm, um ihm sein Mitgefühl zu bekunden. »Einmal mußte es ja kommen, und ich hätte es dir früher gesagt, aber Eyde wollte nicht. Er starb auf dem Richtblock.«

Während Arfast langsam jede Farbe aus dem Gesicht wich, erhob Hark sich, um ein Stövchen mit Glut zu füllen und in die Nähe ihrer Beine zu stellen. Er wischte Krümel vom Tisch und stutzte den Docht einer Kerze.

»Unehrenhaft?« Arfast versuchte vergebens, seinen Nacken zu entkrampfen, während Hark sprach.

»Nein. Wir haben nie das niedergeschriebene Urteil in Erfahrung bringen können. Es hieß immer nur wegen Aufwiegelei. Aber dein Vater war kein Aufwiegler, er war Vogt der Wirichsharde.«

»Hardesvogt!« Arfasts Schultern wurden plötzlich lokker, und er konnte seinen Kopf wieder heben. Ein Mann des Königs konnte doch wohl niemanden aufgewiegelt haben.

»Ja, so war das«, setzte Hark fort. »Dein Vater war Hardesvogt und ließ sein Leben im Dienst des Königs. Jedenfalls war er der Meinung und Eyde und ich auch.«

»Ihr hättet mir das besser früher erzählt«, sagte Arfast bitter, »Immerhin hätte es mir die Schande erspart, von demselben Staller fortgejagt zu werden. Er war mir im Wissen um Jahre voraus.«

Hark holte tief Atem. »Wir dachten, wir könnten dich vor ihm schützen. Vor dir selber auch. Es war wohl ein Irrtum.«

»Und mehr weißt du nicht darüber?«

»Nein, Junge. Aber ich glaube, Eyde wußte immer etwas mehr, als sie mir sagen wollte. Es war gefährlich, zuviel zu wissen, und sie wollte mich wegen der Kinder nicht einbeziehen. Ich denke ...« Sein Satz blieb unbeendet.

»Das denke ich auch. Ich werde sie befragen. Ich werde außerdem herausbekommen, was meinem Vater vorgeworfen wurde, Hark. Und ich werde ihm Genugtuung verschaffen!« Aufgewühlt verließ Arfast das Haus.

»Nimm dich in acht«, rief Hark noch hinter ihm her, aber die Tür war bereits zugeschlagen. Gedankenverloren zupfte er am Docht des Öllämpchens. Arfast war seinem Vater in allem ähnlich außer im Aussehen, das mehr nach ihm selber kam. Sein Bruder Ketel hatte Herzöge, Grafen und Staller gehaßt, nachdem er sie in seinem Amt allmählich zu durchschauen gelernt hatte. Aber es war lebensgefährlich, Herzöge, Grafen und Staller zu hassen.

Plötzlich war Arfast die Arbeit im Langenesser Koog gleichgültig. Kurz und bündig wies er die Männer in ihre Arbeit der nächsten Tage ein, dann warf er sich in sein Boot. Herrisch! Heute war er es wirklich gewesen, aber es spielte keine Rolle.

Ungerefft segelte er so schnell nach Rungholt, daß die Nähte im Segel knackten und der Schiffsboden brummte.

Seine Mutter entführte er mitten aus einem Schwatz mit der Nachbarin. Eyde folgte ihm widerspruchslos und aufs höchste beunruhigt, in letzter Zeit wartete sie geradezu auf Hiobsbotschaften.

Während Arfast seine Mutter auf dem Steig an der Kleinen Kapelle vorbei aus Rungholt hinaus führte, sprach er kein Wort. Eyde wurde klar, daß Arfast Lauschern aus dem Weg gehen wollte. Erst auf dem Sommerdeich war Arfast zufriedengestellt.

Eyde sah in der Ferne die Kirchen von Obbenbüll und Stintebüll mit der Dämmerung verschmelzen, während sie auf das wartete, was kommen mußte. Wollte er heiraten? Oder in den Krieg ziehen? Oder auf einen der schrecklichen Kreuzzüge gehen? Eigentlich konnte sie es sich nicht vorstellen. Ihr Sohn war zu vernünftig für bewaffnete Abenteuer.

Auf der anderen Seite lagen Pellworm und die Hooge noch unter einem Streifen Tageslicht. Eyde streifte Arfasts Gesicht mit Scheu, weil sie gewohnt war, seine persönliche Freiheit zu berücksichtigen. Seltsam, wie sehr ihn allein die

Entschlossenheit seinem Vater ähnlich machte, dem er mit seinen feinen Zügen und der schmalen Nase gar nicht ähnelte.

Ein Laut entrang sich ihrer Kehle. Sie wußte jetzt, um was es ging. Sie hatte dieses Gespräch lange vor sich hergeschoben.

»Was hat Ingemar Stampe meinem Vater vorgeworfen?« fragte Arfast und stellte mühsam Kummer und Befürchtungen zurück.

Eyde schüttelte den Kopf. Es war alles so lange her. Sie lebten inzwischen längst in Sicherheit vor dem Staller; über ein Jahrzehnt hatte sie sich in Rungholt verkrochen und niemals über das Unglück gesprochen, das ihrem Leben eine so drastische Wendung gegeben hatte. Die Familie hatte aus Vorsicht geschwiegen, und allmählich war die Erinnerung an die Ereignisse bei den Wirichshardern verblaßt und unwichtig geworden. Sie faltete die Hände wie zum Gebet. »Arfast, ich beschwöre dich, laß es ruhen! Es darf nicht wieder von vorne anfangen.«

Arfast sah seine Mutter bestürzt an. An die Qual, die dies für sie bedeuten mußte, hatte er nicht gedacht.

»Wenn es sein muß«, fuhr sie fort, »nimm dich der Rungholter an und versuche, sie wegen der Salzköge zu warnen. Vielleicht sehe ich zu schwarz, und es gelingt dir doch. Aber laß die Sache mit deinem Vater ein für allemal begraben sein, und mach vor allem einen großen Bogen um Ingemar Stampe.«

»Die Salzbuden – das ist Ingemar Stampe«, widersprach er dumpf. Er hatte den Eindruck, daß sogar das Salz mit seinem Vater zu tun hatte. »Neuerdings wohnt er geradezu in ihnen. Der Staller hat etwas mit ihnen vor. Ich glaube nicht, daß es das Geld allein ist. Daß Salz einträglich ist, muß er seit langem wissen, sonst wäre er sein Amt nicht wert.«

Die Dunkelheit senkte sich allmählich über die abgeernteten Felder zu ihren Füßen, und die Schafe sammelten sich zu einer Gruppe und legten sich mit den Köpfen im eigenen Windschatten zum Schlafen nieder. Arfast reichte seiner Mutter die Hand, um ihr hinunter auf den Weg zu helfen. Er brachte es nicht fertig, sie zu bedrängen. Er selbst haßte es, bedrängt zu werden.

Sie reichte ihm ihre Hand und drückte sie plötzlich, als habe sie sich zu einem Entschluß durchgerungen. »Niemand weiß, ob der Mann sein Amt wert ist. Dein Vater hat es nicht geglaubt. Es hatte mit den Steuern zu tun, die die Friesen dem König angeblich nicht zahlen wollten.«

»Und weiter?« fragte Arfast beinahe atemlos.

»Die Harde zahlte, jedenfalls damals, als dein Vater seine Friesen dazu aufrief. Aber beim König kamen keine Steuern an.«

»Und zwischen Vater und dem König gab es nur Ingemar Stampe«, erkannte Arfast mit funkelnden Augen. Das besorgte Nicken seiner Mutter blieb ihm in der Dunkelheit verborgen.

Für den Salzsieder hatte sich die Welt jetzt geändert. Der Staller war nicht mehr der Mann, dem man vertrauen mußte, weil er des Königs Mann war, sondern einer, dem man auf die Finger sehen mußte, weil er den König möglicherweise hinterging. Arfast war entschlossen, genau dies gründlich zu tun und fing beim Riper Deich an. Er hatte vor, ihn in ganzer Länge abzuschreiten, um am Deichfuß jede Elle Boden zu inspizieren.

Ohne sich um die neugierigen Schiffer zu kümmern, die sich oben auf der Brücke sammelten, kletterte Arfast zu den Deichtoren hinunter, die jetzt bei Ebbe offenstanden und das Wasser plätschernd hinausließen. Ein Wall von Schlick war vom Rungholter Abwasser im Priel abgesetzt worden. Arfast versank bis zu den Oberschenkeln darin. Die schmatzenden Geräusche, die jeden Schritt begleiteten, ließen die Zuschauer kreischen vor Lachen.

Die graue, stinkende Masse wollte Arfast kaum freigeben. Endlich gelang es ihm, sich an einen Torflügel heranzuziehen. Das Holz und die Angeln der Tore waren in Ordnung. Aber mit Verwunderung erkannte er an der Schwelle, daß der Höhenunterschied zwischen dem Rungholter Gebiet und seinem Vorland kaum eine Elle betrug. Das konnte ja gar nicht ausreichen, um den Koog ausreichend zu entwässern.

»Was machst du da?« Eine tiefe Stimme über seinem Kopf ließ Arfast aufschauen.

Monny Sibingh, der Hardesbonde. Er wedelte mit einer mehrschwänzigen Ochsenpeitsche, die er schließlich auf Arfast wie einen Pfeil anlegte.

»Ich prüfe, ob die Tore noch gut sind.« Arfast hatte keine Lust, sich vor diesem Bauern zu rechtfertigen, der außer seinem Stolz auf sein Amt kaum je etwas Vernünftiges zu einem Geschäft der Harde beizutragen hatte.

»Selbstverständlich sind sie gut. Komm da raus, oder ich mach dir Beine!« Die bleibeschwerten Spitzen des Ochsenziemers zischten um Arfasts Gesicht, und es blieb ihm nichts anderes übrig, als umzukehren.

Während er sich dicht am Tor mit einem mühseligen Schritt nach dem anderen dem Deichabhang näherte, versuchte er dem Hardesbonden im Guten klarzumachen, daß ihn nicht Neugier trieb. »Es ist wichtig, daß alle Deiche und Siele vor dem Winter in Ordnung sind«, meinte er versöhnlich.

»Ich habe schon Deiche überprüft, als es dich noch gar nicht gab!« bellte Monny.

Arfast befreite seinen Hals mit einem Ruck von dem Lederband, das sich wie der Fangarm einer Feuerqualle um seinen Hals schmiegte und auch genau so zubiß. »Dann habt Ihr damals wohl auch damit aufgehört«, schnaubte er.

Mittlerweile stand eine ganze Traube von Rungholter Einwohnern oben auf dem Deich. Einen Streit zwischen einem Hardesbonden und einem einfachen Mann erlebte man nicht alle Tage.

»Was meinst du wohl damit?« fragte der Hardesbonde lauernd.

»Selbst einer vom Wüsten Moor kann Löcher erkennen. Der Riper Damm besteht an der alten Anlegestelle nur aus Löchern. Das müßt Ihr doch selber sehen können!« rief Arfast erbittert zu ihm hoch. »Warum stopft sie denn keiner?«

»Was geht dich das überhaupt an? Wir wissen wohl selber am besten, wann gestopft werden muß und wann nicht.« Der Bonde sah sich selbstgefällig um. Die Leute waren auf seiner Seite, und er erwartete es auch nicht anders.

Arfast verschlug es bei solcher Dummheit die Sprache. Er streifte sich den Matsch vom Körper und schlenkerte ihn mit wütenden Bewegungen ab.

»Du versuchst ja nur, die Hardesbonden und den Vogt auf dich aufmerksam zu machen«, vermutete einer von Arfasts Rungholter Nachbarn. »Du bist ehrgeizig und willst auch Hardesbonde werden, gib es zu.«

»Idiot«, antwortete Arfast leise und stieg den Deich hoch. Die Leute machten ihm spöttisch grinsend Platz, während Monny die Schnüre vor seinen Füßen tänzeln ließ und die leisen Lacher in seiner Nähe genoß.

Arfast kümmerte sich nicht mehr um die Gaffer. Er hatte nicht vor, jetzt aufzugeben: Er wollte das Ausmaß der Schäden kennen. Triefend und verschmutzt marschierte er auf dem Deich in nördliche Richtung. Nach dem wochenlangen Befahren durch schwere Erntewagen war der Deich in sehr schlechtem Zustand. Die Bauern fuhren neuerdings in beide Richtungen gleichzeitig, während sie früher an Ausweichstellen auf den Gegenverkehr gewartet hatten. Kritisch sah Arfast sich um, obwohl er die Blicke der Bauern in seinem Rücken wie die Stiche des Ochsenziemers spürte.

»Warte, Arfast«, rief eine helle Stimme, und er drehte sich um. Momme keuchte mit flatterndem Kittel hinter ihm her. »Der alte Säufer«, sagte er fröhlich. »Der ist doch sowieso nie dabei, wenn sie die Deiche besichtigen. Soll ich dir wieder etwas zeigen?«

»Ja bitte«, stimmte Arfast zu und unterdrückte einen Seufzer. Der Kleine war anhänglich wie eine Klette und nicht ohne Gespür für seine Absichten. Aber zuweilen etwas lästig.

Momme führte ihn an der alten Anlegestelle vorbei bis kurz vor die Tammensieler Schleuse. An dieser Stelle war das Rungholtfall dem alten Strombett am nächsten.

»Da«, sagte Momme stolz und zeigte auf einige Pfähle, die im Schlick standen. Sie gehörten zur Deichbefestigung und verrotteten, soweit sie sichtbar waren. »Wenn die erst freigeschwemmt sind!«

Momme hatte recht. Sobald Erlenpfähle an die Luft kamen, zerfielen sie schnell. Noch hielten sie die Deicherde fest. Waren sie aber erst von hinten freigespült, würde der Deich an dieser Stelle ins Rutschen kommen.

»Ja, Momme«, sagte Arfast. »Behalte es trotzdem für dich. Sie würden sich nur ärgern. Deine Meinung gilt bei ihnen noch weniger als meine.«

»Meinst du ...?« fragte Momme. Dann hüpfte er auf einem Bein den Deich auf der anderen Seite hinunter und lief davon. Seine Interessen wechselten schnell.

Arfast nahm sich vor, ihm beim nächsten Mal die Beobachtung des Fliederkäfers vorzuschlagen. Der war ein raffiniertes Tier, aber seine Untersuchung ungefährlich.

Auf dem Rückweg nach Hause war er so tief in Gedanken versunken, daß er beinahe Anna übersehen hätte, die ihm entgegenkam. Als sie ihn bemerkte, öffnete sie schnell die nächstgelegene Pforte und schlüpfte hindurch. Noch schneller war sie wieder draußen auf dem Weg. Der Lärm und das Grölen von Betrunkenen drangen durch die Fensterlöcher der übel beleumdeten Kate, in der vornehmlich die fremden Seeleute zu Met und Bier einkehrten.

Arfast vergaß seine Sorgen. »Wer sollte dir auch glauben, daß du ausgerechnet das ›Schulterblatt‹ als Ziel hattest, Anna?«

Sie lächelte beschämt. »Das habe ich mir auch gedacht.« Trostlosigkeit lag in ihren Augen, die für Arfast schmerzhafter war, als von den Rungholtern verspottet zu werden. Aber er konnte ihr nicht helfen, gerade er nicht. »Anna, ich gehe besser weiter«, sagte er leise, »es ist derzeit nicht gut, mit mir gesehen zu werden. Dein Vater würde es dich büßen lassen.«

Sie nickte mit zusammengebissenen Zähnen und sah ihm nach. Wenn es nur das wäre, was ihr Vater sie büßen ließe! Benedikt Knoop war von dieser schrecklichen Rechtschaffenheit, die eher bereit war, ein Leben zu zerstören, als einen Vertrag zu zerreißen. Im Grunde handelte es sich dabei nur um blinden Stolz auf die eigene Verläßlichkeit. Sie war das Pfand, und sie würde er zerstören. Aber es war ihr unmöglich, Arfast um Hilfe zu bitten.

Während Arfast weiterging, fragte er sich verwirrt, warum sie ihm aus dem Weg hatte gehen wollen. Ob Benedikt Knoop ihr schon den Umgang mit ihm verboten hatte?

Eyde merkte, daß auch der Holundersaft nicht geeignet war, Arfasts Entschlossenheit ins Wanken zu bringen. Wenn sein Unterkiefer sich vorschob wie bei einem mißgebildeten Hund, konnte nichts ihn von seinem Vorsatz abbringen. Ihre Warnung schon gar nicht.

»Ich muß mit ihm sprechen! Ich muß es einfach. Ich würde mir sonst Vorwürfe machen.«

Eyde nickte. Sie kannte das. Ihr ging es ähnlich. »Wenn der Hardesvogt dir nicht glauben will, erinnere ihn an Meik.«

Arfast sah auf. »An Meik? Was soll das heißen?«

»Ich werde es dir nicht erzählen, mein Sohn. Es ist unwichtig.« Eyde stützte sich mit beiden Händen auf den Tisch und sah ihm geradewegs in die Augen. »Es geht nur mich und Harre etwas an. Es ist eine grobe Methode, aber vielleicht hilft sie dir. Erinnere ihn also.«

Arfast verzog den Mund und grunzte unartikuliert.

»Das reicht mir als Zusage«, sagte Eyde leise, als er die Tür schon lange hinter sich zugezogen hatte. Sie war längst über ihre gewöhnliche Angst um ihren Sohn hinaus. Wer versuchte, seine Kräfte mit Vogt und Staller zu messen, endete für gewöhnlich auf dem Richtblock. Sie war entschlossen, jedes nur mögliche Mittel anzuwenden, um ihm dieses Ende zu ersparen.

Die Schwalben jagten tief an diesem Tag, und vor Arfasts Füßen flatterten braune Schmetterlinge und vereinzelte Libellen. Es war warm, solange die Sonne schien. Wie weiße, flachgepreßte Kuhfladen segelten die Haufenwolken auf Eiderstedt zu. Ach, er hätte gerne auf einer von ihnen gesessen, mitten im leuchtenden Weiß der obersten Schicht, und wäre diesen verbohrten sogenannten Besseren der Harde davongeflogen.

Aber als er den Kopf wieder senkte, stand vor seinem nagelneuen Haus bereits Harre Gunneson und betrachtete ihn mißbilligend wie einen Bittsteller, der zu spät kommt.

»Ich höre, daß du Unfrieden stiftest«, schnarrte der Hardesvogt.

»Heißt es Unfrieden stiften, wenn man feststellt, daß Vogt und Staller ihre Aufgaben vernachlässigen?« fragte Arfast mit unüberhörbarem Sarkasmus.

Der Vogt packte die Spitzen des verwitterten Stakets, dem einzigen Rest des alten Hauses, das vorher hier gestanden hatte. »Es gab mal Zeiten, da wärest du für eine solche Bemerkung auf einen Pfahl gespießt worden.«

»Als Wiedergänger. Ich weiß«, erwiderte Arfast ruhig. »Aber heute haben wir christliche Zeiten, und ein Hardesvogt kann nicht einfach machen, was er will. Wir Rungholter können vielmehr den Schutz des Königs verlangen, und Ihr seid derjenige, der dem Staller sagen muß, wo und wie.«

»Ich fühle mich sicher. Und dir steht frei, die Edomsharde zu verlassen, wenn du dich nicht sicher fühlst. Es geht uns Friesen besser als anderen Leuten, und einen Teil dieser Freiheit hast du auch mir zu verdanken!« Gunneson zauberte ein breites, aufmunterndes Lächeln auf sein Gesicht.

Arfast haßte ihn für dieses unechte väterliche Getue. Möglicherweise hatte der Hardesvogt sogar Anteil an dem Verbrechen des Stallers.

»Es ist jedoch nicht nötig, Arfast, daß gerade Männer wie du gehen. Auf einen guten Arbeiter wie dich hoffen wir doch alle, wer sollte den weniger guten sonst ein Vorbild sein? Nur mußt du Vertrauen haben, zu uns, den Bonden, zu mir, dem Vogt. Uns leitet Gott der Herr, und mit Seiner Gnade wird alles gut werden. Leider hast du dich in Brügge hinreißen lassen, uns in den Rücken zu fallen. Ihr Jungen seid zu ungeduldig und vertraut immer weniger auf den Herrn.«

»Euch leitet nicht der Herr, sondern die Gewohnheit«, schnaubte Arfast. Ach, er verachtete sie in Bausch und Bogen. »Ihr hockt in Euren Ämtern und hofft, daß Ihr darin sterben werdet, selbst wenn Eure Köpfe nur noch Torf enthalten.«

Harre Hardesvogt blies die Backen auf und sah in die Ferne. Solche Worte waren unverschämt, jedoch nicht aufrührerisch genug, um gegen den Salzsieder vorzugehen. Aber eine deutliche Warnung war angebracht. Mit frischer Entschlußkraft rückte er seinen Schwertgurt zurecht. »Der ehrenwerte Monny Sibingh hat recht. Leute wie du sind unbelehrbar. Man muß euch in Gewahrsam nehmen, um Ruhe zu haben. Oder beseitigen. Seine Gnaden wußte, was er tat.«

»Ihr habt meinen Vater also gekannt, Hardesvogt!« Vor innerer Angespanntheit wurden Arfasts Augenbrauen zu einem einzigen fast weißen Strich auf der gebräunten Haut.

»Ja, natürlich.«

»Warum habt Ihr ihm nicht geholfen?«

Gunneson sah ihn verwundert an. »Geholfen? Er ging nach seinem freien Willen eigene Wege.«

Arfast verschlug es die Sprache. Das war alles? Und wo blieb das Recht des Königs, das sein Vater vertreten hatte? Jetzt hatte er Grund genug, den Vogt mit seinen Mitteln zu zwingen. »Ich soll Euch an Meik erinnern.«

Gunneson trat der Schweiß in kleinen Perlen auf die Oberlippe. Seine Züge verloren für einen Augenblick die Strenge, bis er sich wieder gefaßt hatte. »Deine Mutter ist also deiner Meinung?«

»Sie vertraut meiner Urteilskraft«, antwortete Arfast. »Sie kennt sie.«

»Tja«, murmelte Harre und pflückte Holzsplitter vom Pfahl, die er auf den noch kargen Boden seines Anwesens rieseln ließ. »Also gut, sage ihr, daß ich ihr den Gefallen tun und den Staller um Baumaterial angehen werde. Aber ich verspreche nichts.«

Arfast nickte mürrisch und ging. Seine Wangen brannten. Er hatte das beschämende Gefühl, Gunneson mit seinem Pfeil in den Rücken getroffen zu haben.

In verhaltenem Galopp ritt der Hardesvogt Richtung Morsum, nur begleitet von einem Knecht. Er wußte nicht genau, wie er vorgehen wollte. Aber sollte seine Mission fehlschlagen, würde niemand von ihr erfahren.

Der Staller besaß seit langem einen Hof nahe bei Morsum, den er kaum jemals aufsuchte. Gunneson hätte trotzdem etwas dafür gegeben, wenn Ingemar Stampe sich nicht ausgerechnet in seiner Harde niedergelassen hätte. Zudem hatte er das beunruhigende Gerücht gehört, daß der Staller sich jetzt dort häufig aufhielt.

Noch bevor er den Wassergraben rund um den Hof überquert hatte, erkannte er, daß das Gerücht ganz gewiß richtig war. In Pfeilschußweite um das Anwesen waren Bäume und Sträucher frisch gerodet worden, und mehrere Knechte entasteten Stämme und zerlegten sie gerade. Noch wachten hier nur die Gänse im Graben, aber es schien, als bereite der Staller sich auf kriegerische Zeiten vor. Auch der Wall innerhalb des Grabens galt zweifellos nicht dem Seewasser, sondern Feinden.

Verblüfft ritt Harre in den nach dänischer Art überdachten Torweg ein und stieg im Innenhof ab. An zwei Knechten vorbei, die man als Ochsen hätte verkaufen können, sofern sie Nasenringe getragen hätten, wurde er zum Staller geführt. Anscheinend beschwichtigte allein seine vornehme Kleidung ihren Argwohn, aber sie suchten ihn mit den Augen nach verborgenen Waffen ab.

Ingemar Stampe saß mit dem Rücken zum Fenster an einem blankpolierten Tisch, einen Stapel Schreiben und Zeichnungen vor sich. Die bunte Feder seines riesigen Hutes bewegte sich in einem leisen Luftzug. »Nun, Harre Gunneson, Amtmann des Königs, was führt Euch zu mir?« fragte er mißmutig.

»Die Zukunft, Euer Gnaden«, antwortete Harre vorsichtig. Er störte den Staller bei der Arbeit, und es galt Diplomatie anzuwenden. Trotzdem mußte er in Erfahrung bringen, was die Veränderungen zu bedeuten hatten. Wollte Waldemar jetzt doch ...? Er deutete hinaus ins Gelände. »Es sieht aus, als ob Ihr Euch auf einen Krieg vorbereitet. Ich wußte nicht, daß einer zu erwarten ist.«

»Wenn, dann zum Besten meiner Harden«, entgegnete der Staller trocken. »Aber fürchtet Euch nicht, ich sehe keine Gefahr. Es ist einfach meine Angewohnheit, Höfe, in denen ich mich länger aufhalte, zu meiner persönlichen Beruhigung zu befestigen. Eine Marotte.«

»Ah.« Gunneson glaubte ihm nicht. Aber Seine Gnaden pflegte gegenüber den Hardesvögten verschlossen zu sein wie eine Auster, er mußte das Gesprächsthema fallenlassen. »Das war natürlich nicht der Grund meines Kommens. Jedoch bestätigt Eure zunehmende Anwesenheit in der Harde mir unser steigendes Ansehen. Die Rungholter schicken mich darum mit einer besonderen Bitte. Sie möchten ihren ausdrücklichen Willen bekunden, ihren Hafenort zu einer befestigten, ansehnlichen Hafenstadt auszubauen. Der Bischof trägt das Seine dazu bei, wie Euch bekannt ist.«

Der Staller hörte aufmerksam zu. »Und Ihr habt nun – wie man an Eurem modischen Gewand aus den Brügger Tuchhallen erkennen kann – den Dienst als Vogt des Königs aufgekündigt, und seid als Vogt der Edomsharder gekommen, um mir das zu sagen?«

Dem Hardesvogt wurde es auf einmal sehr warm unter seinem extravaganten Tuch. Wahrscheinlich wußte der Staller sogar, worüber sie in Brügge verhandelt hatten. »Das Wohlergehen von Rungholt kommt der Harde zugute, aber auch dem König. Und Euch, Euer Gnaden.« Er verneigte sich leicht.

»Versucht nicht, mich zu belehren, Hardesvogt. Sagt mir einfach, was sie wollen.«

Harre Gunneson wurde immer nervöser. Mit Ingemar Stampe zu reden war, als würde er in einen Brunnen hineinrufen, ohne den Füllungszustand zu kennen. »Sie bitten um Material für das neue Rungholter Deichwerk.«

Ingemar Staller hüllte sich für einige Zeit in Schweigen. Bevor er ihnen gestatten konnte, Rungholt zur Stadt zu machen, mußte er sich weitere Ansprüche sichern. Fedderingmanriep war nur ein dürftiger Anfang. »Den Rungholtern ist bekannt, daß ich im Halgenäser Koog eine Salzbude betreiben werde? Ich benötige dort ihre Arbeitskraft und das Baumaterial vom alten Koog.«

»Sie hielten ihn für aufgelassen, weil die Männer abgezogen worden sind, Euer Gnaden«, erwiderte Gunneson erschrocken.

»Bin ich Euren Rungholtern Rechenschaft schuldig, wann ich in meinen Salzbuden arbeiten lasse?« schnaubte der Staller.

»Nein, Euer Gnaden, sicherlich nicht«, antwortete Gunneson nachgiebig. Dann fiel ihm ein, daß der Staller als sparsam galt. »Es wäre allerdings schade um den Klei des Aggedeiches, wenn er vor den Winterstürmen nicht fortgeschafft wird.«

Ein ärgerliches Funkeln in den Augen des Stallers ließ Harre ahnen, daß er etwas Falsches gesagt hatte, aber im Gegenlicht fiel es ihm schwer, im Gesicht des Mannes zu lesen, von dem seine Zukunft abhing.

»Seit kurzem haltet ihr euch alle für Fachleute auf diesem Gebiet. Sehr merkwürdig, nachdem jahrelang weder über Deiche noch über Salz geklagt wurde. Und was ist mit dem Klei, sagt Ihr?«

»Der wird fortgeschwemmt werden«, antwortete Gunnesons Zunge, während er versuchte herauszufinden, was der Staller wirklich meinte. »Die Rungholter könnten ihn gut zur Ausbesserung des schar stehenden Westdeiches gebrauchen.« Gleich darauf merkte er seinen Fehler, aber es war zu spät.

Die Lippen des Stallers wurden eine Spur schmaler. »Daher weht also der Wind. Die Rungholter wollen meinen Klei haben, weil sie zu faul sind, sich welchen zu graben. Und Ihr habt Euch dafür hergegeben, Hardesvogt, mir diese Lüge aufzutischen. Wissen Eure Rungholter überhaupt etwas von der großen schönen Stadt?«

Gunneson schwieg betreten.

»Warum entdecken die Rungholter den schlechten Zustand ihres Deiches jetzt vor Winterbeginn? Hatten sie nicht den ganzen Sommer dafür Zeit? Und Ihr, Hardesvogt? Fandet Ihr den Deich bisher in Ordnung, oder habt Ihr Euch nicht um ihn gekümmert?«

Dem Vogt brach der Schweiß aus. »Euer Gnaden, die Rungholter sind ängstlich geworden. Es gehen Gerüchte, daß das Wasser allmählich steigt ...«

Die Augen von Ingemar Stampe schimmerten wie nasser Bernstein. »Und das Gerücht heißt Arfast Ketelsen.« Gunneson schrak zusammen vor Stampes Wut, die in der Handbewegung zum Ausdruck kam, mit der er den Salzsieder vom Tisch zu wischen schien. Dann stand Stampe auf und trat ans Fenster.

Die Mission des Hardesvogts war gescheitert. Er verbeugte sich und war schon fast aus dem Raum, als Ingemar ihm hinterherrief: »Es versteht sich von selber, daß keiner den alten Deich anrührt. Im übrigen solltet Ihr die Leute anhalten, nie mehr Aggedeich zu sagen!«

Gunneson wußte mit einem Mal, welchen Fehler er gemacht hatte. Der Name Agge durfte im Zusammenhang mit dem beschlagnahmten Salzkoog nicht fallen.

Nachdenklich und schlechtgelaunt zerrte er dem Knecht die Zügel aus der Hand und saß auf.

Als er unter dem Torbogen hinausritt, mußte er sich zusammennehmen, um nicht den Kopf in den Nacken zu legen. Trotzdem sah er im Halbdunkeln, daß der Überbau längst nicht so massiv gebaut war, wie es von außen den Anschein hatte. Zu einer Plattform, die mehreren Mann Raum bot, führte eine stabile und breite Treppe, auf der man schwere Lasten hochschleppen konnte. Zum Beispiel einen Kübel mit brodelndem Pech.

Draußen wandte er sich zu seinem trödelnden Knecht um und schnauzte ihn an. Die Rüge gab ihm ausreichend Zeit, um festzustellen, daß die zwei Klappen, die er von innen gesehen hatte, außen geweißt und nicht von der Mauer zu unterscheiden waren. Für eine Marotte wurde hier zu sorgfältig gearbeitet: So bereitete man sich auf einen Krieg vor.

Der Staller hörte das Trappeln der Hufe auf dem gepflasterten Innenhof. Er blickte aus dem Fenster und sah den beiden Männern mit dünnem Lächeln nach. Harre Gunneson überschätzte seine Stellung maßlos.

Dann fiel ihm Arfast Ketelsen wieder ein. Diese Ketelmannen hatten sich wie die Würmer im Heiligen Land in sein Fleisch gegraben. Ingemar schüttelte sich beim Gedanken an die gräßlichen Dinger, die auf einen Stock aufgerollt werden mußten, um sie herauszuholen.

Er hatte keine Handhabe gegen Ketelsen. Die Gerüchte, von denen Gunneson sprach, taugten nicht als Basis für eine Anklage. Abwesend tätschelte er seinem Hund den Kopf. Diesem Ketelsen hätte er von Herzen einen Wurm im Fleisch gegönnt.

Stampe legte jäh den Kopf in den Nacken und lachte laut. Arfasts mehrjährige Pilgerreise würde eine wundervolle Nagelprobe des neuen Bündnisses zwischen ihm und dem Prälaten darstellen.

Er brüllte nach seinem Pferd. Das Pferd war so schnell gesattelt, daß er darauf verzichtete, den Stallburschen zu bestrafen. Ohne sich ducken zu müssen, fegte er unter dem Torweg hindurch, gefolgt von seinen zwei bewaffneten Knechten, die sich stets als Leibwache in Bereitschaft zu halten hatten.

Der Stallbursche sah den Reitern erleichtert nach. In letzter Zeit hatte der Staller oft gute Laune. Ganz im Gegensatz zu den beiden Berserkern, die sich immer an ihm ausließen, weil er von schwacher Konstitution war. Jetzt würden sie sicherlich zwei oder drei Tage fortbleiben, und er selber konnte auf der faulen Haut liegen. Oder bei der Kleinmagd.

»Und du beteuerst vor Gott, daß dich kein Gelöbnis an Henneke Westerflete bindet?« fragte Pastor Nommensius.

Anna schüttelte unter Tränen den Kopf. Völlig aufgelöst vor Furcht, hatte sie den Pastor nach der Beichte um Rat in dieser sehr persönlichen Angelegenheit gebeten.

»Du weißt, daß es keine Eheabsprachen ohne den Segen der Kirche geben darf?« Der Pastor sprach eindringlich, aber freundlich, nicht nur, weil Anna Knoop ein wichtiges Mitglied der Gemeinde war, sondern auch, weil die Kirche gerade in diesem Punkt noch viel Erziehungsarbeit zu leisten hatte. Auf allen Bischofssynoden war die private Eheabsprache Gegenstand von Anweisungen, die die Bischöfe an ihre Priester und diese an die Laien weiterzugeben hatten. Entsprechend genau hatte Nommensius diesen Punkt auszuforschen.

Anna ließ sich nochmals alles durch den Kopf gehen, was sie je zu einer Ehe mit Westerflete geäußert hatte. »Es gibt kein Gelöbnis, Vater.«

»Dann bist du nicht gebunden.«

Anna trocknete ihre Tränen und beugte sich über die Hand von Nommensius. »Danke, Vater. Ich werde der Jungfrau Maria eine dicke Kerze spenden.« Während sie ihr Knie vor dem ewigen Licht beugte und dann aus der Kirche lief, dankte sie dem Himmlischen Vater, daß ihr irdischer die Eheabsicht nie in der Kirche hatte verkünden lassen. So erwies sich die Kirche als ihre Verbündete in dieser fatalen Angelegenheit.

»Gottes Segen über dich«, sagte der Pastor und lauschte dem Geräusch hinterher, mit dem das kleine Seitenportal ins Schloß fiel. Er war beunruhigt, ohne zu wissen warum. Er blieb neben dem Beichtstuhl sitzen und überdachte nochmals Annas Fragen und seine Antworten.

Nommensius war ein langsamer, aber gründlicher Denker. Es dauerte eine Weile, bis ihm aufging, daß seine Auskunft vielleicht falsch gewesen war. Allerhand Gerüchte über die neue Kollegiatskirche kursierten seit einigen Tagen. Er selber war derjenige, der am wenigsten darüber wußte, weniger als die Rungholter, die von ihm Auskunft haben wollten. Seine Gnaden, der Herr Prälat Friedrich von der Wisch, hatte ihm nicht die Ehre zuteil werden lassen, ihn von seinen Plänen zu unterrichten. War es da nicht ebenso möglich, daß er sich auch über seine Wünsche bezüglich Annas Verehelichung ausschwieg? Auch Herr Knoop hatte möglicherweise keinen Grund gesehen, seinen Hauptpastor zu informieren.

Pastor Nommensius wurde allmählich von Furcht geschüttelt, er könnte etwas falsch gemacht haben. Das Leben war so voller Tücken, er wollte es nicht durch Widerspenstigkeit seinen Vorgesetzten gegenüber noch erschweren. Daß er sich zu seiner Tochter bekannt hatte, mußte an Tapferkeit für das gesamte Leben ausreichen. Er ließ sich vorm Altar auf die Knie niederfallen und sprach trotz aller Hast ein ausführliches Bittgebet. Danach eilte er zum Knoopschen Haus.

Anna selbst empfing ihn. Ihre freundliche Miene als Hausherrin verging, als der Pastor sie zitternd um ein weiteres Gespräch unter vier Augen bat. Unruhig knetete er seine Hände, während sie ihn in den Küchengarten führte.

»Es ist mir bewußt geworden, Jungfer Anna Knoop«, sagte Nommensius verlegen, »daß ich Euch eine kirchenrechtlich verbindliche Auskunft gar nicht geben darf, weil Ihr adelig seid.«

»Mein Vater ist nichts weiter als ein Ritter, der lieber kauft und verkauft, als für den Herzog zu reiten. Seine Ritterehre wird von einer Geldkatze bewacht«, bemerkte Anna zornig. Sie spürte sehr wohl, daß er sein Urteil umgeworfen hatte, weil er ein Feigling war. Nie hatte er sie anders als mit dem Vornamen angeredet, wie jedes Mädchen aus dem Ort. Jetzt, wo sie ihm Verantwortung abverlangte, war sie nicht länger Pfarrkind, sondern adelig.

»Seid nicht ungehalten über mein vorschnelles Lossprechen von einer Verpflichtung, die möglicherweise doch besteht«, bat der Pastor unterwürfig. »Eure Frage gehört vor Seine Gnaden, den Herrn Pontifex, oder vor Seine Gnaden, den Herrn Prälaten.«

»Wo finde ich den Prälaten?«

Vater Nommensius überhörte Annas grollenden Ton, erleichtert, daß sie sich fügte. »Er ist noch auf dem Send«, sagte er eifrig, »möglicherweise in Ilgrof oder Bupsee. Ihr könnt ihn ganz gewiß finden.«

»Wie denn? Ich kann ja nicht fort, ohne daß mein Vater es merkt«, sagte Anna verzweifelt.

»Unter diesen Umständen könnt Ihr überhaupt nicht zu

Seiner Gnaden, dem Propst«, sagte Vater Nommensius in tadelndem Ton. »Euren Vater zu hintergehen, wäre Sünde.« Er entfernte sich rückwärts, bis er über einen Busch stolperte. Es war geradezu unglaublich, welcher Hinterhältigkeit dieses junge Mädchen fähig war. Er bemerkte erst jetzt, daß er beinahe in eine tiefe Schlangengrube gefallen wäre, die der Teufel selbst für ihn ausgehoben hatte. Er schlug das Kreuz und eilte die Warf hinunter, während er darüber nachdachte, wie er sich am besten vor diesem Sumpf schützen konnte.

IX

Der Staller fand den Propst in Bupsee im Haus des Hardesbonden. Er war im Aufbruch nach dem Send; von der ganzen geistlichen Gesellschaft waren nur noch der Sekretär des Propstes und sein Knecht Heinrich anwesend, und auf dem Hof herrschte Hektik.

»Gottes Segen über Euer Gnaden«, sagte der Propst im Vorbeieilen, »leider kommt Ihr zu einer ungünstigen Zeit. Unser hochwürdigster, verehrter Herr Bischof ist schwer krank. Ich muß zurück nach Schleswig.«

Ingemar Stampe rührte sich nicht von der Stelle, und Heinrich umrundete ihn mit einem Seufzer. »Ist es die Aussicht auf das Amt des Archidiakons, die Euch treibt, Friedrich von der Wisch?« fragte er laut hinter dem Propst her.

Der Sekretär zuckte sichtlich zusammen. Der Propst sah sich gezwungen, sein Pferd ungesattelt stehenzulassen. Sein Gesicht war verkniffen, als er dem Knecht bedeutete, sich um den Hengst zu kümmern und dann zum Staller trat.

»Man sagt, daß Ihr Euch gut zum Vermögensverwalter eignet, Prälat. Das Vermögen des Kapitels zu vermehren, stünde Euch wahrlich besser an, als die halben Pfennige der Kirchspiele einzusammeln.«

»Es wäre nützlich, dergleichen nicht vor aller Ohren zu äußern«, zischte der Propst. Er fand dieses rücksichtslose Ausplaudern intimer Kenntnisse so widerwärtig, daß er versäumte, seine gewohnte Maske aufzusetzen.

Der Staller verzog sein faltiges Gesicht zu einem nachsichtigen Lächeln und hakte den Propst unter. Plaudernd zog er ihn unter die hohen Ulmen des Weges zwischen dem stattlichen Hof und der Hardesstraße. Hier konnte niemand sie belauschen. »Ehrgeiz ist nichts Verwerfliches, lieber Fredericus. Im Gegenteil, es ist die einzige Art, hohe Gaben in den Dienst des Herrn zu stellen. Schafsköpfe gibt es genug. Mögen sie ohne Unterlaß für Gebete sorgen! Ihr seid zu Höherem bestimmt.«

»Was wollt Ihr, Euer Gnaden?« fragte der Propst nach einem Augenblick der Stille.

»Als Archidiakon, Kanzler und Vermögensverwalter des Kapitels werdet Ihr einst mit dem Herzog und dem König zu verhandeln haben. Genau wie ich. Wir stehen auf derselben Seite.«

Der Propst folgte inzwischen mit den Augen den Ochsen des Bonden, die sich auf der eingefriedeten Fenne befanden. Neugierig drängten sie näher und starrten zu den Fremden herüber. Ingemar Stampe trat einen Schritt vor und machte eine heftige Bewegung. Die Rinder warfen sich herum und jagten auseinander.

»Und auf der anderen Seite die Ochsen«, fuhr Stampe fort. »Ihr seht es selbst: eine Bewegung, und sie sind eingeschüchtert.«

»Nicht lange«, bemerkte der Propst, dem keineswegs klar war, worauf der Staller hinauswollte.

»Aber immer wieder.« Stampe wedelte nochmals mit der Hand.

»Selbst der Ochse ist lernfähig. Sie kommen schneller zurück als vorher.«

Der Staller packte den oberen Balken des Zauns. »Ich stimme Euch zu, Prälat. Bedauerlicherweise sind Menschen in gewisser Weise noch schneller lernfähig. In Rungholt lassen sich unsere Untertanen sogar zu Unmutsäußerungen hinreißen, wie ich höre. Das ist keine gute Vorbedingung für den Bau einer Kirche. Man muß sie daran hindern.«

»Ein Kirchenbau zu Ehren Gottes wird sie mit den Widrigkeiten des Alltags versöhnen«, sagte der Propst aufmerksam. Wohl oder übel mußte er in Erfahrung bringen, was Stampe wollte. Er mußte ohnehin darauf vertrauen, daß der Herr ihm die Gnade erweisen würde, den Bischof nicht während seiner Abwesenheit sterben zu lassen.

»Nicht, wenn sie Angst um ihr Leben haben.«

»Gerade, wenn sie Angst um ihr Leben haben. Nie hat

sich die Kirche so vieler Schenkungen erfreut, wie zu den Pestzeiten.«

»Aber es dürfte grundlegende Unterschiede zwischen der Angst vor Pest als Gottes Geißel und der Angst vor Wasser wegen der Schlamperei eines Hardesvogts geben.«

»Vielleicht, Euer Gnaden. Warum sprecht Ihr darüber nicht mit dem Hardesvogt?«

»Es ist kein substantielles Problem, sondern eine Frage der Vorstellungskraft«, antwortete Stampe nachdenklich. »Die Leute fürchten nur, daß die Deiche nicht halten werden.«

»Und wenn sie recht hätten?«

Der Staller zuckte mit den Schultern. »Es gibt keine Beweise. Sie sind auch völlig gleichgültig. Viel entscheidender ist, daß sich die Menschen seit der Pest angewöhnt haben, sich gegen ihre Herren aufzulehnen. Bisher in den welschen Ländern, aber jetzt fängt es auch hier an. Auch bei uns wiegeln einzelne die Frommen auf.«

»Ja?« fragte Friedrich von der Wisch verdrossen. Das war es also. Erst hatte Stampe ihm zu verstehen gegeben, daß er seine Pläne durchschaute und imstande war, sie zu durchkreuzen, und nun würde eine Forderung kommen. »Einer von dieser Art führt Euch also zu mir.«

Der Staller wandte sich zu ihm um, um ihm in die Augen zu sehen. »Genau. Ob sich diese Anmaßung zuerst gegen die Kirche oder die weltlichen Herren auswirkt, ist mehr oder weniger Zufall. Einer von der Sorte macht vor nichts halt. Er verliert jedes Gefühl dafür, was sich für seinen Stand ziemt. Arfast Ketelsen ist wie sein Vater, der auf dem Block wegen Aufwiegelung starb.«

»Warum laßt Ihr ihn denn nicht jetzt zum Tode befördern? Eure üblichen Mittel sind doch drastisch genug«, sagte der Propst sarkastisch.

Der Staller wiegte voll Bedenken den Kopf. »Niemand würde es verstehen. Schwatzen ist noch kein Aufruhr. Aber es legt den Nährboden für Handlungen. Ich sehe den Tag kommen, an dem der Schaden zu groß sein wird, um ihn noch zu begrenzen. Deshalb möchte ich den Mann jetzt zum Nutzen aller beseitigt haben. Unauffällig und wirkungsvoll, mit einem Wort, Herr Prälat: elegant.«

Von der Wisch nahm die Schmeichelei widerspruchslos an. »Ich soll ihn also entweder zum Tode befördern oder langjährig außer Landes schaffen, also zum Ketzer oder Pilger machen.«

Der Staller ließ sich zu einem lauten Lachen hinreißen. »Ihr gefallt mir, Friedrich. Ich werde Euch unterstützen.«

»Ich werde darauf zurückkommen. Ich könnte den Mann für drei Jahre auf Pilgerreise schicken. Es wäre weitaus christlicher, als die andere Möglichkeit und würde darüber hinaus für sein Seelenheil nützlich sein. Was wollt Ihr mir dafür bieten?«

»Oh, eines Tages werden wir wissen, welchen Gefallen ich Euch erweisen kann«, sagte der Staller. »Vielleicht in Rungholt? Jedenfalls werdet Ihr es nicht bereuen.«

»Nicht eines Tages, Euer Gnaden! Ich werde es Euch jetzt sagen.«

Stampe betrachtete ihn nachdenklich. Der junge Mann vor ihm war nicht zu unterschätzen, unterstand dabei aber nicht seiner Gerichtsbarkeit. »Es hört sich an, als wüßtet Ihr genau, was Ihr wollt.«

»Ja. Die Steine, die Ihr im Rungholter Hafen beschlagnahmt habt.«

Der Staller streckte die Hand nach einem Kalb aus, das mit langem Hals in die Luft schnupperte. Bevor es ihn mit seinem schleimigen Flotzmaul berührte, zog er sie schnell zurück. Bis dahin hatte er sich überlegt, daß die Steine, von denen er bisher nichts wußte, für ihn ohne Wert waren. »Ist das alles?«

Friedrich von der Wisch nickte lächelnd. Vielleicht nicht alles – aber es war für den Anfang genug. Er hatte den Bauplatz, die Ziegel und die Zusage von Nicolaus Brun. Damit war er so gut wie Bischof eines neuen Bistums. Als Archidiakon würde es ihm nicht schwerfallen, an den richtigen Fäden zu ziehen, vor allem mit der Unterstützung eines Stallers.

»Ihr sollt sie haben«, versprach Ingemar Stampe. Auf

dem Rückweg zum Haus deutete er auf das Schwert, mit dem der reisefertige Propst bewaffnet war. »Ausgezeichnete Arbeit, wie mir scheint.«

»Das ist wahr. Von der Hand eines Ungläubigen geschmiedet, dient es dennoch dem wahren Glauben.« Von der Wisch streichelte es geradezu liebevoll, was Stampe gut verstehen konnte.

»Ich hoffe, Ihr benutzt es nicht allzu häufig, Euer Gnaden.«

»Gelegentlich gegen Räuber«, sagte von der Wisch gleichgültig. »Um des ewigen Lebens willen bedienen wir uns aller Waffen, die Gott uns in seiner Weisheit zur Verfügung gestellt hat. Und mir scheint, Euer Gnaden, die weltlichen Herren halten es genauso.«

Stampe, der die Mähne seines Pferdes gepackt hatte, um sich in den Sattel zu schwingen, drehte sich nochmals zum Propst um. »Gottlob gehören die Kriege zwischen geistlicher und weltlicher Macht der Vergangenheit an. Gott sei mit Euch.«

Von der Wisch sah dem Staller mit gerunzelter Stirn nach. Obwohl der Mann ein Fliegengewicht war, bändigte er mit leichter Hand sein schweres Roß, das den Ochsen die Dreckklumpen um die Ohren schleuderte. Er hatte das dumme Gefühl, daß Ingemar Stampe sich darin übte, auch einen Propst zu bändigen. Es gefiel ihm nicht.

Der Staller hielt seine Verärgerung über den Burghauptmann Knut Wogensson zurück. Nur die Knechte sahen seinem Rücken an, daß ihm eine Laus über die Leber gelaufen war. Sie schnitten hinter dem Rücken von Stampe Gesichter; der eine zeigte mit dem Daumen auf den Hund, der einen großen Bogen um seinen Herrn machte. »Verflucht«, formten die Lippen des anderen, als der Staller den Weg nach Norden einschlug.

Bei Weelt ließen sie sich über den Schluth setzen, und es brauchte mehrere Fahrten, bis nach dem Staller der Hund, die Knechte und die Pferde auf der anderen Seite angelangt waren. Stampe vibrierte vor Ungeduld. Er warf sich ohne

Erklärung auf sein Pferd, kaum daß der zuletzt übergesetzte Knecht die Nässe aus dem Fell seines Pferdes gestrichen hatte.

Nie war zwischen ihm und seinem Burghauptmann von einer Ladung mit Steinen die Rede gewesen, und diese Eigenmächtigkeit würde er ihm ein für allemal austreiben.

Ärger lag in der Luft. Aber sie galoppierten so schnell durch die unscheinbaren, wenig bevölkerten Ansiedlungen von Habel und Gröde, daß die Leute gar nicht merkten, welch hohen Besuch sie hatten. Sie zogen die Kinder aus dem Weg und starrten den Reitern verwundert nach. Aus dem einsam gelegenen Haus Bandix im Osten von Langeneß zielte ein Pfeil auf den Staller. Obwohl er nicht von der Sehne flog, nahm Stampe sich vor, den Mann unnachsichtig zu bestrafen.

Es hatte in der Nacht mehrere kurze Schauer gegeben, und immer noch bliesen heftige Böen, obwohl die dunklen Wolken sich auf die Geest verzogen hatten. In den Pfützen kräuselten sich die Wellen; Stampe sprengte hindurch. Schaumflocken flogen den Pferden von den Gebissen und klebten an ihren Flanken, die Knechte dicht hinter dem Staller waren schlammbespritzt.

In Ketelsbüll bog Stampe ohne Aufenthalt ab, überquerte den Westerpriel von Langeneß und nahm den Pfad an dessen Ufer entlang ins Vorland hinein. Bereits von weitem konnte er die seit seinem letzten Besuch augenfällige Veränderung der Trojburg erkennen. Ein Gerüst stach in den Himmel, auf dem Leute umherkletterten. Das hölzerne erste Stockwerk der Motte war bereits durch Mauern aus Backstein ersetzt. Gegenwärtig erhöhten die Männer den Wehrturm um ein weiteres Stockwerk. Der Propst hatte recht gehabt.

Vor Wut schäumend ritt der Staller in den Innenhof, dessen unbewachte Pforten offenstanden. Die zwei Männer auf dem Gerüst erhöhten die Geschwindigkeit, mit der sie Mörtel auf die Mauer klatschten, Ziegel in die richtige Position warfen und mit dem Kellenstiel zurechtstießen. Im

Hof mischte ein junger Mann in einem Bottich eifrig Muschelsand mit Wasser. Er wagte nicht aufzublicken.

Das Grölen von Männerstimmen, in das sich helles Gelächter von Frauen mischte, stieß sich an den Wänden des Gewölbes vor der Gefangenenzelle.

Der Staller zog sein Kurzschwert.

Die schwergewichtigen Knechte waren erfahrene Kämpfer, die lange in Diensten des Stallers standen. Sie wußten, was ihr Herr wollte. Sie schnallten die Lanzen von ihren Pferden und zogen die Messer aus dem Gürtel. Ingemar vergewisserte sich mit einem Blick, daß sie bereit waren, dann huschte er die hölzerne Stiege an der Motte hoch.

Auf der Plattform am Eingang zum großen Turmraum torkelte ihm ein Mann entgegen, der sein Wasser abschlagen wollte. Ingemar Stampe holte aus und hieb ihm in einer einzigen Bewegung Hand und Glied ab. Der hohe, spitze Schrei des Wogensmannes fiel zusammen mit dem Krachen der Balustrade, die er durchbrach, bevor er in den Hof stürzte.

Die Stallerknechte drangen geduckt vor dem Staller in den Turmraum. Als ihr Herr ihnen folgte, hielten sie Knut und seine Gesellschaft bereits in Schach. Die Männer wagten sich nicht zu rühren, während drei Frauen kreischend aufsprangen und sich an die Teppiche klammerten, die von den Wänden Wind und Nässe abhielten. Die ganze Gesellschaft starrte auf die blanken Lanzenspitzen in den Fäusten der beiden Berserker. Den Staller in der Tür bemerkte kaum einer.

Ingemar suchte mit zusammengekniffenen Augen seinen Verwandten. Bis er ihn gefunden hatte, wußte er, daß Knutsson nicht anwesend war.

Knut lag ausgestreckt auf einem Fell vor dem Kamin. Seine Hand tastete auf der nackten Haut der Hüfte herum, als er mit entsetztem Erschrecken begriff, daß er wehrlos war. Die Frau, die ihr Gesicht in der Wolle seines Schoßes versteckte, schleuderte er von sich. Dann richtete er sich ganz langsam auf.

Die Spitze einer Lanze gebot ihm Einhalt, und er sank

ächzend auf den Rücken. »Versteh doch, Verwandter«, keuchte er, indes sein Brustkorb immer flacher zu werden schien und Blut aus einem ansehnlichen Riß in der Haut strömte. »Es ist langweilig, wenn es kaum noch Beute gibt.«

»Deine Aufgabe besteht allein darin, den Schluth gegen Räuber von See abzusichern«, sagte der Staller, so verächtlich, daß ihm das Sprechen schwerfiel.

»Zur Hölle! Glaubst du, damit kann ich meine Leute halten?« schrie Knut, schmetterte die Lanze beiseite und setzte sich auf. Sein Gurt hing an der Tür, und der Knecht des Stallers stand erneut über ihm. Er blieb sitzen. »Geh mir aus dem Weg, du Tölpel«, knurrte er.

Der Stallerknecht vergewisserte sich mit einem Seitenblick bei seinem Herrn, ob dieser ihm erlaubte, die Lanze zurückzuziehen. Immerhin handelte es sich um den Befehlshaber der Burg.

Der Staller kräuselte lediglich die Oberlippe.

Knut atmete tief ein und wischte sich das Blut von der Brust, ohne die Frau zu beachten, die auf den Unterarmen zu den anderen kroch. Ihr feister Hintern ragte in die Höhe, und Büschel von rotblonden Haaren hingen zwischen ihren Schenkeln. Dem Knecht des Stallers traten Schweißperlen auf die Oberlippe und Begehrlichkeit in die Lenden. Es fiel ihm schwer, die Augen von ihr zu lassen, aber die Anwesenheit seines Herrn nagelte ihn auf seinem Platz fest.

Stampes Schwert kratzte an der Hülle, als er es zurückschob. Knut langte nach seinem Gewand und schlüpfte hinein, während sich die vier Mann, die immer noch auf dem Boden saßen, vorsichtig rührten.

»Ihr nicht«, sagte der Staller mit einer Stimme wie klirrendes Eis. »Für euch gibt es keine Entschuldigung.«

Knut fühlte, wie sich auf seiner nackten Brust die Haare hochstellten. Er kannte Ingemar länger als jeder andere in diesem Raum. Seine Leute sperrten Mund und Nase auf, während sie ihren Hauptmann unsicher ansahen. Einer mit glasigen Augen lachte dröhnend, lehnte sich rückwärts und schlug krachend mit dem Kopf auf dem Boden auf.

»Ich bin ein gottesfürchtiger Mann«, flüsterte Ingemar, »und habe ein gutes Verhältnis zu Mutter Kirche. Ihr werdet an euren sündigen Körperteilen gestraft. Das wird ihr auch gefallen.«

»Nein«, stammelte Knut im Namen seiner Männer. »Du kannst ihnen das nicht antun, Verwandter!«

»Ich tue gar nichts«, knurrte der Staller und verließ häßlich lächelnd den Raum. Knut wartete mit angstverzerrtem Gesicht auf ein versöhnliches Wort und wußte doch gleichzeitig, daß Ingemar nichts zurücknehmen würde. Die leichten Schritte des Stallers auf der Treppe wurden leiser. »Sei zufrieden, ihr Leben schenke ich ihnen«, ertönte es aus dem Hof.

Knut entspannte sich. Wenigstens das. Mehr konnte er nicht erreichen.

Die Knechte waren mit ihren Messern fingerfertig wie Gaukler. Ehe die Wogensmannen wußten, wie ihnen geschah, waren sie beschnitten wie die Heiden und die Huren durch ein Kreuz in die Brust gezeichnet.

Ingemar Staller hörte an den schrillen Schreien des Entsetzens, daß seine Knechte ihre Arbeit ordentlich verrichteten. Es verschaffte ihm ein zufriedenstellendes Gefühl von Ordnung, daß diese Männer und Frauen ihr ganzes künftiges Leben kenntlich sein würden. Neugierig inspizierte er die Fleischfetzen, die der Knecht vom Treppenabsatz in den Hof warf. Sein Hund machte sich schmatzend über die Bissen her. Der Mann verschwand wieder.

Knut wankte nach einer Welle unbeschädigt, aber mit zerrüttetem Gemüt die Stiege herunter, gefolgt von einem Knecht, der auf ihn aufpaßte. »Wie konntest du mir das antun?« schluchzte er und ließ sich in den Staub aus Muschelkalk und durch viele Füße pulverisierten Klei sinken.

Der Staller registrierte verdrossen, daß die Schauer an Nordmarsch vorbeigegangen sein mußten. Sein Blick ging an der neuen Wand entlang nach oben. Hier waren schon viele Steine verbraucht worden, und der Mörtel hatte Zeit gehabt abzubinden. »Habe ich dich etwa bestrafen lassen?«

fragte er schneidend. »Für Diebstahl und Vernachlässigung seiner Pflicht verliert jeder andere in meinem Dienst sein Leben!«

»Diebstahl?« stotterte der Hüne, und dann begriff er. Er wurde bleich. »Aber du wolltest die Salzköge haben, nicht die Steine.«

»Dem Staller gehört alles, was du beschlagnahmst. Was an dir klebenbleibt, ist Unterschlagung.«

Hohn hatte Knut noch nie vertragen können. Er mühte sich auf die Knie und brüllte: »Und du? Was du beschlagnahmst, gehört dem König! Was an dir klebenbleibt, ist auch Unterschlagung!« Als ihm bewußt wurde, was er dem Staller ins Gesicht hinein vorgeworfen hatte, klaffte sein Mund auf, und er erstarrte.

Der Staller erholte sich schnell von seiner Überraschung. Mit wenigen Schritten war er bei Knut und stieß ihm das Messer bis zum Heft ins Herz. »Das hättest du nicht sagen dürfen«, flüsterte er ihm ins Ohr. Der Burgherr kippte auf die Seite, aber seine Augen zeigten, daß noch Leben in ihm war.

Der junge Mörtelmischer hatte einen hellen Kopf. Er warf dem Staller die Schaufel zwischen die Beine und jagte aus der Burg ins Vorland.

»Schnell!« peitschte die Stimme Stampes, aber die Lanze des Knechts erreichte den Jüngling nicht, der Haken schlug wie ein Hase, bis die Waffe im Gras aufschlug.

Der Mann stapfte zu seinem Pferd, verfluchte das Gewirr der beiden Zügel, die sich unter seinen Pranken zu verknoten schienen, und galoppierte dann auf dem schweren Pferd dem Flüchtling nach.

Ingemar Staller lehnte mit verschränkten Armen am Handlauf der Treppe, während er auf den Knecht wartete, den er erneut nach oben an die Arbeit geschickt hatte. Er kümmerte sich nicht um die beiden Maurer, die wie nasse Mörtelfladen an ihrem Gerüst klebten und kaum zu atmen wagten. Er war zufrieden, daß er Knut beseitigt hatte, bevor er zum Problem wurde. Knut würde nun keine Gelegenheit mehr haben, Vermutungen über die Pläne seines

Dienstherrn zu verbreiten. Trunkenheit und Prahlsucht waren üble Ratgeber für Gefolgsleute.

Die Köpfe der Wogensmannen waren noch dumpf vom Bier, und die Bestrafungsaktion hatte sie überrumpelt. Nachdem die Stallerknechte die Stiege hinuntergepoltert waren, hatte keiner daran gedacht, sich zu bewaffnen. Sie waren dabei, ihre Verwundungen zu untersuchen, als Ingemars Knecht ein zweites Mal hereintappte.

Es gab keinen Widerstand. Die Frau mit den rotblonden Schamhaaren ließ der Knecht noch eine Weile leben und vergnügte sich an ihr. Als das Blut aus der Kehle ihre Haare zu Strähnen verklebte, sah sie nicht mehr so schön aus, und er verlor die Lust an ihr. Mit trägen Bewegungen stieg er die Treppe hinunter, wo sein Herr ihm ungeduldig entgegensah.

Der Staller wies ihn an, das Arbeitsgerüst herunterzureißen. Der eine Maurer sprang freiwillig, den anderen erledigte der Knecht, während Ingemar auf dem Wall nach seinem zweiten Mann Ausschau hielt.

Stampe war äußerst ungehalten, als der Reiter nach langer Zeit mit schlechtem Gewissen zurückkehrte. Der junge Mann sei im Netz der unübersichtlichen Priele entwischt, berichtete er.

»Dummkopf! Hast du sein Gesicht gesehen?«

»Nein«, sagte der Knecht furchtsam. »Er verdeckte es oder zeigte mir den Rücken.«

»Gut, daß du wenigstens so viel begriffen hast!« schnaubte der Staller. »Aber ihr werdet ihn finden!«

Die Nachricht vom Massaker in der Trojburg rief Arfast nach Langeneß zurück, wie so viele, die kamen, um die Toten, das Blut und die Zerstörung des Baugerüstes in Augenschein zu nehmen. Niemand wußte, was geschehen war. Am naheliegendsten war ein Racheakt von See aus. Die Wogensmannen hatten ihn verdient, so war die allgemeine Meinung.

Anna nutzte die Gelegenheit, um einem Rungholter eine Nachricht für Arfast mitzugeben.

Arfast stach Grassoden aus, mit denen der neue Kajedeich bedeckt werden mußte, als der Rungholter auftauchte und gestikulierte, bis er Arfasts Aufmerksamkeit eingefangen hatte. »Anna Knoop will dich sprechen«, rief er durch den Trichter seiner Hände quer über das noch grüne und unberührte, fast fertig eingedeichte Land hinüber.

Arfast winkte zurück zum Zeichen, daß er die Botschaft verstanden hatte. Obwohl sein Herz einen gewaltigen Satz vor Freude machte, beeilte er sich nicht. Es mußte niemand wissen, daß er am liebsten wie eine Seeschwalbe im Sturzflug zu Anna geeilt wäre. »Ja, ich werde mich dann aufmachen«, sagte er nach einigen Stunden und ging.

An der Anlegestelle der Trojburger lagen mehrere Boote, und Leute liefen dort herum. Arfast schützte seine Augen mit der Hand, aber gegen die Abendsonne konnte er nicht erkennen, wer es war.

»He, Arfast«, flüsterte jemand hinter ihm, und er fuhr herum und sprang gleichzeitig zur Seite. Nur zu gut hatte er die Begegnung mit Knutsson in Erinnerung.

Die Stimme kam aus einer Vertiefung, die das Wasser bei Sturm in das Halligland gegraben hatte. Arfast kroch hin und schob sein Gesicht über die Kante. Er grinste, als er seinen Irrtum erkannte. »Was hockst du denn da? Komm raus.«

Haye, der zweitälteste Sohn von Hark, kauerte im Loch und schüttelte eigensinnig den Kopf. »Mach das Boot klar, und dann ruf mich. Du mußt mich nach Rungholt mitnehmen! Ich muß ungesehen fort.«

Arfast nickte und als der Ever im Fahrwasser lag und das Segel im Wind schlug, rief er leise nach seinem Vetter. Haye sicherte nach allen Seiten, bevor er sich über die Halligkante rollte und in die Plicht schlüpfte. Arfast deckte eine Abdeckplane über ihn und setzte sich an die Pinne.

Er schwieg, bis er an den Trojburgern vorbei war. Er meinte dort den Hardesvogt Ocke zu erkennen, der von Oland zur Besichtigung der Toten herübergekommen sein mußte, und einige Nordmarscher. Als der Wellenschlag des Schluth einsetzte, kroch Haye aus seinem Versteck.

Arfast sah ihn an und lachte. »Siehst du dir neuerdings

die Prielkanten von unten an?« Die Haare seines Vetters waren voll mit nassem Schlamm und die Jacke mit getrockneten Mörtelspuren.

»Quatsch!«

»Du bist doch wohl nicht auf der Flucht vor deinem Vater?«

»Mm.« Haye kaute mit vollen Backen am Zwieback, den Arfast an Bord lagerte für den Fall, daß er hoch und trokken übernachten mußte.

»Mm, ja oder mm, nein?«

»Mm, nein. Nur vor dem Staller und seinen Schlächtern.« Haye berichtete bis ins kleinste, was er gehört und erlebt hatte.

Arfast sah ihn entgeistert an, weil er gedacht hatte, daß Haye sich aus Spaß versteckt gehalten hatte. Und nun entpuppte sich der Vorfall als ein Massentotschlag, dem Haye nur hatte entkommen können, weil er nicht auf den Kopf gefallen war.

»Es waren nicht alle Wogensmannen da, aber die, die da waren, sind tot, glaube ich«, schloß Haye. »Und die Maurer vom Festland.«

»Und du hast genau gehört, wie Knut sagte, daß der Staller die Salzköge haben will?«

»Ganz genau«, bestätigte Haye feierlich und leckte sich einen letzten Krümel aus dem Mundwinkel. »Ich finde es allerdings bemerkenswerter, daß ich der einzige bin, der davongekommen ist. Warum fragst du nicht mal, wie es mir geht?«

»Dir geht es gut, das sehe ich ja. Wie üblich siehst du nur hungrig aus«, sagte Arfast und warf ihm seinen Packsack zu. »Es sind noch Pflaumen darin.«

Haye steckte seine Hand in den Sack. »Unsere eigenen«, sagte er lachend und biß mit Genuß in das weiche Fleisch. »Dachte ich mir's doch, daß du eine schwache Stelle hast. Auch du klaust.«

Dem Salzsieder ging flüchtig durch den Kopf, daß so junge Leute wie Haye durch eine süße Frucht von einem schlimmen Erlebnis abgelenkt werden konnten. Nach außen wirkte er schon sehr männlich und sah gut aus; heimlich flogen Haye viele Herzen von Nachbarmädchen zu, und er genoß es. Aber nun war er aus Zufall mit einem Mann zusammengestoßen, der gefährlicher war als ein einsamer Wolf im Winter und obendrein die Macht eines Königs besaß. »Haye Harksen«, sagte Arfast, »du weißt, daß dein Leben jetzt in Gefahr ist.«

Haye spuckte einen Kern ins Wasser und putzte sich die Oberlippe ab, an der ein blonder Flaum einen zukünftigen rötlichen Bart andeutete. »Was meinst du, weshalb ich fliehe?«

»Das scheint in unserer Familie ein Dauerzustand zu werden«, stellte Arfast fest.

Haye, der quer über der Ruderbank hing, um den Beutel unter Deck zu verstauen, sah interessiert auf. »Wer denn noch?«

Arfast grunzte zustimmend. »Das habe ich mir ja gedacht. Dir haben sie auch nicht erzählt, daß mein Vater vom Staller hingerichtet wurde und Mutter aus diesem Grund mit mir weggegangen ist, stimmt's?«

Während Haye mit offenem Mund nickte, fuhr Arfast grimmig fort: »Sie wissen oder vermuten alle, daß der Staller meinen Vater zu Unrecht beseitigt hat, aber sie wagen nicht, etwas zu unternehmen. Sie waren froh, daß er sie danach in Ruhe ließ. Aber der Faden von Ingemar Stampes Verbrechen setzt sich fort. Und ich werde das Knäuel aufdröseln, verlaß dich drauf.«

Danach hing er seinen Gedanken bis in den Hafen von Rungholt nach. Erbittert hörte er dem vielstimmigen fernen Geschrei der Wasservögel zu, das sich nie ändern würde, ganz gleich, welche Mordtaten sich in den Marschen ereigneten.

Arfast war unsicher, wer ihn sprechen wollte, Anna oder vielleicht doch Benedikt Knoop. Für alle Fälle schlug er einen Umweg ein, um das Haus am Hintereingang zu erreichen.

Sein Herz machte einen Sprung, als sie ihn sofort bemerkte und verstohlen hereinwinkte. »Ich muß dir schnell etwas sagen; mein Vater wird gewiß bald zurück sein.«

Am liebsten hätte er sie in den Arm genommen, sie sah mit den Ringen unter den Augen aus, als hätte sie nächtelang nicht geschlafen. »Was ist mit dir, Anna?« fragte er zärtlich.

»Arfast, bitte, hör mir zu. Hör mir zu!«

Ihr Drängen machte ihn stumm. Er nickte.

»Vater will mich unter allen Umständen an Westerflete verheiraten. Obwohl der versucht hat, mir Gewalt anzutun. Vater erwischte ihn entblößt.« Die Tränen saßen ihr locker aus Wut über die Erniedrigung, aber auch aus Wut über ihren Vater, der es mit einem Gewalttäter hielt. Wäre er noch ein echter Knoop wie sein Großvater gewesen, hätte er Westerflete erschlagen und in die Graft geworfen. Anna merkte gar nicht, daß Arfast sie inzwischen bei der Hand hielt, um ihr durch seine Nähe Trost zu geben.

»Heirate mich!«

Anna blinzelte zu ihm hoch und lächelte. Dann schüttelte sie den Kopf. »Ich will nicht aus einer aufgezwungenen Verlobung in eine Ehe mit einem anderen Mann fliehen. Ich will mein Recht. Niemand darf das Recht einer Frau geringer schätzen, als das eines Mannes!«

Arfast schüttelte wütend den Kopf. Aber er verstand Anna. Sie beanspruchte nur dasselbe wie er.

Anna sprach hastig weiter. »Die Kirche ist jetzt meine einzige Hoffnung. Pastor Nommensius gab mir zuerst recht und konnte dann gar nicht schnell genug widerrufen, als ihm einfiel, wer mein Vater ist und wer den Abendmahlskelch stiftete. Er verwies mich an den Propst. Ich hoffe, Seine Gnaden ist kein solches Häschen.«

Unbewußt schüttelte Arfast den Kopf. Nein, ein Häschen war der Propst nicht. Eher ein Drache mit gierigen Augen und einem Rachen, der Bissen von Fennengröße verschlang. Aber er schwieg. Er würde es nicht ertragen, an ihrer Hoffnungslosigkeit schuld zu sein.

»Mein Vater darf davon nichts wissen. Bitte geh du für mich zum Propst, Arfast!«

Unbehagen kroch ihm über den Rücken. Wer konnte wissen, wie weit sich Staller und Propst gegenseitig auf dem laufenden hielten, um ihre Schäfchen gemeinsam in Schach zu halten? Er war nicht besonders beliebt beim Staller. Übrigens genausowenig wie sein Vetter; und sein Oheim hatte Differenzen mit dem Propst. »Ich bin vielleicht nicht der Fürsprecher, den du dir erhoffst, Anna. Meine Familie ist derzeit in Ungnade bei allen wichtigen Leuten«, gab er zu bedenken.

Aber Anna hatte wieder Mut gefaßt. »Arfast, du hast doch keine Angst«, flüsterte sie mit unüberhörbarer Empörung. »In Brügge warst du der mutigste Mann, den ich jemals kennengelernt habe.«

Er umfaßte ihre Schultern und sah ihr in die blauen Augen, die trotz der Dämmerung des Hauses leuchteten wie die See in der Mittagssonne. »Gut, ich gehe. Aber du mußt dich darauf gefaßt machen, daß es schiefgehen kann, und daß du dann viel schlimmer dran bist, als ohne meine Hilfe. Jeder andere wäre besser, sogar Momme!«

Das lenkte Anna vorübergehend von ihren eigenen Sorgen ab. »Oh, der ist eingesperrt, zusammen mit Nikkels Tünbüdel und dessen Neffen. Keiner weiß, warum.«

Arfast runzelte die Stirn, während Anna ein Schreiben unter ihrem Überrock hervorzog.

»Ich gebe dir einen Brief für Seine Gnaden mit«, sagte sie. »Beschwöre ihn bei seiner Christenpflicht, mich vor einem Ungeheuer zu retten.«

»Christenpflicht«, wiederholte der Propst und klopfte mit der Kante des Pergaments auf den Tisch. »Es ist wohl kaum nötig, daß ein junges Mädchen einen Geistlichen an seine Christenpflicht erinnern muß.«

Verstohlen musterte von der Wisch den Bittsteller. Der junge Mann war zu Pferde gekommen, sah aber nicht aus wie ein Knecht von Knoop. Oder überhaupt wie ein Knecht. Seine intelligenten Gesichtszüge deuteten an, daß er Wert auf eine eigene Meinung legte.

Nun ja, es interessierte ihn nicht, wen diese Anna in ihr

Bett nahm. Viel wichtiger war, wer sie vor den Altar führte. Der Propst knallte das Schreiben auf den Tisch und überdachte erneut seinen Inhalt. Selbstverständlich war Henneke Westerflete der beste Garant dafür, daß Knoop zu seinen vertraglichen Verpflichtungen gegenüber der Kirche stand. Ein kleiner, aber nicht unwichtiger Punkt auch, daß sein Schwiegervater zweifellos darauf bestehen würde, daß die junge Familie auf Strand wohnen und dort seine Kinder großziehen würde. Gebürtige Holsteiner alle beide, ohne Kenntnisse des Friesischen. Er mußte Knoop zustimmen: Westerflete war in jeder Hinsicht eine gute Wahl.

»Selbstverständlich wird Anna Knoop eine gehorsame Tochter sein und heiraten, wen ihr Vater ihr mit Umsicht ausgesucht hat«, sagte er im Ton leisen Erstaunens. »Wie kann sie einen Priester als Beistand für ihren Ungehorsam anrufen? Allein der Versuch macht mich schaudern!«

Arfasts sonnengebräunte Haut wurde ein wenig dunkler, als er in respektvollem Ton widersprach. »Dieser Mann hat versucht, Anna Knoop Gewalt anzutun, Euer Gnaden. Kann Gott wollen, daß ein Mann eine Frau mit Gewalt nimmt?«

Der Propst glaubte zu begreifen und schmunzelte nachsichtig. Hier ging es offenbar um eine Rivalität zwischen zwei Bewerbern, und sein junger Besucher hatte ein heißes Gemüt und war dreist genug, sich Hilfe zu verschaffen, wo immer er es konnte.

Eigentlich war es keine Angelegenheit für einen Propst. Aber auf merkwürdige Weise war dieser eifersüchtige Liebhaber in seiner Amtsstube ja sogar mit seinem zukünftigen Bistum verknüpft. Von der Wisch schüttelte den Kopf über Gottes verschlungene Pfade, auf denen er zwei Liebhabern einen gestandenen Propst nachschickte.

»Aber junger Mann«, sagte er milde. »Wir wissen doch, wie Frauen sind. Es gehört einfach zu ihrer Natur, daß sie den Mann anlocken und sich trotzdem scheinbar gegen ihn wehren. Wahrscheinlich wäre Jungfer Anna selbst am meisten erzürnt, wenn ihr Vater sie beim Wort nähme und das Verlöbnis auflöste.«

»Es gab kein Verlöbnis! Wie könnten sie ohne den Segen der Kirche verlobt sein?« Arfast kämpfte jetzt mit geballten Fäusten, ohne es zu merken.

Der Propst versuchte ihn mit ausgestreckten Händen zu beschwichtigen. »Junger Mann, ich bin ganz sicher, daß Benedikt Knoop mit dem Pastor der Hauptkirche in Rungholt schon gesprochen hat.«

»Nein, das hat er nicht.«

Vorübergehend war der Propst aus dem Konzept geworfen. »Nun, dann vielleicht in seiner Heimatkirche von Elmshorn. Oder anderswo. Ich sage Euch, dies ist nicht der entscheidende Punkt. Die Kirche hat niemals darauf bestanden, noch vor den künftigen Eheleuten informiert zu werden. Im übrigen möchte ich Euch im Guten raten, Euch nicht einzumischen. Wenn es Westerflete schwerfällt, seine Manneskraft zu zügeln, so ist dieses eine läßliche Sünde, für die ihm in der Beichte Absolution erteilt werden kann. Ihr habt damit absolut nichts zu schaffen. Wenn er so hitzig sein sollte, wie Ihr behauptet, so verspricht es eine gute Ehe mit vielen Kindern zu werden, wie unser Herr dem Weibe aufgetragen hat. Mutter Kirche kann einer solch christlichen Gemeinschaft mit frohem Lächeln zusehen. Sie wird das Gegenteil der kalten Gleichgültigkeit zwischen Eheleuten werden, wie sie sich seit den Pestjahren so entsetzlich ausgebreitet hat.«

Arfast blähte die Nasenflügel. Welchen Weg auch immer er jetzt einschlug, Anna konnte er nicht helfen. »Ich soll ihr also mitteilen, daß ihr Vater sie zwingen darf, einen Geldsack zu heiraten, der sie bespringen kann, wann es ihm paßt? Und daß der Propst im Namen von Jesus Christus an diesem Komplott teilnimmt?«

Der vor Wut erbleichende Propst zwang sich zur Ruhe. Er ergriff das Kreuz an seiner Brust und richtete sein Gesicht zum Himmlischen Vater empor.

Arfast fühlte, daß er zu weit gegangen war. Er war drauf und dran, sich zu entschuldigen, aber er wagte den Propst nicht zu unterbrechen, obwohl der sich inzwischen über anderes als Anna Gedanken zu machen schien.

»Wie ist Euer Name?«

»Arfast Ketelsen, Euer Gnaden.«

»Sohn von Ketel Arfastsen, wohnhaft in Rungholt?« Der Propst war so erstaunt, daß er beinahe gelacht hätte, indes seine Hand sich zu einem Schreiben des Priesters Nommensius von Rungholt tastete, das ihm am Vortag überbracht worden war. Ein unbedeutender Mann, dieser Nommensius, aber zuweilen ganz nützlich.

Die Beobachtung, die Nommensius ihm mitteilte, entstammte offenbar einer persönlichen Mitteilung oder einer Beichte. Sie hatte ihn nicht sonderlich interessiert. Bis eben.

Ein erwartungsvolles Zittern erfaßte den Propst. Fast meinte er, hinter der Bischofsmütze schon den Kardinalshut hervorlugen zu sehen. Er hatte die Lösung für das Problem gefunden, mit dem er sich seit der Unterredung mit Ingemar Stampe herumschlug. »Knie nieder«, befahl er.

Arfast war zu überrumpelt, um sich zu weigern. Mit gefalteten Händen blickte er beunruhigt zu Friedrich von der Wisch hoch.

»Arfast Ketelsen, ich klage dich der Unzucht an«, sagte der Propst.

X

Arfast hörte verständnislos zu. Eine Unzuchtsanklage war ähnlich gefährlich für den Angeschuldigten wie die der Zauberei. Wie die, daß etwas Fehlendes nie vorhanden war. Man konnte das Gegenteil nicht beweisen.

Es war als hätte der Propst in seinen Kopf hineinsehen können. »Die Anklage wegen Unzucht ist eine schwerwiegende Angelegenheit für die Kirche«, belehrte er ihn mit halb geschlossenen Augen. »In leichteren Fällen sieht sie allerdings von der Exkommunikation ab.«

In Arfast versteiften sich alle Muskeln. Auf diese Weise wollten sie ihm also auch Angst einjagen. »Was hindert Euch daran, mich zu exkommunizieren? Die Unzucht ist ja auch erfunden!«

»Wirklich?« fragte der Propst mit ernster Eindringlichkeit und griff nach einem zerknitterten Schreiben. Während er es mehrmals überflog, obwohl er den dürftigen Wortlaut längst auswendig kannte, begann Arfast zu überlegen, wo er Anlaß für eine solche Anschuldigung gegeben haben könnte.

Er fand keinen. Und er entdeckte, daß er immer noch wie ein Sünder vor dem Propst kniete. Ihm wurde heiß vor Zorn, als er erkannte, daß dieser erbarmungslose Mann nicht nur Anna zerstören würde, sondern seine Macht auch an ihm erproben wollte, und daß diese Demütigung der Anfang dazu war. Er sprang so hastig auf die Füße, daß der Propst zurückfuhr und an seine Seite griff.

Von der Wisch ärgerte sich maßlos über sich selber. Diesen jungen Mann hatte er gleich anfangs unterschätzt. Daß er seine unwillkürliche Geste der Verteidigung beobachtet und sie als solche auch registriert hatte, brachte das Faß zum Überlaufen. »Dein unzüchtiger Übergriff auf eine so gut wie verheiratete Frau wurde in Brügge von einem glaubwürdigen Zeugen beobachtet«, sagte er schneidend.

»Und das, während der glückliche Vater im besten Glauben gerade das Verlöbnis zwischen Anna Knoop und Henneke Westerflete bekanntgab.«

»O nein!« sagte Arfast mit geballten Fäusten.

»O ja!« sagte der Propst und deutete mit seinem behandschuhten Finger auf Arfasts Hände. »Wage nicht, einen Prälaten des Bistums tätlich anzugreifen!«

»Der Zeuge lügt«, sagte Arfast leidenschaftlich, als er endlich seine Kiefer mühsam entspannt hatte. »Es war ganz anders.«

»Aber es war.« Von der Wisch drehte ihm den Rücken zu, um seine Genugtuung zu verbergen. Eine Faust war eine Waffe und ließ sich allemal zweckmäßig verwenden, vor allem gegen ihren Besitzer. »Und du hast es nicht abgestritten, worauf ich dich in aller Form aufmerksam machen möchte.«

»Die Unzucht streite ich ab, den Kuß nicht.«

»Ein Kuß außerhalb von Verlöbnis und Ehe ist Unzucht. Er führt in der Regel zu mehr. Ich bin um der Jungfrau willen dankbar, daß ein aufmerksamer Zeuge Schlimmeres verhindert hat.« Der Propst beendete den Wortwechsel, indem er auf der schmalen Bank vor dem Kruzifix niedersank, die Hände vor der Stirn faltete und ein stummes Gebet sprach.

Arfast preßte die Lippen zusammen, ungewiß, wie er sich verhalten sollte, und noch ungewisser, worauf der Propst hinauswollte. Und dann dachte er daran, daß in Brügge einer seiner Feinde eine Harmlosigkeit beobachtet hatte und denunzierte – während in der Trojburg ein zehnfacher Totschlag nicht geahndet werden konnte.

»Ihr werdet beide büßen«, sagte der Propst, ohne aufzustehen und so leise, als führe er ein Gespräch mit dem Herrn.

»Ich glaube nicht, daß der Herr einen Kuß in aller Unschuld für eine größere Sünde hält als Totschlag und Diebstahl«, sagte Arfast ebenso leise. »Beide werden nicht bestraft.«

»Die Totschläger sind auf die See entkommen, und der

Herr wird sich ihrer annehmen müssen. Was meinst du mit Diebstahl?«

»Die Ziegel, die der Staller nicht beschlagnahmt hat, wurden von Knut Wogensson gestohlen. Jeder konnte die Wände wachsen sehen – aber er wurde nicht zur Verantwortung gezogen!«

Von der Wisch sprang auf die Füße. »Was? Meine Ziegel?«

Arfast wich zurück vor diesem Jähzorn, den er unwillentlich verursacht hatte. »Ziegel, die eigentlich Agge Salz gehören«, sagte er beschwichtigend und sah verwundert zu, wie der Propst erneut auf die Bank sank und den Kopf zum Gebet senkte. Die Schultern im schwarzen Gewand zitterten.

Friedrich von der Wisch betete um Beistand. Mit dem Verlust der Ziegel war das Fundament seiner Zukunft zerstört, sein wichtigstes Argument für die Kollegiatskirche war geschmolzen wie Wachs.

Als er verzweifelt aufsah, fuhr ein Lichtstrahl durch den kargen Raum und tauchte das Gesicht des Dornengekrönten in einen goldenen Schein. Sein mildes Antlitz strahlte Hoffnung und Zustimmung aus.

Er würde bauen. Die Fundamente für die Rungholter Kollegiatskirche lagen unter den Trümmern der Kirche von Gundermarsch-Schlot begraben. Man würde die Quadersteine zu Schiff nach Rungholt bringen können. Von der Wisch lächelte in seine Hände hinein und sandte einen heißen Dank an seinen Schöpfer.

Arfast sah, daß die Schultern sich wieder strafften. Er seufzte unwillkürlich. Irgendwie saß er in einer Falle, die der Propst soeben zugeschlagen hatte. Nur den Schmerz spürte er noch nicht.

Der Prälat erhob sich endgültig. Soeben hatte er den Entschluß gefaßt, Ingemar Stampe die Kraft der Kirche vor Augen zu führen. Niemand durfte wagen, sie nach seinem Willen zu manipulieren. Fromme Absprachen waren möglich, solange sie dem Seelenheil der Gläubigen dienten, aber der Staller würde lernen müssen, Absprachen auch einzuhalten. Die Verbannung kam jetzt nicht mehr in Frage.

Der Sünder stand noch da, mit geradezu verstockter Miene. Die fehlende Einsicht für seine Sünde stand ihm deutlich in den Augen geschrieben. »Da du so heftig um Beistand für Jungfer Anna Knoop gebeten hast«, sagte der Propst, »will ich Nachsicht und Milde ihr gegenüber anwenden. Es ist durchaus denkbar, daß sie sich ihrer Pflicht dem Vater gegenüber nicht bewußt war. Ich werde deshalb bei ihr von der Anklage wegen Unzucht absehen.«

Arfast nickte erleichtert.

»Bei dir ist es anders! Dir werde ich eine Geldbuße auferlegen.« Mit wachsender Verärgerung erkannte von der Wisch, daß Ketelsen weder demütig noch einsichtig war. Obwohl ohne jedes gesellschaftliche Ansehen in der Harde, stand er geradezu selbstherrlich vor seinem Propst, die Hände in den Gürtel gehakt, an dem das Schwert hing.

Arfast hatte zu wenig Geduld, um jetzt, nachdem alles beschlossen war, noch lange zu warten. »Zwei Mark. War das nicht die Taxe für Langenesser?«

Von der Wisch war mittlerweile sehr wohl klar, daß nicht einmal eine solche Provokation aus dem Munde dieses jungen Mannes versehentlich fiel. Er mußte dem Staller prinzipiell zustimmen. »Nicht für alle«, entgegnete er scharf. »Ich glaube nicht, daß du durch eine Geldbuße zur Reue gebracht werden könntest. Du würdest sie aus dem Gedächtnis streichen und denken, man habe dir Unrecht getan. Das ist nicht der Sinn einer Buße.«

Arfast hielt den Atem an. Er wußte genau, welche Buße ihn auf ewig erinnern würde.

»Die Fenne …«

»Ja, die Fenne«, wiederholte Arfast erbittert. »Die an diejenige von meinem Oheim Hark Arfastsen angrenzt.«

»Nein. Diejenige, die an die Langenesser Fenne des Propstes Friedrich von der Wisch angrenzt.« Der Propst konnte seine tiefe Genugtuung kaum verbergen. Er hatte sich beizeiten genau erkundigt, wer seine neuen Nachbarn waren.

Arfast schluckte die Wut hinunter, die ihm in die Kehle stieg, machte auf den Hacken kehrt und schoß auf die Tür zu. Der Propst sah ihm lächelnd nach. Wer selbst dem Herrn gegenüber jede Ehrfurcht vergaß, würde nicht viele Schritte zu seinem eigenen Grab zurückzulegen haben.

»Und bitte den Allmächtigen um Vergebung!« schallte es über den Kirchhof, während Arfast sich auf seine Stute warf und ihn im Galopp verließ. Er war der Meinung, daß der Propst gut für sich selber um Vergebung bitten konnte.

In feinem Nieselregen machte Arfast sich auf den Rückweg nach Rungholt. Erst als ihn mit dem Dampf seiner Stute der Pferdegeruch einzuhüllen begann, fiel ihm auf, daß er ihr zuviel abforderte. Er klopfte ihr den Hals und parierte zum Schritt durch.

Die Richtstätte von Morsum einige Meter neben dem Weg ließ ihn schaudern. Noch mußte im Gras des Hügels das eingetrocknete Blut zu finden sein. Agge war hingerichtet worden, als er selber an der Seite des Vogtes in Flandern gewesen war. Es war ein bemerkenswerter Schachzug des Stallers gewesen: Nur konnte sich niemand erklären, warum er die Abwesenheit des Hardesvogts ausgenutzt hatte.

Arfast hob den Kopf und sah sich um, obwohl das Nieseln sich zu strömendem Regen verstärkte, der ihm in den Kragen rann. Irgendwo hier im Buschwald versteckt, mußte sich auch der Hof des Stallers befinden.

Und dann glaubte er seinen Augen nicht zu trauen. Wie eine Sandbank im Meer bei Ebbe lag ein befestigter Hof inmitten eines riesigen Feldes. Der schwere Kleiboden war frisch und tief gepflügt, soweit Arfasts Blick überhaupt reichte, und in den Furchen stand das Wasser. Das Merkwürdigste war, daß man vergessen hatte, Abzuggräben für das Wasser zu ziehen. Jetzt, nach dem Pflügen, war es zwecklos, diese Arbeit nachholen zu wollen. Allein eine Art fester Damm von Wegesbreite führte ohne ersichtlichen Grund für seinen merkwürdigen Verlauf im Bogen vom Tor fort und verschwand im entfernten Wald.

Er schüttelte den Kopf, daß die Tropfen flogen. Wer diesen Hof bewirtschaftete, würde das Korn nicht mehr reifen sehen, es sei denn, man würde seinen Leichnam zwischen den Hälmchen verscharren.

Die Wipfel der niedrigen Bäumchen des Kratts hinter dem Hof begannen in tiefen Wolken zu verschwinden, die sich schwarz heranwälzten. In der Ferne grollte Donner, der wie eine Kugel im Kreis rollte und plötzlich mit einem Krachen aus den Wolken über ihm herausbrach. Arfast sah schemenhaft vor sich einige Häuser, bei denen er wohl Unterschlupf finden würde. Er gab seiner Stute wieder die Sporen, und sie hetzte mit angelegten Ohren vorwärts.

Völlig durchnäßt vom plötzlich einsetzenden Regenguß erreichte er einen winkeligen Hof, der ausreichenden Schutz und Heu für sein Pferd versprach. Er sprang ab und schlüpfte in die offene Tür, während ihm die taubeneigroßen Hagelkörner um den Kopf sprangen.

»Kommt nur herein, Herr«, lud ihn eine freundliche Stimme ein.

»Gilt das auch für mein Pferd?« fragte er in den Raum hinein, der noch düsterer schien als die Finsternis draußen.

Ein Lachen erscholl, das nur ganz allmählich abebbte und wie plätschernde Wellen sanft an Arfasts Ohr schlug. »Im allgemeinen legen wir den Pferden im Stall Heu vor, aber wenn es heißen Holundersaft trinken möchte, bringt es nur mit.«

Arfast lächelte erfreut. Er fühlte sich zu Hause, noch bevor er die Besitzerin der jungen Stimme gesehen hatte. Mit einigen weiten Sätzen über sich ausbreitende Pfützen langte er drüben am Stall an. Die Stute am langen Zügel schubste ihn vollends hinein. Sie mußte das andere Pferd gerochen haben, das sich umdrehte und wieherte.

Ein freundliches Haus. Arfast nahm seiner Stute den Sattel ab und rieb sie trocken, dann schöpfte er für sie Wasser aus einem Faß und legte beiden Pferden Heu vor. Endlich rannte er in das Wohngebäude hinüber. In der Tür wurde er von einem kleinen Jungen erwartet, der ihn aus engstehenden Augen ernst und ausgiebig betrachtete. Goldene Tupfen im hellen Braun erinnerten Arfast an eine Katze.

Oder an einen Luchs, dachte er und fragte: »Darf ich hereinkommen?«

Der Junge nahm den Finger aus dem Mund. »Ich habe es dir nicht erlaubt.«

»Waldemar, du bist unhöflich«, rief die Stimme mit einem Anflug von Verärgerung. »Kommt nur herein, Herr.«

Der Junge, der seiner Größe nach etwa sechs Jahre zählen mochte, versperrte breitbeinig den Windfang. Arfast entschloß sich, ihn mit Vorsicht beiseite zu schieben. Schließlich konnte er nicht gegen ein störrisches Kind die Hilfe seiner Mutter anfordern.

Drinnen verneigte er sich höflich und schnallte zum Zeichen der Friedfertigkeit seinen Schwertgurt ab. Die junge Frau wies auf die Bank, und er rückte hinein und vergaß das Schwert.

Sie war die schönste Frau, der er jemals begegnet war. Noch nie hatte er gesehen, daß eine verheiratete Frau ihr Haar mit einem Stirnreif bändigte und es im übrigen offen bis zur Taille herabfallen ließ, rotbraun und langwellig wie die Dünung nach einem Sturm.

Er umfing den Zinnbecher mit dem dampfenden Hollersaft mit beiden Händen und versuchte, nicht in den tiefen Ausschnitt ihres Kleides zu starren. Es war städtisch und würde hier auf dem Land die Gedanken der Männer in eine falsche Richtung lenken. Ihm stieg das Blut zu Kopf, was ihn verlegen machte.

Aber sie war das Staunen der Männer wohl gewohnt und schien nicht zu bemerken, wie linkisch er sich fühlte. Sie setzte sich ihm gegenüber, und ihre vollen Lippen verzogen sich zu einem unbekümmerten Lächeln, das die großen Schneidezähne sehen ließ. Aber auch sie schwieg.

»Ich danke Euch«, sagte er endlich befangen. »Euer Haus erschien mir in diesen Wassermassen wie eine Insel im Meer.«

Sie nickte und spielte mit ihren Ärmeln, die mit rosa und gelber Seide gefüttert waren und bis über die Fingerspitzen reichten. »Ihr seid willkommen. Ihr kommt gewiß aus dem Gut unseres Herrn, des Stallers Ingemar.«

Eigentlich nicht, wollte er sagen, aber statt dessen entfuhr ihm ein Schmerzensschrei.

»Ich stech dich«, drohte neben ihm Waldemar und freute sich, daß Arfast das Gesicht verzog. Ohne, daß er es gewahr geworden war, hatte der Junge das Schwert aus dem Gurt stibitzt und die Spitze auf Arfasts Oberschenkel gedrückt. Er legte sich mit aller Macht gegen den schlangenverzierten Knauf am Ende.

»Du bist noch zu jung für Waffen«, sagte Arfast, beugte sich rasch über die ganze Länge der Schwertschneide und stach dem Jungen seinen Daumen in den Bauch. »Er ist ja ein zäher Kämpfer«, stellte er fest, ohne durchblicken zu lassen, ob er es lobend meinte. Seiner Meinung nach hätte dem Kleinen ein Tauchbad im nächsten Graben zur Strafe nicht geschadet.

»Mein Sohn ist ein Kämpfer«, bestätigte die Frau, und zu Arfasts Verwunderung tat sie dies ohne den sonst üblichen Stolz von Müttern. »Aber zu jung nicht. Er ist zehn Jahre alt.«

Arfast hatte sein Schwert endlich Waldemar aus den Händen gewunden, ohne ihn oder sich selbst zu verletzen. Jetzt war ihm auch klar, warum der ganze Kerl, obwohl so klein, so wenig kindlich wirkte. Er war das kümmerliche Gegenbeispiel zum übersprudelnden Momme. »Bei dem Ernst, den er mit Waffen an den Tag legt, wird sein Vater viel Freude an ihm haben«, bemerkte er diplomatisch.

»Nein«, antwortete sie beiläufig.

»Er lebt nicht mehr?« stellte Arfast teilnahmsvoll fest. Er wußte selber, wie schwer Witwen es hatten, noch dazu mit kleineren Kindern.

»Klar lebt der«, schaltete Waldemar sich erneut ein. »Und er hat mir auch ein Schwert versprochen mit einer Klinge aus Toledo.«

Arfasts Blick ging fragend zur Mutter hinüber. Der Hof war keiner von der Art, auf dem man sich spanische Klingen zu leisten pflegte. Aber sie nickte. Er nippte verlegen am noch heißen Getränk, wagte aber nicht nach dem Hausherrn zu fragen. Er hielt es sogar für sicherer, das Thema ganz zu wechseln. »Ich habe den Hof des Stallers noch nie gesehen. Bis heute.«

»Ja, man hat in letzter Zeit den ganzen Wald abgeholzt«, bestätigte sie. »Es hat sich alles sehr verändert.«

Arfast grinste. »Ich nehme an, der Hausvater hier denkt an Abzuggräben, bevor er seine Saat ausbringt. Viel Freude wird der Staller an seinem Korn wohl nicht haben.«

»Wie kommst du denn auf Korn, du dummer Bauer?« fragte Waldemar frech. »Der Staller erntet Pfeile, kein Getreide!«

Die Frau warf ihr Haar mit träumerischem Gesicht zurück und strich darüber, als ob sie Waldemar nicht zugehört hätte.

Viel Einfluß nimmt sie auf ihren Sohn wohl nicht, dachte Arfast staunend. Er selber hätte gute Lust gehabt, dem Jungen einen Denkzettel zu verpassen, aber dieser hockte bereits neben der Feuerstelle und kokelte einen Knüppel an. Arfast hatte keinen Zweifel mehr, daß Waldemar ihn als Waffe benutzen würde, falls er sich näherte. Einem so selbstbewußten Kind war er noch nie begegnet.

Während Arfast seinen Becher austrank, dachte er darüber nach, was Waldemar gemeint hatte. Und dann wußte er plötzlich, warum die Abzuggräben fehlten. Natürlich! Der Staller hatte ein freies Schußfeld geschaffen, für den Fall, daß er belagert würde. Das Wasser sollte nicht abfließen, sondern in den Furchen stehenbleiben, um den Angreifern die Annäherung möglichst zu erschweren. Und ein kleiner zehnjähriger Lümmel mußte ihm dies erklären. Ihn packte die Scham über sich selber.

Die rothaarige Frau lächelte ein kleines verlorenes Lächeln und sah Arfast dann in die Augen. »Wir haben es warm seitdem«, sagte sie. »Er hat uns das ganze Holz geschenkt.«

Erneut zerfloß Arfast beinahe vor Glück, ihre Stimme zu hören und ihre Aufmerksamkeit auf sich gerichtet zu sehen. Sie konnte einen Mann wahrlich aus der Bahn werfen. Er verspürte den dringlichen Wunsch, sie wiederzusehen, trotz des kleinen Ungeheuers, das sie ihren Sohn nannte. Aber das Unwetter war vorüber, und er mußte weiter.

Arfast dankte ihr artig, verbeugte sich und ging hinüber zum Stall. Als er mit seiner Stute herauskam, stand die Frau in der Tür, die Arme vor Waldemars Brust verschränkt. Er fragte sich, ob das ihre Art von Zärtlichkeit war, oder ob sie ihn damit an einem neuen Schurkenstreich zu hindern versuchte.

Zu Pferde kam er dicht an ihr vorbei, bevor er das Anwesen verließ. Waldemar sah mit schräggelegtem Kopf zu ihm hoch und streckte ihm die Zunge raus, ohne daß seine Mutter es bemerkte. Plötzlich kam Arfast in den Sinn, daß er in solche Luchsaugen schon einmal geblickt hatte. Er hob die Hand zum Gruß und sprengte auf die Straße.

Noch lagen in den Pfützen die Hagelkörner, aber sie hatten bereits begonnen zu schmelzen, und die Sonne spiegelte sich im Wasser.

Auch in den benachbarten Häuschen rührte man sich. Die oberen Türflügel wurden aufgestoßen, um Tageslicht hereinzulassen; ein Mann steckte den Kopf hinaus und verschwand sofort, als er Arfast bemerkte. Eine Frau patschte durch die Pfützen. Sie spuckte in seine Richtung, drehte sich um und schürzte den Rock, so daß für einen Augenblick ihr nacktes Hinterteil aufblitzte.

Die Ansiedlung war besonders armselig; aber das war kein Grund, einen völlig fremden Mann mit solcher Feindseligkeit zu überschütten, fand Arfast. Als er im Schritt an ihr vorbeiritt, sah er die Gehässigkeit, mit der sie sein Pferd und seine Stiefel betrachtete.

Plötzlich hob sie den Kopf. »Das Stallerliebchen findet auch immer neue, die für sie sorgen. Hoffärtig ist sie, und will nicht sein, wie Gott sie geschaffen hat, sondern bunt und gesprenkelt wie Vogelgefieder! Aber nehmt Euch in acht, er ist rachsüchtig«, sprudelte sie heraus.

Arfast parierte durch. Hier gab es eine Verwechslung aufzuklären. »Was meinst du denn damit?«

Die Alte duckte sich bereits und ließ seine Hand nicht aus den Augen. Sie erwartete, daß er sie für ihre Worte schlug, und trotzdem brachte sie es nicht fertig, einfach still zu sein. »Ihr seid beim Staller gewesen und anschließend bei ihr, ich habe es genau gesehen. Wenigstens kann Agge sich nun nicht mehr grämen.«

»Sprichst du von Agge, der …«

»Ja«, zischte sie. »Jetzt trägt er seinen Kopf in der Hölle spazieren.«

»War er ihr Mann?« fragte Arfast.

Die Alte sah ihn verblüfft an. »Ihr seid wohl doch kein neuer Liebhaber«, murmelte sie verlegen. »Und Ihr wart auch nicht beim Staller?«

Arfast schüttelte den Kopf.

»Sie ist seine Tochter. Und obwohl sie nie verheiratet war, hat sie ihrem Vater einen Hof und eine Salzbude eingebracht. Der Vater hat eine Mitgift für seine Tochter bekommen, die er nicht verheiratet hat!« Sie lachte mekkernd.

»Sehr viel Freude hat er daran aber nicht gehabt.«

»Recht geschah ihm«, versetzte sie böse. »Ihn hat der Staller reich gemacht, und wir werden immer ärmer.«

»Warum mußte er denn sterben?«

Die Frau zuckte die Schultern. »Vielleicht als Warnung für die da.« Sie deutete mit dem Kinn auf Agges Hof. »Er kann niemanden in Ruhe lassen. Er drückt auf alles seine Hausmarke. Sogar auf einen Säugling.«

Waldemar, Sohn des Stallers Ingemar Stampe! Daher hatte er die Luchsaugen. Auf dem Vorland der Trindermarsch hatte Arfast in ein älteres Paar solcher Augen geblickt. Der Mann war gefährlich, und sein Sohn zeigte beste Ansätze, ihm ähnlich zu werden. Unruhig rutschte Arfast im Sattel hin und her; er hatte das Bedürfnis, diesen Sumpf von Neid und Bosheit so schnell wie möglich zu verlassen.

In diesem Augenblick packte die Frau seinen Zügel und drängte sich an sein Pferd. »Kommt lieber nicht mehr hierher«, raunte sie. »Augen und Ohren, die vom Staller bezahlt werden, gibt es genug. Und wenn Ihr mit der da nichts zu schaffen habt, habt Ihr hier nichts zu suchen. Fort mit euch!« Sie gab den Zügel frei, und die Stute machte einen Satz nach vorne.

Arfast sah sich nicht um, während er sich in schnellem Trab entfernte. Was die boshafte Alte erzählt hatte, erklärte einiges. Waldemar wußte offenbar seine Stellung gegen die eigene Mutter auszunutzen; sie war machtlos gegen ihn und mußte sich darüber hinaus gegen Stampe zur Wehr setzen. Aber es schien ihm undenkbar, daß ein Staller soweit gehen würde, einen Mann hinzurichten, nur um dessen Tochter unter Druck zu setzen.

Im Anblick des belebten Riper Deiches vor Rungholt bannte Arfast die seltsame Begegnung aus seinen Gedanken. Anna war ihm viel wichtiger. Die letzte Strecke fiel seine Stute willig in Galopp.

»Nüchtern betrachtet«, erklärte Arfast, während er unter den spitzen Giebel des Eingangs trat, um den dicken Wassertropfen zu entgehen, die von der Traufkante fielen, »habe ich nicht nur dir nicht geholfen, sondern mir selber geschadet. Du giltst jetzt vor der Kirche als verlobt, obwohl ich es bestritten habe, und über dir schwebt die Drohung der Unzucht. Der Propst kann sie jederzeit wieder hervorholen, wenn ihm danach ist.«

Anna krauste sorgenvoll die Stirn. Sie war zwar nicht in übermäßiger Gottesfurcht erzogen, weil der Vater dazu keine Zeit gehabt hatte und ein Mädchen in seinen Augen überdies nicht die Mühe lohnte, aber sie kannte die Macht der Kirche. »Es tut mir leid, daß du die Fenne durch meine Schuld verloren hast«, sagte sie leise.

»Die hole ich mir zurück, das schwöre ich dir!« Arfast war nicht gewillt, sich so kampflos wie sein Oheim dem Prälaten zu ergeben, auch wenn derzeit gegen den Raubzug nichts zu machen war. »Ich frage mich nur, warum dem Propst so sehr daran gelegen ist, daß du Westerflete heiratest. Daran war er mindestens genauso interessiert wie an meiner Fenne.«

Anna griff nach Arfasts Arm. Sie wurde blaß und zitterte. »Der Prälat hofft vielleicht, über Vater an das Geld von

Westerflete heranzukommen. Da die Harde den Vertrag meines Vaters mit dem Propst nicht gutheißen will, hält er sich an ihn. Aber ganz verstehe ich es auch nicht, denn als Ausgleich für die verschwundenen Steine hat er Seiner Gnaden ein Grundstück überlassen.«

»Und es geht immer noch um den Bau der Kollegiatskirche?«

Anna nickte. »Vater verhält sich in geschäftlichen Angelegenheiten nicht immer ganz klug. Und ich habe das Gefühl, der Propst will Vater die Kosten für die Kirche ganz allein aufbürden.«

»Das schafft er nicht.«

»Nein«, gab Anna zu. »Aber was ist, wenn er beabsichtigt, das Vermögen meines Vaters *und* das von Westerflete restlos zu plündern? Ehe er aus Geldmangel aufhören muß, ist die Kirche soweit gediehen, daß man nicht mehr aufhören kann.«

»Das kann ich einfach nicht glauben«, widersprach Arfast und wandte sich spontan um.

Von Knoops Warf aus konnten sie die Männer sehen, die in ununterbrochenem Strom von morgens bis abends den Klei für die Kirchwarf herbeischleppten. Trotz des anhaltenden Regens hatten die Bauarbeiten für die neue Kollegiatskirche ein paar Tage zuvor begonnen. Als erstes war ein Dreibein mit einer Glocke aufgestellt worden, die morgens zum Arbeitsbeginn rief und die Arbeit abends beendete. Die Rungholter staunten noch immer darüber, aber die Männer waren anscheinend daran gewöhnt: Spätestens beim dritten Ding-Ding steckten schon ihre Schaufeln im Klei.

Der Propst hatte eine Menge Leute aufgeboten, allein um die Warf zu erstellen. Arfast hatte mit einigen von ihnen gesprochen: Die meisten waren Kätner und Insten aus den Schwabstedter Besitzungen des Bischofs, einige kamen auch aus Efkebüll. »Alle von der Geest«, bemerkte er, »keine Ahnung von der Marsch und keine von Warfen und Klei; nur von Glocken. Sie wühlen genau dort, wo man es ihnen sagt.«

»Auf unserem Grundstück«, bemerkte Anna bitter.

»Euer Grundstück!« Am liebsten hätte Arfast sie in einem Überschwang von Mitgefühl umarmt. Aber er hielt sich zurück; so viele Fennen besaß er nicht, mit denen er dafür hätte bezahlen können. Ohnehin lenkte ihn ein beunruhigendes Gefühl von dem Glück ab, das er empfand, wenn sie bei ihm war. »Ich muß doch endlich nachsehen, wo sie den Klei herholen, Anna«, sagte er und lief rutschend den Warfabhang hinunter.

Anna sah ihm enttäuscht nach. Sie war dankbar für jeden Augenblick, den er bei ihr war. Aber ihm war der Klei wichtiger.

Arfast mischte sich neugierig unter die Leute am Bauplatz. Hier waren früher die Kälber eines Nachbarn seiner Mutter gelaufen, jetzt waren innerhalb eines Kreises von gut einem Faden Durchmesser die Rasensoden abgestochen und ausgehoben worden. Wie Dachschindeln hatte man sie in einer Ecke sauber aneinander gestapelt. Ein Teil der Männer trug die Erde herbei, ein anderer verteilte sie innerhalb des Kreises und stampfte sie mit Hauklötzen fest, die wie Handrammen am Stiel aussahen.

Mit lauter Stimme befehligte ein Mann die Arbeitsmannschaft. Er war so klein, daß er mit je einem Bein auf einer Tonne stehen mußte, um die Übersicht zu behalten. Die Männer hatten gegen den Regen Säcke oder Kapuzen über den Kopf gezogen. Der Aufseher der Arbeiten konnte sie alle gar nicht kennen.

Arfast sah sich verstohlen um und ging dann zielstrebig auf die Klepen zu, die vor einer Baubude aufgereiht waren. Niemand hinderte ihn daran, sich eine davon auf den Rücken zu werfen und sich bei denen einzureiben, die auf dem Weg in das Vorland waren.

Sie marschierten nicht weit. Die Kleigrube war der alte Schiffsanleger: Man erweiterte und vertiefte das ehemalige Hafenbecken, und diejenigen, die keine Lust hatten, im tiefen Matsch herumzustapfen, schaufelten bereits den Deichfuß in ihre Tragekörbe.

Arfast hätte brüllen können vor Zorn. Aber diese Männer taten nur, wozu sie herbefohlen worden waren. Auch der Aufseher wußte es wahrscheinlich nicht besser. Er hätte sonst genauere Anweisungen für die Entnahme des Kleis erteilt. Aber so planlos, wie sie arbeiteten, würden die Hilfskräfte bald bis zum Halse im Matsch stecken.

Arfast schleppte seine Ladung Erde zurück und schüttete sie dort aus, wo die Warf schon Formen annahm. Dabei fiel ihm ein Rinnsal auf, das sich seinen Weg durch die Erdklumpen suchte. Er bückte sich, tauchte den Finger in das Wasser und schmeckte ab. Es war tatsächlich süßes Wasser.

»Los Kerl!« brüllte jemand. »Du bist nicht hier, um Muscheln aufzusammeln!«

Arfast sah sich um. Der kurzbeinige Mann auf den Tonnen hatte eine gewaltige Stimme. Er drohte mit der Faust. Ihm. Arfast richtete sich auf und stapfte zu ihm hinüber. Der Aufseher überragte ihn kaum und legte die Hand an das Messer.

Arfast wurde wie so oft von beruflichem Ehrgeiz gepackt. »Meister«, sagte er, »nehmt mir eine Frage nicht übel: Ist außer der Kirche auf der Warf auch ein Pastorat geplant?«

Der Mann zog die Hand zögernd zurück und sah Arfast skeptisch an. Seine Aggressivität verschwand. »Ja, doch.«

»Es wäre in diesem Fall vernünftig, die Süßwasserquelle für einen Brunnen zu nutzen«, sagte Arfast fest. »Nicht immer hat man in der Marsch auf dem eigenen Hausgrund Wasser, es handelt sich um einen Glücksfall.«

In des Baumeisters Gesicht stritten Abneigung gegen Ratschläge und der Wille zum Erfolg miteinander. Nach einiger Zeit hörte er auf, die Lippen wie ein witterndes Pferd zu bewegen und faßte einen Entschluß. »Na gut. Zeigt mir die Quelle.«

Wortlos führte Arfast ihn hin und grub ein handtellergroßes Loch in den Untergrund. Wasser sickerte zu einer Pfütze zusammen. »Probiert mit dem Finger.«

»Tatsächlich, Frischwasser. Woher habt Ihr das gewußt?«

»Ich bin in der Marsch zu Hause, Meister«, erklärte Arfast. »Es wäre nicht der erste Brunnen, den ich baue. Mein Name ist Arfast, ich stamme aus Langeneß.«

»Ich wußte gar nicht, daß ich auch Marschbewohner unter meinen Leuten habe. Aber sei's drum.« Der Baumeister des Propstes sah Arfast mit einer gewissen Erleichterung an. »Seid Ihr bereit, mir zur Hand gehen?« fragte er. »Es soll Euch den doppelten Lohn eines einfachen Arbeiters einbringen. Und ich gestatte Euch zu kündigen, wann Ihr wollt. Ich werde Robert Lorenzen genannt.«

Arfast verbarg seine Freude. Für eine gewisse Zeit konnte er seinem Salzkoog fernbleiben. Der doppelte Lohn würde auch nicht zu verachten sein, obwohl er nicht einmal den einfachen kannte, und ein Privileg bekam er dazu. »Ich muß sofort mit den Brunnenwänden anfangen, damit ich sie hochziehe, während die Warf wächst. Ich brauche etwas Holz und wenigstens einen Mann zur Hilfe, der mit mir Grassoden schneidet.«

»Grassoden schneidet«, wiederholte der Baumeister erstaunt. Grassoden waren wohl sonst für ihn kein Baumaterial, wie Arfast ihm anmerken konnte.

»Ja«, bestätigte Arfast. Zum Glück schien sein neuer Bauherr im Gegensatz zu Knoop nicht zum Trödeln bei Entschlüssen zu neigen.

Lorenzen blickte sich suchend auf der Baustelle um und winkte dann einem kräftigen jungen Mann, der bereitwillig herantrabte. »Du tust ab sofort alles, was unser neuer Brunnenbauer dir aufträgt«, befahl er. »Er ist für dich Meister Arfast.«

Arfast nahm ihn mit sich. Hinter den Baubuden fand er Spaten und eine Trage. Während sie ins Vorland hinausgingen, bekam er den Eindruck, daß sein Helfer Hans aus Elmshorn ganz anstellig sein würde. Er zeigte ihm, wie er die Soden schneiden mußte und kehrte wieder zurück zur Baustelle.

In ihrer Umgebung fand er genügend Holz, um sich eine Art Kasten ohne Boden und Deckel zu bauen, mit dem er das Rinnsal einfaßte. Nun war die Quelle gut genug gesichert, um nicht versehentlich verschüttet zu werden.

Auf dem Weg ins Vorland sah Arfast von weitem, daß Hans von Elmshorn ruhig und ohne Hast arbeitete. Eine schmale, gerade Spur nackten Kleibodens lag hinter ihm, und daneben die aufgestapelten, gleichmäßig dick geschnittenen Rasensoden. »Als hätte ich es selbst gemacht«, sagte Arfast anerkennend, und Hans lachte erfreut.

Sie transportierten die Soden vorsichtig zur Baustelle, und Arfast legte sie unter den Augen des neugierigen Baumeisters ringartig um den hölzernen Kasten. »Seht Ihr«, sagte Arfast, ohne aufzublicken, »sie sind wie ein Dreieck ohne Spitze geschnitten. Sie müssen dicht wie Mühlsteine aneinander passen. Der Druck von außen durch den Klei wird ihren Zusammenhalt noch verfestigen.«

»Wie lange hält das?« fragte der Baumeister beunruhigt.

Arfast gab bereitwillig Auskunft. »Wenn man weiß, welche Soden man nehmen muß, Jahrhunderte. Die Warf mag längst verlassen sein, aber den Brunnen wird man noch sehen können.«

»Oh, hoho, ich rate Euch, so etwas vor den Ohren von Jorden Schinkel nicht zu sagen«, sagte Meister Lorenzen erleichtert und klopfte Arfast lachend auf die Schulter. »Matsch als Baumaterial hält er für eine Beleidigung. Aber wenn Ihr obendrein behauptet, daß Rasensoden haltbarer sind als Steinquader und Ziegel, wird er es als Angriff auf seine Person ansehen. Wärt Ihr ritterbürtig, würdet Ihr seinen Handschuh zu sehen bekommen.«

Arfast mußte grinsen. Er erkundigte sich nicht, was Schinkel statt dessen mit ihm machen würde.

In den nächsten Tagen traf Arfast mit dem Morgenläuten der Glocke auf der Baustelle ein. Inzwischen hatte er erkannt, daß der Baumeister sehr wohl sein Geschäft verstand: Die Baustelle selber war tadellos organisiert, und die Warf wuchs erkennbar. Für jemanden, der gewöhnt war, Baumaterial aus Mergelgruben und wo auch immer herzuholen, war die unendliche Fülle von Schlick im alten Sielbett ganz sicher ein Glücksfall. Auf den Schaden im Vorland hatte ihn wohl niemand hingewiesen.

Arfast hielt beim Bau des Brunnenschachtes mit dem

Wachstum der Warf Schritt. Allmählich begann er, den Brunnen wie einen Krug zu verengen. Bereitwillig ließ der Meister auf seine Bitte hin den Klei an der Schulter des Brunnens stampfen, während die übrige Warf noch nicht die Höhe erreicht hatte. Am Tag, als Arfast den Brunnenhals mit einem Holzdeckel schloß, wurde für jeden Mann ein Bierpfennig ausgegeben und Feierabend gemacht.

Robert Lorenzen winkte Arfast beiseite; zusammen gingen sie hoch auf den Riper Damm und setzten sich ins Gras. Ein kleiner Junge war schon zur Stelle, er schleppte zwei Krüge Bier, die der Meister sich aus dem »Schulterblatt« bestellt hatte. Arfast dachte an Momme, der immer noch einsaß, während er darauf wartete, daß der Mann sprach; er hatte schon gemerkt, daß er etwas auf dem Herzen hatte.

»Ihr und ich könnten ein gutes Gespann sein«, erklärte Meister Robert bedächtig. »Ich höre in letzter Zeit öfter davon, daß Warfen gebaut werden. Wir könnten ganze Städte auf diese Hügel setzen. Und dann werden nicht nur Brunnen erforderlich sein. Regen- und Brauchwasser muß auch abgeleitet werden; ich könnte mir ein ganzes System von Röhren denken, das in den Klei hinein verlegt wird. Stellt es Euch nur vor: Wir würden den ganzen Dreck nicht durch die Straßen abfließen lassen, sondern unterirdisch. Kein Gestank, keine Ratten. Es wäre eine umwälzende Erneuerung, eine Stadt nicht von oben drauf, sondern von unten hoch bauen zu können. Was haltet Ihr davon?«

Arfast sah ein Häufchen Erde unter den Händen des Baumeisters zu einem Hügel wachsen, an dessen Fuß dürre Äste hervorragende Abflußröhren bedeuteten. Er spürte die Faszination, die von der Idee ausging und freute sich außerdem über das Zutrauen des Baumeisters in seine Fähigkeiten. Aber das Angebot konnte er nicht annehmen. »Ich bin sicher, Meister Robert, daß eine solche Bauweise an den großen Flüssen nützlich sein könnte, an der Elbe und der Weser. Ich selber möchte nicht fortgehen, ich habe mein Auskommen als Salzkocher. Aber ich empfehle Euch Hans von Elmshorn. Was er noch nicht weiß, wird er sich aneignen.«

Lorenzen nahm einen tiefen Schluck und sah sinnend ins Vorland hinein, bevor er antwortete. »Ihr gebt mir höflich, aber unmißverständlich zu verstehen, daß meine Idee für diese Gegend Unsinn ist. Warum?«

Arfast seufzte. Es tat ihm leid, sich einen neuen Feind zu schaffen, aber er würde nichts verschweigen. »Hier in der flachen Marsch ohne Hinterland sollte man besser keine Stadt bauen, Meister. Meiner Meinung nach steigt das Wasser allmählich. Ich glaube sogar, daß wir uns obendrein selber gefährden, wenn wir Klei und Torf im Vorland abbauen.«

Robert Lorenzen wandte langsam den Blick von Arfast und betrachtete die alte Anlegestelle zu ihren Füßen. Zum Deich hin waren Spatenspuren im ausgetrockneten, rissigen Klei sichtbar; weiter draußen hatten die Füße der Arbeiter mattgraue Trampelpfade geschaffen, die, glatt wie Eisbahnen, zu unzähligen Grabelöchern führten. Teilweise waren sie mit Regenwasser oder mit Salzwasser gefüllt, das sich auf unerklärbaren Wegen dorthin vorgearbeitet hatte. »Warum habt Ihr mir das nicht gesagt?«

»Hättet Ihr mir geglaubt? Manchmal ist es notwendig, einen Brunnen zu bauen, damit man einen Ratschlag geben darf.«

Der Baumeister lächelte in seinen Bart hinein. »Gottlob ist es nicht immer zu spät für Ratschläge. Mit Hans von Elmshorn werde ich sprechen. Ich bedauere, daß ich Euch nicht bekommen kann. Vielleicht ändert Ihr Eure Meinung ja noch. Gott mit Euch!« Er entließ Arfast mit einem kräftigen Händedruck aus seinem Dienst.

Arfast, der so unerwartet früh mit seiner Arbeit fertig war, wanderte gutgelaunt zum Haus seiner Mutter, vorbei am alten, kleinen Salzspeicher. Aus der offenen Tür lugte ein schwarz verhülltes Hinterteil, auf dem wie ein Turm ein roter Hut ruhte. Arfast brach in ein erheitertes Gelächter aus.

Auf das Geräusch hinter seinem Rücken hin, schnellte ein dicklicher Mann in die Höhe und auf seiner eigenen

Achse herum. Während er den Hut auf seinen Platz schob, vergewisserte er sich argwöhnisch, daß Arfast keinen Angriff plante und blickte ihm dann mit einer Spur von Trotz ins Gesicht. »Keiner mag ausgelacht werden«, beschwerte er sich. »Warum lacht Ihr, Herr?«

Arfast lauschte seinem seltsamen Deutsch hinterher. »Ich entschuldige mich«, sagte er gutmütig. »Ich wollte Euch nicht ärgern. Ihr saht aus wie ein großer Bät-Bät … Das ist eine Ente mit schwarzem Bürzel und rotem Kopf«, fügte er verlegen hinzu.

Der Fremde musterte ihn mit kritischem Blick, aber Arfast schien nicht schlecht abzuschneiden. »Einem Bät-Bät ähnlich zu sehen ist zumindest nichts, was mich eine Gebühr kosten wird. Lebt Ihr hier, und versteht Ihr etwas vom Salz?«

»Ja, das Salz ist mein Gewerbe«, antwortete Arfast erstaunt.

»Ich bin Symon Judeus aus Stade. Ich bin hergerufen worden, um mir Rungholt anzusehen. Könnt Ihr mich begleiten, um mir die Stadt zu erklären?«

»Sicher«, sagte Arfast verblüfft. »Aber wer Rungholt eine Stadt nennt, hat Euch einen Bären aufgebunden.«

Der Mann winkte lässig ab. »Eine Kollegiatskirche, ein Hafen, mehrere Salzspeicher. Das genügt, um eine Stadt daraus zu machen, wenn man entschlossen ist. Zeigt mir als erstes den Hafen.« Mit energischen Schritten, von denen jeder einzelne ein kleiner Hüpfer war, machte er sich auf den Weg, und Arfast sprang ihm an die Seite. Er sah schon, daß Symon Judeus sich durch Kleinigkeiten nicht würde aufhalten lassen. Der maulfaule Knecht des Fremden blieb mit beiden Pferden und dem Gepäck zurück.

»Wer hat Euch denn hierhergeschickt?« wollte Arfast wissen.

Judeus schmunzelte. »Der Propst dieser Propstei. Aber sagt es nicht weiter. Es würde Euch ohnehin jeder einen Lügner nennen. Er auch.«

Arfast versprach es, obwohl er nicht wußte, warum. Statt dessen wies er ihn auf die Kapellen und den Lüttfischerhafen und den neuen großen Speicher hin. Obwohl es auf den Winter zuging, waren überall Spuren von Bautätigkeit zu erkennen. Judeus nickte und schien alles zu erfassen, zu zählen und zu registrieren. »Der Hafen faßt eine tüchtige Anzahl von Schiffen«, murmelte er, »aber man müßte ihn noch ausbauen.«

Arfast zuckte die Schultern. »Seid Ihr auch Baumeister?« fragte er schließlich, um nicht unhöflich zu wirken.

Symon Judeus wiegte seinen Kopf. »Man könnte es so nennen. Baumeister der Zukunft. Man wird hier bald Geld benötigen. Häuser müssen gebaut werden, Handwerker werden herziehen, um die neuen Hausbesitzer und die Geistlichen zu versorgen, Händler werden kommen, um die Wohlsituierten mit besten Tuchen aus Flandern und Italien zu beliefern. Geistliche werden kommen, um die Reichen zu prellen; Bettler werden kommen, um die Armen zu prellen. Ihr werdet sehen, Rungholt wird eine geschäftige Hafenstadt werden, hofiert vom König und vom Herzog.«

»Und Ihr?«

»Ich liefere das Kapital«, antwortete Symon Judeus zufrieden. »Die jüdische Gemeinde von Stade ist in den zehn uns vom Stadtrat zugestandenen Jahren so erfreulich gewachsen, daß wir unseren Söhnen neue Möglichkeiten erschließen müssen.«

»Und was bedeutet das?«

»Einige unserer jungen Leute werden sich hier ansiedeln, der Stadt Rungholt jährlich einen hohen Betrag zahlen, sagen wir zehn oder zwölf Mark, und an alle, die Geld zum Aufbau ihres Geschäfts benötigen, gegen Zins verleihen. Junger Mann, vielleicht werdet Ihr auch etwas benötigen. Ihr sollt Sonderbedingungen bekommen für Eure Freundlichkeit, mich weder beschimpft noch erschlagen zu haben.«

Arfast mußte wieder lachen. »Meister Judeus«, sagte er, »ich danke Euch für das Angebot. Jetzt weiß ich, was Ihr für einer seid. Ihr gehört zu den Leuten, die verbotenen Zins nehmen, obwohl Ihr damit Gott die Zeit stehlt, wenn

Ihr Euch durch den bloßen Flug der Zeit bereichert. Aber trotzdem macht Ihr einen handfesten Eindruck. Deshalb werde ich Euch mit Eurer Erlaubnis einen guten Rat geben. Die Grundstücke und Häuser, die Ihr zum Pfand nehmen würdet, sind nicht sicher. Ihr würdet sie an das Meer verlieren.«

Der Geldverleiher sah ihn betroffen an. Dann umrundete er wortlos Arfast, bis er ihm mit den letzten Sonnenstrahlen ins Gesicht sehen konnte. »Mancher versucht einen Juden zu betrügen, Fürsten und christliche Geistliche halten es sogar für ihr Recht. Aber Ihr nicht. Ich glaube, Ihr versucht nicht, mich hinters Licht zu führen.«

Arfast schüttelte betrübt den Kopf. »Die Zukunft von Rungholt, wie Ihr sie geschildert habt, hätte mir gut gefallen. Es wird sie nicht geben, aber ich bin Euch nicht böse, daß Ihr mir nicht glaubt.«

Der Fremde nahm mit einem abgrundtiefen Seufzer seinen Hut ab, wischte den inneren Rand trocken und sah Arfast mit einem Ausdruck der Enttäuschung an. »Aber ich glaube Euch doch! Welchen Grund sollte ich haben, einem Mann nicht zu trauen, der sich mit seiner Warnung selber in Gefahr bringt?«

Schweigend kehrten sie zu dem Knecht des Geldverleihers zurück. Arfast sah sie auf dem Weg durch das Wäldchen aus Rungholt fortreiten. Wie ein Sack hing Symon Judeus auf seinem Pferd, und mit jedem Schritt ging mehr von seiner anfänglichen Zuversicht verloren und schien im Dünensand zu versickern.

Am meisten staunte Arfast, daß ein Mann imstande war, das Schicksal seiner Söhne auf das Wort eines ihm unbekannten Fremden hin in eine völlig andere Richtung zu lenken. Symon Judeus war außer seiner Mutter und Anna der einzige, der an seiner Vorhersage für Rungholts Zukunft nicht gezweifelt hatte. Daß er für Arfast eine Gefahr voraussah, erschreckte ihn viel mehr als jede Warnung seiner Mutter.

XI

In den nächsten Tagen stellte Arfast fest, daß ihm noch jemand glaubte: Der Warfbaumeister ließ den Klei jetzt viel weiter draußen ausheben, obwohl es die Männer Zeit und den Bauherrn Geld kostete. Mehrmals stand er oben auf dem Deich und sah ihnen zu, wie sie in der Nähe des Falls gruben. Die Zeit der Herbststürme stand unmittelbar bevor, und sie beeilten sich.

Daß sein Ratschlag durch einen Baumeister des Propstes berücksichtigt wurde, gab Arfast Selbstvertrauen. Vor allem mußte dies auch auf die Rungholter überzeugend wirken, allerdings nur, wenn er es ihnen erklärte.

Und das eben war das Problem. Der Staller mußte das Baumaterial endlich freigeben, bevor der Aggedeich ganz verfiel. Mit jeder Flut wurden Hölzer freigeschwemmt und trieben fort. Im Koog, den Backe Osing beaufsichtigte, arbeitete immer noch niemand, und wenn der Herbst erst da war, würde es zu spät sein. Und Harre Gunneson hatte ihm mitteilen lassen, daß sein Besuch beim Staller vergeblich gewesen war. Arfast lief im Haus rastlos von einer Wand zur anderen.

Eyde dachte an Ketel und beobachtete Arfast mit Besorgnis. »Die beste Methode, viele Menschen auf einmal anzusprechen, ist nach dem Kirchgang, Arfast. Trotzdem rate ich davon ab. Und es wäre mir sehr lieb, wenn du aufhören würdest zu laufen wie ein Gefangener im Zwinger. Setz dich doch mal hin.« Sie nahm den Stoff, an dem sie nähte, dichter an die Augen und rückte an die Fensteröffnung, um das letzte Tageslicht auszunutzen.

Arfast vergaß, sich vor dem Balken zu ducken und rieb sich fluchend die Stirn.

Eyde ließ die Näharbeit auf den Schoß sinken und dachte an Vergangenes, aber nicht Vergessenes. Auf einmal entschloß sie sich, ihm mehr zu erzählen. Nach jahrelangem

Schweigen schuldete sie ihrem Sohn vieles, das sie jetzt nachholen mußte. »Dein Vater Ketel«, begann sie, »hatte auch versucht, sich Gehör zu verschaffen. Er besuchte jede Kirche seiner Harde, und überall beschwor er die Friesen, dem König zu geben, was ihm nach dem Recht gehört.«

»Es gelang ihm doch!« rief Arfast.

»Ja, es gelang ihm innerhalb der Wirichsharde. Aber es gab viele Zuträger innerhalb der Kirchen, die nichts Eiligeres zu tun hatten, als ihren Vorgesetzten von Ketels Aufrufen zu berichten. Und die fanden, daß die Steueraufrufe des Königs nicht in die Kirchen gehörten. Ganz allmählich machte sich eine Stimmung breit, die ich dir gar nicht beschreiben kann: Erst weigerte sich einer, dann mehrere ... Besonders widerspenstig waren diejenigen, die sich die Steuern leisten konnten. Irgendwie gelang es ihnen, die anderen unter Druck zu setzen. Und dann wagten die Vernünftigeren nichts mehr zu sagen ... Aber jeder wußte, daß es Unrecht war, dem König die Steuern vorzuenthalten.«

»Und dann?« Arfast sah sie gespannt an.

Eyde zuckte mit den Schultern. »Es kam, wie es kommen mußte: Gerüchte wurden in die Welt gesetzt; Ketel wurde verleumdet, schließlich wandte sich die Stimmung gegen ihn. Dann griff Ingemar ein, der damals noch Ingwer hieß. Und was hat es dem König genützt? Nichts. Deshalb wünschte ich, es wäre Ketel nicht gelungen, seine Wirichsharder zu überzeugen – denn dann lebte er jetzt noch.«

»Aber er war im Recht«, beharrte Arfast mit einem Anflug von Stolz.

»Recht haben und recht bekommen ist zweierlei«, seufzte Eyde bitter. »Wer weiß, ob wir nicht alle nur Spielbälle in den Händen der Mächtigen sind? Seit vielen Jahren sehe ich, wie die Schauenburger Grafen ihre Macht planmäßig erweitern. Sie kaufen und verkaufen uns nach Gutdünken – ganze Landstriche dienen lediglich als Pfänder. Die Grafen wollten zwar Friesland haben, aber am liebsten ohne Friesen – die Friesen sind immer so etwas wie unfügsame Störenfriede gegenüber Grafen und Herzögen gewesen. Das wird auch so bleiben, hoffe ich, denn die Schauenburger haben verpfändete Länder immer nur ausgeplündert, um Geld für weitere Kriege herauszupressen. Das Herzogtum Schleswig verlor seine vornehmen Familien und Namen an die einwandernden Holsteiner. Geschickt waren sie alle von den Grafen ... Um den Ansprüchen der Holsteiner beizeiten entgegenzutreten, hätten die Utlandfriesen aller Harden dem König ihre Steuern bezahlen sollen – aber das konnte dein Vater nicht jedem einzelnen erklären ...«

Arfast hatte längst seine Hände um die Deckenbalken gelegt und hörte seiner Mutter mit geweiteten Augen zu. »Mutter, nachdem ich das alles weiß – du glaubst sicher nicht, daß du mich jetzt davon abhalten kannst weiterzumachen? Jetzt erst recht nicht. Ich denke, ich gehe gleich jetzt noch zum Pastor hinüber. Noch ist es nicht zu spät.«

Eyde brachte es nicht fertig, ihm abzuraten. Sie konnte Arfast nur noch helfen, nicht wie ein Tölpel in die Fallen der Machthaber zu tappen. Damals war sie jung gewesen und hatte ihren Ehemann grenzenlos bewundert. Sie hatte nicht begriffen, daß Ketel zum Bauern im Schachspiel der Mächtigen geworden war, zu einem, dessen Aufgabe darin bestand, vom Spielbrett gefegt zu werden, ganz gleich, auf wessen Seite er mitspielte. Ihr Schweigen hatte darauf abgezielt, ihren Sohn vor einem solchen Schicksal zu bewahren, aber er stand längst auf der Spielfläche. Alles im Leben wiederholte sich.

Arfast lief in dichtem Nebel zur Hauptkirche. Pastor Nommensius wohnte in einem winzigen Häuschen dahinter, dessen Reetdach dünn, aber so voller Moos war, daß darin im Sommer die Spatzen nisteten. Ein feiner Rauchfaden kräuselte sich Arfast aus der geöffneten oberen Türhälfte entgegen und mit ihm der fade Geruch von Brei ohne Gewürz.

Die Pastorstochter rührte ohne zu unterbrechen in einer Schüssel und nickte Arfast nur kurzangebunden zu, als er den unteren Türflügel mit lautem Knarren in den Rahmen zurückdrückte.

Pastor Nommensius hockte vornübergebeugt auf einem Hocker und studierte in dem Buch, das er nicht aus der

Hand gelassen hatte, seitdem er von der Abendhore zurückgekehrt war. Aus seinem Gesicht verschwand das Glück des freudigen Lobpreises der Vesper, als er Arfast bemerkte. Er versteckte seinen kostbarsten Besitz unter dem Gewand und versuchte, seiner Angst Herr zu werden.

»Guten Abend, Vater Nommensius«, grüßte der Salzsieder höflich und bekam nur ein erschrockenes Krächzen zu hören. Er ist hungrig und ärgert sich, daß ich störe, dachte Arfast. Aber unverrichteter Dinge wollte er das Haus nicht verlassen.

»Gott segne deinen Ein- und Ausgang«, brachte Nommensius mühsam heraus und schlug bedächtig ein Kreuz über Arfast, um Zeit zu gewinnen. Der Propst hatte keinen Grund gehabt, dem Salzsieder seinen Namen zu verraten. Nein, Arfast konnte nicht gekommen sein, um ihn zu erschlagen. Der Pastor machte seinen Rücken gerade und versuchte würdig zu blicken.

»Ich will Euch nicht lange stören«, versprach Arfast mit einem Seitenblick auf die Holzschüssel, die die junge Frau mit hörbarem Knall auf die Erde neben das Feuer setzte. »Ich wollte Euch fragen, ob Ihr so gut sein könntet, den Rungholtern am Sonntag nach der Predigt eine Mitteilung zu machen?«

Nommensius riß Mund und Augen auf, unendlich erleichtert. »Ich habe noch nie davon gehört, daß außer Seiner Gnaden, dem Bischof, Seiner Gnaden, dem Staller, und dem Vogt jemand etwas von der Kanzel verkünden darf«, sagte er zögernd. »Und mir, selbstverständlich.«

»Doch, Vater Nommensius! Jedes Feuer darf verkündet werden!« Arfast gab sich sehr überzeugt. Der Pastor galt als Hasenfuß; aber es war auch nicht seine Aufgabe, mutig zu sein. Den Mut mußten andere aufbringen.

»Die Glocke ist nicht die Kanzel«, sagte Nommensius abweisend. »Die Kanzel dient der Mahnung der Gläubigen an ihre Pflichten gegenüber dem Himmlischen Vater. Der Hochwürdigste Herr Bischof entscheidet, ob darüber hinaus auf ihr auch von weltlichen Belanglosigkeiten gesprochen werden darf.«

Arfast fuhr in die Höhe. »Der Tod ist keine weltliche Belanglosigkeit. Ich will, daß Ihr die Menschen des Kirchspiels warnt.«

»Das ist allein des Herrn Sache. Leben und Tod liegen in Seiner Hand.«

Die Tochter des Pastors schlug klatschend eine Kelle voll Brei in den Teller und würzte mit einer winzigen Prise Salz. »Einem frommen Menschen ist es aber gestattet, dem Herrn unter die Arme zu greifen, Vater«, sagte sie und rollte sich beiläufig eine blonde Locke hinter das Ohr. »Die Welt ist zu voll mit Elend, als daß Er sich um alles gleichzeitig kümmern könnte.«

Arfast sah sie erstaunt an. Ihr herbes Gesicht und ihre kühlen blauen Augen gaben keine Gedanken preis. Er erfuhr nicht, warum sie ihm plötzlich beigestanden hatte. Sie galt als sehr zurückhaltend.

»Für diese unfrommen Worte verdientest du, gezüchtigt zu werden«, murmelte Nommensius, während er die randvolle Schüssel in Empfang nahm. Seine starke Nase im Dampf, schnupperte er hörbar und rührte heftig mit dem Löffel. Enttäuscht registrierte er, daß sich nicht das kleinste Stück Fleisch im Brei befand. »Nur der Herr kann uns von unserem Leid erlösen. Bis dahin empfangen wir unser täglich Brot von Ihm und danken Ihm demütig dafür.«

»Wann hätten wir in letzter Zeit wohl Brot gehabt? Und den Roggen für den Brei hat uns Mutter Eyde gebracht«, versetzte die Pastorentochter. »Sonst hättest du heute abend gar nichts zu beißen gehabt. Vielleicht könntest du dich morgen bei ihr bedanken. Sie ist noch großzügiger als der Herr.«

»Und deine Zunge ist noch spitzer als die deiner Mutter«, höhnte Nommensius. Er löffelte das Mus hastig in sich hinein, bevor seiner Tochter etwa einfiel, mehr zu verlangen, als ihr zukam.

Es schien Arfast an der Zeit, den Streit zu beenden. Er schob sein Gesicht dicht vor das des Pastors, damit dieser ihn beachtete. »Hört, Vater Nommensius! Ich muß die Rungholter vor einer Flut warnen. Vielleicht wird sie so stark wie die Sintflut in der Bibel.« Ein kleiner Breiklecks hing dem Pastor in den Stoppeln am Kinn, und Arfast wartete irritiert darauf, daß er ihn abwischte. Als nichts geschah, fuhr er in werbendem Ton fort: »Ich bin sicher, es ließe sich eine Speckseite in meiner Mutter Haushalt als Dank für die Gefälligkeit auftreiben.«

Der Pastor hob energisch seine Augen zum First. Die Haut am Hals war blaß und faltig wie bei einem gerupften Huhn. »Vor einer Sintflut kann nur Gott der Herr warnen«, sagte er, fest entschlossen, dem Anschlag auf seine Standhaftigkeit zu widerstehen.

Arfast schnaubte wie ein Pferd. Es war zwecklos. Der Tochter lächelte er aufmunternd zu, als er ging.

Ein gutaussehendes Mannsbild, dieser Sohn einer mildtätigen Mutter, dachte sie und sah ihm nach. Und doch galten sie beide nicht als fromm. Und ihren frommen Vater leitete nicht der Mut, sondern der Hochmut. Erbittert setzte sie sich mit dem Grapen zwischen ihren Knien zum Essen. Sie hatte genug zum Grübeln, während sie die Breireste aus dem Topf kratzte. Für einen so mageren Mann pflegte ihr Vater außerordentliche Mengen zu verschlingen.

Als Arfast wieder zu Hause ankam, leuchtete das Feuer warm auf den Herdsteinen, und Wasser simmerte leise im Kessel. Licht hatte seine Mutter nicht entzündet, aber sie wartete im Dunkeln auf ihn.

»Nun? Was sagte er?« fragte Eyde.

Arfast schob sich auf die Bank. »Er will nicht. Warum nicht, Mutter? Er versteht doch, was ich meine, wenn ich ihm von einer Flut erzähle.«

»Vermutlich weil er damit etwas Außergewöhnliches täte. Außergewöhnliches macht zur Zielscheibe für andere, und davor haben die meisten Menschen Angst, auch Priester«, sagte Eyde nachdenklich. »Vater Nommensius weiß vielleicht nicht, daß Angst das Gegenteil von Gottesfurcht ist. Wirkliche Gottesfurcht macht mutig vor den Menschen.«

»War Vater denn fromm?«

Eydes Zähne wurden im schwachen Licht sichtbar, und daran merkte Arfast, daß sie lächelte. »Ja, aber ich glaube nicht, daß außer ihm jemand dieser Meinung war. Ihm gefiel nicht, daß die schwächsten Menschen sich häufig als die Frömmsten ausgeben. Mit Heuchlern wollte er nichts zu tun haben.«

Arfast seufzte erleichtert und gähnte. »Dann ging es ihm wie mir. Ich glaube allmählich, daß die heilige Kirche nicht besser als ihre Vertreter sein kann: geldgierig und feige, Gott verzeih mir. Aber Er kann nichts dafür, was die Menschen aus ihr gemacht haben, und das ist Grund genug, Ihn zu entschuldigen.«

»Sei vorsichtig, mein Sohn, mit solchen Anklagen«, warnte Eyde bedächtig. »Die Kirche ist nach Gott dem Herrn die stärkste Macht der Welt. Dein Vater hat für weniger seinen Kopf hingehalten, er hat nur einen Statthalter des Königs beschuldigt.« Arfast sagte nichts mehr, und Eyde blieb sitzen, während er sich auszog und ins Bett schlüpfte.

Zwei Tage später trat das Hardesgericht zusammen, um die gerechte Strafe für Nikkels Tünbüdel, seinen Brudersohn und Momme zu verkünden. Angeklagt waren sie wegen Diebstahls von Königsgut.

Da jeder die Angeklagten bestens kannte, standen die Rungholter beieinander und tauschten Meinungen aus. Arfast sah sich ganz plötzlich mitten auf dem Weg von Nikkels Frau angeschuldigt, die ihren Zeigefinger auf ihn richtete. Ihre Schluchzer machten es ihm schwer, ihre Worte zu verstehen. »Er hat Momme die Flausen in den Kopf gesetzt, und Nikkels hat sie von ihm. Niemand anders ist schuld.«

»Engeline!« sagte Arfast voll Entsetzen über die Kette von Umständen, die zu dieser Bezichtigung führten. »Ich habe nie aufgerufen, des Königs Eigentum zu stehlen.«

»Außerdem sollte dein Mann alt genug sein, um sich nicht von einem Zehnjährigen zum Klauen verführen zu lassen«, schnappte eine Frau aus Niedam und eilte jedem Widerspruch davon.

Die Rungholter und die Niedamer mochten sich nicht. Engelines Wut auf Arfast wurde vorübergehend abgelenkt, während sie überlegte, welche Wahrheiten sie der Niedamerin nachschleudern konnte. Arfast machte sich aus dem Staub.

Einen Tag später kannte Eyde das Urteil, als sie von einem Gang zum Kirchhof zurückkam. Ihr Blick fiel voll Mitgefühl auf Arfast, der gerade seinen Kittel anzog. »Vielleicht solltest du heute nicht mehr ausgehen«, schlug sie vor. »Es gibt jetzt noch einige Leute mehr, die dich anklagen, am Tod der beiden Männer schuld zu sein.«

Arfast starrte sie entgeistert an.

»Man hat ihnen die Hand abgeschlagen und sie anschließend gehängt.« Eyde ging mit gesenktem Kopf zum Vorratsgefäß für Wasser. Sie war durstig; unermüdlich hatte sie versucht, den Zorn gegen ihren Sohn einzudämmen. Obwohl es ihr gelungen war, einige der Aufgebrachten zu überzeugen, war sie entmutigt heimgekehrt. Wo einer zugegeben hatte, daß nicht Arfast am schlechten Zustand der Rungholter Deiche schuld war, waren gleich zwei andere aufgetaucht, die ihn beschuldigt hatten, die Angst davor zu schüren.

»Die Furcht davor, daß ein Deich bricht, ist größer als die Gefahr, daß er es tut«, sagte schließlich ihr eigener Nachbar.

Eyde war gegangen. Sie hatte nicht mehr die Energie gehabt, ihm zu erklären, daß der Mensch sich nur aus Angst wehrt, wenn überhaupt.

Arfast folgte ihr. Er nahm seiner Mutter die Kelle aus der Hand und drehte sie zu sich herum. »Und Momme, Mutter?«

Sie schlug die Hände vor ihr Gesicht. »Er ist tot. Das Hängen haben sie ihm aufgrund seiner Jugend erspart. Er starb am Blutverlust nach dem Abschlagen der Hand.«

Arfast stockte der Atem. Er zog seine Mutter an sich und umfing sie. So standen sie lange stumm, eine winzige Insel des Widerstandes mitten in einer Brandung aus Unverstand und Grausamkeit.

Die heilige Messe war an allen Sonntagen der letzten Wochen durch die Warfarbeiter des Propstes besonders gut besucht gewesen. Aber das gedroschene Getreide und der bevorstehende Ochsenmarkt lockten außerdem auch viele Kaufleute an.

Dicht gedrängt schoben sich die Gläubigen nach der Messe aus der Hauptkirche; die Rungholter in einfachen, grauen und blauen Stoffen, die Kaufleute aller Nachbarländer in grellen roten, gelben und violetten Farben.

Arfast war mitten unter den Kirchgängern. Als er den Sockel des hölzernen Glockenturms neben der Kirche erreicht hatte, sprang er auf das Gerüst und tippte an den Rand der Glocke. Sie gab ein leises Klingen von sich und brachte die Menschen zum Stehen, die sich schon auf den Weg nach Hause gemacht hatten.

Während sie zurückdrängten, tauchte Pastor Nommensius in der Kirchentür auf, begriff ausnahmsweise schnell, was geschehen würde und bahnte sich mit kräftigem Schubsen den Weg zum Glockenturm. »Nein«, rief er mit vor Aufregung überschnappender Stimme, »ich dulde nicht, daß dieses Gotteshaus mißbraucht wird. Ich warne dich vor dem Kirchenbann, mit dem ich dich belegen werde, wenn du es tust, Arfast Ketelsen!«

Arfast war umringt von Rungholtern und Männern aus dem Kirchspiel. Ihre Blicke wechselten zwischen dem Pastor und dem Salzsieder, und sie waren neugierig. »Los, Arfast! Sag, was du zu sagen hast!«

Beschwingt kletterte Arfast am Gerüst des Glockenturms empor. Er fühlte sich getragen von der Zustimmung der Männer; ihre Gesichter unter ihm waren die von Gläubigen, die einem Mann lauschen, der es besser weiß. Arfast war es gleichgültig, was hinterher geschehen würde, wenn er sie nur jetzt überzeugen konnte. Endlich war er oben und hing für alle gut sichtbar zwischen den Streben.

»Arfast Ketelsen!« rief eine Stimme von außerhalb des Kirchhofs so bestimmt, daß alle die Köpfe zu ihr umwandten.

Zu Arfasts Bestürzung war es seine eigene Mutter.

Zu Pferde überragte Eyde sie alle. Der Tumult legte sich; nur das ruhige Kauen des Pferdes auf dem Mundstück war zu hören. Niemand hatte je Eyde auf einem Pferd gesehen, aber sie saß auf Arfasts Stute wie eine Fürstin. Die Kaufleute, die sie nicht kannten, sahen vor sich eine Dame mit edlen Gesichtszügen und der Hörnerhaube des Hofes. Ihr schlicht geschnittener Umhang aus feinem Tuch gab ein dunkelblaues seidenes Brusttuch frei, das den ganzen Hals bedeckte, wie es die Mode erforderte.

Verblüfft zogen einige einfache Männer ihre Mützen vom Kopf, während Arfast der Atem stockte. Erstmals sah er, was er längst wußte: Seine Mutter war aus adeligem Hause, aber für ihn hatte dies bisher nie irgendeine Bedeutung gehabt.

»Glaubst du, es diene deiner Glaubwürdigkeit, wenn du dich exkommunizieren läßt, Arfast?« Eine Antwort kam Arfast nicht über die Lippen. Eydes Warnung folgten noch viele Worte, die er in ihren Augen las. Als sie wußte, daß er verstanden hatte, ließ Eyde sich auf den Boden gleiten.

»Wer ist sie denn nur?« flüsterten die Kaufleute, beunruhigt, weil sie diese vornehme und starke Frau nicht kannten. Die Rungholter schwiegen. Sie hatten immer geahnt, daß Mutter Eyde eine besondere Frau war.

»Ich werde vom Sattel meines Pferdes sprechen«, erklärte Arfast, der trotz seiner Aufregung wußte, daß seine Mutter ihn in diesem Augenblick vor einer Dummheit bewahrt hatte.

Männer, mit denen Arfast auf der Kirchwarf zusammengearbeitet hatte, ergriffen ihn an Armen und Beinen. Über ihren Köpfen trugen sie ihn gegen den Widerstand einiger störrischer Bauern, die keinen Platz machen wollten, aus der Umfriedung hinaus und schoben ihn in den Sattel seiner Stute.

Arfast klemmte seine Schuhe in die Steigbügel und rückte sich zurecht, während er sich umsah. Kopf an Kopf standen Menschen, die er größtenteils nur vom Sehen oder gar nicht kannte, bis vor die hölzerne Südwand der Kirche und warteten auf seine Rede. Noch nie hatte er vor einer solchen Menge gesprochen, und ihn packte plötzlich die Angst vor der Verantwortung, die er sich aufgebürdet hatte. Und dann dachte er an den Jungen, der ihm arglos verrottete Hölzer und Verfall im Deich gezeigt hatte und wegen der Mißwirtschaft eines Stallers hatte sterben müssen. Momme gab ihm den Mut, den er jetzt brauchte.

»Rungholter!« rief er, »ihr wißt, daß eure Ansiedlung nach den Plänen von Propst und Bischof eine Kollegiatskirche erhalten wird. Vor vielen Jahren gab es hier ausschließlich Bauern und Fischer; dann kamen die ersten Händler. Inzwischen gibt es längst Niederlassungen von Holsteiner Kaufleuten mit ihren Familien, und bald werden auch Priester hier leben. Rungholt wird weiter wachsen und zur Stadt werden.« Arfast machte eine Pause. Er sah, daß ihm auch die widerspenstigsten Männer interessiert zuhörten. Seine Befangenheit fiel von ihm ab wie getrockneter Klei.

»Ihr solltet aber nicht versäumen, es auch zur Stadt zu machen! Haus an Haus zu bauen, ist nicht das, was eine Stadt ausmacht. Die größte Schwierigkeit wird euch durch das Wasser entstehen, durch Frischwasser von oben, durch Salzwasser aus dem Sielzug und durch euer Schmutzwasser. Vor allem es wieder loszuwerden, wird schwierig werden. Eure Väter waren so klug, eine größere Schleuse zu bauen, und erst eure Kinder werden sie erneuern müssen. An euch selbst liegt es, eure Deiche instand zu halten und gute Wege zu bauen, vielleicht sogar die Hauptstraße zu pflastern. Ihr wißt, daß das Wasser des Rungholtfalls jetzt anders fließt und höher steigt als vor einem Menschenalter: Seid also so klug wie eure Väter und paßt die Deiche der Veränderung an, sowohl im Verlauf als auch in der Höhe. Um alles dieses zu erreichen, werdet ihr zuerst den Hardesvogt davon überzeugen müssen, daß es euch ernst mit der neuen Stadt ist, anschließend auch den Staller. Aber ihr werdet es schaffen, wenn ihr euch bemüht!«

Als alles gesagt war, wendete Arfast sein Pferd und trabte davon, nach Hause. Plötzlich meinte er, es ganz falsch angepackt zu haben. Er drehte sich nicht um, als er hinter sich ein Durcheinander von Händeklatschen und bösen Rufen hörte. Jetzt wollte er mit sich allein sein.

Eyde kam geraume Zeit später nach Hause. Sie lächelte, als sie bemerkte, daß Arfast sich Holundersaft heiß gemacht hatte. Mit gerunzelten Augenbrauen starrte er in den Becher und hielt sich an ihm wie an einem Pfahl im Salzkoog fest. Als er aufblickte, wußte er, daß seine Rede so schlimm nicht gewesen sein konnte.

Eyde umarmte ihn wortlos und ging wieder.

»Du hast dir heute den besten Wein des Hauses verdient und wirst ihn wie ein Ehrengast serviert bekommen.« Ihre dumpfe Stimme kam aus dem Kriechkeller unter der Stube, und kurz danach sah Arfast einen Krug aus der dunklen Öffnung zwischen den Händen seiner Mutter emporsteigen. Sie wischte sorgfältig den Staub aus dem Bart des Mannes, der am Hals des Kruges eingeprägt war, und polierte das graue Steinzeug glänzend blank, während sie leise wie ein murmelnder Bach weitersprach, ohne von Arfast eine Antwort zu erwarten.

»Feurige Reden kann jeder halten, dessen Zunge nicht festgeschmiedet ist; sich selber zurückzunehmen und besonnen zu sprechen, ist viel schwieriger.« Inzwischen hatte Eyde Wein in einen gläsernen Pokal gegossen, den Arfast noch nie gesehen hatte, und trug ihn herbei. »Dein Vater hätte heute viel Freude an dir gehabt. Er hätte auf dein Wohl getrunken und gehofft, daß du das Zeug hättest, ihm in seinem Amt zu folgen. Das mutige Eintreten für lebensnotwendige Anliegen war ihm das Wichtigste auf der Welt. Für ihn trinke ich auf dein Wohl!«

Während Eyde einen winzigen Schluck nahm und Arfast den Pokal dann feierlich reichte, durchströmte ihn ein Glücksgefühl. Sein Leben hatte plötzlich eine Wendung zum Guten bekommen. Als Salzsieder war er aufgebrochen, jetzt war er ...? Was war er?

»Und auf Rungholt«, fügte Eyde hinzu.

Arfast schrak aus seinem Grübeln auf. Es gab keinen

Anlaß zu trüben Gedanken, es war ein freudiger Tag. »Ja, vielleicht hat es den Rungholtern geholfen, sich selber zu helfen.«

»Nein, ganz im Gegenteil. Für sie wird das nächste Jahr sehr schwierig werden.«

Arfast schob mit hochgezogenen Augenbrauen seiner Mutter den Pokal zu.

Sie nippte nochmals am Wein. »Einige werden dir jetzt glauben. Sie werden im Streit mit denen liegen, die gleichgültig bleiben, und vor allem mit denen, die ein bestimmtes Interesse haben, dir nicht zu glauben – und das ist in erster Linie Geld.«

»Das bedeutet«, sagte Arfast, »einige Fischer werden mir glauben, aber nicht die Bauern aus den Marschen, die Ochsen- und Getreidehändler, die Salzhändler und die fremden Kaufleute.«

»Sie zählen zwar nicht in Männeraugen, aber auch die Frauen wirst du, der Kinder wegen, vermutlich auf deiner Seite haben. Die wichtigsten Männer aber hast du vergessen: den Staller und den Hardesvogt.«

Arfast runzelte die Stirn. »Es muß ihr Anliegen sein, Rungholt zu fördern.«

»Möglich. Aber ihr wichtigstes Anliegen wird sein, dich auszuschalten. Sie wissen jetzt, daß sie mit dir rechnen müssen. Du bist in ihren Augen vom unwichtigen Salzsieder zum Feind geworden.«

»Den Propst hast du noch vergessen, Mutter. Ich hatte mit ihm ...«

»Mit ihm auch ...?«

Arfast zuckte verlegen mit den Achseln und leerte den Pokal.

Um Eydes Mundwinkel spielte Belustigung. Sie war froh und erleichtert: Nie hatte sie sich von dem Gefühl lösen können, Arfast zu betrügen. Beschützt, aber betrogen um die Kenntnis seines mutigen Vaters, hatte sie ihn aufgezogen. Arfast aber hatte trotzdem seinen Weg gefunden. »Du bist wie dein Vater«, sagte sie. »Gottlob.«

Die Rungholter hatten erneut Grund, sich zu wundern, als die Bauarbeiten an der Kirchwarf eingestellt wurden, bevor die Warf ihre volle Höhe erreicht hatte. Am seltsamsten war, daß die Männer den Hohlweg, der auf den Hügel führte, glattklopften, als sollten die Wände beiderseits ewig bestehen bleiben. Dann räumten sie die Plattform frei von allen übriggebliebenen Hölzern, von Klepen und Schaufeln. Nur die Glocke blieb dort, und ihr letztes Geläut verwehte mit der Abendbrise.

Am nächsten Tag trafen von Ochsen gezogene Wagen ein, die beladen waren mit allerlei Gerät, das sich die Leute ebenfalls nicht erklären konnten. Erst als die Männer, alle Dienstverpflichtete des Bischofs aus dem Schwabstedter Raum, anfingen, die Hölzer und Kästen nach oben auf die Warf zu tragen, begriff man. Hier wurde mit Läden und Kästen auf Schragen ein kleiner Markt aufgebaut, wie ihn mancher schon in Tondern gesehen hatte.

Die Rungholter waren entsetzt. »Will der Propst eine Kirche oder einen Marktplatz bauen?« fragten sie, aber die Dienstleute zuckten die Schultern. Sie waren zum Spanndienst befohlen worden, nicht mehr und nicht weniger.

Der jährliche Herbstmarkt von Rungholt war mit der ständig steigenden Zahl aufgetriebener Ochsen gewachsen. Seitdem die Schiffer sich die Mühe sparten, auf dem tückischen, verschlickenden Rungholtfall bis nach Ilgrof oder Stintebüll hochzusegeln, mußten die Bauern sich bequemen, ihr Vieh nach Rungholt zu treiben. Diejenigen, die früher nicht so weite Wege gehabt hatten, kamen mürrisch an. Und spät. Die besten Plätze waren immer vergeben.

Anna Knoop, die viele Tage ängstlich darauf gewartet hatte, daß Pastor Nommensius ihre bevorstehende Hochzeit verkünden würde, wanderte bei Beginn des Marktes beschwingt über den Stock auf die andere Seite des Sielstroms. Der Pastor hatte die Verlobung eines anderen Paares bekanntgegeben, aber nicht ihre. Seitdem hoffte sie vertrauensvoll auf die weitere Unterstützung des Himmels, auf einen Blitzschlag in das Kirchenschiff oder einen Beinbruch des Pastors.

Zwischen Kirche und Kapelle waren am Fuß des Sommerdeiches entlang des Rungholtsiels Stricke von Pfahl zu Pfahl gespannt worden, an denen das Vieh angebunden wurde.

Annas Herz klopfte aufgeregt, als Arfast ihr entgegenschlenderte. Er hatte sie nicht bemerkt, und sie stellte sich an einen Schragen, um Gürtelschnallen zu betrachten und die Vorfreude auf die Begegnung zu verlängern. Seit seiner Rede vor dem Kirchhof hatte sie ihn nicht mehr gesehen, wohl aber über ihn gesprochen. Jedermann sprach in diesen Tagen über Arfast.

Arfast wurde auch öfter angesprochen: Fischer wandten sich mit Fragen oder einem Scherz an ihn. Anna wurde es ganz warm vor Stolz auf das Ansehen, das er neuerdings genoß. Sie verzieh den Bauern neben ihren Rindern und Schafen, daß sie ihn nicht beachteten. Sie kamen aus den Strander Dörfern und hatten nur Augen und Ohren für ihr Vieh und für potentielle Käufer.

Ihre Aufmerksamkeit richtete sich vor allem auf die holländischen Aufkäufer, deren Schiffe dicht an dicht vor den Schleusentoren lagen. Einer von ihnen, in weiten Hosen und kurzen Schaftstiefeln mit hölzerner Sohle, war in Annas unmittelbare Nähe gekommen. Während sie seine Kleidung entzückt betrachtete und sich an Brügge erinnerte, trat er zurück, um den Ochsen seiner näheren Wahl von oben bis unten betrachten zu können.

»Ihr steht auf meinem Schuh«, machte sich Anna bemerkbar und unterdrückte einen Schmerzensschrei, um nicht unhöflich zu wirken.

»Er steht gut im Futter. Ich will ihn trotzdem nicht. Er hat Blasen auf dem Flotzmaul. Glaubst du, mir ein krankes Tier verkaufen zu können, Kerl?«

Der Bauer ließ kurz seine geballte Faust sehen. »Dann eben nicht«, sagte er und wandte sich dem nächsten Interessenten zu.

Anna sah sehr wohl, daß er ein schlechtes Gewissen hatte, aber sie ahnte nicht, warum. »Ihr steht auf meinem Fuß, und Ihr tut mir weh!« Sie versuchte, den Holländer von sich fortzuschieben.

Der Mann aber drängte nach hinten. Er kannte die Krankheit, ein Windhauch von ihr war gefährlich. »Maulseuche!«, versetzte er verächtlich. »Mit so etwas gehst du auf den Markt? In Amsterdam würdest du damit im Block landen.«

»Ich bekomme auch Blasen, nämlich auf meinem großen Zeh!« schrie Anna ihm ungeduldig ins Ohr und versuchte, den Fuß unter ihm hervorzuzerren.

Der Sturm in seinem Ohr schreckte den breitschultrigen Mann endlich auf. Bestürzt gab er Annas Fuß frei und schloß sie in seine muskulösen Arme. »Ich hoffe nicht«, dröhnte er lachend. »Ihr werdet auch keine Klauenseuche bekommen. Ihr seht mir nicht gerade wie eine Muttersau aus.« Ein Hauch von Bierduft umwehte Annas Nase. Sie errötete unter seinen bewundernden Blicken. »Verzeihung, es muß sein«, sagte er und drückte ihr einen Kuß auf die Wange, bevor er sie losließ.

Anna stürzte verlegen davon, nur um in Arfasts Arme zu laufen. Sie starrte in sein wütendes Gesicht. »Schon gut«, sagte sie, »er hat mich nicht beleidigt.«

»Wirklich nicht?« fragte Arfast, aber er war einigermaßen besänftigt, als er die bedauernde Geste des Holländers bemerkte, der Anna für alleinstehend gehalten hatte. Trotzig wandte er ihm den Rücken zu.

Über ihre Schulter hinweg beobachtete Anna, wie der Strander Bauer mit einem Ruck den Knoten aus der Leine löste und das kranke Stück Vieh an einen anderen Platz zerrte. »Wo die anderen nicht wissen, daß sein Ochse die Maulseuche hat«, sagte sie empört. »So ein Schlitzohr.«

»Maulseuche?« fragte Arfast nach und runzelte die Stirn.

»Ja, Maulseuche oder Klauenseuche. Der Holländer schien beides für dasselbe zu halten.«

»Hark auch, und es ist eine ernste Sache. Gott sei den Bauern gnädig, wenn hier auch nur ein Ochse die Maulseuche hat. Die breitet sich aus wie Feuer im Reet. Ich glaube nicht daran, daß ihnen dann noch die Muttergottes von Klues in Klockries helfen kann.«

Anna nickte nachgiebig. »Du bist ein ganz ungläubiger Mann«, sagte sie zärtlich und zog Arfast mit sich zu einem Stand, an dem Förtchen gebacken wurden. Die Zeit mit ihm war zu kostbar, um sie mit Ochsen zu vertun. Aber Förtchen waren gut geeignet, um ihn an einem Fleckchen festzuhalten, von dem aus sie sein Gesicht betrachten konnte. Sie kaufte unwidersprochen gleich eine ganze Pfanne voll.

Während sie die Teigkugeln verzehrten, standen sie zwischen zwei benachbarten Ständen, geborgen und allein miteinander, geschützt wie unter einer Kirchenglocke. Arfast vergaß das Gebäck zwischen seinen Fingerspitzen. Die Wolken hörten auf zu segeln, der Wind zu blasen.

»Ich heirate dich doch«, sagte er fest, während Annas Blick sich gedankenlos in eine Schlange von Käufern vor dem hansischen Stand mit Lichtwachs verirrte. Sie seufzte tief. Es würde ein Traum bleiben. Seiner und ihrer.

Wütendes Geschrei in der Nähe holte Anna aus ihrer Verzauberung, während Arfast sie an den Schultern packte und vorwärts schob. Das Gedränge war groß genug, um jemanden zu verlieren.

Der Ärger kam vom vordersten Ende des Absperrseiles. Mit anderen Zuschauern wurden Arfast und Anna dorthin gedrückt und geschubst, wo keine Verkaufsbuden aufgeschlagen waren und deshalb Raum genug zum Ausweichen vorhanden war. Arfast zog Anna auf den Wall des alten Kirchhofs hinauf, wo sie vor den Menschenmassen sicher waren und gut sehen konnten, was vor sich ging.

Der Streit zwischen einem Bauern und einem Knecht des Hardesvogts war offensichtlich um den Marktzoll entbrannt. Der Hardesknecht hörte breitbeinig und mit vorgeschobenem Unterkiefer dem Schimpfen des Bauern zu. In der Hand schlenkerte er eine schlaffe Geldkatze.

»Wir haben den weitesten Weg, kommen zuletzt, werden mit den ungünstigsten Plätzen bestraft und dann als erste zur Kasse gebeten!« schrie der Bauer. »Frag deinen Vogt, ob er das für Gerechtigkeit hält!«

Der Knecht mit seinem Bulldoggengesicht grinste hämisch. Offensichtlich beabsichtigte er, den Bauern toben zu lassen. Den Marktzoll hatte der Hardesvogt zu vertreten; er selber mußte sich nur um den größtmöglichen Spaß beim Einsammeln der Gelder kümmern. »Nichts auf der Welt ist gerecht«, bemerkte er gemächlich und sah sich zu den Zuschauern um. »Das kannst du schon an dir selber sehen. Dein Ochse ist fetter als du, obwohl du dich für klüger hältst. Mit welcher Leistung hat er sein Wohlleben verdient?«

»Idiotische Frage! Hau bloß ab!« murrte der Bauer, während die Menge vor Vergnügen tobte.

Der Knecht klatschte dem Mann mahnend den Lederschlauch an den Kopf. »Kein Widerstand beim Einsammeln des Marktzolls, Kerl! Die Strafbrüche sind hoch, und ich mach' sie höher, je frecher du bist.«

Der Bauer rieb sich verdrossen den Schädel, wo die Münzen seines Nachbarn ihn schmerzhaft getroffen hatten, und hob seine Kappe auf. »Wenn ich meinen Ochsen für mich reden lasse, ist der Zoll dann geringer? Du stehst ja auf gutem Fuß mit dem Vieh, wie ich höre.«

Jetzt waren die Lacher auf der Seite des Niedamer Bauern.

»Vermutlich ist er klüger als du – also laß ihn ruhig sprechen.«

Der Bauer verdrehte die Augen. »Er wird auch zahlen«, versprach er listig und kratzte seinen Ochsen mit dem Zeigefinger neben dem Schwanzansatz, wo das Fell straff und schräg stand. »Wenn's Euer Hochwohlgeboren recht ist.«

»Mir ist es gleich, wer zahlt«, versetzte der Knecht und zog ungeduldig an den Bändern der Geldkatze, um sie zu öffnen. Er hatte seinen Spaß gehabt und nun die Lust an der Fortsetzung des Wortwechsels verloren. Ein neues Spiel – ein neues Glück; die nächsten Bauern würden genauso widerwillig sein und genauso bereitwillig zahlen, wenn er ihnen drohte. »Fünf Pfennig für eine Kuh, zehn für einen Ochsen.« Er hielt den Beutel auf und blickte prüfend hinein, indes sich der Ochsenschwanz gemächlich hob.

Unter dem brüllenden Gelächter der Zuschauer kleckerten grüne Fladen in die Geldkatze, ergossen sich über die Zugschnur und über die Hände des Knechts, klatschten an die oberen Ränder der Holzschuhe und hinterließen Spritzer an seinen nackten Schienbeinen.

»Mist!« kreischte die Bulldogge außer sich vor Wut.

»Du sagst es«, sagte der Bauer befriedigt und wurde von den herbeiströmenden Männern in die Mitte genommen, die lachten, bis ihnen der Atem ausging.

An diesem Tag hatte der Hardesknecht nichts mehr zu melden. Als Anna und Arfast sich später bei den halbjährigen Lämmern umsahen, kicherte Anna hinter der vorgehaltenen Hand und stieß Arfast an.

Vor ihnen versuchte der Hardesknecht zu kassieren. Aber der Bauer hob den Zeigefinger in die Höhe und machte Kratzbewegungen. Und um ihn herum hoben Bauern und Zuschauer die Finger und kratzten vieldeutig in der Luft.

Der Knecht fluchte laut und verschwand.

Arfast hatte sich zum Beschützer von Anna erklärt, und da Knoop verreist war, gab es niemanden, der widersprochen hätte. Es war noch früh am Morgen, aber auf der Kirchwarf wirbelten die Verkäufer schon geschäftig in der Morgenkälte. Nur wenige lugten noch verschlafen aus ihren Decken unterhalb der Verkaufstische, als Arfast und Anna zusammen mit einigen anderen Neugierigen den Hohlweg hochstiegen.

»Hier liegt ja die schönste Ware des ganzen Marktes«, sagte Anna und ärgerte sich, daß ihr dies am Vortag entgangen war. Kaum hatte sich die rote Fahne zur Eröffnung des Verkaufes an der Spitze der Stange am Lüttfischerhafen entfaltet, stürzte sie sich auf einen Satz von Emailknöpfen, die kaum weniger kostbar wirkten als die, die sie in Brügge gesehen hatten. Daneben lagen Futterseide für Ärmelstücke, bestickte Schleier und Gürtel mit Ornamenten und Edelsteinen.

Arfast blieb abwartend hinter ihr stehen. Er wunderte sich im stillen darüber, daß der Propst diesen Markt im Markt eröffnet hatte. Vielleicht war er nicht mit dem Hardesvogt abgesprochen. Denn als Arfast sich zufällig umdrehte, entdeckte er den Knecht des Hardesvogts am Ende der Rampe.

Mit offenem Mund musterte der Zolleintreiber die heranströmenden Käufer und machte verdutzt einem Flötenspieler Platz, der eine ganz neue, aber schon beliebte Melodie pfiff. Der junge Mann tat ein paar Sprünge, um sich Bahn zu verschaffen, und schon hüpften einige Mädchen und Burschen hinter ihm her. Einige Tische weiter nahm ein Verkäufer mit pfiffigem Gesicht die Melodie auf. Auch Annas Rock bewegte sich im Takt, während ihr Finger dem Goldfaden in einem Strumpfband folgte.

Der Knecht wandte sich an den Verkäufer am erstbesten Stand, der eine Sammlung von Hüten feilbot. Hier würde nicht gekratzt werden, aber womöglich ließen sie sich etwas anderes einfallen. »Ihr habt den Marktzoll nicht bezahlt«, behauptete er, aber er war weit weniger frech als dem Bauern vom Vortag gegenüber.

»Doch, doch«, sagte der Hutverkäufer unbeeindruckt. »Und nicht zu knapp. Hau bloß ab!«

Arfast sah, daß dieser Mann sich von einem Knecht nicht lange ärgern lassen würde, und der Knecht zuckte zusammen. Fast unterwürfig antwortete er: »Aber mir nicht.«

»Hier geht es um Summen, die dein Herr dir gar nicht anvertrauen würde.« Der Hutverkäufer wirkte sehr barsch. »Die bezahlt der Propst direkt an den Hardesvogt.«

»Ach so.« Mit einer Spur von Erleichterung drehte der Mann des Vogtes sich um und bahnte sich mit gesenktem Kopf gegen den Strom seinen Weg nach unten.

Anna kaufte an diesem Stand nichts und auch am nächsten nicht. Arfast blieb geduldig bei ihr, bis sie auf der anderen Seite der Warf angekommen waren. Ihn interessierten die Waren nicht, eher schon die Aussicht. Von dort, wo er stand, hatte er einen guten Überblick über den Riper Damm.

Obwohl am Vortag längst nicht alle Ochsen verkauft worden waren, wurden an diesem zweiten Tag des Herbstmarktes noch mehr Tiere in Rungholt erwartet. Der ganze Raum am Lüttfischerhafen, wo sonst Fische verkauft wurden, war frei gemacht worden.

Während Anna in Bändern wühlte, sah Arfast zu, wie in einem unendlichen Strom die Tiere nach Rungholt getrieben wurden. Ochsen, Schafe und Schweine schlitterten jenseits der Tammensieler Schleuse vom Riper Damm herunter, trampelten über die Brücke an der Schleuse und kletterten diesseits wieder auf den Damm, um anschließend nach Gutdünken ihres Besitzers irgendwo hinunterzusteigen und sich den Weg zwischen den Häusern und Warfen zu den Anbindestricken des Viehmarktes zu suchen.

»Das gibt Ärger«, sagte Arfast.

Der Ärger war bereits unterwegs in Gestalt eines kräftigen Mannes, dessen Hütte unmittelbar am Deich stand. Arfast kannte ihn flüchtig, er war Fischer. Sein blondes borstiges Haar sträubte sich wie die Mähne eines Kleinpferdes, aber bei ihm war es pure Wut. Nachdem er auf den Deich gesprungen war, hörte Arfast, wie er die Ochsentreiber anschrie. »Runter vom Deich, ihr blinden Neunaugen! Ich habe keine Lust, die Aale künftig in meinem Obstgarten zu fangen!«

Der Halbwüchsige, der an der Spitze seiner sechs Rinder mit der Gerte verhindern sollte, daß sie zur Seeseite ausbrachen, sah den Mann einen Augenblick verunsichert an. Dann sperrte er den Weg mit beiden Armen, worauf die Kuh erschrocken den Deich hinuntergaloppierte.

»Kühe auch nicht!« brüllte der Fischer erbittert und sprang hinterher.

Das zottige, braune Rind rannte in seiner Angst gegen die dünnen Äste des Stakets, das den Hausgarten einfriedete, und brach krachend durch. Der Hausfrau gelang es gerade noch, es mit Geschrei und Armschwenken von einem Kleinkind abzulenken, aber Kohl und Rote Beten waren nicht mehr zu retten. Geknickte Blätter säumten den Pfad der Kuh.

Während sich die wilde Jagd außer Sicht fortsetzte, sagte Arfast: »Sieh doch, Anna!« Was hier geschehen war, war wichtiger als jeder Einkauf.

Der Riper Damm, dessen Höhe einstmals bei sechs oder sieben Ellen gelegen hatte, war nach diesem Viehtrieb über die Länge eines ansehnlichen Hauses bis zur Tammensieler Brücke heruntergetreten. Durch die Lücke waren die schilfbewachsenen Inseln des Vorlandes zu sehen, und zwischen ihnen blitzte der Schlick in der Morgensonne wie eine polierte silbergraue Zinnplatte mit schwarzer Strichelzeichnung.

»Gottlob kam das Kind nicht zu Schaden«, meinte Anna.

»Ja. Aber der Deich! Der ist noch wichtiger als das Kind. Verstehst du das nicht? Komm, wir gehen.«

»Wie kannst du so etwas nur sagen?« Mißgestimmt warf Anna einen letzten Blick auf die Buden und folgte Arfast widerwillig nach unten. »Laß uns diesem gräßlichen Vogtsknecht aus dem Weg gehen«, bat sie, als dessen durchdringende Stimme über die Köpfe der Menge hinweg zu hören war. Wieder war er dabei, sich auf Kosten anderer zu amüsieren, die ihre Zunge nur in Maßen zur Gegenwehr benutzen durften, aber heute war er dazu schlechter Laune. »Am besten wäre die andere Prielseite! Ich glaube, heute muß jemand nur kratzen, dann schlägt er ihn tot.«

Arfast bahnte ihnen schweigend den Weg. Auch er spürte, daß Ärger in der Luft lag. Aber noch bevor sie am heute viel begangenen und gefährlich schwankenden Stock angelangt waren, kam ihnen eine Gruppe Fischer entgegen, angeführt von dem Mann, dessen Garten beschädigt worden war. Mehrere hatten ihre Glübb geschultert, andere trugen Aalkämme und Dornspeere über den Schultern.

Ein Mann schwenkte eine aufgeschossene Langleine mit unzähligen Vorfächern und ungeschützten Angelhaken in der Hand. Zum Angeln war sie in diesem Zustand nicht brauchbar.

»Langsam, Anna«, raunte Arfast und hielt sie zurück. »Ich wüßte kaum ein Arbeitsgerät, das mir mehr Angst einjagen könnte als eine Leine mit Fischhaken ohne Köder. Fliegend aus der Hand.«

»Was soll das?« rief der Knecht des Hardesvogts von weitem und marschierte herbei, die Fäuste in die Seiten gestemmt. Argwöhnisch sah er sich um. »Waffen sind auf dem Markt verboten!«

»Was für Waffen denn?« fragte ein junger bartloser Bursche frech und krümmte sichtbar seinen Zeigefinger. »Wir haben nur Fischhaken.«

Dem Knecht stieg das Blut ins Gesicht.

»Wir gehen fischen, das siehst du wohl, oder kannst du nicht einmal das sehen?« höhnte der Blonde mit dem Bürstenschopf. Er starrte dem Knecht aus kurzer Entfernung in die Augen und schüttelte den Kopf, als hätte er eine enttäuschende Entdeckung gemacht. »Blind für das Recht. Wie Hardesvogt und Staller.«

Niemand wagte zu kichern. Arfast spitzte die Lippen und sog ganz langsam Luft ein. Anna lehnte sich an ihn und flüsterte ihm ins Ohr: »Wollen wir lieber gehen?«

»Gerne, aber wie?« flüsterte Arfast zurück und rührte sich nicht. Es war in dieser Situation vernünftiger, nicht aufzufallen.

Während der Zolleintreiber die Fischer unschlüssig betrachtete, teilte sich die Gruppe plötzlich wie eine aufspringende Nuß. Ihr Kern war eine Aalreuse mit zwei nackten, dünnen, lehmbeschmierten Beinen eines Jünglings darunter. Jemand versetzte dem Korb einen Tritt, und er torkelte dem Knecht entgegen und kippte vor seinen Füßen um.

»Komischer Aal.« Der Knecht verzog seine Lippen zu einer Grimasse, während die strampelnden Beine Erde aufwarfen und sich die Reuse wie ein Kreisel drehte. Sein Lächeln mißlang. Am liebsten hätte er laut geflucht, weil er sich ohne Not eingemischt hatte. Ganz gewiß war er nicht für Fischer zuständig, und jetzt steckte er in der Klemme.

»Ich verlange Schadenersatz«, erklärte der Fischer mit dröhnender Lautstärke, so daß auch die Neugierigen auf der anderen Seite des Priels mithören konnten. »Der Aal, der den Schaden verursacht hat, kann nicht zahlen, und der Bauer, dem die Ochsen gehören, will nicht. Jetzt werde ich beim Hardesvogt die Schulden eintreiben.«

»Was für Aale, welche Ochsen?« fragte der Knecht verwirrt.

»Aber den Hardesvogt kennst du doch noch?« höhnte eine Stimme aus dem Hintergrund.

»Hör zu, du Geldeinsammler des Vogtes«, sagte ein anderer besonnen. »Wir sind der Meinung, daß der Hardesvogt für die Schäden aufzukommen hat, die die Ochsen auf den Deichen und Wegen anrichten. Er hat den Markt genehmigt, und er zieht den Marktzoll ein. Es kann nicht angehen, daß er den Rungholtern die Kosten für die Reparatur auflädt. Was haben wir Fischer mit seinen Ochsen zu tun?«

Der blonde Fischer streckte seinen Arm aus und deutete zum Deich. »Sieh es dir selbst an! Durch die Lücke kannst du die Kirche von Pellworm sehen! Beim nächsten Sturm sitze ich bis zum Hals im Wasser.«

Bis zum Hals im Wasser fühlte sich auch der Knecht. Er knirschte mit den Zähnen und fragte: »Was geht mich das an? Das müßt ihr mit dem Hardesvogt selber besprechen.« Er drehte sich um und wollte fort. »Laßt mich gefälligst durch«, schnauzte er die Leute an, die so dichtgedrängt standen, daß kein Hund mehr zwischen ihren Beinen hindurch gepaßt hätte.

»Volquart hat aber recht!«

Der Knecht machte den Hals lang, um denjenigen dingfest zu machen, der den Widerstand von weit hinten schürte. »Du da«, sagte er scharf und beugte sich vor. Als er mit der Nase um ein Haar auf einen Zeigefinger stieß, ballte er die Fäuste. Er bemerkte erst jetzt seine eigene Machtlosigkeit.

Denn die Fischer der vorderen Reihe hatten einander untergehakt und bildeten eine geschlossene Mauer der Abwehr. Ihre Gesichter hätten gar nicht feindseliger sein können. Der Knecht fuhr erschrocken zurück, weil selbst seine Phantasie ausreichte, um sich vorzustellen, was einem Menschen innerhalb dieses atmenden, wütenden Felsblockes geschehen konnte.

»Na, na«, sagte einer auf der anderen Seite des Weges, wo sich eine Herde Schafe dicht zusammendrängte. »Ist doch alles nicht so schlimm. Kippt ein paar Schaufeln Erde in die Lücke, und damit hat sich die Sache. Ihr müßt euren Schaden nicht noch aufbauschen.«

»Ja, genau«, stimmte der Hardesknecht erleichtert zu und bewegte sich rückwärts, bis er die Bauern dicht hinter sich wußte. Den Umgang mit ihnen war er gewohnt, und das Blöken verängstigter Tiere war in seinen Ohren ein angenehmes Geräusch.

»Herr Arfast«, rief einer der Fischer bittend, »könntet Ihr so gut sein und für uns sprechen? Dann wird er es wohl endlich kapieren.«

Arfast wunderte sich, denn er kannte den Fischer gar nicht. Aber er war nicht der Mann, der sich drückte. Die Leute machten eine Gasse für ihn frei, damit er zu den streitenden Parteien gelangen konnte.

Der Knecht sah dem neuen Widersacher mißtrauisch entgegen. Dieser wirkte wie ein vornehmer Mann, obwohl seine Kleidung einfach war. Das und die respektvolle Anrede des Fischers ließen ihn ahnen, daß er mit ihm kein Spielchen nach seiner üblichen Art spielen konnte. Aber das Recht war auf seiner Seite, deshalb atmete er ruhig und machte ein gelassenes Gesicht.

»Es ist ganz klar, daß du nicht nach eigenem Ermessen Schäden aus den Zollgeldern des Hardesvogts begleichen kannst«, sagte Arfast nach einem Augenblick des Nachdenkens. »Andererseits bist du ganz eindeutig als Vertreter von Harre Gunneson hier.«

»Nur für den Marktzoll«, redete der Knecht dazwischen, und seine Miene war so eigensinnig wie sein Tonfall.

»Richtig. Aber du bist gewiß in der Lage, ihm zu berichten, was du gesehen hast! Ich würde gerne mit dir auf den Deich gehen und dir die Schäden von gestern und heute zeigen. Du brauchst sie dem Vogt nur zu beschreiben. Alles andere werden die Rungholter selbst mit ihm aushandeln.«

Der Zolleintreiber nagte an seiner Unterlippe.

»Und wenn die Rungholter den Deich selber heruntergefahren haben?« mischte sich ein aufgebrachter Bauer mit einer städtisch bunten Gugel ein. »Das müßte zumindest erst untersucht werden. Die Salztonnen werden ja wohl nicht durch den Koog zum Hafen rollen.«

Sein Nachbar tippte sich an die Stirn. »Am Ende lassen die Salzkaufleute den Vogt zur Ader, und das holt er sich von uns zurück! So haben wir aber nicht gewettet, Mann!«

Die Bauern ließen sich trotz Arfasts Besonnenheit nur schwer beschwichtigen. Er sah Fäuste und Hände, die griffbereit an den Gürteln lagen. Möglicherweise genoß der Mann mit der Mütze besonderes Ansehen bei ihnen; vielleicht war er sogar ein Hardesbonde. Er kannte ihn nicht.

Während alle diese Gedanken durch seinen Kopf schossen, wandte Arfast sich wieder an den Knecht, absichtlich herrisch. »Der Hardesvogt war vor einigen Tagen hier. Zweifellos wird er sich an den Zustand des Deiches erinnern können. Ich erwarte deshalb von dir, daß du bezeugst, wie er jetzt aussieht. Das ist alles!«

Zu Arfasts Erleichterung schien Harre Gunnesons Mann jetzt endlich bereit nachzugeben.

In diesem Augenblick schoß ein kleiner Junge auf allen vieren zwischen den Beinen von Ochsen und Männern durch und rannte zu dem vornehmen Bauern mit der Mütze. Der Mann runzelte die Stirn, beugte sich aber schließlich nieder. Eine Weile flüsterte der Junge, dann richtete sich der Bauer rot vor Zorn auf. »Die Rungholter haben nicht auf den Schiedsspruch von Harre Gunneson gewartet. Sie haben unseren Rindern die Maulseuche an den Hals geschickt!«

Der Knecht des Hardesvogts war nicht schwer von Begriff, wenn es um sein Leben ging. »Ich mische mich da nicht ein«, rief er Arfast zu und war nicht mehr aufzuhalten. Er mußte zusehen, daß er den restlichen Marktzoll eintrieb, bevor die Bauern mit ihren Rindern flüchteten. Denn jetzt würde kein Aufkäufer mehr Ochsen annehmen. Noch viel klarer war, daß der Vogt die Mindereinnahme bemerken würde.

Die Bauern sahen sich um. Sie waren nicht gerade wenige. Weite Wege hatten sie gehabt und Ärger dazu. Einer schob bedächtig seine Ärmel nach oben. Bevor er fertig war, stülpte sich das Netz einer Glübb über seinen Kopf. Während er sich aus den Maschen des Netzes zu befreien versuchte, schlug jemand die Beine unter ihm weg.

Die Fischer neben Arfast stürmten auf die Bauern zu. Er hörte das merkwürdig gurgelnde Geräusch, das Schweine nach dem Schnitt durch die Kehle von sich geben, und drehte sich um. Neben ihm ging ein Bauer mit zerfleischtem Hals zu Boden. Der Rungholter Fischer setzte seinen Fuß auf die blutüberströmte Schulter, während er an seinem Dornspeer zerrte. Als er ihn endlich frei hatte, hingen kleine Fleischbrocken an den Widerhaken.

Der Kampf entfachte sich so schnell wie ein Brand nach dem Blitzschlag. Wo Arfast auch hinblickte, schwangen die Rungholter Fischgeräte und die Bauern Messer gegeneinander.

Niemand konnte in diesem Tumult von Kämpfenden, von schreienden Verletzten, von fliehenden Menschen und durchgehenden Tieren noch für Beruhigung sorgen. Arfast bahnte sich seinen Weg zu Anna und mußte sich immer wieder gegen Männer zur Wehr setzen, die ihn tätlich angriffen.

Anna kniete mit zwei Kindern in den Armen im Staub und sprach beruhigend auf sie ein. Gleichzeitig versuchte sie, nach ihren Eltern Ausschau zu halten. Sie nickte Arfast erleichtert zu, als er neben ihr auftauchte. Ihr Lächeln in all dem Chaos verzauberte ihn. Mühsam riß er sich nach einer kurzen Weile von der Täuschung los und sah sich um.

In seiner Nähe kämpfte eine kleine Gruppe von Männern; viele lagen auf dem Boden oder waren an die Seite gekrochen. Große feuchte Flecke und Schleifspuren im staubtrockenen Schlick bewiesen, daß viel Blut geflossen war. Soweit sichtbar zwischen den Warfen, waren überall

Menschen auf der Flucht, einige hatten bereits den Riper Deich erreicht. Die Rufe der verschreckten Tiere übertönten die Schmährufe der Kämpfenden und das Stöhnen der Verletzten. Arfasts Blick flog hinüber zu dem Haus seiner Mutter, das er gar nicht sehen konnte.

»Sie weiß längst Bescheid, Arfast. Sie kommt, wenn sie kann.«

»Wirklich?« fragte Arfast und staunte, daß Anna seine Gedanken gelesen hatte, und auch darüber, daß sie seine Mutter so gut zu kennen schien. Dann erschrak er. »Warum ist sie dann nicht hier?«

Anna seufzte und drückte die beiden Kinder fest an sich. »Wahrscheinlich liegen überall Verletzte. Es waren so viele, die meinten, sie müßten sich ihr Recht mit Gewalt holen.«

Das war wohl wahr. Arfast hatte sich mitten im Getümmel befunden und wenig gesehen außer einer aufgerissenen Kehle, Fischhaken in Augäpfeln und Schlachtmessern im Gedärm. Ihn fror plötzlich, und er zog die Schultern zusammen. »Komm, Anna«, sagte er müde. »Wir bringen die Kinder in euer Haus, und danach gehe ich auf die Suche nach ihren Familien.«

XII

Eyde hörte ein Summen in der Luft über Rungholt, wie von einem wütenden Wespenschwarm. Es schwoll an und schien sich zu entfernen. Als es wieder näher kam, löste es sich in einzelne Rufe auf.

»Haye, man kämpft zwischen den Häusern«, flüsterte sie angespannt.

»Nö«, sagte der junge Mann, widerspenstig vor Langeweile. Eyde hatte ihm nicht erlaubt, auf den Herbstmarkt zu gehen, weil zu befürchten war, daß die Leute des Stallers dort auftauchen würden. Statt dessen mußte er sich damit plagen, Buchstaben zu üben, die ihm seine Verwandte auf die Wachstafel malte. Aber diese Krähenfüße ließen sich nicht mit den Vorstellungen seiner Finger von nützlicher Tätigkeit vereinbaren.

»Hörst du nicht?«

»Nö.« Plötzlich warf Haye den hölzernen Griffel hin und stürzte mit leuchtenden Augen an die Tür. »Na klar, doch!« Langsam schob er die obere Türhälfte auf und spähte durch den Spalt hinaus.

Er sah zwischen den Büschen hindurch nichts außer dem einsamen Weg und einigen Gänsen, die ihn als Startbahn benutzten. Geräusche gab es jede Menge, wenn auch nicht das Klirren eines bewaffneten Kampfes zwischen Rittern. Eher wie eine gewöhnliche Dorfschlägerei. »Ich sehe mal eben nach«, sagte er. »Das sind keine Leute des Stallers.«

Eyde sah sich nicht in der Lage, den Jungen zu halten. »Komm gleich wieder«, bat sie besorgt, während er schon zur Tür hinausstob und zwischen den Apfelbäumen hinter dem Haus davonrannte. »Ja, ja«, hörte sie ihn noch rufen.

Haye war bei aller Gier, an einem Kampf teilzunehmen, vorsichtig wie ein alter Hecht. Im Schutz der Holunderbüsche, deren Laub sich schon lichtete, gelangte er hinter die

Kirche und konnte von da aus beobachten, was sich am Deich vor dem Priel abspielte. Der Stock stürzte gerade unter dem Gewicht von rennenden und flüchtenden Marktbesuchern ein, und die Stangen rissen einige von ihnen ins strömende Wasser. Auf dem gegenüberliegenden Ufer meinte Haye, Arfast erkennen zu können.

Im großen und ganzen schien der Kampf eine Auseinandersetzung zwischen Rungholtern und Marktbesuchern zu sein. Haye juckte es in den Fingern. Es mußte jedem Wirichsharder Freude bereiten, wenigstens ein einziges Mal im Leben einen reichgekleideten, hochmütigen Edomsharder Bauern in den Händen zu halten.

Aber Eyde wartete auf seinen Bericht. Er hatte es ihr versprochen.

Eyde war dabei, einen Korb mit Verbandsmitteln und Wundpulvern zu packen, als Haye durch die Tür stürmte. Gottlob, dachte sie, er hat sich nicht hinreißen lassen. Längst war sie überzeugt, daß am Priel eine blutige Auseinandersetzung stattfand, bei der man ihre Hilfe benötigte.

»Die Rungholter prügeln sich mit den Gästen«, berichtete er atemlos. »Zimperlich sind sie nicht, das muß ich schon sagen. Das Blut fließt in Strömen.«

Eyde sah ihn erschrocken an und schüttelte den Kopf. Männer! »Was ist mit den Frauen und Kindern?«

Haye zuckte mit den Schultern. »Weiß ich nicht. Aber die Marktbesucher müssen dichtgedrängt gewesen sein. Wenn sie sich da drin befanden …«

»Du bleibst hier«, befahl Eyde. Korb und Wasserkrug waren schwer, und sie eilte so rasch davon, daß die Tür hinter ihr offenblieb.

Haye schloß sie. Glücklicherweise hatte Eyde nicht daran gedacht, auf eine Antwort zu warten, die ihn band. Er wartete, bis Eyde außer Sicht war, dann nahm er einen anderen Weg ins Getümmel.

Mit einem Blick sah Eyde, daß es auf beiden Seiten des Priels Tote und Verwundete gab. Auf der anderen Seite wurde im Bereich des Hafens noch gekämpft, während die Schlacht auf ihrer Seite vorüber war.

Vor der Kapelle lag ein Toter, man hatte ihm auf gräßliche Weise mit einem stacheligen Gegenstand den Hals halb abgesäbelt. Daneben saß mit gesenktem Kopf ein Bauernbursche vom Land, dem das Blut aus einem Arm floß. Er war so benommen, daß er sich nicht gegen Eyde wehrte, und er konnte noch den Knebel festhalten, der den Blutfluß aufhalten sollte. Eyde streute reichlich Pulver von zerstoßenem Wermut auf den tiefen Messerschnitt und deckte ihn schließlich mit einem Leinenstreifen ab.

»So«, sagte sie, als sie die beiden Zipfel des Verbandes verknotete. »Sieh her. Wenn der Schatten dieses Stockes bis hierher gewandert ist, entfernst du den Knebel.« Sie drückte seinen Kopf in die Richtung, in der sie einen Stock in den Klei gebohrt hatte. »Dein Blut ist im Augenblick wie ein Priel durch Schleusentore stillgelegt. Wenn du sie öffnest, fließt das Wasser wieder. So ist es auch mit dem Blut in deinen Adern. Verstehst du, was ich meine?«

Der junge Mann bewegte die Lippen und versuchte, vor Eyde auszuspucken, aber ihm fehlte die Kraft. »Rungholter«, keuchte er.

Eyde hielt ihm den Wasserkrug an die Lippen, und er trank wie ein Verdurstender. »Ja, ja, Rungholter. Du vergeudest dein Blut wohl gern. Wenn du nicht tust, was ich sage, wird dein Leben hier im Gras versickern. Um dein bißchen Verstand wäre es allerdings nicht schade.«

Der junge Mann hob den Kopf und schnitt eine wütende Grimasse. Eyde betrachtete ihn zufrieden. Sie konnte ihn jetzt allein lassen.

Während sie weiterging, sah sie, daß mit dem ablaufenden Wasser im Priel zwei menschliche Körper mit dem Gesicht nach unten in Richtung auf die Schleuse trieben; einer von ihnen war eine Frau mit blutdurchtränkter Kleidung. Frauen und Kinder hatten immer am meisten unter Kriegen zu leiden. Aber welche Frau hätte sich jemals einen Krieg gewünscht?

Eyde begann Haß auf diese unfriedlichen Männer zu

empfinden, bis sie sich selber das unnütze Gefühl verbot. Haß taugt beim Heilenden nicht, weil er die Finger flattern läßt, dachte sie, setzte besorgt Korb und Krug ab und streckte ihre Hände waagerecht vor sich aus. Nein, sie blieben ganz ruhig. Als Eyde den Kopf hob, erkannte sie einen Rungholter Nachbarn, der ihr entgegentaumelte. Er konnte nicht sprechen, aber er bat sie mit den Augen um Hilfe. Eyde lief ihm entgegen und stützte ihn, während er zusammensackte.

Die Wange des Mannes war von drei trichterförmigen Löchern durchbohrt. Er würgte geronnenes Blut aus. Als die Mundhöhle leer schien, befahl Eyde ihm, sich mit dem Kopf nach unten auf dem Deichabhang auszustrecken. Dann untersuchte sie ihn. »Hat dich jemand mit einem Plattfisch verwechselt und mit seinem Dreizack aufspießen wollen?« fragte sie sarkastisch.

Eyde erwartete keine Antwort. Schweigend verknetete sie gesiebte Asche von verbrannten Kohlwurzeln mit Öl und drückte die Paste vorsichtig in die Trichter. Sie war nicht sicher, daß der Mann überleben würde. Wunden am Kopf, die bis in den Mundraum gingen, entzündeten sich häufig so stark, daß das Fleisch weggefressen wurde. »Ich versuche jemanden zu finden, der dich nach Hause schaffen kann«, sagte sie endlich. »Bleib du hier solange liegen. Du darfst nicht aufstehen!« Der Verletzte grunzte erschrokken und wagte kaum Eyde nachzusehen, als sie weiterging.

Bei jedem einzelnen schätzte Eyde ab, wie dringend er ihre Hilfe benötigte. Die Leichtverletzten bestellte sie zu ihrem Haus, sofern sie sich ihr anvertrauen wollten.

Haye mußte wegen des zusammengebrochenen Stockes die Tammensieler Brücke benutzen, um zum Lüttfischerhafen zu gelangen. Von Arfast war nichts mehr zu sehen, aber Männer, die sich miteinander schlugen, gab es noch reichlich. Mit einem Jauchzer stürzte er sich auf einen Mann, der mit seiner geringelten Zipfelmütze so albern aussah, daß er sich die Fäuste eines trojburggestählten Langenessers allein dadurch verdient hatte.

Der Mann war wesentlich älter als Haye und schon abgekämpft; trotzdem schnellte er sofort zu dem neuen Gegner herum und landete einen Schwinger, der Haye an der Schulter traf.

Aber Haye wußte nun, daß die Ringelmütze gefährlich war, vermutlich ein Bauer, der es immer noch mit großen Ochsen aufnehmen konnte.

»Wir werden es euch zeigen«, keuchte sein Gegner, als er mit der Faust ausholte. »Der Staller wird euch nicht weniger strafen als uns.«

»Wen hat er denn schon bestraft?« fragte Haye und fand seinen eigenen Rhythmus zwischen Angreifen und Ausweichen. Wenn sein Gegner sich beim Reden verausgaben wollte: Ihm war es recht. Schließlich wollte er sich noch mehr Edomsharder vornehmen als nur eine Ringelmütze.

»Morsum!«

»Sieht die Harde euch Morsumer nicht als Verräter an?« reizte Haye den Mann.

Die Zipfelmütze trat zurück und ließ die Fäuste sinken. Er betrachtete Haye aus mißtrauischen Augen. »Ich denke, du bist Rungholter? Und alt genug, um zu wissen, wie es zwischen Morsum und Rungholt steht!«

»Aber wer bin ich denn, daß ich für die Harde sprechen dürfte«, fauchte Haye und stürzte sich auf ihn, um ihm die Sicht zu nehmen. Dieser Gegner war weder schwach in den Händen noch schwach im Kopf. Und er selber hätte um ein Haar verraten, daß er kein Hardesangehöriger war und dennoch für Rungholt kämpfte. Einem schlauen Mann konnte dies verdächtig vorkommen, und er würde sich vielleicht später erinnern, wenn die Stallerknechte nach einem jungen Mann aus Langeneß suchten. Haye tobte dermaßen auf den Morsumer los, daß diesem Hören und Sehen verging.

Der Morsumer japste auf einmal nach Luft und ging zu Boden. Haye ließ die Fäuste enttäuscht sinken. Er wunderte sich selber, daß er auf diese Weise einen empfindlichen Punkt getroffen hatte. Er ließ ihn liegen; nur die Mütze steckte er als Trophäe ein.

Mittlerweile hatten die meisten Älteren aufgegeben. Nur einige Jüngere schlugen sich noch, aber die hatten alle ihre Gegner. Haye sah niemanden, der es mit ihm hätte aufnehmen wollen. Auf der anderen Seite war es nicht anders, nur Tote und Verwundete.

Und Eyde.

Oh, wenn sie ihn bemerkte! Er hatte viel Respekt vor ihr, und sie hatte ihm verboten auszugehen. Er schlüpfte zwischen zwei nah beieinanderstehende Geräteschuppen und spähte aus dem sicheren Versteck heraus nach drüben. Der Deich am Siel behinderte die freie Sicht. Aber er sah doch, daß Eyde sich ab und zu bückte und mit jemandem auf dem Boden sprach oder ihn behandelte. Offensichtlich lagen dort noch eine Menge Verwundete herum.

Haye lehnte sich mit dem Rücken an die Holzwand und schloß die Augen. Sie würde zweifellos am Deich der anderen Seite weiterwandern. Aber wann? Es konnte ja endlos dauern. Und bis dahin fand er vielleicht keinen Gegner mehr.

Als er bis zehn gezählt hatte, war sie höchstens um die Breite eines einzigen Mannes weitergerückt. Er verfluchte sein Pech. Warum lagen sie ausgerechnet alle dort? Dann fielen ihm am neuen Salzschuppen drei Männer auf, die Eyde genau wie er selber beobachteten.

Zwei waren einfache Leute in Arbeitskleidung; der Dritte ein kleiner Mann mit kräftigem Körper, der ihnen Befehle erteilte. Die zwei trotteten zu Eyde hinüber, während der Kleine im Schatten des Salzhauses stehenblieb.

Die Männer deuteten mit den Armen zum Wäldchen und hatten Eyde viel zu sagen. Sie warf schließlich einen bedauernden Blick auf einen nicht sichtbaren Verwundeten, nahm ihren Korb auf und ging zwischen beiden Männern davon. Den Krug trug einer der Männer.

Der vierschrötige Zwerg stampfte den anderen in einigem Abstand hinterher. Als sie alle vier vom Buschwäldchen verschluckt wurden, war Haye sehr unbehaglich zumute. Wenn der Stock noch dagewesen wäre, wäre er hinterhergelaufen. Zwischen den Leichen durch den blutverschmierten Schlick zu stapfen, fehlte ihm die Lust. Also wieder den Weg zurück über die Brücke.

Sie war durch eine Herde Schafe blockiert, die aus Rungholt hinausgetrieben wurde. Haye hob zwei fette Lämmer an der Rückenwolle hoch und setzte sie zur Seite, während er sich zwischen ihnen hindurchschob. Hinter sich hörte er wütendes Geschrei und machte noch nachdrücklicher von seinen Knien Gebrauch. Als er endlich drüben war, sah er einen Knüppel auf seinen Kopf zusausen.

»Du Mistkerl«, hörte Haye, dann wurde es um ihn dunkel.

»Eine Kinderfrau braucht dieser unmündige Knabe! Hat man dir nicht mitgeteilt, daß Wickelkinder heute keinen Ausgang haben?« schimpfte jemand.

Die See ist aber besonders kabbelig, dachte Haye, als ihm in regelmäßigem Takt etwas Hartes auf den Magen schlug. Er hatte das unbestimmte Gefühl, daß etwas nicht stimmte. Schon wieder nicht stimmte. Das erste war die Sache mit Mutter Eyde gewesen.

»Sag mal, bist du verrückt? Laß mich runter«, fauchte er, als er dicht vor seinem Kinn ein Hinterteil entdeckte. Das von Arfast.

Arfast hatte seinen Vetter an der Brücke bewußtlos gefunden, mit einer prächtigen Beule quer über beide Augen, deren Umfang unter seinem Blick noch zunahm und sich blaurot färbte. Er hatte ihn sich über die Schulter geladen. »Ganz wie es beliebt«, sagte er und setzte Haye ab. In dieser Stimmung war mit seinem Vetter nicht gut Kirschen essen. »Mit wem bist du denn zusammengestoßen?«

Haye schwankte auf den Beinen und blinzelte. Das Brett vor seinem Kopf schien ein Eigenleben zu führen und nahm ihm fast die Sicht auf Arfast. »Mit einem Knüppel. Hab mich unter die falschen Leute gemischt. Ich stank nicht ausreichend nach Rind und Schaf, vermute ich.«

»Und Mutter? Hast du Mutter allein gelassen?«

Oh, Eyde! »Sie hat mich allein gelassen«, sagte Haye kläglich. »Sie ging. Ich blieb, jedenfalls eine Weile.«

»Na, komm schon«, sagte Arfast verärgert. »Wo ist sie hin? Ich wundere mich, daß sie nicht am Lüttfischerhafen war.«

»Das ist nicht so einfach gesagt«, erklärte Haye verlegen. »Deswegen habe ich mich ja unter die Schafe gemischt.« Er erzählte, was er beobachtet hatte und schloß: »Irgendwie habe ich das Gefühl, daß der Mann von Eyde nicht gesehen werden wollte und daß er deshalb zwei andere schicken mußte, um sie zu holen.«

Arfast hörte ungläubig und mit wachsendem Entsetzen zu. »Wie sah der Auftraggeber aus?«

»Wie die Kreuzung einer Spitzmaus mit einer Handramme.«

Auf Arfasts Nasenflügel traten Schweißtropfen. »Babe Aghesson!«

»Was will er denn von Eyde?«

»Von ihr nicht. Von mir. Wahrscheinlich ist es seine Rache für das entgangene Geschäft in Flandern. Oder er will Mutter benutzen, um mich zu erpressen. Ich muß sie suchen, bevor er ihr etwas antut. Ihm ist alles zuzutrauen. Alles.«

Haye, der sich sonst durch nichts aus der Bahn werfen ließ, sah endlich so beunruhigt aus, wie Arfast sich fühlte.

Babe Aghesson lief rastlos durch sein Haus, während er auf den Hardesvogt wartete. Trotzdem war er außerordentlich zufrieden mit sich selbst. Endlich hatte er eine brauchbare Lösung für ein Problem gefunden.

Mit Mißvergnügen hatte er ansehen müssen, wie der Einfluß des Salzsieders und seiner Mutter in den letzten Wochen in Rungholt zugenommen hatte, ohne daß es dafür handfeste Gründe gab. Und sprunghaft war auch die Zahl derer angestiegen, die mit Arfast Ketelsen der Meinung waren, das Wasser steige höher als früher. Er selber hielt dies für eine Sinnestäuschung, so wie manche Leute auch behaupteten, in den früheren Jahren sei es wärmer gewesen. Oder kälter. Oder nasser. Die Erinnerung verging, und die Unzufriedenheit wuchs, wenn man älter wurde.

Das Fatale an dem umgehenden Gerücht war, daß die Rungholter ihr Vertrauen in die Sicherheit des Ortes verloren. Noch hatten sie die Hoffnung, dem Staller Baumaterial abschwatzen zu können. Das war Unsinn, Babe kannte die Welt. Staller wurde man nicht durch den Gebrauch von Worten, und um ihn zu überzeugen, brauchte man schärfere Waffen als Worte. Einem Staller konnte nur der König befehlen.

Es war deshalb abzusehen, daß die Rungholter sich nicht beruhigen würden. Die Kaufleute würden sich wieder aus Rungholt zurückziehen und nach Tönning gehen oder gar in dieses unscheinbare Dorf Husum mit den hochfliegenden Plänen. Der Propst würde den Standort für die neue Kirche überdenken; der Hafen würde verfallen – kurz, er als größter Ochsenhändler der Gegend stünde vor dem Ruin.

Die einzige Möglichkeit, das Vertrauen in die Zukunft wiederherzustellen, war deshalb, den Verbreitet dieser üblen Gerüchte aus dem Wege zu schaffen. Der beste und unauffälligste Weg führte selbstverständlich über seine Mutter. Der tollkühne junge Mann fürchtete nicht um sein eigenes Leben – aber er würde lernen, um ihres zu fürchten.

Die Schlacht in Rungholt war Aghesson wie gerufen gekommen, um Eyde in die Hand zu bekommen. Es war einfacher gewesen, als er es sich hatte träumen lassen. Mittlerweile saß sie in einem Versteck, außerhalb von Rungholt, sorgsam behütet und nicht unfreundlich behandelt, wie er hoffte. Nur lebend taugte sie als Druckmittel. Und immerhin besaß ein Mensch genügend Fingerglieder, um einem anderen die Ernsthaftigkeit einer Angelegenheit vor Augen zu führen.

»Hast du ihm gesagt, daß ich ihn heute erwarte, nicht erst zum Weihnachtsfest?« schnauzte Babe seinen Sohn an, der gerade die Stube betrat.

»Ja, Vater«, sagte der Jüngling und machte kehrt, während Babe weiter ungeduldig auf Harre Gunneson wartete.

Der Hardesvogt war nach der Schlacht benachrichtigt

worden und sofort nach Rungholt gekommen, um den Schaden zu begutachten. Aghesson gehörte nicht zu denjenigen, die sich hervorgetan hatten, um ihn herumzuführen, aber er konnte darauf vertrauen, als einer der ersten seine Schlußfolgerungen zu hören.

»Warum hat es denn niemand verhindert?« sagte die aufgebrachte Stimme Gunnesons vor seiner Tür.

Eine Antwort hörte Babe nicht, dafür sah er hinter dem Vogt dessen Knecht mit zusammengepreßten Lippen und hochrotem Gesicht auftauchen. Anscheinend mußte der Mann schon seit einer Weile peinliche Fragen beantworten. Er wirkte erleichtert, als sein Vogt ihm befahl, draußen zu warten.

Gunneson kam mit ausgestreckter Hand auf Aghesson zu und begrüßte ihn kopfschüttelnd. »Hier ist mit geradezu unglaublicher Gewalt vorgegangen worden. Warum ist niemand eingeschritten?«

»Wer denn in Eurer Abwesenheit, Hardesvogt?« Aghesson hob die Augenbrauen. »Etwa der Pastor? Der hat sicher den Kopf unter das Bettstroh gesteckt, um nichts zu hören.«

»Und Ihr?« fragte Gunneson süffisant, »wo hattet Ihr Euren Kopf?«

Aghesson lächelte hintergründig, indes er seine Frau, die Bier gebracht hatte, hinauswinkte. Hier wurden vertrauliche Dinge besprochen, die weder für Frauen- noch Knechtsohren bestimmt waren. »Ihr wißt, daß ich nicht zu den Tatkräftigen der Harde gezählt werde.«

Nur zu den Bestinformierten, dachte Gunneson mürrisch und sprach dem Bier zu. Wahrscheinlich hatte der Ochsenhändler eine genauere Übersicht über die Schäden als er selber. Er seufzte. Einschließlich zerstörter Gemüsegärten, unbrauchbarer Brunnen, eingerissener Katen und vernichteter Vorräte waren sie immens. Der Riper Damm war nahezu unbrauchbar in seinem nördlichen Teil. Man mußte froh sein, daß niemand in seiner Wut einen Brand gelegt hatte.

Der einzige, dem er zugetraut hätte, das Schlimmste verhindern zu können, war Arfast Ketelsen. Aber er stand auf der falschen Seite. Mit ihm sprach man nicht. Über ihn ebensowenig. Deswegen wußte er nicht, ob Arfast sich überhaupt beteiligt hatte. Möglicherweise war er in Langeneß gewesen.

»Aus den Dörfern habe ich noch keine Informationen«, berichtete Harre Gunneson. »In Rungholt sind es sieben Tote, dreiunddreißig Schwerverletzte und an die hundert Leichtverletzte.«

»Und eine vermißte Person«, fügte Babe Aghesson hinzu.

»Aha«, bemerkte der Hardesvogt und fragte sich, warum diese Person den Ochsenhändler offensichtlich mehr beschäftigte als die Toten.

Babe blickte ihm in die Augen. »Die Schlägerei war nicht der Schlußpunkt eines momentanen Ärgers, sondern der Anfang eines sich anbahnenden Aufruhrs, in dessen Mitte Arfast Ketelsen steht. Verlaßt Euch auf meinen Weitblick, Vogt. Euer Gnaden.«

»Seine Warnungen lassen sich nicht mehr rückgängig machen«, knurrte Harre und fühlte sich zu Unrecht von Aghesson angegriffen. Niemand hatte ahnen können, welche Auswirkungen Arfasts Geschwätz haben würde.

»Eben. Es ist deshalb auch zu spät, den jungen Mann verschwinden zu lassen. Man muß ihn im Gegenteil zwingen, alles zurückzunehmen und zu bekennen, daß er sich geirrt hat.«

Gunneson schnappte nach Luft.

»Deswegen habe ich mich seiner geliebten Mutter angenommen. Derzeit gilt sie als vermißt bei Arfast Ketelsen. Sie wird es auch bleiben. Solange er glaubt, daß sie am Leben ist, wird er stillhalten.«

Dem Hardesvogt stockte der Atem. Er schloß die Augen und strich sich über das Gesicht, um einen Augenblick nachzudenken. Politische Intrigen waren etwas anderes als Gewalt gegen Personen. Ersteres war erfolgreicher Umgang mit Macht, letzteres kurzsichtige Brutalität, und bisher hatte er sich immer gegen sie gesperrt. Er wunderte sich, daß ausgerechnet Aghesson die Initiative ergriffen hatte. Es sah ihm nicht ähnlich. Er mußte davon ausgegangen sein, daß niemand anders gewagt haben würde, Eyde Andreas Reventlows Tochter anzurühren. Er fragte sich, ob Aghesson beabsichtigte, sie umzubringen, wenn sie ihren Zweck erfüllt hatte. »Es wäre mir lieber gewesen, Ihr hättet mir davon nichts erzählt«, murmelte er. Im gleichen Augenblick begriff er, wie unsinnig seine Bemerkung war.

»Das kann ich mir denken«, sagte der Ochsenhändler mit hoher Stimme, die seine Genugtuung nicht ganz verbergen konnte. »Aber das hilft Euch nichts, Vogt. Niemand wird glauben, daß Babe Aghesson tätlich gegen die Ketelmannen vorgegangen ist.«

Harre Gunneson erstarrte, während er dem Mann in das widerliche Spitzmausgesicht starrte. Das würde tatsächlich niemand tun. Vielmehr würden alle annehmen, der Hardesvogt habe Eyde in Gewahrsam genommen. Aghesson zwang ihn dadurch mitzumachen.

»Außerdem muß man den Staller überzeugen, daß sein Klei das einzige Mittel ist, um den Unglücksverkündern den Wind aus den Segeln zu nehmen. Das und Arfasts Widerruf sollten ausreichen, die zukünftige Stadt Rungholt vor dem Abwandern der holsteinischen Kaufleute und dem Rückzug des Propstes zu retten.«

»Es ist zu spät«, sagte Gunneson resignierend. »Ingemar Stampe setzt auf das Salz, nicht auf die Stadt. Außerdem wird die Gefahr überschätzt.«

»Dann müßt Ihr Eure Anstrengungen auf Ketelsen konzentrieren, Vogt. Ich wüßte nicht, wie man den Schaden sonst noch eindämmen könnte. Es sei denn, der Staller selbst wäre bereit, sich um ihn ...«

Gunneson verzog die Lippen zu einem verächtlichen Lächeln. Schon immer hatte er Aghesson als Intriganten eingeschätzt. »Der Staller kennt kein Problem, das Arfast Ketelsen heißt. Wir müssen es allein lösen.«

»Nicht wir. Ihr«, sagte Aghesson. »Ihr seid der Hardesvogt. Ich bin Bauer.«

Harre Gunneson ging grußlos.

Arfast suchte so lange im Rungholter Koog, bis er sich davon überzeugt hatte, daß seine Mutter nicht dort war. Man hatte sie verschleppt. An die andere Möglichkeit wollte er nicht denken. Bis ihm die Idee kam, Aghesson zur Rede zu stellen, war dieser fort. »Ochsen einkaufen«, sagte seine Frau.

»Jetzt vor dem Winter?« fragte Arfast mit kaum unterdrücktem Hohn. Mit beiden Händen am Türrahmen, blickte er auf sie hinunter.

Die Frau zog sich furchtsam zurück in den Hausflur. »Er sagte es.«

Es hatte keinen Sinn. Arfast rannte den ganzen Weg zurück zum Haus seiner Mutter. Haye mußte geahnt haben, daß er nichts erreichen würde, denn er hatte das Tricktrack-Spiel herausgeholt. Aber die Spielsteine kullerten ohne Sinn auf dem Brett herum. Arfast schüttelte den Kopf und begann zu packen.

»Ich komme natürlich mit.«

»Einer muß hier sein, wenn sie doch kommt«, widersprach Arfast und räumte Speck, Brot und Zwiebeln in einen Sack. »Üb du in der Zeit. Sie freut sich, wenn du Tölpel endlich lesen lernst.«

»Glaubst du im Ernst, sie will, daß ich Krähenfüßchen male, während sie in Lebensgefahr schwebt?« fragte Haye aufgebracht. »Wie wär's dann bei dir mit einer weiteren Predigt auf dem Kirchhof? Sie war mächtig stolz auf dich, das kannst du mir glauben! Du könntest zur Abwechslung wie eine Meise am Glockenschwengel hängen.«

Arfast schüttelte mißmutig den Kopf. »Also gut. Aber du stiehlst dir deine eigenen Pflaumen.«

Haye grinste. »Klar. Und den Stallerknechten gehe ich auch aus dem Weg. Ich verspreche es dir.«

Arfast ritt voraus, seine Augen schweiften über die Äcker und Weiden, in der Hoffnung, etwas Verdächtiges zu entdecken; in jeden Schuppen auf offenem Feld sprang er mit dem blanken Schwert in der Hand, selbst größere Gräben suchte er ab.

Nach drei Tagen sah Arfast ein, daß er auf diese Weise

nichts erreichen würde. Haye, für den die Suche auf einem geliehenen Pferd zunächst nichts als ein großes Abenteuer war, gab ihm widerwillig recht.

»Ich werde den Staller oder den Hardesvogt zwingen, für das Recht einzustehen, oder gleich beide«, schnaubte Arfast schließlich, außer sich vor Kummer und Zorn.

»Und welchen nehmen wir uns zuerst vor?« fragte Haye, der viel Sinn für das Praktische hatte.

»Da vorne ist der Hof des Stallers«, knurrte Arfast, »und bei Seiner Gnaden Ingemar Stampe werden wir zuerst vorsprechen.«

Sie ritten auf die Hütten mit den vernagelten Fenstern zu. Das Gras hatte schon den ersten Frost bekommen und lag vergilbt und heruntergetreten auf den Pfaden zwischen den Häusern. Zu sehen war niemand.

»Seine Leute hält der Kerl anscheinend nicht besonders gut. Hast du solche Katen auch nur irgendwo auf Langeneß gesehen?« Unwillkürlich dämpfte Haye den Ton, denn die verschlossenen Luken an den Türen signalisierten nicht nur Armut und Verfall, sondern Feindseligkeit.

Statt einer Antwort gab Arfast seiner Stute die Sporen.

Aber die boshafte Alte hatte die Fremden bereits gewittert. Sie schoß hinter ihrer Kate hervor und schrie: »Also doch, also doch! Gelogen habt Ihr, Herr! Wie alle Männer!«

»Wir reiten weiter, Haye«, sagte Arfast warnend, »laß dich nicht auf sie ein.«

Haye lachte amüsiert, während er die kümmerliche Alte von oben betrachtete. »Du hast es doch selber getan, scheint mir.« Und die Frau forderte er auf: »Erzähl mir mehr von seinen Sünden. Die höre ich gerne.«

So etwas ließ sich die Alte nicht zweimal sagen. Ihre kreischende Stimme wurde noch lauter. »Er wollte mir weismachen, daß er nicht zu den Leuten des Stallers gehört und daß er das Stallerliebchen nicht kennt. Und jetzt ist er wieder da mit einem Knecht. Du bist doch ein Knecht? Die anderen Herren in der Burg sind zwar bunter angezogen und ihre Waffen teurer, aber du bist pfiffiger, und deshalb gehört ihr dazu.«

Arfast saß mit verkniffenem Mund auf seiner Stute, die an den Zügel gestellt war. Wider Willen spitzte auch sie die Ohren. Vermutlich versuchte die neugierige Alte mit jedem zu reden, der des Weges kam. »Wir wollen nicht zum Stallerhof. Jedenfalls nicht wie die übrigen Herren«, fügte er hastig hinzu, wobei ihm durch den Kopf ging, daß es unter diesen Umständen möglicherweise nicht vernünftig war, sich dort zu zeigen. »Was machen die denn da?«

»Zeigt mir mal den Herrn, der mir sagen würde, was er auf einer Burg macht. Aber ich könnte Euch sagen, was ich vermute.« Mit listigem Gesicht rieb sie Daumen und Zeigefinger aneinander und sah Arfast erwartungsvoll an.

»Also gut.«

Erst als sie die kleine Münze in ihrer Hand eingeschlossen hatte, öffnete sie den Mund wieder. »Die sammeln sich für den Krieg gegen König Waldemar!«

Arfast schüttelte im ersten Moment den Kopf, doch dann kam es ihm gar nicht mehr so abwegig vor. »Wer denn?«

Die Schultern der Alten gingen in die Höhe, und Arfast fragte sich, ob es nur eine Preisfrage war, aber sie schien wirklich nicht mehr zu wissen. »Sie reden anders als wir, soviel weiß ich auch.«

»Deutsch?«

Die hängende Unterlippe der Frau zitterte, und ein feiner Speichelfaden rann ihr aus dem Mund. Arfast glaubte, daß er sie so verunsichert hatte, daß er aus ihr nichts mehr herausbekommen würde. »Na ja, ich danke dir jedenfalls.«

»Sieh mal«, flüsterte Haye und starrte wie gebannt auf eine Luke, die sich inzwischen geöffnet hatte.

Und da war sie wieder, die Frau, der Arfast am liebsten gar nicht mehr begegnet wäre. Geträumt hatte er von ihr – aber sie war die Geliebte des Mannes, der seinen Vater ermordet hatte, und die Mutter seines Sohnes. »Verdammt, komm, Haye!« Mit dem ersten Galoppsprung gelang es ihm, sich Annas Gesicht so lebhaft vor Augen zu rufen, daß er es am liebsten geküßt hätte.

Erst nach einer Weile fand Arfast, daß ein einziger Dreiertakt von Hufen für zwei Pferde zuwenig waren, und sah sich um. Haye war gar nicht hinter ihm und auch nicht zu sehen. Das hätte er sich ja denken können! Aber er würde nicht umkehren.

Arfast saß ab und suchte sich im Brombeergestrüpp neben dem Weg reife Beeren. Ein paar hatten die Kätner noch übriggelassen.

Er leckte sich die Fingerspitzen ab, als er spürte, wie unter seinen Füßen die Erde vibrierte. Im Wald näherte sich ein schweres Pferd im Galopp. Sich zu verbergen war zwecklos. Arfast glitt in seinen Sattel, das Schwert gut sichtbar und griffbereit.

Aber es war kein Ritter, sondern ein Mann in der grauen Kleidung von Knechten mit einer Lederkappe auf dem Kopf und einer Axt im Gürtel, vermutlich ein Bote eines Adeligen oder hohen Geistlichen.

Als der kräftig gebaute Mann Arfast sah, parierte er zum Stehen durch und grüßte unterwürfig. »Mit Verlaub, Ihr solltet Euch beeilen, Herr. Die Schauenburger sind soeben eingetroffen, und mein Herr, Seine Gnaden Ingemar Stampe, wartet nicht gerne.«

»Ich danke dir, Knecht«, sagte Arfast geistesgegenwärtig und sah ihn mit Erleichterung weitersprengen. Wie merkwürdig, daß der Mann aus dem Wald gekommen war, obwohl er doch mit einer eiligen Botschaft des Stallers unterwegs war. Er sprang wieder ab und schlenderte zu dem dichten Gebüsch hinüber, an dem er den Knecht zuerst erblickt hatte.

Von der Hardesstraße aus nicht einzusehen, begann hinter dem Gestrüpp von Schlehen und Brombeeren ein gutgepflegter Weg, auf dem zwei Pferde ohne Schwierigkeiten nebeneinander galoppieren konnten. In der Lücke zwischen den Bäumen am Ende des Weges sah er den Turm des Stallerhofes.

Aber erst auf dem Rückweg zu seinem Pferd entdeckte Arfast, daß er Mitwisser eines viel wichtigeren Geheimnisses geworden war. Wenn alles stimmte, was er jetzt zusammenrechnete, war der Staller gerade dabei, seinen König zu verraten.

Haye kam endlich, zu Fuß durch das Gebüsch und mit einer blutenden Schramme an der Schulter. Das Pferd hatte er nicht eingebüßt, aber sonst sah er aus, als hätte er manches verloren: Seine Unbekümmertheit und die Gewißheit, daß das Leben ein großes Abenteuer ist.

»Was ist dir denn passiert?« fragte Arfast, zu erschrokken über seinen Anblick, um ihm gleich eine Standpauke wegen der rothaarigen Stallergeliebten zu halten.

Haye holte tief Luft. »Der verdammte Knecht des Stallers«, sagte er empört. »Er hat mich erkannt.«

Arfast stöhnte. »Na ja, beim Staller könnte ich jetzt sowieso nicht mehr vorsprechen.«

»Wir. Nicht du. Glaubst du, ich hätte dich allein zum Staller gelassen?«

Arfast schnaubte wie ein Pferd und blickte nach oben. »Ich dachte, du hättest genug von Ingemar Stampe.«

»Der hat mein Gesicht nie gesehen. Nur der Mordbube, der oben im Saal war. Als er mich aus den Augen verlor, ritt er übrigens weiter.«

»Na gut. Er weiß ja nun, daß du dich hier herumtreibst. Und jetzt müssen wir fort, beachte das Wir.« Während er den Sattel festgurtete, kehrte seine Neugier zurück. »Was war eigentlich mit ihr?«

»Mit ihr! Mit ihr, mit Kresken! Nichts, natürlich. Sie ist sehr schweigsam. Ihre Werte liegen woanders.« Haye starrte entzückt auf den Steigbügel in seiner Hand.

»Habt ihr euch die ganze Zeit angeschwiegen?« fragte Arfast spöttisch und stieg auf.

Nicht weit von hier hatte er einen Pfad gesehen, der neben einem Graben nach Süden abbog. Hinter ihnen die Stallerburg mit den holsteinischen Rittern, vor ihnen der blutrünstige Knecht und dazwischen ein mannstolles Weib und eine Alte mit der spitzesten Nase, der Arfast je begegnet war. Gar nicht zu reden von einem verliebten Haye. Ausreichend Umstände, um wie im Flug das Weite zu suchen. Er trabte los und hörte hinter sich die Hufe von Hayes schwerem Pferd, aber keine Antwort.

»Was zwischen Mann und Frau geschieht, behält ein

Mann von Ehre für sich«, sagte Haye nach einer Weile im Takt der Hufe und schloß auf. »Nur, daß ich ihren kleinen Wachhund an der Stalltür hätte aufspießen können, will ich dir gerne verraten.«

Arfast lachte schallend. »Tu es nicht. Sein Vater hätte dich wahrscheinlich mit einer Toledaner Klinge entmannt und dann am Gedärm in einem Baum aufgehängt. Du hast ja selber gesehen, wozu er imstande ist.«

»Wer ist er denn?« fragte Haye verblüfft.

»Der Staller.«

Nach einer Weile bemerkte Arfast, daß Haye schon wieder nicht folgte. Sein Hengst stand mit losen Zügeln und langem Hals und rupfte das weiche Gras des Pfades. »Laß es dir nicht zur Gewohnheit werden stehenzubleiben«, rief er gutmütig. »Das bekommt dir nicht, das weißt du doch. Was ist denn nun wieder?«

»Sie hat mich nach deinem Namen gefragt.«

Das Entsetzen kroch Arfast über das Rückgrat in die Schenkel. Die Stute machte einen Satz. »Warum denn nicht nach deinem eigenen?« fragte er gequält. »Dann hätte sie dich wenigstens zu sich bestellen können.«

»Auch«, sagte Haye einsilbig. »Sie weiß jetzt alles über uns. Wie konnte ich denn ahnen, daß Kresken Agge Jessens Tochter zu Ingemar Stampe gehört?«

Eyde war arglos mit den zwei Männern mitgegangen, die sie angeblich zur Behandlung eines Schwerverletzten holten. Erst hinter dem Sommerdeich von Rungholt hatte sie gemerkt, daß irgend etwas nicht stimmte. Die blutroten Schilderungen der Männer waren allmählich blasser geworden, schließlich schwiegen sie und zeigten statt dessen ihre langen Messer.

Eyde blieb widerspruchslos bei ihnen. Diese Leute hatten kein eigenes Interesse an ihr, sondern handelten im Auftrag, soviel war ihr klar. Es hatte also keinen Sinn, sie von irgend etwas überzeugen zu wollen.

Es war bereits Nacht, und Eyde war zum Umfallen müde, als die Männer endlich an einem schäbigen Hüttchen klopften. Die Tür wurde nur einen Spalt aufgezogen und Eyde hineingeschoben. Im glimmenden Licht eines Kienspans erkannte sie den armseligsten Haushalt, den sie jemals gesehen hatte. Die Frau, der er gehörte, war älter als sie selber. Die Umrisse kräftiger Sehnen an den kurzen Armen schienen anzudeuten, daß sie den Pflug selber ziehen mußte. Oder ein Holzscheit zum Aufreißen der Erde.

»Meine Gefangene«, erkannte die alte Frau. »Da ist sie ja, wie schön, wie schön.« Ihre Nase leckte wie eine Tropfkante am Reetdach, und sie schniefte heftig. Aber sie war gesund genug, um boshaft zu lächeln. »Ich bin Tüki, und du wirst dich an mich gewöhnen müssen«, sagte sie.

»Ich bin Eyde Andreas Reventlows Tochter, und auch du wirst dich an mich gewöhnen müssen, aber für dich wird es schwerer werden«, entgegnete Eyde.

Tüki sah beunruhigt aus. Sie hatte ein einfaches Weib als Gefangene erwartet, eine, die mit Drohungen stillgehalten werden konnte. Und jetzt hatte sie eine im Haus, die behauptete, die Tochter eines Adeligen zu sein. Sie fühlte sich bereits um eine einfache Aufgabe betrogen. Aber als sie die Männer bitten wollte, die Frau wieder mitzunehmen, waren diese schon in der Dunkelheit verschwunden.

XIII

Das Schloß des Herzogs von Schleswig in Tändern war für eine bescheidene Hofhaltung früherer Könige gebaut. Mit dem Einzug des Haushaltes seines königlichen Gastes Waldemar IV. schien es wie jedes Jahr aus den Nähten zu platzen. Gesandtschaften fremder Länder mußten sich mit Zelten begnügen, die jenseits der Schloßinsel am Mühlenteich aufgeschlagen wurden. Ein Bote, wie der des französischen Königs, würde allerdings im Stall irgendwo bei seinem Pferd noch ein Plätzchen finden.

Der Mann führte das Pferd über den schmalen Damm zum Torhaus des Schlosses, wo die beiden Wächter ihn einließen, nachdem er sich mit seiner versiegelten Bleikapsel ausgewiesen hatten. Der Innenhof wimmelte von Rittern und Knappen, von Packpferden und Schlachtrossen, die von Stallknechten in Empfang genommen und fortgeführt wurden.

Der Bote sprach kein Dänisch, aber auf eine herrische Art setzte er durch, daß auch sein Pferd versorgt und er zum König geführt wurde.

Waldemar saß mit seinen engsten Vertrauten an einem wuchtigen, langen Tisch, und obwohl sich das Gespräch um wichtige Reichsangelegenheiten drehte, behielt er das Geschehen im Saal im Auge, vom jüngsten Knappen bis zu den Veteranen jütischer Ritter. Diese waren auf Bänken unterhalb der schmalen Fensterschlitze aufgereiht wie Hühner auf der Stange, aber nichts in der Welt hätte sie davon abgehalten, ihrem obersten Lehnsherrn und König einen Besuch abzustatten. Mit dröhnenden Stimmen beschwerten sie sich über die Unannehmlichkeiten, die ihnen durch die Herrschaft der Holsteiner in Jütland entstanden waren, bekräftigten sich gegenseitig ihre Genugtuung darüber, daß Niels Ebbesen Gerhard den Kahlen erschlagen hatte, wenn es auch schon zwei Jahrzehnte her war, und lachten ungeniert miteinander über die Streiche ihrer Jugend.

Geschützt vom Lärm, diskutierte König Waldemar mit seinem obersten Reichsmarschall und General Waldemar Zappy sowie mit treugesinnten dänischen Adeligen über die sich zuspitzende Gefahr in den Ländern des Nordens, als er den fremdländisch aussehenden Booten in der Saaltür bemerkte.

Einer der Pagen nahm sich des dunkelhaarigen Ritters in bunten Hosen, nachdem er die Panzerung abgelegt hatte, an, und führte ihn durch den Saal.

Der König sah ihm aufmerksam entgegen.

»Ehrwürdiger König, Euer Gnaden«, sagte der Ritter von weitem und schwenkte einen Samthut von einer Art, die in Dänemark unbekannt war.

Die Veteranen verstummten und starrten abwechselnd ihren König und den Fremden an.

»Sprecht nur.«

Der Ritter ließ etwas beunruhigt seine Augen durch den Saal schweifen, bis sie schließlich auf dem Pagen neben ihm zur Ruhe kamen.

»Geht, Herr Ritter.« Der Knappe schubste ihn sanft an. Schon oft hatte er, so jung er war, bemerkt, daß ausländische Gesandte mit der kargen, prunklosen Vorgehensweise seines dänischen Königs nicht zurechtkamen. Manche bezweifelten sogar, daß ein Mann in ungefärbtem Tuch und schlichtem Stirnreif ein König sein konnte. Aber Knappe Niels war ungeheuer stolz auf seinen König.

Das energische Winken von Waldemar beschleunigte den Boten. Er eilte zum Tisch und überreichte mit tiefer Verbeugung eine verschnürte, gesiegelte Pergamentrolle.

»Stoßt Euch nicht die Stirn«, bemerkte Waldemar Atterdag trocken, indes der Bote aufgrund des hörbaren Kicherns der Nächstsitzenden die Augenbrauen fragend hochzog.

»Von meinem Herrn Charles von Frankreich und der Bretagne«, sagte er statt dessen.

»Wißt Ihr, was darin steht?« fragte König Waldemar in lateinischer Sprache.

»Nein, nein!« rief der Franzose empört, trat einen Schritt zurück und legte die Hand auf die Brust.

»Gut, so brauchen Wir Euch nicht zu köpfen«, erwiderte Waldemar freundlich, dieses Mal aber in Dänisch, und brach unter dem Gelächter seiner Ratgeber das Siegel. »Wartet auf Unsere Antwort.«

Während einer der wenigen anwesenden Priester dem Franzosen den Befehl des Königs übersetzte, begann der Bote gesenkten Hauptes seinen eiligen Rückzug aus dem Saal. Er war froh, diesem merkwürdigen Herrscher entronnen zu sein und bemerkte nicht, daß selbst die Knappen grinsten.

Waldemar las schweigend. Erst als der gewöhnliche Geräuschpegel erneut erreicht war, stillte er die Neugier seiner Berater wenigstens teilweise.

»Unser Verbündeter Charles von Frankreich mahnt Uns zur Vorsicht. Die politischen Bündnisse folgen leicht den Kaufleuten im Gepäck, schreibt er. Er maßt sich an, Uns dafür zu tadeln, daß Wir Unseren Untertanen, den Friesen, den Zutritt zu seinen Feinden, den Flamen, gestatten.« Er schnalzte mit der Zunge und schüttelte mißmutig den Kopf. Dann beschied er seinen Schreiber zu sich.

»Lieber Charles, königlicher Bruder im Amt«, begann er mit konzentriert gefurchter Stirn. »Unsere Friesen haben Wir besser erzogen als Ihr Eure Bretonen. Wir sind ihrer Treue zum König völlig sicher, was Ihr gewißlich von Euren Bretonen nicht behaupten werdet. Seid Uns dankbar, daß Wir Euch den Rücken freihalten. Wer Handel treiben will, beabsichtigt für gewöhnlich nicht zu kämpfen.«

Während der Schreiber forteilte, um den Boten abzufertigen, überlegte Waldemar, was hinter der Botschaft stekken konnte. Charles befürchtete neue Bündnisse. Ähnliches mußte er selber auch befürchten. Aber nachdem er einen Großteil der friesischen Harden an alte Verpflichtungen erinnert und diese erneut geschworen hatten, würde der kleinere Rest sich kaum in das tollkühne Abenteuer eigener Wege stürzen. Oder vielleicht doch?

»Welche friesischen Harden sind zuverlässig?« fragte er plötzlich seinen General.

»Keine«, antwortete Waldemar Zappy nüchtern. »Sie halten sich für unabhängig und frei. Sie gewähren dem König gelegentlich die Gunst ihrer Gefolgschaft.«

»Welchem?« Waldemar Atterdag war ein realistisch kalkulierender Herrscher.

»Das eben entscheiden sie selber. Von Zeit zu Zeit.« Zappy hatte schon mehrere Siege über die Friesen errungen. Aber ihr Kampfeswille schien nie zu erlahmen, und sie begehrten immer wieder auf, auch wenn er sie längst für besiegt hielt.

»Wir müssen ein Exempel statuieren«, entschied Waldemar. »Und da die Friesen so frei sein wollen, werden wir ihnen die Entscheidung überlassen, an wem.«

Das Haus in Rungholt fanden Arfast und Haye leer und kalt vor, und Arfast, der wenigstens auf eine Nachricht über seine Mutter gehofft hatte, war noch beunruhigter als vorher.

Der einzige, der Arfasts Anwesenheit zur Kenntnis nahm, war Benedikt Knoop, um ihn eilends aus seinen Diensten zu entlassen. Es ärgerte Arfast zwar, aber er hatte damit gerechnet; außerdem gab es derzeit Wichtigeres zu tun. Allerdings wußte er nicht, wo er beginnen sollte.

»Jetzt setz dich doch einmal«, sagte Haye mißmutig. »Wenn du rennst wie ein Ochse vor den Bremsen, kannst du nicht nachdenken. Und ich auch nicht.«

»Wann hättest du denn jemals ...« Aber Arfast merkte mitten im Reden, daß ihm heute nicht nach Spaß zumute war. Er warf sich auf die Bank. »Aghesson hat mir während der Fahrt nach Brügge gedroht, Mutter wegen Zauberei anzuzeigen. Wenn er das jetzt wahr machen will ...«

»Wenn er es wahr macht, ist Eyde immerhin nicht tot«, wandte Haye ein.

Arfast holte tief Luft. »Du kannst einem Mut machen.«

»Das beste wäre, den Herzog oder den König um Gerechtigkeit anzurufen. Ich glaube, der Herzog macht sich für uns Friesen rar, weil er nicht weiß, auf welche Seite er sich schlagen soll. Der König müßte aber bald zur Herbstjagd auf Oland eintreffen. Was meinst du dazu?« Haye schob die Lippen vor und wartete.

Arfast runzelte die Stirn. »Du bist an manchen Tagen gar nicht so beschränkt«, gab er zu. »Wenn es um Zauberei geht, muß die Kirche beteiligt werden, und das kostet glücklicherweise Zeit.«

»Der Staller kann jedenfalls Mutter Eyde nicht so ruckzuck erlegen wie diesen Agge«, schloß Haye, sehr zufrieden mit sich. »Da braucht es eine ordentliche Untersuchung. Übrigens erwarten sie den Hardesvogt morgen.«

»Für die Untersuchung von Zauberei?« fragte Arfast bestürzt.

»Ach, Unsinn. Ich habe gehört, daß seine Frau mit Sack und Pack kommt, Ihre Gnaden, die Hardesvögtin«, erklärte Haye spöttisch. »Seine Gnaden will wohl mit allem Pomp einziehen.«

»Ach, ja«, sagte Arfast gedehnt. Dies war ja eine bemerkenswerte Information. Als hätten sie alle zusammen beschlossen, Rungholt mit vereinten Kräften zu einer Stadt zu machen: Kirche, Hardesvogt und Staller.

Noch in der Nacht frischte der Wind stark auf. Arfast, der sich aus Besorgnis stundenlang im Bettstroh gewälzt hatte, fuhr am Morgen aus dem Tiefschlaf, als die Außentür zuschlug. Es war bereits hell.

»Das Hochwasser verspätet sich mächtig«, sagte Haye an seinem Ohr, und Arfast hörte heraus, daß Haye besorgt war, und das wollte etwas heißen. Für die meisten anderen Menschen bestand dann bereits Lebensgefahr. »Zum Glück hat der Wind schon gedreht und kommt von Amrum herüber.«

Arfast schwang die Beine aus dem Alkoven. »Pellworm«, verbesserte er nachdenklich. »In Rungholt ist Amrum weit weg. Wie lange denn?«

»Der halbe Morgen ist schon vorbei. Bei Morgengrauen hätte Hochwasser sein sollen.«

»Oh«, sagte Arfast betroffen.

In diesem Augenblick hörten sie beide das Glockengeläut der Hauptkirche, das für kurze Zeit das Brausen des Windes in den Bäumen ablöste und von der nächsten Bö wieder übertönt wurde. Die jungen Männer sprangen gleichzeitig auf, und Arfast fuhr in seine Kleider.

»Zur Deichlücke!« befahl Arfast, als sie bereits draußen unterwegs waren. Er stemmte sich mit gesenktem Kopf gegen den Sturm und mußte warten, bis die Böen vorüber waren, und Mund und Nase mit der Hand abschirmen, um sprechen zu können. Er tippte Haye von hinten auf die Schulter, als sie den Priel überquerten, und deutete ins Wasser.

Haye nickte. Er hatte schon gesehen, daß der Wasserstand hoch war, obwohl die Flut noch gar nicht eingesetzt hatte. Er klammerte sich mit beiden Händen an den Handlauf, der von den kurzen harten Wellen erschüttert wurde. Der Stock war zwar nach der Schlägerei erneuert worden, aber schon wieder knarrten und jammerten die Hölzer unter seinen Füßen, als ob sie demnächst zersplittern würden.

Die tiefgrauen Wolken, die mit dem Vorland und dem Wasser verschmolzen, verhinderten, daß es hell wurde. Arfast konnte nur erkennen, daß überall Leute unterwegs waren. Haye und mehrere andere Männer neben sich, kroch Arfast die Deichböschung hoch. Nur Stirn und Augen befanden sich in Luv, aber der Wind traf ihn so heftig, daß es schmerzte.

»Das geht nicht gut«, rief der Fischer, der seinen Obstgarten verteidigt hatte, in Arfasts Ohr, das ihm am nächsten war. »Ich habe geläutet, aber es ist zu spät für alles!«

Arfast nickte und spähte aus zusammengekniffenen Augen in das Vorland. Es war schwierig, in der fliegenden Gischt Genaues zu erkennen. Die ersten Wellen spülten mit unglaublicher Geschwindigkeit über die beim Bau der Kirchwarf aufgewühlten Kleiflächen. Bei normaler Flut leckten die Wasserzungen auf dem Schlick entlang und zogen sich dann zurück, um wenig später wiederum um eine Fußlänge weiterzurücken. Dieses verspätete Hochwasser aber kroch wie eine Schlange ohne Pause auf Rungholt zu.

Haye schüttelte den Kopf, und Arfast blickte abwechselnd auf die anrollende See und in die Deichlücke. Er stemmte sich an Hayes Schulter in die Höhe und winkte den Männern in der Nähe zu. Seine Worte gingen im Getöse von Wellen in der Ferne und Sturmgebraus über ihnen unter, aber sie krochen folgsam nach unten.

»Wir müssen die Lücke stopfen«, brüllte Arfast ihnen zu, als sie unterhalb des Walls zusammengerückt waren und dort versuchten, seine Worte einzufangen. »Das Wasser flutet sonst den Rungholtkoog!«

Die Gesichter der kauernden Männer waren ratlos. Klei zu graben, dauerte zu lange und war derzeit unmöglich. Arfast winkte sie entschlossen hinter sich her, bis er sie im Windschatten einer Kate versammelt hatte. Hier war das Tosen wenigstens soweit abgedämpft, daß jeder ihn hören konnte. »Holt euch die leeren Tonnen aus allen Salzspeichern«, schrie er, »und füllt sie mit dem Sand des Wäldchens. Die Frauen schaufeln den Sand, die Männer rollen die Tonnen an den Deich, wenn sie kein sturmfestes Gespann finden, und Haye und ich und noch ein Mann stauen sie in der Lücke. Bittet unterwegs ein paar junge Burschen, alle Segel, die sie auftreiben können, von den kleinen Booten abzuschneiden und mir zu bringen! Jetzt macht euch an die Arbeit!«

Der Sturm hatte inzwischen nochmals an Gewalt zugelegt. Die Männer, die aus dem Windschutz traten, wurden von ihm weggefegt und wie trockene Blätter in Richtung des Lüttfischerhafens getragen. Arfast gelang es, einen Schuppen zu öffnen; mit den Armen voller Tauwerk stemmte er sich wieder heraus.

Noch hatte das Wasser den Deichfuß nicht erreicht, aber es konnte nicht mehr lange dauern. Arfast, Haye und ein Fischer schlugen Pfähle in die Deichlücke und spannten dazwischen Leinen.

Die ersten klein zusammengefalteten Päckchen von Segeltuch wurden von zwei Jungen auf dem Boden herangeschleift. Als sie losließen, packte Arfast den Kleineren an der Jacke. »Du warst sehr tapfer, aber du bist zu leicht«, schrie er ihm ins Ohr. »Du fliegst weg, wenn es weiter auffrischt. Geht zusammen nach Hause und haltet euch gegenseitig fest.«

Der Junge strahlte über das Lob, aber er wagte keine Widerworte, denn es hatte sich herumgesprochen, daß Arfast das Kommando auf dem Platz hatte. Hand in Hand flogen die beiden davon und wurden von einem kräftigen Kerl eingefangen, bevor sie im Priel landeten.

Arfast sah dankbar einem Ochsengespann entgegen, das mehrere Fässer geladen hatte. Der Bauer stapfte gelassen neben seinen Ochsen einher, nicht anders, als führe er mit Korn zum Hafen. Gemeinsam hievten sie die Tonnen herunter. Als der Mann das Gespann im Bogen wendete, fragte Arfast: »Kommen noch weitere?«

Die Haare flogen dem Mann wild um den Kopf. »Nö. Zuviel Angst.«

»Die Ochsen? Oder ihre Besitzer?« bellte Arfast hinter ihm her und rollte lachend ein Faß in die Lücke.

Die Männer und ganz wenige Frauen, die sich inzwischen angesammelt hatten, um zu helfen, lächelten wider Willen. Arfast verbreitete Zuversicht.

Viel Zeit blieb ihnen nicht mehr. Das Wasser stieg langsamer, aber es füllte schon die deichnahen Löcher, die durch die Entnahme des Kleis entstanden waren. Die Männer schlossen die Lücke mit der vordersten Reihe von Tonnen, bevor sie auf Nachschub warten mußten.

Arfast und Haye verknoteten in aller Eile die Reffbändsel eines Segels mit einem der Taue am Pfahl. Danach zerrten sie das knatternde Ungetüm von Tuch an der Luvseite der Tonnen entlang und befestigten es auf der anderen Seite. Die obere Kante wurde mit der nächsten Tonnenreihe gebändigt. Die letzten Lücken schlossen sie, indem sie kleinere Segel, zu Beuteln geformt, hineinstopften und mit Sand füllten.

Als die Wellen auf der ganzen Länge des Deiches an der Böschung hochkrochen, ließ der Sturm merklich nach. Die Männer kauerten stumm auf der Deichkrone und beobachteten den wirbelnden Schaum auf dem Segel, der sich in gelbliche Blasen auflöste und verschwand.

Der schwache Punkt der Hilfskonstruktion war der neue Deichfuß: Er war mit Segeltuchbahnen abgedeckt, die sie mit angespitzten Pflöcken festgeschlagen hatten, wie sie sonst benutzt wurden, um Rasensoden auf den Hausgiebeln zu befestigen. Arfast beobachtete besorgt, ob das Tuch unterspült wurde. Sie hatten über der Kante noch eine Schicht Klei festgetreten, aber sie war so dünn, daß sie kaum viel Schutz bot.

Allmählich wich seine Angespanntheit. Der Wind schien weiter nach Nord zu drehen und der neue Deichfuß zu halten. »Ich glaube, wir haben es geschafft«, sagte Arfast erleichtert zu Haye, und sein Stoßseufzer verwehte in einer Bö.

»Wir haben es geschafft«, brüllte Haye und riß strahlend die Arme hoch.

»Herr Arfast hat es geschafft!« Der Fischer, dessen Haus in größter Gefahr gewesen war, kroch herbei und schlug ihm herzhaft auf die Schulter.

Arfast mußte viele rauhe Fäuste schütteln. Es gelang ihm zu verbergen, daß er in Wahrheit bestürzt war. Der Sturm war auf seinem Höhepunkt nicht besonders hart gewesen und hatte nicht lange gedauert, zudem hatte Rungholt sich im Schutz von Amrum und Pellworm befunden. Starke Böen und verspätetes Hochwasser waren seine einzigen Merkmale gewesen. Trotzdem hatte Rungholt sich plötzlich am Rande des Meeres befunden.

Beklommen wanderte Arfast in das einsame Haus zurück, er fror und war müde und hungrig. Neben ihm schwatzte Haye, immer noch aufgedreht wegen ihres Sieges.

Harre Gunneson traf mit mehreren Stunden Verspätung in Rungholt ein. Er wurde sofort an den Deich geführt. Der blonde Fischer rannte los, um Arfast zu holen.

Arfast, der gar nicht wußte, warum man ihn rief, stieg auf die Deichkrone, nachdem der Hardesvogt ihn bemerkt hatte, und stellte sich schweigend neben ihn. Ihre letzte Begegnung hatte er in schlechter Erinnerung. Haye verschwand irgendwo zwischen anderen Männern.

Gunneson betrachtete den Spülsaum von Tang, Torfbrocken und Hölzern, der sich wie ein unregelmäßig gesponnener Wollfaden am Riper Deich entlangzog. Und immer noch lag das Vorland unter Wasser.

Unwillkürlich nickte Arfast. Der Hardesvogt hatte mit dem ersten Blick erkannt, was an diesem Sturm neu war. »Ich hatte recht. Oder etwa nicht?« fragte Arfast so leise, daß niemand anders ihn hören konnte.

Der Hardesvogt brauchte lange, bis er sich zu einer Antwort entschloß. »Na schön«, sagte er. »Warum sollst du nicht einmal richtig geraten haben? Ich hoffe, du begnügst dich mit der Zusicherung, daß ich mich weiter um Baumaterial bemühe. Dafür verlange ich, daß du die Rungholter nicht länger beunruhigst. Wie sollen sie für das Gedeihen und die Sicherheit ihrer Stadt sorgen, wenn du ihr Vertrauen in ihre eigene Zukunft untergräbst? Nimm dir ein Beispiel an unserem Staller: Er wird Fedderingmanriep wieder aufbauen. Über solche Dinge hast du dir wohl noch keine Gedanken gemacht!«

»Ich habe mir über Rungholt wohl mehr Gedanken gemacht als die meisten, zu deren Aufgaben es gehört«, entgegnete Arfast hitzig.

»Mag sein. Aber dir fehlt die Ausgewogenheit in deinen Gedanken, das Für und Wider, Ebbe und Flut. Du kennst in deinen Worten nur die Flut, und weißt doch genau, daß sie nur die halbe Wahrheit ist.«

Arfast sah den Vogt verächtlich an. »Bei manchen Leuten sehe ich sehr wohl die Ebbe im Kopf, mögen sie sich auch für die Besseren der Harde halten.« Er schickte sich an zu gehen. Es war sinnlos, dem Hardesvogt etwas über die Gefahr erzählen zu wollen.

»Einen Augenblick, junger Freund«, sagte Gunneson hinter ihm. »Ich soll dir eine Nachricht von deiner Mutter überbringen.«

Arfast fuhr herum.

»Sie wurde zu einem Kranken gerufen. Sie läßt dich grüßen und wünscht sich von Herzen, daß in Rungholt nach der wilden Metzelei wieder Ruhe einkehrt. Sie hofft, daß du tatkräftig das Deinige dazutun wirst, nachdem dein Einfluß auf die Runghölter so gestiegen ist. Vor allem, solange sie fort ist.«

Arfast wußte jäh, daß die eigentliche Botschaft hinter den Worten des Vogtes lag; sie stammte auch nicht von ihr, sondern von ihm. »Solange meine Mutter fort ist? Besteht eine Verbindung zwischen meinem Einfluß und ihrer Abwesenheit?«

»O ja. Eyde wird so lange fort sein, wie hier Unruhe herrscht, läßt sie bestellen.«

In seinem Zorn tastete Arfast nach seinem Schwert, aber er hatte es natürlich nicht angelegt. Harre Gunneson lächelte ein schmales, überlegenes Lächeln und wandte ihm den Rücken zu.

Arfast schluckte. Gunneson war nicht etwa besonders mutig, sondern er verließ sich auf seine, Arfasts, Redlichkeit. In einem Moment wie diesem! »Dreht Euch um!« fauchte er. Er schlug den Hardesvogt mit der Faust nieder, als er sicher war, daß Gunneson sie kommen sah.

Der Hardesvogt rollte den Deich hinunter. Die Männer machten Arfast schweigend eine Gasse frei.

Er ging grimmig, aber ohne Eile. Kurz vor seinem Haus sagte er zu Haye: »König Waldemar ist der einzige, der Mutter und mich nun noch retten kann.«

Haye nickte bedrückt. »Das Fliehen kann einem wirklich zur Gewohnheit werden«, murmelte er, »und momentan sieht es nach einer Massenflucht unserer Familie aus.«

König Waldemars Haus auf Oland wurde Jagdhütte genannt, seitdem ein dänischer König das allererste Mal hier gejagt und sich später ein Haus hatte bauen lassen. Die hölzerne Hütte des ersten Waldemar war längst zerfallen und durch ein Haus aus Stein ersetzt worden; es besaß eine große Halle für die königliche Gesellschaft, eine dazu passende Küche und mehrere kleinere Schlafräume.

Die Dienerschaft war bereits vorausgeschickt worden, um das Haus für die Jagdsaison vorzubereiten: Kamin und Herd wurden beheizt und die Wandteppiche aufgehängt.

Mehr als drei Tage pflegte Waldemar auf Oland nicht zu jagen, denn danach erschöpften sich die Hirsche und Hasen, die im übrigen Jahr Zeit hatten, von der Geest her einzuwandern. In den Tagen vor Waldemars Eintreffen durften seine Jagdfreunde, die aus Jütland, Schleswig und Holstein zusammenkamen, bereits dort wohnen, aber keine Hirsche jagen.

Staller Ingemar Stampe hob den Weinbecher und trank den drei anderen Männern zu, wobei er darauf achtete, am Wein nur zu nippen. »Willkommen im friesischen Utland«, sagte er jovial. »Ich hoffe, Euch im nächsten Jahr in ganz anderer Art begrüßen zu können, vielleicht in einer eigenen großen Burg ...«

»In einer noch größeren?« Der Spötter, ein holsteinischer Ritter namens Roland von Hagen, blinzelte Ingemar zu, aber dieser bemerkte es nicht einmal.

Ingemars Sorge war die Dienerschaft, die zwar Dänisch als Muttersprache sprach, jedoch verstand der eine oder andere ganz sicherlich Deutsch. Es war nicht ganz ungefährlich, sich ausgerechnet in der Höhle des Löwen zu treffen, um ein Komplott gegen den Besitzer der Höhle zu schmieden. Nichtsdestotrotz war natürlich die Jagdgesellschaft die perfekte Tarnung.

Der junge aufstrebende Kaufmann aus Lübeck, der vom Rat der Stadt abgeordnet worden war, schielte unauffällig unter den Tisch, um festzustellen, ob der Hund des Stallers in seiner Nähe lag. Er hatte Angst vor jedem kleinen Köter, aber dieser war groß wie ein Kalb und würde einen schmackhaften Lübecker spurlos verschwinden lassen können. Als er ihn nicht sah, hob er dem Staller erleichtert den Pokal entgegen. »Auf den künftigen Grafen von Rungholt«, beschied er vorlaut.

Das glaube ich nicht, dachte Graf Klaus versonnen. Die Rendsburger Grafen hatten ältere Rechte, und die würde er durchsetzen. Wer war Ingemar Stampe schon, verglichen mit seiner eigenen Familie, die sich durch Gerhard den Großen den Anspruch auf das Herzogtum Schleswig gesichert hatte? Wer mit dem Grafentitel belehnt wurde, würden er und sein Bruder Heinrich entscheiden. Aber der Graf, schmal, unauffällig und grauhaarig, machte nie viele Worte. Er trank still.

»Ich habe absichtlich um Euer Kommen zu so frühem Termin gebeten«, erklärte Stampe, nachdem er den jüngsten Pagen herbeigewinkt hatte, der neben dem Kamin bereitstand. Der Junge, ein richtiges Kind noch, mit langen blonden Locken, schleppte einen schweren Krug herbei und schenkte mit der Unterlippe zwischen den Zähnen nach.

»Zu jung für einen Pagen«, bemerkte Graf Klaus und betrachtete ihn interessiert.

»Für Eure Zwecke vielleicht«, versetzte der Staller süffisant, »vielleicht bevorzugt Ihr Ältere, Graf. Aber für unsere nicht. Für unsere ist er genau der Richtige. Ich habe also um Euer Kommen gebeten, um Euch über den letzten Stand der Dinge zu unterrichten. Ich bin in der letzten Zeit von Oslo über Visby bis Rostock unterwegs gewesen, und die Absprachen sind so perfekt, wie sie nur sein können. Die Norweger ziehen ihre Flotte bereits zusammen, und König Magnus hat seine Männer für das nächste Jahr aufgeboten.«

Die Herren zeigten sich beeindruckt, außer Graf Klaus, der Stampe nicht ausstehen konnte. Er bewegte seine dünnen Nasenflügel über dem Pokal und sog den Duft des französischen Clarets ein. Er war ganz sicher, daß er die größte und entscheidende Neuigkeit mitgebracht hatte, aber er beherrschte die Kunst des Wartens.

»Die wendischen Städte brennen darauf loszuschlagen«, berichtete der Lübecker selbstzufrieden.

»Wenn nun auch die Rendsburger ihre Ritter aufbieten«, sagte der Staller mit einer leichten Verneigung zum Grafen hin, »werden wir im nächsten Jahr um diese Zeit König Waldemar besiegt haben.«

Der Graf gab den Gruß mit einem mokanten Lächeln zurück. »Sie bieten sie auf«, sagte er hochmütig. »Aber es wird nicht nur ein Sieg sein, es wird für Waldemar die schmerzlichste Niederlage seines Lebens werden. Die vereinten Truppen mögen seine Soldaten vernichten – ich habe seine Zukunft zerstört. Der norwegische König wird jetzt meine Schwester Elisabeth heiraten.«

Dem Staller stieg Röte in das sonst blasse Gesicht, und seine Augen quollen sichtbar hervor. »Haakon VI. ist doch mit Waldemars Tochter Margarethe verlobt.« Seine Stimme war verzerrt vor lauter Bemühen, sich seine Bestürzung nicht anmerken zu lassen. Mit diesem Meisterstück der Rendsburger waren seine eigenen Leistungen als unermüdlicher Diplomat zwischen zwei Königen, drei Grafen und einer Vielzahl von Städten erheblich geschmälert.

»Es ist mir gelungen, die Könige Magnus und Haakon davon zu überzeugen, daß die Zukunft in einem starken Bündnis mit den deutschen Ostseeländern liegt«, führte der Graf kühl aus. »In einem, dessen verwandtschaftliche Bande der Herrscher ihren politischen Zielen entsprechen. Die Verlobung des Norwegers mit Waldemars Tochter ist seitdem gegenstandslos.«

»Aha«, ächzte der Staller.

Der kleine Page eilte herbei. Auch ohne Deutschkenntnisse wußte er, daß ein starker Trunk am besten geeignet war, um Unstimmigkeiten aus der Welt zu schaffen. Von Hagen streckte ihm seine Hand entgegen und ließ sich den Becher bis zum Rand einschenken.

»Die Verlobung wird im März des nächsten Jahres bekanntgegeben, die Hochzeit ist im Juli vorgesehen.«

Ingemar trank den Pokal in einem Zug aus.

Der Rendsburger sah ihm mit Erheiterung zu. Soviel er wußte, trank Stampe kaum, aus krankhafter Angst, die Kontrolle über sich zu verlieren. Er war auch nicht verheiratet, sollte aber mehrere Geliebte haben. Die Genüsse, die er sich gestattete, waren alle dem ehrgeizigen Ziel eines ununterbrochenen Aufstiegs unterstellt: Eine lose Zunge und die falsche Ehefrau konnten ihm dabei nur hinderlich sein. Nachdem er den friesischen Staller so erfolgreich in den Schatten gestellt hatte, ging Graf Klaus zum nächsten Punkt über. »Was ist eigentlich mit Adolf von Holstein?«

Der Staller hatte seine Fassung inzwischen wiedergefunden. Er rückte seinen Sessel vom Tisch weg und lehnte sich selbstzufrieden zurück. Jetzt kam seine Überraschung. »Er plant gerade die Unterbringung seiner und meiner dreihundert Söldner, Franzosen und Schweizer. Sie werden im März anrücken.«

Der Graf stützte sich auf beide Hände und beugte sich über den Tisch. »So seid Ihr also verbündet mit dem Holsteiner! Aber das müßt Ihr mir mal erklären, wie Ihr diese Söldner bezahlen wollt.«

»Mit Salz.«

Der Graf fiel auf seinen Stuhl zurück. »Mit Salz.« Er fragte nicht weiter. Allein die Salzsteuer ergab hohe Erträge; wie hoch mußten dann die Gewinne aus dem Verkauf des Salzes sein? Stampe schien persönliches Besitztum zu meinen und nicht die Salzsteuer, die dem König gehörte.

Der Junge, der etwa elf oder zwölf Jahre zählen mochte, stand bereits an des Grafen Seite. Er war sehr aufmerksam. Der Staller fühlte sich im Einklang mit sich selber. Seine Organisation war tadellos. Er mußte sich beherrschen, um nicht Details aus seinen Koordinationsgesprächen auszuplaudern. »Wie heißt du, mein Kleiner?« fragte er plötzlich.

Der Page duckte sich vor Schreck, als er von dem Mann angesprochen wurde, der sich im Haus derzeit als der Vertreter des Königs gab. Aber er antwortete nicht.

Roland von Hagen lachte schallend. Es hatte eine Zeit gegeben, da er ein Lehen auf Fünen gehabt hatte. Seitdem er es an König Waldemar verloren hatte, haßte er die Dänen, aber einige Brocken ihrer Sprache waren ihm in Erinnerung geblieben. Er sprach den Jungen in dänischer Sprache an.

Über das Gesicht des Jungen ging ein Leuchten, als er hörte, daß er nicht gescholten worden war, sondern der Staller sogar an ihm Anteil genommen hatte. »Niels, Herre«, antwortete er in ehrfürchtigem Ton.

»Also, Niels, ich bin zufrieden mit deinen Diensten«, erklärte Ingemar wohlwollend.

Der Junge blickte auf die Finger des Ritters, die ihn fortscheuchten, verbeugte sich und zog sich still auf seinen Posten neben dem Kaminfeuer zurück.

Ingemar Stampe gähnte verstohlen. »Ich denke, damit ist das Wichtigste getan und gesagt. Ihr werdet von mir weitere Nachricht erhalten, sobald es etwas Mitteilenswertes gibt.«

Am Nachmittag gingen die Herren jagen, außer Graf Klaus, dessen Augenlicht für die Jagd zu schwach war. Er wanderte statt dessen um das Haus herum, in dem er noch nie gewesen war. Nach Westen hatte man eine Schneise durch den Krattwald freigeschlagen, an deren Ende das Wasser eines Priels blinkte. In der Ferne erkannte er die Umrisse eines Dorfes, das nach des Stallers Erläuterung auf Langeneß liegen mußte. Die Oländer selber hatten eine eigene Kirche, aber sie war mitsamt dem Dorf vom Wald verborgen.

Von den Ställen her erklangen unbekannte Stimmen. Gewiß waren neue Gäste eingetroffen. Der Graf machte sich dorthin auf den Weg. An der Ecke verhielt er und beobachtete die Neuankömmlinge. Die beiden jungen gutaussehenden Männer, die von ihren Pferden abgesprungen waren, konnten keine Jagdgäste eines Königs sein. Dafür waren die Gesichter zu ehrlich und die Kleidung zu einfach. Aber der Stallknecht verwies sie mit seinen Gesten an ihn. Graf Klaus wartete neugierig.

Der Ältere von beiden verbeugte sich etwas linkisch vor dem Grafen. »Wir wollen König Waldemar sprechen«, sagte er bestimmt. »Mein Name ist Arfast Ketelsen, mein Begleiter ist Haye Harksen. Wir sind freie Friesen.«

»Der König wird erst erwartet. Noch ist er nicht da.«

Die beiden sahen sich an.

»Und es ist zweifellos euer gutes Recht, mit eurem König zu sprechen.«

Arfast betrachtete den Edelmann, der ihm als Graf benannt worden war. Er machte einen ernsten Eindruck, fast grüblerisch, und war das Gegenteil der feisten Schmarotzer, die sich so häufig an Höfen sammeln. Er paßte gut zu dem, was von König Waldemar erzählt wurde.

»Einige Herren sind bereits eingetroffen und derzeit auf Hasenjagd«, erzählte der Graf, während er die Friesen wie Gäste ins Haus führte. Er schmunzelte verhalten, während er fortfuhr: »Ich jage nicht, mein Wert liegt nicht in meinen Händen; auch nicht für den König.«

»Vielleicht kann er beim König ein Wort für uns einlegen.« Haye war sicher, daß dieser unscheinbare Mann kein Friesisch verstand.

Arfast zuckte unschlüssig mit den Schultern, während er die mächtigen Hirschgeweihe an den Wänden betrachtete. »Was wird eigentlich mit den erlegten Hirschen und Hasen gemacht?« fragte er. »Die Gäste können sie doch wohl nicht alle verzehren?«

Graf Klaus versuchte den Friesen einzuschätzen. Er schien ihm intelligent und mutig, aber zu unerfahren bei Hof, um alberne Bemerkungen zur Unterhaltung von gelangweilten Leuten zu machen. Die Frage mußte ihren besonderen Hintergrund haben. »Das Fleisch dient zur Ernährung des Hofes. Wir haben überall Vorräte, wo immer wir sind.«

Arfast drehte sich zu ihm um. »Es muß also eingesalzen werden?«

Salz! Das zweite Mal heute, daß von Salz die Rede war. Vor allem Ingemar Stampes Aufstieg aus einem geradezu lächerlich kleinen Ritterhof in höchste Adelskreise hing am Salz. Im Vorgefühl einer wichtigen Information bot der Graf den Gästen Sitzplätze an und winkte dem Pagen. »Gewiß«, bestätigte er.

»Dann tut es mir leid, dem König berichten zu müssen, daß eine übermäßige Förderung lebensgefährlich für das Land ist«, erklärte Arfast entschlossen. Haye atmete heimlich auf, weil er nun sicher war, daß sie nicht vergeblich gekommen waren. Dieser graue Mann würde seinem König wahrscheinlich alles haarklein berichten. »Er soll wissen, daß es skrupellose Männer gibt, die unsere Vorländer ausbeuten, obwohl sie anschließend im Meer versinken.«

»Und wer sind diese skrupellosen Männer?« fragte der Graf ahnungsvoll.

»Des Königs Staller für die Utlande, Ingemar Stampe.«

»Ihr seid ein mutiger Mann, wenn Ihr dem König das ins Gesicht sagen wollt, Arfast Ketelsen«, sagte der Graf, während er die Gefahren erwog, die dem Komplott gegen Waldemar entstehen würden, wenn man den Mann zum König vorließ. Man konnte sich der beiden Friesen hier leicht entledigen.

»Und ich halte König Waldemar für mutig genug, einen Fehler zuzugeben«, sagte Arfast trotzig. »Dieser Staller ist der größte Fehler, den er jemals beging.«

»Für die Friesen.«

»Ja«, sagte Arfast mit blitzenden Augen. »Die Friesen messen die Fehler, die Könige an ihnen begehen. Das ist ihr gutes Recht.«

Graf Klaus kräuselte die Lippen. Dieser Friese war anmaßend, aber er hatte nicht ganz unrecht. Ingemar Stampe war auch für ihn selber ein gefährlicher Mann, mit dessen Intrigen er in Zukunft rechnen mußte. Es sei denn, man ließe Arfast Ketelsen weitermachen …

Die Verbündeten würden Waldemar auch ohne die dreihundert Söldner besiegen. Es blieb allein die Frage, ob Ketelsen Manns genug war, den Staller zu erledigen. Es durfte nicht passieren, daß Waldemar aufmerksam wurde und es Ingemar trotzdem gelang, im Amt zu bleiben. »Und wie wollt Ihr den König überzeugen?«

»Sein Kämmerer müßte ihm nur den Unterschleif der von Ingemar Stampe beschlagnahmten Salzbude von Agge Jessen in Rungholt nachweisen.« Arfast war sicher, daß es sich so verhielt, aber wenn nicht, war er ein toter Mann. »Als sie erschöpft war, hat der Staller sie obendrein ausgedeicht. Jeder in Rungholt kann dem König den ehemaligen Salzkoog zeigen.«

Graf Klaus nickte befriedigt. Das eine war ein Beweis, das andere ließ sich leicht überprüfen. Sein Entschluß stand fest. Er würde Ingemar Staller dem Friesen überlassen. »Ich sehe schon, das Recht ist auf Eurer Seite, und Ihr solltet es auch selber vor dem König vertreten. Am Sonntag wird er sich zur heiligen Messe in der Oländer Kirche aufhalten. Vielleicht könnt Ihr danach mit ihm reden.«

Das bedeutete, daß sie bis dahin in Langeneß warten würden. Arfast war es recht, und er erhob sich, um sich zu verabschieden.

»Hast du das Kind gesehen?« fragte Haye im Stall. »Kein bißchen Farbe im Gesicht, und die Hände flatterten ihm so, daß ich ihm beinahe den Krug abgenommen hätte. Stell dir nur den guten Wein auf dem Boden vor! Diese Bediensteten bekommen wohl nie frische Luft.«

Arfast stöhnte. »Frische Luft. Genau die brauche ich jetzt auch. Dieser Rauch! Und der Wein!« Er schüttelte sich. »Auf das Kind habe ich jedenfalls nicht geachtet. Du bist ihm im Alter näher als ich, scheint mir …«

Haye hob die Augen an die Stalldecke.

Sie ritten in gemächlichem Schritt zum Dorf. Kurz bevor die Erlen und Weiden an der Dorfgemarkung aufhörten, raschelte es vernehmlich neben ihnen im Gebüsch.

Arfast zog sein Schwert und machte ein verdutztes Gesicht, als der Page des Königs die Zweige teilte. »Könnt ihr mich verstehen?« flüsterte er hastig im Dialekt der Südjüten.

»Aber sicher.« Arfast und Haye sprangen gleichzeitig von ihren Pferden und zogen sie vom Weg herunter.

Der Junge sprudelte schon los, noch bevor sie ausreichende Deckung von allen Seiten hatten. »Ich glaube, König Waldemar ist in Gefahr! Ihr müßt versuchen, ihn zu warnen.«

»Warum tust du es nicht?« fragte Haye.

»Unsinn! Glaubt mir ein König?« fragte der Page voller Verachtung. »Am besten wäre, der Bischof würde es ihm sagen, aber ihr reicht vielleicht auch aus …«

»Ja, nun erzähle mal!« Arfasts ruhige Stimme flößte dem Jungen Vertrauen ein.

Er sah zu Arfast hoch, während er berichtete. »Alle Männer im Haus schmieden ein Komplott gegen unseren König Waldemar, soweit ich sie verstanden habe. Sie bereiten einen Krieg gegen ihn vor.«

»Auch dieser …?« Hayes Daumen zeigte zum Haus zurück.

»Auch Graf Klaus von Rendsburg«, bestätigte der Page.

»Graf war der! Ich hielt ihn für einen Beichtvater oder so etwas«, warf Haye ein. »Wer bist du eigentlich?«

»Niels Ebbesen.«

Arfast schob seinen Kopf vor, bis er beinahe auf Augenhöhe mit dem Jungen war. »Bist du nicht ein bißchen jung, um Niels Ebbesen zu sein? Und ein bißchen zu lebendig?«

Niels strahlte, als hätte er ein Lob bekommen. »Ich bin sein Enkel.«

»Deswegen hast du solche Angst um deinen König!«

»Kein Wunder, daß dir die Hände zitterten«, sagte Haye mitleidig. »Ständig neben dem Sohn des Mannes zu stehen, den dein Großvater erschlug. Und ihm noch einschenken zu müssen. Puh.«

Niels warf ihm einen unwirschen Blick zu. »Ich zittere nie. Und wenn, dann um euch. Ich dachte, daß Graf Klaus euch erschlägt. Ich nehme an, er traute sich nur nicht, weil ihr zu zweit wart.«

»Wieso das?« fragte Arfast verblüfft.

»Wegen des Stallers. Er gehört zu den Verschwörern. Ingemar Stampe ist hier irgendwo bei den Hasen.« Niels' Hand ging in die Runde, als seien sie umzingelt von Verschwörern.

»Junge«, sagte Arfast ernst und packte ihn an den Schultern. »Wer ist noch dabei?«

»Ein Graf von Holstein, einige deutsche Städte, die Norweger, die Schweden und dreihundert Söldner aus Frankreich und der Schweiz«, zählte Niels auf.

»Gütiger Gott, die ganze Welt gegen den König!«

»Ja, und der Staller gegen uns. Hör mal«, sagte Haye und legte den Kopf schief. In der Ferne war das Gebell von Hunden zu hören, die sich rasch näherten. Er sprang auf sein Pferd.

»Paß auf dich auf, Niels«, mahnte Arfast. »Wir werden versuchen, ihn zu warnen.«

»Paßt selber auf euch auf. Ein Ebbesen kennt alle Schleichwege. Von euch weiß man das nicht.«

»Es wird Zeit.« Haye drückte seinem Pferd die Hacken

in die Flanken und duckte sich unter den Zweigen hinweg.

Niels kicherte. »Ich würd's nicht tun. Dort ist der Fütterplatz der Meute.«

»Wir nehmen den Weg nach Hingstnäs«, entschied Arfast. »Wo andere Leute sind, fallen wir weniger auf als im leeren Vorland.«

Haye wendete stillschweigend. Hintereinander ritten sie auf dem schmalen Pfad, der durch den Wald zu den Häusern des einzigen Dorfes auf Oland führte. Es lag auf einer niedrigen Anhöhe vor ihnen, und zur rechten Hand senkte sich das Gelände, bis es ins grüne Vorland überging. Die Rufe der Treiber kamen näher, und das Bellen der Hunde wurde lauter. Haye deutete mit dem Kopf auf eine Gestalt, die sich weit weg durch niedriges Gestrüpp den Weg bahnte. Er glitt vom Pferd und zog es am Zügel hinter sich her. Noch wurden sie durch Gebüsch geschützt, sofern sie nicht drüber hinwegragten.

Haye blieb so unvermutet stehen, daß Arfast ihm von hinten auf die Hacken trat. Vor ihnen versperrte der größte Hund, den Arfast jemals gesehen hatte, den Weg. Er knurrte vernehmlich.

»Ja, du bist aber ein Schöner«, sagte Haye lockend und ging in die Hocke. »Doppelt so groß wie mein Asko, und der ist auch nicht gerade klein.«

Arfast, dem fast das Herz stehenblieb, hatte nicht den Mut, seinem Vetter zu widersprechen. Asko war ein Jagdhund, der vorne freundliche Laute von sich gab und hinten wedelte. Dieses aber war eine Bestie, die Blasen in blaßrosa Lefzen blubberte, ohne mit dem Knurren aufzuhören. Was hätte wedeln können, war bis auf einen Stummel abgeschnitten.

Arfast beobachtete stumm seinen Vetter. Konnte man sich einen Hund durch Schmeicheleien geneigt machen wie eine Frau? Haye verstand sich auf beide. Aber auch auf einen Hund, der sich bewußt sein mußte, daß ihm alle Merkmale normaler Artgenossen fehlten?

Haye versuchte es mit Bestechung. Er grub mit langsamen Bewegungen in seiner Tasche, wo er Trockenfleisch aufbewahrte, und redete ununterbrochen auf das Tier ein. Arfast hatte noch nie ein solches Gemenge von Unsinn aus Hayes Mund gehörte.

Plötzlich setzte sich der Hund, und sein breites, borstiges Hinterteil verschwand im Gras.

»Er will nicht, daß man seine Schande sieht«, vermutete Arfast und hielt dann den Mund, weil das Knurren viel gefährlicher als vorher anhob.

»Nun komm schon«, lockte Haye und schwenkte das Fleisch ganz sachte. Die Nase, so groß und braunrot wie eine Kastanie, rührte sich ein wenig. Dann stand die Bestie mit einem Ruck auf und tappte auf Haye zu.

Ungläubig sah Arfast mit an, wie die scharfen gelben Zähne das Fleisch bedächtig aus Hayes Fingern zupften, wie sich überhaupt das Hundegesicht zur sanften Seehundsschnauze wandelte, wenn man sie von unten betrachtete. Mit gemäßigtem Argwohn duldete der Hund auch, daß Haye ihm sanft über den Kopf fuhr, als das Fleisch gegessen war. »Jetzt müssen wir dich leider verlassen«, plauderte Haye weiter und erhob sich behutsam, während der Schwanzstummel von einer Seite auf die andere ruckte und dann schneller hin und her ging. »Dein Herr mag uns nicht leiden.«

»Ich auch nicht«, fauchte eine heisere Stimme hinter ihnen. »Ich auch nicht. Deinetwegen habe ich einen Tag lang am Baum zappeln müssen. Zerreiß ihn, Jago!«

Arfast fuhr herum und sah sich einem vierschrötigen Mann gegenüber, in dem er den Knecht des Stallers erkannte. Nur der breite, blutrote Streifen um dessen Hals war neu. Als hätte ihm einer die Haut tüchtig mit Salzschlacke geschrubbt. »Schnell, Haye«, keuchte er und warf sich auf die Stute.

Er zwängte sich bereits durch das Gebüsch, Haye dicht hinter sich, als die energischen Befehle des Knechts ihre Schärfe verloren und endlich in einer gestotterten Bitte an den Hund endeten.

Arfast sah sich um und erblickte die gesträubten Rükkenborsten der Bestie und ihr Hinterteil, an dem der Schwanzstummel wie ein starrer Dorn in die Höhe ragte. Der Knecht wagte nicht einmal den Bogen zu heben angesichts des Hundes, der ihn wie einen gestellten Hirsch bewachte.

So ein Glück, dachte Arfast, während sie durch das Gebüsch brachen und jenseits davon auf Grünland stießen. Im gleichen Augenblick sah er den Staller auf sich zukommen.

Der Staller war geistesgegenwärtiger als sein Knecht. Er schoß sofort, aber er war kein geübter Schütze, und die wenigen Pfeile, die er noch hatte, flogen an Haye und Arfast vorbei.

»Es war bestimmt sein Hund«, sagte Haye, als sie später nebeneinander auf dem Vorland trabten, außer Gefahr durch die Jäger, die alle zu Fuß waren. »Wenn jemandem ein Stück Fleisch fehlt, kannst du sicher sein, daß der Staller es hat.«

XIV

Ingemar Stampe schluckte den sauren Saft auf seiner Zunge hinunter, um nicht an sein Versagen mit dem Bogen erinnert zu werden, und sah den beiden jungen Kerlen nach. Sie mußten dringend beseitigt werden.

Er hatte sich dem Propst gegenüber deutlich genug ausgedrückt, was mit Arfast Ketelsen geschehen solle. Es war ihm ein Rätsel, warum Ketelsen plötzlich auf Oland auftauchte. Allmählich fügten sich jedoch die Beobachtungen seines Knechts zu einem Bild zusammen, und demnach hatte sich Ketelsen nun mit dem Mörtelmischer verbunden. Dem einen lag der Aufruhr im Blut; und der andere hatte Dinge beobachtet, die ihm nicht zustanden. Und dann war da noch die Mutter von Ketelsen. »Brühe aus Kloaken sammelt sich immer an einer Stelle«, flüsterte er vor sich hin. Er mußte den Sumpf dringend trockenlegen.

Verdrossen schleuderte er seinen Bogen ins Gelände und schlug sich auf den Pfad durch, den die Männer gekommen waren und auf dem er das unmännliche Gewinsel seines Knechtes hörte.

»Komm, Jago«, befahl er barsch, worauf der Hund das Knurren einstellte und mit gesenktem Kopf angeschlichen kam. Der Knecht atmete auf und schwang sich den Bogen über den Rücken. »Du hast schon wieder einen Fehler gemacht«, bemerkte der Staller. »Reichte dir die Strafe nicht?« Seine süffisante, beiläufige Frage benötigte keine Antwort; mit Jagos Schnauze gehorsam an seinem Knie machte er sich auf den Rückweg.

Der Knecht schluckte unter Schmerzen den Speichel, der sich immer wieder in seinem Mund sammelte, und tastete mit der Hand am Hals entlang. Einen ganzen Tag hatte er unter einer Eiche gehangen, gewürgt von Jagos steifem Lederhalsband, und den Boden nur mit den Zehenspitzen erreichen können. Seitdem haßte er sowohl die Bestie als auch den Dorfbengel, der ihm alles eingebrockt hatte. Er tappte, in Angstschweiß gebadet, hinter seinem Herrn her. Die Strafe des Stallers konnte noch Wochen nach dem Ereignis folgen, das seinen Zorn herausgefordert hatte.

Ingemars Augenbrauen wurden zum Strich, während er darüber nachdachte, was Ketelsen hier gewollt hatte. Er war von der Jagdhütte gekommen, nicht aus dem Dorf, soviel stand fest. Daß der König sich hier gelegentlich zur Jagd aufhielt, war bekannt. Er würde sich doch nicht etwa anmaßen, mit dem König reden zu wollen? Worüber auch? Sein Vater hatte allerdings auch zu den Querulanten gehört, die erst Ruhe gaben, wenn ihr Mund mit Graberde gestopft war.

Die Jagdhütte lag verlassen in der Sonne, als Stampe ankam. Ein Windstoß wehte vertrocknete Blätter von Stockrosen über den leeren Hofplatz, und ein später Mükkenschwarm hob sich. Vom letzten Sturm niedergefegte Rosenstengel knirschten unter seinen Schuhen. Ingemar betrat die Halle.

Nur Graf Klaus war anwesend. Er hatte es sich bequem gemacht im großen Lehnsessel, der allein dem Hausherrn gebührte, und schlürfte aus einem großen Humpen geräuschvoll ein Getränk. Damit das Nachschenken schnell genug ging, stand der Page schon am Tisch bereit.

»Für mich auch«, knurrte der Staller und ließ sich auf eine fellbedeckte Bank fallen. Das Jagen auf eigenen Füßen war nicht gerade seine Leidenschaft, aber es hatte den Vorteil, daß man unter vier Augen mit Männern reden konnte, ohne Argwohn zu erwecken. Ingemar zog sich die schweren Lederstiefel aus und warf sie unter die Bank, bevor er den Krug entgegennahm und durstig trank.

Der Graf rückte seinen Sessel herum, so daß er dem Staller gegenübersaß. »Viele Hasen erlegt?«

»Nein.«

»Tröstet Euch, Ingemar Stampe. Fast alles, was Beine hat, läuft weg, wenn es Euch sieht. Warum soll es sich nicht auch bei den Hasen herumgesprochen haben?« Mit Genugtuung stellte der Graf fest, daß seine Worte Wirkung zeigten. In die aufkeimende Wut von Ingemar fuhr er aufreizend fort: »Recht habt Ihr. Nicht jeder hat die Schwäche, ein Land mit Liebe regieren zu wollen. Angst ist allemal besser, um die Leute vor sich selbst zu schützen. Das war auch die Meinung meines Vaters, und mit dieser Meinung wurde er Gerhard der Große.«

»Das stimmt«, sagte der Staller, »Liebe wurde ihm so wenig entgegengebracht, daß man es für nötig hielt, ihn zu erschlagen.«

»Was meines seligen Vaters Ende betrifft, so müht Ihr Euch ja wacker, ihm nachzueifern«, gab Graf Klaus den Hohn zurück. »Seine Größe aber fehlt Euch. Ich würde Euch eher zu den Kriechtieren zählen, beispielsweise zu den Ratten.«

»Man kann leicht zu dem werden, mit dem man sich abgibt. Ich habe heute Ratten gefangen, jedenfalls beinahe. Euch sehe ich schon zu einem rostigen Stück Blech werden, neben Eurem eisernen Bruder Heinrich.«

Der Graf wurde bleich. Stampe standen unverschämte Bemerkungen nicht zu. Aber er selbst war zu alt für den Fehdehandschuh und der Staller zu unritterlich; zudem hatte er zwei Knechte und einen Haudegen auf seiner Seite. Es gelang Graf Klaus, sich zu beherrschen und auf neutralen Boden zurückzukehren. Er zog die Augenbrauen in die Höhe. »Was für Ratten?«

»Ein Salzsieder und sein Freund, die in meinen Harden unerwünscht sind, treiben sich in der Gegend herum. Sie sind uns bis heute immer entwischt ...« Der Staller machte eine Pause, um dem Grafen Zeit zum Überlegen zu lassen. »Sind sie hier gewesen?«

Graf Klaus schob die Unterlippe nachdenklich vor und schüttelte den Kopf. »Einfache Leute, also. Nein, hier war niemand von der Art.«

»So, so«, murrte der Staller. »Dann haben einige Leute heute unverschämtes Glück gehabt. Sie würden die Peitsche bekommen haben, wenn sie die zwei vom Hof gelassen hätten.« Da er den Grafen scharf ins Auge faßte, weil er ihm nicht traute, übersah er das plötzliche Beben in den

Händen des Pagen, der mit gesenktem Kopf neben ihm stand.

Graf Klaus aber sah es. Im selben Augenblick, als sein Blick auf die vorsichtig angehobenen Wimpern von Niels traf, wußte er Bescheid. Dieser Page beherrschte Deutsch gut genug, um auch komplizierte Sätze zu verstehen. Er wußte alles, was besprochen worden war. Aber des Grafen Abneigung gegen den Staller war so groß, daß er sich beinahe sofort entschied, ihm den Jungen nicht zum Fraß vorzuwerfen.

Der Graf sah Niels nach, als er in die Vorratskammer ging. Wahrscheinlich wartete er jetzt darauf, daß er zurückgerufen würde, um sein Leben auf der verschmutzten Sandstreu eines Jagdhauses zu beenden. Klaus lächelte vor sich hin. Wenn der Page es auch verdiente, so war er selber doch nicht derjenige, der sich an einem niedlichen Jungen in dieser Weise vergreifen würde.

Wahrscheinlich verriet Niels sich sowieso. Seine Hände waren so naß von Schweiß gewesen, daß ihm der Humpen fast entglitten wäre, den der Staller ihm in die Hand gedrückt hatte.

Die Laune des Stallers war auf einem Tiefpunkt angelangt. Irgendwie verstand es der Rendsburger immer, ihn in Wut zu versetzen. »Schaff mir meinen Knecht herbei«, befahl er dem Pagen nach seiner Rückkehr und erklärte ihm mit Gesten, wen er meinte. »Was grient Ihr so, Graf?«

»Oh, nichts Besonderes«, antwortete dieser, »ich habe heute so gute Laune.«

Stampe wußte genau, daß dies eben noch nicht der Fall gewesen war. Er blickte bedeutungsvoll und ärgerte sich, weil der Graf ihn nicht zu verstehen schien.

Der Mann mit dem roten Ring am Hals schob sich widerwillig in das Blickfeld des Stallers. Schweiß perlte auf seiner Stirn, und der Sand knirschte unter seinem schweren Tritt, obwohl er sich so unauffällig zu machen versuchte wie möglich. »Es war der Hund, Euer Gnaden! Ich hätte ja geschossen, aber er hat mich gehindert.«

»Ich habe dich nicht gefragt!« bellte Ingemar.

Hoffnung machte sich auf des Knechtes Gesicht breit. Vielleicht hatte er die Situation falsch eingeschätzt. Möglicherweise war er nicht zur Bestrafung gerufen worden, sondern für einen Auftrag. »Soll ich den Flüchtigen nachreiten? Ich tue alles für Euer Gnaden«, sagte er unterwürfig.

»Das erwarte ich. Leg deine Hand zwischen Jagos Zähne. Mal sehen, wie tapfer du bist.« Ingemar faltete die Hände und ließ die Daumen gegeneinander spielen. Ihm stand gegenwärtig der Sinn nach Bestrafung des Knechts, nicht der jungen Männer. Seine Knechte derzeit nach Langeneß zu schicken, kam gar nicht in Frage. Erst mußte ein wenig Gras über die Angelegenheit in der Trojburg wachsen.

Der Knecht sah den Staller blöde an.

»Los! Wird es bald?«

Mit angstverzerrtem Gesicht wählte der Knecht zwischen dem federnden Stilett in der Hand von Stampe und dem Hund. Mit dem Messer war der Staller besser als mit dem Bogen. Wenn er es ganz vorsichtig machte …

Auf dem Wege in die Ecke neben dem Kamin streifte er beinahe den Pagen. Ihm kam eine Idee. Den Staller kannte er nun schon lange; zu manchen Zeiten war er einem Scherz nicht abgeneigt.

Der Knecht schlurfte noch zwei Schritte vorwärts und starrte Jago in die Augen, um zu wissen, was das Biest plante. Der Hund hob den Kopf und knurrte vernehmlich. In dem Augenblick, als er auf alle viere sprang, packte der Knecht den Pagen und warf ihn dem Hund zu.

Jago, mit gefletschtem Gebiß und gesträubter Rückenbürste, schlug seine Fangzähne in das Bündel, das auf ihn zuflog. Niels wimmerte und kreuzte seine Arme über dem Kopf. Der Hund biß immer wieder zu, bis endlich Ruhe herrschte.

Graf Klaus rührte keine Hand. Das Schicksal selber hatte beschlossen, den Jungen zu strafen, und ihm war es recht.

»Nun ist es gut«, sagte der Staller und lachte. Es imponierte ihm, wenn ein Mann sich seiner Haut wehrte. »Schaff den Unrat raus«, befahl er dem Knecht und rümpfte die Nase. »Er stinkt mir zu sehr.« Jago legte sich zu seinen Füßen, als er ihn lockte.

Die Knie des Knechtes zitterten noch, als er sich über das zerfleischte Bündel beugte. Entsetzt bemerkte er, daß etwas Warmes, Klebriges an seinen Oberschenkeln entlangglitt, und dann begriff er, daß nicht der Junge, sondern er selber stank. Dankbar für den Glücksfall, zerrte er ihn hoch und rümpfte ebenfalls demonstrativ die Nase. Ein Mann in Stampes Diensten hatte viel Freiheit bei der Ausführung von Aufträgen und konnte dabei auch eigene Phantasie einbringen, nur sauber mußte er sein. »Er lebt ja noch«, sagte er betroffen, als sich ein Bein des Jungen streckte, und sah den Staller an.

Ingemar krauste die Stirn und winkte ihn mit abgewandtem Gesicht hinaus. »Dann bring ihn zu jemandem, der sich um ihn kümmert. Hier im Haus kann er nicht bleiben.«

Der Knecht nickte beifällig. Das hätte ihm noch gefehlt, einen Pflegedienst aufgehalst zu bekommen. Er warf sich den Jungen über die Schulter und trug ihn ins Dorf, wo er ihn vor einer Tür ablud.

Harre Gunneson kniete andächtig vor dem Propst und zog dessen Hand zum Kuß an seine Lippen. Ein Geruch von Pferd wehte um seine Nase. Bestimmt war der Propst gerade erst gekommen, er war viel unterwegs, hieß es.

Harre mühte sich hoch. Er war ein frommer Mann, aber auch er war in der Lage zu erkennen, daß Friedrich von der Wisch mehr Kaufmann als Seelsorger war. Wahrscheinlich erforderte der Handel mit Sünden und Sühnen diese adeligen, gewandten Männer, die von völlig anderer Art als Pastor Nommensius waren. Ihm gegenüber fühlte er sich befangen.

»Nun, mein Sohn …«, sagte der Propst ungeduldig, erkannte aber sofort seinen Irrtum an Gunnesons Miene. »Also, Hardesvogt, setzen wir uns«, schlug er vor.

»Ich danke für Eure Zeit, Herr Prälat«, sagte Harre noch

ein wenig zögernd, »Hardesvogt ist schon richtig, weil ich nicht als gläubiger Sohn der Kirche komme – der ich natürlich auch bin –, sondern weil ich ein Hardesproblem mit mir herumschleppe.«

»Das meine Propstei berührt.«

»Das ganze Königreich sogar«, gab Gunneson zu, »aber lösen müssen wir es hier.«

»Arfast Ketelsen also.«

Der Hardesvogt vermied es gerade noch, sein Erstaunen zu deutlich zu zeigen. Er nickte. »Der Mann ist inzwischen der Aufwiegelung und des Landfriedensbruchs überführt. Es hat sich bei der Untersuchung ergeben, daß die Rungholter Fischer, die die Schlägerei mit den Bauern anzettelten, seine Worte in Taten umsetzten. Es war seine Unzufriedenheit, die in ihren Fäusten und Geräten lag. Achtzehn Männer wurden erschlagen, und er hat sie auf dem Gewissen. Hinzu kommt ein tätlicher Angriff auf mich vor Zeugen, und Kaufmann Knoop beschuldigt ihn des Diebstahls.«

»Wozu braucht Ihr dann mich?« fragte der Propst aufs höchste erstaunt. »Er ist kein Adeliger, also verurteilt ihn doch. Ich kann gegen ihn nur geballte Fäuste geltend machen. Ohne Zeugen. Alle Sünden gegen Gott sind gesühnt.«

»Ja«, sagte Harre gedehnt und stand voll Nervosität auf, »es wäre möglich, daß die bäuerlichen Schöffen den Sachverhalt anders sehen als ich. Immerhin sind es zwölf Bonden und acht Neffninge, und ich glaube nicht, daß ich sie vor der Verhandlung alle auf meine Seite bringen kann. Arfast ist bei vielen Leuten beliebt, und es könnte sein, daß es ihm gelingt, sich herauszureden. Wenn die Stimmung für ihn spricht, sprechen die Schöffen nicht gegen ihn, fürchte ich.«

Das Problem Arfast war dem Propst an sich gleichgültig. Aber er fühlte Genugtuung, daß innerhalb kürzester Zeit ein Staller und ein Vogt die Propstei von Strand um Hilfe baten. Darüber hinaus beliebte es ihm gelegentlich, andere mit seinen Geisteskräften zu verblüffen. Er wußte nur zu genau, wo die weltlichen Herren gerne auf die Mitarbeit der Kirche zählten. »Ihr wollt, daß ich ihn exkommuniziere, damit er vor Eurem Gericht nicht rechtsfähig ist?«

»Genau das ist es«, sagte Gunneson, erleichtert, daß er es nicht selber aussprechen mußte. Aber er erschrak über die Geschwindigkeit, mit welcher der Propst herausgefunden hatte, was er wollte, und über die Deutlichkeit, mit der er es formulierte. Ihm war nicht wohl bei diesem Entschluß, gleichwohl hatte er sich zu einer politischen Maßnahme durchgerungen, die mit Konsequenz durchgeführt werden mußte; Quälerei lag ihm persönlich nicht.

Der Propst lächelte halb herablassend, halb bedauernd. »Die Kirche läßt sich nicht mißbrauchen, mein lieber Harre Gunneson.« Jedenfalls nicht von einem einfachen Hardesvogt, dachte er. »Zweifellos ist Arfast Ketelsen ein großer Sünder vor dem Herrn, aber wenn er die Männer nicht mit eigener Hand erschlagen hat, kann ich ihn nicht bannen. Und Euch, mein Sohn, lege ich nahe, am Altar des heiligen Jakob um Vergebung zu bitten, für den Versuch, mit einem Vertreter Gottes zu handeln. Ich bin kein Ochsenzüchter, ich bin Hirte des Herrn.« Friedrich von der Wisch hielt dem Hardesvogt mit kühler Miene die Hand vor das Gesicht und entfernte sich nach dem Kuß rasch.

Arfast und Haye hatten nicht vor, lange in Ketelsbüll zu bleiben. Es war immerhin möglich, daß der Staller ihnen seine Knechte nachschickte. Er wußte inzwischen, wo sie zu Hause waren. Noch während sie an Harks Tisch saßen, kam ein junger Mann aus Oland, der nach Mutter Eyde suchte.

»Uns ist ein kleiner Junge zugeflogen, der von einer Herde Wölfe angegriffen worden sein muß«, erzählte er. »Es ist fast nichts von ihm übrig, aber sterben will er nicht. Wir glauben, daß die Dänen der Jagdhütte ihn uns ins Nest gelegt haben.«

Arfast und Haye sahen sich an. »Niels.«

»Wir suchen meine Mutter auch«, sagte Arfast bekümmert. »Niemand weiß, wo sie ist.«

»Wenn ihr sie findet …«

»Ja, wenn …«

Wenige Minuten später brachen sie auf, der Oländer über das Vorland nach Norden, Arfast und Haye zu Pferd nach Gröde, wo sie sich vom Fährmann über den Schluth setzen ließen. Der kleine Weiler, an dem sie ankamen, gehörte zu Westerwoldt, von wo sie die große Straße an der Grenze von Beltringharde und Edomsharde erreichen würden.

Das ausgedehnte Waldgebiet galt als unsicher, weil sich hier das Gesindel sammelte, das von der Kirche und der Gesellschaft ausgestoßen worden war. Der Fährmann hatte ihnen jedoch versichert, daß die meisten in den Jahren nach der großen Pest an Hunger gestorben seien.

Arfast lockerte trotzdem sein Schwert.

»Laß es stecken«, schlug Haye in sarkastischem Ton vor. »Leute wie wir gehören in den Augen anderer schon fast zu diesen Räubern.«

»Mm«, knurrte Arfast. »Wenn ich nicht genau wüßte, wie leicht man zum Flüchtling vor dem Staller werden kann, würde ich sie auch Räuber nennen.«

»Na gut. Viele sind wie du und ich, ich geb's zu. Vielleicht ist auch Sivert Sechsfinger hier.« Haye spähte ins Unterholz, aber außer Brombeersträuchern, Buchen und Gras im lichten Wald gab es nichts zu entdecken.

Arfast schüttelte den Kopf. »Dessen Ehrgeiz geht in eine andere Richtung. Es würde mich nicht wundern, wenn er in die Dienste des Propstes getreten wäre.«

Haye ignorierte seine Überlegungen. Er legte den Kopf schräg und lauschte mit geschlossenen Augen. »Horch«, flüsterte er. »Das kleine Biest! Vor dem habe ich mehr Angst als vor dem Staller. Gnade uns Gott, wenn sie den allein in den Wald gelassen haben! Komm, rasch ins Gebüsch!«

Arfast grinste. Er wurde mitgerissen durch die Eile, mit der sein Vetter sich seitwärts in die Büsche schlug. Als sie von den Pferden geglitten waren und diese zufrieden noch grüne Waldgräser rupften, lauschte er der hellen Stimme von Waldemar, die wieder sehr eigensinnig klang.

»Du brauchst dich nicht vor dem Gesindel zu fürchten, Mutter. Ich sage einfach, wer ich bin. Das reicht schon.«

»Du bist nichts, Waldemar! Dir fehlt selbst der Name deines Vaters.«

»Ich heiße sogar wie der König! Die Räuber werden auf Knien um Gnade flehen!«

»Kresken! Und sie kann ja doch sprechen«, erkannte Haye entzückt. »Komm, wir machen ihr unsere Aufwartung.«

Arfast zog die Augenbrauen hoch und starrte seinen Vetter an. »Aufwartung! Auf einem Waldweg. Du bist nicht ganz gescheit. Außerdem wolltest du dem Jungen doch aus dem Weg gehen.«

»Ja, ihm! Aber ihr doch nicht!«

Da Haye aufsaß und sich wieder zum Weg durchkämpfte, blieb Arfast gar nichts übrig, als ihm zu folgen. Irgend jemand mußte aufpassen, daß Haye seine Torheiten nicht übertrieb.

Waldemar stand breitbeinig und mit gezücktem Schwert vor seiner Mutter und sah den beiden Reitern entgegen, die unter vernehmlichem Rascheln der Büsche durch den Wald brachen. »Aus dem Weg!« schrie er. »Ihr bekommt es sonst mit meinem Vater, dem Staller, zu tun!«

»Das hatten wir gerade, mein Junge«, sagte Haye und wischte die Waffe beiseite, die eher einem langen Dolch als einem kurzen Schwert glich. »Wir werden von Begegnung zu Begegnung bessere Freunde. Auch mit Jago.« Während Waldemar die Klinge mit hochrotem Gesicht aus dem Gras fischte, sprang Haye ab und begrüßte seine Mutter.

Kresken Agge Jessens Tochter war anfänglich erschrokken. Sie zog ihren schweren Wollumhang vorne zu und das umfangreiche Kopftuch, das ihre Haare bedeckte, tief in die Stirn. Reisen waren immer ein Risiko, aber Reiter hatte sie noch mehr zu fürchten als die gottlosen Menschen im Wald. Doch dann erkannte sie die beiden jungen Männer und schlug sich das Tuch wieder über die Schulter.

Plötzlich wuchs ihr Mißtrauen erneut. »Ihr seid wirklich mit Ingemar Stampe befreundet?« fragte sie vorsichtig.

»Mächtig«, antwortete Arfast sarkastisch und warf einen mißtrauischen Seitenblick auf Waldemar, der sich dicht neben ihn stellte, auf seinen dünnen Beinen staksig wie ein Storch. Aber seine Hände waren leer und die Waffe jetzt verwahrt.

Kresken nickte irritiert, während Waldemar Haye am Ärmel zog, bis dieser endlich seinen bewundernden Blick von ihr abwandte. »Wieso denn mit diesem Köter? Der beißt doch immer, wenn man ihn nur ein bißchen narrt!«

Haye sah zu dem aufdringlichen Jungen hinunter. »Und das machst du?« fragte er in aller Ruhe.

»Klar. So.« Waldemar ging in Kampfstellung wie ein Ritter und fuchtelte mit dem Dolch vor Hayes Nase herum. Die Waffe gab in der Sonne Lichtblitze von sich und blendete Haye. Als dieser im Affekt an seine Seite griff, lachte Waldemar hämisch und lenkte den Strahl absichtlich in Hayes Augen.

Haye ließ sich die Narretei nicht lange gefallen, er warf die Waffe in den Graben, packte Waldemar und verabreichte ihm klatschend eine tüchtige Tracht Prügel auf das nackte Hinterteil.

»Ich haue immer, wenn man mich nur ein bißchen narrt«, sagte Haye, ohne sich um das Strampeln und das Geschrei zu kümmern, die in ein klägliches Wimmern übergingen, als Waldemar merkte, daß niemand ihm half. »Wenn ich ganz böse bin, beiße ich sogar Nasen ab. Und das werde ich Jago auch raten, wenn ich mich mit ihm über dich unterhalte.« Haye stellte Waldemar auf die Füße und sah ihm ins Gesicht. »Hast du mich verstanden?« brüllte er.

Waldemar hatte rot verquollene Augen. Er tastete vorsichtig nach seiner eigenen Nase, während er begriff, daß Haye selbst einem Stallersohn nicht erlauben würde, auf seiner Nase herumzutanzen.

»Noch eins. Du hältst jetzt den Mund. Wir wollen uns mit deiner Mutter unterhalten. Setz dich ins Gras und bleib dort.«

Arfast war genauso erleichtert wie Kresken, als Waldemar sich gehorsam hinsetzte, ohne Haye aus den Augen zu lassen. »Kommt«, sagte er bestimmt und entfernte sich einige Schritte, bevor er zu reden begann. »Ihr kennt unsere Namen. Bestimmt habt Ihr inzwischen gehört, daß Ingemar uns suchen läßt. Es stimmt natürlich nicht, daß wir mit ihm befreundet sind.«

»Gottlob«, sagte sie erleichtert. »Ich fürchtete kurzzeitig, Ihr würdet mich zu ihm zurückbringen. Meine Angst vor ihm wächst mit jedem Tag, und ich habe mich entschlossen, bei meinen Verwandten Schutz zu suchen.«

Arfast starrte die junge Frau ungläubig an. Andererseits, wer freiwillig und ohne bewaffneten Schutz durch diesen Wald ging, mußte Gründe haben. »Was sollte Euch passieren?«

»In Ingemars Nähe verliert man leicht sein Leben. Je älter Waldemar wird, desto weniger braucht er mich.«

»Wollt Ihr damit sagen, daß der Staller Euch nur leben läßt, weil Waldemar seine Mutter braucht?«

Sie seufzte. »Vermutlich. Ich habe in seiner Burg manches gesehen und noch mehr gehört. Mein Vater mußte sterben, damit ich Stillschweigen wahrte. Aber ab dem nächsten Jahr ist Stillschweigen nicht mehr notwendig, weil die Spatzen die Siege von den Dächern pfeifen werden.«

Haye, der bei Waldemar geblieben war, kam mit federnden Schritten angelaufen. »Arfast, ich wollte Kresken Agge Jessens zu Füßen fallen, nicht du! Jetzt geh du den Jungen bewachen.« Er fiel dramatisch auf ein Knie und sah anbetend zu ihr auf.

Arfast knurrte und schob seinen Vetter mit dem Fuß an, damit er aufstand. »Keine Minnedienste, Haye! Hier geht es um Totschlag und Sieg, und Kresken wollte mir gerade mehr darüber erzählen.«

»Wessen Siege?« fragte Haye verärgert.

»Der Staller wird gegen, statt für den König kämpfen. Mehr kann ich Euch nicht sagen.« Sie blickte auf den Boden, und Arfast bemerkte erst jetzt, daß sie gehetzt und ängstlich wirkte.

Arfast konnte sich denken, warum sie plötzlich so zurückhaltend war. »Grämt Euch nicht, Frau Kresken. Ihr habt mir nichts verraten. Wir wissen schon, daß sämtliche Könige und Grafen ringsum sich sammeln, um König Waldemar aus dem Weg zu räumen.«

Kresken nickte erleichtert und sah ihm in die Augen. »Aber kennt Ihr auch die Ziele von Ingemar?«

Arfast wußte nicht einmal, daß der Staller außer der Vernichtung seiner Feinde welche hatte.

»Er wäre am liebsten Herzog von Schleswig unter dem künftigen König Adolf, derzeit Graf von Holstein. Um das zu werden, bringt er dreihundert Söldner ein, die er zur Hälfte bezahlt. Mit Geld aus dem Salzverkauf.«

Arfast pfiff leise. »Jetzt verstehe ich das endlich. Er bezahlt mit dem Geld, das er dem König unterschlägt, die Söldner, die den König schlagen sollen.«

Kresken nickte und zog sich das Kopftuch wieder über die Haare. »Wir müssen jetzt weiter, Waldemar und ich. Es wird früh dunkel. Ich hoffe Euch wieder zu begegnen, wenn die Umstände etwas freundlicher sind.«

»Und damit uns die Zeit bis dahin nicht so lang wird, werden wir Euch durch diesen Wald begleiten«, verkündete Haye entschlossen. »Bildet Euch nicht ein, die kleine Kröte wäre ein Schutz für Euch. Man könnte eher geneigt sein, Euch um seinetwillen zu erschlagen ...« Er hielt sich die Hand vor den Mund, als hätte er zuviel gesagt, und sie verzieh ihm mit einem betrübten Lächeln.

»Fürchtet Ihr nicht, daß er Euch an seinen Vater verraten könnte?« fragte Arfast geradeheraus.

»Doch.« Sie zog ihre volle rote Unterlippe durch die Zähne, und Arfast hörte Haye hingerissen seufzen. »Aber ich konnte Stampe mein Kind nicht überlassen! Er kann Waldemar ohnehin erst brauchen, wenn er ein Schwert halten kann. Dann wird er ihn sich holen, und das ist früh genug.«

»Als Waldemar Ingemarsson?«

Ihre Augen standen voll Tränen, und sie schüttelte den Kopf. »Er wird immer Waldemar Kresken Agge Jessens

Tochter Sohn bleiben. Ingemar plant für sich eine Zukunft, in der der Name Waldemar keinen Platz haben wird. Vermutlich wird er sich dann auch wieder Ingwer nennen. Einstmals waren die dänischen und schwedischen Namen wichtig für ihn, aber das hat sich nun geändert.«

»Er organisiert wohl sein Leben bis ins kleinste durch?«

Kresken holte tief Luft. »Ja. Aber wer weiß, ob es nicht eines Tages Waldemars Leben rettet, daß er nicht Waldemar Ingemarsson heißt.«

»Paßt gut auf Waldemar auf, daß Ingemar ihn nicht verschneidet wie sein sonstiges Besitztum«, empfahl Haye düster und pfiff durchdringend. Waldemar sah auf und schlenderte gleichgültig zu den Erwachsenen hinüber, als er Haye winken sah.

Kresken nahm die Begleitung der Männer dankbar an. Als sie mit Waldemar allein gewandert war, hatte sie mehrmals in der Nähe Geräusche gehört, die von im Wald verborgenen Menschen herrühren mußten. Nie hatten sie sich gezeigt und waren auch nicht aggressiv geworden. Aber noch sicherer als Hoffnung waren ein gut geführtes Schwert und ein Eibenbogen. Oder sogar zwei. Schüchtern sah sie Haye an, der neben ihr wanderte, sein Pferd am Zügel.

Arfast überließ Haye das Feld, er hatte nun erfahren, was er wollte. Kresken schien auch Gefallen an Haye zu finden, denn sie unterhielten sich angeregt. Arfast begnügte sich damit, den Jungen im Auge zu behalten.

Waldemar hielt sich im Wald in Sichtweite der Erwachsenen, gelegentlich kam er näher, und dann blieb er wieder bis auf Rufweite zurück.

Als der helle Horizont zwischen den Baumstämmen das Ende des Waldes ankündigte, drehte sich Kresken zu Arfast um. »Ich habe Euch mit der alten Tüki reden sehen. Nehmt Euch in acht vor ihr. Der Staller bezahlt für ihre Informationen. Aber sie verkauft ihr Wissen auch an jeden anderen. In letzter Zeit treibt sie ihr Gewerbe noch heimlicher als vorher.«

»Sie verkauft sogar Sklaven«, murrte der schlechtgelaunte Waldemar, aber niemand beachtete ihn. Das hatte sich bisher als wirksamstes Mittel gezeigt, ihn sich vom Halse zu halten. Waldemar blieb wieder zurück, bis Haye ihn rief, weil vor ihnen zerlumpte Männer auftauchten. Beim Anblick der bewaffneten Männer verschwanden diese erschrocken im Gebüsch.

Tüki hatte nur einige Tage gebraucht, um einen mächtigen Haß gegen die Frau zu entwickeln, die nun in ihrer Kate lebte. Gefesselt an Händen und Füßen, fing sie nicht einmal an zu zetern und zu schreien, wenn Tüki ihr den Knebel zum Essen aus dem Mund zog. Mit einem so beschränkten Schaf hatte sie noch nie zu tun gehabt.

Tüki musterte Eyde im Tageslicht von oben bis unten. Seitdem der neugierige Waldemar fort war, konnte sie erstmals wieder die obere Luke der Tür öffnen und den Gestank hinauslassen. Die Fremde hatte einen Umhang von der feingewebten Art, die man auf dem Markt kaufen konnte. Tüki streckte ihre Hand aus und zerrieb förmlich den Stoff zwischen den Fingern. »Ich möchte auch einmal reich sein«, zischte sie. »Und wenn es nur einen Tag wäre.«

Eyde las in ihrem Gesicht Neid und Wut. Und Habgier. Sie hielt den Atem an, um den Gestank von sich fernzuhalten, der den ungepflegten gelben Zähnen entstammte. Selbst ein zerfasertes Holz zum Kauen war in dieser Elendshütte unbekannt.

Immer noch wußte sie nicht, warum sie hier festgehalten wurde, und sie bezweifelte, daß die Kätnerin es wußte. Auch sie gehörte zu den Leuten, die für Geld tun, was man ihnen sagt.

Eyde unterdrückte ein Stöhnen, als sie versuchte, eine bequemere Lage einzunehmen. Das Holz unter ihr war hart, aber sie durfte glücklich sein, nicht in ihren eigenen Exkrementen liegen zu müssen. In der Kate war es unglaublich schmutzig, und der Gestank der Ziege im offenen Verschlag war penetrant.

Nach mehreren Tagen hielt die alte Frau es nicht mehr

mit Eyde aus. »Warum sprichst du nicht mit mir?« zischte sie.

»Ich habe dir nichts zu sagen.«

»Jeder Mensch kann etwas sagen, wenn er will. Aber reiche Kaufmannsfrauen aus Rungholt wollen mit Tüki von den Stallerkaten nicht reden. So ist das.«

»Ich bin keine Kaufmannsfrau«, widersprach Eyde überrascht. »Ich bin Witwe, wie du selber vermutlich. Daß ich in Rungholt wohne, habe ich dem Unglück meines Lebens zu verdanken. Meine Verwandten leben auf Langeneß.«

»Du lügst«, widersprach die Kätnerin mürrisch. »Reiche Leute lügen immer.«

Eyde lehnte sich an die Wand und schloß die Augen. Sie hörte, wie die alte Frau mit der Ziege schimpfte, sie hörte das Trippeln und Scharren zu langer Klauen auf dem gestampften Lehmfußboden und das scharfe Aufprallen der Milchstrahlen in einem Bottich. Und bei jedem zweiten Strahl gab die Frau einen Seufzer von sich.

»Du hast Schmerzen im rechten Arm, Tüki«, stellte Eyde fest, als die Kätnerin mit der Milch in die Ecke mit Haushaltsgeräten zurückkehrte und sie durch ein Tuch in ein anderes Gefäß seihte.

»Dummes Geschwätz«, schnarrte die Alte kurz angebunden. Nach einer Weile begann sie Eydes Lagerstatt zu umkreisen und hockte sich schließlich breitbeinig und rundbuckelig mit argwöhnisch schmalen Augen vor sie. »Woher weißt du das?«

Wie viele Menschen, die in feuchten Hütten leben, hatte auch die Kätnerin gekrümmte sehnige Finger mit blauroter, straffgespannter Haut über den verdickten Knöcheln. Aber das war nicht die Ursache für die Pein. »Wenn du die Finger nacheinander bewegst, so wie beim Melken, hast du Schmerzen. Ich vermute, die Ursache befindet sich zwischen deinem Handgelenk und dem Ellenbogen.«

Die Wut, die ständig auf dem Gesicht der Alten zu liegen schien, wich Mißtrauen. Plötzlich krempelte sie den Ärmel ihres verschlissenen Kleides hoch und hielt Eyde ihren Arm vor die Nase. »Einer der Knechte vom Stallerhof hat gesagt, ich müßte die Eiterbeule ausbrennen lassen, sonst würde ich an ihr verrecken.« Sie kicherte, aber Eyde hörte sehr wohl die Angst vor dem Ausbrennen darin.

Die Beule, die sich in der Mitte des Unterarms aus dem Fleisch erhob, war handtellergroß, die Ränder zum Gesunden hin scharf abgegrenzt. Sie war stark gerötet, aber Eyde meinte einen gelblichen Schimmer zu erkennen. »Ich muß sie anfassen, wenn ich entscheiden soll, ob das Ausbrennen nötig ist.«

Die Kätnerin löste willig den Strick von Eydes Handgelenken, wobei sie von ihrer rechten Hand nur Daumen und Zeigefinger benutzen konnte.

Eyde streckte und knetete die Finger, damit Blut und Gefühl zurückkehrten, und bedeckte dann Tükis Beule mit ihrer flachen Hand. Mit geschlossenen Augen prüfte sie die Hitze des Fleisches und versuchte, das leise Pochen zu erspüren, das für die Reife einer Entzündung charakteristisch ist. »Es ist nicht nötig«, beschied sie endlich. »Die Eiterbeule wird in wenigen Tagen von selbst aufbrechen.«

Die Kätnerin brummte etwas Unverständliches, mühte sich auf die Füße und schlurfte zur Ziege hinüber. Während sie sich plätschernd erleichterte, sagte sie mit unerwarteter Scheu: »Ich fühle, daß der Schmerz verschwindet. Du hast heilende Hände.«

Eyde war vor allem froh, daß sie wieder freie Hände hatte. Sie wußte nicht, warum Tüki sie nicht mehr fesselte, aber es blieb dabei.

Am nächsten Tag öffnete sich bereits die Beule. Tüki keuchte von draußen herein, um Eyde atemlos den stinkenden Arm vor die Nase zu halten. Sie hielt ganz still, als Eyde ihn zum Licht drehte und ihn betrachtete.

Nachdem Eyde die Wunde ein wenig erweitert hatte, der Eiter abgeflossen und der Arm abgewaschen war, schlug sie vor: »Wenn du Blätter vom Spitzwegerich holen willst, mache ich dir einen Verband.«

Tüki war kein bißchen freundlicher als am Anfang von Eydes Gefangenschaft, aber sie vertraute der fremden Frau nun bedingungslos. Sie rannte hinaus und kam nach einer

Weile mit einem Bottich voller Blätter zurück. Ohne Federlesens nahm sie Eyde die Fußfessel ab, scheuerte auf ihr Verlangen ein Brett sauber und holte ein kräftiges Stück Holz, das sich als Stößel eignete. Dann hockte sie sich neben Eyde, um ihr genau auf die Finger zu sehen.

Eyde sortierte die ganz alten und ledrigen Blätter aus. Die übrigen zerquetschte sie zu Mus, das sie auf ein Stückchen Leinen strich, das sich dann auch noch fand. »Wir werden den Verband öfter erneuern«, sagte sie endlich. »Bis sich die Wunde schließt. Dann kannst du mehr Ziegen melken, als du besitzt.«

Die schlauen Augen der Alten funkelten und gingen zwischen Eydes Umhang und ihrem Verband hin und her. »Oder ich wechsele ihn allein«, sagte sie schließlich. »Ich habe genau gesehen, was man machen muß. Das kann ich auch, das ist doch keine Kunst. Wenn du mir deinen Umhang gibst.«

»Du läßt mich gehen?« fragte Eyde vorsichtig.

»Nein«, knurrte die Alte, »aber ich weiß nicht, wo du abgeblieben bist.«

Eyde nickte. »Wenn du eine Handvoll dieser Spitzwegerichblätter mit kochendem Wasser überbrühst, hast du auch einen ausgezeichneten Sud gegen Husten.« Die alte Frau blieb mit gesenktem Kopf sitzen, als Eyde die Tür aufzog und in die frische Luft trat.

»Ich weiß nicht, was es bedeuten könnte«, sinnierte Arfast auf dem Rücken seiner Stute, »aber kannst du dich erinnern, daß Waldemar von Sklaven sprach?«

»Nein«, antwortete Haye mit einem seligen Lächeln. »Sprach Waldemar denn?«

»O nein!« schnaubte Arfast. »Haye, du sitzt auf einem Pferd, bist auf der Flucht vor Ingemar Stampe und suchst mit mir nach meiner Mutter. Erinnerst du dich jetzt wieder?«

Haye nahm die Zügel in eine Hand und fuhr sich mit der anderen durch die Haare. »Doch, kann schon sein. Wenn ich mir Mühe gebe.«

»Dann gib dir nun Mühe«, verlangte Arfast streng. »Also noch einmal: Waldemar sprach von Sklaven!«

Endlich war Haye wieder im Bilde. »Das hat er von seinem Vater, da wette ich mit dir«, antwortete er überzeugt. »Der setzt ihm allerlei Schlechtigkeiten in den Kopf. Vielleicht will er uns Friesen versklaven.«

Arfast schüttelte den Kopf und gab auf. »Er meinte jemand Bestimmten«, grübelte er laut. »Und es ist die einzige Hoffnung, die ich habe. Wenn sie es nicht ist, ist sie tot.«

Haye begriff jetzt wirklich. Aber er hatte nicht das Herz, Arfast zu widersprechen. Er nickte geduldig, eine Geste, die ihm gewöhnlich völlig fremd war.

Verliebt, dachte Arfast und gab seiner Stute entschlossen die Sporen. »Ich werde sie in den Stallerkaten suchen. Mach du, was du willst, Haye. Am besten reitest du nach Langeneß zurück und denkst über Kresken nach. Wenn der Staller in seinem Hof ist und mich erschlagen läßt, bist du immerhin in Sicherheit.«

»Du bist wohl nicht ganz bei Trost! Wenn du erschlagen wirst, möchte ich dabeisein«, keuchte Haye. Sein Gaul war schwer anzutreiben, aber einmal in Gang gesetzt, würde er unaufhaltsam bis zum Hof des Stallers durchgaloppieren. »Man kann immer vom Feind lernen. Und jetzt beeil dich endlich. Schrecklich, wie lahm du manchmal bist!«

Seite an Seite sprengten sie wie Nachrichtenmelder durch die Dörfer. Kurz bevor vor ihnen die Silhouette von Morsum von der Schwärze der Nacht aufgesogen wurde, tauchte Mutter Eyde frierend und verschmutzt vor ihnen auf.

XV

»Gottes Barmherzigkeit«, rief Eyde aus, als man ihr den Jungen zeigte.

Als sie so unverhofft auf ihren Sohn und seinen Vetter gestoßen war, hatte sie sich, ohne lange überlegen zu müssen, für Oland entschieden. Zugleich würde ein Oländer Haus, das sich durch keine familiäre Verbindung mit den Ketelmannen auszeichnete, ein gutes Versteck vor dem Ochsenhändler sein.

Niels' Bißwunden waren von der Oländer Hausfrau gesäubert worden, solange er noch ohnmächtig war, und Arme und Beine waren inzwischen blau und schwarz angelaufen. Der Junge war wach, aber er fieberte, wie Eyde an seiner heißen Stirn fühlen konnte. Die Locken waren dunkel vor Nässe und verklebt, aber es war nicht der gesunde Schweiß, der die Heilung anzeigt.

»Da mußt du aber zuerst zugebissen haben, damit ein Hund dich so zurichtet«, sagte Haye munter. »Hast du nicht gesehen, daß Jago größer ist also du?«

Niels lächelte, so gut es ging.

Arfast hockte sich neben ihn. »Haben die den Hund auf dich gehetzt, weil du mit uns gesprochen hast?« flüsterte er. Man mußte die Menschen, die Niels aufgenommen hatten, nicht unnötig in Gefahr bringen.

Niels schüttelte mit schmerzverzerrtem Gesicht den Kopf. »Niemand könnte Jago auf mich hetzen. Wir kennen uns ganz gut. Dieser Bär von Knecht hat mich ihm vor die Schnauze gehalten und wie eine Beute geschüttelt.«

»Und da biß er zu! Kein Wunder, der kleine Teufel namens Waldemar hat ihn ja geradezu darauf abgerichtet«, sagte Haye verächtlich. »Wenn ich den noch mal in die Finger kriege!«

»Jetzt gebt Ruhe, ihr zwei«, befahl Eyde energisch, schob Arfast beiseite und setzte sich mit einer Schüssel neben den

Jungen. Sie hatte in der Zwischenzeit von der Hausfrau Zwiebeln erbeten, die sie zerkleinert und ganz leicht angedünstet hatte, bis sie anfingen, glasig zu werden. Sie tupfte den Eiter von einer länglichen Wunde, die der Fangzahn gerissen haben mußte, und verstrich die weiche Zwiebelmasse darüber. Diese Wunde sah gar nicht gut aus; aber Eyde sagte nichts, um Niels nicht ängstlich zu machen. Vielmehr würde die Tatsache, daß sie nun hier war, um ihn zu pflegen, seine Zuversicht steigern, und das würde ihm mehr helfen als jede sachliche Betrachtung der Gefahr, in der er sich befand.

Eyde strich ihm lächelnd über die Wange und erhob sich. Für einen Knappen war er noch sehr jung, und er hatte sich tapfer gehalten, wo mancher Mann geschrien hätte. Um die anderen Bißstellen kümmerte sie sich nicht; dies waren kleine Löcher, die sich schon zu schließen begonnen hatten, umgeben von großflächigen Quetschungen. Sie taten weh, gefährdeten aber Niels' Leben nicht.

Kaum war sie gegangen, begann Arfast wieder mit Niels zu flüstern. »Sie haben es also nicht gemerkt?«

»Nein. Aber der eine, der Graf Klaus, hat gemerkt, daß ich alles verstanden habe«, ächzte Niels. »Ich begreife nicht, daß er mich nicht beim Staller verpetzt hat.«

Arfast kratzte sich im Nacken und sah sich nach Haye um. »Das ist allerdings merkwürdig.«

Haye nickte. »Auf jeden Fall kannst du nicht in das Jagdhaus zurück, solange nicht der König eingetroffen ist. Und wenn er da ist, klammerst du dich an seine Krone und weichst ihm nicht von der Seite. Und laß keine Grafen an dich ran, die wie Priester aussehen!«

Niels setzte ein überlegenes Grinsen auf. »Was verstehst du schon von Königen«, sagte er. »Und Waldemar war längst da und ist schon wieder fort, haben sie mir erzählt. Sie waren beleidigt, weil er nicht einmal in ihre heilige Messe kam.«

»Die bereiten den Krieg vor«, stellte Arfast düster fest. »Bestimmt.«

»So habt Ihr Eure Meinung doch noch geändert«, stellte Robert Lorenzen mit zufriedener Miene fest, als Arfast sich bei ihm in Waygaard meldete und um Arbeit nachfragte. »Und Ihr habt noch einen Mann mitgebracht. Gut, ich kann ihn gebrauchen. Ich kann alle gebrauchen.«

Eine Stadt sollte hier nicht errichtet werden, aber eine Warf für ein ganzes Dorf. Die Leute setzen hier anscheinend mehr auf Warfen als auf Deiche, dachte Arfast, als er sich im alten Dorf umsah. Es lag zwar in der Nähe der Geest, war aber eingeschlossen durch ein breites Gewässer, die Soholmer Au, und er konnte sich denken, daß sie hier im Winter und Frühjahr bei hohem Wasserstand Angst um Häuser und Leben bekamen. Die Baustelle für das neue Dorf lag in derselben Auschleife wie das alte. Außer aufgewühlter Erde war nicht viel zu sehen.

»Ja, ich habe hier natürlich nicht die Insten und Kätner zur Verfügung, die mir der Propst schickte«, erklärte der Meister, der Arfasts Blick gefolgt war. »Aber nachdem ich der einzige Baumeister bin, der Warfen im Auftrag baut und nun auch schon einige Erfahrung hat, wie ich selber von mir sagen muß, haben sie mich gerufen, um ihnen zu sagen wie. Dies ist die erste Warf in der gesamten westlichen Bökingharde. Ich habe nur wenige Mann, und die Dorfbewohner müssen selber mit anpacken.«

Arfast nickte.

»Hans von Elmshorn baut bereits an den Brunnen. Zusätzlich müssen noch Zisternen für Regenwasser errichtet werden, und Ihr beide solltet Euch um die Röhren kümmern, die das Wasser zuleiten sollen.«

»Und das Röhrensystem für das Schmutzwasser?« Arfast hatte diese Idee des Baumeisters imponiert, und er hätte sie ganz gern erprobt. Auch wenn sein Sinn im Augenblick eigentlich nach anderem stand.

Robert sah ihn forschend an. »Ihr klingt nicht sehr glücklich.«

»Nein«, sagte Arfast mit einem Seufzer. »Ich würde mich am liebsten um den neuen Salzkoog kümmern; aber es verbietet sich nun von selbst, daß ich dies in den Vorländern und Halligen tue. Deshalb also bin ich hier; außerdem aber auch, weil ich Streit mit dem Hardesvogt hatte und deswegen in der Edomsharde nicht mehr gut gelitten bin.«

Der Baumeister machte ein besorgtes Gesicht. »Ich denke nicht, daß es Eure Gewohnheit ist zu streiten, deshalb bin ich bereit, Euch trotzdem einzustellen. Aber auf der Baustelle dulde ich keinen Zank.«

»Niemand streitet«, behauptete Arfast kurz angebunden. »Wir werden die Röhren herstellen. Sind die Baumstämme schon da?«

»Hinter der Bauhütte. Aber mit den Röhren für das Schmutzwasser wird es noch nichts, sie brauchen sie nicht. Vielleicht in hundert Jahren.«

Wenig gesprächig machten Arfast und Haye sich an die Arbeit. Die Baumstämme mußten mit Werkzeugen und Feuer ausgehöhlt werden, um dann während des Warfbaus an die Zisterne angeschlossen zu werden. Man würde Baumstamm an Baumstamm zu Röhren zusammenfügen, die das Regenwasser von den Dachtraufen des Hauses ableiten würden.

Arfast quälte sich über die Tage. Nach anderthalb Wochen hielt er es nicht mehr aus. Er war jetzt so lange ohne Nachricht von Anna. Er erbat sich vom Baumeister Urlaub für den Sonntag. Am späten Sonnabend ritt er mit Haye los, damit sie noch in der Nacht in Rungholt eintrafen, rechtzeitig zur heiligen Messe am nächsten Tag. Für den Fall, daß Knoop anwesend war, war es der unverfänglichste Weg, Anna mitzuteilen, daß er da war.

Die Kirche war längst nicht so überfüllt wie am Tag seiner Rede: Viele Kaufleute und alle Warfarbeiter hatten Rungholt inzwischen verlassen. Obwohl die Zahl der Kirchenbesucher also wieder auf die Gemeindeangehörigen geschrumpft war, fühlte Arfast sich fast fremd zwischen den Rungholtern.

»Der Pastor ist immer noch wütend auf dich wegen damals«, flüsterte Haye Arfast ins Ohr. »Er machte ein ganz dämliches Gesicht, als er dich sah.«

Arfast nickte gleichgültig. Er hatte nur für Anna Augen, die er unter den Frauen entdeckt hatte. Sie wußte, daß er gekommen war; Arfast spürte es mit allen Fasern seines Körpers. Aber Anna hatte sich in der Gewalt wie wenige junge Mädchen und drehte sich nicht nach ihm um.

Er merkte gar nicht, wie die heilige Messe ihren Fortgang nahm; Predigt und Gebete rauschten an ihm vorbei, ohne daß er an etwas anderes als Anna denken konnte.

Vor dem Schlußgebet und dem Segen kam der Teil des Gottesdienstes, auf den die Frauen hauptsächlich zu warten schienen: die Ankündigungen. Sie rückten die Hauben zurecht und machten neugierige Gesichter, und Arfast konnte das Profil von Anna plötzlich ohne Verrenkung sehen. Neben sich spürte er, wie Haye schon aufspringen wollte, wie die meisten Männer, die an diese Dinge nie denken, und hielt ihn unauffällig fest.

»Es stimmt mich froh«, sagte Pastor Nommensius, »euch heute zwei weitere Menschen ankündigen zu dürfen, die den heiligen Bund der Ehe eingehen wollen.« Das jähe Rauschen in Arfasts Ohren übertönte beinahe die folgenden Worte des Pastors. »Anna Knoop und Henneke Westerflete sind sich vor Gott einig geworden, daß sie einander heiraten wollen.«

Arfast sah, wie sich Annas Rücken versteifte. Ob sie es gewußt hat, fragte er sich gequält. Er preßte seine gefalteten Hände an den Mund und biß in einen Finger, um seinen Protest nicht laut hinauszubrüllen. Anna hatte es nicht gewußt, er erkannte es jetzt. Aber sie sagte nichts. Sie wollte es so.

Dies war die einzige Verlobung, die an diesem Tage angekündigt wurde. Trotzdem wurden die Gläubigen nicht entlassen. Während draußen die Glocke anschlug und der Pastor leise das Dies irae anstimmte, zündete der Kirchendiener auf dem Altar drei Kerzen an. Als er fertig war, schwieg die Glocke. Arfast war so betäubt vor Enttäuschung, daß er sich um die Abänderung des gewöhnlichen Gottesdienstes nicht scherte. Er hoffte nur, daß er bald zu Ende war.

Pastor Nommensius stieg ein weiteres Mal auf die Kanzel hoch, stützte sich mit beiden Händen auf die Balustrade und blickte schweigend auf die Gemeinde hinunter, bis es grabesstill im Kirchenraum geworden war. »Von ganz anderer Art ist eine Mitteilung, die Seine Gnaden, Bischof Nicolaus Brun, ab dem heutigen Tage an drei Sonntagen in der gesamten Diözese verlesen läßt. Besonders betrübt es mich, daß ein Kind meines Kirchspiels sich aus der Gemeinschaft der Gläubigen entfernt hat, indem es mit bewaffneter Gewalt gegen Seine Gnaden, den Propst, vorgegangen ist. Und noch mehr bestürzt mich, daß der Sünder die Dreistigkeit besitzt, heute hierherzukommen, um die Gemeinschaft der Gläubigen zu stören.« Seine Augen richteten sich auf Arfast. »Arfast Ketelsen, ich klage dich der Gottlosigkeit an und schließe dich aus der Gemeinschaft der Gläubigen aus! Ich verhänge ab dem heutigen Tag bis zu deiner Reue und Lossprechung durch den Hochwürdigsten Herrn Bischof über dich den Kirchenbann!«

Das Knistern der Kerzendochte war zu hören und die Schritte des Küsters, der sich entfernte, um nochmals die Glocke läuten zu lassen.

Arfast löste sein Gesicht aus den schützenden Handflächen, um mit einem Ruck hochzufahren. Die Männer in seiner Nähe drehten sich verstohlen zu ihm um und bestätigten ihm, daß er richtig gehört hatte. Der Luftraum um ihn herum schien sich auszudehnen und zu leeren. Es war jetzt viel Platz in seiner Nähe. Nur Haye rückte trotzig zu ihm heran.

In das drängende Läuten der Glocke hinein rief Pastor Nommensius: »Ich banne dich, Arfast Ketelsen! Ich banne dich! Ich banne dich!« während er mit der Hand ein gewaltiges Kreuz in die Luft schrieb, das dem Exkommunizierten galt.

Arfast erhob sich wie alle anderen, aber die Gläubigen traten zurück und öffneten ihm eine Gasse. In seine festen Schritte auf den Steinplatten mischten sich nur die leichteren von Haye, der ihm folgte.

Als Arfast und Haye die Umwallung der Hauptkirche

erreicht hatten, drängten sich die Kirchgänger noch an den eisenbeschlagenen Türen unter dem Portal.

»Totschläger!« schrie ein Mann.

Arfast biß die Zähne aufeinander, daß sie knirschten. Dieser Rungholter sprach für viele andere, die alle nicht wußten, was wirklich geschehen war, die aber alle sehr wohl wußten, daß ein bewaffneter Angriff, der mit dem Totschlag eines Kirchenmannes endete, den Bann über alle Rungholter zur Folge gehabt hätte. In der Stimme des Mannes mischte sich die Empörung über die Tat mit der Erleichterung, daß er und alle anderen davongekommen waren, und das beifällige Raunen der Leute gab ihm recht.

Arfast bekam Anna nicht mehr zu sehen. Sie blieb für ihn in der gesichtslosen Menge verborgen. »Haye, reite nach Hause«, sagte er niedergeschlagen. »Meine Gesellschaft bekommt keinem.«

»Im Gegenteil!« Haye zerrte in seiner Aufregung so kräftig am Zügel, daß sein Pferd aus der Gruppe der am Kirchhof angebundenen Reittiere herausgetrabt kam. »Glaubst du, ich lasse mir die Gelegenheit entgehen zu überprüfen, ob Sivert wirklich nicht im Wald ist? Den möchte ich auch gerne zwischen die Finger bekommen. Er hat uns allerhand eingebrockt.«

»Du nimmst die Hände ja noch voller als den Mund«, sagte Arfast schwunglos und war doch froh, daß Haye zu ihm hielt. Im stillen schwor er sich, jetzt noch mehr auf ihn aufzupassen. Das war das mindeste, was Hark erwarten konnte. »Du wirst damit warten müssen. Erst bringen wir unsere Arbeit in Waygaard zu Ende, damit Meister Robert nichts zu klagen hat.«

»Ideen hast du«, knurrte Haye. »Jetzt sind wir schon verfemt, und du denkst an Röhren.«

»Hark wird froh sein, wenn du während deiner Abwesenheit von zu Hause etwas Brauchbares lernst. Dann kannst du etwas fürs Leben. Weißt du, ob man nicht bald Röhren auf Langeneß benötigt?«

Es regnete in Strömen, und das Wasser lief Haye in den

Mund, aber Arfasts alltäglicher Ton mitten im Unglück reizte ihn unmäßig. »Warfen gegen zuviel Wasser, Röhren gegen zuviel Trockenheit«, fauchte er. »Oder war es umgekehrt? Demnächst wirst du noch vorschlagen, wir sollten auf die Geest fliehen. Zu den Herzogsfriesen, den Hungerleidern.«

Arfast verzog das Gesicht. »Die Hungerleider ernähren den Bischof und die Domherren gut.«

»Ich weiß. Oh, wie ich dieses alles hasse!«

Haye hatte genausoviel Anlaß, alle zu verabscheuen, die die Friesen unterjochen wollten, wie er selber. Aber Arfast schwieg. Es hatte keinen Zweck, die Erbitterung noch mehr anzufachen. Sie würde dann auch bei ihm selber ansteigen. Denn wie auch immer er sich drehte: Er sah fast überall Feinde. Nur seine Arbeit würde ihn jetzt noch ablenken können.

Ihr Rückweg nach Waygaard dauerte länger als der Hinweg; die Priele und Flüsse waren vom Regenwasser angeschwollen, die Erde aufgeweicht und die Wege knöcheltief aufgewühlt. Aber als hätte er den Zeitpunkt ihrer Rückkehr geahnt, stand Meister Robert an den ersten Häusern und wartete auf sie. Die Arme ausgebreitet wie zum freundlichen Willkommen, sah er ihnen schon entgegen.

»Nanu, was hat er denn?« fragte Haye und hielt an. Für sich anbahnenden Streit besaß er ein gutes Gespür, und seiner Meinung nach wirkte der Meister aggressiv.

»Keine Ahnung«, sagte Arfast aus dem Mundwinkel heraus und überlegte, ob ihm ein Fehler bei der Arbeit unterlaufen war. Aber ihm fiel keiner ein. Mit Holz konnte er gut umgehen. Und Haye mit Feuer.

»Hier kommt Ihr nicht mehr herein«, schnarrte Meister Robert. Auf dem zerfurchten Boden sah er vom Rücken eines Pferdes wie ein kümmerlicher Zwerg aus, aber seine Stimme war gewaltig und unnachgiebig.

Arfast wußte mit einem Mal, was los war. Nur Haye war nicht aufzuhalten. »Was ist los, Baumeister?« fragte er hitzig. »Ich bin hungrig, und wenn ich hungrig bin, lege ich mich schon gerne mal mit Stummelfüßlern an.«

Meister Robert zog die Augenbrauen unwirsch zusammen. »Nicht gleich so aufgeregt, Haye. Gegen Euch habe ich nichts. Nur Arfast kann ich jetzt auf der Baustelle nicht mehr brauchen. Für Gebannte habe ich keine Arbeit.«

»Ihr seid ein Schurke«, sagte Haye erbittert. »Erst habt Ihr von uns Marschfriesen gelernt, was Euch noch fehlte, und jetzt wollt Ihr uns los sein. Ich wette, mit dem Entlassen würde es Euch nicht eilen, wenn Arfast Euch den Soodbau noch nicht gezeigt hätte!«

»Ihr irrt Euch«, widersprach Robert mit vor Erregung blutleeren Lippen. »Ein Exkommunizierter verträgt sich weder mit meinen kirchlichen Brotherren noch mit meinem christlichen Glauben.«

Arfast wendete bereits sein Pferd. »Komm, Haye. Der Meister bemüht sich, Jesus Christus nachzufolgen, wir wollen ihn darin nicht beirren.«

Benedikt Knoop hatte schon seit längerem nicht mehr mit dem Propst gesprochen. Als er ihn aus Richtung des Lüttfischerhafens auf sich zukommen sah, war er der Meinung, Friedrich von der Wisch wolle ihn für seinen Entschluß, Anna nun zu verloben, beglückwünschen. Der Propst machte ein so zufriedenes Gesicht, daß Knoop, sich endlich in vollem Einklang mit Mutter Kirche wähnend, vor ihm auf die Knie sank. Die Sache mit den Steinen war ausgebügelt, und den Verlust des Grundstückes würde er verschmerzen.

Der Propst überließ Knoop lächelnd seine Hand zum Kuß. Dann kam er sofort zur Sache, die ihn trotz des nebligen und feuchten Wetters nach Rungholt geführt hatte. Es paßte ihm gut, daß in der Nähe zwei Frauen in ein Gespräch vertieft waren.

»Mein lieber Knoop«, sagte er vernehmlich und so warmherzig, daß eine der Frauen sich umdrehte, während Knoops zeitweilige Vorbehalte gegen den Propst vor lauter Dankbarkeit dahinschmolzen. »Es wird nun Zeit, die Steine für den Kirchenbau zu bestellen, damit bald nach Petri mit dem Bau angefangen werden kann.«

»Ja«, sagte Knoop verwirrt und vergaß sich zu erheben, während er sich fragte, warum eine beiläufige Mitteilung des Propstes in seinen Ohren wie eine Aufforderung klang.

»Dafür benötige ich das vertraglich zugesicherte Geld.«

Entsetzen erfaßte Knoop. Er packte das Kleid des Propstes, ohne es zu bemerken, und sah zu ihm empor. »Aber Ihr habt doch das Grundstück von mir erhalten, Herr Prälat!«

»Das war die Sühne, mein Sohn, für das unserem Herrgott gegenüber gebrochene Versprechen, nur die Sühne. Die Steine beanspruche ich trotzdem, denn am Vertrag hat sich nichts geändert. Ich war der Meinung, Ihr hättet dies verstanden. Ich sprach gestern noch mit Meister Schinkel darüber.«

»Aber ...«, keuchte Knoop erregt und wurde durch die erhobene Hand des Propstes unterbrochen, bevor er sich durch unbesonnene Worte einer weiteren Sünde schuldig machte.

»Kein Widerspruch jetzt«, sagte von der Wisch mit milder Stimme. »Denkt in Ruhe darüber nach, auch über den Wortlaut des Vertrages, und Ihr werdet einsehen, daß ich recht habe.«

Knoop nahm den Segen des Propstes mit gesenktem Kopf entgegen. Sein Lärmen würde nichts besser machen, aber seinen Ruf als Kirchenstifter untergraben. Von der Wisch hatte ihm deutlich zu verstehen gegeben, daß er sich sowohl auf einen Vertrag als auch auf einen Zeugen berufen würde.

Friedrich von der Wisch nickte dem Kaufmann zu und schritt dann gemächlich den Weg entlang. Selten einmal fand er Zeit, sich einfachen Menschen auf der Straße zuzuwenden. Heute empfand er große Freude darüber, daß es ihm vergönnt war, einigen von ihnen seinen Segen zu erteilen. Er bückte sich und strich einem Kleinkind über den Kopf. Der Rocksaum der jungen Mutter und ihrer Nachbarin lagen noch lange in den Pfützen, während sie auf Knien dem Propst beglückt nachblickten.

Wie in dicken Nebel gehüllt, fühlte Knoop sich, als er sich endlich zu seinem Haus aufmachte. Zu viele Verpflichtungen, Forderungen und Notwendigkeiten stürmten derzeit auf ihn ein. Gottlob war die Verlobung ausgesprochen; nun mußte die Heirat so schnell erfolgen, wie es schicklich war. Westerflete würde vermutlich die Tochter eines ruinierten Kaufmanns nicht ehelichen, mochte sie auch aus dem Adel stammen.

Fröstelnd stapfte der Kaufmann seiner Warf entgegen. Auch andere Rungholter beeilten sich nach Hause. Es wurde jetzt gegen Abend schon unangenehm kalt. Knoop beschleunigte den Schritt, während er dankbar zum Licht in seinem Haus emporblickte. Obwohl er jetzt gleich zu Hause sein würde, schlang er sich den schalartigen Zipfel seiner Gugel wärmend um Ohren und Hals. Einen Augenblick später riß er ihn wieder herunter, weil er meinte, Geräusche im Haus zu hören, Poltern und Hilferufe. Keuchend eilte Knoop den Hang hoch. Man sprach in letzter Zeit immer wieder von Überfällen mit Raub und Brand.

Die dünngeschabte Ochsenhaut ließ ihm genügend Einblick durch die Fensteröffnung, um die feiste Gestalt von Westerflete zu erkennen. Er erkannte auch dessen Stimme, die vermutlich deshalb so gequetscht klang, weil Westerflete mit eingezogenem Kopf wie ein angreifender Stier vor Anna stand, die er in eine Ecke gedrängt hatte.

»Dieses Mal kommst du mir nicht davon!« hörte Knoop ihn sagen. Was sein künftiger Schwiegersohn wollte, war eindeutig. Einen winzigen Augenblick schwankte er, was er tun sollte.

Dann lehnte der Kaufmann sich mit geschlossenen Augen an die Hauswand und schickte ein stummes Gebet an seinen Herrgott, daß Anna vernünftig genug war, sich nicht zu wehren. Sie würde keine Chance gegen den Brokken von Mann haben, insbesondere nicht, wenn er nüchtern war.

Das Geräusch von zerreißendem Stoff drang nach draußen, gefolgt von einem Ächzen, das seine Tochter von sich gegeben haben mußte. Knoop drückte beide Hände an die

Ohren und mühte sich ab, den Kloß im Hals zu schlucken, ohne zu husten.

Nach einer Weile, als außer dem Rauschen in seinen Ohren nichts Befremdliches zu erkennen war, wagte er vorsichtig, durch die Öffnung zu lugen. Zwei Gestalten lagen auf dem Boden, und die Stoßbewegungen von Westerfletes Hinterteil bewiesen Knoop hinreichend, daß Annas Verlobter sich beizeiten sein Recht nahm. Anna lag auf dem Rücken, mit ausgebreiteten Händen, die sie rhythmisch öffnete und schloß, und hatte jeden Widerstand aufgegeben. Oder genoß sie den Akt? Bei jungen Mädchen, die von einem heißblütigen Jüngling erobert wurden, konnte leicht ein Umschwung in den Gefühlen eintreten, sagte man.

Knoop verschränkte die Arme und lehnte sich wieder an das Holz, das seinen Rücken sogar noch etwas wärmte. Er war entschlossen, Westerflete ausreichend Zeit zu geben, sich an Anna zu befriedigen. Ein Mann von Ehre würde danach keinesfalls die Ehe ablehnen, auch wenn ihm durch Zufall das unselige Geschäft mit den Ziegeln zu Ohren käme. Auf jeden Fall konnte er selber den glücklichen Zufall dazu nutzen, Einzelheiten der Hochzeitsfeier mit ihm abzusprechen.

Erst als Knoop anfing, erbärmlich zu frieren, entschloß er sich, hineinzugehen.

Westerflete wischte sich gerade einen Schleimfaden vom Oberschenkel und zerrte dann eilig sein Beinkleid über die Falten seines weißen Bauches, als er seinen künftigen Verwandten erblickte. Auf seinem fetten Gesicht lag ein zufriedenes Lächeln, das von keinerlei schlechtem Gewissen getrübt wurde.

Knoop bemühte sich, an seiner Tochter vorbeizusehen, um ihr Schamgefühl nicht zu verletzen. Schluchzend raffte Anna die Stoffetzen des Kleides über ihren Brüsten zusammen und verschwand in den Wirtschaftsteil des Hauses.

»Sie hat nun gelernt, wer ihr Herr und Meister ist«, sagte Westerflete.

Knoop nickte, während sein Blick von einem Blutflekken im Streusand angezogen wurde. Er hatte gar nicht mehr gewußt, daß Frauen dabei so viel Blut verlieren konnten.

Westerflete, dessen Augen Knoops Blick gefolgt waren, schmatzte wie ein gesättigtes Ferkel und grinste. »Die Prüfung ist zu meiner Zufriedenheit ausgefallen. Das Kalb war unberührt.«

»Hattet Ihr etwa vermutet, daß ich ein betrügerischer Kaufmann bin?« fragte Knoop. Jäh brodelte Wut in ihm hoch, als Westerflete ihn merken ließ, daß er Annas Jungfernschaft bezweifelt hatte.

Der Holsteiner lachte behäbig. »Unter den Händlern kenne ich hauptsächlich Viehhändler, müßt Ihr mir zugute halten, Knoop. Bei deren Ware muß man jeden Zahn und jedes Häutchen eigenhändig überprüfen. Das weiß jeder. Wenn Ihr anders seid, um so besser.«

Knoop fand es reichlich impertinent, ihn mit einem Viehhändler zu vergleichen, aber es wäre unklug gewesen, Westerflete jetzt zu reizen. »Ihr beide solltet nun so schnell wie möglich heiraten«, schlug er in herzlichem Ton vor. »Damit das Kälbchen des Kalbes nicht durch sein keckes Muhen die Hochzeitsfeierlichkeiten stört.«

»Beim ersten Schuß schon zu treffen, ist zuviel verlangt, Knoop.« Westerflete fühlte sich dennoch sichtlich geschmeichelt. »Mir eilt es nicht mit der Hochzeit.«

»Bisher hat es sich anders angehört«, sagte Knoop verstimmt. »Euer Vater und ich haben das Frühjahr ins Auge gefaßt.«

»Dann laßt es dabei bleiben!«

Knoops Miene wurde streng. »Unter den jetzigen Umständen geht dies nicht. Wir werden den Zeitpunkt vorziehen.«

»Es liegen keine Umstände vor.« Die Absage ging Westerflete glatt über die Lippen. Einer kaum sichtbaren Verbeugung folgend, wedelte er mit der unförmigen Mütze vor seinem Bauch einen unbestimmten Abschiedsgruß. Dann stülpte er sie sich auf den Kopf und verließ summend und mit schwingenden Hüften das Haus.

Arfast blieb als Zufluchtsort nur der Westerwoldt, wo er einigermaßen sicher sein würde, während Haye versuchen mußte, für sie beide in Ketelsbüll ausreichend Nahrungsmittel zusammenzupacken und, wenn möglich, auch etwas Geld zu bekommen.

Sie hatten gerade die Grenze zwischen Bökingharde und Wirichsharde überschritten, als vor ihnen der Weg durch bewaffnete Reiter versperrt wurde.

»Weg!« schrie Haye und riß sein Pferd herum.

Aber hinter ihnen stand der Stallerknecht mit dem roten Hals und grinste hämisch, während der Pfeil auf der Bogensehne genau zwischen Hayes Augen zielte.

Im Buschwerk tauchten die Köpfe von weiteren Männern auf.

Sie waren umzingelt.

Der Staller ließ die Flüchtigen vom Pferd holen und ihre Hände fesseln. Er gab keine Erklärung ab, und seine Männer waren ohnehin schweigsam.

Ingemar Stampe hatte sich ein tückisches Spielchen ausgedacht, um sie zu zermürben, noch bevor sie an ihrem Ziel ankamen. Am langen Strick an den Sätteln ihrer eigenen Pferde angebunden, mußten sie die ganze Strecke zu Fuß nebenherlaufen. Stolperten sie, wurden sie im Liegen mitgeschleift, bis der Knecht, der ihre Pferde führte, sich erbarmte und anhielt.

Ihr Weg führte nach Westen, und auf Oland wurde Arfast bewußt, daß sie zur Trojburg gebracht wurden.

Kurz vor Ketelsbüll wurden Arfast und Haye endlich erschöpft auf ihre Pferde gesetzt und ihnen Kapuzen über den Kopf gestülpt. Arfast merkte an den Stößen von Beinen rechts und links, daß ihn zwei Knechte in die Mitte genommen hatten, während sie im Galopp am Dorf vorbeischossen. Er war so atemlos und benommen, daß er gar nicht auf die Idee kam zu schreien; vermutlich hätte er dann ohnehin nicht mehr lange zu leben gehabt.

Als sie anhielten, befanden sie sich schon innerhalb des Burgwalls; die Umfriedung warf die Stimmen der Knechte gedämpft zurück. Die Gefangenen wurden vom Pferd gezogen und ihre Kapuzen heruntergezerrt. Dann stieß man sie in das gleiche Verlies, in dem Arfast bereits einmal gewesen war. Die Luft darin war noch kälter und feuchter als im Sommer; Dunkelheit umfing sie, und Arfast konnte sich Hayes glucksendes Lachen überhaupt nicht erklären, als er sich wieder aufgerichtet und den Matsch von den Knien gestrichen hatte.

»Bist du nun übergeschnappt, Haye?« fragte Arfast müde.

Er bekam keine Antwort. »Willkommen«, sagte statt dessen eine Stimme, an die Arfast sich flüchtig erinnerte, ohne sich besinnen zu können, wem sie gehörte.

Als sich Arfasts Augen an das Dämmerlicht gewöhnt hatten, erkannte er den Mann. »Lars Estridsen aus Ribe«, sagte er überrascht. »Wie kommst du denn hierher?«

»Vermutlich auf die gleiche Weise wie ihr«, erklärte der Däne in singendem Tonfall. »Gekapert und gefangengenommen. Eingesperrt.«

»Warum kannst du dir deine Freunde nicht unter Stallern und Vögten suchen statt unter Gefangenen, Arfast?« ließ sich Hayes Stimme aus der gegenüberliegenden Ecke vernehmen. Zu Arfasts Verwunderung klang sie unangemessen zufrieden. »Ich würde ja gerne einmal in den Prunkräumen und nicht darunter sitzen.«

»Aber du plauderst ganz so, als befändest du dich schon darin«, sagte Arfast sauer. Er konnte immer noch nicht viel sehen, was ihn wunderte, denn bei seinem ersten Aufenthalt war sogar Tageslicht in das Verlies gefallen. Er tastete sich zur Tür vor und suchte mit den Fingerspitzen nach den Fugen. Aber die dicken, schweren Eichenbohlen waren so dicht gefügt, daß er keine nennenswerte Ritze fand. Nur an der Oberkante drang ein wenig Licht durch einen Spalt herein.

»Nichts zu machen«, erklärte Lars gemächlich, der ihn beobachtete und das Kratzen seiner Fingernägel hörte. »Alles fest und neu gebaut.«

Arfast drehte sich hastig um. Er begann zu verstehen. »Haye, habt ihr neulich auch hier gemauert?« fragte er gedämpft.

»Nicht wir. Ich.«

»Und?« fragte Arfast eindringlich.

»Was, und?« Haye versuchte ganz harmlos zu klingen. Arfast verkniff sich, ihn zu drängen. Haye kicherte bereits leise und platzte dann damit heraus. »Lehrlingsarbeit! Freistehende Wände ließen sie mich nicht mauern. Aber eine alte Mauer aus Natursteinen herunternehmen und das Loch durch Ziegel ersetzen – das durfte ich.«

Arfast schüttelte den Kopf. Das ergab noch keinen Sinn.

»Ich habe«, fuhr Haye flüsternd fort, nachdem er Arfast und Lars zu sich herangezogen hatte, »die Lichtöffnungen durch Mauerwerk ersetzen sollen, obwohl da höchstens Kinder hätten hindurchschlüpfen können. Die Doppelreihe von Ziegelsteinen habe ich gemauert, wie sie es verlangten, aber den Hohlraum dazwischen nicht mit Mörtel und Schutt verfüllt. Wenn wir die Ziegel herausstoßen, reicht das Loch gerade für einen Mann zum Durchkriechen aus.«

»Großer Gott«, sagte Arfast, »als hättest du es geahnt!«

»Nur für den Fall, daß es für die Ketelmannen zur Gewohnheit werden sollte, hier zu nächtigen. Vor allem du treibst dich ja häufig an Orten von zweifelhaftem Ruf herum.« Haye war mit sich selbst so zufrieden, daß er ein munteres Liedchen pfiff.

»Dann sollten wir uns beeilen«, schlug der Däne vor. »Dieser Backe Osing hat große Angst vor dem Staller. Ich halte es für möglich, daß er uns alle drei in Fesseln legen läßt, sobald Stampe die Burg verläßt.«

»Ist Backe jetzt hier verantwortlich?« fragte Arfast beunruhigt. Osing war der Mann, den er vor dem Staller bloßgestellt hatte. Man konnte ohne großen Scharfblick annehmen, daß er sich dafür rächen würde. Knutsson hatte also nicht die Nachfolge seines Vaters angetreten. Er fragte sich, ob Knutsson möglicherweise der Mann war, der die Überfälle befahl. Der Mordbrenner mit dem blauen Hut.

»Mm«, grunzte Lars, weil ihm in diesem Augenblick Haye in die gefalteten Hände getreten war und ihn mit seinem Gewicht an die Mauer drückte, als er sich hochstemmte.

»Dann müssen wir heute nacht noch raus!«

»Ich sag's ja immer. Es gibt Leute, die denken, und es gibt welche, die etwas tun!« Hayes Stimme kam von oben, und die schabenden Geräusche bewiesen, daß er bereits dabei war, den Mörtel aus den Fugen zu kratzen.

»Den kriegt man wohl so schnell nicht klein«, bemerkte der Däne, während Arfast grinste und sich reckte, um den ersten Ziegelstein in Empfang zu nehmen.

»Das stimmt. Auf Langeneß sind sie immer in großer Sorge, daß sein Mundwerk sich eines Tages selbständig macht und man es nicht mehr einfangen kann.« Arfast kam mit leeren Händen wieder hoch, während Haye ihm schon den nächsten reichte. Nachdem die erste Öffnung einmal geschaffen war, ging es schneller.

»Warum laßt ihr es nicht auf die Trojburger los?«

»Tja«, bemerkte Arfast nachdenklich. »Ich war lange nicht da, und Haye denkt nie nach. Außer dem Mundwerk hat er ja nichts im Kopf.«

Von draußen hörten sie plötzlich die reibenden Geräusche der Balken, die statt eines Schlosses vorgelegt wurden, um die Tür zu versperren. Arfast zupfte Haye an der Joppe und ließ sich an der Wand auf den Boden gleiten, während Haye heruntersprang. Er und Lars hockten sich auf die Steine und breiteten ihre Kleidungsstücke so weit wie möglich über sie aus.

»Beeilt euch«, ertönte die mürrische Stimme des Stallers. »Ich will es erledigt haben, bevor ich reite, und ich will zusehen.«

Ein unangenehmes Gefühl beschlich Arfast. Welche Teufelei plante der Staller jetzt wieder? Er würde sie doch nicht erschlagen lassen? Ohne Gerichtsurteil?

Die Tür wurde aufgerissen, und Backe Osing spähte mit zusammengekniffenen Augen herein. »Arfast Ketelsen und Haye Harksen! Herauskommen!« bellte er.

Haye würde Widerstand leisten, das war klar. Arfast sprang auf, zerrte ihn hoch und zog ihn mit sich zur Tür, bevor Backe hereinkommen konnte. Falls sie jetzt mit dem Leben davonkamen, würden sie nachher die Fluchtöffnung brauchen.

»Du bist ja sehr schön schnell. Hast wohl inzwischen Respekt gelernt, was?« fragte Osing befriedigt, nicht ohne einen beifallheischenden Blick auf das Gesicht des Stallers hinter sich zu werfen.

Ingemar Stampe drehte sich wortlos um und ging in den Hof, gefolgt von Osing, der die Gefangenen vor sich her stieß, und seinen beiden bulligen Knechten. Der Hof war leer bis auf den Hufschmied, der an seiner Esse beim Stall stand und ein Eisen erhitzte. Die Glut leuchtete rot in der beginnenden Dämmerung des Herbsttages. Als der Schmied den Staller kommen hörte, meldete er: »Ich bin bereit.«

Arfast schoß das Blut in den Kopf.

Im gleichen Augenblick packten die beiden Kerle zu. Arfasts Handgelenke wurden unter ihren Kräften beinahe zu Brei gequetscht und die Beine unter ihm weggeschlagen. Ehe er sich's versah, lag er auf dem Bauch, mit einem Mann auf dem Rücken, dem anderen quer über seinen ausgestreckten Armen.

Er bekam kaum Luft. Aus dem Augenwinkel sah er den Schmied mit dem glühenden Eisen heraneilen und spürte die Hitze über dem rechten Handrücken, noch bevor der flammende Schmerz seinen gesamten Körper wie ein Speer durchbohrte.

Plötzlich gaben die Männer ihn frei. Arfast japste nach Luft und rollte sich auf den Rücken. Während Wellen von Glut und Eiseskälte abwechselnd über ihn hinwegschlugen, bemerkte er verschwommen, daß Haye nach ihm an die Reihe kam. Sein markerschütternder Schrei riß Arfast aus der Benommenheit, und er fühlte, wie er über den Boden geschleift und in einen dunklen Raum geworfen wurde.

Arfast schüttelte den Kopf, um das lästige Geräusch an seinen Wangen fortzuscheuchen, aber es wurde immer lauter und entpuppte sich allmählich als schmerzhaftes Klatschen einer Hand. »Hör doch auf«, knurrte er erbost.

»Wach auf«, trompetete Lars in sein Ohr.

Arfast setzte sich unvermittelt auf und besann sich darauf, was geschehen war. Er versuchte die Hand zur Faust zu krümmen und ächzte vor Schmerz. »Seit wann liege ich denn hier?« fragte er.

»Du bist gerade erst hereingeworfen worden«, antwortete der Däne. »Haye ist noch nicht zurück. Was haben sie denn mit euch gemacht?«

»Gebrandmarkt«, sagte Arfast zwischen den zusammengebissenen Zähnen. »Mit dem Zeichen des Stallers.«

Lars schnappte nach Luft. »Wie seine Pferde?«

»Wie sein Vieh!«

Es polterte an der Tür, und Haye wurde in das Verlies geworfen. Er war schon wieder bei Sinnen und drohte mit der unverletzten Faust hinter den Knechten her, die sich weder darum noch um seine Flüche kümmerten. Als sie die Tür verrammelt hatten, war nur noch Hayes leises Stöhnen zu hören.

Lars rüttelte Arfast an der Schulter, der wie ein halbvoller Sack auf dem Boden hockte. »Wir müssen weitermachen«, mahnte er.

Arfast kam stöhnend auf die Beine, während der Däne Haye aufhalf. Jede Faser seines rechten Arms tat Arfast weh. Aber Lars hatte recht. Die Wächter würden sie in dieser Nacht möglicherweise in Ruhe lassen, aber danach konnte noch mehr oder Schlimmeres erfolgen. Er stützte Haye am Rücken, der unbeholfen auf Lars' Händen nach oben kletterte

Trotz allem gingen die Räumarbeiten Haye jetzt schnell von der Hand. Als sie in weiter Ferne das zunehmend lauter werdende Gelächter hörten und gedämpftes Licht durch die Öffnung fiel, bemühte Haye sich nicht mehr um Lautlosigkeit, sondern ließ die Steine einfach fallen. Es gab keinen Grund zur Annahme, daß der Burgherr jetzt noch einen Wächter vor die Tür stellen würde. Und Stampe mußte die Burg längst verlassen haben.

»Jetzt ist es ausreichend groß«, meldete Haye nach einer Weile in gewöhnlicher Lautstärke und stäubte restliche Mörtelbrocken und Splitter hinter sich. »Ich krieche hindurch. Wenn ihr an der Außenwand oberhalb der Öffnung mit der Hand tastet, findet ihr ein Hufeisen. Ich habe es gut eingemauert, es hält euch.«

Arfast hatte sich besorgt überlegt, wie er sich in der Maueröffnung drehen sollte, um mit den Beinen vorweg abspringen zu können. Ein Fall auf den Kopf aus zwei Manneslängen Höhe war vermutlich nicht weniger lebensgefährlich als der Staller der Utlande.

Lars mußte ähnliche Überlegungen getroffen haben. »Du bist erwischt«, keuchte er, indem er die Füße von Haye nach oben stemmte. »Du hast doch mehr im Kopf als das Mundwerk.«

»Nur manchmal.« Sie hörten Haye leise lachen, gefolgt von einem dumpfen Aufprall.

»Er ist draußen. Jetzt du«, sagte Lars zu Arfast. »Und du mußt mich an deinen Beinen mitziehen. Irgendwie mußt du es schaffen.«

Irgendwie. Arfast nickte grimmig und kletterte mühsam an der Mauer entlang auf Lars' Schultern. Als er sich, auf der überraschend breiten Doppelmauer liegend, umgedreht hatte, gab er Lars das Signal zu folgen. Handbreit für Handbreit zog er seinen Rücken durch die Öffnung, behindert durch das schwere Gewicht des Mannes, der an seinen Beinen hing. Dann ging es plötzlich leichter, als Lars die Kante der Innenmauer zu fassen bekam und sich selber hochziehen konnte.

Kurz nach Arfast landete auch schon Lars auf dem weichen Halligboden.

»Ohne meine Stute gehe ich nicht von hier weg«, flüsterte Arfast. »Habt ihr die blutigen Maulwinkel der Pferde gesehen?« Im gleichen Augenblick kam ihm eine glänzende Idee. »Wir holen unsere Pferde und nehmen den Trojburgern sämtliches Zaumzeug weg.«

Haye schlug ihm trotz der geschundenen Hand begeistert auf den Rücken. »Gefangenschaft beflügelt deine Tatkraft enorm, Vetter. Außer Pflaumen und anderen Kleinigkeiten hast du doch früher nie gestohlen.«

Lars kicherte leise und kletterte im tiefen Schatten des

Turms den Wall hoch. Sorgfältig beobachtete er den Innenhof und spähte nach oben zur hölzernen Plattform des Turms, bis er sicher war, daß die Männer feierten, ohne einen einzigen Beobachter aufgestellt zu haben.

Haye hockte zwischen ihm und Arfast. »Wenn die wüßten, welche Teile ihres Körpers sie aufs Spiel setzen, würden sie uns noch beneiden«, hauchte er Arfast ins Ohr. »Die müssen ganz sicher sein, daß Ingemar nicht zurückkehrt.«

Lars gab Haye einen Stoß und rannte los.

Das schwierigste war, Arfasts und Hayes Pferde im Licht eines winzigen, von vier Händen abgeschirmten Kerzenstummels zu finden. Dafür waren sie aber auch sicher, das beste Pferd der Burgbesatzung als Reittier für Lars ausfindig gemacht zu haben. Dicht hintereinander und auf dem weichen Boden fast lautlos, verließen sie das Burggelände. Arfast klemmte mit seinen Knien einen umfangreichen Bund zusammengeschnürten Zaumzeugs an den Sattel. Er schleuderte ihn in die tiefste Stelle des Westerpriels, den sie kurze Zeit später bei Flut durchschwammen.

Harre Gunneson fühlte sich auf dem Höhepunkt seiner staatsmännischen Weitsicht für die Edomsharde. Seine von Arfast wohlverstandene Drohung hatte zur Folge gehabt, daß Eyde spurlos verschwunden war. Die Exkommunikation Arfasts bestätigte seine Hardespolitik unerwartet, aber er ärgerte sich, daß jemand anders sich seiner Idee bedient und den Nutzen daraus gezogen hatte. Er war so erbost, daß er den Staller an der Fährstelle abfing, als dieser von Langeneß zur Beltringharde übersetzte.

Ingemar war in großer Eile und hatte schlechte Laune. Aber während die Knechte die Pferde wieder beluden, war er bereit, Gunneson anzuhören. »Sprecht, Vogt, aber macht es kurz«, befahl er.

»Meine Aufgaben werden mir erschwert«, behauptete Harre kühn. »Ich weiß nicht, durch wen und warum, Euer Gnaden, aber ich spüre Strömungen, die gegen mich und den König arbeiten.«

»Hättet Ihr wirklich so viel für den König getan?« fragte

der Staller in aufreizendem Ton. »Ich sah Euch immer nur nach eigenem Ermessen handeln, und das habt Ihr reichlich großzügig ausgelegt. Ein Mann, der für die Zukunft plant, tut gut daran, seinen Herrn sichtbar zu unterstützen.«

»Welchen?« fragte Gunneson in seiner Verblüffung.

»Ihr versteht mich gut.« Stampe rieb sich die Arme in der herbstlichen Morgenkälte warm und stampfte mit den Füßen. Der Hardesvogt hielt den Atem an und wartete auf klärende Worte, vielleicht sogar ein Angebot. »Den, der Euch am nächsten steht.«

Gunneson haßte es, Katz und Maus zu spielen, solange er die Maus war. Der Boden war eisglatt, und ein Mißverständnis konnte lebensgefährlich sein. Er befeuchtete sich die Lippen. »Und wohin geht Eure Reise, Euer Gnaden?«

»Zu den Schauenburgern.« Dieses Geheimnis würde über kurz oder lang von den Dächern gepfiffen werden. Stampe wußte, daß der König die südjütischen Ritter bereits in Tondern zusammenzog, auch wenn noch nicht festgelegt war, gegen wen und wann es losgehen sollte.

Jetzt war jeder Zweifel für den Hardesvogt ausgeräumt. Er lachte erleichtert. »Ich bin schon lange der Meinung, daß die Edomsharde sich nach Süden und zur Hanse orientieren soll, nicht nach Osten und zu den Dänen.«

»Ausgezeichnet«, sagte Ingemar Stampe. Mit der Edomsharde als Verbündetem in einer bewaffneten Auseinandersetzung hatte er bisher nicht gerechnet. Eher damit, daß der König längst Unterhändler ausgesandt hatte, etwa um Stillhalten der Harde gegen Straffreiheit wegen des Salzhandels auszuhandeln. »Dann beginnt, die waffenfähigen Männer der Edomsharde zusammenzuziehen, Gunneson. Ich habe Anlaß zu der Vermutung, daß der König sich zu einem Straffeldzug gegen die Harde rüstet.«

»Und das teilt Ihr mir jetzt so zufällig mit, Euer Gnaden?« fragte Gunneson bestürzt. Er lief auf dem Uferpfad hinter Stampe her, der zu seinem inzwischen fertig gesattelten Pferd eilte.

»Haltet Euch spätestens in einer Woche zur Verfügung«,

fuhr Stampe fort. »Ich werde dann darüber hinwegsehen, daß Ihr die Gelder des Marktes auf der Kirchwarf einbehalten habt. Aber glaubt nur nicht, daß ich es ein zweites Mal dulden würde. Ich bin darin empfindlich, wie Ihr sicherlich wißt.«

Harre Gunneson schrak noch mehr zusammen. Eine Schlinge schien sich um seinen Hals zusammenzuziehen. »Mein Knecht teilte mir mit, der Propst würde mit Euch selber abrechnen. Die Kaufleute hatten ihre Standplätze schon bezahlt, wie sie versicherten.«

»Ach.« Stampe drehte sich endlich um und warf dem Hardesvogt einen langen Blick zu. Er glaubte ihm. Gunneson war zu einfallslos, um zu lügen, und zu einfältig, um Haken zu schlagen. Mit diesem Propst war er noch lange nicht fertig. Aber seine Bestrafung mußte warten, bis die Herrschaftsverhältnisse neu definiert waren. »So, wie ich den Propst von Strand einschätze«, sagte er mit Haß in der Stimme, »wird er vermutlich behaupten, daß es sich nicht um einen Markt gehandelt hat, sondern um ein barmherziges Werk von Gläubigen zum Verfestigen des Kirchenfundamentes.«

Gunnesons gemurmelte Dankesworte wegen des Vertrauensbeweises gingen im Geräusch der angaloppierenden Hufe unter. Aber seine Zweifel wuchsen, während er den Reitern nachsah, und als er den erschrockenen Augen des Fährmannes begegnete, wußte er, daß er sich auf sehr brüchigem Eis befand. Und Ingemar Stampe würde nicht zögern, einen Hardesvogt zu beseitigen, wenn er es für zweckmäßig hielt.

XVI

Mitten in der Nacht klopften die drei Flüchtigen an der Tür des Hauses, in dem sich Arfasts Mutter immer noch an Niels' Krankenbett aufhielt. Das Haus lag dunkel und still, und in den Holunderbüschen fielen die Tropfen eines dichten Nebels platschend von Blatt zu Blatt. Über der Geest lag noch tiefe Finsternis.

Sie warteten, während man sich drinnen im Haus rührte, Licht schlug und das Feuer anfachte. Vermutlich hatten sich die Hausbewohner daran gewöhnen müssen, öfter nachts geweckt zu werden, seitdem Eyde bei ihnen zu Gast war.

Endlich wurden sie von einem gähnenden Mann mit zerzausten Haaren eingelassen, der auf Eyde zeigte, bevor Arfast zu Wort gekommen war.

»Für eine Begegnung mit Ingemar Stampe seid ihr glimpflich davongekommen«, bemerkte Eyde nach einem Blick auf die hochgehaltenen Handrücken und räumte eine Schlafbank für die Gäste frei. Sie beachtete Arfasts leises Murren nicht.

»Der hat's ja gut«, sagte Haye sehnsüchtig, nachdem er sich umgesehen hatte. Niels erwachte trotz der Unruhe im Haus als einziger nicht. »Ein warmes, trockenes Bett.«

Er und Arfast warteten ungeduldig, daß das Wasser auf dem Feuer heiß wurde und ihre Wunden versorgt wurden, aber natürlich hätte Haye ein Bett der feuchten Nachtkälte vorgezogen.

Eyde wiegte tadelnd den Kopf. »Bisher hatte er es gar nicht gut. Jetzt erst ist er auf dem Weg der Genesung. Eure Wunden sind mit seinen Verletzungen gar nicht zu vergleichen!« Sie hatte sich beim Anblick der verschmutzten Male auf den gefolterten Handrücken für Schafgarbe entschieden. Und da sie hier im Haus Zeit genug hatte, sich um den Nachschub von Verbandmaterial zu kümmern und die getrockneten Kräuter zu lüften, war alles reichlich vorhanden, was sie benötigte.

Arfast und Haye sahen sich an. »Schon gut, Mutter«, warf Arfast ein. »Er meint es doch nicht so. Wir alle gönnen unserem kleinen Niels Ebbesen, daß er endlich wieder gesund wird. Ich glaube, Haye hat einfach nur Hunger.«

Mutter Eyde lächelte, ohne beim Zerschneiden des Leintuches innezuhalten. »Das ist wahr. Von seinen tollkühnsten Ideen konnte man ihn immer nur mit einem Honigbrot abhalten.«

»Was für ein Niels Ebbesen ist das denn?« meldete sich Lars Estridsen und versuchte vergebens, das Gesicht des Jungen zu erkennen, der größtenteils unter einem Fell vergraben lag.

»Der Enkel.«

Lars nickte nachdenklich.

»Könnte er schon reiten, Mutter?« erkundigte sich Arfast.

»Wenn ihr versprecht, ihm ein lammfrommes Pferd zu geben, das nicht beißt, ja.«

Arfast sah zu Lars, der hingerissen an Eydes Gesicht hing. »Niels wäre der beste Gewährsmann, den wir uns wünschen können. Der König kennt ihn, und Niels hat alles gehört. Wir sollten ihn mit nach Tondern nehmen, finde ich.«

»Ich auch!« rief Niels und schälte sich mit strahlendem Gesicht aus den Felldecken. Er klopfte einladend mit der Hand neben sich. »Komm, Haye, wir tauschen. Du kriegst das Bett und ich dein Pferd und das Honigbrot.«

Haye grinste und zauste dem Jungen die Haare. Dann folgte er dem Wink von Eyde, die ihn zu sich befahl. Mißtrauisch verbarg er seine Rechte auf dem Rücken, als sie aus einem Krug eine Essenz auf ein Läppchen träufelte. Eyde zog unnachgiebig an seinem Ärmel, sie kannte seine Abneigung gegen Behandlung viele Jahre. Sie reinigte die Wunde behutsam und sorgfältig und ließ sich durch Hayes mitleiderregendes Seufzen nicht umstimmen. Nachdem der Schorf von verkrustetem Blut entfernt war, blieb eine kreisförmige Brandwunde zurück. Drei Striche in der Mitte ergaben ein zusammenhängendes Zeichen.

»Eine Viehmarke« fauchte Haye und sah wieder weg. »Wir können froh sein, daß er uns das Zeichen nicht in das Ohr hat schneiden lassen! Oder in ...«

Arfast trat näher und betrachtete den Stempel mit Widerwillen. Er haßte den Staller dafür, daß er sie mit einem Eigentumszeichen versehen hatte. Er drehte langsam den Kopf, während seine Augen den Strichen folgten. »Nein«, sagte er mit fester Stimme. »Dieses K wird in Zukunft das Willenszeichen unserer Familie sein. Es soll ab heute für alle Ketelmannen stehen, als Hausmarke und als Siegel. Wir werden sein Schandmal zu unserem Ehrenmal machen. Dieser Staller wird uns nicht demütigen!«

Eydes Augen glänzten vor innerer Bewegung. Es war überhaupt nicht zu verkennen, daß Arfast den gleichen Kampf führte wie sein Vater und daß er den gleichen Stolz in sich trug. »Aber erst müssen eure Hände wieder brauchbar gemacht werden. Ihr dürft sie in den nächsten Tagen nicht zu hart hernehmen. Versprich mir das, Haye. Haye!«

Er nickte widerwillig.

Unterdessen hatte Niels sich reisefertig gemacht. Er schien erleichtert, endlich aus der Obhut von Frauen entlassen zu werden. Trotzdem fiel er vor Eyde auf ein Knie und küßte ihre Hand, wie er es bei Hofe gelernt hatte. »Lebt wohl, Mutter Eyde«, sagte er munter. »Und vielen Dank!«

»Halte dich wacker, Niels«, sagte Eyde und ließ sich die Huldigung wie eine Erinnerung an frühere Zeiten gerne gefallen. »Und geh Ungetümen aus dem Weg.«

»Nicht nötig. Mein König schützt mich«, erklärte Niels stolz.

»Ich wünschte, ich könnte das auch von Haye und Arfast sagen«, seufzte Eyde und überprüfte an Niels' Aussehen unauffällig, ob sie ihn wirklich gehen lassen konnte. Aber sein Gesicht hatte eine gesunde Farbe, und er wirkte munter.

Niels dachte daran, wie Haye beinahe vor die Meute

gelaufen wäre. »Von jetzt ab passe ich auf sie auf, Mutter Eyde«, versprach er.

Die Erwachsenen brachen in Gelächter aus.

»Da ist ja mein vermißter Knappe«, sagte König Waldemar, dem wieder einfiel, daß er Niels lange nicht gesehen hatte, und betrachtete erstaunt den Jungen, dem drei Männer folgten, die er noch nie gesehen hatte. Zwei von ihnen waren in ganz unüblicher Weise bewaffnet, also keine Ritter; und da sie keineswegs unterwürfig wirkten, schloß er, daß sie Friesen sein mußten. Waldemar musterte sie streng. Diese Leute waren in den letzten Jahrzehnten verwildert und pflegten ihre eigenen Sitten. »Wo bist du gewesen, Niels?« fragte er, wesentlich milder, seinen Knappen. »Angeblich wußte niemand, wo du abgeblieben warst. Du kannst dich nicht einfach selber beurlauben, weißt du?«

»Mein König!« rief Niels inbrünstig, »ich habe mit dem Staller der friesischen Utlande gekämpft. Oder jedenfalls mit seinem Hund. Er ist ein Verräter. Bis gestern ...« Er verlor vor lauter Ehrfurcht und Liebe zu seinem König den Faden.

»Wen hat Jago denn verraten?« Waldemar war mittlerweile sehr neugierig geworden.

Arfast legte den Arm um den Jungen, der vor Aufregung zitterte, und zog ihn auf die Knie hinunter. »Niels hätte fast sein Leben für Euch gegeben, als er einigen Adeligen aus Holstein beim Planen von Verrat zuhörte und keinen anderen Weg wußte, Euch zu benachrichtigen, als meinen Vetter und mich mit der Botschaft zu betrauen. Aber sie erreichte Euch nicht, weil der Aufenthalt in Eurem Jagdhaus auf Oland abgekürzt wurde. Unabhängig davon bringe ich selber eine nicht weniger beunruhigende Nachricht aus den friesischen Utlanden.«

Waldemar nagte auf seinen Lippen. Dieses alles war wirr genug, aber es paßte auf seltsame Weise zu den Nachrichten, die er kürzlich erhalten hatte. »Meine Ratgeber warten auf mich, und ihr kommt mit«, entschied er und eilte den schmalen Gang entlang, ohne sich daran zu stören, daß er ihm unbekannte, bewaffnete Männer im Rükken hatte.

Durch die schmalen, hohen Fenster, die nicht viel mehr Licht hereinließen als Schießscharten, erkannte Arfast, daß sie im Obergeschoß einen weitläufigen Innenhof der Burg umrundeten. Unten war der Schmied zugange; sein Arm hob und senkte sich regelmäßig wie eine Stampfmühle. Arfast hörte in seiner Einbildung das Schmurgeln des verbrennenden Horns und roch den Gestank. Ihn schauderte, obwohl die Pferde hinreichend bewiesen, daß dieser Schmied seiner ehrenwerten Aufgabe nachging. Er verlangsamte seinen Schritt und blieb schließlich stehen, um hinunterzublicken.

Hier rüstete man sich für kommende Kriegszüge. Angesichts der Vorbereitungen dieses Ausmaßes packten Arfast plötzlich Zweifel, ob er in der Lage sein würde, dem König zu vermitteln, wie wichtig die Vorgänge in den Utlanden waren. Wer gegen Königreiche kämpfen mußte, interessierte sich vielleicht nicht dafür, ob die Nordsee einen Becher Wasser mehr oder weniger über Ochsenweiden ausschüttete.

Haye drehte sich auf dem Absatz um. Ein niedliches junges Mädchen mit Geschirr in den Händen war unvermittelt neben ihm zwischen den Falten eines Vorhangs aufgetaucht. Er konnte nicht widerstehen, ihr mit dem Finger ganz harmlos über die Wange zu fahren. Sie sah ihn keck an.

»Komm, Arfast. Es ist unhöflich, einen König warten zu lassen«, rief Niels mit seiner hellen Stimme und rannte zurück, um Arfast am Gewand vorwärts zu ziehen.

Auch Haye schoß vorwärts. Er war froh, daß niemand ihn erwischt hatte, obwohl sie ihn mit ihren Blicken geradezu verschlungen hatte. Was wußte denn er, ob die Ritter ihre Besitzansprüche nicht über Waffen und Pferde auch auf die Mädchen des Hauses ausdehnten? Er beschloß bei sich, es zu überprüfen.

Waldemar drehte sich im Laufen belustigt um. Gleich

danach stürmte er so hastig in einen Raum, daß er den Diener überrannte, der dort auf Befehle wartete. Er schickte ihn fort, um drei weitere Stühle zu holen. »Nein, vier«, korrigierte er sich. »Niels ist heute ein Bote im Auftrag des dänischen Königs.«

Als alle außer dem König saßen, Niels mit geradem Rükken und stolzem Gesicht, sah Arfast sich unauffällig um. Der Raum war klein und schlicht mit Tisch, Lehnstühlen und Kamin ausgestattet. Die Vielzahl von Kerzenhaltern an den Wänden und auf dem Tisch bewies, daß dieses kein lauschiges Plätzchen für Zwiegespräche, sondern ein Ort für Unterredungen war. Hier wollten Männer einander sehen und einschätzen können.

Er nahm den Mann auf der anderen Tischseite in Augenschein, den dritten Waldemar, den er kennenlernte. General Zappy war schon grauhaarig und trug eine eher unnahbare Miene zur Schau. Arfast sank unter den abschätzenden Blicken der Berater nochmals der Mut. Worauf nur hatte er sich eingelassen?

Während seine Ratgeber warteten, gab König Waldemar auf dem Gang noch verschiedenen Leuten Anweisungen. Hastige Schritte verrieten die Geschwindigkeit, mit der man seinen Befehlen nachkam.

Der König kam wieder herein und warf sich in seinen Stuhl. In seinen scharfen Augen unter den buschigen Brauen lag Neugier. »Niels berichtet zuerst!« befahl er.

Arfast gewöhnte sich bereits an den überaus knappen Ton des Königs. Er schien sich alles Überflüssige zu ersparen und dadurch das Mehrfache von dem zu erledigen, was andere in der gleichen Zeit taten.

Niels fing mit blanken Augen an zu erzählen. Erstmals saß er, der sonst hinter dem König zu stehen hatte, und bekam nicht einen Auftrag, sondern wurde gehört. Es war ein großer Tag für ihn, und er war mächtig froh, daß Jago ihn gebissen hatte.

Während er erzählte, beobachtete Arfast den König und seinen General. Überrascht waren sie nicht. Nur einmal unterbrach der König seinen Knappen, um über seinen

Kopf hin zum General zu sagen: »Der Herzog von Schleswig wagt es immer noch nicht, sich offen zu den Schauenburgern zu bekennen.«

»Nein. Aber zu Euch bekennt er sich auch nicht mehr, Euer Gnaden«, entgegnete Zappy sorgenvoll.

Offenbar wissen sie nicht ganz genau, wer auf Waldemars Seite steht, dachte Arfast. Und seine Mutter hatte mit ihrer Beobachtung recht gehabt. Die Verdrängung der schleswigschen Adeligen durch die Holsteiner in Eydes Jugendzeit fand immer noch ihre Fortsetzung, indem sie jetzt ihre Macht sogar nach Norwegen und Schweden ausdehnen wollten.

Als Niels geendet hatte, wandte sich König Waldemar unvermittelt Arfast zu. »Jetzt zu Euch. Was habt Ihr mitzuteilen? Macht's kurz.«

»Auf mich könnt Ihr Euch verlassen, Euer Gnaden«, fing Arfast in Fortsetzung seiner Gedanken heißblütig an, aber auf des Königs belustigten Blick hin mäßigte er sich. »Ich kann bestätigen, was Niels über den Staller der Utlande gesagt hat. Aber es gibt auch die andere Seite – und die ist der Ruin des Landes und der Bevölkerung. Ingemar Stampe saugt die reichen Marschen aus, zieht Salzköge und Salzbuden an sich und läßt neue anlegen. Wenn sie ausgeplündert sind, überläßt er sie dem Meer. Das Weideland schrumpft, und die Zahl der Ochsen sinkt. Wenn Ihr ihm nicht bald Einhalt gebietet, werden die Marschen ärmer als die Geest werden.«

Waldemar warf einem rothaarigen Mann, dessen Gesicht über und über mit Sommersprossen überzogen war und der Arfast als Vogt von Ripen vorgestellt worden war, einen fragenden Blick zu, und dieser antwortete, ohne zu zögern. »Ja. Das stimmt. Der Salzgewinn ist für die Marsch gefährlich.«

»Daß ein Staller sich bereichert, ist so normal wie Ebbe und Flut«, entschied Waldemar zu Arfasts Enttäuschung. »Aber nicht, daß die Ebbe dem König überlassen wird und die Flut dem Staller. Und schon gar nicht, daß die Flut benutzt wird, um den König zu ertränken.«

Und die Friesen? lag Arfast auf der Zunge, aber er verkniff sich die Frage. Der König hatte an mehr zu denken.

»Da haben wir unsere Antwort, Zappy. Die Friesen haben entschieden, an wem das Exempel statuiert werden soll. An ihrem eigenen Staller. Auch gut.« Waldemar sprang in seiner hastigen Art bereits wieder auf, und alle anderen taten es ihm schnell nach. Nur Niels nicht, der eingeschlafen war. »Ich höre, Ingemar Stampe hat seinen Besitz in letzter Zeit zu einem mächtigen Wehrhof ausbauen lassen.«

»Euer Gnaden«, bestätigte Waldemar Zappy steif.

Arfast entnahm daraus, daß der General ein Heer in die Edomsharde gegen Ingemars Hof führen würde.

»Laßt ihn schlafen«, befahl der König, bevor er entschwand. Seine Schritte waren noch eine Weile zu hören, während die Versammelten unschlüssig neben ihren Stühlen standen und dann leise Gespräche aufnahmen.

Arfast fühlte sich überflüssig. Niels erfreute sich des Königs Zuneigung, aber seine eigene Widerstandskraft und sein Mut waren unberücksichtigt geblieben. Er winkte Haye und Lars, ihm zu folgen. Ihre Aufgabe im Schloß war beendet.

Die entschiedene Stimme des Generals befahl ihn jedoch wieder zurück. »Ich kannte Euren Vater, Arfast Ketelsen. Er stand zeitweise treu zum König.«

»Er stand immer treu zum König«, widersprach Arfast blindlings und ohne Rücksicht auf die höfische Etikette, die er sowieso nicht kannte. Die einzige Konvention, die er anerkannte, war die der Wahrheit. »Ingemar Stampe hat ihn unter falscher Anklage köpfen lassen.«

Waldemar Zappy runzelte die Stirn. Vor einigen Monaten hätte er eine solche Behauptung als parteiliche Verteidigung, wenn nicht gar als Lüge abgetan. Aber je sichtbarer die Verbrechen des Stallers wurden, desto mehr schrumpften seine Anklagen gegen andere. Nicht ausgeschlossen, daß Stampes persönliche Feinde besonders ehrenwerte Männer waren. Er betrachtete Ketelsen von oben bis unten. Der Friese gefiel ihm nicht übel. »Ihr führt ein Schwert, ohne ritterbürtig zu sein.«

Arfast hörte bereits wieder eine Anklage gegen sich. Seine Erbitterung wuchs. »Bei den Friesen ist alles anders, General«, erklärte er unwirsch. »Einen Adel haben wir nicht, ebensowenig wie Unfreie. Wir sind frei, und wir sind der Meinung, daß freie Männer Schwerter führen dürfen.« Er wandte sich zum Gehen.

»Es ist nicht einfach, ständig mit einem Rücken zu reden«, seufzte der General, dem hörbar die Geduld ausging, »auch wenn es ein freier Rücken ist. Ich wollte Euch gerne für des Königs Sache gewinnen, aber Ihr macht es mir schwer.«

Arfast drehte sich hoffnungsvoll, halb widerwillig um. »Ich soll kämpfen mit dem Schwert, das Ihr mir nicht erlaubt?«

»Ich habe Euch nichts zu erlauben. Ihr seid Friese, wie Ihr selber sagtet. Und ich frage Euch, ob Ihr mit mir und meinen Mannen für den König kämpfen wollt. Ihr und Eure beiden Begleiter.«

»Und ich«, rief Niels aus dem Hintergrund. »Ich habe ein Hühnchen mit dem Staller zu rupfen!«

Nicht in seinen kühnsten Träumen hätte Arfast sich vorzustellen gewagt, daß er für den König kämpfen dürfte. Gleichzeitig gegen den Staller, der die Marschharden ruinieren würde, wenn man ihn gewähren ließ. »Ja, ich will es«, sagte er fest. Haye brauchte er erst gar nicht zu fragen; der würde auch in das Heilige Land gegen die Ungläubigen oder nach China gegen die Schlitzaugen ziehen. Und in die Edomsharde, die er obendrein nicht leiden konnte. Und Lars? Lars nickte.

»Niels«, sagte Arfast zu dem Jungen, der ermattet und breitbeinig heranwankte, »ich fürchte, wenn der General außer Haus ist, mußt du den König schützen. Versprichst du, auf ihn zu achten?«

Niels nickte feierlich. Diese ehrenvolle Aufgabe versöhnte ihn mit der Unbill des langen Rittes.

Ritter, Knappen und zum Kriegsdienst eingezogene Bauern versammelten sich im Hof der Burg von Tondern und jenseits des Dammes auf der Insel der Städter. Zum erstenmal erlebte Arfast die Faszination, die von so vielen Reitern und der aufreizenden Musik von Flöten und Trommeln ausging.

Endlich setzte sich der lange Zug von Rittern, Knappen und Leichtbewaffneten zu Fuß in Bewegung, über den Steindamm in eine Straße, deren gleichartige Häuser den Bediensteten des Schlosses zu gehören schienen und die am südlichen Stadttor endete. Die jungen Ritter und ihre Knappen zogen die Zügelfaust dicht an den Leib und winkten mit der Rechten den Mädchen zu, die die gepflasterte Straße säumten. Erst hinter dem Wirtschaftshof des Königs blieben die Schaulustigen zurück.

Waldemar Zappy hatte keine Eile. Nicht nur der Sieg gehörte zum Schauspiel, sondern auch der beeindruckende Zug zum Feind, der Aufmarsch der Kämpfer, das Starren der Bauern, die nicht betroffen waren. Noch jahrelang würden sie über alles reden und sich fürchten, und diese Furcht verminderte die Anzahl notwendiger bewaffneter Strafaktionen.

Der erste größere Ort in der Karrharde war Lügum. Voll Schreck über die unangekündigte Heeresmacht segnete der Priester die Soldaten, die am Kirchhofswall vorbei nach Süden zogen.

Arfast, Haye und Lars ritten fast am Ende des Zuges. Im Unterschied zu den Söldnern und gefolgschaftspflichtigen Bauern waren sie zu Pferd und im Unterschied zu den Rittern und Hauptleuten ohne Schild und Panzerung, denn ein Heergewette kam ihnen nicht zu. Die meisten der niederen Adeligen waren in den Harden um Tondern und Hadersleben zu Hause.

Der Tagesmarsch führte sie bis nach Klockries, wo der General, gleichzeitig Staller der Geestharden, seinen Stützpunkt hatte. Das Heer wurde angewiesen, auf einem weiten Gelände nördlich des Dorfes zu lagern, wo sich auch der Richtplatz befand. Aber Arfast sah sehr wohl, daß die Bauern einen weiten Kreis um die Richtstätte zogen, und die Pferde der einfachen Ritter, die keinen Zutritt zum Hof bekamen, wurden sogar im abgeernteten Kornfeld des Stallers angepflockt.

Arfast und Lars versuchten, am Rand des Heeres einen Flecken Boden für sich einzuebnen, während Haye loszog, um ihren Anteil an Brennholz und Nahrungsmitteln zu sichern. Die Bökingharder würden dafür aufkommen. Arfast rollte schweigend einen großen Stein in einen Graben. Er konnte sich gut vorstellen, daß die Bökingharder froh waren, wenn die rund hundert Mann in die Utlande entschwanden. Ein oder zwei Tage würden sie das Heer beköstigen müssen.

Dann breitete Arfast seine Satteldecke auf dem nassen Boden aus und setzte sich. Irgendwie war ihm ganz merkwürdig zumute. Er hatte jahrelang in der Edomsharde gelebt, und jetzt trat er zum Kampf gegen sie an. Denn wahrscheinlich befanden sich bei Ingemar Stampe Edomsharder, Männer, die er selber kannte. Sie mußten Ingemar Heerfolge leisten, auch wenn sie in diesem Fall gegen ihren König antraten.

Haye kam mit einem Armvoll Holz zurück und warf es ab. »Die Bauern maulen«, erzählte er gutgelaunt, »weil sie es für ein schlechtes Vorzeichen halten, mitten auf dem Blut von Hingerichteten zu schlafen. Manche befürchten, daß wir danach die Schlacht nur verlieren können.«

Lars, der den ganzen Tag maulfaul gewesen war, winkte ab. »Bauernmärchen – Schauermärchen. Dafür wächst das Gras um so besser.«

Haye kicherte. »Wenn die Bauern das Gras selber fressen würden, könntest du sie damit bestimmt versöhnen. Aber was scheren sie sich um die Pferde ihrer Herren?«

Arfast hörte ihnen schweigsam zu. Morgen würden die beiden in die Schlacht ziehen, Lars sogar nur mit einem gewöhnlichen Stechmesser und ohne jeden Schutz, aber daran verschwendeten sie keinen Gedanken. Er steckte die Hände in die Achselhöhlen, um sie gegen den eisigen Nieselregen zu schützen, und versank in ein Grübeln, in dem ihn keiner störte.

General Zappy ließ am nächsten Morgen früh aufbrechen, und am Nachmittag sahen sie die Morsumer Burg des Stallers Ingemar vor sich liegen.

Zappy zog sich sofort mit seinen wichtigsten Männern in ein eiligst errichtetes Zelt zurück, um zu beraten. Über die neuartigen Kanonen verfügten sie nicht, deshalb würde die Taktik ausschlaggebend sein.

Währenddessen wartete das Heer.

Arfast ließ beunruhigt den Blick über das offene Gelände in der Umgebung des Hofes schweifen. Wenn dem General nicht besonders gute Finten einfielen, würden am Ende die Bauern recht behalten. Der Boden war so aufgeweicht, wie Stampe es sich nur wünschen konnte. Man mußte hoffen, daß Zappy wußte, was Marschboden im späten Herbst bedeutete.

Der Kamm des Walles um den Herrenmannenhof war schwarz von Köpfen. Sie wurden erwartet, und ganz sicher nicht nur von leichtbewaffneten Abhängigen, sondern auch von kriegserfahrenen Rittern, die die Holsteiner Grafen zur Unterstützung des Stallers geschickt hatten.

Die Beratungen zogen sich hin; bei beginnender Dämmerung wurde den Männern befohlen, sich für die Nacht in den nahen Wald zurückzuziehen.

Am frühen Morgen des nächsten Tages gab der General seine Taktik bekannt: Die Bogen- und Armbrustschützen zu Fuß würden in lockerer Ordnung über den Acker schwärmen und die Stallerburg noch außerhalb der Schußweite umstellen. Während sie alle zusammen vorrücken und mit dem Beschuß beginnen sollten, würden die Ritter zügig auf dem kürzesten Weg von der Hardesstraße zum Torhaus der Burg galoppieren und es erstürmen. Alle übrigen Männer sollten ihnen so schnell wie möglich folgen und sich auf dem Wall in den Kampf Mann gegen Mann stürzen.

Arfast, Haye und Lars gehörten aufgrund ihrer mangelhaften Bewaffnung zu den Fußsoldaten im Gefolge der Ritter. Fröstelnd warteten sie auf ihren Einsatz.

Die Schützen arbeiteten sich mühsam im aufgeweichten Acker vorwärts; je weiter sie sich von der Straße entfernten, desto tiefer sanken sie in den Klei ein. Zappy ließ sein Pferd ungeduldig vor- und zurücktänzeln. »Es geht zu langsam mit den Leuten«, schrie er ihrem Anführer zu.

Der Mann gab mit dem ganzen Arm ein energisches Zeichen, und die Männer gaben sich Mühe, ihm zu gehorchen. Aber bald lag eine Reihe von Schützen auf den Knien im Matsch, die schußbereit gehaltenen Bögen und Armbrüste daneben.

»Auch das noch«, stöhnte ein nervöser Ritter neben dem General.

Haye griff nach Arfasts Arm. »Die können die Armbrüste in dem Morast gar nicht spannen«, keuchte er. »Und daß lehmverschmierte Pfeile treffen, glaube ich erst, wenn ich es sehe!«

Arfast spähte bestürzt über das Feld, über dem die Wolken so tief hingen, daß man zwischen Nieseln und Nebel kaum unterscheiden konnte. Haye wußte über Waffen gut Bescheid, und er hatte recht. Die Steigbügel der Armbrüste versanken beim Spannen im Schlick. Inzwischen setzten sich auch die Beinschienen und die Kettenglieder der Panzer mit Lehm zu. Irgendwann würden die Männer ihr eigenes Gewicht nicht mehr tragen können.

»Das gibt eine Niederlage«, murmelte Arfast, aber Haye hörte ihm nicht zu, weil er gespannt Zappy beobachtete, der in diesem Augenblick die Ritter losschickte.

In Zweierreihen setzten sie sich auf der Straße in Bewegung. Ihr verhaltener Galopp ließ das Metall der Helme und Kettenhemden leise klirren und die Spieße und Schwerter matt schimmern. Für einen Augenblick war Haye ungemein stolz, bei dieser Schlacht dabeisein zu dürfen.

Die erste Zweierreihe stockte, und die nachfolgenden ritten auf. Ein Knäuel von sich aufbäumenden und im Kreise drehenden Rittern und Knappen bildete sich dort, wo aufgrund von Fuß- und Hufspuren der Anfang des Stichweges zum Hof des Stallers zu vermuten war.

General Zappy erhob sich wütend in den Steigbügeln. »Los jetzt!« schrie er unbeherrscht. »Mit was für tölpelhaften Schafsköpfen bin ich denn heute unterwegs?«

Einige beherzte Männer lösten sich aus dem Durcheinander und hieben ihren Pferden die Sporen in die Seite, die mit langen erschrockenen Sätzen auf den Burgweg hinauspreschten und dort steckenblieben. Die Ritter flogen im hohen Bogen von ihren Pferden. Ein Pferd knickte in den Vorderbeinen ein und stürzte.

Haye sah das Weiße in den Augäpfeln des Hengstes. Er ballte die Fäuste. »Man muß ihn töten«, sagte er heftig und wandte sich ab, als der Ritter sein Messer ansetzte.

»Sie haben den Weg unpassierbar gemacht«, erkannte Arfast düster.

Die nächsten Ritter versuchten es langsamer und blieben oben, aber ihre Pferde kamen trotzdem nicht vorwärts. Vom Burgwall erschollen Gelächter und Spottrufe. Die Männer der Edomsharde wußten, daß Zappy jetzt aufgeben mußte.

General Zappy sah sich ratlos das unkriegerische Durcheinander an. »Die Männer müssen doch auch in die Burg hineingelangt sein.«

In die Burg hineingelangt, wiederholte eine Stimme in Arfasts Kopf, während er auf seine Füße starrte. Und dann tauchte vor seinem Auge ein Mann mit Lederkappe auf, der im Galopp durch dichtes Gebüsch geritten war, das sich als ausgehauener Weg entpuppt hatte.

Arfast bahnte sich seinen Weg durch die dichtgedrängten, enttäuschten und aufgebrachten Männer. »Laßt mich zum General durch«, knurrte er böse, als einer der Ritter ihm absichtlich mit dem Hinterteil seines schweren Kampfrosses den Weg verstellte.

Waldemar Zappy war schon auf Arfast aufmerksam geworden. Allein sein Blick ließ den Ritter nachgeben.

»General Zappy«, sagte Arfast atemlos. »Ich weiß, wo sie den Zugang zum Wehrhof versteckt haben. Er ist in dem Wäldchen da hinten.«

Zappy blickte aus schmalen Augen zu dem Wald hinüber, auf den Arfast wies. Dann sagte er: »Könnt Ihr mir seinen Verlauf aufzeichnen?«

»Ich glaube«, antwortete Arfast nach einem Augenblick des Nachdenkens. »Gegangen bin ich ihn nie, aber gesehen habe ich ihn.« Er hockte sich hin, und die Ritter, die von ihren Pferden gesprungen waren, umringten ihn und den General mit neugierigen Gesichtern.

Arfast klopfte den Boden fest und kratzte den schnurgeraden Waldweg und dann den geschwungenen Bogen um den Hof in die Erde, wie er sie aus seinem ersten Besuch in Morsum in Erinnerung hatte. »Ingemar Stampe hat hier an dieser Stelle einen festen Damm stehenlassen«, berichtete er. »Vermutlich hat er ihn oberflächlich pflügen lassen, damit er sich von dem Zugang nicht unterscheidet, den die Ritter gerade erprobt haben. Aber dort sinken höchstens die Hufe ein. Es kann gar nicht anders sein!«

Zappy betrachtete den jungen Mann von oben. Er stammte aus der Gegend und kannte sich aus. Ketelsen war kein Wichtigtuer und Ingemar kein Dummkopf. Die Vermutung hatte viel für sich. Er entschloß sich, Arfast zu glauben. Bevor noch die Ritter in Geheul oder ähnliche entlarvende Geräusche ausbrechen konnten, hob er abwehrend die Hand. »Kein Wort«, befahl er laut. »Wir werden so tun, als ob wir die Unsinnigkeit unseres Unternehmens eingesehen hätten.«

Dem Hornbläser wurde befohlen, das Signal zum Rückzug zu geben.

»Ihr bleibt an meiner Seite, Arfast, und erzählt mir, was Ihr noch darüber wißt«, entschied Waldemar Zappy. Aufmerksam hörte er ihm zu.

»Der Weg ist zu schmal, um die gesamte Streitmacht darauf aufzufächern«, erinnerte sich Arfast. »Wenn sie uns erst sehen, holen sie einen nach dem anderen vom Pferd. Wir müssen sie vielmehr überraschen!«

Zappy beschloß, bis zur Dunkelheit im nahen Wäldchen zu warten. Für die Edomsharder entschwand das Heer des Königs in die Richtung, aus der es gekommen war, und sie begleiteten es mit Geheul.

Einige Stunden später machte sich bei tiefer Dunkelheit die gesamte Streitmacht des Königs auf, einen morastigen Weg zu einem Stallerhof zu suchen.

Licht durften sie nicht machen, und der Mond versteckte sich. Gottlob, dachte Arfast, der mit Haye und Lars, versehen mit langen Stöcken, voranging. Pferdelänge um Pferdelänge tasteten sich die drei Fährtensucher vorwärts. Der Klei war tatsächlich nur an der Oberfläche aufgewühlt, darunter war der Boden fest.

Die lange Reihe der Ritter und Knappen, die ihre Pferde an den Zügeln führten, folgte fast lautlos.

Bei langsam im Osten aufsteigendem Licht kauerte die gesamte Heeresmacht unterhalb des kreisförmigen Burgwalls. Keine Maus würde aus dem Hof entkommen können.

Friedliche Geräusche innerhalb der Umfriedung bewiesen, daß sie noch nicht entdeckt waren. Die Winde des Brunnens quietschte, und der Eimer schlug klappernd an Holz. Schläfrige Stimmen antworteten einem Mann, der darauf bestand, daß er sofort Wasser haben wolle. Das ist ganz sicher der Koch des Stallers, dachte Arfast und erschrak über das plötzlich ausbrechende Schlachtgetümmel in seiner Umgebung. Er hatte das Signal zum Angriff überhört. Die Männer neben ihm stürmten mit Geschrei den Wall hoch und begannen mit dem Beschuß.

Arfast sah schon die nach unten in den Hof gerichteten Pfeile fliegen, bevor er oben angelangt war. Die Ritter schlugen unterdessen auf das verschlossene Tor im Torhaus ein. Aus den Luken über ihnen wurde erst nach einer Welle geschossen.

Nur schlecht Bewaffnete lagen bereits tot im Gras, als Arfast den Wall hinunterstieg, während Haye schon längst wie ein Berserker mit einem Schwert zwischen die herausrennenden Verteidiger fuhr. Die ersten königlichen Ritter galoppierten in den Hof, nachdem die älteren Knappen das Haus des Stallers bereits eingenommen hatten. Sie führten verstörte Bauern und Hörige in den Hof und trieben sie in einem schnell abgeteilten Bereich zusammen. Wenigstens zwei Rungholter erkannte Arfast.

Die Schlacht war zu Ende, ehe sie richtig begonnen hatte. Plötzlich tauchte Haye wieder auf. Er war verschwitzt und rot im Gesicht, aber unverletzt. »Stell dir vor, Arfast«, sagte er, »Jago ist nicht da. Und sein Herr auch nicht. Der ganze schöne Kampf war vergebens.«

Ingemar Stampe hatte bei seiner Flucht nur seine beiden Knechte als Begleiter mitgenommen. Und Jago. Wie auf der Hirschjagd tappte er unsichtbar irgendwo neben ihm im Gebüsch. Gerade als Ingemar das Nadelöhr von Damm hinter sich gebracht hatte, hörte er die gedämpften Geräusche eines Heeres, das auch beim Befehl absoluter Lautlosigkeit niemals unhörbar sein kann. Das leise Klappern von Hufen war unverkennbar, und gelegentlich klirrte eine Waffe. Aber niemand würde darüber die sich entfernenden Huftritte dreier weiterer Pferde heraushören können. Er lächelte spöttisch. Sein Instinkt hatte ihn gerade zur rechten Zeit gewarnt.

Was mit den zurückbleibenden holsteinischen Rittern und den Edomshardern geschah, interessierte ihn nicht. Es war ihre Aufgabe, erschlagen zu werden, wenn es sein mußte. Er dagegen mußte jetzt sein weiteres Vorgehen genau planen. Sein Einsatz war hoch gewesen, und den ersten Stich hatte er verloren, aber nicht das Spiel. Das Amt des Stallers hätte er über kurz oder lang ohnehin aufgegeben. Seine Zukunft aber lag strahlend vor ihm. Das Geld für die Söldner befand sich in sicherer Verwahrung, und wenn alles gutging, würde er in einem Jahr als Herzog von Schleswig in Amt und Würden sein.

Er mußte jetzt so schnell wie möglich aus dem Einflußbereich des derzeitigen Herzogs von Schleswig verschwinden. Dieser hatte sich bereits einmal mit dem dänischen König verbündet. Noch war es schwer abschätzbar, auf welche Seite er sich im Krieg gegen Waldemar, für den sie sich gerade rüsteten, stellen würde. Aber man konnte an zehn Fingern abzählen, wie er sich gegenüber dem abgesetzten Staller aus dem eigenen Herzogtum verhalten würde.

Um also nicht in irgendeiner Weise zum Pfand des Herzogs zu werden, mußte er sich und seinen Sohn in Sicherheit bringen. Wäre nicht seine Sorge um Waldemar gewesen, hätte die Rache an Arfast im Vordergrund aller Überlegungen gestanden. Mit dem Vater begann und mit dem Sohn endete die einzige Niederlage, die Ingemar in seinem Leben hatte hinnehmen müssen. Es hätte ihn nicht gewundert, wenn der Langenesser auch beim Auffinden des verborgenen Weges seine Hände im Spiel gehabt hatte. Stampe hatte längst eingesehen, daß er die junge Frau von damals mitsamt dem Sohn hätte beseitigen müssen.

Ingemars Grübeln fand ein plötzliches Ende, als die Pferde der Knechte stehenblieben. Er hörte die Männer miteinander tuscheln. »Weiter«, schnauzte er ungehalten.

»Nach rechts, Herr?« fragte der Knecht todesmutig, der seinen Hals noch gesund zwischen den Schultern trug. Von dem ganzen Wirbel im Stallerhof hatte er nur begriffen, daß der König versuchte, seinen eigenen Staller zu erschlagen und dessen Knecht mit ihm. Ihr Heil konnte nur in der Flucht liegen, fort von den Marschen, die er ohnehin haßte.

»Zur Trojburg, du Tölpel!« Ingemar gab sich nicht die Mühe, dem Mann zu erklären, daß Backe Osing ihm die einzige willkommene Nachricht der letzten Zeit hatte überbringen lassen. Er wußte jetzt, daß dieses Weib seinen Sohn im äußersten Westen von Pellworm vor ihm versteckte.

Die Knechte drückten ihren Pferden ergeben die Hakken in die Seiten. Der Tag brach an, und sie konnten den Weg vor sich jetzt erkennen. Den Weg, der ihnen keine Möglichkeit zur Flucht ließ. Inzwischen quälte sie Todesangst.

Waldemar Zappy erstattete seinem König unter vier Augen Bericht über den annähernd verlustlosen Sieg über die Anhänger des verräterischen Stallers. Leider auch über dessen spurloses Verschwinden, das sich selbst die wenigen Adeligen nicht hatten erklären können, die sie lebend gefangengenommen hatten.

»Man mußte damit rechnen«, befand der König nüchtern. »Ein Mann, der Könige wie Schachfiguren über sein

Brett schiebt, setzt sein Leben nicht bei einem Scharmützel aufs Spiel. Dennoch war der Angriff als Signal notwendig. Sie sollen wissen, daß ihr Verrat entdeckt worden ist und daß wir alle, vom Urheber bis zum letzten Glied in der Kette, bestrafen werden.«

»Ja, so ist es«, sagte Zappy und streckte seine Beine weit von sich, eine Geste, die er sich erlauben durfte, wenn ihr Zwiegespräch von Mann zu Mann stattfand und weniger zwischen König und General. »Besonders wird es Ingemar Stampe wurmen, daß seine ganzen aufwendigen Vorbereitungen von einem einzigen scharf beobachtenden Friesen in wenigen Augenblicken aufgedeckt werden konnten. Die reinste Beleidigung für den Mann, so wie ich ihn einschätze.«

»War das dieser Arfast Ketelsen?« fragte Waldemar interessiert und pflückte sich eine Weintraube aus einer Schale mit Obst.

»Ja«, bestätigte der General und lehnte dankend ab. Die vergorenen Trauben mundeten ihm besser. Nach einem Schluck aus dem Pokal berichtete er: »Der Vetter, dieser Haye, ist ein tollkühner Kämpfer, er fährt wie eine Sense über den Feind. Auch Arfast ist mutig, aber sein eigentlicher Wert liegt woanders. Er ist ein entschlossener Planer, mit mehr Übung wäre er ein intelligenter Stratege. Für alles.«

»Schade«, sagte der König. »Das Königreich bräuchte Männer wie ihn, nicht die von der Sorte Ingemar Stampes. Die haben sich schon zu lange an ihre Privilegien gewöhnt. Wenn sie beginnen, nach den Sternen zu greifen, muß man sie beseitigen.«

Zappy zog die Beine an sich und nahm geziemende Haltung ein. Die Vertraulichkeit hatte soeben ihr Ende gefunden. Genaugenommen erfreute auch er sich schon lange verschiedener Privilegien. Der Himmel mochte wissen, was Waldemar mit zu lange bezeichnete. Für den General war er undurchschaubar bis zum heutigen Tag geblieben.

Trotz des mäßigen Effekts des Sieges fand im Schloß von Tondern eine Siegesfeier statt, für die Hörigen und die Pferde im Hof und in den Stallungen, für die Ritter, die Knappen und die Freien im großen Saal.

Arfast und Haye saßen an einem schmalen Tisch, einem Brett auf Böcken, weitab vom König, wie es ihrem niedrigen Rang entsprach. Lars entschwand bald, weil er einige Knappen aus der Ripener Gegend entdeckt hatte, mit denen er ein Schwätzchen halten wollte.

Die beiden Friesen kannten niemanden. Die wenigen Kampfteilnehmer aus Klockries waren schon an der Edomsharder Grenze entlassen worden. Haye, rastlos wie immer, sprang zwischen Fisch und Fleisch auf, um sich die Beine zu vertreten, wie er sagte. Arfast packte seinen Arm und hielt ihn fest. »Paß auf dich auf. Auch Küchenmädchen haben einen Beschützer, besonders, wenn sie hübsch sind.«

»Keine Angst«, antwortete Haye sorglos. »Er hat während des Gastmahls zu tun.«

Arfast seufzte leise. Sein Vetter neigte zum Leichtsinn Frauen gegenüber. Irgendwann würde er einer Frau begegnen, deren Liebhaber ihn aus Eifersucht erschlagen würde. Verdrossen versuchte er, die beiden Dänen zu verstehen, die ihm gegenübersaßen, einfache Männer mit strohblonden Haaren, die glatt abgeschnitten wie Kappen auf ihren Schädeln lagen. Ihr Dialekt unterschied sich so sehr vom Südjütischen, daß er nach einer Weile nur verstanden hatte, daß der eine vom Erzbischof in Lund sprach. Das war am anderen Ende des Reichs, und vielleicht stammten die Kämpfer ja von dort.

Noch während er konzentriert lauschte, nahm er wahr, daß in seinem Rücken die Gespräche verstummten. Neugierig sah Arfast sich um.

Der König bahnte sich zwischen den engen Bankreihen seinen Weg und kam auf ihn zu. Als er sich neben ihn setzte, machten die beiden Dänen mit ehrfurchtsvollen Gesichtern eine Verbeugung und zogen sich an einen anderen Tisch zurück.

»Ihr habt Euch um den Sieg verdient gemacht, Friese Arfast«, sagte Waldemar und betrachtete ihn prüfend.

Die steile Falte zwischen des Königs Augenbrauen

schien sich nie zu glätten. Sein Gesicht trug einen forschenden Ausdruck, in dem sogar ein wenig Argwohn lag. Vielleicht ist er gewöhnt, daß man ihn zu betrügen versucht, dachte Arfast und nickte. »Ja«, sagte er karg und vergaß über seiner Zuneigung zu diesem König und seiner ungestümen Bereitschaft, ihm treu zu dienen, jede Höflichkeit.

»Jedenfalls stellt Ihr Euer Licht nicht unter den Scheffel«, stellte Waldemar fest. »Das ist gut. Ein Mann muß wissen, was er wert ist. Habt Ihr eine Familie, von der man dies auch sagen kann?«

»O ja!« antwortete Arfast. »Meine Mutter ist aus schleswigschem Adel. Einer meiner Urahnen gehörte zur friesischen Leibwache des dänischen Königs. Mein Vater war als Hardesvogt in Eurem Dienst. Ingemar Stampe ließ ihn widerrechtlich ermorden.« Er sah dem König geradewegs in die Augen, um ihn spüren zu lassen, daß er ihm diesen Staller nicht verzieh.

Waldemar verkniff sich seine Belustigung. Er verstand sehr wohl die Kritik dieses ungehobelten jungen Mannes. Sie stand ihm selbstverständlich nicht zu; andererseits wußte er sehr wohl zwischen der Katzbuckelei mancher Grafen und dem Mut des Friesen zu unterscheiden. Um so bedauerlicher, daß er sich dessen Geistesgaben nicht zunutze machen konnte. »Ihr liegt im Streit mit der Kirche, wie man mir berichtete. Ein Einvernehmen zwischen Uns und Euch ist nicht möglich, solange Ihr dem Bann unterliegt. Kommt wieder, wenn Ihr Euch mit der Kirche ausgesöhnt habt, Arfast Ketelsen.« Waldemar erhob sich und ging zwischen den niederen Adeligen davon, die sich beeilten, ihm Platz zu machen und ehrfurchtsvoll zu ihm emporsahen.

Arfast erbleichte. Bebend vor Empörung zog er den nächststehenden Krug zu sich heran und schüttete eine Menge Bier in sich hinein, während er sich darüber klarzuwerden versuchte, was er nun tun sollte.

Sie konnten hier am Hof nicht bleiben. Für einen aufrechten Friesen war hier kein Platz. Schwankend machte Arfast sich nach einer Weile auf, Haye zu suchen.

XVII

Haye hatte das dralle, rotwangige Mädchen nicht vergessen. Längst hatte er in Erfahrung gebracht, daß sie zum ständigen Küchenpersonal des Schlosses gehörte und Gesine hieß. Der Fischausnehmer, der im Troß des Königs gekommen war und sich um sie kümmerte, konnte wohl kaum ältere Rechte als er selber haben.

Im unteren Geschoß des Schlosses, das durch mächtige Gewölbe auf steinernen Pfeilern bedrückend düster wirkte, fand Haye sich erst nach einer Weile zurecht. Niemand kümmerte sich um ihn, als er in die weitläufige Küche hineinblickte, in der für die Gesellschaft im Saal auf mehreren Feuerstellen gekocht wurde. Fragen wollte er nicht, und dann erkannte er von selbst, daß er hier falsch war: Es gab hier nur Männer. Köche erteilten Befehle, Kochjungen sprangen in panischer Hast umher, um sich keine Ohrfeigen einzuhandeln, und Pagen schleppten Platten und Bretter, voll mit krossem Bratenfleisch, Vögeln im eigenen Federkleid und bunten Pasteten.

Vorsichtig zog er sich wieder zurück und wanderte den Gang weiter, in der Hoffnung, daß hier keiner den anderen genau kannte und er nicht auffallen würde. Wahrscheinlich war das Mädchen eher dort, wo das Geschirr gespült wurde. Haye bog mit dem Gang nach rechts ab und ging dann den Dampfschwaden nach, die aus einem Raum strömten.

An Bottichen und Schüsseln standen Frauen und scheuerten aus Leibeskräften verkrustete schwarze Töpfe, riesige Schöpflöffel mit Breiresten und undefinierbares Zubehör. Immer wieder klatschten dürre Knechte Kessel von kochendem Wasser in die Waschzuber und wurden von Dampf eingehüllt. Unter diesen blassen und schweißtriefenden älteren Frauen und Männern war Gesine auch nicht.

Haye drehte sich um und prallte mit ihr zusammen;

zwei Platten fielen auf den Boden und gingen zu Bruch. »Oje«, flüsterte sie erschrocken, aber in dem klappernden und plätschernden Lärm sah er nur ihre Lippenbewegungen.

Hastig schob sie die Scherben mit dem Fuß unter der offenstehenden Tür durch, faßte Haye an der Hand und zog ihn mit sich. Im Laufen stieß sein Oberschenkel an den ihren, und sofort spürte er die Lust in sich aufsteigen wie die Flutwelle an der Prielkante. Ihr Griff war warm und fest, und sie wußte genau, wohin sie wollte. Ohne Zögern folgte er ihr in einen lichtlosen Raum, in dem der Widerhall ihres heftigen Atems ihm sagte, daß er sehr klein sein mußte.

Sie drückte die Tür zu, die so lose gefügt war, daß zwischen den Brettern eine Spur des flackernden Fackellichts aus dem Gang hereinfiel.

Als ihre Finger sein Geschlecht streichelten und drückten, war jeder Zweifel bei ihm fortgewischt, was sie von ihm wollte. Er legte sie wie eine Strandkrabbe auf den Rükken, zog seine Hose mit fliegenden Händen aus und warf sich zwischen ihre Beine.

Sie war erfahrener als er, aber das mußte er ihr ja nicht sagen. Willig ließ er sich von ihren Händen bis zum Bersten aufreizen und glitt dann in einen weichen, feuchten Schlund hinein. Nur verschwommen wurde ihm bewußt, daß ihre großen Brüste ein eigenes Vergnügen versprachen, dann entlud er sich unter Stöhnen, während sie gierig alles in sich einsaugte, was er ihr geben konnte.

Endlich sackte sein Kopf in die Kuhle zwischen ihrem Hals und der Achsel.

»Bleib noch«, flüsterte sie.

Haye blieb still liegen. Er schämte sich ein wenig; wo er lebte, war es verpönt, in dieser Weise über unverheiratete Frauen herzufallen. Auch beim nächtlichen Besuch am Fenster der Mädchenkammer durfte es dazu nicht kommen. Aber zweifelsfrei waren in Tondern die Sitten ganz anders. Sie gefielen ihm sehr gut.

Wie einen Käfer auf der Haut spürte er ihre Zunge zart in seinem Ohr, während sie sich unter ihm zurechtrückte.

Er verlor ihre Umklammerung und hörte im gleichen Augenblick auf, es zu bedauern. Sie knetete sein Gemächt so kundig, daß er augenblicklich wieder steif wurde. »Jetzt bin ich dran«, hörte er ihre Stimme und folgte ihrem Verlangen, während sie unterschiedliche und für ihn erstaunliche Geräusche von sich gab.

Am liebsten wäre Haye auf ihrem weichen Leib eingeschlafen, um von ihr zu träumen. Er rollte sich zur Seite und legte sanft die Hand auf ihre Brust.

»Ihr Friesen seid nach außen hin so unnahbar«, flüsterte sie und zog seinen Kopf herbei, bis sein Mund ihre Brustwarze berührte. »Aber in Wahrheit seid ihr brünstiger als Einhörner.«

Haye hatte noch nie davon gehört, daß ein Einhorn als besonders brünstig galt, aber er hatte keine Lust, ihr zu widersprechen. »Kennst du denn so viele Einhörner?« fragte er statt dessen schläfrig.

Sie kicherte. »Nein, aber Friesen. Ich habe einen entfernten Verwandten, der Friese ist. Bei ihm dauerte es viel länger als bei dir, aber er war noch saftiger.«

Haye wurde starr vor Entsetzen. »Willst du damit sagen, daß du gerade bei einem anderen gelegen hast?«

»Doch nicht gerade«, sagte sie lachend und kraulte sein Schamhaar, um ihn zu versöhnen oder abzulenken oder beides.

Er schob ihre Hand fort. »Wann denn?« fragte er streng, »und wer war es?«

»Er heißt Sivert«, plauderte sie und schob ihre Finger wieder dorthin, wo sie hingehörten, wenn ein eifersüchtiger Mann besänftigt werden sollte. »Er brachte eine Botschaft von Nordmarsch zum Stallerhof, aber zurück ist er nicht mehr. Er hat sich aus dem Staub gemacht.«

Haye kroch Hitze über den Leib, und dieses Mal waren nicht nur ihre Finger schuld. Auf Nordmarsch gab es zwei Männer, die auf den Namen Sivert hörten. »Ich kannte mal einen, der im Salz auf Langeneß gearbeitet hat«, murmelte er unbeteiligt. »Der hatte sechs Finger an der einen Hand.«

»Ja, das ist er«, antwortete sie eifrig und dankbar, daß

sein Argwohn auf den Rivalen beschwichtigt war. »In letzter Zeit war er Dienstmann auf der Trojburg. Er war auch in Fedderingmanriep dabei. Bei dem Brand, weißt du? Aber dann bekam er Angst um sein Leben, weil es hieß, der Staller würde nun ständig auf der Trojburg wohnen. Und da gab es Gerüchte …«

»Soll das heißen, daß Fedderingmanriep in des Stallers Namen abgebrannt wurde?«

Gesine nickte und kicherte. »Es war alles ganz geheim, aber mir hat er's verraten.«

Haye ließ seine Augen nicht von dem Mädchen, während er sich mit dem Rücken an der kühlenden Wand hochschob. »Bestimmt ist er jetzt froh um sein Leben.«

»Warum?«

»Weil fast alle tot sind, die gestern beim Staller Ingemar Stampe waren.«

Die Magd stieß einen Ruf des Staunens aus. »War das derselbe Staller? Was du nicht alles weißt!« Aber eigentlich interessierte sie dies gar nicht, wie Haye merkte. Bevor er nicht mehr hätte widerstehen können, schüttelte er abweisend den Kopf und zog sich schweigend an.

»Dann eben nicht«, versetzte sie beleidigt.

»Der König vermißt mich sonst«, sagte Haye geheimnisvoll. »So lange darf ich beim ersten Mal nicht wegbleiben. Wo finde ich dich eigentlich wieder?«

»Oh«, sagte sie bewundernd und zugleich hoffnungsvoll. »Immer hier im Hause. Du kannst jeden fragen. Jeder kennt mich.«

Haye fand dies bei weitem weniger angenehm, als Gesine zu vermuten schien. Zumindest hatte er sie jetzt beschwichtigt, und nachdem sie wieder schicklich bedeckt war, zeigte sie Haye den unverfänglichsten Weg nach oben in den Saal. Er konnte auf dieser hinteren Treppe jederzeit sagen, daß er im Stall nach seinem Pferd gesehen hatte, und niemand würde ihm etwas anderes nachweisen können.

»Aber komm bald wieder«, rief Gesine ihm nach.

Er nickte, ohne sich umzusehen.

Oben hatte die Fröhlichkeit einen fortgeschrittenen Zustand erreicht, doch Arfast war nicht mehr auf seinem Platz. Als Haye bei seiner Suche im Innenhof angelangt war, fand er Arfast schlafend in einer Ecke. Neben ihm erleichterte sich einer von den bierseligen Dienstmannen, und er merkte es nicht einmal.

Aber Haye nahm keine Rücksicht auf Müdigkeit oder Trunkenheit. Er schüttelte Arfast. »Wir gehen auf Stallerjagd!« schrie er ihm ins Ohr. »Ich weiß jetzt, wo der Staller sich versteckt.« Erst als er ihm einen Eimer Wasser ins Gesicht schüttete, wurde Arfast richtig wach.

»Und woher weißt du das alles?« fragte er ungläubig, nachdem Haye sein Wissen wie eine sprudelnde Quelle über ihn ergossen hatte.

»Ich habe das Mädchen ausgefragt, zu dem du mich nicht lassen wolltest«, antwortete Haye mit unschuldiger Miene. »Was dachtest du denn, was ich bei ihr wollte?«

Arfast war im Kopf so schwindelig, daß er keine Lust hatte, darüber nachzudenken, was Haye sonst noch mit einem Mädchen hätte anstellen können. »Dann sollten wir jetzt reiten«, sagte er mit schwacher Stimme. »Wohin wollten wir noch gleich?«

Hayes Augen funkelten. »Zur Trojburg. Da sitzt die Spinne im Netz.«

»Erst nach Rungholt«, widersprach Arfast kläglich. »Ich stinke wie ein Abwasserkanal. Ich brauche frische Kleidung.«

Einen Tag später hätte er alles für schmutzige Kleidung gegeben, wenn er dafür noch ein freier Mann gewesen wäre.

»Hätte ich nur nicht auf dich gehört«, stöhnte Haye, als ihnen der Hardesvogt kurz hinter Morsum mit mehreren Männern zu Pferde entgegenkam. Wie immer in solchen Fällen, behielt er recht. Ein Unbekannter mußte Harre Gunneson benachrichtigt haben, denn er kam, um sie in Gewahrsam zu nehmen. »Wer hat uns verraten?« fuhr er Gunneson an, aber dieser lächelte süffisant.

Kurze Zeit später stellte sich heraus, daß es jedermann

gewesen sein konnte. »Verräter!« schrie einer, kurz nachdem sie die Riper Brücke überschritten hatten. Arfast sah sich um unter den Bauern und Fischern von Rungholt. Es gab keinen, der nicht feindselig schien.

»Sie sind gegen uns«, raunte Haye grollend. »Nach allem, was wir für sie getan haben.«

»Was haben wir denn getan?« fragte Arfast bitter, während sie dem Hardesvogt folgten, der den Weg zum Lüttfischerhafen einschlug. »Zuletzt haben wir sogar Krieg gegen sie geführt.«

Arfast hart auf den Fersen war einer der Knechte. Immer wieder bedrängte dessen Gaul seine Stute, die mit kleinen Hüpfern ausschlug und immer unruhiger wurde. Aber es hatte keinen Sinn, mit dem Kerl Streit anzufangen: Er trug einfach nur die Stimmung der Leute weiter.

Aus dem Augenwinkel beobachtete Arfast, wie der Knecht erneut die Hacken in den Leib seines Pferdes drückte. Er paßte den Moment ab, in dem der Abstand noch so groß war, daß seine Stute mit Schwung auskeilen konnte. Dann zog er die Zügel an und kitzelte sie gleichzeitig in der Flanke. Der Knecht schrie auf und rieb sich das Schienbein. »Sie ist sehr unruhig heute«, erklärte Arfast und nahm mit Genugtuung zur Kenntnis, daß der Mann fortan eine Pferdelänge zurückblieb.

»Einen Deich haben wir geflickt«, nahm Arfast das Gespräch mit Haye wieder auf, »und Unruhe heraufbeschworen. Manche haben eingesehen, daß sie hier gefährlich leben. Aber an den Zuständen hat sich nichts geändert.«

»Ruhe, die Gefangenen«, brüllte der Knecht übellaunig.

»Halt's Maul«, schnauzte Haye zurück.

Der Knecht schwieg unschlüssig.

»Mutter hat so recht gehabt«, fuhr Arfast fort. »Aber auch, wenn ich ihr geglaubt hätte, hätte ich nicht anders gehandelt. Du mußt ihr das sagen, wenn sie mich hingerichtet haben.«

Haye schluckte.

Der Hardesvogt machte vor dem großen Salzspeicher von Agge halt. Nichts deutete darauf hin, daß er inzwischen von königstreuen Männern beschlagnahmt worden war. Sein kräftiges Schloß sah unberührt aus.

»Wenn du versuchst, Menschen vor den Geschäfts- oder Machtinteressen der Mächtigen zu warnen, gerätst du selber in Lebensgefahr«, sagte Arfast, während er den Hardesvogt beobachtete, der abgesprungen war und sich an der Tür zu schaffen machte. Plötzlich hatte er das Bedürfnis, Haye einige von seinen Erkenntnissen mit auf den Weg zu geben: Vielleicht war es ja eine Frage des Alters, ob man jemandem glaubte. »Ich verstehe, daß die Mächtigen ihren Besitzstand um jeden Preis wahren wollen. Aber ich verstehe nicht, warum die Geschädigten sie dabei noch unterstützen.«

Haye zuckte die Achseln. »Vielleicht wollen sie keine Veränderung in ihrem Leben. Oben ist oben, und unten ist unten. Und du und ich, wir sind auch unten. Sogar besonders weit unten.«

»Nein!« widersprach Arfast energisch. »Du bist nicht angeklagt. Du kannst gar nicht angeklagt sein. Du hast dich nun davon überzeugt, daß sie mich einsperren und nicht einfach totschlagen: Du solltest darauf bestehen, jetzt als freier Mann fortzureiten.«

»Lieber nicht«, erwiderte Haye nach kurzem Überlegen. »Ein Mann allein kommt vor der Gerichtsverhandlung leicht zu Schaden – zwei schon weniger.«

Die Tür zum Speicher wurde aufgezogen.

»Los, absitzen und rein!« schrie der Knecht.

»Mein Vetter Haye ist freiwillig mitgekommen«, beharrte Arfast und blieb oben.

Der Hardesvogt drehte sich um. Ein Hohnlächeln lag auf seinem Gesicht. »Ihr seid beide des Aufruhrs und Landfriedensbruchs angeklagt, Arfast Ketelsen und Haye Harksen.«

Tief im Westerwoldt hockten Kresken und ihr mißmutiger Sohn Waldemar vor einer sorgsam aus Reisig, Moos und Laub gebauten Hütte, zusammen mit Verfemten und anderen Menschen, die Grund hatten, die Dörfer zu meiden.

Kreskens Verwandte hatten sie zuerst zögernd aufgenommen und dann hinausgeworfen, als sich herumsprach, daß Ingemar Stampe beim König in Ungnade gefallen war. Zu eng war ihre Verbindung mit dem Staller.

Da Verfemte sich sicherer fühlen, je mehr sie sind, hatten sie Kresken und Waldemar aufgenommen.

»Ich hasse Bisamratten«, schrie der Knabe wild, als Kresken ihm den kleinen gebratenen Körper vorlegte, dessen Rippen wie Nadeln aus der Brustwand hervorspießten und dessen blutigroter Nacken bewies, wie das Tier zu Tode gekommen war.

»Gut, mir schmecken sie«, brummte ein alter Mann und schnappte danach. Bevor Waldemar sich anders entscheiden konnte, hatte der Mann dem Braten den halben Oberschenkel ausgerissen und in den Mund gestopft. Viele Zähne hatte er nicht mehr, und der Rest war locker, so würgte er den Bissen hinunter.

Waldemars Augen verfolgten, wie sich der Adamsapfel der Kehle vorwölbte und wieder absenkte. Außer sich vor Wut zog er sein Stechmesser.

Kauend nahm ein junger Mann es ihm aus der Hand und warf es, scheinbar ohne zu zielen, nach oben in eine Baumkrone. Vibrierend blieb es in einem Ast stecken. Dieser war so dünn, daß es eine Weile dauerte, bis er zur Ruhe kam.

»Das Messer ist von meinem Vater«, sagte Waldemar weinerlich.

»Er kann es da oben abholen.« Der Jüngling grinste beifallheischend zu Kresken hinüber, aber sie tat so, als bemerke sie es nicht.

Seit Tagen spielte er sich gegen ihren Willen als Beschützer auf. Irgendwann würde er versuchen, sie zu vergewaltigen. Der Verlust des Messers war daher mehr als der Verlust eines Andenkens. Kresken rückte demonstrativ näher an den verkrüppelten Mann mit Buckel und scharfer Zunge heran, der mit seiner Frau schon mehrere Jahre im Wald lebte. Wenn einer die besten Stellen für Pilze, Bucheckern und wilde Birnen kannte, dann er. Seine Frau war stumm, aber sie machte aus allem, was er sammelte, ein schmackhaftes Essen. Auch das Salz für die Ratte hatte er besorgt.

Waldemar schob den Unterkiefer vor und starrte ins Gras. Er wäre längst weggelaufen, wenn er nur eine Ahnung gehabt hätte, wohin. Irgendwo mußten sich Menschen befinden, vielleicht gab es ein Dorf in der Nähe. Dann hob er den Kopf und lauschte. Schon zum zweitenmal hörte er heute einen Hund anschlagen. Und jetzt war er näher als vorhin.

Ingemar, abgesetzter Staller des Königs, hatte als einzigen Mann aus der Trojburg deren Befehlshaber Backe Osing mitgenommen, damit dieser ihnen den Weg weisen konnte. Vier Mann und ein scharfer Hund waren mehr als ausreichend, um eine Frau und einen Jungen einzufangen.

Der Wald der Verfemten war stellenweise sumpfig und nur spärlich von Bäumen bewachsen, an anderen Stellen aber waren Bäume und Buschwerk seit Jahrhunderten vom Menschen nicht angetastet worden und so allmählich zum undurchdringlichen Dickicht geworden. Trotzdem hatte sich Ingemar entschlossen, das ganze Gebiet systematisch abzusuchen. Denn Jago hatte zwar die Fährte des Jungen anhand einer im Stallerhof vergessenen Jacke aufgenommen, sie aber mehrmals wieder verloren. Die Flüchtigen hatten die Wasserläufe nicht ungeschickt ausgenutzt, um ihre Spuren zu verwischen. Ingemar fragte sich, ob sie unter diesen Umständen wirklich allein waren. Er mußte sich möglicherweise darauf gefaßt machen, sie inmitten einer Horde Gesetzesbrecher aufzuspüren.

»Haltet eure Bogen bereit«, befahl er und lauschte mit geschlossenen Augen. Er hörte nichts als das Rauschen von Bäumen und Jagos schnaufenden Atem. Als er die Augen wieder öffnete, hatte Jago eine Pfote hochgehoben und spitzte die Ohren. »Such«, sagte er scharf, und Jago bellte.

Aus der Ferne antwortete ein Pfiff, den er kannte. Ingemar lächelte spöttisch. Es war sein eigenes Signal, an das Jago gewöhnt war. »Wir haben sie«, sagte er, als der Hund losstürmte.

Jago wachte am Eingang der Hütte, als die vier Jäger sie erreichten. Die Knechte holten das armselige Pack, bei dem sich Waldemar und Kresken befanden, ohne Schwierigkeiten heraus. Ingemar rümpfte die Nase, als er das magere Gesicht und die in Fetzen herabhängende, schmutzige Kleidung seiner ehemaligen Geliebten sah. Er wäre sie gerne auf der Stelle losgeworden, aber um des Jungen willen mußte er das Problem zurückstellen.

Waldemar kam als letzter heraus. »Ihr habt euch viel Zeit gelassen«, nörgelte er.

»Halt den Mund«, sagte Ingemar verächtlich und nickte seinen Männern zu.

Die Knechte hoben die Bögen ohne Hast; jeder schoß zwei Pfeile aus kurzer Entfernung ab. Die Verfemten starben, wie sie gelebt hatten: still und ohne Widerstand zu leisten. Kresken erwartete starr, daß der fünfte Pfeil sie treffen würde, aber Ingemar hatte anscheinend anderes mit ihr vor.

Die Knechte kümmerten sich gar nicht um sie, sondern begannen Äste, Laub und Moos auf die Leichen zu häufen. Backe Osing sah ihnen dabei zu. Vogelfreie hatten kein anderes Ende verdient.

Ingemar legte den Arm um die Schultern seines Sohnes und führte ihn aus der kleinen Lichtung, die die Verfemten um die Hütte geschlagen hatten. »Der König erwartet von seinen Stallern und Hardesvögten, daß sie die Wälder von Gesindel freihalten«, erklärte er ihm. »Sie sind ein übles Pack und gefährlich für alle Reisenden.«

»Ja, einer hat mir mein Stechmesser gestohlen«, hörte Kresken Waldemars helle zustimmende Antwort, während sie zögernd zurückblieb.

Kresken schlüpfte ins Unterholz und lief auf leisen Sohlen davon.

Erst als die Knechte und Osing ihre Arbeit beendet hatten, bemerkte Ingemar, daß Kresken verschwunden war. »Auch gut«, sagte der gleichgültig. Oder noch viel besser. Sein Problem würde sich so viel einfacher lösen. Kresken, die viele Jahre im Wohlstand gelebt hatte, würde, in diesem Wald auf sich allein gestellt, zweifellos umkommen.

Er kam gerade rechtzeitig in die Trojburg zurück, um einen Boten des Edomsharder Vogtes zu empfangen, der ihm mitteilte, daß die Ketelmannen Arfast und Haye nunmehr in Rungholt ihren Prozeß erwarteten.

Ingemar holte tief Luft. Er hatte sein Glück wiedergefunden, und es klebte erneut an ihm wie sein Schatten. Niemand würde gegen ihn Klage erheben, wenn Arfast hingerichtet war. Sollte der König trotzdem auf einer Untersuchung bestehen, würde viel Zeit ins Land gehen. Soviel Zeit, wie notwendig war, um die Kampfwilligen der Ostseeländer gegen Waldemar aufzubieten. Er lachte ein tiefes, dröhnendes Lachen und ließ den erschrockenen Osing stehen.

Arfast und Haye waren gefesselt in den Salzspeicher gelegt worden. Ein Mann des Hardesvogts bewachte sie. Inzwischen wußte jedermann, daß sie gefährliche Ausbrecher waren, die man keinen Augenblick unbeaufsichtigt lassen durfte. Den Knechten war eingeschärft worden, das Stechmesser keinen Augenblick aus der Hand zu legen.

Harre Gunneson war erleichtert, als der Gerichtstag anbrach und die Bonden und Neffninge in Rungholt eintrafen und sich bei ihm meldeten.

Gunneson hatte inzwischen Erkundigungen eingezogen, wie die Stimmung der Rungholter den beiden Gefangenen gegenüber war. Die Nachforschungen verliefen sehr zufriedenstellend. Die beiden hätten die Harde verraten, hieß es, und gegen sie gekämpft.

Als kurz vor Beginn der Verhandlung die Sonne durch den Nebel brach und für die nächsten Stunden beständiges Wetter versprach, ließ Gunneson die Sitzbänke aus dem Salzspeicher herausholen und draußen aufstellen.

Scharen von Rungholtern strömten aus allen Richtungen herbei. Dies versprach ein sehr ungewöhnlicher Prozeß zu werden. Vor ihren Augen wurden die Angeklagten mit gefesselten Händen vor die Schöffen geführt und durften sich nicht setzen.

Harre Gunneson setzte sich seinen Amtshut auf und trat würdevoll auf das Holzpodest, das ihm vorbehalten war. Er hatte Erfahrung genug, um abzuwarten, bis sich die unruhigen Leute auf ihn konzentrierten.

Er hatte nicht viel Zeit gehabt, mit den Schöffen vorher zu sprechen, aber er vertraute darauf, daß die Fülle der Anklagen gegen Arfast sie überzeugen würde. Der Fall des jungen Haye lag ganz anders und war im Vergleich zu dem des Salzsieders unwichtig. Aber seine Aburteilung würde demonstrieren, daß selbst die Bekanntschaft mit einem Mann wie Arfast gefährlich war.

»Wir sind hier zusammengekommen, um im Namen des Königs zu richten über die Männer Arfast Ketelsen und Haye Harksen, die der Harde und ihren Menschen schweren Schaden zugefügt haben«, sagte Harre Gunneson nicht besonders laut und erzwang damit eine wirkungsvolle Stille. »Ich verlese folgende Anklagen gegen Arfast Ketelsen, die mir an Eides Statt hier vorliegen: Der König klagt ihn des Landfriedensbruchs an. Die Harde klagt ihn der Aufwiegelung von Rungholter Fischern an. Der Staller klagt ihn des Diebstahls von persönlichem Eigentum an. Ich selber klage ihn des heimtückischen Angriffs auf mich an. Anwesend ist auch der Kaufmann Benedikt Knoop, der Arfast Ketelsen des Diebstahls und der Unterschlagung anklagt.«

»Warum habt Ihr es denn soweit kommen lassen?« rief jemand von weit hinten.

Arfast biß die Zähne zusammen. Sein Todesurteil stand schon fest.

»Ich bin selber gekommen, um das Verbrechen zu bezeugen«, erklärte eine offensichtlich gelangweilte Stimme im Hintergrund. »Ich werde nicht als Staller sprechen, sondern als Bestohlener.« Die Leute zogen respektvoll ihre Mützen herunter und wichen dem riesigen Hund an des Stallers Seite vorsichtig aus. Ingemar Stampe schritt mit hochmütiger Miene durch die Menge.

Einer der Bonden von der hinteren Bank schickte sofort einen der Hardesknechte um einen Stuhl. Er war gleichzeitig mit Stampe zur Stelle.

Harre Gunneson preßte einen Augenblick unschlüssig die Lippen aufeinander, dann nahm er den Hut ab und verneigte sich. Kaum einer der Anwesenden konnte um die Gründe für die Schlacht gegen den Staller wissen; die meisten hielten sie vielmehr für das Strafverfahren gegen die Edomsharde und Ingemar für ihren Verteidiger. Er beschloß, den nicht öffentlich erklärten Willen des Königs stillschweigend außer acht zu lassen. Eine Anweisung an ihn als Vogt war noch nicht ergangen, die Nachfolge des Stallers nicht geregelt, und Ingemar war immer noch mächtig genug, um Rache zu üben. Außerdem machte des Stallers Bereitschaft, frei von jeglichem Amt als Zeuge zu sprechen, ihm die Entscheidung leicht.

Die Bonden rutschten unruhig auf ihren Bänken herum. Monny Sibingh erhob sich. Ausgerechnet der, dachte Arfast erbittert. »Arfast Ketelsen soll sich gegen die Anklagen verteidigen«, verlangte Sibingh, und Arfast wunderte sich über seine Neutralität.

Der Hardesvogt ärgerte sich darüber, daß ihm der dümmliche Sibingh auf diese Weise in den Rücken fiel. »Ketelsen steht das Recht zur Verteidigung seiner eigenen Person nicht mehr zu. Er wurde exkommuniziert und ist vor dem Gericht nicht rechtsfähig. Sollte er niemanden zu seiner Verteidigung aufgeboten haben, werden die Schöffen auf der Stelle das Urteil sprechen«, sagte er grollend.

Sibinghs forsche Miene wich Verblüffung, während er sich setzte. Arfast wußte jäh Bescheid. Er saß in einer sorgfältig gestellten Falle, die sie von langer Hand vorbereitet hatten. Und sein Vetter auch. Haye hätte ihn nur verteidigen können, wenn er selber nicht angeklagt gewesen wäre. »Ich will trotzdem reden«, rief er.

Gunneson sah ihn mit freundlichem Bedauern an. »Es steht dir nicht zu. Niemand wird dir zuhören, Arfast Ketelsen«, sagte er fest. Es kam jetzt vor allem darauf an, daß Arfast sich beugte, damit das Verfahren ungestört ablief, und dies war eine Frage seiner eigenen Geschicklichkeit. Die Schöffen durften die Anklagen gar nicht erst in Zweifel ziehen, dann war der Mann so gut wie verurteilt. »Du bist ein Mann, der sich nicht gerne beugt, Ketelsen. Aber es gibt Regeln, die jedermann beherzigen muß, sonst gerät die von Gott gewollte Ordnung aus dem Gefüge. Jedermann ist bereit, sie anzuerkennen. Außer dir.«

Zustimmendes Gemurmel schuf dem Hardesvogt eine willkommene Atempause. Er sah die Schöffen nachdenklich nicken und wußte, daß er den richtigen Weg eingeschlagen hatte. »Wer bist du, daß du dich so viel besser dünkst? Woher kommt deine Überheblichkeit? Manche sagen sogar, daß du dich für klüger als andere hältst. Ich dagegen behaupte: Dir fehlt die Bescheidenheit, das richtige Augenmaß für oben und unten. Du bist Salzsieder, und ein guter dazu. Für dein Auskommen ist gesorgt, wenn du dich damit zufriedengibst. Ich bedauere deine nutzlosen Versuche, dies alles fortzuwerfen, von Herzen und habe mich beizeiten bemüht, dich zu warnen. Du hast dich nicht aufhalten lassen wollen, und nun mußt du büßen. Du kannst nicht mehr Gnade für dich erwarten als andere.«

Harre Gunneson, der zum Angeklagten sprach, spürte die Zustimmung der Schöffen in seinem Rücken wie eine warme Wand, vor der man sich gemeinsam gegen Feinde verteidigt. Und vor seinen Augen drohten einige Zuschauer Arfast mit den Fäusten. Zufrieden mit der Wirkung seiner Rede, nahm er zwischen den Schöffen Platz.

In diesem Moment gab es Unruhe im Publikum. Eine Frau bahnte sich den Weg nach vorne. Gunneson kniff die Augen zusammen. Dies war genau die Art von Störung, die er gefürchtet hatte: Eyde, Arfasts Mutter, mit einem bemerkenswert guten Gefühl für die Situation, wie immer. Dieses Mal ohne Pferd, ohne die Kleidung der Edelfrau, war sie gekommen, um wie jede Mutter um ihren Sohn zu kämpfen. Er wußte es, noch bevor sie sprach. Beim Gedanken an die Söhne, ihren und seinen, wurde sein Herz so schwer, daß er sie reden ließ. Er senkte den Kopf und versuchte, Meik aus seinen Gedanken zu bannen.

»Ich werde meinen Sohn Arfast verteidigen.« Der Tag der Entscheidung war gekommen, und Eyde war entschlossen, den Kampf auszutragen, den Ketel begonnen hatte und Arfast nicht verlieren durfte. Ihr Blick ging über die Zuschauer hinweg und blieb für einen Augenblick an Ingemar hängen, bevor sie sich auf die Bonden konzentrierte. Ingemar Stampe saß zwar im Mittelpunkt des Netzes, aber an diesem Tag zogen die Schöffen an den Fäden: Sie waren wichtiger als er. »Arfast ist nicht schuldiger, als jeder junge Mann, der die Fäuste ballt, wenn ein anderer seine Befugnisse übertritt. Zum Beispiel, wenn der Knecht von Harre Gunneson eigenmächtig Bußgelder einzieht.«

Gunneson schnappte nach Luft wegen der Dreistigkeit, mit der sie ihn angriff. Zu spät begriff er, daß er den Augenblick verpaßt hatte, in dem er hätte eingreifen sollen.

»Aber in diesem Fall geht es um mehr, als um Strafgelder. Arfast hat versucht, euch vor einer Gefahr zu warnen, die zuerst einem Salzkocher an der Westkante von Nordmarsch auffallen mußte. Und Harre Gunneson wollte dies verhindern, damit ihr nicht auf seine Versäumnisse aufmerksam werdet! Seine Aufgabe wäre es gewesen, Baumaterial für die Deiche von Rungholt anzukaufen. Jetzt kommen die Stürme, und ihr könnt die Deiche nicht mehr in Ordnung bringen. Und Strand könnte ohne Schutz seinen wichtigsten Handelshafen verlieren!«

Das geht nicht gut aus, dachte Arfast. Seine Mutter würde sich selbst unglücklich machen. Ohne die Anklagen überhaupt zu erwähnen, versuchte sie, den Zorn der Schöffen auf den Hardesvogt zu lenken. Endlich wurde er gewahr, daß Haye ihn mit dem Ellenbogen auf einen Schöffen aufmerksam machte.

Der Mann war kräftig wie ein Ochse und hatte ein intelligentes Gesicht. Arfast kannte ihn nicht, aber er sah, daß Gunneson die Meldung des Bonden erfreut registrierte, also würde er kein leichter Gegner sein. »Sie werfen sich gegenseitig die Bälle zu«, murmelte er erbittert.

Haye nickte mutlos. Diesen Mann hatte er beim Kampf in Rungholt niedergeschlagen und ihm eine Mütze gestohlen. Von ihm hatten sie keine Gerechtigkeit zu erwarten.

»Das Wort hat Rode Wunksen aus Morsum«, sagte Gunneson mit frischem Elan, weil Eyde jetzt wieder an Boden verlieren würde. Er setzte sich und wartete auf eine Brandrede Wunksens zur Verteidigung der Harde.

Wunksen sprach, und Gunneson wollte seinen Ohren nicht trauen. »Die Liste der Verfehlungen unseres Hardesvogts ist noch wesentlich länger! Harre Gunneson hat außerdem versucht, uns alle zu betrügen, uns Morsumer früher, euch übrige später. Er wollte das Edomsharder Salz ohne euer Wissen nach Flandern statt an den König verkaufen. Aber sein Bündnis mit Ingemar Stampe wurde aufgedeckt, und König Waldemar hat den Staller abgesetzt. Und Ihr, Gunneson, werdet der nächste sein! Euer Amt als Hardesvogt ist längst verwirkt!«

In den Tumult der Zuschauer mischten sich die wütenden Rufe der Schöffen. »Immer ihr Morsumer!« schrien sie. Dem Hardesvogt stand seine Verärgerung ins Gesicht geschrieben, aber er blieb ruhig. »Rode Wunksen hat eine Menge mißverstanden«, sagte er versöhnlich. »Wir wissen alle, daß Morsum sich mit der Harde überworfen hat, und daran mag es liegen, daß ihm so vieles entgangen ist und er den Rest falsch darstellt …«

»Ich war noch nicht fertig«, unterbrach Eyde den Hardesvogt entschlossen. »Ich glaube kaum, daß Rode Wunksen entgangen sein kann, daß der General des Königs im Stallerhof gegen Ingemar Stampe kämpfte und nicht gegen die Edomsharde. Eure Söhne, die dort erschlagen wurden, gaben ihr Leben nicht für die Harde, sondern für einen Mann, dem jedes Gefühl für Unrecht abhanden gekommen ist. Je länger Ingemar Stampe sein Amt ausübte, desto skrupelloser wurde er: Er hat nicht nur meinen Ehegemahl, Hardesvogt der Wirichsharde, aus dem Weg geräumt, als er unbequem wurde, sondern auch auf Nordmarsch zehn Männer und Frauen wie Robben auf dem Eis abschlachten lassen. Und Harre Gunneson gehört zu denjenigen, die mit biederem Gesicht die Verbrechen dieses Mannes decken!«

Eyde wagte viel. Sie wußte nicht, ob die Schöffen ihr diese ungeheuerlichen Anschuldigungen glauben würden. Harre Gunneson lächelte verächtlich. Hier stand das Wort einer Frau gegen das eines Hardesvogts.

»Edomsharder!« rief Eyde. »Junge Männer sind gestorben. Aber Harre Gunneson hat nicht in ihrer Mitte gekämpft! Er wußte, daß der König kein Heer gegen die Harde ausschickte. Sagt euch zu eurem eigenen Schutz von Ingemar Stampe und Harre Gunneson los!«

Knisternde Spannung legte sich über den Gerichtsplatz. In diesem Augenblick fiel die Entscheidung. Rode Wunksen verließ die Schöffenbank und nahm den Platz des Hardesvogts auf dem Holzpodest ein. Das verhaltene Murmeln der Zuschauer bestätigte ihm, daß sie die Geste verstanden hatten und einverstanden waren. »Das können wir nicht, Frau Eyde«, sagte Rode Wunksen mit einem Seufzer. »Noch ist Harre Gunneson nicht abgesetzt. Aber wir können Euren Sohn Arfast von den Anklagen wegen Landfriedensbruchs und Aufwiegelung freisprechen. Die Beschuldigungen wegen Diebstahls und tätlichen Angriffs müssen die Kläger hier vor Zeugen vorbringen.«

Harre Gunneson schüttelte abweisend den Kopf. Er war sich keiner Schuld bewußt. Und Ingemar Stampe hatte sich zwar mit dem dänischen König überworfen, aber in den Reihen der deutschen Fürsten stand ihm eine glänzende Zukunft bevor.

»Harre Gunneson!« rief Eyde, indes ihr Röte ins Gesicht stieg und noch blonde Haarsträhnen an den Wangenknochen im Wind umherwirbelten. »Willst du nach deinem eigenen Sohn Meik das Leben eines weiteren jungen Mannes zerstören? Willst du den gleichen Fehler wiederholen? Willst du erkennen müssen, daß du in deinem ganzen Leben nichts dazugelernt hast?«

Gunneson verlor jede Farbe. Vor seinen Augen sah der Hardesvogt erneut Meik vom Pferd in den Graben stürzen. Eyde hatte davon abgeraten, ihn auf den Botengang zu schicken, nachdem er bei einer harmlosen Schlägerei am Kopf verletzt worden war. Aber er hatte darauf bestanden und im Anblick von Meiks gebrochenem Genick Eyde niedergeschlagen ... »Ich ziehe meine Anklage zurück. Sie war ein Irrtum«, sagte er leise.

Rode Wunksens kräftiger Zeigefinger stieß durch die

Luft und blieb auf Ingemar Stampe hängen. Der ehemalige Staller schlenderte davon, die Hand am Schwert, und auf seiner anderen Seite trottete der Hund Jago. Eine Gasse öffnete sich wie von selbst für sie. Nur Eyde wich nicht zurück. Plötzlich stand Stampe ihr gegenüber.

»Ich hätte dich mit deinem aufrührerischen Gemahl zusammen hinrichten lassen sollen«, flüsterte er ihr ins Gesicht, während die Aufmerksamkeit der Zuschauer vorübergehend abgelenkt wurde. Stampe streckte seine Hand nach dem Zügel des Pferdes aus, das ein blutjunger Knecht herbeiführte. »Den Utlanden wäre vieles erspart geblieben.«

»Verbrechen kommen zutage, sofern es einen gerechten Gott gibt«, erwiderte Eyde ruhig. »Und die Verbrecher werden vor seinen Thron geladen, um sich zu verantworten.«

Haß spiegelte sich auf Ingemars Gesicht, abgelöst von plötzlicher Furcht, als ihm ihre Prophezeiung einfiel. Gewandt sprang er in den Sattel und wendete sein Pferd mitten im Gedränge auf der Stelle.

Ohne daß einer der Zuschauer sich zu rühren wagte, riß er plötzlich Eyde mit kräftigem Griff hoch und zerrte sie über den Hals seines Rosses. »Wir werden zusammen vor Gottes Thron gehen oder gar nicht!« rief er über die vor den Hufen des Pferdes ausweichende Menge hinweg. Der Knecht blieb mit verdutztem Gesicht zurück.

»Laßt ihn nicht entkommen!« schrie Arfast, der als erster die Entführung erfaßte. Hilflos zerrte er an seinen Fesseln.

Rode Wunksen herrschte die Knechte an, die gehorsam zu ihren Pferden rannten und aufsaßen. »Die Anklage des abgesetzten Stallers ist ebenfalls zurückgezogen. Und jetzt hebe seine Hand, wer Arfast Ketelsen von den Anklagen freisprechen will«, rief er monoton und dabei so eindringlich, daß die Hände der Bonden sofort in die Höhe schnellten, lediglich Harre Gunneson zögerte zunächst. Während Wunksen Arfasts Stricke durchschnitt, wiederholte er die Eilabstimmung für Haye.

Kaum waren Arfast und Haye in aller Form freigesprochen, stürzten sie zu ihren Pferden, die man im Salzspeicher angebunden hatte.

Stampe war in Richtung auf das Rungholter Wäldchen entschwunden, und von dort kamen Rufe und Bewegung, als sie darauf zugaloppierten. Noch bevor sie den Rand des Gehölzes erreicht hatten, erschienen die Hardesknechte zu Pferde im Gebüsch. Der Älteste drückte die zitternde Eyde beruhigend an sich.

»Der Räuber konnte nicht so schnell reiten mit Eurer Frau Mutter, Herr Arfast«, berichtete der Mann breit lächelnd. »Er stieß sie hinunter, als er uns hinter sich sah, und Frau Eyde hatte gottlob ihren Schutzengel bei sich; selbst der Hund weigerte sich, sie zu beißen, obwohl Stampe es ihm befahl.« Der Knecht sprang ab und hob Eyde fürsorglich zu Arfast hinüber.

Eyde umklammerte dankbar ihren Sohn. Endlich hatte dieser Alptraum ein Ende. Und jetzt hatte sie auch das Gefühl, für ihr jahrelanges Schweigen im richtigen Maß gebüßt zu haben.

Das Wohlgefühl des Sieges und Eydes dampfender Holundersaft hüllten Arfast ein wie ein wärmendes Fell, als am späten Abend leise an die Tür gepocht wurde. Haye öffnete. Arfast, der Anna im Licht einer dicken Kerze plötzlich gegenüberstand, erschrak. Sie war so bleich und abgemagert, als hätte sie eine auszehrende Krankheit. Mitleidig umfaßte er ihre Hände und führte sie zur Bank.

»Ich wollte Arfast beglückwünschen. Ich konnte zum Prozeß nicht kommen, weil Vater mich einsperrte.«

»Er sperrte dich ein? Aneke, was ist bei euch los? Du siehst krank aus. Kann Mutter dir helfen?« Arfast hielt immer noch ihre Hände so fest, daß sie sich ihm nicht entziehen konnte.

»Er befürchtete wohl, ich könnte für dich aussagen. Vielleicht wußte er, daß das Urteil so gut wie feststand. Er wird in letzter Zeit oft vom Propst und von Pastor Nommensius besucht.«

»Das ist jetzt vorbei. Aneke, können wir dir helfen?« Anna schüttelte den Kopf. »Mir kann niemand helfen.«

Arfast wußte, sie meinte es wirklich.

»Ist es Westerflete?«

»Ja. Er quält mich. Aber ich muß es dulden, damit er mich heiratet.« Anna brach erschöpft in Tränen aus. Angesichts von Arfasts Mitleid schaffte sie es nicht mehr, gegen den Zorn über die dauernde Erniedrigung anzukämpfen.

Während sie still zuhörte, machte Mutter Eyde eine große Portion Fruchtsaft warm. Sie mochte das Mädchen gern und konnte sich denken, was Anna mit dem brutalen Verlobten durchmachte. Nicht wenige junge Frauen hatten ihr ihre Erlebnisse geschildert, während sie ihre Krankheiten oder die der Kinder behandelte; Pastoren waren für Trost und Hilfe in solchen Fällen untauglich, sie waren letzten Endes auch nur Männer.

Eyde stellte die Becher vor Anna und Arfast und drückte Haye einen leeren Wasserkrug in die Hand. Dabei hätte es einer so deutlichen Geste nicht bedurft; er war doch kein Unmensch gegenüber Frauen. Ein wenig verletzt verschwand Haye nach draußen.

Anna trank den heißen Saft und trocknete ihre Tränen. »Du weißt doch, daß der Propst meinen Vater mit dem Vertrag in der Hand hat. Er droht, ihn nicht nur geschäftlich, sondern auch seinen Ruf zu ruinieren, wenn er das Geld nicht beschafft.«

»Aber das Grundstück …« sagte Arfast fassungslos.

»Vater versäumte, sich das Grundstück als Ausgleich für die Steine bestätigen zu lassen«, erzählte Anna in bitterem Ton. Diese Fahrlässigkeit ihres Vaters erfüllte sie mit Wut gegen ihn, während Westerflete ihre eigene persönliche Angelegenheit war. »Der Propst verlangt jetzt beides. Und um zu verhindern, daß Vater störrisch wird und um sein Recht klagt, lockt er ihn mit zukünftigen Gewinnen, wenn Rungholt erst einmal Bischofsstadt ist. Vater schwärmt bereits davon.«

Arfast runzelte die Stirn. Rungholt als Bischofsstadt brachte eine Saite in ihm zum Klingen. Eine Stadt der holsteinischen Kaufleute und eines neuen Bischofs. Davon hatte er noch nie gehört, und trotzdem war ihm, als müsse er sich erinnern.

»Trink nur, Anna«, sagte Eyde und winkte dem zurückkehrenden Haye, sich zu ihnen zu setzen. »Ich kann mir gar nicht vorstellen, daß der Erzbischof und der König auf einen deutschen Bischof Wert legen. Auf einen Friesen ja, aber nicht auf einen Holsteiner.«

Das war es! »Ist der Propst wirklich Holsteiner, Mutter?«

Eyde sah Arfast sinnend an. »Aber ja. Ein von der Wisch ist mir vor vielen Jahren begegnet, als ich deinen Vater noch nicht kannte. Sie sind eine weitläufige holsteinische Familie. Sie gehören zu denjenigen, die mit den Schauenburgern nach Schleswig kamen ...«

Arfast sprang auf. »Dann wissen der Erzbischof und der König nichts davon! Vielleicht nicht einmal der Bischof von Schleswig. Dann ist das neue Bistum ein Teil des Plans von Ingemar Stampe, Herzog von Schleswig zu werden. Wahrscheinlich soll Friesland seinem Herzogtum zugeschlagen werden.«

»Ach, und schon wieder müssen wir nach Tondern! Wenn nur diese Gesine nicht wäre ...«, klagte Haye lauthals.

»Das ist meine Chance«, sagte Arfast zuversichtlich. »Vielleicht schaffe ich mir damit die Exkommunikation durch den Propst vom Hals.«

»Schaff mir lieber die Gesine vom Hals«, murrte Haye. »Sie hat mich verschlungen wie ein heißhungriger Drache, und ich hab' gedacht, ich hätte eine Eroberung gemacht. Dabei war es umgekehrt ...«

»Dann bleib hier«, schlug Arfast vor. »In drei Tagen bin ich wieder zurück.«

»Du wirst ja noch nicht einmal mit einem Hund mittlerer Größe fertig. Wie könnte man dich allein durch mehrere Harden laufen lassen?« fragte Haye und stand auf. Er warf sich auf die Decken im Alkoven und schloß die Augen.

Arfast grinste. »Er will von Gesine träumen.«

Bevor er einschlief, murmelte Haye: »Ich werde dem Bonden zum Dank die Mütze zurückgeben. Er hat sie sich verdient.«

Anna lächelte verloren und trank aus. Arfast konnte das Unglück möglicherweise von sich abwenden, und sie gönnte es ihm von ganzem Herzen. Ihr eigenes konnte niemand mehr verhindern. Sie wollte es auch gar nicht mehr, denn Arfast liebte sie nicht. Das Bistum war ihm wichtiger. Die bösen Zungen der Leute hatten wahrscheinlich recht, die ihm vorwarfen, hoch hinaus zu wollen. Sie brach erneut in Tränen aus.

Arfast hielt Anna in seinen Armen, bis sie aufhörte zu zittern. Er biß die Zähne zusammen, um nicht seine Beherrschung zu verlieren. Aber er durfte ihr den Weg, den zu gehen sie sich entschlossen hatte, nicht noch schwerer machen.

XVIII

Das Tier mit den gelben Augen hüllte die Welt in einen fahlen Lichtschein, der wie Schwefeldampf aus der Hölle aufzusteigen schien. Als es seine Klauen gegen Eyde richtete, wußte sie, es war gekommen, um sie zu holen.

»Nein«, schrie Eyde.

Der heiße Atem des Ungetüms waberte in der Luft.

Das Tier blähte seine formlose Gestalt zu einem bedrohlichen Gebirge auf, das sie zu zermalmen drohte. Aber Eyde schüttelte den Kopf. Das Ungetüm zerfloß.

Eyde setzte sich so hastig im Alkoven auf, daß ihre Stirn gegen den Knauf der Zugschnur prallte. Es war stockdunkel. Aber durch den Spalt zwischen den Vorhängen wehte die frische, klare Luft der Morgendämmerung. Sie holte tief Atem und ließ sich langsam zurücksinken. Ihre nächtlichen Gesichte hatten mit dem Freispruch von Arfast nicht geendet. Noch war Ingemar Stampe auf freiem Fuß.

Am nächsten Morgen waren die beiden jungen Männer früh auf den Beinen. Einen Tagesritt lag das Schloß von Tondern entfernt, und sie konnten nur hoffen, den König noch dort anzutreffen.

Nach dem stürmischen Wind in der Nacht war es nun wieder ruhig geworden, aber Äste und Baumrinde auf dem Weg bewiesen, wie heftig das Gewitter gewesen war. An geschützten Stellen lagen noch die Hagelkörner.

»Hast du Eyde heute nacht schreien hören?« fragte Haye beiläufig, als sei es ihm eben eingefallen, dabei hatte ihn der schrille Schrei ihrer Todesangst in panischen Schrecken versetzt. Seitdem konnte er an nichts anderes mehr denken.

»Ja«, antwortete Arfast kurz angebunden. »Sie hat gelegentlich Alpträume.«

»Stimmt es, daß sie das zweite Gesicht hat?« fragte Haye scheu.

»Ja. Aber sie spricht nicht darüber.«

»Du auch nicht, scheint mir.«

Arfast schüttelte den Kopf. Es war ihm unangenehm, nach Eydes Gesichten gefragt zu werden; manchmal meinten die Leute geradezu, von ihm Rechenschaft dafür fordern zu dürfen. Er war erleichtert, als Haye feinfühlig zu einem anderen Gesprächsgegenstand überwechselte.

»Die Edomsharder sind nicht wie andere Leute, ich wußte es ja schon lange. Mit Ausnahme dieses Rode Wunksen«, grübelte Haye laut. »Aber es geht nun wirklich zu weit, daß sie ihren Holunderbüschen rote Mützen aufsetzen. Blaue wären vielleicht passender, wegen der Früchte, obwohl ...«

Arfast stellte sein Pferd an den Zügel und ließ die Augen unauffällig umherschweifen. »Wo?«

»An Steuerbord voraus, in Mannshöhe«, antwortete Haye leise und spannte die Rückenmuskeln an.

In diesem Moment jauchzte eine Jungenstimme: »Faß, Jago!«

Der Hund jagte auf sie zu, während Ingemar Stampe den Bogen hob, zielte und schoß. Der Pfeil verfehlte Haye, der sich bückte, um auf den Hund einzureden, und dann mit einem gewagten Kopfsprung im schilfbewachsenen Graben untertauchte.

Arfast suchte auf der anderen Seite des Weges Deckung. Während Haye im Schutz der stehengebliebenen Pferde leise mit Jago schwatzte und ihm seine Hand entgegenstreckte, sah Arfast, wie Ingemar in einiger Entfernung im Gebüsch verschwand.

Einer der vierschrötigen Knechte des Stallers saß noch auf dem Pferd. Schwerfällig wendete er es und galoppierte davon. Ein Pfeil flog ihm aus den Büschen nutzlos hinterher. Der Staller hat noch nie schießen können; immerhin einer weniger, dachte Arfast. Der Mann hatte die Situation genutzt, um sich aus dem Staub zu machen.

Dann war nur noch das Geräusch des sich entfernenden Hufschlags zu hören und das Rascheln der Schilfhalme.

»Kümmere du dich um den Staller«, zischte Haye, von

dem Arfast nichts sehen konnte. Nur vom Hinterteil von Jago, der seine Nase zwischen die Schilfhalme steckte und begann, die steile Wand zu ihm hinunterzuklettern.

Arfast sah den Schwanzstummel heftig wedeln und schlich erleichtert in gebückter Haltung im Graben vorwärts. Das Schilf bot nicht überall Deckung, nur zuweilen ragten die schwarzen Wedel hoch über ihm empor; an anderen Stellen mußte er auf Händen und Füßen durch eiskaltes Wasser kriechen. Als er an der Stelle anlangte, von der aus Ingemar geschossen hatte, hatte sich auf dem Weg inzwischen der Knecht mit dem roten Mal um den Hals aufgepflanzt. Arfast beobachtete ihn einen Moment. Der Mann hatte nur einen Spieß in der Hand und ließ den Weg vor sich nicht aus den Augen.

Von Ingemar war nichts zu sehen oder zu hören. Vermutlich arbeitete er sich im Graben auf der anderen Straßenseite vorwärts und würde bald auf Haye treffen.

Danach geschah alles gleichzeitig.

»Hier ist einer«, gellte die Stimme von Waldemar, der aus dem Nichts aufgetaucht war und jetzt von oben auf Arfast herunterstarrte.

»Jago!« bellte die Stimme des Stallers. »Zu Waldemar!«

Der Hund hüpfte aus dem Graben und preschte auf dem Weg heran, wo Waldemar neben dem Knecht stand. Der Knecht bleckte vor Angst die Zähne und hielt Jago den Spieß entgegen. Bevor der Hund zum letzten Sprung ansetzte, ließ er seine Waffe fallen und suchte hinter Waldemar Deckung.

Die Pranken des Knechts hielten Waldemar wie einen Schild vor sich, und der Junge trampelte mit den Füßen die Erde auf. Waldemar sah trotz seiner verzweifelten Gegenwehr das aufgerissene Maul immer näher kommen. Er wimmerte und schloß die Augen. Er hatte plötzlich Todesangst vor dem Hund.

Dieses Mal ließ sich der Hund nicht mehr von einem übelriechenden Knecht narren. Er sprang ihm in den Nakken und zermalmte die Wirbelsäule. Danach schüttelte er den erlegten Feind, der auch im Tod den Jungen umklammerte, und blieb dann gehorsam neben ihm stehen, um auf seinen Herrn zu warten.

Arfast machte einen Satz aus dem Graben und stürmte den Weg hinunter, Stampe entgegen, den Haye mit seinem Schwert wie eine Gänsemagd vor sich her trieb, ein flottes Lied auf den Lippen.

»Wenn das nicht ein hübsches Geschenk für den König ist«, sagte Haye fröhlich. »Ein gefallener Erzengel und sein Teufelchen.«

Ingemar ließ sich widerstandslos fesseln; ohne seine Leibwächter war er nur ein hagerer, älterer Mann. Er hatte beschlossen, nicht den geringsten Vorwand zu liefern, um ihn zu erschlagen. Waldemar schrie so hemmungslos, als ihm die Hände zusammengebunden werden sollten, daß sogar sein Vater ihn angewidert betrachtete.

»Denk an Jago«, drohte Haye.

Waldemar hob die Hände schützend vor das Gesicht, obwohl Jago sich nicht rührte. Er lag flach auf dem Boden, die Nase zwischen die Pfoten gebettet; seine Augen gingen zwischen seinem Herrn und Haye hin und her.

Als die Gefangenen auf ihre Pferde gestemmt worden und Arfast und Haye aufgesessen hatten, erhob Jago sich mit einem abgrundtiefen Seufzer und tappte zu Haye hinüber. Obwohl der Hengst unruhig schnaubte, wich er ihm nicht von der Seite.

»Ich schenke dir auch Kresken«, geiferte Ingemar und machte nicht einmal den Versuch, den Hund zu sich zu befehlen. »Als Herzogin taugt sie nicht.«

Arfast begriff endlich, daß der erste Pfeil nicht zufällig Haye gegolten hatte. Alles, was der ehemalige Staller tat, war darauf ausgerichtet, sein Eigentum zu sichern und sich zu rächen, wenn jemand es ihm fortnahm. Stampe haßte Haye wegen Kresken. Um so weniger verstand er, daß der Mann Jago so kampflos aufgegeben hatte. Er war immerhin ein bildschöner, mutiger und bärenstarker Hund.

Haye bedachte Stampe mit einem unverschämten Grinsen. »Habt Ihr denn vor Kresken auch so viel Angst wie vor Eurem Hund?«

Arfast verspürte beinahe so etwas wie Respekt vor seinem Vetter.

Der ehemalige Staller in Fesseln, öffnete Arfast und Haye nicht nur das Westtor von Tondern, der Wachhauptmann gab ihnen sogar noch einen Mann der Stadtwache mit. Seine befehlsgewohnte Stimme und das metallische Klirren des Schildes auf seiner Brust ließen Bürger und Bettler neben die Kellerhälse zurückweichen, Kinder und Karren aus der Straßenmitte ziehen und geboten den Mägden, mit dem Ausleeren des Nachtgeschirrs zu warten, bis die Gäste des Königs vorüber waren.

Haye gefiel die Vorzugsbehandlung nicht übel, und er sonnte sich in den bewundernden Blicken der Mägde. Das Glockengeläute konnte er problemlos auf ihren Einzug in die Stadt beziehen.

Arfasts Gedanken gingen in eine andere Richtung. Erstaunt registrierte er, daß auch die Stadtbewohner gewohnt waren, mit dem Wasser zu leben. In dem Stadtteil, in den sie eingeritten waren, waren die Straßen ebenso aufgeweicht wie in Rungholt. Der Teich am Schloß, in dem eine Wassermühle klapperte, führte so hohes Wasser, daß es stellenweise auf die Straße schwappte und sie zu einem Umweg zwang. Ob er sich mit seiner Angst um Rungholt doch geirrt hatte?

In Sichtweite des Schlosses erst war die Straße mit Steinen gepflastert. Mit den wieder unbeschwerten Tritten der Pferde stellte Arfast seine Sorgen einstweilen zurück.

Kurze Zeit später wurden sie vor den König gebracht. Waldemar saß im großen Saal, einen schmalen Reif auf der Stirn, nachdem er gerade einige Gesandte entlassen hatte. An den Wänden warteten noch nicht abgefertigte Bittsteller und die üblichen Veteranen, die ihrem König nah sein wollten. Haye ließ es sich nicht nehmen, Ingemar Stampe am Seil hereinzuführen. Die Ritter nickten wohlwollend. So hatte man es in ihrer Jugend mit Feinden auch gehalten.

»Der Weg vom Jagdgenossen bis zum Gefangenen ist weit, wenn man über Schweden und Norwegen gehen muß«, sagte der König, nachdem er seinen ehemaligen Staller ausgiebig betrachtet hatte, »aber er kann schneller hinter einem liegen, als man denkt.«

Stampes Gesicht war eine kühle Maske, seitdem er die veränderte Situation in den Griff zu bekommen suchte. Er hatte lange genug Zeit gehabt, sich seine Taktik zu überlegen. »Dasselbe könnte ich sagen«, merkte er überheblich an. »In einem Jahr werden wir wissen, wer recht hatte.«

Waldemar lachte verächtlich. »Ich habe recht, aber das werdet Ihr nicht mehr erfahren. Einem Staller, der seinen König verrät, bleibt nur noch soviel Zeit, wie der Henker braucht, um sein Beil zu schärfen.«

Die Augen des abgesetzten Stallers flackerten. Bis zu diesem Augenblick hatte er gedacht, daß der König sich nicht an ihn wagen würde. Zu eng waren seine Verbindungen mit dem Hochadel anderer Länder. Doch nun mußte er gedemütigt erkennen, daß Könige allenfalls ihresgleichen Gnade gewähren – als Wechsel auf die Veränderungen der Zukunft. »Ich hatte einst meinen Sohn nach Euch benannt, Euer Gnaden«, stammelte er erbleichend. »Dort steht er.«

Doch König Waldemar hatte das Interesse an ihm verloren. Ingemar Stampe war Vergangenheit; vor ihm stand die Zukunft. Zumindest würden die beiden Friesen einen Versuch wert sein. »Wir danken Euch für Eure Dienste«, sagte er steif, obwohl er sonst alle Förmlichkeit verabscheute.

Arfast vermutete deshalb, daß es sich um eine offizielle Danksagung als Herrscher handeln mußte. Er fiel auf ein Knie wie er es bei Niels gesehen hatte.

»Ja, was ist?« fragte der König.

»Ich habe Anlaß zu der Vermutung, daß der Propst von Strand und Föhr ein neues Bistum errichten möchte«, sagte Arfast vorsichtig. Er war kein Mann, der sich mit politischen Verwicklungen auskannte, aber genau die versuchte er jetzt auszunutzen. »Wenn dies so beschlossen ist, würden die Friesen um einen friesischen Bischof bitten.«

Waldemar lächelte kurz und freundlich. »Von einem neuen Bistum ist nichts bekannt, Arfast Ketelsen.« Dann richtete er sich mit kaum unterdrücktem Groll an Stampe. »Zweifellos waren die Häuser der Kirchenfürsten von Schleswig und Lund die einzigen Orte, an denen Ihr nicht gewesen seid. Aber sonst muß die Ostsee ja voll hängen mit den Fäden Eurer Intrigen.« Er wies mit der Hand zur Tür. »Ich will ihn hier nicht mehr sehen.«

Zwei Männer im Kettenhemd holten Ingemar nach einer Weile ab. Waldemar stolperte ihnen unsicher hinterher.

»Mein König«, sagte Arfast in das Schweigen hinein, obwohl ihm dies gewiß nicht zustand. Aber er hatte die Befürchtung, daß damit die Angelegenheit ihr Ende gefunden hatte und sie hinausgeschickt würden. Zu seiner Erleichterung nickte Waldemar ihm ermunternd zu. »Wenn dem Prälaten Friedrich von der Wisch bekannt wird, daß ich seine Ernennung zum Bischof der Friesen verhindert habe, wird er versuchen, meine Lossprechung durch Seine Gnaden Nicolaus Brun auf Dauer zu hintertreiben. Dann könnte ich nie in Euren Dienst treten, was mein großer Wunsch wäre.«

»Das ist richtig«, sagte Waldemar knapp. »Ich werde mit dem Erzbischof in Lund reden. Ist es das, was Ihr möchtet?«

Arfast fiel ein Stein vom Herzen. Mit dem Kloß im Hals konnte er sich nur tief verbeugen.

Waldemar war aber noch nicht fertig mit ihm. »Derweil ich mich in Staatskunst übe, werdet Ihr das Schlangennest der Trojburg ausräuchern. Für Zappy ist der Bissen zu klein; für euch zwei dürfte er gerade recht sein. Zappy kann euch dreißig kampfgewohnte Männer mitgeben.«

Die Sorgen, die Arfasts letzte Wochen verdüstert hatten, verflüchtigten sich. Er verneigte sich vor dem König, und seine Schritte aus dem Raum waren selbstbewußt. Als die Tür hinter ihm und Haye zugedrückt wurde, hatte der König sich bereits einem anderen Gegenstand seiner Aufmerksamkeit zugewandt.

»Er regiert doppelt so schnell wie andere«, stellte Haye atemlos vor Begeisterung fest. »Bei ihm ist kein Augenblick langweilig.«

General Zappy war die Entschlußfreudigkeit seines Königs nichts Fremdes. Er selber bereitete sich gerade auf einen Waffengang gegen einen holsteinischen Adeligen auf Fünen vor, der die verpfändete Burg nicht herausgeben wollte, und hatte mehrere hundert Männer versammelt, die dem König Waffentreue schuldig waren. Er konnte leicht dreißig Mann abtreten. Mit Umsicht wählte er hauptsächlich Friesen und Dänen aus der Umgebung seines Hofes in Klockries aus. Den Geesthardenfriesen und den Marschhardenfriesen war der Abscheu gegen die Burgen des Königs gemeinsam, auf denen häufig genug Gesindel saß. Sie würden das Pack mit Freuden aus der Trojburg jagen.

Ein Wirbel von Geschäftigkeit erfaßte Arfast und Haye, denen außer der Kenntnis von der Trojburg und ihren Mannen alles fehlte, was man als Führer von Soldaten wissen mußte. Arfast lauschte aufmerksam den Ratschlägen, die Zappy ihm zwischen Tür und Angel geben konnte; im übrigen mußte er sich auf Verding aus Everschop verlassen.

Verding war ein schweigsamer Mann mit energischem Gesicht und viel Erfahrung bei der Eroberung verteidigter Burgen, wie Zappy sagte. Er war nicht zu Schild und Helm geboren, und ihm stand die Befehlsgewalt nicht zu, deswegen würde es keine Eifersucht geben. Arfast hatte sofort das Gefühl, sich auf ihn verlassen zu können.

Als Arfast an der Spitze des Trupps wieder unterwegs war, ging ihm durch den Kopf, daß er vor nicht einmal einem halben Jahr für die Harde zum Grafen von Flandern gereist war: als eine Art Knecht, dem man Fragen zum Salz stellen konnte, ohne daß er Gefahr lief zu stottern. Und jetzt führte er ein Heer des Königs, wenn auch nur ein winziges.

Die Oländer staunten, und der schußfreudige Besitzer des Hauses Bandix ließ seinen Bogen verwirrt sinken, als er Arfast Ketelsen erkannte. Irgendwie hatten sich die außergewöhnlichen Ereignisse der letzten Zeit herumgesprochen, aber noch nicht, warum Arfast und Haye jetzt unter der Standarte des Königs ritten, als ob sie nicht noch vor kurzem die Feinde seines Vertreters in den Harden gewesen wären.

Arfast hielt sich nicht einmal in Ketelsbüll auf. Zu groß war seine Furcht, daß Backe Osing von der sich nähernden Truppe erfahren und fliehen würde.

Am letzten Stock über den Westerpriel ließ Arfast jedoch haltmachen. Sosehr er es bedauerte, Haye beim Angriff auf die Burg nicht bei sich zu haben: Er war der einzige, der mit Booten umgehen konnte. Kein Klockrieser würde es schaffen, ohne Argwohn zu erwecken, am Steg der Trojburger anzulegen.

Haye ritt mit drei Leuten in schnellem Trab zur Langenesser Anlegestelle, bereits in Gedanken in seine Aufgabe vertieft. Er konnte sicher sein, dort noch ein Boot vorzufinden. Sie wurden immer erst entfernt, wenn die Herbststürme sich häuften. Bisher waren sie im Vergleich zu den Sommermonaten ziemlich verschont geblieben. Er würde alles, was am Steg der Trojburger schwimmen konnte, versenken – behutsam, so daß sie die Boote heben konnten, wenn die Brut vernichtet war. Es gab dort wenigstens drei gute Boote.

Als Arfast mit den Männern an der Burg ankam, stand die Nachmittagssonne schon tief, und erstmals erschloß sich ihm, daß der Zugang mit Absicht im Osten angelegt worden war. Feinde, die am Tage eintrafen, mußten gegen die Sonne angreifen; warteten sie bis zum Morgen, war ihre Anwesenheit längst bekanntgeworden. Er lächelte wehmütig. Jungen führen andere Kriege als erwachsene Männer, und damals war es für ihn ein einziger Spaß gewesen, der ihm zuweilen Gänsehaut über den Körper gejagt hatte. Meistens waren sie johlend davongestoben, ohne daß einer der Wogensmannen sie verfolgt hatte.

Obwohl alles still blieb, verteilte Arfast seine Bökingharder und Karrharder um den Wall. Das Fluchtloch war geflickt, aber eine Wache war nicht sichtbar.

»Die laden ja den Feind geradezu zum Hineinspazieren ein«, knurrte Verding, der an Arfasts Seite auf seinem Spieß lehnte, und rümpfte die Nase. »Sieh dir eines Burgherrn

Besatzung an, und du kennst den ganzen Mann. Ich hätte König Waldemar sagen können, daß Ingemar Stampe nichts taugt. Und der hier den Befehl hat, auch nicht.«

Der Saal im Turm war noch ungepflegter als zu Knuts Zeiten, denn Backe Osing hatte wenig Einfluß auf seine Männer. Wie bisher auch, kaperten die Trojburger regelmäßig Handelsschiffe mit geringer Besatzung, verschmähten aber nicht, gelegentlich auf Amrum oder Helgoland auf Beutezug an Land zu gehen. Bei einem dieser Streifzüge hatten sie Kresken, die entlaufene Geliebte des Stallers, aufgegriffen.

Backe Osing hatte Kreskens Wert erst erkannt, als sich ihretwegen der Ochsenhändler Babe zur Trojburg bemühte. Mehr liegend als sitzend lümmelte er auf einem schon etwas abgeschabten Bärenfell dicht am Kaminfeuer und ließ den Mann mit Absicht auf eine Antwort warten. Ihm ging es hier besser als seit langem, die Schinderei im Salzkoog hatte er immer verabscheut. Und nun widerfuhr ihm zum erstenmal das angenehme Gefühl, einen reichen Bauern von seiner Entscheidung abhängig zu sehen.

»Warum sollte ich sie dir mitgeben?« fragte Osing, als er seine Überlegenheit eine Weile ausgekostet hatte. »Frau Kresken ist hier sehr gut aufgehoben, und der Staller wird es mir lohnen, wenn ich sie ihm übergebe. Glaubst du, ich bin so dumm, eine solche Gelegenheit zu verpassen?«

»Kresken ist beim Staller in Ungnade gefallen, weißt du das nicht?« fragte Aghesson freundlich, ohne auf das vorübergehende Mißgeschick Ingemar Stampes einzugehen. Auch er setzte auf Ingemars Zukunft als Herzog. Zumindest so lange, wie es ihm nützlich schien.

»Das gilt für uns beide. Wenn du sie verwenden kannst, kann ich sie auch verwenden«, antwortete Osing unwirsch. Dieser Ochsenhändler war weniger schlau, als er glaubte, und es machte ihn ärgerlich, daß Babe auf so plumpe Weise versuchte, ihn übers Ohr zu hauen.

Aghesson sah sich demonstrativ um. Sieben Männer langweilten sich hier mit Trinken und Würfelspiel, einer oder zwei waren vermutlich in der Küche zu ebener Erde beschäftigt, und drei sollten unterwegs sein, um ein Schaf zu besorgen. »Wie lange wirst du sie von der Frau fernhalten können?« fragte er spöttisch. »Eine Woche, wenn es hoch kommt. Danach machen sie sich wie brünstige Stiere über sie her. Bist du der Mann, der sie abhält?«

Osing zuckte mit den Schultern. »Na und? Dann haben wir eben einen Teil der Bestrafung übernommen. Ingemar wird sich darum nicht kümmern.«

Der Ochsenhändler strich sich über sein glattrasiertes Kinn und lächelte, als wüßte er es besser. »Im Gegenteil, Osing, im Gegenteil. Der Staller duldet keine Übergriffe auf sein Eigentum. Selbst wenn er Kresken hinrichten lassen wollte, dürfte ihr vorher niemand die Haut ritzen. Wenn du etwas anderes glaubst, kennst du den Staller aber schlecht.«

Backe Osing kratzte sich beunruhigt den Schädel. Er hatte schon Gerüchte über das Ende der vorigen Burgbesatzung gehört, die in diese Richtung gingen. Wer nur rauben wollte, hinterließ keine Familienmarke. Hinzu kam, daß Knutsson seit der Bluttat spurlos verschwunden war, als ob er Angst vor seinem Verwandten hätte. Und auch er selber war entfernt mit dem Staller verwandt …

»Ich mache dir einen Vorschlag«, sagte Aghesson in herzlichem Ton. »Ich befreie dich von deiner Verantwortung für die Frau. Ich will großzügig sein und dir zusätzlich fünf Schilling Biergeld geben.«

Der Burgherr schob die Unterlippe vor. Fünf Schilling machten den Wert eines Schweines aus, kein schlechtes Geschäft für ein Weib, das ihnen wie ein aufgestöbertes Rebhühnchen in die Hände gelaufen war. Beim Gedanken an den vollen Busen von Kresken rührte es sich in seinem Beinkleid. Es war besser, wenn sie fortkam. »Gut, unter einer Bedingung.«

»Laß hören«, sagte Aghesson.

»Wenn du sie dem Staller übergibst, sagst du ihm, daß ich sie eingefangen habe.«

Die Handbewegung des Händlers versprach alles, und

Osing nickte zufrieden. Aghesson zog die Münzen aus seiner Geldkatze und hielt sie dem Burgherrn unter die Nase, ohne sie loszulassen. »Kresken«, mahnte er.

Backe Osing mußte sich selbst bequemen, wenn er das Geld haben wollte. Stöhnend erhob er sich. Er war nicht mehr der Jüngste, und seit seinem Leben als Burgherr begann er tatsächlich ein wenig Fett anzusetzen, das erste Mal in seinem Leben. Er fand, daß es ihm zustand.

Als Backe Osing die halbe Außentreppe steifbeinig und vorsichtig hinuntergestiegen war, sah er, daß die Burg umstellt war. Er setzte zum Schreien an, aber Verdings Pfeil drang ihm tief in die Brust, bevor er Alarm geben konnte. Während Babe schreckensstarr dem Körper nachblickte, der sich polternd überschlug und endlich am Fuß der Treppe liegenblieb, drangen die Männer des Königs in den Innenhof.

»Den nicht«, sagte Arfast und hinderte Verding, den Ochsenhändler als zweiten zu erschießen. »Der gehört mir!«

Verding hatte nichts dagegen, zumal der Mann seiner Kleidung nach nicht zur Burgbesatzung gehörte. Statt dessen zielte er auf das verwunderte Gesicht, das in der oberen Turmtür erschien. Der Mann erfaßte blitzschnell, was vor sich ging. Er schmetterte die Tür zu, und der Pfeil blieb im Holz stecken.

»Her zu mir, Aghesson«, schrie Arfast, als einige Männer auf Verdings Befehl an den Turmfuß liefen, so daß er Angst bekam, sie würden den Ochsenhändler in Unkenntnis töten.

Die übrigen Soldaten duckten sich hinter dem Wall, denn die Burgbesatzung begann in diesem Augenblick aus den Schießscharten auf die Belagerer zu schießen. Der Wall taugte nicht als Deckung, und ein Pfeil traf sofort.

»Wir müssen sie ausräuchern«, stellte Verding fest. »Keine andere Möglichkeit.«

Arfast erkannte, daß er recht hatte. »So tut es«, befahl er widerwillig.

Pechumwickelte Pfeile setzten die Treppe an mehreren

Stellen in Brand. Der erste brennende Pfeil, der auf die Holzwände des nie fertig gemauerten Saals gerichtet wurde, flog durch die Schießscharte nach innen. Der heulende Schrei eines getroffenen Mannes endete so plötzlich, als hätte jemand ihm die Kehle durchgeschnitten. Arfast lauschte mit Entsetzen. Welche grausamen Szenen mochten sich dort oben jetzt abspielen? Die Männer wußten, daß sie nur die Wahl zwischen Verbrennen und dem Sturz in die Tiefe hatten.

Als er es kaum mehr aushielt, entdeckte er den Ochsenhändler neben sich und befahl ihn wortlos durch die Wallöffnung in das Vorland. Auch hier würde er noch das Prasseln der Flammen und die Schreie der Sterbenden hören, aber wenigstens mußte er ihren Todeskampf nicht mit ansehen.

Aghesson folgte ihm. Sein zynisches Lächeln machte Arfast darauf aufmerksam, daß der Mann sich nicht zufällig hier aufgehalten hatte. Ochsen hatte er den Wogensmännern ganz sicher nicht verkauft. Möglicherweise betätigte er sich als Zwischenhändler für Gegenstände aus dem Kapergeschäft. Lohnend mußte es sein, Nichtiges überließ er den kleineren Händlern.

»Verding, laßt sofort den Vorratsraum durchsuchen«, rief er durch die Lücke im Wall. Als Aghesson zusammenzuckte, wußte Arfast, daß er richtig geraten hatte. »Es muß hier etwas geben, für das der reichste Händler der Edomsharde den Weg auf sich genommen hat!«

Der Ochsenhändler machte ein verdrossenes Gesicht, aber er orientierte sich bereits um. »Sie halten Kresken, Stampes Geliebte, gefangen«, erklärte er freiwillig. »Ich wollte sie auslösen und freilassen.«

»Frei in die Obhut des alten Weibes in Stallerfeld, natürlich«, höhnte Arfast mit plötzlicher Wut. »Für die Gefangennahme meiner Mutter werdet Ihr noch büßen, das schwöre ich Euch!« Dann befahl er einem älteren Mann mit verläßlichem Gesicht und kräftigem Spieß bei seinem Leben den Ochsenhändler zu bewachen und rannte zum Turm hinüber.

Oben lösten sich immer öfter brennende Holzstücke aus dem Gefüge der Wand. Die meisten Männer, die Verding ausgeschickt hatte, durchkämmten die Nebengebäude, die aus Holz und Soden errichtet waren und ebenfalls bald in Flammen stehen würden.

Arfast schlüpfte in das Dunkel des Turmfußes hinein, der voller Rauch war. Die Hitze war schon spürbar, aber der Querriegel fühlte sich unter seinen Händen noch kühl an.

»Gnadenreiche Maria«, keuchte die Stimme von Kresken, die er im ersten Augenblick gar nicht sehen konnte, und dann taumelte sie ihm in die Arme.

Arfast ließ Verding verständigen, daß der kostbare Gegenstand gefunden worden war, und brachte Kresken auf dem Vorland in Sicherheit. Die Besatzung der Motte war inzwischen schon tot, aber noch wurden Pferde aus dem Stall geführt und brauchbares Material und Vorräte herausgeschleppt.

Den unbeschäftigten Männern befahl Arfast, eine Kette zum nächstgelegenen Priel zu bilden und Wasser zum Löschen herbeizuschaffen. Das hölzerne Stockwerk und die Treppen waren in sich zusammengefallen, aber den Sockel und den Schlafraum des Burgherrn würde man für den König zu retten versuchen. Arfast war nicht geschickt worden, um die Burg zu schleifen.

Gerade als sie sich aus den rauchenden und dampfenden Trümmern zurückgezogen hatten, trabten Haye und seine Männer herbei. Dem letzten folgten an einem langen Tau drei Gefangene, die außer Atem, aber unverletzt waren.

Zufrieden nahm Verding sie in Empfang. »Jetzt haben wir alle zwölf. Mehr sollen es nicht sein, behauptet Euer Händler.«

»Ein Händler, aber nicht meiner«, widersprach Arfast voll grimmiger Verachtung. »Und er ist wenigstens so schlimm wie diese Männer hier. Die sind ja nur gewöhnliche Seeräuber und Strauchdiebe.«

Um Aghessons Lippen zuckte es. Niemand würde ihm

ein Verbrechen nachweisen. Seine Waffe waren Worte und Gedanken, selten einmal klingende Münze. Dafür konnte man nicht bestraft werden.

Arfast befahl noch am späten Nachmittag den Rückmarsch. Obwohl man eine Leiter gefunden hatte, die bis in den Schlafraum reichte, hatte er keine Lust, die Nacht in einer Brandruine zu verbringen. Da es trocken zu bleiben versprach, konnten die Männer sich auf den Fennen vor Ketelsbüll in ihre Decken rollen. Ganz sicher würde man ihnen Essen und Bier hinausbringen zum Dank, weil sie der Trojburg-Plage ein Ende bereitet hatten.

Arfast ließ die Männer unter Aufsicht von Verding in gutem Gefühl zurück. Ihn führte ein besonderes Anliegen nach Ketelsbüll, das er mit Hark besprechen wollte. Er wunderte sich nicht, daß er im Haus des Oheims auch seine Mutter vorfand.

Hark umarmte Arfast und seinen Sohn, erleichtert, sie unverletzt vor sich zu sehen, und ließ den Tisch mit allem beladen, was das Haus hergab. Eyde setzte sich nach einer Weile zu ihnen, um seinem Bericht zu lauschen. Aber Arfast hielt sich so hartnäckig bei unwichtigen Dingen auf, daß es Eyde auffiel.

»Es ist nicht deine Art, Arfast, andere mit Geschwätz zu langweilen. Das wissen wir alle.« Sie legte ihre Hand auf seinen Arm, damit er wußte, daß sie es nicht verletzend meinte. »Weshalb bist du gekommen?«

Er lächelte, weil sie ihn so schnell durchschaut hatte. »Ich wußte nicht, wie ich es sagen sollte. Es mag in euren Ohren lächerlich klingen«, bekannte er. »Also dann: Bringt euch bei den nächsten Stürmen in der Trojburg in Sicherheit!«

Eyde atmete tief durch, während sie an das Gespräch mit Arfast auf dem Weg nach Rungholt zurückdachte. Sie wußte immer noch nicht, ob ihre Vorahnungen und seine Berechnungen der Zukunft sich voneinander unterschieden. Aber sie hatte diesen schrecklichen Traum gehabt …

Haye schwieg. Sein Schweigen war es, das Hark umstimmte. Wenn sein lebensfroher Sohn, der vieles sehr leichtnahm, zu leicht leider, soviel Vertrauen in Arfast setzte, hatte er selber keinen Grund es nicht zu tun. »Meinst du, daß es wirklich notwendig ist? Alle, die wir da sind?«

Arfast nahm nichts zurück. »Alle«, sagte er fest.

Hark nickte. »Gut. Es wird immer Leute geben, die anderer Meinung sind. Mögen sie zurückbleiben.« Er lächelte plötzlich. »Ich denke da an einen Bestimmten.«

»Wir sind es schließlich gewohnt, unseren eigenen Kopf zu haben, Vater. Stürmen gehen wir beizeiten aus dem Wege, vor Stallern fürchten wir uns nicht, und mit Königen reden wir, wann wir wollen.«

Sein Vater schrak auf und betrachtete Haye dann mit unerwartetem Respekt. »Wenn du es so ansehen willst …«

Arfast stand mit einem bedauernden Blick auf den Bierkrug auf. »Gut, dann ist es abgemacht. Die Leiter zum großen Raum findet ihr im Gewölbe vor der Tür zum Kerker festgelascht. Dann solltet ihr euch auch mit den Nordmarschern verständigen, damit die nicht in Unkenntnis Hand an das Eigentum des Königs legen.«

Haye nahm im Stehen einen letzten Schluck. »Und die Trojburger Boote solltet ihr mit ihnen teilen. Sie liegen in der Rinne. Unser eigenes mußte ich nach unserer Ankunft leider auch versenken, aber bei Ebbe könnt ihr alle leicht heben und in Ordnung bringen. Tut es bald!«

Eyde und Hark sahen sich stumm an, als ihre Befehle erteilenden, plötzlich so vernünftigen Söhne gemeinsam zur Tür schritten, Aufgaben entgegen, die ihnen niemand in die Wiege gelegt hatte.

»Vielleicht machen sie es besser als wir«, sagte Eyde leise, als die Tür zugefallen war, und Hark wußte, daß ihre Hoffnung alle jungen Leute der Welt umfaßte. Er war zwar nicht so klug wie sie, aber älter und darum pessimistischer. Er wiegte kaum sichtbar seinen Kopf, und Eyde legte wortlos ihre Hand auf seinen Arm, weil sie ihn auch so verstand.

IXX

Die Männer kauerten hinter dem Deichkamm. Das Hochwasser kam an diesem Tag, wenige Wochen nach dem Fest der Geburt Christi, pünktlich.

Aber sonst konnte nichts zu ihrer Beruhigung beitragen. Der Sturm hielt die fünfte Tide an, und in der Hohlebbe des vorigen Tages war das Wasser bereits in Spritzern über den Deich gegangen. Vergeblich hatten sie darauf gehofft, daß er auf Nordwest drehen und abflauen würde. Die Richtung war geblieben, und die Stärke hatte zugenommen.

Tete wandte das Gesicht seitwärts, um in seinem eigenen Windschatten Atem schöpfen zu können. Erste Wellen liefen unter seinem Bauch durch, und seine durchnäßte Kleidung machte ihn schwer wie ein volles Fischernetz. Er spürte bis in die Knochen, daß dieser Sturm gewalttätiger als alle vorherigen war. Neben ihm ließen sich die Männer einer nach dem anderen nach unten rutschen. Von hinten schlug jemand Tete auf den Rücken und winkte ihm mitzukommen.

Tete schüttelte störrisch den Kopf und blieb auf dem zertretenen gelben Gras des Deiches liegen. Er sah den anderen nach, die durch das Wasser zu ihren Häusern stapften. Auch der Priel war längst über seine Ufer getreten.

Auf der neuen Kirchwarf bewegte sich etwas; ab und zu tauchte in der Lücke für das künftige Kirchenportal jemand auf. Wahrscheinlich einer der Kätner aus den Hütten am Hafen, die dort mit ihren Familien Schutz gesucht haben sollten.

Seit dem Vortag hatte Tete kaum mit jemandem gesprochen. Er haderte mit sich selber. Er hatte Arfast geglaubt. Und trotzdem saß er genauso in der Falle wie diejenigen, die jede Gefahr abgestritten hatten.

Im Schutz seiner Armhöhle holte er tief Atem und richtete sich auf. Von allen Seiten lief das Wasser inzwischen in den Rungholtkoog. Es war schon lange zu spät, um zu fliehen. Niemand konnte über die sturmgepeitschten überfluteten Äcker zur Trindermarsch oder auf noch höher gelegenes Gebiet, vielleicht sogar zur Geest, segeln.

Die Häuser sahen tot und unbelebt aus: Fensterläden und Türen waren verriegelt und die Kochfeuer gelöscht. Tete ballte die Faust. Er schwor, Arfast in Zukunft zu helfen. Hinausschreien würde er, daß die Deiche höher gebaut werden müßten; Holz und Reisigwalzen müßten her – was immer sie brauchten. Auch die Schleusentore sollten sie jetzt schon erneuern. Rungholt würde die größte Stadt der Friesen werden, mit Tiefwasserhafen und Priesterkollegiat und Dom, mit Gottes Hilfe und der feindlichen Natur zum Trotz!

Tete ließ sich wieder auf die Knie nieder und spähte über das Meer. Es gab nicht das geringste Anzeichen dafür, daß der Wind abflauen würde. Mit dem Wasser, das inzwischen in Sturzbächen über die Deichkrone rann, ließ er sich hinunterspülen und stapfte zu seinem Haus.

Wenn man den gewöhnlichen Anstieg des Wassers während der Flut diesem ungewöhnlich hohen Niedrigwasser hinzurechnete, würden die Wellen über seinen First schlagen.

Sein Haus war nicht mehr sicher.

Im Inneren des Hauses ging es im Vergleich zum Brausen des Sturms draußen friedlich zu. Der große Wohnraum war dunkel und still, abgesehen vom Blöken seiner Ziege im Stallteil. Oben auf dem Dachboden wimmerte der Kleine.

»Ich bin wieder da«, rief Tete und holte aus der Truhe das große Beil, das er nur selten brauchte.

Die Hausfrau sah im Licht einer flackernden Kerze stumm zu, wie Tete auf die Verzapfungen zwischen Dachbalken und Ständern einschlug. Er hatte das Haus selbst gebaut. Nun wußte sie, daß er alles verloren gab.

Der Dachboden fing an zu wanken und sich in Böen zu heben.

Tete löste den Strick der Ziege, reichte seiner Frau das Beil nach oben und zog sich selber hoch. Seine Gedanken waren noch schwerer als seine Kleider, aus denen das Wasser in Sturzbächen lief.

Bedächtig schnitt der Fischer mit seinem scharfen Schlachtmesser eine Öffnung in das Reet zwischen zwei Latten. Eine Öffnung, wie für einen schmal gebauten Mann. Endlich legte er sein Werkzeug beiseite und setzte sich neben seine Frau.

»Müssen wir da hinauf, Tete?« fragte sie.

Er nickte. »Wahrscheinlich. Wenn der Dachboden auseinanderbricht. Die Windrichtung ist gut. Vielleicht treiben wir zur Geest. Wenn nicht, werden wir alle ertrinken, auch die, die glauben, auf den Warfen in Sicherheit zu sein. Sogar die auf der Kirchwarf, da können sie beten, soviel sie wollen.«

»Versündige dich nicht, Tete«, sagte die Hausfrau leise und band jedem Kind mehrere luftgefüllte Schwimmblasen auf den Rücken.

Das Heulen des Sturms in den Bäumen nahm zu und nahm ihnen selbst unter dem Schutz des Reetes den Atem. Tete schob den Kopf aus dem Loch und beobachtete das Wasser. Erst als er Luft holen mußte, kam er wieder herunter.

»Ringsum ist jetzt die See. Pastor Nommensius' Kate ist eingestürzt.«

»Der Herr habe Erbarmen mit ihnen«, flüsterte seine Frau, aber Tete sah nur ihre Lippenbewegungen.

Unter ihnen krachte es. Tete riß die Bodenklappe auf und blickte auf einen Hocker, der auf den Wellen tanzte, und auf die schwere Kleidertruhe, die durch den Raum gehoben und an die gegenüberliegende Wand geworfen wurde. Dazwischen schwammen die braunen Torfbrocken der eingedrückten Hauswand. Der Dachboden würde bald nur noch auf den Ständern ruhen.

Tete schlug die Klappe wieder zu. Er verschwieg seiner Frau, daß die neugierige, braune Ziege, deren knabbernde Lippen die Kinder immer zum Lachen gebracht hatten, jetzt mit ihrer luftgefüllten Seite nach oben zwischen dem Hausrat trieb. Das Wasser stieg rasch.

Tete sicherte die Kinder und seine Frau mit Tauen aneinander. Dann nahm er sie in den Arm und wartete auf das Aufschwimmen des Dachbodens, nicht anders als bei seinem Fischerboot im Priel bei auflaufender Flut.

Der Bote aus der Goesharde war so schnell geritten, daß er nach der Übergabe des Schreibens auf den Boden sackte. Der Haushofmeister gab das Zeichen, ihn hinauszuschaffen, während die Berater beunruhigt zum König hinüberblickten.

»Ruft den Friesen Arfast«, befahl Waldemar grimmig und warf die Rolle auf den Tisch. Er marschierte ungeduldig um ihn herum, bis Arfast durch den Saal eilte und vor ihm niederkniete. »Lest!« befahl er.

Als Arfast fertig war, blickte er den König entsetzt an. Auch in Tondern stand das Wasser nach dem Sturm noch hoch, Dächer waren abgedeckt worden und Mauern eingestürzt. Aber so weit binnen im Land ahnte man nichts von der Gewalt eines Sturms in der Marsch.

»Kann es sein? Oder ist der Mann schwachsinnig?«

Arfast schüttelte den Kopf. »Von der Geest bei Hattstedt kann man das Vorland sehen. So weit das Auge reicht, ist das Land nach Westen flach und grün. Wenn dort jetzt die See …« Er verstummte. Ganze Kirchspiele sollten verschwunden sein, schrieb der Mann, Leichen und unzählige Kadaver von Rindern und Schafen würden angetrieben, dazu Dächer, Mühlenflügel, Bootsrümpfe und Holz.

»Dann bin ich beglückt, daß immerhin ein einziger Bonde daran gedacht hat, mich zu benachrichtigen«, sagte Waldemar sarkastisch. »Wozu habe ich denn meine Amtsleute in den Utlanden?«

»Die sind natürlich ertrunken«, antwortete Niels unbekümmert, denn er durfte sich mehr herausnehmen als alle anderen Knappen.

Waldemar sah Arfast betroffen an, der die Schultern ratlos hochzog. »Nun gut. Reist durch die Utlande und fertigt mir eine Aufstellung von den Schäden an. Laßt Euch von Haye begleiten.«

Kaum zwei Stunden später segelten Arfast und Haye bereits mit einem der herzoglichen Boote auf der Wiedau der Nordsee entgegen. Nach einer kalten Nacht im Boot irgendwo an einem unbestimmbaren Ufer nahmen sie Kurs nach Süden. Sie mußten sich am Verlauf der Geest orientieren. Alles hatte sich verändert.

Die schwache Brise aus Ost trug sie über Weiden, Gräben und Wege, die sie neben dem Schatten ihres Bootes erkennen konnten. Strauchwerk und die schmächtigen Bäume der Marschen trieben durch das Wasser und liefen, wie ihr eigenes Boot, hin und wieder auf Unterwasserhindernisse auf, auf Holzpfosten oder stehengebliebene Hausmauern von Katen. An den Holzgerippen von Kapellen verfingen sich Reetbündel und Schafskadaver. Haye blähte die Nüstern, wenn eine faulige Brise in seine Nase wehte.

Wenigstens das steinerne Oländer Haus des Königs inmitten des Wäldchens erkannten sie von weitem, aber Menschen sahen sie nicht. Jedoch wehten durch das Balkengefüge der abgedeckten Kirche die Klänge eines Dank- oder Bittgottesdienstes herüber, und die Stimmengewalt sprach dafür, daß die meisten Oländer den Sturm überstanden hatten.

Ein alter Mann bemerkte die Besucher, die hinter ihm die knarrende Kirchentür aufzogen, und legte den Finger über seine bläulichen Lippen. Er winkte ihnen, draußen zu bleiben und humpelte hinter ihnen her.

»Der Herr hat uns in seiner großen Gnade verschont«, flüsterte er, obwohl der mächtige Gesang durch kein Gespräch vor der Tür gestört werden konnte. »Dabei waren auch wir von Hoffart und Sünde nie frei. Ich glaube, der Herr hat uns wohlwollend angerechnet, daß wir unserem weltlichen Herrn die Steuern nicht vorenthalten haben. Euer Vater riet uns gut, Herr Arfast, und nun weiß es jeder, seitdem unser derzeitiger Hardesvogt an seinem Leib bestraft worden ist.«

Arfast atmete tief ein. Jetzt erinnerte man sich anscheinend wieder. Vielleicht hatte auch seine Mutter die Vergangenheit in den Köpfen der Oländer zurechtgerückt. Aber er verdrängte seine bitteren Gedanken. »Ist er ertrunken?«

Der Oländer nickte. »Hardesvogt Ocke ist der einzige ernsthafte Verlust, den wir hatten. Ausgerechnet da war er in Hardesgeschäften unterwegs. Gottlob steht unsere Kirche noch, und die Häuser können wir instand setzen. Aber die Kirchen von Ivenbüll, Langeneß und Nordmarsch gibt es nicht mehr. Da draußen ist es schlimm zugegangen.«

»Dann müssen wir weiter«, fiel Haye voll Unruhe ein und zog Arfast mit sich. Teilnahmsvoll sah der Alte ihnen nach.

»Daß Ocke nicht mehr im Amt ist, ist wahrscheinlich der einzige Gewinn dieser Flut«, bemerkte Haye außer Hörweite. Er wartete, bis Arfast an der Pinne saß, warf die Vorleine los und stieg mit einem langen Schritt ins Boot.

Arfast nickte und starrte fassungslos seewärts. Jenseits einer weiten Wasserfläche lagen schwarz die Umrisse des Geestlandes von Föhr, aber das Vorland zwischen Föhr und Langeneß war versunken. Hier gab es jetzt Wasser statt Weiden, und die hinter ihnen herlaufenden Wellen entstammten dem Meer, nicht einem Priel.

»Wenigstens hat der Propst an der Fenne meines Vaters keine Freude gehabt«, stammelte Haye, dem das Herz wild schlug, und dessen Lippen sich selbständig zu machen schienen, als sie sich Langeneß näherten.

Arfast war schlecht vor Angst, als der Bootsboden unter kratzenden Geräuschen auflief. Sie belegten die Bugleine am neuen Ufer, dort wo sich früher einmal ein Graben zwischen Harks und Arfasts Fenne befunden hatte und einige Pfähle stehengeblieben waren. Dann wateten sie durch flache Seen von ablaufendem Wasser, die nur stellenweise von aufgeweichtem Grasland durchbrochen wurden, ins Dorf.

Es sah aus, als hätte ein Riese mit seiner Faust darin gewütet. Dächer waren abgedeckt und Hauswände davongeschwommen, die Bäume geknickt und die Gärten mit grauem Schlamm überzogen. Aber die Ketelsbüller waren dabei, Ordnung zu schaffen, und mitten unter ihnen entdeckte Arfast die schlanke Gestalt seiner Mutter.

»Gottlob, daß es euch gutgeht«, sagte Eyde und betrachtete die beiden jungen Männer von oben bis unten.

Arfast nahm seine Mutter in die Arme, während sich seine Sorge um Anna ins Unermeßliche steigerte. Eyde lehnte sich nur für einen Augenblick an ihn, um ihn ihre Liebe spüren zu lassen.

Im übrigen war es der Tag, an dem alle den Tatsachen ins Gesicht sehen mußten. »Acht Ketelsbüller sind ertrunken, Arfast, und fünf werden noch vermißt. Die Vermißten sind Ibbes Leute: Sivert tauchte plötzlich auf, um sie zu holen. Er wollte sie mit dem großen Trojburger Boot retten, obwohl wir ihm abgeraten haben.«

»Und niemand hat sie mehr gesehen?«

Eyde schüttelte still den Kopf.

»Und Vater, Mutter Eyde?«

»Da oben auf dem Dach, Haye. Niemandem von uns ist etwas passiert. Wir haben die Trojburg rechtzeitig erreicht; wir, Boys Familie und noch einige haben überlebt, außerdem fünf Nordmarscher. Und die Bewohner der Mayenswarf. Und Anna ist in Holstein.«

Arfast bekam langsam wieder Farbe, während er Hark beobachtete, der vom Arbeitsstuhl des Dachdeckers auf die Leiter überwechselte und herunterstieg. Was seine Mutter berichtet hatte, stimmte mit seinen Befürchtungen überein. Das Gelände fiel nach Westen langsam ab, die Nordmarscher waren stets früher vom Wasser betroffen. Man würde dort in Zukunft nur noch auf Warfen in Sicherheit leben können. In Ketelsbüll übrigens auch.

»Ja«, sagte Hark, dem sich die Angst in tiefen Furchen ins Gesicht gegraben hatte, »nun ist alles so gekommen, wie du vorhergesagt hast, Arfast. Aber obwohl ich eine Rechnung mit Sivert offen hatte, hätte ich seinen Leuten doch ein anderes Schicksal gegönnt.«

»Dein Rat war gut«, sagte Boy hinter Arfast und klopfte

ihm anerkennend auf die Schulter. »Wir werden in Zukunft nur noch auf Warfen in Sicherheit leben können. Aber schon gibt es wieder die ersten Gegenstimmen von gewohnheitsmäßigen Mäklern.«

Arfast lächelte kurz wegen der Übereinstimmung ihrer Gedanken. »Ihr werdet sie überzeugen. Sie sehen ja mit eigenen Augen, was geschehen ist.«

»Manchmal scheint es, als ob nicht einmal das ausreicht, um manche Leute zur Vernunft zu bringen.« Boy wiegte ahnungsvoll seinen Kopf. Auch er sah mitgenommen aus.

»Mutter. Wir sind nicht gekommen, um zu helfen«, sagte Arfast deswegen unter Zögern. »Niemand auf der Geest weiß, wieviel hier zerstört wurde, vermutlich nicht einmal die Marschbewohner selber. König Waldemar benötigt einen zuverlässigen Bericht und hat Haye und mich ausgesandt ...«

»Fahrt ihr nur«, sagte Eyde lächelnd. Seltsam, daß ihr Sohn nun im Dienst des Königs stand. Als hätte Ingemar Stampe doch nicht vermocht, das Band zwischen dem König und den Ketelmannen zu zerschneiden. »Hände haben wir genug, und zwei Esser mehr können wir gar nicht gebrauchen.« Sie reichte ihnen gleichzeitig je eine Hand, und die beiden sahen sich ebenso schnell verabschiedet, wie sie gekommen waren.

Kurze Zeit später segelten sie auf dem breiten Westerwehl zwischen Langeneß und Nordmarsch nach Süden. Nordmarsch schien leer und unbewohnt, die Weiden waren voll mit Schlick und Tang und die Häuser in der Ferne eingeebnet. Der Schluth war nun dicht an die geschwärzten Reste der Trojburg herangerückt. Deren Wall war abgetragen worden, aber aus dem Turm winkten ihnen Kinder zu, und eine ältere Frau spähte über ihre Schultern hinweg zum Boot herüber.

Aber diese Veränderungen waren gering, gemessen an den Schäden weiter seewärts. Es gab nun einen weiten Trichter zwischen Hooge und Nordmarsch, durch den die Flut einströmte.

»Nimm einfach Kurs auf die Pellwormer Kirche«, schlug

Haye vor und zeigte auf den eckigen Turm vor dem hellen Horizont. »Wir werden schon merken, wo es flach wird. Von der Südermarsch ist jedenfalls nichts mehr übrig.«

»Die Bauern von Pellworm haben ja so recht gehabt«, stellte Arfast inbrünstig fest, als sie am Deich der Bauern entlangsegelten, der nun zum Seedeich geworden war.

»So närrisch, wie man immer denken mußte, waren sie gar nicht«, stimmte Haye zu. »Glaubst du, daß sie gottesfürchtiger als andere sind? Ihre Kirche ist die schönste und gewaltigste hier herum. Und die Westerwoldter sind mit Mann und Maus untergegangen. Und ihrer elenden Kapelle.«

»Ich weiß es nicht«, murmelte Arfast. »Aber ich glaube eher an den Nutzen von Deichen gegen die Flut als den von Kirchen.«

Als sie die Kirchenruinen von Heverdamm querab passiert hatten, ließ Arfast die Schot fahren, und der Ever blieb dümpelnd liegen. Zwischen Pellworm und den höhergelegenen Teilen der Edomsharde war eine riesige Bucht entstanden. Die Wintersonne in ihrem Rücken beleuchtete in der Ferne die Dörfer. Die See mußte sich nun bis Gaickebüll und Bupsee erstrecken.

Seufzend nahm Arfast quer über die Bucht direkten Kurs auf Rungholt, das nur noch ein grauer Fleck im Meer zu sein schien.

Mit einem sauberen Aufschießer blieben sie vor einem stehengebliebenen Pfosten des Schleusentors liegen, und Haye hängte mit besonderer Sorgfalt den Festmacher darüber.

Schleusentore und Deich waren fortgeschwemmt worden. Von Rungholt waren nur noch Hügel aus Schlamm übriggeblieben und Trümmer der hochgelegenen Häuser. Im nahen Wäldchen hatten sich Gegenstände in den umgeknickten Bäumen verfangen, irgend etwas Rotes schwamm dort auf den Wellen.

»Glaubst du, hier hat jemand überlebt?« fragte Haye bedrückt, während er sich am Mast festklammerte und stehend Ausschau hielt.

»Nein«, sagte Arfast. »Kein Mensch und kein Huhn.«

»Doch, da hinten«, widersprach Haye und blickte aufmerksam auf die Reste der höchsten Warfen. Die aus ihrem Gefüge geschobenen Quadersteine der neuen Kirche waren noch vorhanden, und einige Balken des Knoopschen Hauses ragten über eine Mauer empor. »Da ist jemand. Ob das der Kaufmann ist?«

»Das sind Plünderer«, antwortete Arfast lakonisch. »Knoop ist in Elmshorn. Aber ich weiß, wer die hier sind: Knutsson und seine Leute. Der Mann mit dem vornehmen Hut ...«

»Ich glaube nicht, daß mein König viel für Plünderer übrig hat.« Haye spannte die Armbrust, die General Zappy ihm vorsorglich hatte mitgeben lassen, und legte sie behutsam neben sich. Während er die Rah festbändselte, steckte Arfast leise die Riemen in die Dollen und senkte sie ins Wasser.

In Deckung durch die Reste des Salzspeichers ruderte er lautlos zu den Resten des Knoopschen Hauses hinüber, das von drei Männern durchsucht wurde. Ihr Boot dümpelte neben einer umgeknickten Ulme, ein Schwertgurt war achtlos auf die Ruderbank geworfen worden.

Haye schoß, ohne die Männer anzurufen, einer von ihnen taumelte zu Boden. Ohne Hast zielte er auf den Ever der Räuber und durchlöcherte seinen Rumpf mehrmals, während Arfast die Ruderblätter wirbeln ließ.

Das Heck des Evers senkte sich und lag schon unter Wasser, und noch war kein Pfeil von den Räubern abgeschossen worden. »Ihre Waffen liegen im Boot. Trottel!« knurrte Haye und traf den zweiten Mann, der gellend schrie. Ein blauer Hut stieg an einem Stock in die Höhe.

»Wir fangen eine Menge Kopfbedeckungen in letzter Zeit, findest du nicht? Es geht nichts über eine gute Armbrust«, erklärte Haye zufrieden. »Ich werde sie behalten, denke ich.«

Arfast schüttelte irritiert den Kopf, während sie anlegten. Haye hatte gerade zwei Menschen erschossen, und nun zählte er Mützen und Hüte zusammen.

Knutsson war der Überlebende. Widerstandslos ließ er sich fesseln. Das Blau seines Hutes war nicht die einzige Farbe in diesem seewassergetränkten Chaos. Der Tote am Fuß der Mauer hatte bis zu den Ellenbogen gefärbte Arme, die Arfast an die Brügger Gehenkten erinnerten. Das Blau war das gleiche, nur war es viel blasser. Arfast seufzte leise.

Wegen der kenternden Tide würde das ehemalige Weide- und Ackerland für das Boot des Herzogs zu flach werden. Sie folgten deshalb dem Sielzug nach Norden und bogen mit Kurs auf die Gaickebüller Kirche ab, wo schwarzer Rauch in die Höhe stieg.

An einer frischen Abbruchkante stiegen Arfast und Haye auf das Grünland hoch. Ein großer Scheiterhaufen in Ufernähe brannte stinkend, der Geruch von Horn und nassem Fell legte sich mit den Rauchschwaden über die Häuser. Männer mit Tüchern vor der Nase schleppten ertrunkene Schafe zum Feuer. Die Beine der Kadaver stachen daraus hervor wie abgestorbene Bäume im Kratt. Nur das Knistern der Flammen war zu hören. In einiger Entfernung standen Leute und schauten zu.

»Wir sind vom König geschickt worden, um eine Übersicht über die Schäden zu bekommen. Wen können wir um Auskunft bitten?« Arfast sprach einen älteren Mann mit plötzlicher Scheu an. Hier stand er, anscheinend kaltblütig wie ein Steuereinnehmer, und wollte Angaben über das Unglück in Stückzahlen.

»Der König«, stieß der Alte erbittert aus, nachdem er sich den schützenden Fetzen aus dem Gesicht gerissen hatte. »Von mir bekommt er gar nichts.«

Arfast verstand ihn gut. Waldemar hatte einen Teil der Schuld auf sich geladen, indem er den Utlanden einen unfähigen Statthalter geschickt hatte.

Neben ihm blieb eine Frau stehen, die einen toten Hund im Arm hatte. »Geht zum Pastor«, sagte sie leise. »Er zählt alle Toten, die der Herrgott ihm in die Hände gibt.«

Arfast nickte. Als sie auf dem Wege zur Kirche an den Leuten vorüberkamen, die ihre Blicke umherschweifen ließen und hier und da hindeuteten, wurden auch Arfast und Haye neugierig betrachtet. »Wißt ihr etwas von denen da draußen?« fragte einer behäbig, dessen Daumen in einem Gürtel eingehakt waren.

Arfast verstand jäh. Diese Leute waren gekommen, um das Unglück anderer zu genießen. Er schüttelte kurz den Kopf.

Der Mann gab nicht auf. »Ihre Sünde und Bosheit haben das Unglück heraufbeschworen. Nicht viel hätte gefehlt, und wir wären alle mit hineingerissen worden.« Er erhob die Stimme. »Obwohl wir nie Reichtümer angesammelt und immer unseren Zehnten bezahlt haben!«

»Ja, ja«, sagte Arfast und zog Haye mit sich, der bereits die Fäuste in die Seiten stemmte.

Der Kirchhof lag erhöht und war vom Wasser unberührt geblieben. Der Kirchendiener warf mit der Gleichmäßigkeit einer Maulwurfshand Erde auf, Grube neben Grube, viele waren schon geschlossen, andere noch geöffnet. Er reckte seinen Rücken und wischte sich den Schweiß von der Stirn. Dann machte er weiter.

Der Pastor war dankbar, der Vorhalle der Kirche zu entkommen, in der er seit Stunden für das Seelenheil des wachsenden Berges von Toten gebetet hatte. Im Tageslicht sah Arfast erst, wie mitgenommen er war.

»Diese Menschen lebten alle in den untergegangenen Ortschaften«, sagte der Pastor erschöpft. »Ich glaube, es ist keiner entkommen, selbst die nicht, die Boote hatten. Manche klammerten sich noch im Tod an entwurzelte Bäume. Eine Familie hatte sich an einem Dachstuhl festgebunden, Mann, Frau und zwei kleine Kinder. Sie landeten auf unserem Vorland, aber sie waren ertrunken. Der Herr sei ihnen gnädig! Er hat die Rungholter in ihrem gottlosen Übermut und ihrer Hoffart bitter bestraft, uns zur Mahnung und zur Einkehr.«

Arfast schwieg. Wenn das wahr war, hatte der Herr die Falschen bestraft. Diejenigen, die zur Winterzeit in Rungholt lebten, gehörten nicht zu den reichen Kaufleuten. Sie waren weder gottlos noch übermütig gewesen.

»Ich glaube, du hast recht mit den Deichen. Der Fischer Tete hatte das Herz auf dem rechten Fleck. Aber solche Leute wie dieser Babe«, sagte Haye später, als sie schon wieder unterwegs waren, »die ertrinken nicht. Wenn der Herr auch nur ein bißchen Verstand hätte, müßte Er doch sehen, wie ungerecht Er handelt.«

»In Babes Fall hat Er durch unsere Hand gehandelt.«

»Das stimmt«, gab Haye verblüfft zu. »Aber wenn Er mir Seinen Plan vorher mitgeteilt hätte, ich hätte Babe eigenhändig nach Rungholt geschleppt und untergetaucht, ich schwör's dir.«

Seine Gnaden Nicolaus Brun traf einen Tag nach der Hinrichtung von Ingemar Stampe in Tondern ein. Die unfaßbaren, wenn auch unvollständigen Nachrichten aus den Utlanden erforderten außergewöhnliche Schritte, und darum hatte er sich entschlossen, den König aufzusuchen.

Obwohl es Abend war, wurde er zu Waldemar vorgelassen und traf ihn allein mit einem Pokal Wein an. Das schien Brun wie ein Fingerzeig Gottes zu sein, denn die vernünftigen Berater fürchtete er am meisten. Er beabsichtigte, den König zur Unvernunft zu verleiten, genauer gesagt, zur Barmherzigkeit.

Wie üblich, sah der Bischof nicht viel, wenn es so dunkel war wie hier, aber zwei kräftige junge Hände schoben ihn behutsam auf den König zu. »Danke, mein Junge«, sagte er.

Waldemar erhob sich mit griesgrämigem Gesicht, um dem Propst den Ring zu küssen. »Wir haben große Verluste an Menschen, an fruchtbarem Land, an Vorräten und an ungezahlten Steuern erlitten. Das betrübt Uns zutiefst.«

Der Bischof wußte nun, woher seine schlechte Laune kam. »Ich bin eben deswegen gekommen, Euer Gnaden. Das Elend der Friesen beunruhigt auch mich, allerdings scheint niemand die Verluste an Menschen, Vieh und Land genau zu kennen.«

»Wir erwarten Unsere zwei ausgesandten Friesen täglich zurück. Sie werden Euch Auskunft geben können. Der

Schuldige ist bereits bestraft worden, Ingemar Stampe, ehemals Staller der Utlande.«

»Ich dachte, sein Verbrechen sei Hochverrat. Was in den Utlanden geschehen ist, geschah auf des Herrn weisen Ratschluß, auch wenn wir seine Gründe nicht verstehen.«

Waldemar zog gleichmütig die Schultern hoch. »Es gab eine Anklage eines Friesen gegen Ingemar Stampe. Unterschleif und Diebstahl sind einfacher nachzuweisen als Hochverrat und genau so tödlich.«

Der Bischof erschrak, wie schon öfter, über des Königs schnelle Entscheidungen. Ein Mann, der zwischen Königen wie unter seinesgleichen verkehrte, hatte Anspruch auf mehr Sorgfalt bei der Untersuchung seiner Verbrechen als ein gewöhnlicher Strauchdieb. Mochten sie vor Gott gleich sein, im Leben waren sie es nicht. Auch auf einem Staller ruhte ein Schimmer des göttlichen Auftrags, der die Bürde jedes Königs war. »Das arme Volk der Friesen wird jetzt bittere Not leiden,« sagte er ausweichend.

Waldemar machte eine ungeduldige Geste. »Deren Armut würde mancher gerne auf sich nehmen. Sie sind so wenig arm wie die schonischen Heringsfänger. Doch nun erklärt mir, warum Ihr Euch zur Winterzeit auf die beschwerliche Reise gemacht habt, Hochwürdigster Vater.«

»Wahrhaftig, das greuliche Wetter macht es mir schwer«, seufzte der Bischof und ließ sich erleichtert auf einen Sessel sinken. »Ich wollte Euch um Milde für die Friesen ersuchen. Genauer, um Aussetzung der Steuern für ein oder zwei Jahre. Die Friesen werden nun nicht mehr genügend Einnahmen haben, um Stud, Ledingsteuer und Pflugschatz zu bezahlen – und für die Inne keine Zeit.«

Waldemar sprang auf und fing an umherzuwandern, und der Bischof kannte ihn gut genug, um zu wissen, daß er jetzt Aufregung und Verärgerung nicht mehr zügeln konnte. »Wenn Ihr die Schuld von Ingemar Stampe nicht anerkennen wollt – auch gut. Ich jedenfalls könnte diese Flut mit gutem Grund als gerechte Strafe bezeichnen, weil die Friesen sich ihren Pflichten ihrem König gegenüber so lange entzogen haben. Soll ich sie jetzt dafür belohnen,

Euer Gnaden? Ausgerechnet in einem Augenblick, in dem unser mächtiger Herr im Himmel den Friesen seinen Verdruß zeigt?«

Nicolaus Brun wurde noch bekümmerter, und die Falten in seinem schmalen Gesicht schienen sich zu vertiefen. »Was ist, wenn die Friesen so verarmen, daß sie den Kirchenzehnten nicht mehr zu zahlen vermögen? Müßte unser Herr sie dann nicht nochmals bestrafen?«

Waldemar drehte sich abrupt um und blickte grimmig auf den Bischof hinunter. »Die friesischen Harden haben mich in den letzten Jahren so viele Ritterleben in mehreren Kriegszügen gekostet, daß sie jetzt, wo sie unterworfen sind, bezahlen werden. Eure Sorge, Euer Gnaden, scheint mir in Wahrheit zu sein, daß die Friesen an mich ihre Abgaben leisten – aus Angst vor irdischer Bestrafung. Daß sie danach an die Kirche nichts mehr zahlen, weil sie nichts mehr haben – und weil meine Strafe fühlbarer ist als Eure himmlische.«

»Die Exkommunizierung hat durchaus sehr irdische Folgen«, bemerkte der Bischof leise. »Auf gottesfürchtige Menschen wirkt sie, als ob der Herr in seinem Zorn die Seele des verlorenen Schafes in seiner Faust zusammenquetscht.«

In einem Augenblick aufwallender Verärgerung dachte Waldemar an den Friesen Arfast, von dem er allein wegen der Selbstherrlichkeit eines Propstes nicht in angemessener Weise Gebrauch machen konnte. »Vielleicht solltet Ihr Euch weniger um Steuern sorgen als um andere Dinge. Es gibt Wichtigeres. Offenbar ist Euch entgangen, daß die Friesen ein anderes Bistum für sich erstreben?«

»Nein«, widersprach der Bischof empört. »Meine Friesen sind gottesfürchtige Leute.« Im gleichen Atemzug ahnte er, daß Waldemar recht hatte. »Oder nicht?«

Waldemar lächelte mißgestimmt. Nicolaus Brun war alt, und seine Augen hatten nachgelassen. Es wäre weniger schwerwiegend gewesen, wenn nicht die Unaufmerksamkeit des Bischofs mit einem Machtverlust der dänischen Seite einhergegangen wäre. »Die treibende Kraft ist wohl der Propst von Strand. Unterstützt wird er von den Kaufleuten aus Holstein.«

Brun griff sich an sein Herz. Es schmerzte hin und wieder. Vor allem bei solchen Botschaften. Fetzen von Gedanken, Worten und Beobachtungen flogen durch seinen Kopf. Sie sammelten sich an einem Punkt, wo der Höllenfürst mit glühender Schrift verzeichnet hatte, daß Friedrich von der Wisch seinen Bischof hinterging.

»Niels!« brüllte Waldemar, und der Page stürzte durch einen Vorhang in den Raum. »Siehst du nicht, daß dein Bischof jetzt eine Stärkung braucht?« schnauzte er. »Wo hast du deine Augen?«

»Immer nur bei Euch, Herr«, stammelte Niels. »Ich muß Euch doch beschützen.« Dann sauste er ganz unritterlich hastig davon, um mit einer gläsernen Karaffe wiederzukehren. Er füllte einen Becher randvoll. Der Bischof schluckte mit geschlossenen Augen, bis der Becher leer war.

Waldemar sah dem kräftigen Zug des Bischofs überrascht zu, während Niels die Schultern, grinsend bis an die Ohren, hochzog. Der König schmunzelte und drohte ihm mit dem Zeigefinger.

Der Bischof atmete immer noch schwer. Er wußte, daß er sich verausgabte. Und dann befahl er seine letzten Stunden, wenn sie es denn sein sollten, in des Herrn gütige Hände und nahm den Kampf nochmals auf. Allerdings nur den Teil, der seinen König anging, und dazu gehörte Friedrich von der Wisch nicht. »Seid barmherzig mit den Friesen«, bat er inbrünstig.

»Sie werden gerecht behandelt werden«, sagte Waldemar mit gekrauster Stirn. »Aber barmherzig ... Nein. Barmherzigkeit erwarten sie von Euch.«

Einer der Diener schob vorsichtig den bäuerlich schweren Vorhang auseinander, der so wirksam gegen den Zug in den langen Gängen war, daß er auf des Königs Anweisung und gegen den herzoglichen Willen nicht ausgewechselt werden durfte. »Euer Gnaden«, flüsterte er, »die beiden Friesen sind da. Wollt Ihr wirklich so spät noch mit ihnen sprechen?«

»Wenn mein Tagewerk mit Sonnenuntergang beendet sein sollte, wäre ich Hütejunge geworden«, sagte Waldemar barsch, »und für dich wäre es vielleicht auch angebracht.«

Das Gesicht des Dieners verschwand blitzschnell, und kurze Zeit später erschienen Arfast und Haye zwischen den Falten des Vorhangs. Sie fielen vor dem König auf ein Knie, und dieser sah mit Wohlwollen, daß die Friesen an höfischem Benehmen rasch dazulernten. »Nun?« fragte er. »Was machen meine Friesen der Utlandharden?«

Der Bischof faßte die beiden ins Auge, die ihm einstweilen lediglich groß und jung erschienen.

»In den Marschen zwischen den Inseln und der Geest haben sich nicht viele Menschen retten können«, antwortete Arfast und versuchte, seinen Kummer zu unterdrükken. »Auch die Vögte der Edoms- und der Wirichsharde sind ertrunken. Wohl die Hälfte des Utlandes ist für immer im Wasser versunken, und vom Rest wird täglich mehr weggerissen. Diese Flut bedeutet nicht das Ende einer Gefahr, sondern deren Beginn. Euer Gnaden, eine Fülle von Dingen muß getan werden, um den Utlandfriesen zu helfen!«

Nicolaus Brun spürte die Leidenschaft und die unerschrockene Festigkeit, mit der Arfast seine Sache dem König gegenüber vertrat. Dies und die Sicherheit seines Urteils beeindruckten ihn angesichts seiner Jugend. »Wir werden Bittgottesdienste im Lande für die Friesen anordnen, mein Sohn«, versprach er leise.

Arfast ahnte nicht, ob es einem Exkommunizierten erlaubt war, eine bischöfliche Hand zu küssen. Aber er wußte, daß kein Friese sich in dieser Situation erlauben konnte, auf irgendeines Menschen Hilfe zu verzichten. Er warf sich vor dem Bischof auf die Knie. »Das wird nicht ausreichen, Hochwürdigster Herr Bischof. Wir brauchen Deiche und Warfen und dafür mehr Baumaterial, als in den Marschen vorhanden ist. Die übriggebliebenen Marschen müssen wir gegen die kommenden Fluten sichern. Wir brauchen die tatkräftige Hilfe des Königs!«

»Ich werde meinen Stallern befehlen, Material anzukaufen, und ich werde den Geestharden befehlen, es zu liefern«, sagte Waldemar knurrig, weil die Nachrichten in der Tat schlechter waren, als er erwartet hatte. Marschfriesen ohne Land und Vieh würden immer noch genügend Steuergelder auftreiben können – aber nur lebende. »Bezahlen werden sie sie allerdings müssen.«

»Ihr werdet ihnen die Abgaben stunden müssen, Euer Gnaden, bis die Weiden gesichert und die jungen Ochsen herangewachsen und verkauft sind«, sagte Arfast fest.

Waldemar rieb sich das Knie und grunzte dann zustimmend, worauf sich Arfast dankbar verneigte und auf den Wink eines Dieners zurückzog. Die Audienz war zu Ende.

»Ich würde mich gerne einmal mit ihm unterhalten«, sagte der Bischof. »Ein bemerkenswerter junger Mann. Das Holz, aus dem man Kirchenfürsten schnitzt.«

Der König nickte. »Und anderes. Es wäre hilfreich, wenn Ihr gemeinsam eine Aufstellung der Schäden machen könntet. Ich wünsche eine gute Nacht.« Er verschwand, gefolgt von Niels, der ein Talglicht für den Flur bereitgemacht hatte.

Am nächsten Morgen ließ Bischof Brun Arfast kommen, sobald er sein karges Morgenmahl zu sich genommen und im Gebet um Hilfe und Erleuchtung nachgesucht hatte.

Haye, der mitgegangen war, wurde wieder entlassen. Er blinzelte Arfast zu, der schon mit einem Griffel an einer Wachstafel saß, und machte sich zu einer Entdeckungsreise im Schloß auf. Das letzte, was er gewollt hätte, war allerdings, Gesine in die Hände zu fallen. Er würde ihr ausweichen; vermutlich hatte sie ihn schon längst durch einen anderen ersetzt.

Im Geschoß zu ebenem Boden ging es lebhafter zu als oben, wo die Diener stumm durch die Gänge huschten und flüsterten, wenn sie einander begegneten, und wo selbst Jagos Pfoten auf den Steinplatten zu hören waren. Hier unten war kein Platz für Edelleute, hier wurde gestritten und vielleicht auch geprügelt. Neugierig schlich Haye einer Tür entgegen, hinter der er lärmende Stimmen in dänischer und plattdeutscher Sprache hörte.

Aber bevor er sie erreichte, schmiegte sich eine weiche Gestalt an seinen Rücken, und Hände legten sich vor seine Augen. »Hier bin ich doch«, flüsterte Gesine in sein Ohr, und ihr warmer Atem auf seiner Haut machte es ihm unmöglich zu widerstehen. Ihre Eile war so groß, daß sie Haye lediglich um zwei Ecken zog, und dann fand er sich plötzlich auf gestampftem Lehmboden zwischen Fässern wieder. Während Gesine an seiner Hose nestelte, hörte er noch gedämpft die streitenden Stimmen und sah Licht wie am Ausgang eines Tunnels, und dann war nichts als Gier und Hitze, ihre und seine.

Irgendwann ließen sie voneinander ab. Wortlos kleidete Gesine sich an und entschwand.

Haye war so schläfrig, daß er erst nach einiger Zeit die Kälte spürte, die sich um ihn herum ausbreitete. Widerwillig stand er auf, Gesine noch in der Nase und auf seiner Haut, und stieg in die Hose. Dann lockte er Jago, der irgendwo im Dunkeln saß und leise knurrte. Wahrscheinlich eine Ratte. Haye spähte durch den düsteren Raum.

»Bist du auch schon wieder da?« fauchte er, als er das verschreckte Bündel erkannte, das Jago bewachte wie einen Hasen.

Erstmals hatte Waldemar keine Widerworte. Jagos Hecheln dicht vor seiner Nase schnürte ihm die Kehle zu. Noch nie war er so froh bei Hayes Anblick gewesen wie jetzt. Aber gleichzeitig brach über ihn die schreckliche Erkenntnis herein, daß niemand mehr Furcht vor ihm haben würde, selbst seine Mutter nicht. Sein Vater war tot, und sogar der Hund gehorchte einem anderen.

»Ist gut, Jago«, murmelte Haye, drückte den Kopf des Hundes an sein Bein und streichelte ihn. »Er wird dich nie mehr ärgern.«

»Ich hab' gesehen, was ihr gemacht habt«, zischte Waldemar gehässig, als er endlich wieder reden konnte.

»An deiner Stelle würde ich hübsch an meine Nase denken und im übrigen den Mund halten. Damit das mal klar ist«, flüsterte Haye und zog den Jungen an der Jacke auf die Füße. »Ich bringe dich jetzt zu deiner Mutter, damit du nicht versehentlich im großen Suppentopf mitgekocht wirst. Obwohl es dir recht geschähe, im Magen des Gesindes zu landen.«

Pah, Gesinde! Waldemars Augen funkelten. Gerade eben hatte er begriffen, daß er die Furcht anderer vor seinem Vater Ingemar überhaupt nicht benötigte. Widerstandslos ließ er sich vorwärts schieben.

Wenig später stellte Haye Waldemar mit Nachdruck vor Kreskens Füße. Waldemar grinste hinterhältig, als er die Freude erkannte, mit der seine Mutter diesen Bauern begrüßte. Ihm war schon auf dem Gang eingefallen, wie er Haye alles heimzahlen würde.

Arfast ging mit Ernsthaftigkeit und Eifer an die Arbeit, wovon sich Bischof Nicolaus Brun sehr beeindruckt zeigte. Ihm selber war an einer Übersicht der untergegangenen Kirchspiele hauptsächlich gelegen, um sich ein Bild von den Finanzen des Bistums zu machen und die Minderung an Einnahmen zu überschlagen. Sein junger Gewährsmann hingegen strebte tatsächlich, wie er schon geahnt hatte, nach einer Bestandsaufnahme, um Abhilfe für die gegenwärtige Not zu schaffen und eine Verbesserung für die Zukunft zu erreichen.

Als König Waldemar nach einigen Stunden vorbeikam, um sich nach dem Fortschritt der Arbeiten zu erkundigen, fragte er: »Nun, wie seid Ihr zufrieden mit Eurem Helfer, Euer Gnaden?«

»Ganz ausgezeichnet«, antwortete der Bischof überrascht. Ähnlich pflegte der König sich zu erkundigen, ob ihm eine neue Weinsorte gemundet hatte. »Sorgfältig wie ein von mir selbst ausgebildeter Sekretär.«

»Und einfallsreich wie ein geschickter Dieb, sagt man mir. Ich hoffe, Ihr stimmt dem zu.«

Der Bischof zog konsterniert die Augenbrauen in die Höhe. »Ich kenne keine geschickten Diebe«, merkte er schließlich an.

Der König nickte zufrieden und ließ sie wieder allein.

Arfast hielt den Griffel mitten in einer langen Rechnung zu Gebäudeverlusten an und hob den Kopf. »Wenn Ihr mir die Bemerkung erlaubt, Euer Gnaden, so wäre ein Dieb, den Ihr kennt, ganz gewiß nicht geschickt. Solltet Ihr ihn aber kennen, und er wäre wirklich geschickt, wärt Ihr nicht der Bischof.«

Nicolaus Brun lächelte trübe. »Euer Zutrauen ist sehr groß. Und doch könnte es sein, daß Ihr Euch irrt, Arfast. Gottlose Menschen gibt es überall, selbst unter der höheren Geistlichkeit. Wir müssen nur immer so tun, als ob es sie unter den Hirten nicht gäbe, damit unsere arme Herde keinen Schaden nimmt. Die Herde ist wichtiger als ein Verirrter.«

»Sollte es wirklich Euer Wille sein, Euer Gnaden, unschuldige Schafe von einem schwarzen Hirten weiden zu lassen?« Arfasts Kopf neigte sich, und er tat so, als rechne er weiter, während er auf eine heftige Reaktion des Bischofs wartete.

Nicolaus Brun überlegte bestürzt, was Arfast mit seiner bitteren Anklage meinen konnte.

Die Stille des Arbeitszimmers wurde durch die scharfen Schritte eines eiligen und energischen Mannes draußen auf dem Gang gestört. Gleich darauf rauschte der Propst der Utlande herein. Sein Blick suchte den des Bischofs.

Gleichgültig sah er über Arfast hinweg, während er erregt Beschwerde führte. »Vater, meine Propstei ist untergegangen. Kirchen und Kapellen sind ausgelöscht, verfestete Halligländereien, Gräsungen, Kornköge und Schenken verschwunden. Ich habe noch keine genaue Übersicht, aber der größte Teil meiner Einnahmen dürfte damit dahin sein.« Sein Schmerz über die materiellen Verluste war so unverkennbar, daß es dem Bischof den Atem verschlug.

»Dafür haben sich die Rechte für den Austernfang erfreulich vergrößert, Herr Prälat, findet Ihr nicht?« Arfasts Ton war schneidend.

Der Bischof zuckte zusammen.

Der Kopf des Propstes schnellte herum. »Ach, du bist davongekommen. Ausgerechnet du!«

»Ja, ich und der Jude Symon Judeus aus Stade, Euer Gnaden«, antwortete Arfast mit mühsam beherrschter Wut. »Es war wohl des Herrn Wille, daß ausgerechnet wir beide nicht ertrunken sind. Gibt Euch das nicht zu denken?«

Nicolaus Brun blinzelte verwirrt. Anscheinend kannte jeder den Friesen Arfast außer ihm. Aber er war auf das höchste verwundert, daß man mit ihm im Streit liegen konnte. Er nahm sich vor, seinen Propst wegen dieser unchristlichen Auseinandersetzung zu befragen. »Laßt uns später darüber reden, Fredericus und Arfast«, schlug er beschwichtigend vor. »Nach der Mittagsruhe.« Nicolaus Brun unterdrückte ein Gähnen. Er war erleichtert, als er in diesem Augenblick auf dem Gang die leisen Schritte des Knappen hörte, der kam, um sie zur Mittagstafel zu rufen.

Der Bischof stand bereits, als der junge Page Niels ihn am Ärmel faßte und behutsam hinausführte. Schneller als sonst ging er dem Raum entgegen, in dem gespeist wurde. Sein Propst und Arfast folgten schweigend. Brun konnte die Luft zwischen ihnen beinahe knistern hören. Sofern es um einen persönlichen Streit ging, würde er ganz gewiß mit seinem Herzen auf Arfasts Seite stehen. Er war nun alt genug geworden, um zu wissen, daß er sich selten bei der Beurteilung von Menschen irrte.

Am Essen liebte König Waldemar eher die anregenden Gespräche als die anregenden Speisen, und so aß er meistens hastig und allein. An diesem Tag sah er seinen Gästen gutgelaunt entgegen. Als letzter schob sich Haye herein; er machte ein verlegenes Gesicht, als er bemerkte, wie vornehm die Gesellschaft war, und stellte sich mit rotem Kopf neben Arfast. Um sie herum begann ein geschäftiges Wirbeln von Dienern, die auftrugen, Speisen vorlegten und Wein einschenkten.

Ein Stück eines Hirschbratens vor sich, hörte Arfast zunächst verstimmt dem Gespräch zu, das sich um die eigenständige Gerichtsbarkeit des Bischofs in seiner Eigenschaft als Grundherr drehte.

»In diesem Lande kann nur einer herrschen«, sagte Waldemar entschieden, »und das ist der König. Die Kirche soll über die Seele der Gläubigen wachen, sie lenken und läutern. Den Leib vor Krieg und Ungemach zu schützen ist des Königs Aufgabe, da werdet Ihr mir nicht hineinreden. Und deswegen ist es allein meine Sache, die Menschen an ebendiesem Leib zu bestrafen, wenn es nottut.«

»Gewiß, mein König«, stimmte Nicolaus Brun zu, »ich verstehe diesen Standpunkt. Dennoch gibt es Menschen, die froh sind, meinem milden Gericht zu Schwabstedt unterworfen zu sein, wenn sie von Klägern aus den herzoglichen Bereichen eines Verbrechens beschuldigt werden. Es scheint, daß die Kirche mit Leibern sanfter umgeht als Herzog und König.«

König Waldemar schüttelte den Kopf. Trotzdem zog er die Augenbrauen drohend zusammen, weil sein immer noch reichlich ungehobelter Salzsieder sich anscheinend anschickte, dem Hochwürdigsten Herrn Bischof eine heftige Antwort zu geben. Aber er griff nicht ein: Arfast unterlag gewissermaßen einer mehrtägigen Überprüfung.

Arfast, der die glatte, undurchschaubare Miene des Propstes vor sich sah, wann immer er vom Teller hochblickte, dachte in loderndem Zorn an das, was Anna geschehen war, aber er zügelte sich, als er sich an den ehrwürdigen Bischof wandte. »Das kann so nicht stimmen, Euer Gnaden. Ich selber kenne ein Beispiel, bei dem nur durch den Eingriff der Kirche ein junges Mädchen zerstört wird, an Leib und an Seele. Der Herr Prälat kennt den Fall. Er ist es selber, der dafür stimmt, die Kaufmannstochter Anna Knoop einem brutalen Kerl auszuliefern. Der Vater wagt nicht, die Heirat zu verhindern, weil er sich in der Hand des Propstes befindet!«

Von der Wisch warf sein Eßmesser auf den Tisch und sprang auf. Seine Erregung über die Verluste der letzten Tage gipfelte in der Empörung über diese freche Beschuldigung. Seine Worte ließen an Schärfe nichts zu wünschen übrig. »Das Mädchen war einem angesehenen Grundbesitzer namens Henneke Westerflete aus dem Holsteinischen versprochen. Ich habe lediglich den Vater darin bestärkt, daß es sich um eine Verlobung entsprechend christlicher Sitte handelte. Diese wurde von der Kanzel verkündet, wie es Brauch ist.«

Während der Bischof nachdenklich zuhörte und nichts Ungewöhnliches am Fall der Anna Knoop feststellen konnte, fuhren Arfasts Augen von einem zum anderen, in der Hoffnung auf Verständnis und Beistand. Auf Haye konnte er sich verlassen, aber sonst stand keiner auf seiner Seite.

König Waldemar lächelte enttäuscht über Arfast. Kein Ausbruch männlicher Eifersucht rechtfertigte einen Angriff auf die Kirche.

Arfast ballte die Fäuste. Sein Blick blieb an dem aufreizenden Mädchen hängen, das Haye eingefangen hatte. Sie machte sich unauffällig am Tisch zu schaffen, und er konnte Hayes brünstige Wärme neben sich aufsteigen spüren.

Gesine drängte sich zwischen Friedrich von der Wisch und seinen Nachbarn, und Arfast sah den koketten Augenaufschlag, mit dem sie den jugendlichen und an des Königs Tafel elegant gekleideten Propst bedachte. Haye war in seiner Naivität regelrecht auf sie hereingefallen, vermutlich war sie hinter jedem gutaussehenden Mann her.

Mit zwei Schritten war Arfast um den Tisch herum, faßte Gesine um die Taille und drückte sie dem Propst in die Arme. Das Mädchen besann sich nicht lange, zog das bartlose Gesicht des Propstes zu sich heran und küßte ihn keck auf den Mund.

Friedrich von der Wisch hielt Gesine in seiner Überraschung einen Augenblick fest, bevor er das Mädchen mit einem Ausdruck des Abscheus von sich schleuderte.

»Ihr, Friedrich von der Wisch, seid jetzt mit dem Küchenmädchen Gesine verlobt«, verkündete Arfast, entschlossen, den Kampf jetzt nicht aufzugeben, obwohl er für ihn selber übel ausgehen würde. »Zeugen für den Kuß gibt es genug, und am nächsten Sonntag wird die Verlobung auf der Kanzel der Kirche zu Tondern bekanntgemacht!«

Der Bischof atmete tief ein und suchte Arfasts Blick. Er konnte nicht glauben, daß es sich hier um eine absonderliche Form von Rache oder um die Verspottung eines Geistlichen handelte. »War es so?« fragte er mit seltsamer Betonung.

»So war es«, bestätigte Arfast. »Ich selber bin Zeuge gewesen, wie Westerflete Jungfer Anna gegen ihren Willen küßte. Später hat jeder den Kuß als Verlobung ausgegeben, der daran ein eigenes Interesse hatte. Anna war die einzige, die stets widersprochen hat. Aber hier ging es nicht um Anna, es ging um Geld und Macht. Geld für Knoop und Macht für den Propst.«

Von der Wisch hatte inzwischen die Lähmung abgeschüttelt, die sein Gehirn und seine Hände befallen hatte. »Du hast dich wahrhaftig weit von der christlichen Gemeinschaft entfernt, Arfast Ketelsen«, schrie er unbeherrscht. »Dieses Spiel kann dir nur der Teufel eingegeben haben! Und da der ehrwürdige Bischof nun selber zum Zeugen deiner Ketzerei geworden ist, gibt es keine Buße, die dich jemals reinwaschen wird. Du bleibst auf ewig aus der christlichen Gemeinschaft ausgeschlossen ...« Ihm ging der Atem aus. Mit vorgerecktem Hals blieb er stehen und starrte Arfast an.

Nicolaus Brun stützte seine blaugeäderten Hände auf den Tisch und erhob sich zitternd. »Wollt Ihr damit sagen, Herr Prälat, daß dieser Friese Arfast Ketelsen exkommuniziert ist?«

Der Propst konnte seinen Triumph kaum verbergen. »Der Mann, der Euch wie ein Sekretär zur Hilfe gegeben wurde, unterliegt dem Bann der Kirche. Hat Euch das niemand mitgeteilt, Euer Gnaden?«

XX

Der Bischof verließ den Raum, ohne die Mahlzeit zu beenden und den König um Erlaubnis zu bitten. Waldemar, der seinem alten Bischof und Mitkämpfer für die dänische Sache Eigenwilligkeiten nachsah, bedeutete Niels mit einem unauffälligen Wink, Nicolaus Brun zu begleiten. Nach einer Weile kam der Knappe zurück und flüsterte dem König ins Ohr.

»Der ehrwürdige Bischof hat sich zum Gebet in die Schloßkapelle zurückgezogen«, erklärte Waldemar laut und widmete sich erneut seiner Wildschweinpastete.

Aber das Essen mundete nach dieser Auseinandersetzung niemandem mehr. Sie beendeten die Mahlzeit schweigend.

Arfast hatte das nagende Gefühl, daß er nicht nur beim Bischof in Ungnade gefallen war, sondern auch das Wohlwollen des Königs verloren hatte.

Der Propst war äußerst zufrieden. Als säße er in der Geborgenheit eines Beichtstuhls, hockte er mit gekrümmtem Rücken vor seiner Mahlzeit, knusperte herzhaft an einer kroß gebratenen Speckschwarte und leckte sich mit gespitztem Mund die fettigen Fingerspitzen.

König Waldemar eilte nach den letzten süßen Speisen rasch davon.

Arfast und Haye blieben unschlüssig zwischen den Fenstern des Ganges stehen. Wieder einmal wußten sie nicht, ob sie benötigt wurden oder unerwünscht waren.

Plötzlich schoß Niels auf sie zu. Obwohl er zu beiden den Kopf heben mußte, brachte er es fertig, sie streng anzublicken. »Mein König hat befohlen, daß ihr bleiben sollt. Es wird sich jetzt alles entscheiden – so oder so.«

Arfast packte ihn an der Schulter. »Hast du eine Ahnung, wie der König jetzt zu mir steht?«

»Nicht den blassen Schimmer von Königen habt ihr, ich

sag' es doch schon lange«, antwortete Niels hochnäsig. »Er steht über den Dingen. Zu dir steht er gar nicht.«

»Ja, das befürchte ich auch.« Arfast drehte sich um und starrte düster auf den Hof hinunter.

Niels boxte ihn in die Seite, und Arfast fuhr wütend herum. »Aber zu Seiner Gnaden, dem Propst, auch nicht«, tröstete der Page ihn.

Am Abend wurden Arfast und Haye zum König befohlen. Waldemar saß neben dem Bischof und wirkte gelangweilt, während der Propst dem Urteilsspruch des Bischofs mit freudiger Erwartung entgegensah.

Er weiß schon, wie es ausgeht, dachte Arfast entmutigt.

Der Bischof hatte in diesen Tagen an Kraft verloren, er schien kränklich, und seine Stimme war leise. Dennoch ließ er keinen Zweifel daran, daß er ein gültiges Urteil gefällt hatte. »Anna Knoop ist hiermit von allem entbunden, was andere als Verlobung bezeichnet haben«, sagte er. »Eine Verlobung hat nicht stattgefunden, und sie mag sich frei entscheiden.«

Arfast fiel ein Stein vom Herzen, aber nur so lange, bis ihm einfiel, daß sie vielleicht längst mit Westerflete verheiratet war. Er mußte sie so schnell wie möglich finden. Schon wollte er auf dem Absatz kehrtmachen, als er seinen Namen aus des Bischofs Mund hörte.

»Arfast Ketelsen bleibt gebannt, bis er gebüßt hat.«

Der Propst, dem der erste Urteilsspruch nicht geschmeckt hatte, verzog seine Lippen zu einem schmalen Strich der Genugtuung.

So leicht kommst du mir nicht davon, dachte Arfast, dessen Kampfgeist beim Anblick des Mundes, der vor kurzem ein Küchenmädchen geküßt hatte, erneut wuchs. »Euer Gnaden«, sagte er in fragendem Ton, »gilt ein Kuß als Unzucht, wenn Mann und Frau frei und ungebunden sind, und wenn der Kuß in aller Unschuld stattfindet, etwa so wie unter Vetter und Base?«

Der Propst schüttelte entrüstet den Kopf, und der Bischof betrachtete ihn mit schräggelegtem Kopf. Als er sich

Arfast zuwandte, lag gespannte Erwartung in seinem Blick. »Nein«, antwortete Nicolaus Brun bedächtig. »Wenn keiner von beiden verlobt ist, ist es keine Unzucht.«

Friedrich von der Wisch entspannte sich. Er hatte zwar nicht mit einer Buße gerechnet, weil er sich schuldlos fühlte, aber er wußte nicht, ob Brun nicht aus taktischen Gründen anders entscheiden würde.

»Dann, Herr Prälat, hätte ich gerne meine Fenne zurück.«

Ein Augenblick fehlender Konzentration hatte den Propst glauben gemacht, es handle sich um einen Angriff auf seine Person. Jetzt ärgerte er sich und wußte, daß er verloren hatte, aber solange er das Gespräch beherrschte, fiel ihm möglicherweise noch ein Ausweg ein. »Sie ist untergegangen«, behauptete er.

Unter den hin und her wandernden Pupillen des Bischofs reizte es Arfast, den Kampf mit dem Propst aufzunehmen. Es kam nicht oft vor, daß die Kirche Besitz herausgeben mußte, den sie sich als Buße angeeignet hatte. Aber versuchen würde er es. »Die Fenne, die untergegangen ist, gehörte meinem Oheim. Ihr habt sie beim Send als Buße genommen, weil er an Ostern während der Messe seine Ochsen vor dem Ertrinken in der Sturmflut gerettet hat. Erinnert Ihr Euch nicht?«

»Nein!«

»Doch! So war es«, rief Haye. »Ganz Ketelsbüll kann es bezeugen.«

»Meine Fenne habt Ihr als Buße für den Kuß beansprucht, mit dem sich Jungfer Anna mitten auf belebter Straße für die Rettung vor Straßenräubern bei mir bedankte«, fuhr Arfast fort.

Des Bischofs zur Schau getragenes Vertrauen zu seinem Propst war nunmehr sichtlich erschüttert. Die Hand bebte, in die Niels schnell einen Becher mit verdünntem Wein geschoben hatte. Nicolaus Brun schluckte mühsam, und es war ihm peinlich festzustellen, daß alle seine Schwäche bemerken mußten. Aber er war niemand, der sich seiner Verantwortung entzog. »Ich habe allmählich die Überzeugung gewonnen, daß Ihr nicht sehr sachverständig seid, was Küsse betrifft, Fredericus. Die Fenne wird dem Besitzer Arfast Ketelsen zurückerstattet«, sagte er schwach. »Über Eure Buße wegen der falschen Aussage werde ich später entscheiden. Ihr werdet meinen Beschluß in Schleswig entgegennehmen.«

Die Schläfenadern des Propstes klopften. Er zögerte und fiel endlich mit hochrotem Kopf auf die Knie und küßte den Ring des Bischofs.

König Waldemar schlug mit den flachen Händen auf seine Armlehnen und stand auf. In seinen Augen war die Unterredung weitgehend zufriedenstellend abgelaufen, und der Bischof war ohnehin zu erschöpft, um fortzufahren.

Als Arfast und Haye durch den von Fackeln erhellten Gang zum Turm gingen, in dem sich die Wendeltreppe nach oben zu ihrem Schlafraum, aber auch nach unten zu den Küchenräumen befand, sagte Haye: »Ich sollte mich eigentlich bei Gesine bedanken, meinst du nicht?«

»Möchtest du Lippen küssen, die noch Spuren deines schlimmsten Feindes tragen?« fragte Arfast und nahm grinsend zur Kenntnis, daß Haye ohne zu zögern den Weg nach oben nahm.

Am nächsten Tag wurde den beiden Friesen durch einen Diener Urlaub gegeben. Der König widme sich Staatsangelegenheiten, hieß es, und ob der Bischof mit der Bestandsaufnahme der Schäden im Utland weitermachen könne, sei noch ungewiß.

Gegen Mittag richtete Waldemar es ein, daß er zufällig auf den Bischof traf. Dieser saß an einem Südfenster in der Mittagssonne, eingewickelt in eine warme Wolldecke, und nippte an einem stärkenden Trank aus Wein mit geschlagenem Ei. An der Wand stand ein Diener, bereit, auf jeden Wink des alten Mannes zu reagieren.

»Schärf dem Koch ein, daß er das Gebräu abkühlen läßt und demjenigen, der es heranschafft, daß er nicht trödelt!« hatte der König Niels mit erhobenem Zeigefinger in Auftrag gegeben. »Es ist wichtig!«

»Ich kann es selbst machen«, hatte Niels angeboten. »Ich

prüfe die Wärme draußen vor der Tür mit den Lippen und warte, bis sie behaglich wie ein Säuglingspopo ist. Ich kenne mich damit aus, ich habe jüngere Geschwister.«

»Das wird den Hochwürdigsten Herrn freuen. Ein Getränk nach diesem Maßstab kennt er sicher noch nicht.« Waldemar schickte den Jungen voll Vertrauen auf seine Ergebenheit und seinen guten Willen los. Jetzt sah er am entspannten Gesicht des Bischofs, daß Niels den Auftrag aufs beste ausgeführt haben mußte. »Ich hoffe, Ihr erholt Euch gut von den Strapazen der Reise, Euer Gnaden. Morgen ist auch ein Tag, und Arfast hält sich zu Eurer Verfügung.«

»Arfast, ja.« Der Bischof blickte zweifelnd auf die Decke über seinen Beinen. »Ich kann mit einem Gebannten nicht zusammenarbeiten. Das würde mich unglaubwürdig in den Augen der Gläubigen machen. Darüber hinaus hat er mich getäuscht.«

»Niemand hat Euch getäuscht, Euer Gnaden. Er war aus dem Holz, aus dem man Kirchenfürsten schnitzt. Erinnert Ihr Euch?«

»Ja, ja«, gab der Bischof mißgestimmt zu.

»Ohne den Bann wüßte ich sofort, was ich mit ihm mache. Der Bann muß fort!« verlangte Waldemar entschlossen.

»Nicht ohne Buße.«

»Ein Mann wie Arfast büßt nicht, wenn er der Meinung ist, daß die Buße nicht gerechtfertigt ist.«

»Wissen wir denn, daß sie ungerechtfertigt ist?« fragte Nicolaus Brun leise. »Ein hoher Geistlicher hat sie verhängt.«

»Von dem wir außerdem wissen, daß er Land zusammengesammelt hat wie die Tagelöhner Wolle von den Zäunen.«

»Für die Mutter Kirche«, seufzte der Bischof. »Ihr Reichtum kommt allen Gläubigen zugute.«

»Ein Propst darf nicht zum rücksichtslosen Kaufmann werden«, sagte Waldemar mit dem Grad von Tadel in der Stimme, den er sich erlauben konnte, ohne den Bischof zu erzürnen. »Wenn die Gläubigen aus freiem Herzen geben wollen, sei es ihnen freigestellt. Aber wenn sie erst merken, daß sie betrogen werden, ist es mit dem Einfluß der

Kirche zu Ende. Trinkt, verehrter Herr Bischof, bevor der Wein auskühlt, und dann werde ich Euch einen Vorschlag machen, der uns beide zufriedenstellen soll.«

Der Bischof spitzte die Lippen, als ob der Trank zu heiß sei, aber König Waldemar wußte, daß er sich nun wappnete, um keinen Fußbreit Boden für die Kirche zu verlieren. Endlich setzte er den Becher ab und sah den König neugierig an.

»Ich bin bereit, auf die Steuern der geschädigten Friesen ein Jahr zu verzichten«, erklärte Waldemar. »Dafür möchte ich Arfast haben.«

Dem Bischof entfiel der Becher, und er rollte zu Boden. So gut wie Waldemar auch wußte er, daß dieses Zugeständnis leicht gegeben war. Wo nichts war, war auch für einen König nichts zu holen. Aber, daß er diese Angelegenheit, die eigentlich eine Sache zwischen der Kirche und einem Exkommunizierten war, zu seiner eigenen machte, bewies das außerordentliche Interesse des Königs. Und für ein Zerwürfnis zwischen Kirche und König war der Friese nicht wichtig genug.

»Und obendrein werde ich vergessen, was ich über Seine Gnaden von der Wisch erfahren habe«, fügte Waldemar großzügig hinzu.

»Arfast Ketelsen besitzt gewiß etwas, das er der Propstei Strand vor der Manndränke als Kirchenbuße zu übereignen im Begriff war«, mutmaßte der Bischof listig.

»Aber sicher«, stimmte Waldemar aus vollem Herzen zu. »Hatte ich ihm nicht gerade die Jagdhütte auf der nunmehr untergegangenen Südermarsch für seine Dienste geschenkt? Klein, aber immerhin.«

Nicolaus Brun schmunzelte. »Ich glaube, mir würde noch ein solches Getränk ausreichend auf die Beine helfen, um mit Arfast zusammen die Arbeit wieder aufzunehmen.«

Waldemar kniff höchst unköniglich ein Auge zu, während er Niels heranwinkte. »Noch einen wie ein Säuglingspopo«, befahl er. »Für mich ohne Ei. Und meiner darf so heiß sein, daß es auch einen Soldaten wärmt.«

Niels verbeugte sich.

»Was ist das für ein Gerede von Säuglingspopos?« erkundigte sich der Bischof. »Seht Ihr etwa freudigen Ereignissen entgegen?«

Waldemar lächelte. »Doch, das kann man so nennen. Und das gleich doppelt.«

Am nächsten Morgen empfing Arfast die Urkunde mit seiner Ernennung zum Vogt der Wirichsharde aus des Königs eigener Hand. Arfast, der geglaubt hatte, er sei zur endgültigen Verabschiedung befohlen worden, traute seinen Augen nicht, als er das Pergament mit dem Siegel des Königs sah.

»Unserem und der Mutter Kirche allzeit treuen Diener Arfast Ketelsen vertrauen Wir glücklich dieses hohe Amt an«, erklärte der König feierlich, und Arfast wußte, daß der Bann nunmehr aufgehoben war, wenn er auch nicht wußte wie.

Aber der Bischof nickte ihm gütig zu.

Als der feierliche Akt ein Ende hatte und Waldemar sich gab wie immer, klopfte er Haye kräftig auf den Rücken. »Und Ihr werdet Euch in Zukunft um die Trojburg kümmern. Daß Ihr mir ja keine Mordbuben dort versammelt!«

»Nein, Euer Gnaden«, stammelte Haye überwältigt. »Wenn Ihr es verlangt, bin ich bereit, sofort für Euch zu sterben!«

König Waldemar erwog mit zweifelndem Gesicht den Vorschlag. »Ich glaube, nicht sofort! Erst wird die Arbeit erledigt, und davon ist genug da! Und Ihr, Arfast Ketelsen, legt Euch nicht mehr mit der Geistlichkeit an. Es war ein zähes Stück Arbeit, dem hochverehrten Herrn Bischof Eure Rückkehr in die Kirche abzuringen, und ich kann nur selten einmal soviel Zeit auf eine einzige Sache verwenden. Niels auch nicht.«

»So war es Eure Planung von Anfang an?« fragte Arfast überwältigt.

Waldemar lachte. »Glaubtet Ihr denn wirklich, daß unter meinen Augen etwas zufällig geschieht? Und nun geht. Eure Pflichten warten. Und Eure Schützlinge.«

Arfast sah ihn überrascht an. Von Schützlingen hatte ihm niemand etwas erzählt. Aber Haye nickte. »Ich kann mir denken, wer es ist. Kresken und ihr Sohn.«

»Ja. Sie wollen zurück nach Morsum. Ihr habt ohnehin eine Aufgabe in Morsum. Ihr werdet Rode Wunksen die Ernennungsurkunde zum Vogt der Edomsharde überbringen.«

Kurze Zeit später waren sie bereits unterwegs. Haye wußte vor lauter Glück nicht, wohin mit sich, er sprengte vor und kehrte wieder zurück, um erneut davonzugaloppieren. Sein neues Amt beschäftigte ihn. Für seine umfangreiche Waffenausrüstung hatte man ihm sogar ein Packpferd mitgeben müssen.

Daneben war Haye beunruhigt wegen Waldemar. Der Junge plante irgend etwas. Solange Kresken mit Arfast plauderte, würde vielleicht nichts geschehen. Eifersüchtig sah er die beiden nebeneinanderreiten.

Auf der Geest war alles beim alten geblieben einschließlich der Wege. Nach Strand jedoch konnte man jetzt nur mit dem Boot gelangen; der kürzeste Weg über das Wasser war neuerdings der von Sterckebüll auf der Geest nach Morsum, wo bereits eine Fähre ihren Dienst aufgenommen hatte. Haye wartete zusammen mit Waldemar, während Kresken und Arfast sich übersetzen ließen.

Nicht lange danach sahen sie vor sich Stallerfeld. Das Morsumer Haus von Kresken lag schon in Sichtweite, als Waldemar den Mund aufmachte. »Haye hat bei diesem Küchenmädchen vom Schloß gelegen, Kresken. Ich hab' es selbst gesehen.«

Kresken drängte ihr Pferd an das von Waldemar und sagte nachdrücklich: »Und wenn er bei der Herzogin liegt, mein Sohn, so ist das deine Sache nicht. Auch meine nicht, und deshalb werde ich es nicht erwähnen, wenn Haye mich besucht, sofern er dazu Lust hat.«

Waldemars hämisches Lächeln wandelte sich in tiefe Enttäuschung und dann in Schrecken, als eine Hand ihn am Kragen von seinem kleinen Pferd herunterhob und neben Jago absetzte. Seine Knie wurden so weich, daß er auf den Boden sackte und sich Auge in Auge dem Hund gegenübersah.

»Ich habe Lust dazu«, antwortete Haye heiter, »und jedesmal werde ich Jago mitbringen. Wenn ich dann hören muß, daß du deine Mutter wie eine Dienstmagd angeredet hast, werden wir drei uns ernsthaft über deine Nase zu unterhalten haben. Verstanden?«

»Ja«, sagte Waldemar gepreßt. »Ja, Burgherr.«

Arfast lächelte mit schmalen Lippen. Kresken würde mit diesem Jungen in Zukunft besser fertig werden. Ob es ihn ändern würde, war eine andere Frage. Stumm sah er zum Stallerhof hinüber. Die Zerstörungen waren bis hierher zu erkennen. Und dann fiel ihm jäh ein, daß der Aufbau des Hofes vermutlich zu seinen Aufgaben gehören würde. Der Hof war kein Hardeseigentum, sondern Königsbesitz, und er selber hatte das Stalleramt wahrzunehmen, bis ein neuer Staller ernannt war. Der König hatte ihm eine große Last auf die Schultern gelegt.

Nachdem sie sich vergewissert hatten, daß Kresken ihr Haus beziehen konnte, suchten sie in Morsum nach Rode Wunksen. Der stämmige Bonde stand vor seinem Haus und gab zwei jungen Leuten oben auf dem Dach mit ausladenden Handbewegungen Anweisungen, wie sie es auszubessern hatten. Zwischendurch wechselte er einige Worte mit einem gedrungenen Mann, den sie beide an seiner Gestalt erkannten. Wunksen drehte sich um, als er die Hufschläge hörte.

Haye ignorierte Aghesson. Er sprang ab und holte die bunte Mütze des Bonden aus dem Gepäck, das seinem Packpferd neben den Waffen aufgeschnallt war. »Der König übermittelt Euch seinen Gruß«, sagte er. »Und ich bringe Euch die Gugel zurück.«

Wunksen nickte spöttisch, aber nicht ohne Wohlwollen und setzte sie sich auf den Kopf. »Kümmert Ihr Euch immer noch um Mützen, Haye?«

Arfast war nicht abgestiegen. Er reichte dem Morsumer die Urkunde hinunter. »Ja, mit Kopfbedeckungen befaßte

Haye sich in den letzten Wochen ausgiebig, das fiel mir auch auf. Aber König Waldemar sah es an der Zeit, ihm eine vernünftigere Aufgabe zu übertragen, deswegen muß er eine zurückgeben. Und da er nun schon hierher unterwegs war, fügte der König für Euch noch ein kleines Amt hinzu. Das des Hardesvogts der Edomsharde.«

Wunksen grinste breit, ohne Überraschung zu zeigen, als er die Rolle entgegennahm. »Und wer seid Ihr selber, Arfast Ketelsen, daß Waldemar Atterdag Euch bei einem Botengang von seinem bewaffneten Mützenbeauftragten beschützen läßt?«

»Vogt der Wirichsharde und Stellvertreter des zukünftigen Stallers.« Arfasts Seufzer war nicht zu überhören, und Wunksen nickte ihm gutmütig zu.

»Ihr seid sehr jung für das Amt. Aber Ihr werdet Eurem Vater Ehre machen. Er hat es verdient und Ihr auch. Ich wünsche Euch und mir eine glückliche Hand«, sagte Wunksen und drückte Arfasts kräftig. »Unsere Aufgaben sind ungleich größer als die der früheren Vögte, wie mir scheint ...«

Arfast konnte ihm da nur zustimmen. Zuviel war in letzter Zeit vernachlässigt worden. Und die falschen Männer hatten zuviel Einfluß erhalten. Er wandte sich an Aghesson. »Mit Euch befasse ich mich noch«, sagte er. »Daß man in Tondern mit Euch nichts anzufangen wußte, heißt nicht, daß Ihr so davonkommt.«

Babe schüttelte den Kopf, ein aufreizendes Grinsen auf den Lippen. »Ich glaube nicht, Ketelsen. Ein Hardesvogt, der sich mit privater Rache befaßt, bleibt nicht lange im Amt. Ihr werdet schnell lernen müssen, wenn Ihr Euch den Gepflogenheiten anpassen wollt.«

»Wenn ich mein Amt mit einer Lüge begänne, wäre ich das Amt nicht wert«, versetzte Arfast mit Verachtung. »Den Gepflogenheiten des Mißbrauchs werde ich mich bestimmt nicht anpassen. Und Ihr könnt ganz sicher sein, daß Rode Wunksen und ich untersuchen werden, welchen Anteil Ihr an den Verbrechen habt, die hier geschehen sind.«

Nun sah der Ochsenhändler doch beunruhigt aus. Er

schwieg, um Arfast nicht zu weiteren Äußerungen zu verleiten. Während Arfast und Haye in schnellem Trab davonritten, schielte er zum neuen Hardesvogt hinüber. Wunksens unpersönliche Miene ließ nicht darauf schließen, daß er an ihm einen besonderen Freund haben würde. Vielleicht sollte er doch daran denken, eine Zeitlang das Gebiet des neuen Stallers zu meiden.

Arfast sprengte neben Haye her, tief in Gedanken. Anna war gottlob während der großen Flut nicht in Rungholt gewesen. Vermutlich hielt sie sich in ihres Vaters Anwesen in Holstein auf. Wo auch Henneke Westerflete lebte. Wahrscheinlich war sie längst mit ihm verheiratet.

Einen Augenblick sah er Haye nach, der mit einem kleinen Packpferd und einem großen Hund nach Ketelsbüll zurückritt, um sich von dort um den Aufbau der Trojburg zu kümmern.

Dann brachte Arfast sein Pferd in scharfen Galopp. Zurück zur Fährstelle. Vielleicht konnte er Annas Unglück noch aufhalten.

Der Fischer, der den Fährdienst versah, befand sich auf der anderen Seite des nun breiten Schluthstroms. Arfast konnte ihn am Wind heransegeln sehen und auch erkennen, daß das Boot zwei Fahrgäste brachte und tief im Wasser lag.

Ungeduldig ging er am Ufer auf und ab.

Das Boot legte an, und Anna stieg vor ihrem Vater aus. Sie lief in Arfasts ausgebreitete Arme. »Woher weißt du es?« fragte er überwältigt.

»Waldemar Atterdag«, flüsterte sie in seine Brust hinein.

Atterdag – morgen ist wieder ein Tag, dachte Arfast versonnen. Ein Tag wie viele, an dem Dinge getan werden müssen, auch ganz unscheinbare wie die, einen Eilboten von Tondern ins Holsteinische zu schicken. Aber letzten Endes hält man mit den unscheinbaren Dingen ein großes Reich zusammen. Und eine Harde.

Epilog

Über der tiefschwarzen Silhouette der Geest lag eine Haube goldroten Lichtes, als Thies am nächsten Morgen auf die Ketelswarf hochbrauste. Während er den Jeep auf dem betonierten Vorplatz wendete, kam sein Onkel aus dem Reetdachbaus, verschwand in der Garage und kehrte mit einem Pfosten, einem Vorschlaghammer und einer roten Boje am Tau zurück.

Ketel blinzelte Thies zu, nachdem er die Geräte durch die Heckklappe ins Auto geworfen und sich neben seinen Neffen gesetzt hatte. »Damit der Denkmalschutz noch etwas vorfindet. Ich werde nachher gleich in Kiel anrufen. Unsere Mutter, deine Großmutter also, pflegte immer zu sagen: Morgenrot bringt Water in den Sood.«

»Über Irland liegt ein Orkantief«, bemerkte Thies und lenkte den Wagen die steile Warfauffahrt hinunter.

»Sag ich doch.« Ketel stemmte sich mit den Beinen fest, als sein Neffe mit quietschenden Reifen auf die Halligstraße einbog.

Als sie an der Südkante der Hallig ankamen, glitzerte das Watt vor ihnen in der Sonne, und kein Lufthauch regte sich. Im Fahrwasser zwischen Pellworm und Langeneß zeichnete sich eine grüne Tonne vor dem Horizont ab, und neben dem Amrumer Leuchtturm waren die dunklen Umrisse der Morgenfähre auf ihrer Fahrt zum Festland zu sehen. Ein schöner Sommermorgen im Wattenmeer war angebrochen.

Ketel sog mit geschlossenen Augen die kühle, frische Seeluft ein, bevor er die Steinkante hinunterkletterte. Er benötigte den Kompaß nicht, um das Wrack zu finden; sein geschultes Gespür für Peilungen in diesen Wattengewässern reichte aus, um die richtige Richtung einzuschlagen.

Es dauerte nicht lange, bis sie die zwei charakteristischen aufeinander zulaufenden Pfostenreihen vor sich sahen. Während Thies sich umsah, machte Ketel seine Kamera klar.

Der Rumpf lag nicht ganz waagerecht im Watt; Steven und Heck aus stämmigen geraden Eichenpfählen standen schräg und pockenbewachsen in die Höhe. Das Deck war längst zerschlagen oder vermodert, aber einige Plankengänge waren noch vorhanden. Thies stapfte vorsichtig außen an ihnen entlang und vermied dabei die allzu tiefen Löcher, aus denen das Wasser immer noch ablief »Mensch«, rief er erstaunt. »Der Besitzer hatte anscheinend keine Lust auszusteigen! Jedenfalls hat er seine Knochen dagelassen.«

Ketel machte eine Aufnahme von Thies und den aus dem Schlick herausragenden bräunlich verfärbten Fingergliedern, bevor er näher kam. Sie waren gut konserviert und vollständig erhalten.

»Sechs Finger an der Hand«, sagte Thies betroffen. Die Daumenkuppe war knapp erkennbar, und über sie hinaus ragten fünf weitere Finger, die letzten beiden gleich lang.

»Ja, und?« fragte Ketel erstaunt. »Das gibt es doch immer mal wieder.«

»Ja, und zwar bei uns. Von Vaters Seite. Großmutter Siversen hat erzählt, daß ihr Urgroßvater elf Finger hatte. Als sie ein Kind war, hat er ihr damit immer wieder einen Schrecken eingejagt.«

Ketel grinste und klopfte seinem etwas verlegenen Neffen auf die Schulter. »Dann liegt hier ein enger Verwandter von dir, und dir gehört das Boot. Jedenfalls so gut wie.«

Thies verzog das Gesicht. »Können wir nicht ein bißchen buddeln?«

Ketel schüttelte bedächtig den Kopf. »Es ist verboten, im Watt zu graben, das weißt du wohl! Aber vielleicht können wir das Skelett mitsamt den Bootsresten für das Halligmuseum bekommen – aufgrund verwandtschaftlicher Bindungen. Das wäre doch was! Ich mache noch eine Großaufnahme von der Hand, während du den Pfosten einschlägst.«

Danach machten sie sich auf den Rückweg, sie hatten alles unternommen, was derzeit möglich und erlaubt war. Arfsten telefonierte am gleichen Tag noch mit mehreren Leuten, ohne auf eine Spur zu stoßen, der er nachgehen konnte. Während des letzten Gesprächs fiel ihm auf, daß der Wind die Äste der Birnbäume zur Seite legte und die Fahne so scharf knatterte, daß er sie herunternehmen mußte, wenn er sie retten wollte. Die Ausläufer des Irlandtiefs hatten Langeneß erreicht.

In der Nacht noch mußten sie das Pensionsvieh von den Weiden auf die Warf holen und dort zwischen den transportablen Gattern einsperren. Alle Warfbewohner waren auf den Beinen, um die aufgeregten Färsen rechtzeitig in Sicherheit zu bringen. Mitten im Getümmel wurde ein Kalb geboren, mit dem niemand gerechnet hatte.

Aber als im Morgenlicht sichtbar wurde, daß die ersten Augusttage der Hallig schon ein Landunter beschert hatten, stand das Kälbchen bereits sicher auf den Beinen und trank an seiner Mutter, unbeeindruckt von der glitzernden Wasserfläche, aus der nur die Warfen aufragten.

»Das Wasser ist die halbe Warf hochgestiegen«, murrte Ketel am Küchentisch, von dem aus er sein Vieh unter Sichtkontrolle hatte. »Wenn das Wrack man noch da ist!«

Als das Halligland drei Tage später wieder trocken war, gingen er und Thies ins Watt hinaus. Die Boje war von weitem nicht zu sehen. Aus der Nähe auch nicht, sie war verschwunden.

»Ja, das kann hundert Jahre dauern, bevor das Wrack wieder auftaucht«, meinte Ketel ziemlich enttäuscht, als sie sich dort umsahen, wo es liegen mußte. »Wenn überhaupt. Hoffentlich sind die Bilder gut geworden! Das einzige Beweisstück, daß du nicht spinnst, wenn du von deinem Verwandten erzählst.«

Sein Neffe schnaubte. »Hattest du denn einen Film in der Kamera?« Er grinste, während er in eine Pflaume biß, aber das Vergnügen verging ihm beim Kauen. Angewidert warf er den Rest in den Schlick und spuckte das Fruchtfleisch aus.

Arfsten blieb gelassen. Bei solchen Dingen machte er keine Fehler. Im Gegensatz zu seinem Neffen in seinem sprichwörtlichen Heißhunger. »Hast du immer noch nicht gelernt, wann die Halligpflaumen reif sind?« fragte er spöttisch. »Oder vergißt man das, wenn man studiert und nur in den Ferien auf die Hallig kommt? Weißt du was? Komm mit zu uns. Ich habe Aale im Räucherofen. Bis ich den Film entwickelt habe, sind sie fertig. Dann werden wir bei Aal und Köhm seine und deine Finger vergleichen. Und du kannst bis an dein Lebensende von deinem mutigen Vorfahren erzählen, der lieber mit seinem Boot unterging, als sich den Feinden geschlagen zu geben ...«

Anmerkungen zur Geschichte

Die erste der beiden nordfriesischen Sturmfluten mit großen Landverlusten, Manndränken genannt, wird auf den 15. bis 17. Januar 1362 datiert (Marcellusflut). Sie war eine der größten Naturkatastrophen des mittelalterlichen Europa und verschlang nach den Chroniken dreißig Kirchen Nordfrieslands; bis zu 7600 Menschen ertranken. Nicolaus Brun, Bischof von Schleswig (1350–1367), ließ eine Liste der untergegangenen Kirchen erstellen.

Inmitten des untergegangenen Gebietes lag Rungholt, von dem zwei Handelsverträge mit Hamburg und Flandern erhalten geblieben sind und das Wissen, daß es eine Kollegiatskirche besaß. Möglicherweise war die Schiffsladung von Steinen, die im Sielhafen gefunden wurde, für diese Kirche bestimmt. Viel mehr ist über Rungholt nicht bekannt; sogar die genaue Lage ist strittig.

Waldemar IV., Atterdag *(Morgen ist wieder ein Tag)* genannt, herrschte 1340–1375 über Dänemark. Er verstand es, das desolate Dänemark wieder zu einem Königreich zusammenzufügen, das sich als Pfand, Lehen oder Eigentum in den Händen verschiedener deutscher Herrscher und Städte befand. Sein Gegenspieler war u. a. Gerhard der Große (von Rendsburg), dessen Sohn, Graf Klaus, im Roman vorkommt. Auch die übrigen erwähnten Herrscher sind historische Personen.

Der sich im Roman anbahnende Krieg fand 1362 statt. Waldemar IV. siegte über die Holsteiner Grafen (Adolf VII.), die Rendsburger Grafen Heinrich II. und Klaus, den schwedischen König Magnus, Haakon VI. von Norwegen und die wendischen Städte.

Erfunden ist der Staller Ingemar Stampe, jedoch nicht alle Verbrechen, die ich ihm angelastet habe. Die »großen Familien« Nordfrieslands, manchmal auch Häuptlinge genannt, drängten wegen der zahlreichen Privilegien, vor allem der Steuerfreiheit, in dieses Amt; offensichtlich setzten sich gelegentlich die Falschen durch. In der zweiten Hälfte des 14. Jahrhunderts sind jedenfalls zahlreiche derartige Mißbräuche bekanntgeworden. Ein schwerwiegendes Vergehen war das absichtliche Preisgeben von Land aus dem Deichverband zum Zweck der Salzgewinnung.

Salz wurde in Nordfriesland bis weit in die Neuzeit in vielen, namentlich bekannten Salzbuden gewonnen. Durch das Abgraben des Torfs wurde das Oberflächenniveau abgesenkt; außerdem trocknete das Land durch Bedeichung und Ableitung des Wassers über Grabennetze und Schleusen aus und sank ab. Beides zusammen führte im Verlauf von Jahrhunderten zur allmählichen Verwandlung des niedriggelegenen, bewohnten Vorlandes in ein Wattengebiet, das zweimal täglich von Wasser überspült wird und das auf der Welt einmalig ist. Die heutigen Halligen sind nicht die Überbleibsel des untergegangenen Landes, sondern durch Verlandung neu angewachsen.

Wer an einem schönen Sommermorgen mit einem der weißen Dampfer durch das Wattenmeer fährt, sollte sich daran erinnern, daß er über ehemaliges Kulturland fährt, und daß der Mensch sehr intensiv zu seinem Verlust beigetragen hat.

Kari Köster